HEYNE BÜCHER

JOHN SAUL

IM BANNE DES BÖSEN

AM STRAND DES TODES

WILHELM HEYNE VERLAG
MÜNCHEN

HEYNE ALLGEMEINE REIHE
Nr. 01/10889

Besuchen Sie uns im Internet:
http://www.heyne.de

Umwelthinweis:
Dieses Buch wurde auf
chlor- und säurefreiem Papier gedruckt.

Printed in Germany 1998
Umschlagillustration: Tony Stone Images/Darrel Gulin
Umschlaggestaltung: Atelier Ingrid Schütz, München

Druck und Bindung:

ISBN: 3-453-14435-X

Im Banne des Bösen

Für meinen Vater,
den besten Vater der Welt

Prolog

Die Sonne stand hoch am wolkenlosen Himmel, und wäre nicht der leichte Seewind gewesen, die stickige Hitze des Augustnachmittags wäre unerträglich gewesen. Der Strand lag fast verlassen. Nur in weiter Ferne – viel weiter weg, als es gehen durfte – konnte das kleine Mädchen die in der flimmernden Luft verfließenden Gestalten der großen Kinder sehen, die am Rand des Wassers spielten. Einmal – und es hatte nichts zu sagen, wann das gewesen war, denn in ihrer zwei Jahre alten Welt war jeder Tag unabsehbar, und jede Woche eine längst vergessene Ewigkeit – war sie zu den fernen Gestalten hingetappt, die kleinen Hände ausgestreckt, als könnte sie sie erreichen. Aber lange bevor sie auch nur nahe genug herangekommen war, um sie deutlich zu sehen, hatte sie den brennenden Schmerz der mütterlichen Ohrfeige verspürt und das schreckliche Wort gehört.

»Nein!«

Noch ehe sie in Schmerzensschreie ausbrechen konnte, wurde sie am Arm herumgerissen und in die Richtung zurückgeschleift, aus der sie gekommen war, daß der rauhe Sand die Haut ihrer Beine bis zu den Knien schmerzhaft kratzte, während aus dem drohend über ihr schwebenden Gesicht der Mutter ein Strom unverständlicher Geräusche auf sie herabregnete. Obwohl sie nicht wußte, was all die Worte bedeuteten, war die Botschaft klar.

Sie war unartig gewesen. Wenn sie zu der Decke zurückkämen, würde die Mutter ihr den Hintern versohlen, und dann würde sie auf der Decke sitzenbleiben müssen, noch lange, nachdem sie vergessen hatte, warum sie da war oder was sie getan hatte.

Eine Weile sah sie den in der Ferne spielenden Kindern zu, machte aber keine Anstalten, ihren Eimer und ihre Schaufel zu verlassen und über den Strand zu ihnen zu laufen. Zwar erinnerte sie sich nicht mehr genau, was geschehen würde, wenn sie es täte, aber sie wußte, daß es mit Schmerzen verbunden sein würde, und sie wollte keine Schmerzen.

Sie begann mit der Schaufel im Sand zu graben. Nach einer kleinen Weile war ein Loch neben ihr, in dem sich wie durch Magie Wasser sammelte. Sie versuchte, das Wasser aus dem Loch zu schöpfen, aber jedesmal kam neues Wasser nach, und immer schien es genausoviel zu sein.

Sie versuchte, das Loch tiefer zu graben, aber das ging auch nicht. Es füllte sich immer wieder mit Wasser, und dann stürzten die Seiten ein; jetzt war das Loch breiter, aber beinahe wieder aufgefüllt.

Dann merkte sie, daß sie die Mischung aus Sand und Wasser vom Grund des Lochs in hübschen runden Tropfen, die wie kleine graue Pfannkuchen aussahen, auf ihre Beine platschen lassen konnte.

Und wenn sie mehr darauf fallen ließ, sah es wie ein ganzer Stapel kleiner Pfannkuchen aus.

Mit vergnügtem Glucksen und Gurgeln machte sie sich daran, ihre Beine mit nassem Sand zu bedecken, ganze Haufen davon auf ihre Knie und Knöchel zu laden und dann auch die Zehen zu bedecken. Nach einer Weile bemerkte sie, daß der graue Sand weiß wurde, wenn sie still hielt. Und wenn sie wartete, bis er weiß geworden war, und dann die Zehen bewegte, zerbröckelte er wieder.

Mehrmals wiederholte sie das Spiel. Dann kam ihr ein anderer Gedanke.

Sie füllte den Eimer mit nassem Sand vom Grund des Loches, dann klopfte sie den Sand neben dem Loch fest und strich ihn glatt. Darauf stülpte sie den Eimer auf die ebene Fläche, hob ihn auf und fand einen hübschen runden Sandberg mit glatter Oberfläche.

Auf den Knien herumrutschend, ließ sie nassen Sand aus dem Loch auf den Berg fallen und über die Seiten laufen wie Zuckerguß auf einem Kuchen. Dann nahm sie die Schaufel und grub einen Graben um den Berg. Aber als der Graben ungefähr so tief war, daß ihr Unterarm bis zum Ellbogen hineinpaßte, begann er sich mit Wasser zu füllen, und die Seiten fielen ein.

Fasziniert sah das kleine Mädchen zu, wie ihr Sandberg zerbröckelte.

Als er zu einem formlosen Haufen geworden war, fing sie mit dem nächsten an.

Langsam wanderte die Sonne über den Himmel, aber das kleine Mädchen merkte es nicht.

Es war mittlerweile umgeben von den Ruinen von fünf Sandbergen und fing gerade mit dem nächsten Berg an, als etwas Weiches ihr Bein streifte.

Es war ein Kätzchen, das den Schwanz steil in die Luft streckte. Sein graues Fell war sandig.

Es miaute leise, setzte sich dann in den Sand und blickte mit großen, neugierigen gelben Augen zu dem Mädchen auf.

Das kleine Mädchen streckte die Hände nach dem Kätzchen aus, aber es sprang schnell fort,

»Miezi«, sagte das kleine Mädchen. »Miezi!«

Ihre Sandberge waren vergessen. Sie stand auf und tappte unsicher auf das Kätzchen zu.

Dann sah sie den kleinen Jungen, der ein paar Schritte entfernt stand und sie mißtrauisch anstarrte.

Sie schaute zu ihm zurück, dann lächelte sie breit und plumpste in den Sand.

Der kleine Junge lachte und kam näher.

Das Kätzchen, drei Schritte entfernt, setzte sich in den Sand und wickelte den Schwanz um die Beine.

Während die Sonne langsam ihre Bahn über den Himmel zog, saßen die beiden Kinder im Sand, schauten einander an und imitierten ihre beiderseitigen Bewegungen mit fröhlichem Gekicher. Das Kätzchen blieb abseits und beobachtete sie beide.

Dann stand es mit leisem Miauen auf, streckte sich genießerisch und lief über den Strand davon.

»Miez!« rief der kleine Junge. Er rappelte sich auf und lief hinter der jungen Katze her, schien seine kleine Spielgefährtin vergessen zu haben.

Das Mädchen blieb ein paar Augenblicke sitzen, dann wandte es sich um und schaute zu der Decke, auf der die Mutter saß.

Ihre Mutter blickte in die andere Richtung und redete mit einem Mann, den das kleine Mädchen nicht kannte.

Es stand auf und tappte dem Jungen und dem Kätzchen hinterdrein. Eimer und Schaufel waren ebenso vergessen wie ihre Sandberge.

Sie mußte laufen, um den kleinen Jungen einzuholen, wußte aber, daß sie ihn nicht rufen durfte, weil ihre Mutter es sonst hören und sie zurückhalten würde; also lief sie so schnell sie konnte, nicht ohne alle paar Schritte in den Sand zu purzeln, sich wieder aufzurappeln und weiterzulaufen. Sie merkte, daß ihre Hose rutschte, und zog sie wieder hinauf, doch als der Vorsprung des kleinen Jungen immer größer wurde, kümmerte sie sich nicht mehr um die Hose und ließ sie rutschen und in den Sand fallen.

Die Neigung des Strandes wurde steiler, und das kleine Mädchen rutschte bei fast jedem Schritt im lockeren Sand zurück. Aber hier wuchs Dünengras, an dem sie sich festhalten und weiterziehen konnte. Als sie endlich oben auf dem Sandrücken ankam, stand der kleine Junge allein dort, hatte den rechten Daumen im Mund und starrte mit runden Augen das Kätzchen an. Dieses saß dort, wo die schlimme Stelle war.

Sie wußte nicht genau, warum es die schlimme Stelle war, erinnerte sich aber undeutlich, daß ihre Mutter sie einmal auf die Düne gebracht, hinausgezeigt und ihr dann auf den Po gehauen hatte, während sie das Wort wiederholt hatte.

»Nein, nein, nein! Verstehst du?«

Das oft gehörte Wort, der zornige Klang von Mutters Stimme und das schmerzende Hinterteil hatten ihr zum Verständnis verholfen.

Sie blieb ungewiß stehen und blickte instinktiv zurück. Aber sie konnte nur Dünengras sehen.

Der kleine Junge sah sie, und plötzlich flutschte ihm der Daumen aus dem Mund, und er zeigte fröhlich lachend zu dem Kätzchen. Dann ging er auf die schlimme Stelle zu. Mit der linken Hand hielt er seine Hose fest, der rechte Daumen verschwand wieder in seinem Mund.

Das kleine Mädchen zögerte, dann folgte es.

Das kleine Mädchen lief den Dünenhang auf der anderen

Seite hinunter und holte den Jungen rasch ein. Er wandte sich um und schaute zu ihr zurück, sagte aber nichts. Ernst sah er sie an, bis sie ihn erreicht hatte.

Sie gab ihm die Hand, und die beiden marschierten dem verspielt herumspringenden Kätzchen hinterdrein.

Auf einmal hörte der warme, trockene Sand auf, der sich zwischen den Zehen so gut anfühlte. Statt dessen gab es ein klebriges, kaltes Gefühl, und sie merkte, wie es ihre Füße umfing. Sie blieb stehen und schaute an sich hinab.

Schlamm. Dick und schwarz quoll er um ihre Füße auf, und der Geruch war so, daß sie die Nase rümpfte und ein Gesicht machte. Aber das Kätzchen schien überhaupt nichts zu bemerken, und der kleine Junge auch nicht.

Das Mädchen tat einen weiteren Schritt, zog den Fuß aus dem Schlamm und wischte ihn am anderen Bein ab, bevor sie ihn wieder in den Schlamm setzte.

Aber es gab einen Pfad zu der schlimmen Stelle, und wenn es einen Pfad gab, mußte es in Ordnung sein.

Nun war auf beiden Seiten hohes Schilfgras, das ihr weit über den Kopf ging. Und überall um sie her waren Geräusche, die sie noch nie gehört hatte.

Zuerst wußte sie nicht, ob sie sich fürchten sollte oder nicht.

Dann erinnerte sie sich der Geräusche, die sie manchmal nachts in ihrem Zimmer gehört hatte, wenn die ›Ungeheuer‹ zu ihr gekommen waren und sie geschrien hatte, bis ihr Papa hereingekommen war und Licht gemacht und ihr gesagt hatte, daß es keine Ungeheuer gebe.

Aber sie wußte, daß es Ungeheuer gab, und als sie durch die schlimme Stelle weitertappte, immer an der Hand des kleinen Jungen, fühlte sie, daß die Ungeheuer überall um sie her waren, selbst wenn sie sie nicht sehen konnte.

Die Ungeheuer waren es, die die Geräusche machten.

Sie hatte jetzt ein kribbelndes Gefühl im Bauch, und ihre Haut prickelte.

Und das Herz in ihrer Brust begann laut zu pochen.

Wenn die Ungeheuer ihr Herz hörten, würden sie wissen, wo sie war, und sie holen.

Ein leises ängstliches Winseln kam über ihre Lippen, und Tränen brannten ihr in den Augen.

Sie wollte ihre Mutter rufen – wollte, daß ihre Mutter käme und sie hole, obwohl sie auch fürchtete, was ihr geschehen würde, wenn die Mutter sie mitten in der schlimmen Stelle fände.

Sie zog an der Hand des Jungen, und er blieb stehen. Er hatte den Daumen noch im Mund und schaute sie verständnislos an.

»Un-geheuer«, brachte das kleine Mädchen hervor. »Da!« Sie zeigte in das Röhricht, das sie auf allen Seiten umgab, aber der kleine Junge schüttelte den Kopf.

»Miez.« Dann zog er sie weiter und tappte auf dem Pfad dem Kätzchen nach, das vor ihnen herlief, und das sie nie einholen konnten.

Sie wußte nicht, wie weit sie in die schlimme Stelle vorgedrungen waren, weinte jetzt aber, und ihr Herz pochte so heftig, daß die Ungeheuer sie bald hören mußten.

Sie waren ringsumher, machten leise stöhnende Geräusche, und das kleine Mädchen konnte sie im Röhricht rascheln hören, als sie nach ihr suchten.

Sie weinte stärker, ließ die Hand des kleinen Jungen los und fing an zu laufen, so schnell sie konnte, um das Kätzchen einzuholen. Aber der schwammige Schlamm hielt ihre Füße fest, und je schneller sie zu laufen sich bemühte, desto langsamer schien sie voranzukommen.

Wie in der Nacht, wenn sie vor den Ungeheuern weglaufen mußte und nicht konnte...

Mit seinem klebrigen Schlamm und den wogenden grünen Armen versuchte das Sumpfdickicht sie festzuhalten, bis die Ungeheuer kommen und sie fressen würden...

Und dann, so plötzlich, daß dem kleinen Mädchen kaum bewußt wurde, wie es geschah, öffnete sich das Schilfdikkicht auf einer Seite, wo eine große sandige Stelle war, die genau wie der Strand unten am Wasser aussah.

Sie war gerettet! Sie hatte die schlimme Stelle hinter sich, und da war Sand, und sie war sicher!

Das Kätzchen war noch ein paar Schritte entfernt, hatte

aber haltgemacht, und saß auf dem Pfad. Die gelben Augen blickten das Kind an. Das Herzklopfen des kleinen Mädchens ließ ein wenig nach, und es tappte aus dem Schlamm hinaus auf den Sand, fort von den Schrecken des Dickichts.

Der Sand gab unter ihren Füßen nach.

Sie schrie auf, ein entsetztes Geheul aus voller Kehle, das um sie her widerhallte und sogar die Ungeheuer verstummen ließ.

Sie schrie wieder, versuchte die Beine aus dem Sand zu ziehen, der plötzlich knietief war.

Knietief und kalt und schlickig wie der Schlamm im Röhricht.

Der kleine Junge kam aus den Binsen zum Vorschein und blieb stehen. Er starrte sie an.

Sie schrie und schrie, dann verlor sie das Gleichgewicht und fiel in den kalten, nassen Schwimmsand.

Der kleine Junge tat einen Schritt auf sie zu, dann noch einen.

Zuerst sank sein rechter, dann auch der linke Fuß in die bodenlose Tiefe des Sandes.

Das kleine Mädchen wußte jetzt, warum es die schlimme Stelle war.

Es war die Stelle, wo alle Ungeheuer ihrer Alpträume lebten, und als sie im Schwimmsand um sich schlug und zappelte, fühlte sie sie näher kommen, aus dem Schilf kriechen und herbeischleichen, um sie zu überfallen.

Der Herzschlag dröhnte ihr in den Ohren. Ihre Schreie wurden gellender, doch selbst in ihrer Panik verstand sie, daß ihr Papa nicht kommen würde.

Sie war nicht in ihrem Zimmer, und es war nicht Nacht, und ihr Papa konnte sie nicht hören.

Nicht einmal ihre Mutter konnte sie hören.

Diesmal würden die Ungeheuer sie erwischen.

Sie wußte das, denn bisher war es immer so gewesen, daß ihr Papa dagewesen war, wenn sie des Nachts zu ihr gekommen waren.

Aber jetzt war es nicht Nacht, und ihr Papa war nicht in der Nähe, und es gab nichts als die Ungeheuer.

Die Ungeheuer und den kleinen Jungen.

Er kam jetzt näher, aber es war klar, daß die Ungeheuer auch ihn kriegen würden. Und noch als sie zu ihm hinsah – die Tränen, die ihren Augen entströmten, ließen sein Bild und alles andere verschwommen erscheinen –, sank auch er in den Sand ein und fiel.

Einen Augenblick schloß sich der Schwimmsand über ihm, dann kam sein Kopf wieder zum Vorschein, und seine Schreie vermischten sich mit den ihren.

Und die Ungeheuer kamen immer näher...

Plötzlich wurde es Nacht, eine kalte, dunkle Nacht, die sich um das Kind schloß, seine Schreie abschnitt und die Geräusche der Ungeheuer ebenso wie das Tageslicht auslöschte.

Ihr war, als müsse ihre Brust zerplatzen, als sie gegen die wäßrige Nacht zu atmen versuchte, zappelnd unter dem kalten Gewicht der Dunkelheit.

Nun konnte sie nicht einmal mehr schreien, konnte nicht mehr gegen die Ungeheuer ankämpfen, dem schwarzen Abgrund nicht entrinnen...

Sie schlug die Augen auf, ein Schrei gurgelte in ihrer Kehle.

Die Schwärze war fort.

Hände berührten sie.

Warme Hände.

Aber nicht die Hände ihres Papas.

Sie zwinkerte, der Schrei erstarb ihr in der Kehle.

Überall um sie her war Wärme, und sie fühlte sich an einen weichen Körper gedrückt.

Als sie aufblickte, war ein Gesicht über ihr.

Nicht das Gesicht der Mutter.

Ein Gesicht, das sie nie gesehen hatte, aber ein Frauengesicht.

Und dann hörte sie die Stimme, eine leise, besänftigende Stimme.

»Du bist jetzt mein. Du bist zu mir gekommen, und nun wirst du mir gehören. Für alle Zeit wirst du mir gehören.«

1

Cassie Winslow stand still in der Wärme des Aprilnachmittags, bemüht, ihre Gedanken auf den Sarg zu konzentrieren, der über dem offenen Grab hing. Die Maschinerie, die ihn hinabsenken sollte, war von den Blumen, welche die Freunde ihrer Mutter geschickt hatten, nur zum Teil verdeckt, und selbst der größte Blumenstrauß – der von ihrem Vater – sah in seiner Ehrenposition auf dem Sargdeckel winzig aus. Eine Betäubung lastete auf Cassies Gemüt – dieselbe Betäubung, die sich vor drei Tagen herabgesenkt hatte, als die Polizei mit der Nachricht, daß ihre Mutter nicht nach Haus kommen würde, zu der kleinen Wohnung im Norden Hollywoods gekommen war, die sie und ihre Mutter bewohnten. Ganz gleich, wie oft sie sich klarmachte, daß es ihre Mutter war, die zu beerdigen sie im Begriff waren, sie war unfähig, sich mit der Vorstellung abzufinden. Im Gegenteil, sie rechnete noch immer mit dem unauffälligen Rippenstoß ihrer Mutter und der halblaut gemurmelten Ermahnung, geradezustehen und achtzugeben.

– Ich bin beinahe sechzehn! Warum kann sie mich nicht in Ruhe lassen?

Der Gedanke ließ sie schuldbewußt erröten, und verstohlen blickte sie umher, ob jemand sie anstarrte. Aber wer sollte gekommen sein, um sie oder den Sarg anzustarren? Außer dem Geistlichen und ihr selbst war nur der Anwalt zum Begräbnis gekommen, der am Tag nach dem Tode ihrer Mutter mit der Erklärung erschienen war, daß er sich um alles kümmern werde; am Tag nach der Beerdigung – morgen – sollte sie nach Boston fliegen, wo ihr Vater sie abholen würde.

In Boston! Wenn ihrem Vater wirklich an ihr lag, warum war er dann nicht zur Beerdigung gekommen?

Aber Cassie kannte die Antwort darauf: Ihr Vater war zu sehr damit beschäftigt, für seine neue Familie zu sorgen, als daß er sich mit einer abgeben könnte, die er bald nach ihrer

Geburt weggeworfen hatte. Warum also sollte er die weite Strecke nach Kalifornien fliegen, nur um einer Beerdigung beizuwohnen? Die Stimme ihrer Mutter tönte in Cassies Ohren, gerade so, als ob sie noch lebte: »Der taugt nichts! Keiner von ihnen taugt etwas – dein Vater, dein Stiefvater – nimm, wen du willst! Zuletzt lassen sie dich immer sitzen. Traue niemals einem Mann, Cassie! Nicht einem einzigen!«

Ihre Mutter mußte recht gehabt haben, denn ihr Stiefvater, der immer solch ein Getue gemacht hatte, wie sehr er sie liebe, war auch nicht zur Beerdigung gekommen. Tatsächlich hatte sie nie wieder von ihm gehört, seit er vor annähernd fünf Jahren fortgegangen und nicht wiedergekommen war.

Beinahe ebensolang war es her, daß sie zuletzt von ihrem Vater gehört hatte.

Die Stimme des Geistlichen leierte Gebete herunter, die Cassie nicht mehr vernommen hatte, seit sie zuletzt in der Kirche gewesen war – vor ungefähr zehn Jahren, dachte sie, bevor ihre Mutter eine Wut auf den Geistlichen bekommen hatte. Ihre Aufmerksamkeit wanderte ab von dem Grab, und sie schaute hinaus über die breite Ebene des San-Fernando-Tales. Sie hatte so lange hier gelebt, daß sie sich an nichts anderes erinnern konnte. Es war ein wolkenloser Tag, und jenseits des Tales hoben sich die kahlen Berge scharf vom tiefblauen Himmel ab. Es war so ein Tag, an dem alle sagten: ›Deshalb bin ich nach Kalifornien gekommen. Ist es nicht herrlich?‹ Aber spätestens morgen würde der Smog sich wieder ausbreiten, und die Berge würden hinter dem bräunlichgelben, stechenden Dunst verschwinden, der das Tal den ganzen Sommer lang einhüllte.

Als die Maschine leise zu schnurren begann, und der Sarg langsam in die Grube gesenkt wurde, überlegte Cassie Winslow, ob sie auf Cape Cod auch Smog hatten.

Dann war die Beerdigung vorüber, und der Anwalt führte sie die Anhöhe hinab zu der Limousine, die das Bestattungsinstitut gestellt hatte. Als sie aus dem weitläufigen Friedhof fuhren, der die sorgfältig bewässerten grünen Hügel meilenweit zu bedecken schien, stellte Cassie sich die Frage, ob sie jemals wieder hierher zurückkommen würde.

Viele Leute suchten Friedhöfe auf, um ihre toten Eltern zu besuchen, aber irgendwie glaubte sie nicht, daß sie es tun würde.

So weit ihre Erinnerung zurückreichte, hatte sie sich immer mit der Fantasie beschäftigt, daß ihre Mutter vielleicht gar nicht ihre richtige Mutter sei. Manchmal, spätabends in der dunklen Sicherheit ihres Schlafzimmers, hatte sie sich eine andere Frau vorgestellt – eine Frau, die sie nur vor ihrem inneren Auge sah –, die sie nie anschrie, nie zurechtwies, nie mit bitteren Worten kränkte. Niemals.

Unwillig vertrieb sie den Gedanken, denn sie mochte sich nicht der anderen Dinge erinnern, die ihre Mutter ihr angetan hatte.

Wieder konzentrierte sie sich auf die Frau ihres Tagtraumes. Diese Frau, von der sie wünschte, daß sie ihre Mutter wäre, verstand sie immer, selbst wenn sie sich selbst nicht verstand.

Aber das war nicht die Frau, die sie gerade beerdigt hatten, und Cassie wußte in ihrem tiefsten Inneren, daß sie niemals hierher zurückkehren würde. Aber konnte sie jemals diese andere Frau finden, die Frau, die nur in ihren Träumen existierte, die wahrhaft ihre Mutter sein würde?

Eric Cavanaugh sah den Ball auf sich zusausen, faßte den Schläger fester, blinzelte etwas in die Nachmittagssonne und holte aus.

Knack!

Das Holz traf den lederbezogenen Ball, und Eric fluchte leise, als er spürte, wie der Schläger in seinen Händen zerbrach. Dann, als der Ball in hohem Bogen nach rechts übers Spielfeld flog, ließ er den Schläger fallen und rannte zum erstenmal. Wäre der Schläger nicht zersplittert, es hätte mit Sicherheit einen gewerteten Lauf gegeben. Wie die Dinge lagen, würde er auf jeden Fall das erste Laufmal erreichen, es sei denn, Jeff Maynard schaffte es, dieses Vorhaben zu durchkreuzen.

Die Wahrscheinlichkeit, daß Jeff den Ball fangen würde, war jedoch gering. Das war der Grund, daß Eric ihn überhaupt in seine Richtung geschlagen hatte. Mit Leichtigkeit umrundete er das erste Laufmal, aber fünf Meter vor dem zweiten Laufmal glitt er aus, flog der Länge nach ins Gras und fühlte, wie die Spieleruniform an der Schulter aufriß.

»Eines Tages wirst du dir dabei noch den Hals brechen«, hörte er Kevin Smythe sagen, und hörte aus dem Tonfall des zweiten Malspielers heraus, daß er es geschafft hatte. In Sicherheit! Grinsend stand er auf und kratzte Erde von dem aufgerissenen Jersey. Dann aber, als sein Blick über das Spielfeld ging, gefror ihm das Lächeln im Gesicht.

Hinter dem Zaun parkte der alte weiße Lieferwagen mit der kobaltblauen Aufschrift CAVANAUGH FISCH am Rand der Bay Street. An der Wagentür lehnte sein Vater, die Arme auf der Brust verschränkt, und schüttelte langsam den Kopf, während er etwas zum Trainer sagte, der von seinem Platz knapp innerhalb des Zaunes zustimmend nickte.

Eric schwand der Mut. Warum konnte sein Vater nicht eine halbe Stunde eher aufgetaucht sein, als er den Ball über den Zaun links vom Spielfeld geschlagen hatte? Aber so war es immer: Wenn er einen Fehler machte, mußte sein Vater ihn sehen. Beim Abendessen würde Ed Cavanaugh darüber sprechen wollen. Und weil dieser Fehler auf dem Baseballplatz geschehen war, bedeutete es, daß er und sein Vater nach dem Abendessen wieder hier sein und Schlagübungen machen würden, bis keiner von ihnen mehr etwas sehen konnte. Selbst dann würde Ed darauf bestehen, ›noch ein paar‹ zu machen, so daß es Eric unmöglich sein würde, vor acht Uhr an seine Hausaufgaben zu gehen.

Sofern sein Vater sich nicht betrank. Das war immer eine Möglichkeit. War er aber betrunken, so war alles noch schlimmer, als wenn er nüchtern war.

Die Trillerpfeife des Trainers signalisierte das Ende der Übungsstunde, und nachdem Eric gewartet hatte, bis Jeff Maynard ihn eingeholt hatte, ging er mit ihm zum Umkleideraum, beschäftigt mit der Frage, ob er die für halb fünf anberaumte Sitzung des Schülerrates schwänzen sollte. Wäre er nicht der Vorsitzende des Schülerrates gewesen, er hätte nicht erst überlegt. Der Schülerrat hatte in Wirklichkeit nichts zu bedeuten. Mitglied zu sein, gab ihm lediglich die Gelegenheit, sein Foto im Schuljahrbuch zu sehen, und seinem Vater wieder etwas, womit er prahlen konnte, wenn er sich im Wirtshaus betrank. Aber Eric *war* der Vorsitzende, und wenn er nicht hinging, würde sein Vater sicherlich davon hören. Trainer Simms würde dafür sorgen. Dann würde eine lange Ansprache über das Thema ›Den Erwartungen gerecht werden, die man in dich setzt‹ fällig sein, gefolgt von zusätzlichen Schlagübungen.

»Das wäre wieder ein Ziellauf gewesen, wenn der Schläger nicht kaputt gegangen wäre«, bemerkte Jeff. »Warum schlägst du diese Dinger immer zu mir? Du weißt, daß ich sie nicht fangen kann.«

Erics Grinsen kehrte wieder, und seine blauen Augen blitzten lustig. »Dir macht es nichts aus, ob du sie fängst oder nicht. Wenn ich sie zu dir schlage, weiß ich, daß ich ein oder zwei Laufmale schaffen werde, und ich weiß außerdem, daß du dich deswegen nicht grämen wirst.«

Jeff zuckte mit der Schulter, aber sein Blick umwölkte sich ein wenig. »Dein Vater hat es gesehen«, bemerkte er. »Wirst du Ärger mit ihm kriegen?«

»Das sowieso«, erwiderte Eric. Er versuchte es in einem Ton zu sagen, als bedeute ihm der Zorn seines Vaters nicht mehr als Jeff ein verpaßter Flugball. Bloß war Jeff schon immer sein bester Freund gewesen, und Jeff schien immer zu wissen, was in seinem Kopf vorging, egal, was er laut sagte. Jetzt bewies er es wieder.

»Wollen wir die Ratssitzung schwänzen? Dann könnten wir die Trigonometrieaufgabe machen, bevor du zu Haus sein mußt. Oder wir könnten die auch lassen und an den Strand gehen«, fügte er hoffnungsvoll hinzu.

Eric dachte darüber nach, dann schüttelte er den Kopf und zog die schwere Tür zum Umkleideraum auf. »Geht nicht. Wenn ich für die Arbeit nächste Woche keine Eins kriege, werde ich auch im Zeugnis keine kriegen. Und du weißt, was das bedeutet.«

Jeff rollte die Augen. »Wie sollte ich das wissen? Und du weißt es auch nicht, weil du noch nie etwas anderes als Einser gekriegt hast. Außerdem wird dein Alter dich nicht umbringen, oder?«

»Ich weiß nicht...« fing Eric an, wurde aber sofort vom Trainer unterbrochen, der von der Gerätekammer neben der Dusche zu ihm herüberschrie.

»Das sind zwei Schläger in einer Woche, Cavanaugh! Noch einen, und du zahlst dafür! Verstanden?«

»Ich wollte nicht...«

Simms' Stimme wurde noch lauter, und seine Worte erschienen Eric wie ein Echo der Vorträge, die er so oft von seinem Vater zu hören bekam: »Was du wolltest, interessiert mich nicht. Mich interessiert nur, was du tust!«

Eine jähe Aufwallung heller Wut durchflutete heiß seinen Körper, und er kämpfte dagegen an. Aufregung machte alles nur noch schlimmer. Wozu soviel Aufhebens um einen zerbrochenen Baseballschläger? Aber es war eben nicht nur der Schläger – es war alles. Und so war es, solange er denken konnte. Ganz gleich, was er tat, es schien niemals gut genug zu sein – nicht für seinen Vater, nicht für seine Lehrer, für niemanden. Immer schienen sie zu denken, er bemühe sich nicht genug, er solle besser sein. Aber gab er nicht schon sein Bestes? Was wollten sie noch?

Wieder schien Jeff Maynard seine Gedanken zu lesen. »Laß ihn«, hörte er seinen Freund so leise sagen, daß niemand sonst es hören konnte. »Wenn du noch was sagst, wird er deinem Vater erzählen, du wärst frech geworden, und läßt dich Runden laufen. Dann wirst du die Sitzung verpassen und die Arbeit verhauen.« Natürlich konnte er sich nicht verkneifen hinzuzufügen: »Wäre das ein Spaß, unseren Musterschüler einmal auf die Nase fallen zu sehen!« Dann, als Eric ausholte, um ihm auf den Oberarm zu boxen, sprang Jeff davon und verschwand um die Ecke zu seinem Spind.

Eric blickte zur großen Uhr an der Wand und erkannte, daß ihm bis zur Schülerratssitzung nur noch zehn Minuten blieben. Hastig zog er sein schmutziges Zeug aus und steckte es in seine Büchertasche, damit seine Mutter es am Abend noch waschen konnte.

Nähen würde er es selbst.

Es war halb sechs, als Eric endlich die Memorial-Oberschule verließ und sich auf den Heimweg machte. Die Straßen von False Harbor waren nahezu menschenleer, da die Sommersaison erst in sechs Wochen beginnen würde und der größte Teil der kleinen Fischereiflotte auf See war. Die Andenkenläden und Sommerboutiquen an der Bay Street waren noch geschlossen und verrammelt, und der kleine Ort trug den seltsam verlassenen Ausdruck, den er jeden Herbst annahm, nachdem die Sommergäste fort waren und die Saisongeschäfte zugemacht hatten. Ihre Besitzer brieten dann in der Sonne Floridas und verkauften den Winterurlaubern dort die gleiche Ware, die sie den Sommer über auf Cape Cod verkauften. Trotz dieses äußerlichen Anscheins von Verlassenheit war Eric die Zeit außerhalb der Saison am liebsten. Nur dann konnte er ungestört durch die Dünen und am Strand entlangwandern, allein mit der donnernden Brandung und dem stürmischen Winterhimmel.

Dann gab es den bei Springtiden überfluteten Salzsumpf, der dem Ort seinen Namen gegeben hatte, weil er den Hafen viel größer und leichter erreichbar scheinen ließ, als er es tatsächlich war. Im Sommer war der ausgebaggerte Seekanal, der die einzige Zufahrt zum tieferen Hafen landeinwärts vom Salzsumpf darstellte, verstopft von Motor- und Segeljachten, und wenn im August die windstillen, heißen Tage kamen, hingen die stinkenden Abgasschwaden der Dieselmotoren wie ein giftiger Dunst über dem Röhricht. Im Winter aber, wenn der Nordwind heulte, war dem Salzsumpf ein besonderer Zauber eigen, wenigstens für Eric, und dann konnte er stundenlang in einem windgeschützten Winkel sitzen, den Rücken dem Dorf zugekehrt, während über ihm die schreienden Möven kreisten. Ein- oder zweimal hatte er Jeff Maynard überredet, mit ihm den Salzsumpf zu erforschen, aber Jeff hatte, nachdem er ein paar Minuten in der Kälte gezittert hatte, den Vorschlag gemacht, daß sie lieber zum Bowling in die Providence Street gehen sollten, wo es sechs Bahnen gab und wenigstens warm war. Aber die Kälte machte Eric nichts aus; er hatte nicht sehr oft Gelegenheit, zum Salzsumpf hinauszugehen, und wenn er es tat, zog er es vor, allein zu sein.

Heute hatte er keine Zeit für einen Ausflug dorthin, aber als er die Bay Street entlangging, den Beutel mit seinen Schulbüchern über der rechten Schulter, entschloß er sich zu einem kleinen Umweg über den Hafenkai. Dort hatte eine Möwe auf einer der Verpfählungen das erste Nest der Saison gebaut, und Eric hatte es schon zweimal nach Eiern überprüft. Bisher gab es noch keine. Aber man konnte nie wissen.

Als er die Wharf Street erreichte und zu der Uhr aufblickte, die am Hafeneingang auf einem eisernen Turm stand, besann er sich eines anderen. Wenn er um sechs nicht zu Haus wäre, würde der Teufel los sein. Also bog er nach links zur alten Gemeindewiese, die zwei Blocks entfernt lag.

Erst dort, in der Ortsmitte, begann False Harbor wieder belebt auszusehen, denn hier in der langgestreckten Ortsmitte – vier Blocks breit und achtzehn lang –, die vom Salzsumpf am Westrand der kleinen Stadt bis zu den Dünenfeldern im Osten reichte, wohnte die ständig ansässige Bevölkerung. Sie hatte Cape Drive und Bay Street den Sommergästen überlassen. Sobald man die Bay Street verließ, gab es tatsächlich nicht viel, was False Harbor von irgendeiner anderen Kleinstadt Neuenglands unterschied. Den Mittelpunkt bildete nach wie vor die rechteckige Gemeindewiese aus dörflichen Zeiten, auf der freilich seit mehr als einem Jahrhundert keine Schafe, Schweine und Gänse mehr weideten. Die Eigentümer der rings um die Gemeindewiese stehenden Häuser hatten der Versuchung widerstanden, den Mittelpunkt des Ortes in etwas zu verwandeln, was von den Reiseführern hätte ›anheimelnd altmodisch‹ genannt werden können.

Und doch war es genau das, denn viele der Gebäude waren älter als zweihundert Jahre. Früher einmal waren sie Wohnhäuser gewesen, aber die meisten waren später im viktorianischen Stil umgebaut und durch Ladeneinbauten verändert worden. Der Ziegelbau des Rathauses beherrschte noch immer den Morgen Land zur Commonwealth Avenue, die im Osten von der Gemeindewiese und im Westen von der High Street begrenzt wurde. Neben ihm stand die aus Stein gemauerte Carnegie-Bücherei, die im frühen zwanzigsten Jahrhundert die städtischen Stallungen verdrängt hatte.

Als er aus der Wharf Street kam, kehrte Eric dem Rathaus den Rücken und überquerte den Vorplatz diagonal zu der Stelle, wo die Commonwealth nach der Unterbrechung durch den Vorplatz ihren Fortgang nahm. Dann besann er sich eines anderen, bog wieder nach Süden und hielt auf die Ocean Street und die alte Congregational-Kirche zu, die zwischen der Gemeindewiese und der Cambridge Street ihren eigenen Morgen Land besetzt hielt.

Die Kirche war immer Erics Lieblingsgebäude in False Harbor gewesen, obwohl er nicht hätte sagen können, warum es so war. Es war ein steiler, schmaler Bau, dessen nüchtern aussehende, mit weißgestrichenen Brettern verschalte Seitenwände in regelmäßigen Abständen von Buntglasfenstern durchbrochen waren, die erst zweihundert Jahre nach Erbauung der Kirche die alten Originale ersetzt hatten – und hundertfünfzig Jahre nachdem die letzten ihrer puritanischen Gründer auf dem benachbarten Friedhof zur letzten Ruhe gebettet worden waren. Das steile Schieferdach wurde überragt von einem hohen, spitzen Kirchturm, in welchem noch die ursprüngliche Glocke hing, obwohl sie heutzutage nur noch an Sonn- und Feiertagen geläutet wurde. Vor der Kirche blieb Eric wieder stehen und überlegte, ob er sich noch die Zeit nehmen sollte, hineinzuschlüpfen und zuzusehen, wie die alte Räderuhr in der Vorhalle sechs schlug. Gerade als er entschieden hatte, es zu riskieren, ertönte ein Hupsignal. Er wandte den Kopf und sah den weißen Kleinlastwagen seines Vaters mit laufendem Motor an der Bordsteinkante stehen. Ed Cavanaugh winkte ungeduldig vom Fahrersitz.

Erics Magen krampfte sich in einer schon vertrauten Spannung zusammen, als er über die Rasenfläche lief und auf den Beifahrersitz rutschte.

»Hast du zuviel Zeit, daß du da drinnen herumlungerst?« grollte Ed Cavanaugh, als er den Gang einlegte und den Fuß von der Kupplung nahm.

Eric sagte nichts und blickte starr geradeaus. Er fühlte den durchbohrenden Blick des Vaters auf sich. »Mir scheint, du könntest deine Zeit produktiver nutzen, als herumzustehen und eine alte Uhr schlagen zu sehen«, fuhr Ed Cavanaugh fort. Sein Tonfall war jetzt gefährlich leise, für Eric ein sicheres Zeichen, daß sein Vater zornig war.

»Ich wollte mich nicht länger als ein paar Minuten aufhalten...« fing er an, kam aber nicht weiter.

»Ich glaube nicht, daß du ein paar Minuten zu verschwenden hast, es sei denn, du willst in der Gosse enden«, erwiderte der alte Cavanaugh. Er beobachtete die Straße, als er in die Cambridge Street bog, lenkte seine Aufmerksamkeit dann wieder zurück auf seinen Sohn. »Und sieh mich gefälligst an, wenn ich mit dir rede«, fuhr er fort.

Eric fühlte, wie sich der Knoten in seinem Magen noch enger zusammenzog, aber er war entschlossen, sich seine Angst nicht anmerken zu lassen. Gehorsam wandte er den Kopf und schaute den Vater an.

»Du findest, ich bin zu streng mit dir, nicht?« fragte Ed Cavanaugh, und seine Stimme bekam säuerlich greinende Obertöne. Er schnaufte angestrengt, und der starke Whiskeygestank seines Atems ließ Eric ein wenig zurückschrekken. Als der Junge nichts erwiderte, schüttelte Ed den Kopf. »Nun, das ist nicht so. Ich will nur, daß du dein Bestes tust. Und das kannst du nicht, wenn du deine Nachmittage vertrödelst.«

Wie du deine im Wirtshaus vertrödeln kannst, dachte Eric, wagte aber nicht, den Gedanken auszusprechen. »Ich war auf dem Heimweg und wollte bloß für eine Minute in die Kirche schauen«, sagte er. »Das ist alles.«

»Hättest zu Haus sitzen und lernen sollen«, nörgelte Ed. »Und mir scheint, wir zwei sollten nach dem Abendessen noch ein paar Stunden auf dem Baseballplatz verbringen. Mit sechzehn müßtest du imstande sein, einen Schläger richtig zu halten.«

»Es war ein unglücklicher Zufall«, stöhnte Eric. Er hatte gehofft, daß der Alkohol, den sein Vater konsumiert hatte, die Baseball-Übungsstunde vom Nachmittag hatte in Vergessenheit geraten lassen. »Ich weiß, wie man einen Schläger hält. Du selbst hast es mir beigebracht, nicht wahr?«

Argwohn machte Ed Cavanaughs Augen schmal, und er

ließ die Backenmuskeln spielen. »Meinst wohl, du kannst bei deinem alten Herrn eine Lippe riskieren, was?«

»Aber du hast es mir beigebracht«, beharrte Eric. »Und ich werde nicht frech. Aber du hast den Rest der Übungsstunde nicht gesehen. Ich habe einen Ziellauf geschafft, und drei Ausschläge hintereinander. Wieso hast du die nicht gesehen?«

»Es würde nichts ausmachen, wenn ich sie gesehen hätte«, versetzte Ed Cavanaugh. »Das sind Leistungen, die ich von dir erwarte. Was ich nicht erwarte, sind zerbrochene Schläger und Abschläge, die außer Jeff Maynard jeder Idiot fangen könnte. Und Unverschämtheit erwarte ich auch nicht!«

»Jeff ist kein Idiot«, widersprach Eric. »Ihm liegt an Baseball bloß nicht so viel wie dir. Hätte er den Ball fangen wollen, hätte er es können.«

»Wenn er es gekonnt hätte, hätte er es tun sollen«, sagte Ed. Er bog nach rechts in die Alder Street und hielt in der Mitte des Blocks vor dem schäbigen zweistöckigen Holzhaus, das er im Jahr vor Erics Geburt gekauft hatte, als er und Laura in False Harbor ansässig geworden waren. Damals hatte er das Haus nur als eine zeitweilige Bleibe betrachtet, eine Wohngelegenheit für sie, während er eine eigene Fischereiflotte aufbaute. Aber das Geschäft hatte sich ganz und gar nicht so angelassen, wie er gehofft hatte. Ed Cavanaughs ›Flotte‹ bestand noch immer aus demselben fünfzehn Meter langen Fischkutter, mit dem er vor siebzehn Jahren angefangen hatte. Inzwischen hatte er längst jede Hoffnung aufgegeben, in eines der größeren Häuser am Westrand des Städtchens umzuziehen. Außerdem, sagte er sich, wann immer er es noch unternahm, darüber nachzudenken, war es wirklich nicht seine Schuld, daß der Fischfang ihm nicht den erwarteten Erfolg gebracht hatte, genausowenig, wie es seine Schuld war, daß das Haus wie der Kutter im Laufe der Jahre mehr und mehr heruntergekommen waren. Während der Kutter aber bloß einen neuen Anstrich brauchte, hatte das Haus auch ein neues Dach nötig, und der Garten, der sich einst hübsch vor dem Haus ausgebreitet hatte, war von Unkraut überwuchert.

Natürlich, wenn er eine Frau gehabt hätte, die ihn wenigstens ein bißchen unterstützte, wäre alles anders gewesen. Das Haus würde gut aussehen, und das Geschäft würde blühen. Nun, darauf kam es jetzt nicht mehr an. Es kam überhaupt auf nichts mehr an.

Er warf Eric einen weiteren Blick zu und fand einen Brennpunkt für den Zorn, der plötzlich in ihm überzukochen drohte.

Eric, dachte er bei sich, taugte nicht viel mehr als Laura. Alles fiel dem Jungen zu leicht, und dem verzogenen Kind war es obendrein noch gleich. Außerdem war der kleine Klugscheißer nicht ganz der heiße Tip, für den er sich hielt.

Gewiß, Eric war ein kluger Junge – viel klüger als Laura, vielleicht auch klüger als er selbst, und er hatte beinahe eine so gute Kondition wie er selbst sie in diesem Alter gehabt hatte. Beinahe, aber nicht ganz. Niemand – absolut niemand – war ein so guter Sportler gewesen wie Big Ed Cavanaugh. Und wenn die Dinge sich anders entwickelt hätten – wenn er bloß eine anständige Chance bekommen hätte –, wäre er als Baseballspieler in einem der großen Oberligavereine gelandet. Aber natürlich hatte er nie eine anständige Chance bekommen.

Andererseits schien Eric immer die Chancen zu bekommen. Und es hatte ihn bloß naseweis gemacht.

Das bedeutete, daß er die Pflicht hatte, den Jungen zurechtzustutzen, wenn es nötig war.

Und er wußte auch, wie er das anzustellen hatte. Er durfte nicht locker lassen. Der Junge durfte nie denken, er strenge sich genug an.

Ed schwang sich vom Fahrerhaus des Lasters herab und hielt im Umkreis des Hauses Ausschau nach zusätzlichen Arbeiten, die er Erics Wochenendpflichten hinzufügen könnte. Dabei fiel sein Blick auf das Nachbarhaus, und der auf seinen Sohn gerichtete Zorn verlagerte sich wieder.

Wie kam es, dachte er, daß das Haus der Winslows immer so viel besser aussah als sein eigenes? Aber natürlich kannte er die Antwort. Keith Winslow – der nicht besser als sonst irgendwer war, außer daß er immer die Chancen bekam – war es irgendwie gelungen, eine anständige Frau an Land zu ziehen. Und das machte den ganzen Unterschied. Wäre *er* mit Rosemary Winslow verheiratet, würde es auch für ihn anders aussehen. Nicht nur hielt sie das Haus in Schuß, sondern sie brachte obendrein noch ein schönes Stück Geld ins Haus.

So konnte Keith seine Zeit damit verbringen, daß er an Bord seines Bootes herumfaulenzte und nie wirklich zum Fischfang auslief. Hin und wieder fuhr er eine Gesellschaft reicher Leute aus New York oder Boston zum Vergnügen herum, und damit hatte es sich.

Eds Blick wanderte zu den vorderen Obergeschoßfenstern des Winslow-Hauses, und er überlegte, was Rosemary Winslow gerade tun mochte. Er konnte es sich denken, weil Keith erst heute früh von einer viertägigen Kreuzfahrt zurückgekehrt war.

Der Gedanke führte zu der Frage, was Rosemary in all den Nächten tat, wenn Keith fort war. Manchmal, wenn er sehen konnte, daß sie das Kind zu Bett gebracht hatte, dachte er, daß er vielleicht einmal hinübergehen und ihr eine Weile Gesellschaft leisten sollte. Natürlich hatte er es bisher nicht getan, aber aufgeschoben war nicht aufgehoben. Und wenn es Laura nicht gefiel, war es ihr Pech.

Auf einmal fühlte er den Blick seines Sohnes auf sich, wandte den Kopf und sah, daß Eric ihn anstarrte, beinahe so, als hätte er seine Gedanken gelesen. »Hast ein Problem?« fragte er. Dann verzog er den Mund zu einem häßlichen Lächeln. »Du denkst an die Winslow-Tochter, was? Die andere, die morgen aus Kalifornien kommt?« Eric schüttelte hastig den Kopf, wandte sich um und wollte die Einfahrt hinauf zur rückwärtigen Tür gehen, aber Eric hob die Stimme und rief ihm nach: »Nun, die kannst du vergessen, Junge! Ich will nicht, daß du dich mit einer minderwertigen kleinen Schlampe aus Kalifornien in Schwierigkeiten bringst. Hast du mich gehört?«

Wieder blieb Eric still, aber er zog abwehrend die Schultern ein, als ob er die Worte des Vaters körperlich von sich abprallen lassen könnte.

Nach einem letzten Blick zum Nachbarhaus folgte Ed seinem Sohn die Einfahrt hinauf. Er spürte, daß Ärger in der Luft lag. Eric oder Laura würden klugscheißen oder frech werden, und er würde ihnen eine Lektion erteilen müssen. Aber das machte ihm nichts aus. Er hatte sowieso einen lausigen Tag hinter sich und fühlte sich immer erleichtert, nachdem er Dampf abgelassen hatte.

Von ihrem gewohnten Platz am Spülbecken sah Laura Cavanaugh ihren Mann und Sohn die Einfahrt heraufkommen und erkannte sofort, daß es Verdruß gab. Eds Gesicht – immer von frischer Farbe – war dunkler als gewöhnlich, und Eric zeigte den Gesichtsausdruck angestrengter Geduld, den sie vor langer Zeit gelernt hatte als unterdrückten Ärger zu deuten.

Was mochte es diesmal sein? Worum konnte es diesmal gehen? Nun, sie würde es früh genug erfahren. Sie öffnete die Backofenklappe, um die Schweinerippchen ein letztesmal mit Fett zu begießen, dann nahm sie den Salat aus dem Kühlschrank und trug ihn ins Eßzimmer, wo der Tisch bereits für das Abendessen gedeckt war. Sie hörte die Tür zum Windfang zuschlagen und ging zurück in die Küche, als Ed und Eric hereinkamen. Eric gab ihr einen schnellen Kuß auf die Wange, und einen Augenblick später hörte sie ihn die Treppe zu seinem Zimmer hinauflaufen, zwei Stufen auf einmal nehmend. Ed ließ die Aluminiumdose für das Mittagbrot auf die Anrichte fallen, dann fing er an, sich im Küchenspülbecken die Hände zu waschen. Die Muskeln seines Rückens bewegten sich unter dem blauen Baumwollhemd.

Vor fünfzehn Jahren wäre sie zu ihm gegangen, hätte die Arme um ihn gelegt und ihn an sich gedrückt. Aber sie wußte, was geschehen würde, wenn sie das jetzt versuchte. Er würde sich versteifen, dann aus ihren Armen winden und in einem Ton, als wäre nichts geschehen, mit der Frage kontern, warum das Abendessen noch nicht auf dem Tisch stehe, und bevor sie antworten könnte, würde er sich in die Frühstücksnische setzen und in die Zeitung vergraben.

Es sei denn, Eric käme wieder herunter.

In diesem Fall würde Ed die Zeitung beiseite legen und anfangen, jede Minute von Erics Tagelauf mit ihm durchzugehen. Was war geschehen? Mit wem hatte er in der Schulkantine gegessen? Wie ging es mit dem Unterricht voran? Was hatte er nach der Schule getan? Was hatte er für den Abend vor? Hatte er sich mit Lisa Chambers verabredet?

Und Eric, von Zeit zu Zeit wie ein gefangenes Tier zu Laura blickend, würde sich bemühen, seinem Vater zufriedenstellende Antworten zu geben. Leider wußte Laura nur zu gut, daß es keine zufriedenstellenden Antworten gab.

Nun wandte Ed sich vom Spülbecken und trocknete die Hände an einem der Geschirrtücher; dann schob er seinen massigen Leib in die Frühstücksnische. Ihre Blicke begegneten einander, und zwischen seinen Brauen erschien eine tiefe Falte. »Stimmt was nicht?« fragte er.

Laura öffnete den Mund, besann sich eines Besseren, schloß ihn wieder und schüttelte den Kopf.

Einen Augenblick dachte sie, Ed werde wieder aufstehen, aber er beugte sich bloß über den Tisch und zog die Zeitung herüber. Mit einem stummen Seufzer der Erleichterung wandte Laura sich wieder der Spüle zu.

Ich sollte ihn verlassen, sagte sie sich. Ich sollte Eric mitnehmen und fortgehen.

Aber daraus würde natürlich nichts. Wohin sollte sie gehen? Sie war gefangen, und es gab keinen Ausweg.

Was in ihrer Familie schiefgegangen war, war außerdem nicht Eds Schuld. Sie wußte das – Ed erinnerte sie beinahe täglich daran, auf diese oder jene Weise.

Alles, was schiefging, war ihre Schuld. Irgendwie hatte sie Ed enttäuscht. Und da sie ihn enttäuscht hatte, konnte sie nicht fortgehen und ihn im Stich lassen.

Aber warum mußte er seinen Ärger immer auch an Eric auslassen? Sie hatte einige Male versucht, darüber mit ihm zu sprechen, wenn er in besonders guter Stimmung zu sein schien, doch stets hatte er darauf bestanden, daß er nicht zu hart mit dem Jungen umspringe, sondern ihm nur die Anleitung gebe, die ein Vater seinem Sohn schuldig war.

Laura aber war überzeugt, daß mehr dahinter steckte. Obgleich Ed behauptete, daß er nichts anderes im Sinn habe als das, was für Eric das Beste sei, hatte Laura immer das entschiedene Gefühl, daß es etwas anderes sei als der verständliche Wunsch eines Vaters, seinen Sohn erfolgreich zu sehen. Es war, als wollte ihr Mann Eric strafen. Aber es war ihr nie gelungen, den Grund für diese Haltung aufzudecken.

Verstohlen beobachtete sie ihren Mann. Sein Haar, dunkelbraun, als sie ihn kennengelernt hatte, war jetzt eisengrau, und der athletische Körper, der damals sein Stolz gewesen war, hatte in den vergangenen zwanzig Jahren Fleisch und Fett angesetzt. Seine Hände – die mächtigen Pranken, die ihr einst ein Gefühl von Sicherheit gegeben hatten, wenn sie ihre Hände gehalten hatten – waren schwielig, und auf den Handrücken traten die Adern hervor, daß man es sogar unter der dichten Behaarung sehen konnte, die auf seinen Fingern anfing und bis zu den Ellbogen reichte. Sein Gesicht war von einer derben Ansehnlichkeit gewesen, als er Mitte der Zwanzig gewesen war, aber Jahre starken Trinkens hatten die scharfgeschnittenen Züge vergröbert und aufgeschwemmt, und nun ließen die fleischigen Hängebacken und Tränensäcke ihn älter erscheinen als er war.

Ganz anders Eric, dessen geschmeidiger, schlanker Körper niemals die Massigkeit seines Vaters annehmen würde, und dessen Hände Laura immer wie die Hände eines Künstlers oder Musikers vorkamen. Nicht daß Eric sich jemals auf diesen Gebieten versucht hätte. Aber Laura wußte, daß er manchmal, wenn er allein war, gern zeichnete. Verschiedentlich hatte sie in seinem Zimmer Skizzen gefunden. Einmal hatte sie sogar daran gedacht, sie Ed zu zeigen.

Da sie jedoch wußte, was ihr Mann von Kunst hielt, hatte sie davon abgesehen. »Weibische Art, sich den Lebensunterhalt zu verdienen«, hatte er, die Bierflasche in der Hand, vor dem Fernseher gesagt, wo sie eine Dokumenation über das Leben des gegenständlichen amerikanischen Malers Andrew Wyeth gesehen hatte. »Selbst die meisten der guten Künstler nagen am Hungertuch.« Darauf hatte sie Erics Skizzen in die Schublade zurückgelegt, wo sie sie gefunden hatte, und jede Erwähnung unterlassen.

Auch Erics Gesichtszüge unterschieden sich von Eds. War

Eds gutem Aussehen – solange es ihm geblieben war – immer etwas Derbes eigentümlich gewesen, so war Erics Gesicht feingeschnitten und gefühlvoll, die blauen Augen eingefaßt von langen, dunklen Wimpern, das ausdrucksvolle Gesicht umrahmt von einer Menge dunkler Locken, die ihm in seiner Kindheit das Leben schwergemacht hatten, weil alle Erwachsenen ihre Finger hatten hineinstecken müssen. Noch heute fiel es Laura schwer, an ihrem Sohn vorbeizugehen, ohne ihm mit der Hand durch die Haare zu fahren.

Bisweilen fragte sie sich, ob es vielleicht nur an Erics gutem Aussehen lag, daß Ed ihn so hart herannahm. Wäre der Junge mehr seinem Vater nachgeschlagen, hätte Ed kaum das Bedürfnis verspürt, ihn so unerbittlich nach seinen Vorstellungen zu formen.

Die ärgerliche Stimme ihres Mannes unterbrach ihre Betrachtungen.

»Es ist zehn nach sechs, Laura. Kannst du das Abendessen nie rechtzeitig auf den Tisch bringen?«

Laura schrak zusammen, bückte sich eilig, die Herdklappe zu öffnen. »Es kommt sofort«, sagte sie. »W-w-ie war dein Tag? Ging alles gut? Ist der Motor gerichtet worden?«

Ed funkelte sie mißmutig an, aber seine Aufmerksamkeit kehrte bereits zurück zu der aufgeschlagenen Sportseite. »Wenn es schlecht gegangen wäre, hätte ich es dir gesagt, nicht wahr? Und nein, der Motor ist nicht gerichtet worden. Ich mußte den halben Nachmittag beim Großhändler verbringen und versuchen, einen anständigen Preis für den Fang herauszuholen.«

Mit anderen Worten, dachte sie, du hast den ganzen Nachmittag im *Walfisch* gesessen und getrunken, dachte Laura, als sie die Schweinerippchen zur Anrichte emporhob und auf die drei Teller verteilte.

Schweigend trug sie die Teller zum Eßtisch. Dann, als sie im Begriff war, Eric zu rufen, erschien er in der Türöffnung, die das Eßzimmer von der Küche trennte.

»Mama?« fragte er mit gedämpfter Stimme. »Kannst du mit Papa reden? Er will heute abend mit mir zum Sportplatz, Schlagübungen machen, aber ich muß lernen.«

Laura stand still, und ihr Blick begegnete dem des Jungen. Sie las die Furcht darin und die Scham, die er empfand, ihre Hilfe zu erbitten. Sie zögerte, dann schüttelte sie beinahe widerwillig den Kopf.

»Ich will nicht«, flüsterte sie. »Wenn er sich entschlossen hat, kann ich nichts daran ändern. Du weißt das.«

In Erics Augen flackerte etwas, dann war es fort. »Ja«, murmelte er. »Ja, ich weiß. Mach dir nichts daraus, Mama. Es wird schon gutgehen. Ich werde mir was ausdenken.«

Einen Augenblick später kam Ed Cavanaugh ins Eßzimmer und setzte sich auf seinen Platz am Kopfende des Tisches. Er wartete schweigend, bis die beiden sich gesetzt hatten. Sein Blick wanderte über das aufgetragene Essen, dann kam er auf seiner Frau zur Ruhe.

»Ich kann mich nicht beklagen«, sagte er mit bösartigem Sarkasmus. »Ein beschissenes Haus, ein fauler Sohn und eine Frau, die nicht kochen kann. Was kann man mehr verlangen?«

In Erics Augen blitzte es zornig, und seine Mutter zuckte kaum merklich zusammen, aber weder sie noch er antworteten, und beide hofften im stillen, daß, wenn Ed anfing zu brüllen, die Nachbarn ihn nicht hören würden. Aber das war kaum zu vermeiden; meistens hörten sie es, und obwohl sie kaum einmal etwas sagten, war nicht schwer zu erraten, was sie dachten.

Eric war immer bestrebt, sich nichts anmerken zu lassen, aber für Laura waren die mitleidigen Blicke der Nachbarn, insbesondere der von Rosemary Winslow, beinahe so schmerzhaft wie die Schläge ihres Mannes.

2

»Wenn du jetzt nicht fährst, wirst du es nicht schaffen«, sagte Rosemary Winslow mit einem Blick zur Wanduhr. Es war schon nach neun, aber Keith schien es nicht im geringsten zu kümmern. Während sie ungeduldig zusah, schenkte er sich eine weitere Tasse Kaffee ein und faltete *The Boston Globe* so, daß die Sportseite offen vor ihm lag. »Keith! Hast du nicht gehört? Das ist kein Angelausflug – du sollst deine Tochter abholen, und du darfst dich nicht verspäten!«

»Ich werde schon nicht zu spät kommen«, erwiderte Keith und schob die Zeitung beiseite. »Es ist Samstag, da wird es nicht viel Verkehr geben.« Im Nebenhaus wurde die Tür vom Windfang zugeschlagen, und als er zum Fenster hinausschaute, sah er Ed Cavanaugh triefäugig und mit schleppendem Schritt die Einfahrt hinausgehen. Er machte eine Kopfbewegung zum Fenster und lächelte seiner Frau boshaft zu. »Ich wette, Laura meckert nicht so mit ihm herum wie du mit mir.«

Ein Schatten ging über Rosemarys Gesicht, als sie an den lärmenden Ausbruch dachte, der spät am vergangenen Abend vom Nachbarhaus herübergedrungen war. Obwohl Erics Gebrüll diesmal nicht von Lauras unterdrückten Schmerzensschreien begleitet worden war, gab es für Rosemary keinen Zweifel, daß der Nachbar wieder gewalttätig gegen seine Familie geworden war. Vielleicht hätte sie auf Keith hören und die Polizei anrufen sollen. »Es ist nicht lustig«, sagte sie, »und ich möchte nicht, daß du Scherze darüber machst.«

Jennifer, die vom Streit bei den Cavanaughs glücklicherweise nicht in ihrem Schlaf gestört worden war, blickte von den kleinen Rinnsalen aus Ahornsirup auf, die sie durch das Rührei auf ihren Teller zog. »Was ist nicht lustig?« fragte sie, und ihre großen Kinderaugen blickten forschend in die Gesichter der Eltern.

»Die Art, wie Mr. Cavanaugh seine Familie behandelt«, antwortete Keith in ernstem Ton. »Und deine Mutter hat recht. Ich sollte keine Scherze darüber machen.«

»Ach so«, sagte Jennifer, die augenblicklich das Interesse verlor. Dann griff sie wieder ein Anliegen auf, das an diesem Morgen schon einmal abschlägig beschieden, aber noch nicht aufgegeben war, und wandte sich zur Mutter. »Warum darf ich nicht mit Papa nach Boston fahren und Cassie abholen?«

»Das sagte ich dir schon, Kindchen«, erwiderte Rosemary.

Sie streckte die Hand aus, um durch die roten Locken zu fahren, die Jennifers sommersprossiges Gesicht umrahmten. »Cassie hat gerade ihre Mutter verloren, und da wird sie niedergeschlagen sein. Wir glauben, daß es leichter für sie sein wird, wenn sie anfangs nur mit Papa zusammenkommt. Außerdem haben wir zwei eine Menge zu tun. Wir müssen einkaufen gehen und dann das Schlafzimmer herrichten. Schließlich soll es fertig sein, wenn Cassie kommt, nicht?«

Jennifer schob schmollend die Unterlippe vor. »Das sollte mein Zimmer sein«, erinnerte sie ihre Mutter. »Du hattest es mir versprochen.«

»Ich weiß das.« Rosemary seufzte und überlegte, wie man einer Achtjährigen erklären könnte, daß Versprechungen manchmal nicht eingehalten werden konnten. »Aber das war, bevor wir wußten, daß Cassie zu uns ziehen würde. Und fandest du nicht selbst, daß es hübscher sein würde, eine große Schwester zu haben, als ein größeres Zimmer?«

Jennifer zögerte, dann verzichtete sie auf die Beantwortung der Frage. »Aber wenn sie mich nicht mag?«

»Natürlich wird sie dich mögen, Zwerglein«, sagte Keith. »Warum sollte sie dich nicht mögen? Nur weil du die ganze Zeit redest, gern ein bißchen frech wirst und schreist und zappelst, wenn du nicht kriegst, was du willst?«

»Das tue ich nicht!« protestierte Jennifer. Sie bemühte sich, ein empörtes Gesicht zu machen, aber das löste sich rasch in Gekicher auf. So war es immer, wenn der Vater sie neckte. »Und ich heiße nicht Zwerglein. Ich heiße Jennifer.«

»Richtig, Zwerglein«, sagte Keith. Er rutschte gerade noch rechtzeitig vom Stuhl, um der Faust seiner jüngeren Tochter zu entgehen, die auf seine Seite zielte. »Mach dir keine Sorgen. Cassie wird dich mögen.«

Jennifers Fröhlichkeit verflog, und sie fragte: »Warum ist sie nie zu Besuch gekommen, wenn sie mich mag? Mag sie euch nicht?«

Keith und seine Frau tauschten einen Blick. Jennifer hatte hier die Frage gestellt, der sie beide aus dem Weg gegangen waren.

Weder Rosemary noch Jennifer hatten Cassie je gesehen,

und auch für Keith waren seit seinem letzten Besuch mehr Jahre vergangen, als er sich eingestehen mochte. Seine letzte Reise nach Kalifornien, bis dahin eine alljährliche Pilgerfahrt, war alles andere als erfreulich verlaufen. Seine erste Frau, Diana, war inzwischen zum zweitenmal geschieden und schien das Scheitern ihrer zweiten Ehe ebenso wie das ihrer ersten Keith anzulasten.

»Ich will dich nicht sehen«, hatte sie ihm am Telefon erklärt. »Ich werde dich nicht daran hindern können, Cassie zu besuchen, aber ich bin nicht verpflichtet, dich zu sehen.«

»Aber warum nicht?« hatte Keith gefragt. »Was habe ich getan?«

»Tommy hat mich verlassen, weil ich ihm nicht vertrauen konnte, weil ich es nicht fertigbrachte, mich auf ihn zu verlassen. Und das ist deine Schuld. Deinetwegen kann ich keinem Menschen mehr vertrauen.«

Keith hatte verstanden. Wieder einmal hatte Dianas krankhafte Eifersucht ihre Ehe zerstört. Es war nicht so, daß sie nicht in der Lage gewesen wäre, ihm zu vertrauen oder sich auf ihn zu verlassen. Sie war besessen von einem inneren Dämon, der ihr unaufhörlich zuflüsterte, daß die Menschen sie nicht liebten, daß sie auf sie herabsähen, daß sie nicht gut genug sei.

Die schlimmste dieser Einflüsterungen aber war die, daß ihr Mann sie betrüge.

Und obwohl es nicht zutraf – Keith hatte sie niemals betrogen, hatte es nicht einmal in Erwägung gezogen –, hatte Diana ihrem inneren Dämon geglaubt. Sie hatte angefangen, jeden seiner Schritte in Zweifel zu ziehen. War er nicht bei ihr gewesen, hatte sie allein zu Hause gesessen und sich ihn in den Armen einer anderen Frau vorgestellt. Schließlich war sie auf den rettenden Ausweg verfallen, daß ein Kind die Antwort auf ihre Probleme sei, und Keith hatte ihr schließlich zugestimmt. Er hatte dies mit dem Gedanken getan, Dianas Eifersucht könnte in ihrer tiefsitzenden Überzeugung verwurzelt sein, daß Keith sie in Wahrheit nicht brauchte. Ein Kind könnte das ändern und Diana sowohl die Selbstachtung als Mutter wie einen neuen Gegenstand ihrer Zuwendung geben.

Und so hatte sie Cassie zur Welt gebracht.

Dianas Eifersucht hatte sich jedoch nur verschlimmert, bis Keith, unfähig, sie noch länger zu ertragen, das Weite gesucht hatte.

Diana hatte ihm nie vergeben. Als die Scheidung durchgestanden war, hatte er lieber auf seinen Anteil am Sorgerecht verzichtet, als das Kind einer Situation zu unterwerfen, die, wie Diana geschworen hatte, ein Kampf durch alle Gerichtsinstanzen sein würde. Sobald sie gewonnen hatte, war Diana mit Cassie nach Kalifornien gezogen.

Danach war Keith jedes Jahr für eine Woche nach Los Angeles gereist, in einem Hotel abgestiegen und hatte soviel Zeit mit seiner Tochter verbracht, wie Diana ihm zugestanden hatte.

Bei seinem letzten Besuch aber hatte Cassie kaum mit ihm gesprochen, und gegen Ende der Woche hatte Keith den Grund ihres Verhaltens erfahren: Diana hatte auch das Kind überzeugt, daß ihr Vater der Verantwortliche für die Entwicklung sei, die zum Verlust ihres Stiefvaters geführt habe.

Keith hatte daraus die Konsequenzen gezogen. Eine Woche im Jahr war nicht genug, um die zerrissene Beziehung zu reparieren. Als Diana ihm im folgenden Jahr mitgeteilt hatte, daß Cassie ihn nicht sehen wolle, hatten er und Rosemary beschlossen, daß es für Cassie, wo nicht für ihn selbst besser wäre, wenn er sich ganz zurückzog.

Dann, vor vier Tagen, war Diana nach der Arbeit mit Bekannten essen gegangen, aber nicht nach Haus gekommen.

Um drei Uhr früh war der Anruf gekommen. Rosemary hatte schläfrig den Hörer abgenommen und erfahren, daß die erste Frau ihres Mannes tot war.

Cassie hatte der Polizei in ihrer Ratlosigkeit die Telefonnummer des Vaters gegeben, doch hatte Rosemary am nächsten Tag gehört, daß Cassie dies mit dem Rat verbunden hatte, sie sollten sich nicht wundern, wenn ihr Vater einfach einhängte. Schließlich habe er sie und ihre Mutter schon vor langer Zeit sitzen lassen. Keith war über diese Erklärung sehr unglücklich gewesen.

Wäre der Anruf zu einer anderen Zeit gekommen, hätte Keith die nächste Maschine nach Los Angeles genommen; aber als Rosemary ihn endlich erreichen konnte, war er zwei Tagereisen weit auf See, und niemand sonst war an Bord, der das Schiff allein hätte fahren können. So wurde durch eine Serie von Funkgesprächen und Telefonaten vereinbart, daß Cassie nach Boston fliegen sollte, wo er sie abholen und nach False Harbor bringen würde, wo sie fortan bei ihm und seiner zweiten Familie leben würde.

Was Jennifers Fragen betraf, so gab es darauf keine einfachen Antworten. Soviel er wußte, mochte Cassie ihn nicht.

Andererseits hatte sie ihn seit fünf Jahren nicht gesehen und seit ihrem dritten Lebensjahr nicht mehr mit ihm gelebt.

Trotzdem war er noch immer ihr Vater. Er fühlte sich ihr verbunden, und da sie ihn nun brauchte, war er zur Stelle.

»Sie wird mich mögen«, sagte er zu Jennifer. »Sie wird uns alle mögen.«

Dann, nachdem er seine jüngere Tochter geküßt und seine Frau umarmt hatte, verließ er das Haus und eilte hinaus zum Wagen. Fünf Minuten später hatte er False Harbor hinter sich und war auf der Staatsstraße nach Boston.

Cassie fühlte eine leichte Berührung an der Schulter und blickte von ihrem Buch auf. Eine Stewardeß beugte sich über die zwei freien Plätze zwischen ihr und dem Mittelgang. Cassie zog einen Ohrhörer ihres Walkman ab und blickte fragend die Frau an.

»Bitte schnallen Sie sich an«, sagte die Stewardeß und wies auf das Leuchtsignal an der Wand drei Reihen voraus. »Wir sind im Landeanflug. In fünf Minuten werden wir Bodenberührung haben.«

Cassie nickte stumm, nahm die Kopfhörer ab und legte sie mit dem Walkman und ihrem Buch in die große Ledertasche, die ihrer Mutter gehört hatte. Als sie sich am vergangenen Abend entschlossen hatte, die Reisetasche mitzunehmen, hatte sie gedacht, es könnte ihr helfen, könnte eine letzte, dürftige Verbindung mit ihrer Mutter sein. Aber jedesmal, wenn sie die Tasche ansah, stiegen ihr die Tränen in die Augen, und nun wünschte sie sich, sie hätte das Ding mit allen anderen Sachen in ihrer kleinen Wohnung im Norden Hollywoods zurückgelassen, damit auch diese Tasche von den Möbeltransporteuren, die für den nächsten Tag bestellt waren, eingepackt würde. Entschlossen schaute sie von der Tasche weg, als sie den Gurt befestigte, und ihr Blick ging zum Fenster hinaus und über die Stadt hin, die unter ihr ausgebreitet lag.

Während des fünfstündigen Fluges hatte sie mit dem Gedanken gespielt, daß sie Boston wiedererkennen könnte, obwohl der gesunde Menschenverstand ihr sagte, daß es unmöglich sei. Nun machte sie die Erfahrung, daß der Verstand recht behalten hatte. Als die Maschine in weitem Anflugbogen über die Massachusetts Bay hinauskurvte und sich für die letzte Schleife über dem Hafen auf die Seite legte, um dann die Landebahn des Logan-Flughafens anzusteuern, suchte Cassie die Landschaft nach irgendwelchen Dingen ab, die eine Erinnerung wachrufen würden. Aber da gab es nichts, und als die Maschine tiefer und tiefer sank, bis zuletzt nur die Gebäude entlang der Uferfront sichtbar waren, wandte sie sich vom Fenster ab. Warum sollte sie etwas wiedererkennen? Als Zweijährige war sie zuletzt hier gewesen. Wie könnte sie sich an etwas erinnern? Außerdem hätte sie, wäre der Unfall nicht gewesen, überhaupt nicht versucht, sich daran zu erinnern. Plötzlich kam Zorn gegen ihre Mutter in ihr auf, weil sie sie allein in der Welt zurückgelassen hatte, aber sie unterdrückte die Regung mit Entschlossenheit. Der Unfall, sagte sie sich wieder, war nicht mehr als das: ein Unfall. Gleichwohl wollte sich der Gedanke nicht unterdrücken lassen. Seit dem Tode der Mutter war Cassie zweimal in der Dunkelheit aufgewacht, zitternd und feucht von kaltem Schweiß, denn der Traum, den sie das erstemal in der Nacht vor dem Unfall der Mutter gehabt hatte, war wiedergekehrt.

In dem Traum stand sie an der Schnellstraße und sah den Verkehr vorbeirasen, und dann sah sie in weiter Ferne den

Wagen ihrer Mutter. Im Traum sah er wie alle anderen Wagen auf der Schnellstraße aus, schien sich von diesen durch nichts zu unterscheiden. Dennoch hatte sie irgendwie gewußt, daß dieser bestimmte Wagen jener ihrer Mutter war. Und dann, als der Wagen vorüberfuhr, sah sie ihre Mutter den Kopf wenden und zu ihr herschauen. Das Sonderbare daran war, daß die Frau im Wagen, die sie als ihre Mutter erkannte, überhaupt nicht wie ihre Mutter aussah. Während das Haar ihrer Mutter von einem schwer bestimmbaren Mausbraun war – wenigstens an den Wurzeln –, hatte die Frau im Wagen langes, sehr dunkles Haar, das ihr auf die Schultern fiel, und tiefe blaue Augen, deren Blick bis in Cassies Seele zu dringen schien.

Ihre Mutter hatte braune Augen gehabt, wie Cassie selbst.

Und dann hatte ihre Mutter in dem Traum etwas gesagt.

Cassie konnte die Worte nicht ganz verstehen, aber einen Augenblick später begann ihre Mutter zu lachen, und der Wagen schoß plötzlich vorwärts. Eine Sekunde danach bog er scharf nach links und krachte frontal gegen die Betonpfosten einer Überführung, um in Flammen aufzugehen. In diesem Augenblick war Cassie erwacht, schwitzend und zitternd, das dumpfe Geräusch der Explosion noch in den Ohren, vor den Augen das Bild ihrer Mutter mit dem fremden Gesicht, die von den Flammen verzehrt wurde, während sie zu Cassie starrte und ein einziges Wort rief: »Lebewohl.«

Dann fing sie wieder an zu lachen, ein schrilles, kreischendes Lachen, als ob sie sich nicht den Teufel darum scherte, daß sie Cassie allein in der Welt zurückließ.

Der seltsamste Teil des Traumes aber blieb, daß die Frau im Wagen – die Frau, die Cassie mit Sicherheit als ihre Mutter erkannt hatte – eine Fremde war.

Es ergab keinen Sinn. Hatte ihre Mutter sich selbst getötet, oder hatte Cassie auf eine ihr selbst unbekannte Art und Weise den Unfall verursacht? Aber wie hätte sie ihn verursacht haben können, hatte sie ihn doch nicht einmal gesehen, außer im Traum?

Schon in der nächsten Nacht wiederholte sich der Traum – diesmal in schrecklicher Wirklichkeit. Und Cassies Gefühl, daß sie den Unfall irgendwie verursacht haben könnte, blieb bestehen.

Sie fühlte einen leichten Stoß, als die Maschine aufsetzte. Sie umfaßte die Armlehnen fester, als das Rumpeln des Fahrwerks einsetzte und die Maschine mit rückwärtslaufenden Triebwerken, gebeutelt von seitlichen Windböen, verlangsamte. Ein paar Minuten später hielt sie am Flugsteig, und die Brücke schwenkte langsam aus, um an der Tür festzumachen. Jenseits dieser Tür, draußen im Abfertigungsgebäude, wartete der Mann auf sie, der sie verlassen hatte, als sie ein hilfloses Kleinkind gewesen war, und der schließlich sogar aufgehört hatte, sie zu besuchen.

Warum hatte sie nicht in Los Angeles bleiben können? Dort hätte sie wenigstens ihre Freundinnen um sich gehabt.

Während die anderen Passagiere durch den Mittelgang an ihr vorbeidrängten, blieb Cassie auf ihrem Platz und schob den Augenblick, da sie von Bord gehen und ihrem Vater gegenübertreten mußte, so lange wie möglich auf.

Wie, wenn er sie nicht einmal wiedererkannte? Würde sie zu ihm gehen und sagen müssen: ›Ich bin Cassie?‹ Nein, so würde es nicht kommen. Wenn sie allein an Bord der Maschine zurückblieb, müßte er wissen, wer sie war. Als endlich der letzte Fluggast aus dem Mittelgang vor ihr verschwunden war, öffnete sie den Gurt, zog ihren Mantel aus dem Gepäckabteil herab und hob die Reisetasche auf. Sie passierte die Stewardeß an der Tür, ohne etwas zu sagen, als die Frau ihr einen schönen Tag wünschte, dann ging sie langsam durch die Brücke. Minuten später stand sie auf dem Flugsteig und blickte umher. Die letzten Passagiere verliefen sich, und ein paar Leute saßen auf den Bänken, Reisegepäck zu ihren Füßen und warteten auf den nächsten Anschluß.

Aber niemand wartete auf sie.

Ihre erste Regung war der Wunsch, umzudrehen und wieder an Bord des Flugzeugs zu laufen, aber das war natürlich unmöglich. Das Herumstehen war ihr peinlich, als ob alle Leute sie beobachteten. Was sollte sie tun?

Vielleicht hatte sie ihn mißverstanden, und ihr Vater erwartete sie bei der Gepäckabholung im Abfertigungsgebäude. Aber nein, sie erinnerte sich genau, daß er ihr gesagt hatte, er werde sie am Flugsteig erwarten, und sie brauche nur für ein paar Tage einzupacken. Alles andere würde vom Möbeltransporteur übernommen, und was sie nicht in einer Reisetasche unterbringen könne, aber in der Zwischenzeit benötige, könnten sie kaufen. Sie solle sich mit Handgepäck zufriedengeben und nicht mit dem Aufgeben von Gepäck abmühen. Das war übrigens der andere Grund, daß sie sich für die Reisetasche ihrer Mutter entschieden hatte. Sie war groß genug für einen Haufen Zeug und hatte einen Gurt, an dem man sie über die Schulter hängen konnte. Wieder blickte sie umher. Er mußte da sein. Er konnte sie nicht einfach herbestellen, einen Flug über den ganzen Kontinent machen lassen und dann einfach nicht kommen. Oder doch?

Sie mußte daran denken, wie Mutter über ihren Vater gesprochen hatte: »Ich konnte ihm nie trauen. Jedesmal, wenn ich mich umdrehte, war er weg, und ich hatte niemals die Gewißheit, daß er wieder nach Haus kommen würde. Und eines Tages blieb er dann weg. Es gab keine Ankündigung, kein Zeichen, daß etwas nicht stimmte. Er kam eines Tages einfach nicht nach Haus, und als ich wieder von ihm hörte, war es durch den Scheidungsanwalt! Und das gleiche tat er dir an, Cassie! Er hörte einfach auf, dich zu besuchen, und schrieb auch nicht mehr! Einfach so. In einer Weise ist es ein Glück für dich, daß du jetzt erfährst, was für ein Mensch er ist, bevor er dich noch mehr verletzen kann.«

Aber das würde er nicht tun, sagte sich Cassie. Ich habe gestern abend noch mit ihm telefoniert. Er versprach mir, daß er hier sein würde.

Aber er war nicht da.

Ein paar Schritte entfernt war eine Reihe von Münzfernsprechern an der Wand. Cassie ging darauf zu, eine Hand bis zum Ellbogen in der Reisetasche, wo Kleingeld sein mußte. Sie wollte ihn anrufen und erfahren, was schiefgegangen war.

Nachdem sie das Telefon zwanzigmal hatte läuten lassen, hängte sie ein. Sie setzte sich auf die Reisetasche, blickte zum Telefon auf und merkte, daß ihr die Tränen kamen. Wie, wenn ihm das gleiche zugestoßen wäre, was ihrer Mutter widerfahren war? Vielleicht war er unterwegs nach Boston gewesen und hatte einen Unfall gehabt.

Was sollte sie tun, wenn er tot wäre?

Dann hörte sie wie aus weiter Ferne ihren Namen. Sie blickte auf, und da war er, kam herbeigeeilt. »Cassie? Cassie!«

Sie stand auf und tat einen Schritt auf ihn zu, aber da war er schon bei ihr und hatte die Arme um sie gelegt. Zuerst stand sie ganz steif, dann entspannte sie sich ein wenig.

»Tut mir leid, Kindchen«, flüsterte Keith ihr ins Ohr. »Ich hätte längst hier sein müssen, wäre nicht der Tunnel gewesen. Es ist meine Schuld – ich hätte daran denken und etwas früher fahren sollen.«

Cassie zog sich aus seiner Umarmung und blickte zu ihm auf. »Ich – ich fürchtete, etwas sei passiert. Ich hatte Angst...«

»Pst«, machte Keith und zog sie wieder in die Arme. »Du bist in Sicherheit, und nichts wird uns beiden passieren.«

Er nahm ihr die schwere Reisetasche ab und führte sie durch das Abfertigungsgebäude hinaus.

Während der langen Fahrt von Boston nach Cap Cod sprachen beide nicht viel, denn Keith wollte seine Tochter nicht zum Sprechen drängen, bis ihr selbst danach zumute wäre, und Cassie gab sich einstweilen damit zufrieden, an die Tür geschmiegt zu sitzen, zum Fenster hinauszusschauen und die vorübergleitende Stadtlandschaft zu betrachten, immer noch mit der Hoffnung, daß ein Gefühl von Erinnern, von Vertrautheit über sie käme.

Aber das war nicht der Fall.

Statt dessen hatte sie zunehmend das Gefühl, daß hier, in dem Teil des Landes, wo sie das Licht der Welt erblickt hatte, alles zu klein sei. Als sie Boston verließen und die städtische Bebauung plötzlich aufhörte – ersetzt durch sanft gewelltes Hügelland, das mit kleinen Wäldern und Viehweiden bedeckt war –, wurde ihr mit einemmal klar, daß sie keine Ahnung hatte, in welche Richtung sie fuhren.

Zu Hause hatte sie immer gewußt, in welche Richtung sie fuhr; ein Blick zu den beiden Gebirgszügen, die das San-Fernando-Tal im Norden und Süden begrenzten, hatte die Frage beantwortet. Aber hier gab es keine Berge, egal wohin sie blickte.

Ihr war, als rücke die Landschaft ringsum näher. Sie versuchte, das Gefühl zu überwinden, indem sie sich auf die Wälder konzentrierte, aber auch diese hatten etwas Unvertrautes an sich. Ihre einzige frühere Erfahrung mit Wäldern stammte aus dem nördlichen Kalifornien, wo die Mammutbäume wuchsen, riesenhafte Zypressen von hundert Metern Höhe, urtümliche Giganten, die mit ihrer Majestät die Wälder beherrschten. Hier schienen sogar die Bäume klein und zusammengedrängt und sahen aus, als kämpften sie ums Überleben. Dann bogen sie endlich von der Fernstraße ab und folgten einer gewundenen schmalen Landstraße, die sie durch eine Reihe kleiner Ortschaften und Städte führte. Und auf einmal begann alles vertrauter auszusehen.

Es war nicht Erinnerung noch das Gefühl, daß sie früher einmal hier gewesen sei. Nein, sie erkannte die kleinen Städte, weil sie Bilder davon in Zeitschriften gesehen hatte, in Filmen und Fernsehaufzeichnungen. Kleine saubere Städte, die ganz plötzlich anfingen, unvermittelt aus dem umgebenden Wald- und Weideland auftauchten und ebenso plötzlich wieder verschwanden. Ganz anders als die Städte, die sie gewohnt war, wo man beim besten Willen nicht sagen konnte, wo die eine aufhörte und die nächste anfing. Wenn man in Kalifornien aus der Wüste kam, schienen die Städte immer allmählich anzufangen, mit vereinzelten Häusern abseits der Straße, umgeben von Autowracks. Dann, ein bißchen weiter, gab es eine Müllhalde oder eine Tankstelle und dann mehr Häuser, bis man sich schließlich in einer Stadt befand, ohne recht zu wissen, wann man sie erreicht hatte.

Hier in Neuengland wußte man es. Zuerst fuhr man durch den Wald, dann war man in einer Stadt, dann wieder im Wald.

»Sind alle Städte hier so?« fragte sie ihren Vater.

Keith, aufgeschreckt aus einer Geistesabwesenheit, warf ihr einen Seitenblick zu. »Wie?«

»Ich weiß nicht. So... nun, alle Städte scheinen separat zu sein, als wollten sie nichts miteinander zu tun haben. Zu Hause fließt alles ineinander.«

Keith lächelte. »Ich bemerkte das gleiche, als ich nach Kalifornien kam. Es war unmöglich, zwischen Hollywood und Studio City und Van Nuys und Sherman Oaks Stadtgrenzen auszumachen. Ich konnte nicht verstehen, wie die Leute es ertrugen.«

Zum erstenmal seit dem Tode ihrer Mutter mußte Cassie lachen. »Weil es keinen Unterschied gibt«, sagte sie. »Sie sind alle gleich. Das ganze Tal ist wie ein und dieselbe Stadt.« Ihr Lächeln verging. »Hast du deshalb aufgehört, mich zu besuchen, weil dir das Tal nicht gefiel?«

Keith blieb einen Augenblick still, dann schüttelte er den Kopf. »Es wäre mir ganz gleich gewesen, wo du wohntest. Ich dachte bloß... Aber das ist jetzt nicht mehr wichtig.«

Cassie schwieg. Er wollte nicht über ihre Mutter sprechen, dachte sie. Sie versuchte, sich auf seinen letzten Besuch zu besinnen, kurz nachdem Tommy ausgezogen war. Damals hatte sie ihn fragen wollen, was geschehen war, als sie klein gewesen war und er ihre Mutter verlassen hatte. Aber sie hatte sich nicht getraut. Ihre Mutter hatte ihr oft genug gesagt, daß er sie doch nur belügen würde und daß sie kein Wort von dem, was er sagte, glauben solle. Also hatte sie damals gar nichts gesagt. Und dann hatte sie ihren Vater nicht wieder gesehen.

»Du hättest mir schreiben können«, sagte sie endlich.

Keith schaute wieder zu ihr. Sie blickte geradeaus auf die Straße, aber er sah, daß ihre Augen naß waren. »Ich habe dir geschrieben, Cassie«, sagte er ruhig. »Ich schrieb dir jeden Monat. Und ich schickte dir Weihnachtsgeschenke, und auch Geburtstagsgeschenke. Aber ich hörte nie etwas von dir.« Er wartete, aber Cassie sagte nichts. »Deine Mutter gab dir die Briefe und Geschenke nicht, wie?« fragte er schließlich.

Cassie zögerte, dann schüttelte sie den Kopf.

Während der weiteren Fahrt nach False Harbor sagte keiner von beiden etwas.

Eric Cavanaugh mähte den Rasen vor dem Haus, als er den Kombiwagen der Winslows in die Einfahrt zwischen ihrem Haus und dem der Winslows biegen sah. Er winkte und wollte einen Gruß hinüberrufen, als die Tür auf der Beifahrerseite aufgestoßen wurde und ein Mädchen ausstieg.

Sie war ungefähr im gleichen Alter wie er. Ihr Gesicht war blaß, und das dunkelbraune Haar, zurückgezogen und zu einem Pferdeschwanz gebunden, ließ ihre Haut noch weißer erscheinen als sie war. Sie trug rote Jeans und Turnschuhe von gleicher Farbe und hatte eine weiße Bluse an. Sie öffnete die Heckklappe des Kombiwagens und zog einen braunen Regenmantel und eine vollgestopfte lederne Reisetasche heraus. Obwohl Eric nichts an ihr sehen konnte, was sich sehr von den anderen Mädchen unterschied, die er kannte, hatte er das bestimmte Gefühl, daß etwas an ihr seltsam war. Dann hörte er, daß Mr. Winslow ihn ansprach.

»Ich möchte dich mit jemandem bekannt machen, Eric. Das ist meine Tochter Cassie. Sie ist gerade aus Kalifornien gekommen und wird mit uns leben. Cassie, das ist Eric Cavanaugh. Der sprichwörtliche Nachbarsjunge«, fügte er mit einem Augenzwinkern zu Eric hinzu.

Cassie lächelte schüchtern und streckte die Hand aus, aber Eric nahm sie nicht. Ohne es zu wollen, runzelte er die Stirn, noch bemüht, sie einzuschätzen. Als ihre Blicke einander trafen, trat er unwillkürlich einen Schritt zurück. Dann besann er sich auf seine Manieren und brachte ein schiefes Lächeln zustande. »Oh, hallo«, stammelte er. »Tut mir leid, das mit deiner Mutter...« Cassies Gesicht erbleichte noch mehr, und als sie sich umdrehte und zum Haus eilte, bedauerte Eric, daß ihm zur Begrüßung nichts Besseres eingefallen war. Aber sein Geist war auf einmal wie entleert gewesen, denn als er Cassie angesehen hatte, war etwas in ihm geschehen.

Es war, als ob ihre Gedanken sich getroffen hätten, als ob eine augenblickliche Verbindung zustande gekommen wäre. Etwas in ihr hatte zu ihm vorgefühlt, und etwas in ihm hatte darauf geantwortet. Als er zu seinem Rasenmäher zurückging, kräftigte sich das seltsame Gefühl in ihm noch.

Sie war jemand, die er gesucht hatte, obwohl ihm nicht bewußt gewesen war, daß er überhaupt suchte. Er kannte sie, wußte, wie ihr zumute war, was sie dachte. Aus einem Grund, den er sich nicht erklären konnte, war er sicher, daß sie die gleiche Erfahrung gemacht hatte.

Und in diesem selben Augenblick war ihm noch etwas klar geworden: daß Cassie Winslow nicht wirklich darunter litt, daß ihre Mutter gestorben war.

Aber das war albern, sagte er sich. Er hatte sie noch nie gesehen und wußte überhaupt nichts von ihr.

3

Sie sieht so viel älter aus, als ich sie mir vorgestellt hatte, dachte Rosemary Winslow, als die Tür aufging und Cassie eintrat. Aber andererseits war es nur natürlich. Die letzten Bilder, die Keith von ihr hatte, waren entstanden, als Cassie erst elf gewesen war. Das Kind auf diesen Bildern, das kleine Mädchen mit den großen, verträumten dunkelbraunen Augen, die unter einer Ponyfrisur hervorstarrten, war verschwunden. Das Mädchen, das nun vor Rosemary stand, war beinahe erwachsen. Fast so groß wie Rosemary selbst, hielt Cassie sich sehr gerade; das lange kastanienbraune Haar war glatt zurückgekämmt und gab ein blasses Gesicht frei, das reifer schien als das einer Fünfzehnjährigen. Aber in diesen Augen schien noch immer der verträumte Ausdruck zu sein, den Rosemary von den letzten Schnappschüssen so lebhaft erinnerte.

»Ich bin Rosemary«, sagte sie mit einem Lächeln und trat auf Cassie zu, bereit, das Mädchen zu umarmen. »Was geschehen ist, tut mir sehr leid. Wenn es irgend etwas gibt, was ich tun kann...«

Cassie zögerte; Rosemary glaubte zu spüren, wie das Mädchen vor ihr zurückschreckte. Dann gab sie Rosemary die

Hand. »Ich bin Cassie«, sagte sie leise. »Es – es war gut von euch, mich aufzunehmen.«

Gut von uns? dachte Rosemary. Wie seltsam, das zu sagen; was sonst konnte sie erwartet haben?

»Ich habe dich schon so lange kennenlernen wollen«, sagte sie laut. »Ich versuchte sogar, deinen Vater zu überreden, daß er Jennifer und mich bei seinem letzten Besuch in Kalifornien mitnehmen sollte, aber Jennifer war damals erst drei, und schließlich wollten wir es ihr lieber nicht zumuten.« Sie wandte sich und blickte die Treppe hinauf. »Jen? Möchtest du nicht herunterkommen und deine Schwester begrüßen?«

Plötzlich erschien Jennifer am Kopf der Treppe und schaute beklommen herunter. Ganz langsam kam sie die Stufen herab. »Mein Name ist Jennifer Elizabeth«, sagte sie und streckte Cassie die Hand hin. »Aber du kannst mich Jen nennen oder Jenny. Aber bloß nicht Zwerglein oder Knirps. So nennt mich Papa, und ich kann das nicht ausstehen. Gab er dir auch einen dummen Namen, als du klein warst?«

Cassie starrte das kleine Mädchen an, das eine winzige weibliche Version seines Vaters war. Die rötlichen Locken schienen in alle Richtungen zu gehen, und ihre blitzenden graugrünen Augen blickten aus einem runden Gesicht mit ausgeprägtem Kinn, das ihm einen eigensinnigen Ausdruck gab. Doch obgleich sie in ernstem Ton gesprochen hatte, war ein fröhlicher Glanz in Jennifers Augen.

»Ich erinnere mich nicht, wie er mich nannte«, sagte sie. »Ich war erst zwei, als er fortging.« Sie wandte sich zu ihrem Vater. »Hattest du einen Spitznamen für mich?«

Ohne zu überlegen, sagte Keith: »Den gleichen wie für Jen. Zwerglein.« Dann, als er den Schmerz in beider Töchter Augen sah, hätte er es gern zurückgenommen. »Es scheint, daß es mir an Fantasie fehlt, nicht?« sagte er zur Überbrükkung des Augenblicks.

»Jenny, du könntest mit Cassie hinaufgehen und ihr das Zimmer zeigen, das sie bekommt«, sagte Rosemary, dann wandte sie sich zu Cassie. »Hast du wirklich alles in diese eine Tasche gebracht, oder ist noch Gepäck im Wagen?«

Cassie schüttelte den Kopf. »Das ist alles. Papa sagte, ich solle nicht mehr mitbringen.«

»Und du hörtest auf ihn?« erwiderte Rosemary mit übertriebenem Erschrecken. »Ich sagte ihm, ein Mädchen deines Alters könne unmöglich alles in einer Tasche unterbringen, und er hätte es nicht von dir verlangen sollen.«

»Ist schon gut«, versetzte Cassie. »Ich habe sowieso nicht viel. Ich brauche nur ein paar Kleidungsstücke zum Wechseln.«

»Na schön«, sagte Rosemary zweifelnd. »Aber wenn du merkst, daß du etwas vergessen hast, sag es mir, und wir gehen einkaufen.«

Jennifer, die schon halb die Treppe hinauf war, blickte ungeduldig herab. »Komm schon«, drängte sie. »Möchtest du nicht mal das Zimmer sehen?«

Cassie folgte ihr die Treppe hinauf und durch den Korridor zu einem großen Zimmer im Südostwinkel des Hauses. Erschrocken blieb sie stehen. Der Raum war offensichtlich erst vor kurzem renoviert worden, aber wer es getan hatte, mußte gedacht haben, sie sei noch immer zehn Jahre alt. Die Wände waren mit einer Bildertapete tapeziert, die Szenen aus Alice im Wunderland zeigte, und die Vorhänge waren in einer Weise gemustert, daß sie zu der Tapete paßten. An einer Wand stand ein Messingbett mit einer blauen Steppdecke, die ein weißer Rüschensaum zierte. Außer dem Bett gab es einen Schreibtisch, eine Kommode und einen Schaukelstuhl, alles weiß gestrichen. Der Schaukelstuhl hatte ein blaues Sitzkissen aus demselben Stoff wie die Steppdecke auf dem Bett.

»Ist es nicht wunderschön?« fragte Jennifer aufgeregt. »Alice im Wunderland ist mein Lieblingsbuch.«

Cassie begriff. »Das ist dein Zimmer, nicht wahr?«

Nach kurzem Zögern nickte Jennifer. »Es war immer mein Zimmer. Mama und ich sind gerade mit der Einrichtung fertig geworden, und ich sollte heute wieder einziehen. Aber als wir hörten, daß du kommen würdest, entschieden wir, daß ich im anderen Zimmer bleiben sollte, und daß du dieses haben müßtest, weil es größer ist.«

»Das ist dumm«, sagte Cassie. »Laß uns das andere Zimmer anschauen.«

Jennifers Augen waren voller Zweifel. »Ich sollte es dir nicht zeigen. Mama sagt, ich dürfe niemanden hineinlassen, solange ich nicht aufgeräumt habe, und ich bin noch nicht dazu gekommen.«

»Ach, das ist auch dumm«, befand Cassie. »Ich habe zu Hause nie mein Zimmer saubergemacht und ließ hinein, wen ich wollte. Zeig es mir.«

Widerwillig führte Jennifer sie durch den Korridor zur anderen Seite des Hauses. »Es ist ein bißchen klein«, sagte sie, bevor sie die Tür öffnete. »Papa sagt, früher sei hier oben kein Bad gewesen, und als die Vorbesitzer es einrichteten, hätten sie die andere Hälfte dieses Zimmers dafür hergenommen.« Sie stieß die Tür auf und ließ Cassie eintreten.

Ein Blick, und Cassie wußte, daß dies ihr Zimmer sein würde.

Wäre nicht die Abtrennung des Badezimmers gewesen, wäre der Raum beinahe viereckig gewesen, mit zwei Fenstern. Jetzt bildete er ein Rechteck von nur zweieinhalb Metern Breite bei einer Länge von ungefähr fünf Metern. So wirkte das Zimmer mehr wie ein Gang. Zur Linken war ein Einbauschrank, der Boden war aus Kiefernholz; und als Cassie langsam durch den Raum zum einzigen Fenster ging, knarrten die Dielenbretter unter ihren Füßen.

Doch trotz seiner seltsamen Proportionen und des knarrenden Bodens, oder vielleicht gerade deshalb, fühlte sie, daß der Raum richtig für sie war. Sein Verhältnis zum Rest des Hauses schien ihr eigenes Verhältnis zur Familie ihres Vaters widerzuspiegeln.

Nicht ganz einbezogen, nicht ganz passend.

Abgesondert.

Ihr inneres Auge zeigte ihr den Raum frei von Jennifers Spielzeug und eingerichtet mit ihren eigenen Sachen. Sie überstrich die rosa Tapete mit waldgrüner Farbe und hängte weiße Vorhänge ans Fenster. Auf einmal nahm der Raum eine gemütliche Atmosphäre an, als hülle er sie ein, beschütze sie. Wie Jennifer gesagt hatte, war das Zimmer nicht annähernd so groß wie das andere, aber es war eigentlich auch nicht klein. Es war nur seltsam geformt. Und als Cassie es eingehender betrachtete, erkannte sie, daß sie den vorhandenen Raum halbieren könnte, mit dem Bett in der Hälfte bei der Tür. Der Rest des Zimmers würde als ein Ort der Zurückgezogenheit abgesondert sein, ein Ort, der allen außer ihr unzugänglich sein würde.

Endlich kam sie zum Fenster und schaute hinaus. Unter ihr war der hintere Hausgarten mit kurz geschnittenem Rasen und jenseits davon, hinter einem schwarzen, schmiedeeisernen Zaun, lag ein kleiner Friedhof. Jennifer kam zu ihr ans Fenster.

»Das ist der alte Friedhof von False Harbor. Alle, die hier liegen, sind schon lange tot. Es wird niemand mehr begraben, weil kein Platz für neue Gräber ist.«

Cassie lächelte das kleine Mädchen schelmisch an. »Gibt es dort Gespenster?«

Aber Jennifer verdrehte die Augen geringschätzig himmelwärts. »Es gibt keine Gespenster. Jeder weiß das!«

»Trotzdem ist es lustig, sich so etwas vorzustellen«, erwiderte Cassie. »Wäre es nicht schön gruselig, sich vorzustellen, daß einige von diesen Toten, die seit Jahrhunderten hier liegen, manchmal in der Dunkelheit aus ihren Gräbern kommen und in der Stadt umhergeistern?«

Jennifer zog die Brauen zusammen. »Warum sollten sie das tun?«

Cassie zuckte mit der Schulter und ließ ihrer Fantasie freien Lauf. »Vielleicht wollen sie bloß die Häuser sehen, die sie einmal bewohnten, oder ihre Abkömmlinge in Augenschein nehmen.« Ihre Stimme wurde geheimnisvoll. »Oder vielleicht gibt es Leute auf dem Friedhof, die umgebracht wurden, und ihre Geister sind noch immer da und warten auf Vergeltung.«

Jennifer schaute mißtrauisch, doch als sie sprach, bebte ihre Stimme kaum merklich. »Nein, das ist dumm!« erklärte sie in bewußter Nachahmung von Cassies früheren Erklärungen. »Du willst mir bloß Angst machen, aber das kannst du nicht. Ich bin kein Baby mehr.«

»Aber es könnte wahr sein«, beharrte Cassie, deren Blick wieder zum Friedhof zurückfand. »Niemand weiß, was nach unserem Tod aus uns wird. Vielleicht sterben wir bloß, aber vielleicht auch nicht. Vielleicht leben wir in anderen Körpern weiter.«

»Du meinst, als Re-Rekarnar – oder wie es heißt?«

»Als Reinkarnation«, sagte Cassie. »Vielleicht.« Sie bemerkte eine Bewegung am Rand ihres Gesichtsfeldes, spähte nach links und sah Eric Cavanaugh den Rasenmäher durch das hohe Gras in seinem rückwärtigen Garten schieben. Zwei kleine senkrechte Falten erschienen zwischen ihren Brauen, als sie sich seiner sonderbaren Reaktion auf ihre Begrüßung erinnerte. Es hatte fast so ausgesehen, als fürchte er sich vor ihr.

Sie beobachtete ihn eine kleine Weile, und dann drehte er den Kopf über die Schulter, als fühlte er ihren Blick auf sich, blinzelte in die Sonne und winkte zögernd. Nach kurzem Zögern winkte Cassie zurück.

Sie verließ das Fenster und überblickte noch einmal das Zimmer, bevor sie Jennifer ins Auge faßte. »Ich sagte dir, daß es klein ist«, sagte Jennifer, wie um sich zu rechtfertigen. »Es gefällt dir nicht, wie?«

»Doch, es gefällt mir«, antwortete Cassie. »Es gefällt mir viel besser als das andere Zimmer, und ich finde, wir sollten tauschen.«

Jennifers Augen leuchteten auf. »Wirklich?«

Cassie nickte. »Du kannst gleich hinuntergehen und deiner Mutter sagen, wie es ist, und wenn sie einverstanden ist, fangen wir gleich damit an, deine Sachen in das andere Zimmer zu schaffen. Einverstanden?«

Jennifer quietschte vor Freude und schoß hinaus. Cassie hörte sie die Treppe hinabpoltern. Allein im Zimmer, überließ sie sich wieder der Atmosphäre des Raumes.

Wie zuvor hatte sie auch jetzt ein gutes Gefühl. Dieses Haus war nicht ihr Haus, und die Leute, bei denen sie wohnte, waren nicht ihre Leute. Nicht wirklich. Aber dieser Raum strömte aus Gründen, die sie nicht verstehen konnte, ein Fluidum aus, als gehöre er zu ihr, als sei sie dazu bestimmt, ihn zu haben. Hier würde sie sich behaglich und sicher fühlen.

Als Rosemary ein paar Minuten später in der Türöffnung erschien, saß Cassie auf dem Fensterbrett.

»Cassie, ist etwas nicht in Ordnung?« fragte Rosemary. Und als das Mädchen nicht gleich reagierte, setzte sie hinzu: »Gibt es etwas, was ich tun kann?«

Nun schaute Cassie zu ihr her, und Rosemary hatte den flüchtigen Eindruck, daß das Mädchen anderswo sei, weit entfernt von dem kleinen Schlafzimmer. Dann veränderte sich etwas in Cassies Augen, und sie lächelte.

»Nein, danke. Ich finde nur, daß ich dieses Zimmer nehmen und Jennifer das andere bekommen sollte. Ist das in Ordnung?«

Einen Augenblick war Rosemary versucht, die Sache zu erörtern, darauf hinzuweisen, daß Cassie den zusätzlichen Platz sicherlich nötiger brauchte als Jennifer. Doch als ihre Blicke einander begegneten, ließ sie es sein. Denn in Cassies Augen sah sie etwas, was sie plötzlich beunruhigte.

Keiths Hartnäckigkeit steckte in seinem Kinn, und war bei ihm wie bei Jennifer nicht mehr als ein körperliches Merkmal. Cassies Hartnäckigkeit aber spiegelte sich in ihren Augen, und das war etwas ganz anderes. Cassies Hartnäckigkeit war eine Sache der Mentalität, und Rosemary hatte das sichere Gefühl, daß es sehr schwierig sein würde, dieses Mädchen von einer Meinung oder einem Vorsatz abzubringen, den es einmal gefaßt hatte.

»Wenn es dir lieber ist«, sagte sie endlich, »sehe ich keinen Grund, daß du es nicht haben solltest.«

Doch als sie einen Augenblick später hinausging, hatte Rosemary das seltsame Gefühl, daß sie eben ihre erste Konfrontation gehabt und daß Cassie gewonnen hatte, obwohl ihrer Stimme nichts anzumerken gewesen war.

Lächerlich, sagte sie sich. Cassie hatte lediglich eine sehr nette Geste gegenüber Jennifer gemacht, und so sollte sie es auffassen.

Aber aus irgendeinem Grund konnte sie es nicht. Und als sie die Treppe hinunterging, verstand sie, warum. Während ihres Gespräches hatte sie das entnervende Gefühl gehabt, daß sie in Wahrheit nicht zu Cassie sprach, sondern zu jemand anderem, einer Verkörperung, die Cassie erfunden hatte, um sie der Außenwelt zu präsentieren. Hinter dieser Fassade, dachte Rosemary, steckte eine andere – die wirkliche Cassie.

Von dieser Person, dessen war sie gewiß, hatte Cassie überhaupt noch nichts preisgegeben.

Um halb sieben war Eric mit seiner Gartenarbeit fertig, brachte das Gerät in die Garage zurück, stieß ihr schiefhängendes Tor zu und überquerte die Zufahrt zum rückwärtigen Eingang. Wenigstens sah der Rasen ordentlich aus, und er hatte das meiste Unkraut gejätet. Dennoch hielt das Haus keinen Vergleich mit dem Haus der Winslows nebenan aus, und Eric wußte auch, warum: Farbe.

Wenn er seinen Vater überreden könnte, ein paar Kübel weißer Farbe zu kaufen! Eric wußte, daß er dem Haus mit einem neuen Anstrich ein viel besseres Aussehen verleihen könnte. Er wußte aber auch, daß es hoffnungslos war, denn er hatte seinen Vater schon letztes Jahr danach gefragt. Sein Vater hatte ihn nur finster angefunkelt und ihm gesagt, er solle sich um seine Schularbeiten kümmern und nicht um das Haus. »Außerdem«, hatte er hinzugefügt, »habe ich kein Geld zu vergeuden, nur um den Nachbarn zu imponieren. Ein vernünftiger Mensch streicht ein Haus nur, wenn er es verkaufen will, und ich habe nicht vor auszuziehen.«

Es gab aber einen anderen Grund, daß sein Vater keine Farbe kaufen wollte, und Eric kannte ihn nur zu gut: der größte Teil von Ed Cavanaughs Einkommen wurde für Alkohol ausgegeben.

So auch heute. Kurz nach dem Frühstück war sein Vater fortgegangen, nachdem er verkündet hatte, er wollte hinunter zum Kai, um die Reparaturarbeit am Kutter abzuschließen. Doch als sein Vater zur Mittagszeit nicht heimgekommen war, hatten Eric und seine Mutter gewußt, wo Ed Cavanaugh war, obwohl keiner von beiden etwas gesagt hatte. Dann, vor einer halben Stunde, war der Kleinlaster in die

Einfahrt gebogen, und als sein Vater aus dem Fahrerhaus kletterte, merkte Eric gleich, daß er betrunken war. Sein Schritt war unsicher und seine Augen stierten glasig und blutunterlaufen, ein sicheres Zeichen, daß er keinem Streit aus dem Weg gehen würde. Eric schaute schnell wieder weg und konzentrierte sich darauf, den Rasen am Rand des Gehsteigs zu schneiden. Aber er war nicht schnell genug gewesen.

»Was gibt's da zu glotzen, Junge?« knurrte Ed. »Wer so hart arbeitet wie ich, verdient dann und wann eine kleine Entspannung. Und wenn ich einkehre, um mit meinen Freunden ein Bier zu trinken, ist das meine Sache. Verstanden?«

Eric nickte stumm, da er nicht wagte, seinen Vater herauszufordern, aber für ihn war es eine ausgemachte Sache, daß sein Vater mehr als ein Bier mit seinen Zechkumpanen getrunken hatte. Vielleicht hatte es damit angefangen, aber nach dem zweiten Bier würde Ed zum Nachspülen einen Whiskey bestellt und für alle anderen, die bereit waren, ihm zuzuhören, eine Runde ausgegeben haben. Erst als niemand mehr geblieben war, der dazu bereit gewesen wäre, war sein Vater endlich nach Haus gekommen. Eric schwieg und beugte sich über seine Arbeit, und nach ein paar Sekunden, die sich zu einer Ewigkeit hinzuziehen schienen, kehrte sein Vater ihm den Rücken und ging leicht schwankend zum Haus.

Nach getaner Arbeit, als es sich nicht länger hinausschieben ließ, ging auch Eric durch die Hintertür ins Haus. Aus der Küche konnte er seines Vaters Stimme hören. Ed saß in der Frühstücksnische, ein halbvolles Glas Bourbon vor sich, und die blutunterlaufenen Augen fixierten gefährlich seine Frau.

»Gibt's einen Grund, warum das Essen wieder nicht fertig ist?« sagte Ed Cavanaugh mit leicht lallender Stimme. »Hast dich wieder nützlich gemacht und den ganzen Tag auf dem Arsch gesessen und ferngesehen? Wenn ich schon von früh bis spät arbeite, könntest du wenigstens meine Mahlzeiten bereit haben, wenn ich nach Haus komme.«

»Tut mir leid, Ed«, erwiderte Laura mit kaum hörbarer Stimme. »Aber ich habe einen Braten im Rohr, und es dauert einfach ein bißchen länger als ich erwartet hatte.«

Eric trat vom Windfang in die Küche. Die Backofenklappe war offen, und seine Mutter stand gebückt davor und klopfte mit einem Holzlöffel an das Fleischthermometer. Dann zog sie den Braten heraus und stellte ihn auf die Anrichte.

»Riecht gut, Mama«, sagte Eric mit der Hoffnung, den Zorn seines Vaters abzulenken.

»Sollte es auch«, grollte Ed. »Die Preise, die sie für den Scheiß verlangen, und dann ist es nichts als Knorpel und Sehnen.«

»Na, komm schon, Papa«, sagte Eric, als er sah, wie seiner Mutter Tränen in die Augen traten. »Mama kocht großartig...«

Plötzlich war Ed aus der Frühstücksnische, stand massig vor seinem Sohn hingepflanzt, und seine Augen flammten vor Zorn. »Was verstehst du davon?« verlangte er zu wissen. »Bist du jetzt auch Sachverständiger im Kochen?« Drohend hob er die Rechte.

»Laß gut sein, Ed«, sagte Laura. »Eric hat nichts getan.«

Aber es war zu spät, Ed schlug zu, und seine schwielige Handfläche traf voll die linke Wange des Jungen und riß ihm den Kopf herum. Eric taumelte, betäubt von der Wucht des Schlages. Dann rannte er, Tränen des Schmerzes und der Wut brennend in den Augen, aus der Küche und die Treppe hinauf in sein Zimmer.

»Und laß dich erst wieder blicken, wenn du etwas Respekt zeigen kannst!« hörte er seinen Vater ihm nachrufen.

Eric lag auf dem Bett, noch immer siedend vor Zorn über den Hieb, den sein Vater ihm vor drei Stunden versetzt hatte. Seine Wange brannte nicht mehr, aber die Erbitterung war noch gewachsen.

Ich werde ihn umbringen, dachte er. Eines Tages wird das Maß voll sein, und ich werde ihn einfach umbringen. Er blickte zu den Schatten auf, in denen die Decke seines Zimmers allmählich versank, und da der ohnmächtige Zorn ihn am Einschlafen hinderte, beschäftigte seine Fantasie sich mit der Frage, wie er es tun könnte.

Wie er seinen Vater umbringen könnte.

Der Kutter wäre die einfachste Möglichkeit. Es gab verschiedene Mittel, am Kutter Sabotage zu verüben, ohne daß jemand erfahren würde, was wirklich geschehen war. Wenn der Kutter unterging, würde niemand sich etwas dabei denken. Sein Vater ließ ihn so verkommen, daß es einem Wunder gleichkam, daß er nicht schon gesunken war.

Doch wußte Eric bei aller Erbitterung, daß er es nie tun würde. Er mochte davon träumen, sich sogar daran berauschen, wie es sich im einzelnen bewerkstelligen ließe, aber wenn es zur Ausführung käme, würde er zurückschrecken.

Denn schließlich war sein Vater noch immer sein Vater.

Unruhig warf er sich im Bett herum und klopfte auf das Kissen. Wenn er nur verstehen könnte, warum sein Vater sich immer über ihn ärgerte. Schließlich bemühte er sich, ihm zu gefallen. Aber nichts, was er sagte oder tat, war dem Vater gut genug.

Seine Mutter pflegte ihm zu sagen, es sei nicht seine Schuld und er solle sich einfach nichts daraus machen, wenn sein Vater sich betrank und ihn prügelte. Aber wie konnte er eine solch gleichgültige Haltung einnehmen, wenn es immer schiefzugehen schien, ganz gleich, welche Mühe er sich gab?

Seine Erbitterung und Enttäuschung nahmen zu. Eric wälzte sich im Bett und zerwühlte Decke und Laken. Er mußte etwas tun, bevor er anfing, das Bett auseinanderzureißen.

Er stand auf und tappte zum Fenster. Draußen, jenseits der beengenden Wände des Hauses, lag still und friedlich die Nacht. Die ersten Baumfrösche riefen einander mit leise zirpenden Stimmen, und in der Ferne konnte er das monotone und dumpfe Rauschen der Brandung hören.

Vielleicht sollte er hinausgehen, nur auf einen Spaziergang, bis er ruhig genug wäre einzuschlafen. Er nahm einen dicken Pullover aus dem Schrank, legte ihn dann aber wieder zurück. Er konnte das Haus nicht verlassen.

An Abenden wie diesem, wenn sein Vater betrunken und

ärgerlich war, kam er oft zu später Stunde noch einmal in Erics Zimmer. Erics Abwesenheit würde ihn noch mehr erbittern, und er würde seinen Zorn an der einzigen anderen Person im Haus auslassen.

Seiner Mutter.

Lieber nahm er selbst die Prügel auf sich, als am Morgen zusehen zu müssen, wie seine Mutter still leidend ihre Blutergüsse behandelte.

Gefangen in seinem Raum, starrte er hinüber zum Nachbarhaus, wo das Fenster zu Jennifers Zimmer offenstand.

Auch das war bisweilen Gegenstand seiner Fantasien. In manchen Nächten, wenn er stundenlang wachlag, fragte er sich, wie es sein würde, dort zu leben, wo man nie den Lärm von Zornesausbrüchen hörte und alle einander zu lieben schienen.

Plötzlich entstand drüben eine Bewegung am Fenster, und ein Gesicht erschien. Aber es war nicht Jennifers Gesicht.

Es was Cassies.

Ihre Blicke begegneten einander, und eine Weile sahen sie einfach einander an. Je länger der Augenblick sich hinzog, desto deutlicher spürte Eric, wie seine Erbitterung sich auflöste. Es war, als hätte Cassie in dem Blick, der zwischen ihnen hin und herging, irgendwie seine Empfindungen verstanden und es ihn wissen lassen.

Zuletzt lächelte sie leicht und nickte, um dann vom Fenster zu verschwinden.

Noch lange danach blieb Eric, wo er war, und versuchte sich darüber klar zu werden, was geschehen war. Nachdem mehrere Minuten vergangen waren, spürte er noch etwas.

Irgendwo in der Nacht beobachtete ihn etwas.

Sein Blick ging weiter und überflog den kleinen Friedhof, der hinter den Gärten der Häuserzeile lag. Zuerst konnte er nur die Schatten der Bäume und die verwaschenen hellen Flecken der Grabsteine ausmachen, doch allmählich löste sich der Umriß einer Gestalt aus der Nacht. Er war zuerst undeutlich, doch als Eric seine Aufmerksamkeit darauf konzentrierte, erkannte er plötzlich, wer es war.

Miranda.

Die seltsame Frau, die allein außerhalb der Stadt hauste. Aber was tat sie mitten in der Nacht auf dem Friedhof? Beobachtete sie sein Haus?

Und dann, als die dunkle Gestalt sich weiterbewegte und deutlicher zu sehen war, merkte er, daß Miranda nicht sein Haus beobachtete.

Ihre Aufmerksamkeit galt dem Nachbarhaus.

Wie er selbst, beobachtete Miranda das Zimmer, in dem jetzt Cassie Winslow wohnte.

Cassie erwachte in der Schwärze der Stunden vor dem Morgengrauen. Das Herz schlug ihr im Halse, und ihre Haut war feucht von kaltem Schweiß, der sie frösteln machte. Zuerst wußte sie nicht, wo sie war. Dann, als sie in der Dunkelheit lauschte und in der Ferne das ungewohnte Brandungsgeräusch vernahm, begann der Traum zu verblassen, und sie erinnerte sich, wo sie war.

Sie war in False Harbor, und hier lebte sie jetzt. Im Nebenraum schlief ihre Stiefschwester, und am anderen Ende des Korridors schliefen ihr Vater und ihre Stiefmutter.

Warum fühlte sie sich dann so allein?

Es war der Traum, natürlich.

Wieder hatte sie darin die fremde Frau gesehen, die ihre Mutter sein sollte, aber nicht war.

Wieder hatte sie voll Entsetzen gesehen, wie der Wagen verunglückt und in Flammen aufgegangen war, und in dem unbestimmten Bewußtsein, daß sie dies alles nur träumte, hatte sie erwartet, daß sie aufwachen würde, wie es jedesmal der Fall gewesen war, wenn der Alptraum gekommen war. Diesmal blieb sie jedoch stehen, wo sie war, und sah den Wagen ausbrennen, obwohl sie am liebsten fortgelaufen wäre.

Und diesmal war kein kreischendes Gelächter aus dem Munde der Frau gekommen, keine Schreie, überhaupt nichts. Die Flammen hatten in unheimlicher Stille aus dem Fahrzeugwrack gelodert, und dann, als Cassie im Begriff gewesen war, sich abzuwenden, war die Fremde auf einmal aus dem Wagen hervorgekommen.

In Schwarz gekleidet, hatte sie bewegungslos gestanden,

unberührt von dem feurigen Inferno ringsum. Langsam hatte sie eine Hand erhoben, die Lippen bewegt, und ein einziges Wort war über die verkehrsreiche Schnellstraße an Cassies Ohr gedrungen, hinweg über die gesichtslose Menge, die in ihren Wagen vorbeiströmte.

»Cassandra...«

Dann hatte die Frau ihr den Rücken gekehrt und war so geräuschlos in die Flammen zurückgetreten, wie sie aus ihnen hervorgekommen war.

Cassie hatte instinktiv ein paar Schritte auf sie zugetan, um sie aus dem brennenden Wagen zu ziehen und zu retten.

Darauf war die Lautlosigkeit des Traumes vom Geschmetter einer Mehrklangfanfare und dem Kreischen blockierter Reifen auf dem Straßenasphalt zerrissen worden.

Cassie hatte eben noch rechtzeitig aufgeblickt, um einen auf sie zusteuernden Lastwagen zu sehen, dessen massiger Kühlergrill nur eine Armeslänge von ihrem Gesicht entfernt war.

Die vernichtende Wucht des Aufpralls hatte ihren Angstschrei erstickt und sie aus dem Schlaf gerissen.

Ihr Herzschlag beruhigte sich, ihr Frösteln hörte auf. Aber nun schien der Raum sie einzuengen, und sie hatte Mühe, Luft zu bekommen. Rasch schlüpfte sie aus dem Bett, tappte zum Fenster am Ende des schmalen Zimmers und öffnete es. Schon wollte sie zurück zum Bett, als sie in der Dunkelheit draußen eine Bewegung wahrnahm.

Sie spähte hinab in den Friedhof auf der anderen Seite des Zaunes, aber zuerst konnte sie nichts ausmachen. Dann fühlte sie die Bewegung mehr als daß sie sie sah, und aus der Dunkelheit löste sich eine schwarze Gestalt. Ganz in schwarz und vollkommen lautlos, stand eine Frau zwischen den verschwommenen helleren Flecken der Grabsteine.

Die Zeit schien stillzustehen.

Die Gestalt hob eine Hand. Abermals hörte Cassie ein einziges Wort, das kaum hörbar durch das Rauschen der Brandung zu ihr drang.

»Cassandra...«

Cassie stand am Fenster, die Augen geschlossen, und versuchte den Klang ihres Namens wieder einzufangen, aber nun hörte sie nur noch das dumpfe, langsam pulsierende Rauschen der Brandung. Und als sie wenige Sekunden später die Augen wieder öffnete und zum Friedhof hinabsah, konnte sie keine Gestalt erkennen.

Die seltsame Erscheinung war so lautlos in der Nacht verschwunden, wie sie herausgetreten war.

Cassie legte sich ins Bett und zog die Decke bis zum Kinn. Lange blieb sie regungslos liegen und überlegte, ob sie sich vielleicht alles nur eingebildet hatte.

Vielleicht war sie nicht einmal aufgestanden und hatte nur geträumt, daß sie die Frau auf dem Friedhof gesehen habe.

Aber die Frau zwischen den Grabsteinen war die Frau aus ihrem Traum gewesen, daran war nicht zu zweifeln.

Bloß existierte diese Frau in Wirklichkeit nicht.

Oder doch?

4

»Darf ich mit?« bat Jennifer Winslow. Sie schaute Cassie mit dem sehnsuchtsvollen Ausdruck an, der ihren Vater unweigerlich erweichte, während ihre Mutter ihn gewöhnlich übersah. »Bitte!« Bei Cassie schien der Blick zu wirken.

»Ich möchte mich nur ein wenig in der Stadt umsehen«, erwiderte Cassie. »Meinst du nicht, es könnte langweilig sein?«

Jennifer schüttelte energisch den Kopf und schob den leeren Frühstücksteller von sich. »Ich gehe gern spazieren. Und ich weiß auch, wo es am schönsten ist.« Sie wandte sich zum Vater. »Darf ich Cassie das Boot zeigen, bitte? Wir werden nichts anrühren.«

Keith blickte fragend zu Rosemary, dann zuckte er mit den Schultern. »Warum nicht? Überhaupt könnten wir heute nachmittag alle eine kleine Ausfahrt machen. Wenn das Wetter hält, könnten wir nach Hyannis fahren.«

»Und wenn du mit der Gartenarbeit fertig wirst«, fügte Rosemary etwas spitz hinzu. »Ich glaube, Jennifer wollte dir dabei helfen.«

Jennifers erwartungsvolles Strahlen verging. »Muß ich?« fragte sie in klagendem Ton.

»Jennifer und ich könnten einen Spaziergang machen und dann beide Papa helfen«, schlug Cassie vor. Ihr Blick ging zu Rosemary, und ein kleines Lächeln umspielte ihre Mundwinkel. »Wir werden nicht sehr lange ausbleiben, das verspreche ich.«

Rosemary zögerte mit einem unbestimmten Gefühl von Unbehagen, als sei sie manipuliert worden. Dabei war Cassies Vorschlag völlig vernünftig. Gleichwohl verspürte sie einen gewissen Widerwillen, als sie zustimmend nickte. Sie sagte nichts, bis die Mädchen ihre Jacken angezogen hatten – Cassie verschwand beinahe in der, die sie von ihrem Vater geborgt hatte –, dann setzte sie sich ihrem Mann gegenüber. »Hast du das Gefühl, daß sie uns gerade herumgekriegt haben?« fragte sie in unbeschwertem Ton.

Keith blickte von der Zeitung auf. »Herumgekriegt? Sie wollten nur einen Spaziergang machen. Und ich bin heilfroh, daß Jen mit Cassie gehen wollte, und daß Cassie nichts dagegen hatte, sie mitzunehmen.«

»Jennifer wußte genau, daß sie dir heute vormittag helfen sollte«, sagte Rosemary.

Keith schloß die Zeitung mit ungeduldiger Gebärde. »Es gibt genug andere Vormittage, und so viel ist im Garten nicht zu tun. Laß den beiden das bißchen Vergnügen. Wenn man bedenkt, was Cassie durchgemacht hat...«

»Das ist es nicht«, versetzte Rosemary, die mittlerweile wünschte, sie hätte das Thema nicht zur Sprache gebracht, aber entschlossen war, ihre Meinung zu sagen. »Ich hatte bloß das Gefühl, daß beide Mädchen versuchten, mich zu manipulieren.«

Keith legte die Zeitung aus der Hand. »Nun komm schon, Rosemary. Jennifer versucht immer, uns herumzukriegen. Cassie hat lediglich einen Kompromiß vorgeschlagen.«

»Warum hatte ich dann plötzlich ein Gefühl, als hätte ich

die Kontrolle über meine eigene Tochter verloren?« platzte Rosemary heraus. »Warum habe ich ein Gefühl, als sei alles anders geworden?«

Keith schwieg eine kleine Weile, dann streckte er die Hand aus und legte sie auf Rosemarys. »Weil alles anders geworden ist, Liebes«, sagte er. »Ich weiß, daß du nicht damit rechnetest, im Laufe der nächsten Jahre mit einer Halbwüchsigen zurechtkommen zu müssen, aber manchmal entwickeln die Dinge sich nicht so, wie wir es gern hätten. Fangen wir nicht an, uns grundlos aufzuregen. Cassie ist erst ein paar Stunden hier. Gewöhnen wir uns einfach daran.« Er lächelte. »Oder hast du vor, schon an ihrem ersten Tag die böse Stiefmutter herauszukehren?«

»Ich weiß nicht, was ich vorhabe«, seufzte Rosemary. Sie entzog Keith ihre Hand, stand auf und begann das Frühstücksgeschirr abzuräumen. »Es ist nur ein Gefühl, das ich habe, sonst nichts. Ich hatte gedacht, Cassie würde das hübschere Zimmer wollen, aber sie wollte es nicht. Und ich habe noch nie ein fünfzehnjähriges Mädchen getroffen, das eine fünf Jahre jüngere Schwester auf einen Spaziergang mitnehmen wollte. Es scheint einfach nicht... ich meine, sie reagiert in mancher Weise einfach nicht so, wie ich es erwartet hatte.«

»Aber sie reagiert gut«, antwortete Keith. »Und vergiß nicht, daß sie hier eine Fremde ist. Sie versucht nur, sich mit den Dingen vertraut zu machen und einzufügen. Warte noch eine oder zwei Wochen, und ich wette, du wirst ein ganz normales junges Mädchen vor dir haben. Und dann werden wir zwei noch genug Gelegenheit bekommen, uns zu beklagen.«

Rosemary zwang sich zu einem Lächeln und fing an, Essensreste von den Frühstückstellern in den Abfalleimer zu schaben. Natürlich hatte Keith recht. Was gerade geschehen war, hatte nichts Außergewöhnliches an sich. Sie sollte sich glücklich schätzen, daß Jennifer und Cassie einander so bereitwillig akzeptierten.

Warum war sie dann Cassies wegen so unruhig?

Sie ist eben etwas Neues, sagte sie sich. Und wenn ich

Unbehagen verspüre, wie muß erst ihr zumute sein? Sie hat ihre Mutter verloren und ist aus der heimatlichen Umgebung und allem, was sie je kannte, herausgerissen worden.

Sie spülte das Geschirr, ging dann hinauf, um im Elternschlafzimmer die Betten zu machen. Jennifers Tür stand wie gewöhnlich offen und gewährte Einblick in die chronische Unordnung, in der sie ihr Zimmer unweigerlich zurückließ.

Die Tür zu Cassies Zimmer war geschlossen.

Rosemary blieb davor stehen. Es war ihr klar, daß sie sich um ihre eigenen Angelegenheiten kümmern sollte, und sie erinnerte sich auch, wie sehr sie es in Cassies Alter übelgenommen hatte, wenn ihre eigene Mutter ihre Privatsphäre verletzt hatte. Ich werde nichts anrühren, sagte sie sich, und ich werde nicht hineingehen. Nur einen Blick hineinwerfen. Schuldbewußt legte sie die Hand auf die Klinke, drückte die Tür ein paar Handbreit auf. Wie eine Spionin im eigenen Haus spähte sie durch die Öffnung.

Das Bett war ordentlich gemacht und glattgezogen, und die wenigen Kleider, die Cassie mitgebracht hatte, hingen aufgereiht im Schrank. Auf der kleinen Frisierkommode lagen Kamm und Haarbürste nebeneinander, und hinter ihnen stand ein silberer Bilderrahmen.

Der Rahmen war leer.

Ihr Vorsatz war vergessen. Stirnrunzelnd betrat Rosemary das Zimmer und ging zur Frisierkommode. Ihr suchender Blick ging zum Papierkorb, der neben der Frisierkommode stand. Auf seinem Boden verstreut lagen die Fetzen eines zerrissenen Fotos.

Kümmere dich nicht darum, sagte Rosemary, aber sie konnte der Versuchung nicht widerstehen. Beinahe gegen ihren Willen sammelte sie die Stücke aus dem Papierkorb und setzte sie sorgsam zusammen.

Ein Frösteln überlief Rosemary, als sie die dargestellte Person erkannte. Cassie hatte das Porträt ihrer eigenen Mutter zerstört.

Cassie schlenderte neben Jennifer dahin und war bezaubert von dem, was sie sah. Alles war völlig anders als das, was sie gewohnt war. Überall begannen hohe Ulmen und Ahorne die Knospen zu öffnen. Ihre Äste streckten sich weit in alle Richtungen, verflochten sich ineinander und bildeten einen Baldachin über der Straße. Schon jetzt, da noch ein letzter Nachklang des Winters in der Luft lag, konnte sie sich die Bäume im Sommer vorstellen, wenn ihr volles Laubdach kühle grünschattige Tunnels schaffen würde.

Es gab keine Zäune zwischen den Vorgärten, und alle Häuser sahen aus, als wären sie mindestens hundert Jahre alt. Die meisten waren zwei- und dreigeschossig, umgeben von ordentlichen Blumenbeeten mit Tulpen und Osterglocken, die bereits ihre Knospen zeigten. Das Gras war schon kräftig und von üppigem Grün.

Als sie zur Gemeindewiese kamen, blickte Cassie neugierig und verwundert umher. Es gab eine Drogerie und einen Supermarkt, aber auch diese Geschäfte hatten keine Ähnlichkeit mit den riesigen, schuppenartigen und von ausgedehnten Parkplätzen umgebenen Lebensmittelmärkten, die sie gewohnt war. Statt dessen gab es hier kleine hölzerne Gebäude direkt an der Straße, mit diagonal markierten Fahrzeugstellplätzen am Rand der Fahrbahn. Cassie sah auch eine kleine Buchhandlung, drei Textilgeschäfte und einige Antiquitätenläden. Zu einem dieser Geschäfte zog Jennifer sie hin.

»Das ist Mamas Laden«, sagte sie stolz, als sie vor einem Schaufenster standen, dessen Auslage englisches Steingutgeschirr aus der ersten Hälfte des neunzehnten Jahrhunderts zeigte. »Ist es nicht hübsch?«

Cassie fand den Laden nicht viel anders als die anderen Antiquitätengeschäfte, in die sie flüchtige Blicke geworfen hatte, aber sie spähte pflichtschuldig zum Schaufenster hinein und betrachtete die Gegenstände im Laden, während Jennifer fortfuhr. »Den Sommer über ist das Geschäft jeden Tag geöffnet, und manchmal läßt Mama mich aushelfen, wenn ich vorsichtig bin. Aber das ist nur im Sommer. Um diese Jahreszeit kommt kaum jemand hier heraus.«

Als Jennifer weiterplapperte, kehrte Cassie dem Laden ihren Rücken und blickte mit leichter Enttäuschung über den

Platz hinaus. »Ist das alles, was es hier gibt?« fragte sie schließlich, und Jennifer kicherte.

»Bis auf die Geschäfte unten an der Bay Street«, sagte sie. »Aber dahin gehen nur die Sommergäste.«

»Aber wo geht ihr einkaufen?« fragte Cassie. »Gibt es keine Einkaufsstraße?«

Jennifer schüttelte den Kopf. »Manchmal fahren wir nach Providence oder nach Boston. In False Harbor haben wir nicht mal McDonalds.«

Cassie schaute das kleine Mädchen neugierig an. »Aber ... was tun alle die Mädchen und Jungen hier?«

Jennifer zuckte unbekümmert die Achseln.»Es gibt eine Menge zu tun. Den ganzen Sommer lang können wir zum Strand gehen, und im Winter können wir auf dem Teich bei der Schule Schlittschuh laufen«, erklärte sie. Dann, als einen Block weiter eine Gestalt um die Ecke auf den Platz kam, verstummte sie und zog Cassie am Ärmel. »Komm mit«, sagte sie im Flüsterton. »Laß uns anderswo hingehen.«

Cassie blickte verwundert zu Jennifer hinab und merkte, daß diese die herannahende Gestalt mit einem seltsamen Ausdruck von Sorge und Angst im kleinen Gesicht beobachtete. »Was hast du, Jen? Wer ist das?«

»Das ist Miranda«, hauchte Jennifer. »Laß uns weggehen. Bitte.«

Wieder fühlte Cassie das Zupfen am Ärmel, aber sie blieb, wo sie war, gebannt von der näherkommenden Gestalt. Als die Frau auf ein paar Dutzend Schritte heran war, wurde ihr mit einem Frösteln bewußt, daß sie die Frau schon einmal gesehen hatte.

Schweigend kam die Frau auf sie zu. Sie war ganz in Schwarz gekleidet, und ihr langer Rock berührte beinahe den Boden. Sie schob einen Einkaufswagen mit mehreren Plastikbeuteln, deren Aussehen den Anschein erweckte, als seien sie mit alten Kleidern gefüllt. Sie bewegte sich langsam den Gehsteig entlang und blieb alle paar Schritte stehen, um in die Schaufenster zu sehen.

Ihre Lippen bewegten sich von Zeit zu Zeit, als spräche sie zu sich selbst, aber man hörte nichts.

»Nun komm schon!« drängte Jennifer. Sie war dem Weinen nahe und zerrte an Cassies Arm. Cassie gab endlich nach und ließ sich über die Straße auf den Platz ziehen.

Aber sie wandte sich noch einmal um, die fremde Frau anzusehen. Diese bewegte sich langsam weiter. Zuerst hatte Cassie nicht ein Eindruck, daß der Frau bewußt war, daß sie beobachtet wurde. Dann, als sie direkt gegenüber auf der anderen Straßenseite war, machte sie plötzlich halt und drehte sich zum Platz, um Cassie anzusehen.

Ihre Blicke begegneten einander, und nach einer kleinen Weile nickte sie und wandte sich ab. Noch langsamer als zuvor bewegte sich die schwarzgekleidete Gestalt weiter den Gehsteig entlang, den Einkaufswagen vor sich her schiebend.

Cassie, der das Herz im Halse schlug, fühlte sich von neuem kalt überrieselt, als die seltsame Erscheinung am Ende des Blocks um die Ecke bog und außer Sicht kam.

In diesen wenigen Sekunden ihres Blickkontaktes hatte Cassie die Frau in Schwarz wiedererkannt.

Es war die Frau, die sie nach dem Tode der Mutter in ihren Träumen gesehen hatte.

Die Frau, die den Wagen ihrer Mutter gefahren hatte.

Die Frau, die eine Fremde war, die aber – im Traum – auch ihre Mutter gewesen war.

Die Frau, die sie vergangene Nacht auf dem Friedhof gesehen und die ihren Namen gesprochen hatte.

Aber es ergab keinen Sinn: Wie konnte sie von dieser Frau geträumt haben? Sie hatte sie nie zuvor gesehen, nicht wahr? Wieder bemerkte Cassie, daß Jennifer sie am Arm zog. Sie blickte zu ihr hinab und sah wieder den Ausdruck ängstlicher Beklommenheit in dem emporgewandten Gesicht.

»Hat sie dich angeschaut?« fragte Jennifer.

Cassie zögerte, nickte dann.

Jennifer machte entsetzte Augen. »Das darfst du nicht zulassen«, sagte sie. »Das darfst du nie wieder zulassen.«

Cassie blickte verdutzt. »Warum soll ich sie nicht anschauen?« fragte sie.

»Weil sie eine Hexe ist«, raunte Jennifer, blickte dann rasch umher, als fürchtete sie, die Frau könnte sie noch beobachten. »Sie ist eine Hexe, und sie kann dich durch einen Blick behexen.«

Cassie sah sie ungläubig an. »Eine Hexe?« sagte sie endlich. »Wer hat dir das erzählt?«

»Ich... ich weiß nicht«, sagte Jennifer ungewiß. Aber als sie sah, daß Cassie ihr nicht glaubte, kam ein trotziger Zug in ihr Gesicht. »Es ist wahr«, sagte sie. »Alle Kinder wissen, daß sie eine Hexe ist. Sie lebt draußen beim Strand, und sie ist wirklich böse. Du mußt ihr aus dem Wege gehen. Und laß nicht zu, daß sie dich ansieht.«

»Aber Jen, es gibt keine Hexen. Es ist bloß eine Geschichte, mehr nicht. Hast du wirklich Angst vor ihr?«

Jennifer nickte energisch. »Alle haben Angst vor ihr. Sie benimmt sich wie eine Verrückte. Wenn sie nicht draußen in ihrer Hütte ist, schiebt sie den Einkaufswagen herum.«

»Sie ist bloß eine arme Stadtstreicherin«, widersprach Cassie trotz des unheimlichen Gefühls, das sie beschlichen hatte, als sie der Frau ins Auge geblickt. »Solche Menschen gibt es überall. Wir hatten auch zu Hause in Kalifornien welche. Dort gingen sie den ganzen Tag den Ventura Boulevard auf und ab, und nachts schliefen sie im Park, wenn die Polizisten sie ließen. Sie sind bloß ein bißchen verschroben, das ist alles.«

Aber Jennifer ließ sich nicht bekehren. »Miranda ist anders. Wendy Maynard weiß von ihrer Mama, daß Mirandas Mutter schon so war wie sie, und daß die Kinder sie damals genauso fürchteten wie wir heute Miranda. Und schon ihre Mutter hauste in der Hütte, wo Miranda wohnt. Niemand traut sich dorthin.«

Cassie starrte ihre kleine Halbschwester an. Es war nichts als kindischer Unsinn – mußte es sein! Dennoch war Miranda die Frau, die sie in ihren Träumen gesehen hatte; sie war davon nahezu überzeugt. Aber wie war es möglich?

Sie bekam wieder Herzklopfen, als sie erkannte, daß sie mehr über die seltsame Frau in Schwarz in Erfahrung bringen mußte. Es war wichtig, daß sie die Wahrheit über die Frau erfuhr.

Die unheimliche Identität der Frau mit der Gestalt ihrer Träume versetzte sie in Furcht, aber gleichzeitig war sie fasziniert. »Weißt du, wo sie wohnt?« fragte sie Jennifer, und das kleine Mädchen nickte nach kurzem Zögern.

»Kannst du es mir zeigen?«

Doch davon wollte Jennifer nichts wissen. »Auf keinen Fall gehe ich in die Nähe ihrer Hütte«, sagte sie. »Und wenn du es tust, werde ich es Mama und Papa sagen!«

»Hat sie denn jemandem etwas getan?« forschte Cassie. »Ich meine, etwas wirklich Böses?«

»Ich ... ich weiß nicht. Sie war lange Zeit nicht hier. Als ich klein war, war sie irgendwo eingesperrt. In einem Irrenhaus.«

»Na, was gibt es da zu fürchten? Wenn sie gefährlich wäre, hätte man sie nicht herausgelassen, nicht?«

Jennifer ließ sich nicht von ihrer Meinung abbringen. »Ich weiß nur, daß sie verrückt ist und daß sie eine Hexe ist, und ich wette, sie könnte dich mit einem Blick töten, wenn sie es wollte. Laß uns lieber heimgehen, sonst kriegen wir noch Ärger.«

»Aber ich dachte, du wolltest mir Papas Boot zeigen«, sagte Cassie, bemüht, das Lächeln zu unterdrücken, das in ihren Mundwinkeln spielte. Als Miranda verschwunden war, hatte sie die Richtung zum Hafen eingeschlagen. Anscheinend hatte Jennifer das auch bemerkt.

»Das zeige ich dir nächstes Mal«, versprach sie.

Die Glocken der Kirche begannen zu läuten, als sie zur Alder Street zurückgingen. Die beiden Mädchen hatten die Kirche noch nicht erreicht, als das Flügelportal geöffnet wurde und die Menge der Gottesdienstbesucher herausströmte. Jennifer winkte ihren Freundinnen zu, und auf einmal sah Cassie sich von einem Schwarm neun- und zehnjähriger Mädchen umringt, die aufgeregt zuhörten, wie Jennifer ihnen erzählte, daß sie vor ein paar Minuten Miranda gesehen habe.

»Und meine Schwester Cassie schaute ganz ruhig zu ihr hin«, berichtete Jennifer in einem Ton, der nichts von den Ängsten verriet, die sie kurz zuvor ausgestanden hatte. Einige der Kinder blickten geradezu ehrfürchtig zu Cassie auf. Cassie wollte etwas dazu sagen, als sie den Blick eines blonden, etwa gleichaltrigen Mädchens auf sich ruhen fühlte, das vor dem Kirchenportal stand und sie unverwandt ansah. Cassie hob die Hand zu einem zögernden Gruß, aber in diesem Augenblick kehrte das Mädchen ihr den Rücken und begann mit anderen zu reden.

Zwar konnte Cassie nicht hören, was gesagt wurde, doch war sie beinahe sicher, daß das Mädchen über sie sprach. Mit einem verlegenen Erröten nahm sie Jennifer bei der Hand und zog sie aus der Gruppe ihrer Freundinnen fort. Erst als sie um die Ecke und außer Sichtweite der Leute vor der Kirche waren, tat sie den Mund auf.

»Wer war dieses Mädchen, das mich so anstarrte?« fragte sie.

Jennifer blickte neugierig zu ihr auf. »Ich habe niemanden gesehen. Warum sollte jemand dich anstarren?«

Cassie zuckte mit der Schulter. »Keine Ahnung. Es war ein blondes Mädchen...« Ehe sie enden konnte, überkam sie wieder das gleiche unheimliche Gefühl, daß jemand sie anstarrte, und mit einer schnellen Bewegung wandte sie sich um.

An der Ecke stand dasselbe Mädchen mit zwei Gefährtinnen. Alle drei starrten Cassie nach, wandten sich jedoch ab, als Cassie sich nach ihnen umsah.

»Die da«, sagte Cassie. »Wer ist die?«

Aber es war zu spät. Jennifer hatte ihren Vater ausgemacht, der den Motorrasenmäher durch den Vorgarten schob, und war vorausgelaufen.

Cassie zögerte, halb geneigt, zur Ecke zurückzugehen und sich mit den drei Mädchen bekanntzumachen. Aber dann ließ sie es sein und eilte Jennifer nach, die Wangen gerötet von der Demütigung, wie ein Tier im Zoo angestarrt zu werden.

»Cassie, bekümmert dich etwas?« fragte Rosemary nach dem Abendessen. Sie waren im Wohnzimmer beisammen, Jennifer am Boden liegend, das Kinn in die Hände gestützt, während sie einen Fernsehfilm sah. Keith blätterte in einem Katalog für Bootszubehör, Rosemary strickte einen Pullover, und Cassie saß mit angezogenen Beinen auf einem Ende des Sofas, ein aufgeschlagenes Buch auf dem Schoß. Rosemary war nicht entgangen, daß das Mädchen in den letzten fünfzehn Minuten keine Seite umgeblättert hatte.

Cassie schrak zusammen und blickte auf, dann schüttelte sie den Kopf und beugte sich wieder über ihr Buch. Aber Jennifer wälzte sich am Boden herum und schaute zu ihrer Mutter auf.

»Wir sahen Miranda auf dem Platz«, sagte sie. »Und als sie zu uns herüberschaute, guckte Cassie einfach zurück.«

Rosemary tauschte einen Blick mit Keith, der aufgehört hatte, im Katalog zu blättern. Als sie antwortete, war sie sorgsam darauf bedacht, einen neutralen Ton zu wahren. »Du weißt ganz genau, daß es nicht schadet, Miranda anzusehen. Solange du sie nicht anstarrst.«

Jennifer machte große Augen. »Das würde ich nie tun! Ich würde sie nicht mal anschauen, wenn es nicht sein muß. Wendy Maynard sagt...«

»Ich weiß, was Wendy Maynard sagt«, unterbrach sie Rosemary. »Und du weißt so gut wie ich, daß es Unsinn ist. Miranda Sikes ist eine völlig harmlose Person.«

»Die Kinder sagen aber etwas anderes«, widersprach Jennifer. »Und als Cassie hinguckte, schaute sie ganz fest zurück!« Sie schauderte in übertriebener Dramatik. »Es war unheimlich, wie sie in diesem furchtbaren schwarzen Kleid daherkam und vor sich hin murmelte. Ich zog Cassie über die Straße und sagte ihr, sie solle nicht hinschauen, aber sie tat es trotzdem.«

»Ich starrte sie nicht an«, sagte Cassie und klappte das Buch zu. »Ich sah bloß hinüber zu ihr, das war alles.«

»Mehr ist auch nicht nötig«, erklärte Jennifer. »Ich wette, sie hat dich behext!«

»Ach du lieber Gott!« sagte Rosemary im Ton ärgerlicher Ungeduld. Sie richtete sich auf und faßte ihre Tochter ins Auge. »Jennifer, ich habe dir das schon hundertmal gesagt. Miranda Sikes ist ein bißchen verschroben, aber sie ist vollkommen harmlos.«

»Warum wurde sie dann eingesperrt?« entgegnete Jennifer. »Warum wurde sie dann ins Irrenhaus gesteckt?«

»Sie ist nicht mehr dort«, konterte Rosemary. »Wäre sie noch krank, hätte man sie nicht entlassen. Sie versucht, gesund zu werden, und die Art und Weise, wie du und deine Freundinnen sie behandelt, ist ihr dabei gewiß keine Hilfe!«

Die strenge Schelte der Mutter brachte Jennifer aus der Fassung, aber Rosemary, einmal in Fahrt gekommen, konnte nicht an sich halten. »Wie würde dir zumute sein, wenn deine Freundinnen jedesmal, wenn sie dich sähen, vor dir davonliefen? Glaubst du nicht, du könntest auch anfangen, Selbstgespräche zu führen und dich seltsam zu benehmen?«

Tränen stiegen Jennifer in die Augen, und sie sprang auf. »Ich habe nichts getan!« winselte sie. »Ich bin nur über die Straße, weil ich mich vor ihr fürchte. Ich habe nicht auf sie gezeigt oder hingeschaut oder was!« Damit floh sie aus dem Wohnzimmer, lief die Treppe hinauf, und einen Augenblick später schlug die Tür ihres Zimmers zu.

Im Wohnzimmer herrschte Stille, bis Cassie zögernd sagte: »Jennifer hat sie nicht angestarrt, Rosemary. Sie hat überhaupt nichts getan. Sie fürchtete sich bloß, weil Miranda so seltsam aussieht.« Sie legte das Buch auf die Couch und stand auf. »Ich werde hinaufgehen und ihr gut zureden.«

»Nein, das werde ich tun!« sagte Rosemary, schrille Obertöne in der Stimme. »Ich habe sie zurechtgewiesen, nicht du.« Sie stand auf und lief die Treppe hinauf, aber ehe sie den Raum verließ, sah sie den Ausdruck in Keiths Gesicht. Obwohl er nichts sagte, fühlte sie seine Mißbilligung ihrer Reaktion. Und natürlich hatte er recht; Cassie hatte nur helfen wollen.

Nachdem sie sich bei Jennifer entschuldigt hätte, würde sie auch noch Cassie um Verzeihung bitten müssen.

Jennifer lag auf ihrem Bett, das Gesicht im Kissen vergraben, und schluchzte, daß ihr schmächtiger Körper zuckte. »Jen?« fragte Rosemary von der Tür her. »Darf ich hereinkommen?«

Als Jennifer nichts sagte, betrat Rosemary das Kinderzimmer und schloß die Tür hinter sich. Sie setzte sich auf die Bettkante und umfing ihre Tochter mit beiden Armen. »Entschuldige, daß ich dich angefahren habe, Kindchen«, sagte sie.

Jennifer wälzte sich herum und schaute zu ihr auf. »Ich habe nichts getan...« fing sie an, aber Rosemary verschloß ihr den Mund mit dem Zeigefinger.

»Ich weiß«, sagte sie besänftigend. »Aber ich möchte dir klarmachen, daß es Miranda verletzt, wenn du dich benimmst, als ob du Angst vor ihr hättest.«

»Aber ich habe Angst vor ihr!« rief Jennifer. Sie rieb sich die Augen mit den Knöcheln. »Alle Kinder haben Angst vor ihr.«

»Ich sage dir, daß du keine Angst vor ihr zu haben brauchst. Sie ist bloß eine seltsame Frau, ein bißchen anders als die übrigen Leute, das ist alles. Aber sie ist nicht böse und sie ist keine Hexe. Es gibt keine Hexen, wenigstens nicht solche, die andere Leute behexen oder zaubern können. Also gibt es keine Ursache, ängstlich zu sein. In Ordnung?«

Jennifer nickte, aber es war klar zu sehen, daß sie nicht überzeugt war. Und warum sollte sie überzeugt sein? dachte Rosemary bei sich. Als sie in Jennifers Alter gewesen war, war es für sie und all ihre Freundinnen eine ausgemachte Sache gewesen, daß die Frau, die in dem alten Haus an der Ecke wohnte, eine Hexe sei. Freilich hatte sie als Halbwüchsige entdeckt, daß die Frau nichts als ein unglückliches Menschenkind gewesen war, eine Alkoholikerin, die außerdem unter Platzangst litt. Eine Frau, die zu bemitleiden war, nicht zu fürchten. Aber die alten Geschichten hatten immerhin bewirkt, daß die Kinder der Nachbarschaft einen Bogen um sie gemacht hatten, was wahrscheinlich ganz im Sinne der Frau gewesen war. Vielleicht machte sich Miranda Sikes nichts aus den Geschichten, die unter den Kindern von False Harbor im Umlauf waren.

Rosemary fand, daß sie genug gesagt hatte. »Möchtest du wieder hinunterkommen und den Film zu Ende sehen?«

Jennifer schüttelte den Kopf. »Der war nicht gut; er war was für kleine Kinder.«

Ihre Mutter lächelte zärtlich. »Nun, darüber sind wir hinaus, nicht?«

Jennifer nickte ernst, dann blickte sie ihrer Mutter in die

Augen. »Cassie sagte, jemand hätte sie heute vor der Kirche angestarrt.«

»Angestarrt? Wer?«

»Weiß ich nicht. Ich habe niemand gesehen. Ein blondes Mädchen, sagt sie. Aber warum sollte jemand Cassie anstarren?«

Rosemary stand auf. »Sicherlich war nichts daran«, antwortete sie, küßte Jennifer auf die Stirn und richtete sich auf. »Es ist halb neun, und um neun möchte ich dich im Bett sehen. Klar?«

Jennifer fing automatisch an zu betteln, aber Rosemary hob mahnend die Finger. »Heute abend nicht. Neun Uhr, und keine Minute später. Verstanden?«

Jennifer nickte zögernd, blickte hoffnungsvoll auf. »Darf Cassie heraufkommen und mir gute Nacht sagen?«

Rosemary unterdrückte eine Empfindung, die sich nicht sehr von Eifersucht unterschied. »Selbstverständlich«, sagte sie. »Ich werde sie nachher heraufschicken.« Dann küßte sie ihre Tochter noch einmal und ging wieder hinunter.

Keith hatte sich wieder seinem Katalog zugewandt, und Cassie war in ihr Buch vertieft. Rosemary nahm ihre Strickarbeit auf, ertappte sich jedoch dabei, daß sie alle paar Augenblicke zu Cassie blickte. Obwohl diese jetzt alle paar Minuten eine Seite des Buches umblätterte, war Rosemary gleichwohl überzeugt, daß ihre Stieftochter nicht ein einziges Wort las.

Mehrmals war sie nahe daran, das Mädchen in ein Gespräch zu ziehen, besann sich aber jedes Mal eines anderen. Später, sagte sie sich. Wenn sie hinaufgegangen ist, werde ich mit ihr reden.

Es war kurz vor zehn, als Rosemary leise an Cassies Tür klopfte und öffnete, noch ehe Cassie geantwortet hatte. Sie lag auf dem Bett, das Buch auf den Knien, doch auch jetzt wieder war Rosemary überzeugt, daß sie nicht gelesen hatte.

»Ich ... ich dachte, wir könnten vielleicht ein paar Minuten miteinander reden«, begann Rosemary etwas unsicher. Sie kam näher, ließ sich auf die Bettkante nieder und streckte eine Hand von sich, als wollte sie Cassies Hand ergreifen, aber als diese auf die Geste nicht reagierte, zog sie die Hand zurück. »Ich dachte mir, du würdest dich gern aussprechen«, fing sie von neuem an. Ihr Blick ging beinahe ohne ihr Zutun und gegen ihre Absicht zu dem leeren Bilderrahmen auf der Kommode.

»Möchtest du darüber sprechen?« fragte Cassie sofort. »Über das Bild meiner Mutter?«

Rosemary spürte, wie ihre Wangen brannten. »N-nein...« stammelte sie. »Ich meine...«

»Ich habe es zerrissen«, sagte Cassie.

Rosemary holte tief Atem und nickte. »Ich weiß«, sagte sie. »Ich... nun, ich kam vorhin herein und konnte nicht umhin, den leeren Bilderrahmen zu bemerken.« Wieder streckte sie die Hand aus, und diesmal gelang es ihr, Cassies Hand zu ergreifen. »Warum hast du es zerrissen, Cassie?«

Cassie zögerte. »Ich... ich weiß nicht. Als ich heute früh aufwachte, konnte ich einfach nicht mehr ertragen, es anzusehen.«

Rosemary glaubte zu verstehen. »Ich weiß«, sagte sie. »Es muß schrecklich für dich sein. Aber du hättest das Bild weglegen können. Nach einer Weile, sobald du dich an den Gedanken gewöhnt hättest...« Sie verstummte, nahm einen neuen Anlauf. »Wenn du dich erst daran gewöhnt hast, daß sie nicht mehr ist, wirst du ein Bild von ihr haben wollen.«

Cassies Blick verdüsterte sich. »Nein, bestimmt nicht«, erwiderte sie mit leiser Stimme. »Es ist mir lieber, wenn ich nie wieder ein Bild von ihr sehe.«

»Cassie...«

»Aber es ist so!« sagte Cassie mit erhobener Stimme. »Und warum sollte ich anders denken? Ich habe ihr nie etwas bedeutet. Wäre es anders gewesen, hätte sie nicht...« Sie brach ab, und in ihren Augen glänzte verräterische Nässe.

Rosemary beugte sich näher zu ihr und strich dem Mädchen eine Haarsträhne aus der Stirn. »Cassie, deine Mutter hat dich nicht absichtlich im Stich gelassen. Ihr Tod war ein Unfall. Sie liebte dich sehr.«

»Das ist nicht wahr!« fuhr Cassie auf. »Niemand hat mich je geliebt. Papa schickte uns fort, als ich noch ein Kleinkind war, und Mama hatte nie etwas anderes als Ausgehen im

Kopf! Ich war ihr ganz gleichgültig! Wenn sie zu mir sprach, dann geschah es nur, um etwas an mir auszusetzen und zu schimpfen, daß ich nie etwas richtig machen könne, und immer hatte ich das Gefühl, ihr im Weg zu sein! Und nun bin ich hier, weil Papa mich aufnehmen mußte!«

»Nein, das ist nicht wahr!« widersprach Rosemary. »Du bist hier, weil dein Vater dich liebt, und ich habe dich auch gern.«

Cassie fuhr bolzengerade auf und entzog Rosemary ihre Hand. Ihre Augen blitzten. »Nein, das stimmt nicht. Du kennst mich nicht einmal! Niemand liebt mich. Und erzähl mir nicht, du wüßtest, was ich empfinde! Kein Mensch weiß, wie mir zumute ist. Niemand hat es je gewußt!«

Rosemary unternahm einen neuen Versuch, Cassies Hand zu ergreifen, aber Cassie vereitelte ihn. Ihre Stimme hob sich zu einem dünnen Winseln. »Laß mich allein! Warum kannst du mich nicht einfach in Ruhe lassen?«

Plötzlich ging die Tür auf, und Keith stand als Silhouette vor dem Licht vom Korridor. »Cassie?« fragte er. »Was hast du, Cassie?«

Sie wandte sich zu ihrem Vater. »Sag ihr, daß sie mich allein lassen soll«, schluchzte sie. »Sie ist nicht meine Mutter und kennt mich nicht, und sie hat kein Recht, in mein Zimmer zu kommen! Sag ihr bloß, daß sie mich in Ruhe lassen soll.«

Keith stand eine kleine Weile schweigend, dann kam er herein. »Was ist passiert?« fragte er Rosemary. »Was hast du zu ihr gesagt?«

»Nichts«, sagte Rosemary mit hiflosem Achselzucken. »Ich kam herein, um mit ihr zu reden und ...« Sie wandte sich und streckte wieder die Hand zu Cassie aus. »Cassie, es tut mir wirklich leid. Ich wollte dich nicht aufregen. Ich dachte bloß ...«

»Laß mich allein!« schrie Cassie. »Warum könnt ihr mich nicht einfach allein lassen?«

»Ich ...« fing Rosemary an, aber Keith schnitt ihr mit einer Handbewegung das Wort ab.

»Laß mich das machen«, sagte er, setzte sich aufs Bett und

nahm seine Tochter in die Arme. »Laß uns einen Augenblick allein, sei so gut, Schatz«, sagte er.

Rosemary zögerte, dann nickte sie rasch und eilte hinaus, schloß die Tür hinter sich.

»Was gibt es, Kleines?« fragte Keith, als er mit Cassie allein war. »Kannst du es mir sagen?«

Sie schüttelte den Kopf und wandte sich weg. »Es ist schon gut«, sagte sie. »Ich möchte bloß in Ruhe gelassen werden. Bitte. Könnt ihr mich nicht einfach allein lassen?«

Keith zögerte, in der Überzeugung, daß er etwas sagen sollte, etwas tun sollte. Zuletzt aber siegte das Gefühl der Hilflosigkeit, und er zuckte mit den Schultern und tätschelte Cassies Bein. »Schon recht, Kleines«, sagte er. »Wie du willst. Aber wenn du dich aussprechen möchtest, denk daran, daß ich für dich da bin, ja?« Er wartete auf eine Antwort, und als keine kam, stand er auf und verließ still das Zimmer. Vielleicht war das wirklich, was sie nötig hatte, dachte er bei sich, als er die Treppe hinunterging. Vielleicht brauchte sie jetzt Ruhe und Ungestörtheit, um mit sich selbst ins reine zu kommen.

Rosemary erwartete ihn unten. Ihr Gesicht war aschfahl. »Hat sie sich gefangen?« fragte sie.

Keith hob hilflos die Hände. »Wie kann sie, nach allem, was sie durchgemacht hat? Was ist oben passiert?«

Rosemary berichtete, so gut sie konnte, was in Cassies Zimmer vorgefallen war. »Sie wollte nicht einmal mit mir reden«, schloß sie. »Sie sagt, niemand liebe sie und niemand verstehe sie. Ich versuchte bloß zu helfen.«

»Ich weiß«, erwiderte Keith. »Vielleicht können wir ihr jetzt aber am besten helfen, indem wir sie einfach allein lassen. Dann kann sie mit sich selbst ins reine kommen.«

Rosemary schaute ihn groß an. »Keith, sie ist noch ein Kind...«

»Sie wird bald sechzehn«, sagte er. »Sie ist kein Kind mehr, und wir können sie nicht wie eins behandeln.«

»Aber wenn sie glaubt, niemand liebe sie...«

»Das glaubt sie nicht wirklich«, unterbrach er sie. »Um Himmels willen, Rosemary, ich bin ihr Vater. Sie weiß, daß ich sie liebe. Sie ist jetzt bloß aufgeregt, und sie hat ein Recht, es zu sein. Aber sie wird darüber wegkommen.«

Und wenn sie nicht darüber wegkommt? dachte Rosemary. Wenn sie wirklich glaubt, niemand liebe sie? Was soll dann werden? Aber sie sagte nichts, denn Keith hatte den eigensinnigen Zug um den Mund, der ihr sagte, daß die Diskussion zumindest für heute abend beendet war.

Cassie lag auf dem Bett und suchte Klarheit zu gewinnen. Sie hatte Rosemary nicht anschreien wollen, aber wie sollte sie dieser Frau den wahren Grund erklären, warum sie das Bild ihrer Mutter zerrissen hatte? Wie sollte sie ihr sagen, daß sie, als sie am Morgen aufgestanden war und das Bild gesehen hatte, von einer aufsteigenden Woge kalter Wut ergriffen worden war und das Bild in Fetzen gerissen hatte, ohne auch nur darüber nachzudenken.

Es war nicht, daß ihre Mutter gestorben war – das war es überhaupt nicht. Es waren all die Erfahrungen und Erlebnisse, die sie im Zusammenleben mit ihrer Mutter gesammelt hatte.

Es war die Stimme ihrer Mutter, die sie ständig tadelte.

Es waren ihre Augen, die sie ständig anklagten.

Es waren all die anderen Kleinigkeiten, von denen sie Rosemary und ihrem Vater niemals erzählen würde. Und so hatte sie das Bild aus dem Rahmen gerissen und zerfetzt.

Sie konnte es Rosemary nicht erklären, weil die Frau es nie verstehen würde.

Dann fiel ihr Miranda ein, und der Blick, der an diesem Morgen auf dem Platz zwischen ihnen hin und her gegangen war.

Miranda hätte verstanden. Miranda hätte ihr ruhig zugehört und genickt. Hatte sie ihr heute früh nicht freundlich zugelächelt? Cassie war jetzt überzeugt, daß es so gewesen war.

Miranda. Cassandra.

Die Namen reimten sich beinahe, klangen fast wie Musik.

Je mehr sie darüber nachdachte, desto mehr wuchs die Gewißheit, daß Miranda wirklich die Frau war, die sie in ihren Träumen gesehen hatte, die Frau, die im Feuer des brennenden Wagens gestanden und ihr zugewinkt hatte.

Aber wer war sie tatsächlich?

Cassie verspürte eine Empfindung von Sehnsucht, von einem so starken Bedürfnis, daß es sie wie ein Frösteln überlief. Sie zog die Steppdecke bis zum Kinn. Irgendwie mußte sie Miranda wiedersehen und herausbringen, wer die Frau in Schwarz war. Sie schloß die Augen und rief in ihrer Vorstellung das Bild von der Frau auf der Straße, der Frau des Traumes wieder wach. Und als sie allmählich einschlief, hörte sie Miranda abermals ihren Namen rufen.

Sie war am Einschlummern, als das leise Kratzen an ihr Ohr drang. Sie drückte den Kopf fester ins Kissen, ohne die Augen zu öffnen.

Das Geräusch wiederholte sich, ein eigentümliches Kratzen oder Scharren, wie von einem windbewegten Zweig, der das Fenster streifte.

Sie versuchte, es zu überhören, doch gerade dies Bemühen machte sie wieder munter. Sie schaltete das Radio ein und lauschte der leisen Musik. Aber das Geräusch dauerte an. Endlich setzte sie sich auf und schaute zum Fenster.

Zuerst sah sie nichts. Dann machte sie einen Schatten aus, der sich in der Dunkelheit draußen bewegte.

Cassie stockte der Atem. Eine erste Regung von Panik überkam sie, und die Dunkelheit im Zimmer lag drückend auf ihr. Instinktiv streckte sie die Hand nach der Nachttischlampe aus und suchte nervös nach dem Knopf.

Am Fenster glühte plötzlich ein gelbes Augenpaar aus der Schwärze.

Die Furcht fuhr ihr mit eisigem Finger über das Rückgrat. Die Augen starrten zu ihr herein.

Langsam streckte sie die Hand aus, das Radio abzuschalten, und das Knacken schien überlaut in der nächtlichen Stille. Danach hörte Cassie nur noch das dumpfe Pochen des eigenen Herzens.

Bis vom Fenster wieder ein Geräusch kam.

Das gleiche Scharren wie zuvor, aber diesmal zwinkerten die gelben Augen, und Cassie hörte ein leises Miauen.

Eine Katze. Es war nur eine Katze, die am Fenster kratzte.

Mit dem Gefühl, sich lächerlich gemacht zu haben, stieg sie aus dem Bett und ging zum Fenster. Die Katze, anscheinend vom nahen Ast einer Ulme auf den schmalen Fenstersims gesprungen, miaute wieder und kratzte am Rahmen.

»Hallo, Katze«, sagte Cassie leise. Sie erwartete, daß das Tier beim Klang ihrer Stimme die Flucht ergreifen würde. »Willst du herein?«

Als verstünde sie ihre Worte, streckte die Katze eine Vorderpfote aus und kratzte am Glas der Scheibe.

Cassie tastete im Dunkeln nach dem Hebel, öffnete das Fenster. Kaum war der Spalt breit genug, da schlüpfte die Katze schon durch die Öffnung, sprang auf den Boden und rieb sich an Cassies Bein, den langen Schwanz aufgestellt. Dann, während Cassie das Fenster wieder schloß, lief die Katze durch das Zimmer und sprang aufs Bett.

Cassie tappte zurück, schaltete die Nachttischlampe wieder ein und besah ihre Besucherin genauer. Sie schien eine gewöhnliche Hauskatze zu sein, mit grauem, dunkel getigertem Fell und beinahe schwarzen Rückenstreifen. Sie saß mit nervös zuckender Schwanzspitze auf dem Bett und starrte Cassie aus ihren gelben Augen an, die im weichen Schein der Lampe beinahe golden wirkten.

»Wer bist denn du?« fragte Cassie. »Lebst du hier?«

Die Katze miaute leise, dann kam sie näher und leckte schnurrend Cassies Hand.

Als Cassie wieder unter die Decke kroch, tat dies auch die Katze; und als sie das Licht löschte, fühlte sie, wie das Tier sich an ihren Füßen niederlegte.

Ein paar Minuten später, während die Katze still am Fußende des Bettes schnurrte, schlief Cassie endlich ein.

In dieser Nacht sah sie in ihren Träumen wieder Miranda. Sie lächelte ihr zu, steckte die Hand in einen ihrer Einkaufsbeutel und brachte ein zappelndes Geschöpf zum Vorschein, das sie Cassie übergab. »Das ist für dich«, sagte sie, als sie Cassie das Tier in die Arme legte.

Cassie schaute der Katze in die Augen. »Wie heißt sie?« fragte sie.

Miranda sagte lange nichts, dann, noch immer lächelnd, streckte sie die Hand aus und streichelte die Katze. »Er hat keinen Namen«, sagte sie. »Er ist ein Geschenk, und du sollst entscheiden, welchen Namen er bekommen soll und wie du ihn gebrauchst.«

Mirandas Bild zerfloß in der Dunkelheit, löste sich auf. Sie schrak aus ihrem Schlaf auf.

Die Katze zu ihren Füßen regte sich.

Und tief in Cassies Unterbewußtsein regte sich auch eine längst vergessene Erinnerung.

5

Der Montagmorgen war sonnig und klar, aber mit einer Frische in der Luft, die Cassie sofort erinnerte, daß sie nicht mehr in Südkalifornien war. Zu Hause würde die Temperatur an einem Tag wie diesem schon am Vormittag dreißig Grad erreichen, und sie und ihre Freundinnen würden in der Mittagspause überlegen, wie sie die restlichen Schulstunden schwänzen könnten, um zum Strand zu gehen. Aber hier war der Morgen noch bei weitem zu kühl, um auch nur an den Strand zu denken. Cassie stand auf, zog die roten Jeans an, die sie das ganze Wochenende getragen hatte, und fand eine saubere weiße Bluse, die sie unter dem schwarzen Pullover tragen konnte. Die Katze kam unter der Decke hervor, setzte sich an das Fußende des Bettes, sah ihr beim Ankleiden zu und sprang dann zum Fenstersims. Von dort blickte sie erwartungsvoll zurück. Cassie sah, daß es ein Kater war.

»Du willst wieder hinaus?« fragte Cassie. Sie ging zum Fenster und stieß es auf. Mit einem Satz war der Kater im Baum, sprang geschickt von Ast zu Ast, ließ sich dann auf den Rasen fallen und schlüpfte durch den Zaun in den Friedhof. Cassie sah ihm nach, bis er verschwunden war, dann runzelte sie nachdenklich die Stirn. Schließlich kam ihr ein Gedanke. Sie öffnete den Schrank, fand einen Kleiderbügel aus Draht und bog ihn so, daß er den Fensterflügel wie eine Klammer ein wenig offenhielt. Dann ging sie hinunter.

Ihr Vater und Jennifer saßen bereits in der Eßnische der Küche bei Pfannkuchen und Rühreiern. Rosemary stand am Herd und begrüßte sie mit einem ungewissen Lächeln. »Fühlst du dich gut, Cassie?« fragte sie. »Vielleicht solltest du lieber ein paar Tage warten, bevor du anfängst, zur Schule zu gehen. Ich meine...«

Cassie verstand nicht gleich, aber dann begegnete sie Rosemarys Blick. »Du meinst, wegen gestern abend«, sagte sie mit ruhiger Stimme.

Rosemary nickte.

»Das ist schon gut«, sagte Cassie. »Es tut mir leid, daß ich dich angeschrien habe. Ich war bloß... es hatte mich alles so geschafft.«

Rosemary lächelte erleichtert. Letzte Nacht hatte sie stundenlang wach gelegen und die Szene mit Cassie wieder und wieder Revue passieren lassen. Und den kommenden Morgen gefürchtet, bedrückt von der Gewißheit, daß Cassie verstockt und schweigsam am Frühstückstisch erscheinen würde – wenn sie überhaupt käme. Aber Cassie schien den Zwischenfall überwunden zu haben. Dennoch blieb in Rosemary ein Rest von Unbehagen. »Willst du wirklich heute schon zur Schule? Es könnte vielleicht doch zu viel für dich sein. Außerdem hast du kaum etwas anzuziehen.«

»Was gibt es gegen die Sachen einzuwenden, die ich anhabe?« fragte Cassie stirnrunzelnd. »Zu Hause gehen alle in Jeans zur Schule.«

»Das tun sie hier auch«, warf Keith ein. »Ich glaube, Rosemary fragt sich nur, wie sauber sie sind.«

Cassies Miene verdüsterte sich. »Sauber genug. Außerdem habe ich sonst nur ein Kleid eingepackt. Und niemand geht mit einem Kleid zur Schule.«

Jennifer kicherte und zeigte vergnügt auf ihre Mutter. »Siehst du! Ich habe es dir gesagt. Warum glaubst du mir nie, wenn ich was sage?«

»Weil du erst acht bist, und jeder weiß, daß Achtjährige namens Jennifer die ganze Zeit flunkern«, antwortete Keith, dann wich er Jennifers trommelnden Fäusten aus. »Ganz gleich, selbst wenn sie sich umziehen wollte, würde die Zeit nicht mehr reichen. Möchtest du Rührei, Cassie?«

Sie schüttelte den Kopf. »Morgens habe ich immer nur Orangensaft und Kaffee getrunken.« Als ihr Vater und ihre Stiefmutter einen Blick austauschten, fügte sie achselzukkend hinzu: »Das war alles, was Mutter...« Sie brach ab, nahm einen neuen Anlauf. »Das war alles, was Diana und ich frühstückten. Gegessen haben wir morgens nie.«

Als Cassie den Namen ihrer Mutter gebrauchte, blickte Keith rasch auf, aber Rosemary schoß ihm einen warnenden Blick zu. »Wie du willst«, sagte sie schnell. »Aber gib uns nicht die Schuld, wenn du vor dem Mittagessen hungrig wirst.« Als sie Cassie eine Tasse Kaffee einschenkte, wurde leicht an die Hintertür geklopft. Rosemary stellte die Kanne weg und öffnete. Einen Augenblick später kam sie mit Eric Cavanaugh zurück. Keith sah ihn überrascht an.

»Eric! Was bringt dich so früh zu uns?«

Eric errötete leicht. »Ich dachte bloß, daß Cassie vielleicht mit mir zu Schule gehen möchte. Ich meine, weil es ihr erster Tag ist.«

»Ich wollte sie hinfahren...« begann Rosemary, aber Cassie war schon aufgestanden.

»Das ist schon gut. Ich würde wirklich lieber zu Fuß gehen. Ich meine...« Sie stockte und errötete noch mehr als Eric kurz zuvor.

Rosemary zog die Brauen hoch. »Du meinst, du bist nicht ganz sicher, ob es das Richtige ist, doch von deiner Stiefmutter zur Schule fahren zu lassen?«

Cassie errötete tiefer. »Ich – das meinte ich wirklich nicht.«

»Macht nichts«, sagte Rosemary. »Ich hätte selbst daran denken sollen. Ich muß wohl erst noch lernen, Mutter eines jungen Mädchens zu sein.«

»Aber du bist nicht...« fing Cassie an. Es folgte eine peinliche Pause, die erst von Jennifer beendet wurde.

»Cassies Mutter ist gestorben«, verkünderte sie, zu Eric

gewandt. »Und das macht meine Mama zu ihrer Stiefmutter, und mich zu ihrer Halbschwester. Ist das nicht lustig?«

Keith richtete sich auf. »Jennifer! Ich bin überzeugt, daß Eric bereits weiß, was Cassies Mutter zugestoßen ist, und wir brauchen jetzt nicht davon anzufangen! Und von nun an wird deine Mutter auch Cassies Mutter sein. Verstanden? Wir wollen hier gar nicht erst mit diesem Unsinn von ›Stief‹ und ›Halb‹ anfangen.«

Auf die ärgerliche Reaktion des Vaters begann Jennifers Kinn zu zittern, und ihre Augen füllten sich mit Tränen. Hilfesuchend schaute sie zu Cassie auf.

»Es ist nichts dabei«, sagte Cassie. »Jennifer hat es nicht böse gemeint, nicht wahr, Jen? Sie sagte Eric bloß die Wahrheit.«

Keith nickte zögernd, aber sein Gesichtsausdruck blieb ernst. »Gut. Aber ich möchte nicht, daß eine von euch beiden auf die Idee kommt, Rosemary würde an Jennifer mehr liegen als an dir.«

Cassie sah ihren Vater an, und Rosemary machte sich auf einen weiteren Ausbruch gefaßt. Doch statt etwas zu sagen, nickte Cassie lediglich und folgte Eric zur Hintertür hinaus. Erst als Jennifer hinaufgegangen war, ihre Schultasche zu holen, wandte Rosemary sich zu ihrem Mann um.

»Es wäre mir lieber gewesen, du hättest das nicht gesagt«, sagte sie. »Cassie glaubte dir nicht, und es gibt keinen Grund, warum sie dir hätte glauben sollen.«

»Ich möchte nur nicht, daß sie sich wie ein zweitklassiges Familienmitglied vorkommt.«

»Das ist sie nicht«, erwiderte Rosemary. »Ich glaube, ich muß dir sagen, was du mir sagtest. Laß sie in Ruhe, Keith. Laß ihr Zeit, sich einzufügen. Du kannst nichts erzwingen.«

Keith errötete etwas. »Davon kann gar keine Rede«, fing er an, mußte sich aber eingestehen, daß seine Frau recht hatte. »Entschuldige«, sagte er. »Es ist nur mein Wunsch, daß sie sich hier zu Hause fühlt.«

»Das wird sie«, versprach Rosemary. »Mit der Zeit wird sie sich eingewöhnen und uns als ihre Familie ansehen.« Aber die Worte tönten hohl, schon als sie ihr über die Lippen kamen, und Rosemary fragte sich, ob es nicht Wunschdenken sei. Cassies Worte vom vergangenen Abend ließen sie daran zweifeln, daß Cassie sich jemals wirklich irgendwo zu Hause gefühlt hatte. Vielleicht war dies die Ursache des Schmerzes, der immer in den Tiefen ihrer Augen zu wohnen schien.

»Das mit – mit deiner Mutter tut mir leid«, sagte Eric, als sie die erste Querstraße erreichten.

Cassie sagte zuerst nichts, dann lächelte sie scheu. »Würdest du mich für herzlos halten, wenn ich sagte, daß ich über ihren Tod nicht wirklich traurig bin?«

Eric zog die Stirn in Falten. »Aber sie war deine Mutter, nicht? Ich meine, du mußt traurig sein, daß deine Mutter starb, nicht?«

Cassie biß sich auf die Unterlippe. »Ich weiß nicht. Vielleicht bin ich es, in einer Weise. Aber ich ... also, ich vermisse sie wirklich nicht. Es ist irgendwie seltsam. Ich glaube, sie wollte mich von Anfang an nicht wirklich.« Sie zögerte. »Immer hatte ich diese schöne Fantasie, daß ich eine andere Mutter hätte – daß ich vielleicht adoptiert wäre.«

Darauf wußte Eric nichts zu sagen. Als er wieder sprach, war seine Stimme sehr leise, als fürchtete er, jemand würde hören, was er sagte. »Ich wünschte ... manchmal wünschte auch ich, ich wäre adoptiert. Wenn du adoptiert bist, weiß du wenigstens, daß jemand dich wollte.«

Cassie blieb stehen und wandte sich Eric zu. »Das ist ein komischer Gedanke. Wollen deine Eltern dich nicht?«

Eric zuckte mit der Schulter. »Ich weiß nicht«, sagte er. »Meine Mutter vielleicht, und mein Vater sagte es, aber ihm glaube ich nicht. Er macht mich immer herunter, sagt mir, ich sei zu nichts nutze.«

»Und er verprügelt dich, nicht?« fragte Cassie.

Eric schaute sie lange an. »Woher weißt du das?«

Cassie ließ sich mit der Antwort Zeit. Es gab etwas, was sie niemals jemandem verraten hatte, etwas, was sie für alle Zeit geheimzuhalten entschlossen gewesen war. Aber da war etwas an Eric – sie hatte es gespürt, als sie ihn das erste Mal gesehen hatte –, was ihn von anderen unterschied.

Sie hob den Blick und sah ihm ins Auge.

Seine blauen Augen hielten ihrem Blick stand, bereit, anzunehmen, was sie auch sagen würde.

Sie faßte ihren Entschluß.

»Ich wußte es, weil es auch mir so erging«, sagte sie mit tonloser Stimme. »Nur war es nicht mein Vater, sondern meine Mutter. Jedesmal, wenn etwas schiefging, verhaute sie mich...« Ihre Stimme bebte, aber sie ließ sich nicht von ihrem Vorhaben abbringen. »Es spielte keine Rolle, ob ich etwas getan hatte oder nicht. Sie schlug mich trotzdem. Manchmal fing sie einfach an, mich zu verhauen! Ich haßte sie. Ich haßte sie wirklich!«

Während des restlichen Schulwegs sprachen weder sie noch Eric.

Das erste, was Cassie auffiel, war die Kleinheit und Übersichtlichkeit der Oberschule.

Zu Hause hatte der Schulkomplex mehrere Blocks eingenommen, mit separaten Sportanlagen für Jungen und Mädchen, und so vielen Schülern, daß an den Tagen, wenn sie beschlossen hatte, den Nachmittagsunterricht zu schwänzen, gute Aussichten bestanden hatten, daß man ihr Fernbleiben nicht einmal bemerken würde. Hier gab es nur zwei Gebäude: ein großes, dreistöckiges Holzgebäude mit der landesüblichen weiß gestrichenen Bretterverschalung unter einem steilen Giebeldach mit einem Glockenturm darauf; und daneben ein niedrigeres Gebäude, das die Turnhalle sein mußte, da es neben einem Spielfeld lag, das den Rest des Schulgeländes einnahm.

In der ganzen Schule konnte es nicht mehr als ein paar hundert Schüler geben. Sie wandte sich nervös an Eric. »Wie viele Schüler gibt es in unserem Jahrgang?«

»Dreiundfünfzig«, antwortete Eric. »Mit dir, vierundfünfzig.«

Cassie zog die Stirn in Falten. »Und jeder kennt jeden, nicht?«

»Klar. Wir sind alle zusammen aufgewachsen.«

»Und wenn sie mich nicht mögen?«

Eric schaute sie verwundert an. »Warum sollten sie dich nicht mögen? Es ist doch alles mit dir in Ordnung, oder?«

Cassie nickte zweifelnd. »Aber ich bin neu. Und wenn zu Hause eine Neue kam, ganz egal wer, dann wurde sie zuerst von den anderen geschnitten. Du weißt, was ich meine?«

Eric zuckte die Achseln. »Ich denke schon. Aber niemand wird dich schneiden. Ich kenne alle, und ich werde dich vorstellen. Wer ist dein Klassenlehrer?«

»Keine Ahnung. Ich nehme an, ich werde erst ins Rektoratsbüro gehen und mich erkundigen müssen.«

»Richtig. Das ist im Erdgeschoß links. Unser Jahrgang hat nur zwei Klassen, und wenn du nicht in meine kommst, sehen wir uns in der Mittagspause. Einverstanden?«

Cassie nickte und erstieg die Stufen zum Haupteingang der Schule. Sie mußte sich durch Schülergruppen winden, die schwatzend beisammen standen, bevor der Unterricht begann. Als sie an ihnen vorbeiging, verstummten alle ringsum, als ob ihre bloße Anwesenheit sie zum Schweigen gebracht hätte. Dann blieb sie stehen, denn obwohl sie aller Augen auf sich wußte, hatte sie erneut das unheimlich prikkelnde Gefühl, daß jemand sie anstarrte. Die Erinnerung an die Menschenmenge vor der Kirche war ihr noch frisch im Gedächtnis, und als sie sich umwandte, war sie nicht überrascht, dasselbe blonde Mädchen zu sehen, das sie mit einem kalten, fast feindseligen Ausdruck fixierte. Es war etwas kleiner als Cassie. Als Cassie ihrem Blick begegnete, sah die andere schnell weg, ging dann hinüber zu Eric Cavanaugh und hakte sich bei ihm ein.

Cassie glaubte zu verstehen. Das Mädchen war anscheinend Erics Freundin und mußte denken, Cassie versuchte, ihn ihr auszuspannen. Doch ehe sie hinübergehen und etwas sagen konnte, schrillte das erste Klingelsignal, und die Schüler auf den Stufen drängten durch die Türen ins Innere. Eric, das blonde Mädchen noch immer am Arm, verschwand im Schulhaus.

Als Cassie ein paar Minuten später das Rektoratsgebäude betrat, sah sie sich einer freundlich blickenden Frau von ungefähr vierzig Jahren gegenüber, die sie über den Rand einer

Halbbrille hinweg musterte. Ein heiteres Lächeln lag auf ihren Zügen.

»Guten Morgen. Ich bin Patsy Malone, und du mußt Cassandra Winslow sein.«

Cassie nickte. »Woher wissen Sie das?«

»Du bist seit sieben Monaten das erste neue Gesicht, das ich sehe«, erwiderte die Frau. »Außerdem rief deine Stiefmutter uns letzte Woche an. Du kannst gleich hineingehen. Mrs. Ambler erwartet dich.«

Cassie bemerkte jetzt erst die Tür zu dem Büro. Die in der oberen Hälfte eingesetzte Milchglasscheibe trug in sauberer Schablonenschrift den Namen CHARLOTTE AMBLER. Nach einigem Zögern öffnete sie, ohne zu klopfen. Als sie durchschlüpfte, fühlte sie Patsy Malones Blick auf sich.

Charlotte Ambler blickte von den Papieren auf ihrem Schreibtisch auf, nahm die Lesebrille ab und ließ sie fallen. Sie hing ihr an einer goldenen Kette um den Hals. Es war der einzige Schmuck, den sie trug. Die Brille kam auf ihrem fülligen Busen zur Ruhe; sie hatte sich so sehr daran gewöhnt, die Brille dort zu haben, daß sie sie kaum noch bemerkte und manchmal sogar minutenlang ihren Schreibtisch absuchte, bevor ihr einfiel, daß sie sie um den Hals hängen hatte. Einmal hatte ihre Sekretärin sie zu ihrem Kummer ertappt, wie sie unbewußt die Brille aufgesetzt hatte, um die Suche nach ihr zu erleichtern. Obwohl die Sekretärin nichts gesagt hatte, war Mrs. Ambler nicht entgangen, daß sie sich kaum das Lachen hatte verbeißen können. Am nächsten Tag hatte sie ihre Ersatzbrille mitgebracht. »Damit ich etwas finde, wenn ich anfange zu suchen«, hatte sie erklärt. Wie sie gehofft hatte, wurde die Geschichte noch am selben Tag in der ganzen Schule bekannt, und ihr sorgsam genährter Ruf, ein wenig zerstreut zu sein, hatte sich weiter gefestigt.

Charlotte Ambler war jedoch alles andere als zerstreut, und als sie aufstand, die neue Schülerin zu begrüßen, genügten ihr zwei Sekunden für die Einschätzung des Mädchens, das nervös bei der Tür stehengeblieben war.

Ein geplagtes und geängstigtes Mädchen, dachte Mrs. Ambler als erstes, ließ den Gedanken jedoch rasch fallen. In

Anbetracht dessen, was Cassie Winslow durchgemacht hatte, wäre es bemerkenswert gewesen, wenn sie einen anderen Eindruck gemacht hätte. »Wie wirst du genannt, Cass oder Cassie?« fragte sie.

»Cassie.«

»Gut.« Charlotte Ambler lächelte ihr aufmunternd zu. »Cassandra ist ein schöner Name, aber ein bißchen förmlich. Und Cass ist zu kurz. Du darfst dich ruhig setzen.«

Cassie kam näher und ließ sich auf den hölzernen Stuhl vor Charlotte Amblers Schreibtisch nieder. »Nun, was hältst du soweit von deinen Lebensumständen? False Harbor hat nicht viel Ähnlichkeit mit Kalifornien, nicht? Und ich garantiere dir, daß unsere Schule anders als diejenige ist, die du bisher besucht hast.«

Cassie machte große Augen. »Wissen Sie etwas über meine alte Schule?«

»Eigentlich nicht«, sagte Mrs. Ambler. »Aber nach deinen Zeugnissen standest du in einem Jahrgang von mehr als vierhundert Schülern an fünfundfünfzigster Stelle. Dein Jahrgang allein war dort also größer als unsere gesamte Schülerschaft. Das muß eine Umstellung für dich sein.« Während sie sprach, schlug sie einen Schnellhefter auf, den sie vor sich liegen hatte und setzte die Lesebrille auf die Nase.

»Was ist das?« platzte Cassie heraus.

Mrs. Ambler blickte wieder auf und ließ sich ein wenig Zeit mit ihrer Antwort. »Deine Unterlagen. Der Computer deiner früheren Schule übermittelte sie uns am Freitagnachmittag. Erstaunlich, nicht wahr? Früher konnte man nicht einmal damit rechnen, daß Schülerunterlagen überhaupt eintrafen. Heutzutage schicken sie einem mehr, als man braucht, und sie sind eher da. Manchmal frage ich mich, ob Computer wirklich ein Segen sind.«

Während Charlotte Ambler sich der Akte zuwandte, saß Cassie auf dem Stuhl und rührte sich nicht. Einmal zuckte sie leicht zusammen, als die Rektorin über etwas, was sie in der Akte las, die Brauen in die Höhe zog, aber die Frau sagte nichts, sondern begnügte sich damit, ein paar weitere Seiten umzublättern, bevor sie sich zurücklehnte und wieder ihr Lächeln aufsetzte. »Na, sieht nicht so aus, als würden wir zwei allzuviel Zeit miteinander verbringen müssen«, sagte sie. »Nach deiner Akte hast du es geschafft, drei Jahre ohne Probleme zu überstehen. Magst du mir erzählen, was dein Geheimnis war?«

Cassie fühlte ihr Erröten. »Ich... ich glaube, ich hatte nie Zeit, in Schwierigkeiten zu kommen«, sagte sie. »Ich ging zur Schule, und dann ging ich nach Haus und lernte.«

Charlotte Ambler legte den Kopf auf die Seite. »Dann warst du eine Ausnahmeschülerin«, bemerkte sie. »Wie ich höre, haben die meisten großen Schulen heutzutage alle möglichen Probleme. Es scheint, daß manche Schüler die Hälfte der Schulzeit anderswo verbringen«, fügte sie mit bedeutungsvoll erhobenen Brauen hinzu.

Cassie schwieg, aber sie verlor den Mut. Offenbar hatte doch jemand all die geschwänzten Nachmittagsstunden bemerkt und in ihre Akte geschrieben.

Obwohl sie bei ihrem freundlichen Gesprächston geblieben war, hatte die Rektorin Cassie aufmerksam beobachtet und war überzeugt, daß ihre Bemerkung nicht ohne Wirkung geblieben war.

Nach einigen Sekunden unangenehmen Stillschweigens, die sich ewig hinzuziehen schienen, nahm Mrs. Ambler wieder das Wort und sagte:

»Du wirst zu Mrs. Leeds in die Klasse kommen. Wie sich zeigt, können wir die meisten der Kurse anbieten, die du bisher belegt hattest, ausgenommen Kunsterziehung für Fortgeschrittene. Wir sind nicht groß genug, um über Kunsterziehung Stufe zwei hinauszugehen, und das steht auch nur den Schülern der Oberstufe offen. Du kannst statt dessen den Schauspielkurs belegen, oder im Arbeitsraum Hausaufgaben machen.«

»Arbeitsraum«, sagte Cassie sofort. Diesmal war Mrs. Amblers Stirnrunzeln nicht zu übersehen.

»Der Schauspielkurs könnte besser geeignet sein, die Mitschüler kennenzulernen«, schlug sie vor, befand jedoch, daß es verfrüht sei, das Mädchen zu irgend etwas zu drängen. Sie machte eine Notiz, füllte Kursteilnehmerkarten aus und gab sie Cassie. »Diese Karten gibst du bei Mrs. Malone im Vorzimmer ab. Wenn du das getan hast, gehst du zu Zimmer 207, im Obergeschoß am anderen Ende des Korridors. Mrs. Leeds weiß bereits, daß du kommst.« Sie stand auf und ging um den Schreibtisch, um Cassie zur Tür zu geleiten, aber Cassie war schon auf den Beinen. Die Einschreibekarten in der Hand, eilte sie hinaus.

Charlotte Ambler machte kehrt und setzte sich wieder an den Schreibtisch, um Cassie Winslows Akte genauer durchzusehen. Aufmerksam und bestrebt, nichts zu übersehen, las sie sie ein drittes Mal durch.

Soweit die Akte ein Urteil zuließ, war Cassie Winslow ein sehr intelligentes Mädchen, dessen einziges Problem darin bestand, daß sie sich nie mit wirklichem Interesse an der Schularbeit beteiligt hatte.

›Fantasiebegabt‹, ›kreativer Verstand‹ und ›über die Leistungen hinausgehendes Potential‹ waren die Wendungen, die ihre Lehrer regelmäßig zur Beurteilung Cassies gebraucht hatten. Wäre das Bild nicht getrübt durch eine sehr nachlässige Pflichtauffassung und einer Menge geschwänzter Schulstunden, so hätte Cassie vermutlich zu den Klassenbesten gehört.

Wie war es dann zu erklären, daß Cassies Eintreten alle Instinkte, die Charlotte Ambler mit den Jahren entwickelt hatte, alarmiert hatte?

Als sie allein in ihrem Büro saß und über Cassie Winslow und ihre Ankunft in False Harbor nachdachte, sagte ihr das Gespür der erfahrenen Pädagogin, daß es mit Cassie Winslow noch eine Menge Verdruß geben würde, selbst wenn sie jetzt noch keinen Grund dafür sehen konnte.

Cassie öffnete die Tür mit der Nummer 207 und trat ein.

Das Klassenzimmer war klein und sah altmodisch aus. Statt der grünen Wandtafeln, die sie gewohnt war, gab es hier noch altmodische schwarze Schiefertafeln. Eine dunkle, fleckige Wandvertäfelung umgab den Raum bis in eine Höhe von einem Meter zwanzig; darüber waren die Wände weiß getüncht. Die holzgerahmten Fenster reichten von der Vertäfelung bis zur Decke und nahmen die gesamte Ostseite des Klassenraumes ein. Sie waren mit alten Jalousien versehen. Die alten Schulbänke und Tische waren aus Massivholz und zeigten Oberflächen, die von den Taschenmessern und Kugelschreibern ganzer Schülergenerationen zerfurcht und zerschnitten waren.

Mrs. Leeds saß an einem großen hölzernen Schreibtisch vor der Klasse, streng aussehend in einem dunkelblauen Kostüm und Schuhen mit hohen Absätzen. Zu Hause hatten Cassies Lehrerinnen und Lehrer sich beinahe so zwanglos gekleidet wie die Schüler selbst, aber an Mrs. Leeds gab es nichts Zwangloses oder gar Saloppes.

Als sie die Tür hinter sich schloß, hörte das Papiergeraschel im Raum schlagartig auf, und alle Schüler blickten neugierig die neue Mitschülerin an. Cassie tat ihr Bestes und lächelte unter den prüfenden Blicken ihrer zukünftigen Mitschüler, machte aber schon beim ersten flüchtigen Überblick das Mädchen aus, das sie zuvor so feindselig angestarrt hatte. Es war so gut wie gewiß, daß die Blondine, wer sie auch war, bereits mit den anderen über sie geredet hatte.

Nach einer Weile, die Cassie wie eine Ewigkeit vorkam, wandte Mrs. Leeds ihr endlich ihre Aufmerksamkeit zu. »Du bist Cassie Winslow? Willkommen in unserer Klasse. Du kannst dich neben Eric Cavanaugh setzen. Der Platz ist frei.« Cassie sah Eric herübernicken, aber jenseits von ihm konnte sie auch das blonde Mädchen sehen, dessen Augen zornig blitzten. Hastig hielt Cassie nach einem anderen freien Platz Ausschau, aber es gab keinen, und so bewegte sie sich widerwillig durch den Mittelgang und nahm den angegebenen Platz ein. Im selben Augenblick beugte sich das blonde Mädchen vorwärts und flüsterte Eric etwas zu.

»Wir schreiben gerade eine Arbeit«, fuhr Mrs. Leeds fort. »Selbstverständlich erwarte ich nicht von dir, daß du daran teilnimmst...«

»Wie lautet das Thema?« fragte Cassie, ohne lange zu überlegen.

»Es ist eine Geschichtsarbeit«, sagte die Lehrerin. »Über den Vietnamkrieg.«

»Es macht mir nichts aus, die Arbeit mitzuschreiben«, sagte Cassie, wieder ohne es zu wollen, und in der darauffolgenden Stille spürte sie die prüfenden Blicke der Klasse.

»Sehr schön«, sagte Mrs. Leeds. »Aber wenn du kein gutes Ergebnis erzielst, werde ich es nicht zählen.« Ihr Blick verließ Cassie und ging über den Rest der Klasse hin. »Das gilt nicht für euch anderen, also macht euch lieber an die Arbeit.« Sie kam zu Cassies Schulbank und gab ihr vier in der oberen linken Ecke zusammengeheftete Blätter. »Solltest du nicht fertig werden, mach dir nichts daraus. Es sind nur noch zwanzig Minuten übrig. Hast du deine Einschreibepapiere?«

Cassie nickte, gab der Lehrerin, was sie im Rektorat bekommen hatte, und konzentrierte ihre Aufmerksamkeit auf die Arbeit. Es war eine Zusammenstellung von Fragen, jede mit zwei bis drei vorgedruckten Antworten, unter denen die richtige angekreuzt, oder, wenn alle nicht stimmten, dazu geschrieben werden mußte, und sie behandelte das gleiche Material, das Cassie in Kalifornien erst vor einem Monat durchgenommen hatte. Sie fischte einen Bleistift aus ihrer Tasche und machte sich an die Arbeit.

Fünf Minuten vor Stundenschluß war Cassie fertig. Sie blickte umher, überrascht, daß die meisten Mitschüler noch über den Fragen brüteten. Dann sah sie zu Mrs. Leeds hin, die mitfühlend lächelte und sie zu sich winkte.

»Ich hätte dich doch nicht teilnehmen lassen sollen«, sagte die Lehrerin leise, als Cassie bei ihr stand.

»Das ist schon gut«, antwortete Cassie. »Ich bin fertig.«

Mrs. Leeds nahm ihr die Blätter aus den Händen und verglich die Antworten mit denen auf ihrem Schreibtisch. Sie nickte anerkennend und schrieb eine Eins unter die Arbeit. »Noch drei Minuten«, verkündete sie laut, und fügte mit einem Augenzwinkern zu Cassie hinzu: »Und ich kann euch gleich sagen, daß ihr Konkurrenz bekommen habt. Cassie Winslow hat die Arbeit in zwanzig Minuten beendet, mit nur einer falschen Antwort.«

In der Stille der Klasse war eine Stimmung spürbar, die eher mißgünstig als neugierig war, und Cassie erkannte ihren Fehler. Sie hätte die Arbeit nicht beenden, überhaupt nicht anfangen sollen. Aber nun war es zu spät. Obwohl sie es nicht über sich brachte, die anderen Schüler anzusehen, entging ihr nicht, daß ihr nun allgemein die Feindseligkeit entgegenschlug, die vorher nur von dem blonden Mädchen gekommen war.

Sie konnte sich vorstellen, was sie dachten: Ihr erster Tag, und schon versucht sie, sich in den Vordergrund zu spielen.

Dann klingelte es, und auf einmal war die Klasse auf den Beinen, schob sich nach vorn zur Lehrerin, um die Arbeitsblätter auf Mrs. Leeds Schreibtisch zu legen, bevor sie in den Korridor hinausströmten. Cassie ging ihnen erst nach, als das Klassenzimmer leer war.

»Weißt du schon, wohin du gehen mußt?« hörte sie Mrs. Leeds fragen und blieb stehen, denn sie wußte es nicht. Die Lehrerin schrieb eilig etwas auf ein Stück Papier.

»Hier ist dein Stundenplan, mit den Nummern der Klassenräume und den Namen deiner Lehrer. Und sorge dich nicht wegen der Arbeit. Ich hätte nichts sagen sollen, aber ich sprach, bevor ich dachte. Tut mir leid.«

»Das ist schon gut«, murmelte Cassie. »Ich hatte bloß ... in Geschichte war ich immer ganz gut. Ich kann mich an Daten und Dinge erinnern.«

»Wie Eric Cavanaugh«, bemerkte Mrs. Leeds. »Ich wette, er ist auch in zwanzig Minuten fertig geworden, und ich vermute, daß er eine fehlerlose Arbeit abgeliefert hat. Wahrscheinlich aber bin ich die einzige, die weiß, wie schnell er ist. Den Rest der Stunde geht er immer seine Antworten durch, wieder und wieder, und tut so, als hätte er Schwierigkeiten.« Sie zwinkerte Cassie zu. »Versuch's mal mit diesem Kniff.«

Cassie nickte, dann eilte sie hinaus, als das Klingelsignal das Ende der kurzen Pause in den überfüllten Korridoren ankündigte. Sie warf einen Blick auf das Papier in ihrer Hand und arbeitete sich durch das Gedränge zur Treppe am Ende des Korridors. Plötzlich wurde sie von hinten gestoßen und verlor das Gleichgewicht. Sie streckte instinktiv die Linke aus, faßte den Handlauf des Treppengeländers und wandte sich um.

»Kannst du nicht achtgeben, wohin du trittst?« verlangte eine Stimme zu wissen.

»Tut mir leid«, entfuhr es Cassie, dann erkannte sie das blonde Mädchen mit den zornigen Augen. Auch diesmal funkelte es sie böse an.

»Es sollte dir leid tun«, versetzte das Mädchen. »Und du solltest lieber nicht versuchen, uns alle als dumm hinzustellen, nur weil du aus Kalifornien bist!«

»Das war gar nicht meine Absicht...« begann Cassie, aber das Mädchen schnitt ihr das Wort ab.

»Und wenn du denkst, Eric werde sich um dich kümmern, nur weil er im Haus neben dir wohnt, irrst du dich! Er mag dich nicht mal. Nun, würde es dir was ausmachen, mir aus dem Weg zu gehen?«

Das Mädchen drängte sich an Cassie vorbei und lief die Treppe hinab, um zwei andere Mädchen einzuholen, die am unteren Treppenabsatz auf sie warteten. Als Cassie die Treppe hinunterging, kamen die anderen Mädchen außer Sicht, und sie hörte einen prustenden Ausbruch von Gelächter.

Sie redeten über sie. Es war gerade ihr erster Schultag, aber sie redeten schon über sie. Cassie sagte sich, es spiele keine Rolle, versuchte, sich zu überzeugen, daß sie die Mädchen in der nächsten Stunde nicht sehen werde. Doch als sie das andere Klassenzimmer fand, entdeckte sie, daß nur noch ein Platz frei war, neben dem blonden Mädchen, das mit jemand auf der anderen Seite des Mittelganges tuschelte.

»Es war nicht meine Absicht, jemanden als dumm hinzustellen«, sagte Cassie, als sie sich setzte. »Ich heiße Cassie. Cassie Winslow.«

Das Mädchen blitzte sie an. »Ich weiß deinen Namen«, erwiderte es in spöttischem Ton. »Wir wissen ihn alle. Wir machen uns bloß nichts daraus!« Damit drehte sie sich so auf ihrem Sitz herum, daß sie Cassie den Rücken zukehrte, und fuhr in ihrer Unterhaltung fort.

Während der nächsten Stunde saß Cassie steif auf ihrem Platz und blickte starr geradeaus.

Bis zur Mittagspause wollte sie noch zuwarten. Aber wenn

es sich bis dahin nicht besserte – wenn nicht etwas Gutes geschah –, würde sie danach nicht zum Unterricht zurückkehren.

Rosemary blickte zur Küchenuhr über der Spüle. Es blieb ihr noch eine halbe Stunde bis zur Öffnung des Ladens. Gerade genug Zeit, das Bettzeug auszuwechseln und die Waschmaschine einzuschalten. Sie lief die Treppe hinauf, aber als sie vor der geschlossenen Tür zu Cassies Zimmer anlangte, blieb sie unschlüssig stehen.

Die Erinnerung an den vergangenen Abend flutete zurück. Vielleicht sollte sie Cassies Zimmer unberührt lassen und Cassie eine Notiz hinlegen, daß sie ihr Bett abziehen solle, wenn sie von der Schule heimkäme.

Aber das erschien ihr lächerlich. Schließlich wollte sie nur das Bett machen, und daran konnte Cassie kaum etwas auszusetzen haben, nicht wahr?

Kurz entschlossen öffnete sie die Tür. Das erste, was ihr auffiel, war die Kälte im Zimmer, und im nächsten Augenblick hatte sie das halboffene Fenster gesehen und schritt rasch durch den langen Raum, um es zu schließen, als sie den verbogenen Kleiderbügel aus Draht bemerkte, der den Fensterflügel in seiner Position hielt. Sie hielt inne, betrachtete stirnrunzelnd den verbogenen Draht und versuchte sich vorzustellen, wofür er sein könnte. Endlich kam sie zu dem Schluß, daß das Fenster vielleicht geklappert habe und daß Cassie es der frischen Luft wegen so befestigt habe, nahm den Kleiderbügel heraus und schloß das Fenster.

Darauf ging sie zum Bett und schlug die Steppdecke zurück, um das Laken herauszuziehen.

Ein zorniges Fauchen ertönte, und eine graue Fellgestalt sprang aus dem Bett auf sie. Rosemary riß in instinktiver Abwehr den rechten Arm hoch, das Gesicht zu beschirmen, und einen Sekundenbruchteil später fühlte sie schon den brennenden Schmerz der scharfen Krallen, die sich in ihren Unterarm bohrten.

Kaum imstande, einen Schmerzens- und Schreckensschrei zu unterdrücken, befreite sie den Arm mit einem Ruck von den Krallen des kleinen Ungeheuers und sprang zurück. Das Tier, ein kräftiger, grau getigerter Kater, fiel weich zu Boden und sprang mit langen Sätzen zum Fenster und auf den Sims, als erwarte er, hinausschlüpfen zu können. Als dies nicht möglich war, sträubte er das Fell, krümmte den Rücken und fauchte Rosemary an.

Plötzlich war ihr klar, warum das Fenster durch den Drahtbügel offengehalten worden war.

Woher war das Tier gekommen? Sie hatte es noch nie gesehen, konnte sich auch nicht erinnern, jemals eines, das so aussah, beim Haus gesehen zu haben.

Sie ging auf den Kater zu, machte aber wieder halt, als sein Fauchen sich zu einem gefährlich knurrenden Zischen verstärkte. Sie hielt Ausschau nach einer Waffe, sah aber keinen Gegenstand, mit dem sie das Tier abwehren könnte. Sie riß das Kopfkissen vom Bett und warf es auf den zornigen Kater. Der sprang vom Fenstersims, bevor er getroffen wurde, und verschwand unter dem Bett. Sofort eilte Rosemary zum Fenster, riß es auf und hängte die Haken ein. Kaum war dies geschehen, da fühlte sie das Fell des Tieres ihren Arm streifen und sah verblüfft, wie es in den Baum sprang, einen Ast entlanglief, auf einen anderen hinübersprang und sich schließlich fallen ließ, um durch den Zaun in den Friedhof zu schlüpfen.

Während ihr Herzklopfen allmählich nachließ, harrte Rosemary am Fenster aus und versuchte, den Kater zwischen den Büschen und Grabsteinen auszumachen, aber dann wurde ihr der brennende Schmerz im Unterarm bewußt, und sie untersuchte ihn. Vier tiefe Kratzer streiften ihren Unterarm bis zum Handgelenk, und aus jedem sickerte Blut. Sie schlug das Fenster zu, verließ Cassies Zimmer und lief ins Bad, die Verletzung auszuwaschen.

Ein Kater, dachte sie. Woher konnte er gekommen sein, und was machte er in Cassies Zimmer? Nun, es gehörte nicht viel Fantasie dazu, es sich vorzustellen: Er war bettelnd herumgestrichen, und Cassie hatte ihn eingelassen. Aber damit mußte jetzt Schluß sein; wenn es etwas gab, was Rosemary Winslow niemals hatte ausstehen können, dann waren es Katzen.

6

»Da ist sie!« flüsterte Lisa Chambers unüberhörbar und beugte sich über den Tisch, um sicherzugehen, daß Teri Bennett und Allayne Garvey sie hören konnten. »Ist es nicht gespenstisch? Ich meine, seht sie euch bloß an!« Sie richtete sich auf, strich eine blonde Strähne zurück und schwieg, während ihre beiden besten Freundinnen zur Tür der Schulkantine blickten, wo Cassie Winslow stand und umherblickte, als hielte sie nach jemandem Ausschau. Nach einer kleinen Weile stellte sie sich bei der Essenausgabe an und nahm ein Tablett vom Stapel.

»Ich finde nicht, daß sie so gespenstisch aussieht«, bemerkte Allayne und wurde von Lisa mit einem geringschätzigen Seitenblick bestraft.

»Bist du verrückt?« sagte Lisa, nicht mehr im Flüsterton. »Sieh dir bloß an, wie sie angezogen ist. Sie sieht aus wie eine Art übriggebliebener Hippie oder was!«

»Was ist dagegen einzuwenden?« entgegnete Teri. »Übrigens ist sie genau wie alle anderen angezogen, außer daß ihre Jeans rot sind. Wenn ich welche von dieser Farbe finden könnte, würde ich sie auch kaufen.«

Allayne, ermutigt, daß auch Teri nichts besonders Seltsames an Cassie finden konnte, nickte verständnisinnig. »Und ihr Haar ist prachtvoll«, sagte sie. »Beinahe die gleiche Farbe wie Erics, aber seins ist lockig und ihres glatt.« Bei Erics Erwähnung sah sie Lisa erröten und erkannte, was Lisa in Wahrheit gegen Cassie hatte. Sie grinste schelmisch und fing an zu sticheln. »Ich wette, sie und Eric würden gut zusammenpassen, was meinst du, Teri?«

Lisa nahm den Köder sofort an. »Unsinn! Außerdem kann Eric sie nicht ausstehen.«

»Warum hat er sie dann zur Schule begleitet?« fragte Teri in unschuldigem Ton. Lisas offensichtliches Unbehagen bereitete ihr kein geringes Vergnügen. Meistens waren es andere, die mit ihrem Unbehagen fertig werden mußten, während Lisa sagte, was ihr in den Sinn kam. Während sie jetzt versuchte, eine Antwort auf diese Frage zu finden, hakte Teri in scheinbar ahnungsloser Naivität nach: »Da kommen Eric und Jeff Maynard. Fragen wir ihn doch selbst.«

»Du untersteh dich!« stieß Lisa hervor. Sie war auf einmal blaß. »Wenn du ihn fragst, Teri, werde ich nie wieder mit dir sprechen, das schwöre ich!« Als Eric und Jeff sich zu ihnen an den Tisch setzten, wurde sie still.

»Was ist los?« fragte Eric, als die beiden anderen Mädchen ein Kichern unterdrückten.

»Nichts«, antwortete Allayne. »Wir sprachen gerade von Cassie. Lisa scheint sie nicht sehr zu mögen.« Lisas Augen schossen ihr eine Warnung zu, aber Allayne beachtete sie nicht. »Wie ist sie eigentlich?«

Eric zuckte mit der Schulter. »Woher soll ich das wissen? Ich habe nur auf dem Schulweg heute früh mit ihr gesprochen.«

»Na, worüber habt ihr gesprochen?« drängte Teri.

Ehe Eric antworten konnte, erschien Cassie hinter dem leeren Stuhl neben Teri Bennett.

»Sitzt hier jemand?« fragte sie mit hörbarer Nervosität.

Eric wollte den Kopf schütteln, als er Lisas Rippenstoß verspürte.

»Er ist reserviert«, sagte sie. »Teris Freund sitzt da immer, und er muß jeden Augenblick kommen. Tut mir leid.«

Cassie zögerte, dann ging sie zu einem kleinen freien Tisch an der Wand. Teri starrte Lisa an.

»Mein Freund?« echote sie. »Würde es dir was ausmachen, mir zu sagen, wer das sein soll?«

»Nun, warum sollte sie bei uns sitzen?« erwiderte Lisa. »Kann sie sich nicht ihre eigenen Freundinnen suchen? Daß sie neben Eric wohnt, macht sie noch nicht zu einem Mitglied unserer Gruppe. Sie ist niemand, und ich finde, keiner von uns sollte etwas mit ihr zu schaffen haben.«

Eine Stille senkte sich auf den Tisch herab, während die anderen vier einander anschauten. Jeder wartete darauf, daß ein anderer etwas sagen würde. Zuletzt brach Eric Cavanaugh das Schweigen.

»Wie soll sie sich mit jemand anfreunden, wenn niemand auch nur mit ihr reden will?« fragte er. Ohne ein weiteres

Wort wickelte er sein Butterbrot wieder ein und tat es in die Tasche. Dann, mit der Tasche in einer Hand und einer offenen Milchpackung in der anderen, stand er auf und ging hinüber zu dem Tisch, wo Cassie allein saß. Die anderen sahen schweigend zu, wie er etwas zu ihr sagte. Cassie nickte, und er setzte sich.

Allayne Garvey beugte sich über den Tisch. »Ich dachte, er kann sie nicht ausstehen, Lisa?«

Lisas Augen wurden schmal, und sie preßte zornig die Lippen zusammen, sagte aber nichts.

Als zwanzig Minuten später das Klingelzeichen ertönte, stopfte Eric die Reste seines Mittagsmahles in den mitgebrachten Papierbeutel zurück. Cassie, die ihm gegenübersaß, schien die Glocke nicht gehört zu haben. »Was ist deine nächste Stunde?« fragte er.

Sie schrak leicht zusammen, schüttelte dann den Kopf. »Ich – ich weiß nicht. Mathe, glaube ich.«

Eric grunzte. »Mr. Simms. Das ist ein scharfer Hund, kann ich dir sagen. Soll ich mit dir hinaufgehen?«

Doch statt seine Frage zu beantworten, stellte Cassie selbst eine. »Was hat Lisa Chambers in der nächsten Stunde?«

Eric schaute sie an. »Mathe. Und?«

Cassie holte tief Luft, stand auf und schob den rechten Arm durch den Traggurt ihrer Tasche, um beide Hände für das Tablett frei zu haben. »Ich glaube, dann gehe ich nicht hin«, sagte sie.

»Du gehst nicht hin?« fragte Eric mit verblüffter Miene. Wovon redete sie? Man konnte nicht einfach beschließen, den Unterricht zu schwänzen. »Wie meinst du das?«

»Genau so«, erwiderte Cassie mit ruhiger Stimme. »Während der zweiten Stunde habe ich beschlossen, nach der Mittagspause zu gehen, wenn es bis dahin nicht besser würde.«

»Aber du kannst nicht einfach weggehen«, protestierte Eric und sprang auf, Cassie zu folgen, als sie mit dem Tablett zum Ende der langen Essensausgabe ging, um es dort abzustellen. »Außerdem, was ist so schlimm gewesen?«

Cassie stellte ihr Tablett ab und sortierte das gebrauchte

Geschirr in die verschiedenen Aufnahmebehälter. Als sie damit fertig war, steckte Eric den Rest seiner Mahlzeit mit dem Papierbeutel in einen Abfalleimer und ging neben ihr zur Tür. »Ich habe einfach das Gefühl, daß niemand mich leiden kann«, antwortete sie. »Alle reden über mich, und Lisa Chambers ist am schlimmsten. Wenn sie in der Mathestunde ist, gehe ich einfach nicht hin.«

»Aber was willst du tun?«

»Ich weiß nicht. Spazierengehen, nehme ich an. Vielleicht gehe ich an den Strand.« Sie warf Eric einen Blick zu. »Willst du mitkommen? Du könntest mir den Strand zeigen.«

Eric starrte sie verständnislos an. Auch er hatte manchmal daran gedacht, die Schule zu schwänzen, hatte sogar ein paarmal mit Jeff Maynard darüber gesprochen. Aber er hatte es nie getan, weil er gewußt hatte, was geschehen würde, wenn sein Vater davon erführe. Dennoch schwankte er jetzt, als er Cassies herausfordernden Blick auf sich fühlte. Als sie weitersprach, war es, als hätte sie seine Gedanken gelesen.

»Sollte dein Vater dich erwischen, werde ich ihm sagen, daß es meine Schuld war. Wir werden sagen, daß mir richtig schlecht war und du mich nach Hause begleitetest, daß ich mich aber unterwegs besser fühlte und zum Strand gehen wollte. Und du konntest mich nicht einfach mir selbst überlassen. Schließlich könnte mir wieder schlecht werden, nicht?«

Eric wußte, daß sein Vater ihm solch eine Geschichte nicht abkaufen würde, selbst wenn sie wahr wäre. Doch als er den Mund auftat, Cassie zu sagen, daß es nicht gehen würde, hörte er sich zustimmen.

»Meinetwegen«, sagte er. »Aber wenn wir erwischt werden, wird es mir dreckig gehen.«

»Wir werden nicht erwischt«, erwiderte Cassie. »Komm mit.«

Sie gingen die Maple Street hinunter zum Cape Drive, überquerten die Straße zur Strandseite und gingen weiter westwärts zur Hafenzufahrt. Cassie trug ihre Tasche über der Schulter und sagte wenig, richtete ihre Aufmerksamkeit vielmehr auf die mit verwitterten Planken verkleideten Häuser, die den Strand säumten. Sie standen in weiten Abständen, und zwischen ihnen waren sandige Grasflächen, da und dort unterbrochen von niedrigen Staketenzäunen, die ebenso grau verwittert waren wie die Bretterwände der Holzhäuser. Diese machten mit ihren geschlossenen Läden einen verlassenen, einsamen Eindruck. Als sie das fünfte in der Reihe passierten, wandte Cassie sich zu Eric.

»Wohnt da niemand?«

»Nicht zu dieser Jahreszeit. Die Sommergäste kommen immer erst zu Beginn der Ferien.«

»Du meinst, sie stehen das ganze Jahr leer, außer während der Sommerferien?«

»Es sind ja bloß Sommerhäuser. Wer will im Winter schon an den Strand?«

»Ich«, sagte Cassie. »Zu Hause ging ich im Winter am liebsten zum Strand. Dann war kaum jemand dort, und manchmal fuhr ich mit dem Bus hinaus und ging allein kilometerweit den Strand entlang. Der Sommer ist in Ordnung, aber der Strand ist dann zu bevölkert. An den guten Stränden gibt es im Sommer so viele Leute, daß man kaum durchkommt. Es wird richtig nervig.«

Sie stießen auf einen Pfad und wandten sich nach rechts, wanderten dann über eine Reihe niedriger, grasbedeckter Dünen, die Straße und Strand voneinander trennten. Als sie den letzten Dünenkamm erreichten, wurde das leise Rauschen der Brandung lauter. Plötzlich lag der Atlantik ausgebreitet vor ihnen. Cassie blieb stehen und spähte hinaus.

»Er sieht anders aus«, sagte sie, den Kopf auf die Seite gelegt. »Es muß die Sonne sein. Sie scheint aus einer anderen Richtung.« Sie setzte sich in den Sand, streckte sich aus und blickte zum Himmel auf. Dort zogen Möwen ihre Kreise, und sie konnte die rauhen Schreie hören, wenn sie niederstießen, um etwas aus dem Wasser oder von der breiten sandigen Strandfläche zu picken. Schließlich wälzte sie sich herum, sprang auf und lief über den Strand zur Wasserlinie der schaumigen Brandungausläufer. Ein kleiner Schwarm Strandläufer ergriff die Flucht, dann breiteten die Vögel ihre

Flügel aus und flatterten auf. Zuerst hielten sie auf die See zu, dann schwenkten sie jäh nach rechts und setzten gleitend zur Landung an, fünfzig Schritte weiter. Cassie beobachtete sie bezaubert, dann zog sie die Schuhe aus, stopfte sie in ihre Schultertasche, krempelte die Hosenbeine bis zu den Knien auf und watete ins Wasser. Das nächste, was Eric von ihr hörte, war ein Aufschrei. »Es ist kalt!« rief sie Eric zu, der ihr bis auf den festen feuchten Sand gefolgt war, aber nicht ins Wasser.

»Was hast du erwartet?« rief er zurück. »Wir haben erst April!«

»Zu Hause sind alle schon beim Baden«, schnaufte Cassie, als sie aus dem Wasser geplatscht kam. Sie lief den Strand hinauf zu ihrer Tasche und zog die Schuhe wieder an. Dann erregte etwas am anderen Ende des Strandes ihre Aufmerksamkeit, und sie zeigte in die Richtung. »Was ist das?«

Eric blinzelte in die Nachmittagssonne. »Das ist die Bake von Cranberry Point. Sie zeigt an, wo der Kanal anfängt, damit die Schiffe nicht aus dem Fahrwasser und ins Watt geraten.«

Cassie blickte eine Weile gedankenvoll hinaus zur Bake, dann wandte sie sich zu Eric. »Ist das die Gegend, wo Miranda Sikes lebt?« fragte sie unvermittelt. »Dort draußen?«

Eric sah sie überrascht an. »Warum willst du das wissen?«

Sollte sie ihm von den Träumen erzählen, und daß sie nahezu überzeugt war, daß Miranda und die Frau in dem Traum ein und dieselbe Person waren? Er würde sie für verrückt halten. Schließlich wußte sie nicht einmal, ob es sich so verhielt. Außer, daß sie dieses Gefühl hatte, tief in ihrem Inneren...

»Ich weiß nicht«, sagte sie ausweichend. »Ich sah sie gestern, und... nun, sie sah irgendwie interessant aus.«

»Sie ist eine Stadtstreicherin«, sagte Eric allzu schnell. »Sie spinnt.«

Cassie ärgerte sich über die Antwort. »Woher willst du das wissen?« fragte sie. »Hast du schon mit ihr gesprochen?«

Eric sagte nichts.

»Dann solltest du nicht über sie reden«, fuhr Cassie fort.

»Du weißt so wenig von ihr wie all jene, die sich das Maul über mich zerreißen, von mir wissen!« Die Erinnerung an Lisas schneidende Worte wurde wieder lebendig. »Will mich hier niemand auch nur kennenlernen? Oder zählt man erst als Mensch, wenn man hier aufgewachsen ist?«

»He, das ist ungerecht«, fing Eric an. Dann aber fiel ihm Lisas bösartiger Klatsch in der Schulkantine ein, und er mußte einsehen, daß Cassie nicht sehr weit von der Wahrheit entfernt war. »Ich möchte dich kennenlernen«, sagte er.

Aber Cassie stieß verdrießlich mit den Schuhen in den Sand und schien ihn nicht zu hören. »Vielleicht hätte ich nie herkommen sollen«, sagte sie, mehr zu sich selbst als zu ihm.

Eric zog die Brauen zusammen. »Aber du mußtest, nicht? Was hättest du sonst machen sollen? Ganz allein in Kalifornien bleiben?«

Cassies Blick hob sich zu ihm. »Viele Jugendliche in meinem Alter leben allein. Ich könnte es auch.«

»Sicher«, sagte Eric. »Und du könntest in Boston auf dem Strich landen und Drogen nehmen. Oder du könntest wie Miranda enden.«

Cassies Augen glänzten verräterisch naß. »Vielleicht wäre es besser als dies«, sagte sie. »Und was ist an Miranda so furchtbar?«

Eric öffnete den Mund zu einer Erwiderung, dann schloß er ihn wieder und schaute aufs Meer hinaus. Cassie sagte nichts und wartete, daß er antwortete. Schließlich zuckte er die Schultern und sagte, ohne sie anzusehen: »Ich weiß nicht. Vielleicht hast du recht. Niemand weiß wirklich etwas über sie. Sie spricht zu niemandem, und die Leute sehen sie gar nicht mehr an.«

»Also, wo wohnt sie?« fragte Cassie. »Arbeitet sie?«

Wieder kam der Ausdruck von Nervosität und Unbehagen in Erics Züge. Er runzelte die Stirn und schüttelte den Kopf. »Sie muß auf Sozialhilfe sein, oder was. Sie wohnt da draußen«, fuhr er fort und nickte zur Bake. »Drüben, wo der Salzsumpf ist. Wenn du es sehen willst, kann ich dir zeigen, wo es ist.«

»Dann laß uns hingehen«, sagte Cassie sofort, sprang auf

und hängte sich die Tasche über die Schulter. Ohne Erics Antwort abzuwarten, stapfte sie durch den Sand auf die hohe rotgestrichene Bake zu, die in der Ferne kaum sichtbar war. Als Eric sie später einholte, schien ihre Stimmung wie ausgewechselt. Sie blickte zu ihm hinüber und lachte fröhlich. »Ist das nicht besser als die Schule?« fragte sie. »Hier draußen kann ich beinahe alles vergessen und mir einreden, daß alles in schönster Ordnung sei.«

»Es ist schön hier draußen«, pflichtete er ihr bei. »Aber was tun wir, wenn wir erwischt werden?«

»Wie kannst du irgend etwas tun, wenn du dich immer darum sorgst, was geschehen wird?« fragte Cassie. »Außerdem, was ist an der Schule so großartig?«

»Wenn du auf's College willst, mußt du die Oberschule abschließen.«

»Das habe ich auch vor«, versetzte Cassie. »Jedenfalls gehe ich oft genug hin, daß ich nicht zurückbleibe. Übrigens braucht man nur den Stoff zu lernen, der auf dem Lehrplan steht. Und wenn ich schnell lerne, warum sollte ich meine Zeit damit vertun, daß ich den ganzen Tag in Schulzimmern sitze? Noch dazu mit Leuten wie Lisa Chambers.«

Eric stieß verlegen die Füße in den Sand. »Lisa ist in Ordnung.«

Sie warf ihm einen Seitenblick zu. »Ist sie deine Freundin?«

Eric errötete. »Ich – ich weiß nicht. Kann schon sein. Jedenfalls glaubt sie es, und mein Vater mag sie.«

Cassie blieb stehen. »Dein *Vater* mag sie? Was hat das mit alledem zu tun?«

Eric zog unbehaglich die Schultern hoch. »Es – es macht alles einfacher, wenn ich mit Leuten zusammen bin, die mein Vater mag.« Er fühlte Cassies Blick auf sich und starrte vor sich in den Sand. Endlich mußte er den Kopf heben und ihrem Blick begegnen. »Das ist irgendwie blöd, nicht?«

Cassie sagte nichts, nickte aber.

Sie gingen weiter, immer ein paar Schritte auseinander, und obwohl beide lange nichts sagten, war die Stille ohne Peinlichkeit. Als Cassie endlich wieder sprach, wußte Eric sofort, wovon sie redete.

»Ich wette, sie ist reich, stimmt's?«

Er nickte. »Mr. Chambers heiratete Kevin Smythes Tante, und den Smythes hat schon immer das meiste von False Harbor gehört.«

»Ich wette, dein Vater hätte Kevin Smythes Tante gern selbst geheiratet.«

Eric mußte lachen. »Sie hätte ihn nicht genommen. Sie kann meinen Vater nicht ausstehen.«

Cassie verdrehte die Augen. »Also mag dein Vater Lisa wegen ihrer Eltern, und ihre Eltern können deinen Vater nicht ausstehen, lassen aber Lisa mit dir gehen?«

Er nickte.

»Was für eine verrückte Geschichte. Kotzt es dich nicht manchmal an?«

Eric runzelte die Brauen. »Ich weiß nicht, wovon du redest«, sagte er, obwohl er es recht gut zu wissen glaubte.

»Von Eltern«, sagte Cassie. Sie hob das Gesicht in den Wind und genoß das Gefühl der frischen Seeluft. »Immer tun sie alles aus blöden Gründen. Wie meine Mutter. Sie haßte meinen Vater und sagte mir bei jeder Gelegenheit, wie verkommen und nichtsnutzig er sei.« Ihre Stimme wurde schneidend, aber ihre Augen glänzten naß. »Sie behielt mich nur bei sich, damit er mich nicht haben konnte. Dann ging sie aus und wurde auf der Schnellstraße bei einem Unfall getötet. Was sollte ich tun? Mama wollte, daß ich Papa so sehr haßte, wie sie selbst es tat, und nun muß ich bei ihm leben, weil sie tot ist...« Sie zögerte, rang mit den widersprüchlichen Empfindungen, die in ihr wogten. »Ehrlich gesagt, ich bin nicht traurig, daß sie starb. Daß sie meine Mama war, gab ihr noch lange nicht das Recht, mich bei jeder Gelegenheit zu verprügeln! Und weiß du was? Sie irrte sich über meinen Vater. Er ist kein schlechter Kerl. Aber wozu braucht er mich? Er hat eine ganz andere Familie.« Sie schnupfte, wischte sich entschlossen die Tränen aus den Augen und brachte ein mattes Lächeln zuwege. »Man fragt sich, warum sie überhaupt die Mühe auf sich nehmen, Kinder zu haben.«

Eric schaute auf seine Füße. Cassies Ausbruch hatte ihn in Verlegenheit gebracht. Und doch war alles, was sie gesagt hatte, auch ihm schon durch den Kopf gegangen. »Aber was kannst du daran ändern?« fragte er. »Du kannst dir deine Eltern nicht aussuchen.«

Cassie blieb stehen und sah ihn an. »Vielleicht kann ich«, sagte sie still. »Papa und Rosemary wollen mich nicht wirklich bei sich haben. Sie haben mich aufgenommen, weil sie es als ihre Pflicht ansahen, aber ich bin ihnen bloß im Weg.« Sie zögerte, wollte Eric von der Fantasie erzählen, zugleich aber vermeiden, daß er sie auslachte... Aber sie mußte das Risiko auf sich nehmen. »Vielleicht kann ich eine Mutter finden, die mich wirklich will.« Sie wartete, aber Eric lachte nicht. Statt dessen sah er sie aufmerksam an.

Sie beschloß, ihm ein wenig davon zu sagen, was in ihr vorging. Nicht viel. Gerade genug, um zu sehen, wie er reagierte. »Ich hatte einen Traum«, sagte sie mit einem nervösen Lachen. »Mir träumte, daß Miranda Sikes in Wirklichkeit meine Mutter sei. Ist das nicht unheimlich?«

Eric schaute weg, und als er antwortete, war seine Stimme leise. »Ich weiß nicht«, sagte er. »In Träumen geschehen viele komische Sachen. Und manchmal bedeuten sie etwas, nicht?«

Von Erics Antwort ermutigt, nickte Cassie eifrig. »In dem Traum rief sie mich beim Namen und streckte die Hand nach mir aus. Ich glaube, sie wollte, daß ich zu ihr käme.«

Eric blickte sie von der Seite an, ohne den Kopf zu heben. »Wie kommst du darauf?«

Cassie erschrak. Hielt er sie am Ende für verrückt? »Ich sagte nicht, daß es so ist«, fügte sie hastig hinzu. »Schließlich war es nur ein Traum.«

Eric schwieg eine Weile. Als er schließlich sprach, schien es ihn einige Überwindung zu kosten, und seine Stimme war kaum hörbar. »Aber wenn sie dich rief«, sagte er, »bedeutet es, daß du hingehen mußt.«

»Gut«, sagte Cassie. »Warum sollte ich nicht?«

Wieder zögerte Eric eine Weile. »Ja, warum nicht«, meinte er dann. »Ich kann dir zeigen, wo es ist. Und vielleicht kann ich dir sogar zeigen, was passiert, wenn du ihrer Hütte zu nahe kommst.«

Rosemary Winslow hörte das Klimpern der Ladenglocke und blickte von dem Stuhl auf, an dem sie arbeitete: Charlotte Ambler kam herein, blieb stehen und betrachtete die Kopie einer Tiffany-Lampe. Es konnte nicht schon drei Uhr vorbei sein, wie? Rosemary blickte stirnrunzelnd auf ihre Uhr.

War es auch nicht. Es war kurz vor zwei. Was tat dann die Rektorin der Oberschule hier? Plötzlich durchfuhr sie ein Schreck, sie richtete sich schnell auf und zwängte sich durch den Irrgarten der Möbelstücke, mit denen der kleine Laden vollgestellt war.

»Charlotte?« fragte sie. »Ist etwas mit Cassie?«

Charlotte Ambler schüttelte den Kopf. »Ich hoffe nicht. Ich dachte, Sie wüßten vielleicht etwas. Ist sie zufällig hier?«

Rosemary war verdutzt. »Hier? Aber... die Schule ist doch noch nicht aus, oder?«

Die Rektorin seufzte. »Nein. Aber Cassie ist nach der Mittagspause nicht mehr zum Unterricht erschienen. Ich dachte, ich würde sie vielleicht hier antreffen.«

Rosemary schüttelte verwirrt den Kopf. »Ich kann es mir nicht vorstellen! War sie krank?«

»Nicht, wenn wir der Mitschülerin Lisa Chambers Glauben schenken dürfen«, sagte Charlotte Ambler. »Sie gibt an, Cassie und Eric Cavanaugh nach der Mittagspause gesehen zu haben, wie sie die Schule verließen. Aber niemand hat gesehen, wohin sie gegangen sind.«

»Sie sagen, Eric Cavanaugh hätte die Schule geschwänzt? *Eric Cavanaugh*?«

»Nun, es ist kaum von weltbewegender Bedeutung«, bemerkte Charlotte, »doch es ist so, wie ich Ihnen sagte. Und damit nicht genug, ich sagte Ihnen auch, daß Cassie zusammen mit ihm die Schule schwänzte. Ich hatte gehofft, sie würde wenigstens den ersten Tag durchhalten.«

Rosemary runzelte die Brauen. »Ich füchte, ich verstehe nicht.«

Charlotte nickte. »Darum bin ich gekommen«, sagte sie. »Haben Sie eine Minute Zeit? Ich habe hier etwas, was Sie sehen sollten.«

Rosemarys Befürchtungen verstärkten sich, als sie die Rektorin in den winzigen rückwärtigen Raum führte, wo sie ihr Büro hatte. Charlotte ließ sich in einen Sessel nieder und zog eine Akte aus ihrer Mappe. »Das ist Cassies Schulakte aus Kalifornien. Ich dachte, Sie sollten vielleicht einen Blick hinein tun.«

Beklommen nahm Rosemary die Akte entgegen und blätterte sie durch. Offensichtlich war es die erste Seite, die Charlotte Ambler beschäftigte.

»Ich sehe«, sagte sie. »Anscheinend ist es nicht das erste Mal, daß sie die Schule geschwänzt hat.«

»Anscheinend hat sie die *Gewohnheit*, die Schule zu schwänzen«, berichtigte sie Mrs. Ambler. »Ich dachte, wir sollten offen darüber sprechen. In Anbetracht der Umstände«, fügte sie pointiert hinzu.

Der Tonfall ließ Rosemary aufmerken. »Der Umstände?« sagte sie. »Welcher Umstände? Hätten Sie mich nicht einfach anrufen können? Schließlich ist es für sie der erste Schultag in einer fremden Stadt, wo sie keine Freunde hat. Vielleicht hätte sie heute noch nicht anfangen sollen.«

»Hoffentlich haben Sie recht«, erwiderte die Rektorin. »Ich fürchte jedoch, daß mehr dahinter steckt als der einfache Umstand, daß sie hier neu ist.« Sie schwieg, aber ihr Blick ruhte erwartungsvoll auf Rosemary.

»Es tut mir leid«, sagte diese nach einem Augenblick, »aber ich fürchte, mir ist entgangen, was Sie damit sagen wollten.«

Der verschlossene Ausdruck in Rosemarys Gesicht ließ Charlotte Ambler an der Weisheit ihrer Entscheidung, hierher zu kommen, zweifeln. Aber das ließ sich nicht mehr ändern. Sie holte tief Atem, als müßte sie sich auf einen Sprung in eiskaltes Wasser vorbereiten. »Ich bin seit langem Lehrerin und Rektorin dieser Schule, Rosemary«, sagte sie. »Und ich bilde mir ein, daß ich in dieser Zeit ein bestimmtes Gespür für Kinder entwickelt habe.«

Rosemary fühlte sich von einem Frösteln überlaufen. Sie wußte instinktiv, was als nächstes kommen würde.

»Und es ist etwas an Cassie«, fuhr Charlotte Ambler fort. »Ich kann nicht mit dem Finger darauf zeigen. Es ist eben etwas...« Sie verstummte, schien nach dem richtigen Ausdruck zu suchen.

»Etwas in ihren Augen?« sagte Rosemary.

Charlotte Ambler warf ihr einen kurzen, überraschten Blick zu und nickte. »Das ist es«, sagte sie. »Genau. Als sie heute früh zu mir kam, fielen mir als erstes ihre Augen auf. Sie sind so tief, und doch hatte ich während unseres Gesprächs stets das Gefühl, daß ich nicht wirklich hineinsähe. Ich hatte das Gefühl, es gebe da etwas anderes – etwas Verborgenes, wenn ich so sagen darf. Und wenn Kinder etwas verbergen, ist es Ärger. Ich weiß, dies muß ein wenig sonderbar klingen, aber...«

»Keineswegs, Charlotte«, unterbrach Rosemary. »Ich habe die gleiche Beobachtung gemacht. Ich sage mir immer wieder, es hat nichts zu bedeuten, sie hat Schweres durchgemacht, und natürlich bemüht sie sich, ihren Schmerz zu verbergen. Aber – nun, ich denke doch immer, daß mehr dahinter stecken muß.«

»Haben Sie mit Ihrem Mann darüber gesprochen?«

»Ich habe es versucht, aber Sie keinen Keith. Er sieht, was er sehen will und wird niemals zugeben wollen, daß wirklich etwas nicht in Ordnung ist. Und gewöhnlich hat er recht.« Sie machte eine hilflose Gebärde. »Ich hoffe, er hat auch bei Cassie recht.«

»Ich frage mich«, sagte Charlotte mit nachdenklich schiefgelegtem Kopf, »ob Sie vielleicht wissen, wie Cassies Verhältnis zu ihrer Mutter war?«

»Nicht gut.« Rosemary platzte damit heraus, ohne ihre Antwort zu durchdenken. Dann stockte sie. »Ich meine... anscheinend hegt sie einen Groll gegen ihre Mutter, aber das kommt bei Kindern häufig vor, wenn ihre Eltern sterben, nicht wahr? Sie fühlen sich verlassen und wandeln ihren Schmerz in Zorn um.«

Charlotte nickte. »Es ist beinahe immer so«, stimmte sie zu. »Vielleicht ergeht es Cassie genauso.«

Doch als die Rektorin ein paar Minuten später ging, war sie mit dem Ergebnis des Gesprächs so wenig zufrieden wie Rosemary. Beide spürten, daß etwas ungesagt geblieben war, weil keine von ihnen bereit gewesen war, es auszusprechen.

Was sie einander verschwiegen, war das seltsame Gefühl von Furcht, das Cassie Winslow in ihnen auslöste.

Rosemary schloß den Laden frühzeitig, doch statt heimzugehen, schlug sie die Richtung zum Hafen ein und fand Keith, wie sie gehofft hatte, an Bord der *Morning Star III* beim Putzen der Messingbeschläge. Als sie über die Laufplanke an Bord ging, hielt er grinsend einen Lappen hoch.

»Willst du helfen?«

Rosemary schüttelte den Kopf und hob den verletzten Arm. »Würdest du glauben, daß ich heute früh einen Kater in Cassies Zimmer fand?«

»Einen Kater? Wie in aller Welt konnte er hereingekommen sein?«

»Aus irgendeinem Grund hatte sie das Fenster halb geöffnet«, sagte sie. »Der Kater schlief unter der Decke in ihrem Bett und war sehr ungehalten über die Störung, als ich die Decke zurückschlug. Aber das ist nicht der Grund meines Kommens. Ich möchte mit dir reden, bevor du nach Haus kommst, für den Fall, daß Cassie vor uns dort ist.«

Keiths Grinsen löste sich auf. »Cassie? Was ist passiert?«

»Sie schwänzte die Schule. Sie und Eric.«

Keith zuckte nur mit der Schulter. »Was ist schon dabei? Ich meine, jedes Kind schwänzt dann und wann die Schule, und...«

Ehe er seinen Satz vollenden konnte, blaffte eine zornige Stimme vom benachbarten Liegeplatz herüber. Keith und Rosemary wandten die Köpfe und sahen Ed Cavanaugh, die blutunterlaufenen Augen funkelnd vor Wut, aus der Ladeluke der *Big Ed* klettern. »Ich will Ihnen sagen, was dabei ist«, sagte er, während er mit einem schmutzigen Lappen Schmierfett von den Händen wischte. »*Mein* Junge schwänzt nicht die Schule. Und vielleicht ist es Ihnen gleich, was Ihr Mädchen tut, aber mir nicht! Ich werde Eric suchen, und hoffen Sie lieber, daß Ihre Herumtreiberin nicht bei ihm ist. Haben Sie verstanden, Winslow?«

Keith setzte zu einer erregten Entgegnung an, aber Rosemary legte mäßigend die Hand auf seinen Arm, und sie sagten nichts, bis Ed Cavanaugh von Bord gegangen war und sich in seinem leicht schwankenden Seemannsgang über die Pier entfernt hatte.

»So kann er vielleicht mit Laura reden«, sagte Keith dann mit zornbebender Stimme, »aber nicht mit mir! Und er kann nicht in dieser Art und Weise über Cassie reden.«

»Er ist angetrunken«, sagte Rosemary. »Er weiß kaum, was er redet. Und selbst wenn er die beiden findet, wird er Cassie nicht anrühren. Ed ist ein Lümmel und ein Faulpelz, aber so dumm ist er nicht.«

Keith blieb eine Weile still, und Rosemary spürte, wie seine innere Anspannung nachließ. »Bleib noch fünf Minuten, dann kannst du mich mitnehmen. Unterwegs werden wir überlegen, was mit Cassie zu tun ist.«

Als sie zehn Minuten später heimkamen, war Cassie nicht da.

7

Cassie stand am Ende der Landzunge von Cranberry Point. Das Brandungsgeräusch drang nur gedämpft hierher, denn vor der Hafeneinfahrt nach False Harbor lag eine Sandbank, und erst jenseits davon fiel der Grund steil genug ab, daß die Ozeandünung Brecher bilden konnte. Zwischen der Sandbank und dem Strand war eine flache Lagune, in der das Wasser kaum tiefer als einen Meter stand, außer in dem schmalen Schiffahrtskanal, dessen ausgebaggerte Fahrrinne nur durch eine dunklere Färbung des Wassers erkennbar war. Draußen vor der Hafeneinfahrt erhob sich eine rote Bake hoch aus dem Wasser, deren Blinklicht in fünf Sekunden viermal aufblitzte. Vor der Bake markierte eine Reihe rotgestrichener Pfähle die leicht gebogene Fahrrinne zum inneren Hafen.

»Warum sind sie rot gestrichen?« fragte Cassie. »Wenn

sie die Fahrrinne markieren, sollten sie dann nicht grün sein?«

Eric schüttelte den Kopf. »Wenn du mit einem Kutter einläufst, hast du die roten Pfähle und Bojen immer zur Rechten. Wären sie grün, würden alle auf die falsche Seite zuhalten und im Watt auflaufen.«

Cassies Blick wanderte weiter zum Salzsumpf, der nur durch die schmale Dünenhalbinsel der Landzunge von der seeseitigen Lagune getrennt war. Von hier aus gesehen, schien er zur Gänze bedeckt mit dichter Vegetation aus hohen Salzgräsern, Salzdisteln und anderen salzliebenden Pflanzen, und man konnte nicht genau erkennen, wo er anfing und wo er aufhörte.

Dann sah Cassie auf einer Erhebung weit draußen im Salzsumpf eine lichte Baumgruppe aus windzerzausten Föhren, und in ihrer Mitte, nahezu abgeschirmt gegen die Sicht von außen, die Umrisse einer kleinen Hütte.

»Was ist dort?« fragte sie Eric, aber das plötzliche Herzklopfen gab ihr die Antwort, bevor Eric den Mund auftat.

»Das ist Mirandas Hütte«, sagte er. »Sie steht auf dem einzigen Flecken festen Bodens im ganzen Sumpf.«

»Können wir hingehen?«

»Das solltest du nicht tun«, antwortete Eric. »Es ist nicht sicher, solange du dich nicht auskennst. Ich bin hier aufgewachsen und kenne alle Fährten und Pfade. Trotzdem muß man vorsichtig sein, denn einige Fährten folgen Wildwechseln und ändern ihren Verlauf von Jahr zu Jahr. Bei Hochflut oder Springflut wird der ganze Salzsumpf überflutet. Dann kommt es vor, daß die alten Pfade überflutet sind, und man muß neue finden.«

Cassie runzelte die Stirn. »Aber was tut die Frau, wenn der Salzsumpf überflutet wird?«

Eric zuckte die Achseln. »Sie bleibt zu Hause, nehme ich an.«

Cassie spähte fasziniert zu der kleinen Anhöhe hinaus und versuchte sich vorzustellen, wie es für Miranda Sikes sein mußte, allein dort zu leben, umgeben vom Sumpf und nur durch eine Gruppe zerzauster Kiefern vor den Winterstürmen geschützt. Dann, als sie zur kleinen Hütte hinüberspähte, regte sich in ihr wieder die unscharfe Erinnerung der vergangenen Nacht. Etwas war an dieser Hütte, das sie einzuladen schien, das eine seltsame Anziehungskraft auf sie ausübte. Sie suchte das unbehagliche Gefühl abzuschütteln, aber es war nicht möglich. »Zeig mir den Weg«, sagte sie. »Ich möchte sie aus der Nähe sehen.«

Erics Blick folgte Cassies, als suche er etwas. Dann, nach einer Pause, nickte er. »Vielleicht ist sie nicht daheim. Wenn nicht...« Er ließ den Rest ungesagt und führte Cassie zurück über die Landzunge, bis er in einen Pfad einbog, der in den Salzsumpf führte und für Cassies ungeübtes Auge kaum sichtbar war. Der Boden federte unter ihr.

Bei jedem Schritt fühlte sie, wie der Grund unter ihrem Gewicht zusammengedrückt wurde und sie darin Fußabdrücke hinterließ, die sich mit Wasser füllten und dann, als das schwammige Material wieder aufquoll, fast verschwanden. »Was ist das?« fragte sie Eric, der ein paar Schritte vor ihr ging. Er blickte über die Schulter.

»Was ist was?«

»Worauf wir stehen. Es sieht nicht wie Sand aus.«

»Der Sand ist darunter, außer an einigen Stellen, wo Schwimmsand an der Oberfläche ist. Aber dies alles ist Salztorf, ungefähr zehn Meter mächtig und durchsetzt von offenen Sumpfstellen, die eine schwimmende Pflanzendecke haben. Komm mit.«

Sie bewegten sich langsam durch das hohe Salzgras, das hier die Oberfläche bedeckte. Mit jedem Schritt scheuchten sie Vögel auf, die bei der Nahrungssuche oder im Brutgeschäft gestört, mit klatschenden Flügelschlägen kreischend aufflatterten. Zweimal hörte Cassie anhaltendes Rascheln wie von Schlangen, die unsichtbar im Gestrüpp dahinglitten. Sie erschauerte, beschleunigte ihren Schritt, um Eric einzuholen.

Der blieb auf einmal stehen, und Cassie rempelte ihn beinahe an, bevor sie merkte, daß er keine Bewegung machte und nach links durch das dichte Gras spähte. »Was ist da?« flüsterte sie.

»Eine Wildgans. Die erste, die ich dieses Jahr sehe. Siehst du sie? Da drüben, sie sitzt ganz still und beobachtet uns.«

Cassie konnte noch immer nichts sehen, aber dann lenkte eine Bewegung ihren Blick, und sie sah den Vogel ganz deutlich. Er watschelte jetzt ganz ruhig fort und steckte den Kopf bald hierhin und bald dorthin zwischen das Salzkraut unter den Gräsern, um die jungen Triebe abzuweiden. Sie beobachtete ihn eine kleine Weile, bis Eric sich wieder in Bewegung setzte. Bei seinem ersten Schritt stieß die Wildgans einen trompetenden Ruf aus und schwang sich in die Luft empor.

Als sie auf ungefähr fünfzig Schritte an die kleine Anhöhe, auf der Mirandas Hütte stand, herangekommen waren, machte Eric halt. Pfadspuren führten in alle Richtungen, aber nur eine ging zum Hügel und der kleinen Hütte unter den verkümmerten Föhren. Ein Pfosten war hier in den Torf getrieben worden, und ein daran genageltes verwittertes Schild untersagte unbefugtes Betreten.

»Können wir nicht weitergehen?« flüsterte Cassie.

Eric schüttelte den Kopf und zeigte zur Hütte. »Siehst du das?« fragte er. »Auf dem Dach?« Es war ein steiles Zeltdach, dessen Spitze die genaue Mitte des würfelförmigen Bauwerks markierte. Cassie schaute genauer hin und sah eine weiße Vogelgestalt auf der Spitze des Daches sitzen. »Der gehört ihr«, fuhr Eric fort. »Es ist ein Albinofalke, und wenn er nicht herumfliegt, sitzt er immer dort und beobachtet. Sie hat ihn abgerichtet. Komm mit.«

Er bog nach rechts, und sie begannen, die Anhöhe zu umkreisen. Die Hütte war zwischen den Stämme der Kiefern klar zu erkennen, und während sie weitergingen, hatte Cassie das Gefühl, daß sie beobachtet wurden.

Die Hütte war vollkommen symmetrisch, errichtet aus geschälten Stämmen, die längst silbergrau verwittert waren. Auf beiden Seiten der Eingangstür war ein Fenster, und vor der Tür sah sie eine Stufe, die vom Sandboden zur höherliegenden Schwelle führte. Die Tür war geschlossen, aber die massiven Fensterläden wurden von großen schmiedeeisernen Haken offengehalten.

Cassie starrte die Hütte an und versuchte sich vorzustellen, wie jemand hier sein Leben verbringen konnte, in einer so engen kleinen und abgelegenen Hütte. Selbst die Bäume ringsum sahen aus, als versuchten sie, sich vom Gebäude zurückzuziehen. Verfilztes Gesträuch und dürre Stauden vom Vorjahr waren stumme Zeugen eines schweren Lebenskampfes gegen unfruchtbaren Sandboden und scharfen Seewind.

Als Cassie und Eric langsam die Höhe umwanderten, regte sich der Vogel auf dem Dach, sträubte das Gefieder und stieß einen gellenden Warnruf aus.

Ohne seinen Platz auf der Dachspitze zu verlassen, begann der unheimliche weiße Falke nervös von einem Fuß auf den anderen zu steigen. Er schüttelte sich alle paar Sekunden, und sein Kopf – beherrscht von einem gefährlich aussehenden Hakenschnabel – war ständig in Bewegung, während die scharfen Augen des Tieres sein Territorium überwachten. Aus der Kehle drang ein unheilverkündendes knackendes Geräusch.

Erst als die beiden Jugendlichen stehenblieben, beruhigte sich der Vogel wieder.

Jede Seite der Hütte hatte zwei Fenster, deren Läden geschlossen waren, und die Rückseite hatte wie die Vorderseite eine Tür in der Mitte. Doch statt der zwei Fenster gab es hier nur eines links der Tür, und einen gemauerten Schornstein zur Rechten. Gab es über dem vorderen Eingang ein kleines Vordach als Regenschutz, so fehlte dies an der Rückseite; es gab nur eine schmale Stufe zwischen der Türschwelle und dem Boden. Cassie konnte auch den niedrigen Mauerring eines Brunnens ausmachen. Zwei Pfosten trugen ein Schindeldach, unter dem eine gußeiserne Handpumpe zu sehen war. Auf dem Brunnenrand stand ein Eimer.

»Benutzt sie immer noch diesen Brunnen?« flüsterte Cassie.

Eric nickte. »Es gibt weder Strom noch sonst etwas. Sie hat nur einen Herd, den sie mit Holz feuert, und da drüben ist ein Abort. Siehst du ihn?«

Er zeigte nach links. Am Rand des Hügels, überwachsen

von Brombeerranken, stand ein windschiefer Abtritt, dessen verwitterte Bretter rissig und gespalten waren.

»Wie kann sie hier leben?« fragte sie. »Warum läßt man sie überhaupt?«

»Sie hat immer hier gewohnt, außer wenn sie im Krankenhaus war.« Er sah Cassie mit seinen ernsten blauen Augen an. »Deshalb glauben alle, sie sei verrückt«, fuhr er fort. »Man könnte wirklich meinen, daß jemand, der so lebt, nicht ganz richtig im Kopf ist, nicht?«

Cassie biß sich auf die Unterlippe, und ihre Augen füllten sich plötzlich mit Tränen. »Aber wie kommt es, daß niemand etwas für sie tut?«

Eric überlegte, zuckte wieder mit der Schulter. »Mama sagt, die Leute hätten es einige Male versucht, aber Miranda habe sie nicht mal eingelassen. Sie...« Er zögerte. »Also, ich vermute, daß es ihr hier draußen einfach gefällt.«

Schließlich – unausgesetzt beobachtet von dem Falken, der jeden ihrer Schritte verfolgte – gelangten sie wieder zu der Stelle, von der sie losgegangen waren, und Cassie blieb stehen, um noch einmal die Hütte zu betrachten. Und in diesem Augenblick wurde die Eingangstür geöffnet. Miranda trat heraus, gekleidet in dieselben schwarzen Sachen, die sie am Vortag getragen hatte.

Sie blickte über den Salzsumpf hinaus, dann fand ihr Blick die beiden Gestalten, und sie hob langsam den Arm.

Obwohl er diese Bewegung nicht gesehen haben konnte, schwang sich der weiße Falke augenblicklich mit schnellen Flügelschlägen empor und schraubte sich in den Himmel.

Je höher er stieg, desto unheimlicher wurde Cassie zumute. Dann wehte von fern ein Ruf über die Stille des Salzsumpfes: »Eric? *Eric*!«

»Großer Gott«, murmelte Eric. »Mein Vater. Was machen wir jetzt?«

Cassie sagte nichts. Sie stand bewegungslos, wie hypnotisiert von dem geisterhaften Vogel. Dann riß sie den Blick von ihm los und sah Eric an. »Nichts«, sagte sie. »Wir haben bereits entschieden, was wir sagen wollen, sollten wir erwischt werden. Also tun wir es. Komm mit.«

Mit einem letzten Blick zu der stummen schwarzen Gestalt an der Tür wandte Cassie sich um und schlug den Pfad ein, auf dem sie gekommen waren.

Der Falke stieß herab, kam im Tiefflug über das Röhricht gesegelt und umkreiste sie mit hellen Schreien. Erst als sie die Dünen der Landzunge erreichten, kehrte er nach einem letzten warnenden Schrei um und flog zurück, um seinen Platz auf dem Dach der Hütte einzunehmen. Eric und Cassie beobachteten ihn, bis er gelandet war, dann schlugen sie die Richtung zum Parkplatz ein, der an die östliche Grenze des Salzsumpfes stieß.

Ed Cavanaugh lehnte am Kotflügel seines Lastwagens. Seine Augen glommen gefährlich.

»Was zum Kuckuck tust du hier draußen, Junge?« verlangte er zu wissen. »Hast du eine Ahnung, wie spät es ist?«

»N-nein«, stammelte Eric. »Halb drei? Drei?«

»Werd bloß nicht frech, Junge. Du weißt, was passiert, wenn du frech wirst.« Eds Backenmuskeln zuckten bedrohlich, die rechte Hand ballte sich zur Faust.

»Ich bin nicht frech, Papa«, sagte Eric in einem Ton verzweifelter Beschwörung. »Ich weiß wirklich nicht, wie spät es ist.«

»Es ist vier«, raunzte Ed. »Vier Uhr! Und wenn es halb drei oder drei wäre, würde es keinen Unterschied machen. Was zum Henker treibst du hier draußen?«

»Es ist meine Schuld, Mr. Cavanaugh«, sagte Cassie, aber Cavanaugh fertigte sie mit einem verächtlichen Blick ab.

»Mit dir spreche ich nicht, du kleine Schlampe«, sagte er. »Los, steig ein, Eric! Wir zwei werden ein Wörtlein miteinander reden, wenn wir nach Haus kommen!«

Eric erbleichte, sagte aber nichts. Nach einem schnellen Blick zu Cassie kletterte er auf den Beifahrersitz des ramponierten weißen Lieferwagens.

Wieder begegneten sich die Blicke Ed Cavanaughs und Cassies, und nacktes Entsetzen griff ihr ans Herz. Er haßt mich, dachte sie. Er hat mich nie gesehen, aber er haßt mich.

Dann schwang sich Cavanaugh auf den Fahrersitz, schlug

die Tür zu und schaltete die Zündung ein. Der Motor brüllte auf, der Lastwagen schoß vorwärts und besprühte Cassie mit einem prickelnden Hagel von Sand und Kies. Sie hob instinktiv den Arm, um ihre Augen zu beschirmen.

Mit brennenden Tränen in den Augen machte sie sich auf den Heimweg. Aber schon nach wenigen Metern hielt sie wieder an, um noch einmal über den Sumpf hinaus zu der kleinen Hütte unter den Föhren zu blicken. Die schmale dunkle Gestalt von Miranda Sikes war mehr zu ahnen als zu sehen, aber Cassie wußte, daß sie noch immer vor der Tür stand. Sekunden vergingen, markiert nur durch ihren Herzschlag. Zuletzt hob sie zögernd den Arm und winkte.

Cassie glaubte, Miranda könne es nicht gesehen haben, aber dann, gerade als sie im Begriff war, sich umzuwenden, hatte sie das beinahe sichere Gefühl, daß Miranda ihr über die Weite des Salzsumpfes hinweg zulächelte.

Keiths Zorn auf Cassie schwand dahin, als sie zur Hintertür eintrat. Sie hatte die rechte Hand an der Stirn, und ihre Wange war fleckig von einem dunklen Steifen verschmierten Blutes. »Cassie? Kindchen, was ist passiert?«

»Mir fehlt nichts«, sagte Cassie. »Ein kleiner Unfall, das ist alles.« Sie warf ihre Schultasche auf den Küchentisch, ging zur Spüle und bückte sich darüber, den kleinen Schnitt, den der von Ed Cavanaughs Wagen hochgeschleuderte Splitt an ihrer Stirn hinterlassen hatte, mit warmem Wasser auszuwaschen. Sie tastete nach der Küchenrolle, drückte ein Stück weiches Papier auf die kleine Wunde, richtete sich dann auf und blickte zum Vater. »Haben wir Heftpflaster?« fragte sie mit einem matten Lächeln.

»Oben im Badezimmer«, sagte Keith. »Kommt mit.« Er folgte Cassie die Teppe hinauf, lenkte sie ins Bad und öffnete den Apothekenschrank. »Vielleicht sollten wir das lieber von einem Arzt anschauen lassen«, schlug er vor, als er in dem kleinen Wandschrank nach Pflaster suchte. »Wenn Rosemary zurückkommt, werde ich dich hinbringen.«

»Es ist bloß ein kleiner Schnitt. Ich brauche nicht mal ein

großes Stück Pflaster. Haben wir von den fertigen kleinen Streifen welche da?«

»Hier«, sagte Keith, riß die Papierumhüllung auf und zog den schmalen Streifen Pflaster heraus. Er zog die Schutzfolie ab und sagte Cassie, sie solle den Kopf in den Nacken legen. Als sie das Papier von der Stirn nahm, sah er, daß sie recht hatte: Die Schnittverletzung war nicht annähernd so schlimm, wie sie ausgesehen hatte, als Cassie hereingekommen war. Er drückte ihr das Pflaster auf die Haut.

»Fertig«, sagte er, als sie wieder unten waren. »Und nun erzähl mir die ganze Geschichte. Angefangen damit, warum du nach der Mittagspause die Schule geschwänzt hast.«

Cassie schwand der Mut. Wie hatte er es so frühzeitig erfahren? Aber dann hatte sie die Antwort. False Harbor war nicht das San Fernando-Tal, wo niemand darauf achtete, was die anderen taten. False Harbor war eine winzig kleine Stadt, und jeder kannte jeden. Jemand hatte Eric und sie gesehen und es den Eltern gesagt.

»In der Schule war es ...« fing sie an, schon im Begriff, mit der Wahrheit herauszuplatzen, dann aber fiel ihr noch rechtzeitig die Geschichte ein, die sie sich mit Eric zurechtgelegt hatte. Was würde ihn erwarten, wenn sie ihrem Vater die Wahrheit sagte und Mr. Cavanaugh davon erführe? »Ich – mir wurde schlecht«, sagte sie. »Ich saß mit Eric beim Essen, und mir wurde übel. Ich wollte heimgehen und mich hinlegen, und Eric sagte, er würde mit mir kommen, für den Fall, daß ich mich auf dem Heimweg übergeben müßte.«

»Aber das war vor drei Stunden. Wo bist du seitdem gewesen?«

Cassies Gesichtsausdruck wurde wachsam. »Draußen fühlte ich mich besser«, antwortete sie. »Als wir heimkamen, hatte ich es überstanden.«

Keith beäugte sie mißtrauisch. »Warum bist du dann nicht zur Schule zurückgegangen?«

»Ich wollte nicht«, sagte Cassie, ohne zu überlegen. »In der Schule war es schrecklich, und ich hasse sie. Es ist nicht so, wie ich es von zu Hause gewohnt bin, und alle redeten über mich.«

»Sie redeten über dich? Warum sollten sie?«

Cassie zuckte mit der Schulter. »Eins von den Mädchen haßt mich.«

»Haßt dich? Das ist nicht leicht zu glauben, Kindchen. Wie könnte jemand dich am ersten Tag hassen?«

»Sie heißt Lisa Chambers«, erzählte Cassie. »Sie ist Erics Freundin und bildet sich ein, ich wollte ihn ihr ausspannen.«

Keith entspannte sich. »Und deswegen hast du einen halben Tag die Schule geschwänzt?« fragte er, während die Anfänge eines Lächelns in seinen Mundwinkeln zuckten.

»Es ist nicht komisch«, sagte Cassie, gerade als die rückwärtige Tür wieder geöffnet wurde und Rosemary in die Küche kam.

»Nun, darin hat sie recht«, seufzte Rosemary, nachdem Keith wiederholt hatte, was Cassie ihm erzählt hatte. »Es ist wirklich nicht komisch. Lisa Chambers kann sehr boshaft sein, wenn ihr danach ist.« Doch als Cassie schon aufatmete, fing sie einen strengen Blick ihrer Stiefmutter auf. »Aber das ist noch immer kein Grund, die Schule zu schwänzen. Wenn dir schlecht war, hättest du ins Krankenzimmer gehen sollen.«

»Ich – ich wußte nicht, daß es eins gibt.«

Rosemarys Brauen hoben sich skeptisch. »Hast du gefragt?«

Cassie zögerte, dann schüttelte sie den Kopf und wandte sich zu ihrem Vater. »Mr. Cavanaugh entdeckte auch, daß wir die Schule schwänzten. Eric sagt, daß es Ärger geben werde.«

Keith blicke zu seiner Frau, die nichts sagte und offensichtlich wartete, daß er die Angelegenheit regelte. »Meinst du nicht, daß es auch für dich Ärger geben könnte?« fragte er mit mehr Strenge, als er wirklich empfand.

Cassie zuckte die Achseln. »Das ist mir gleich. Aber Erics Vater – ich glaube, Mr. Cavanaugh wird ihn verprügeln.«

»Verprügeln?« echote Rosemary in zweifelndem Ton. »Weil er die Schule schwänzte? Wie kommst du darauf?«

»Eric sagte es mir. Er sagt, sein Vater verprügele ihn, wenn er wütend wird. Er habe ihn erst Samstagabend verhauen.«

Keith und Rosemary erinnerten sich noch deutlich des Gebrülls, das vor zwei Abenden aus dem Nachbarhaus gedrungen war. Sie hatten sich wider besseres Wissen gesagt, es sei sicherlich bloß ein Streit, aber die traurige Wahrheit war ihnen bekannt, denn beide hatten von Zeit zu Zeit die blauen Flecken und Abschürfungen in den Gesichtern und an den Armen Lauras und Erics gesehen. Erics Verletzungen wurden immer als Begleiterscheinungen von Spiel und Sport erklärt, aber weder Keith noch Rosemary konnten Lauras wenig einleuchtenden Erzählungen von ihrer eigenen Ungeschicklichkeit Glauben schenken.

Auf einmal wurde Keith klar, was wirklich geschehen war. »Dir ist überhaupt nicht schlecht gewesen, nicht wahr?« sagte er. »Du hast diese Geschichte für Eric erfunden, damit sein Vater ihn nicht verprügeln sollte.«

Nach einer kleinen Weile nickte Cassie unglücklich. »Du wirst es nicht sagen, bitte? Es war alles meine Idee. Eric wollte nicht mitgehen, aber ich überredete ihn dazu.«

Keith zögerte. Als er zu seiner Frau sah, merkte er, daß sie noch immer entschlossen war, die Regelung der Angelegenheit ihm zu überlassen. »Ich sehe nicht, was es schaden könnte«, sagte er zuletzt. »Wenn die Behauptung, dir sei schlecht geworden, erreichen kann, daß Ed Cavanaugh den Jungen in Ruhe läßt, ist es eine vertretbare Notlüge. Aber ich möchte, daß du mir versprichst, daß du nicht wieder die Schule schwänzen wirst. Solltest du es trotzdem tun, mußt du mit einer Strafe rechnen. Und versuche niemals, andere zu unerlaubten Handlungen zu überreden. Verstanden?«

Rosemary sah, daß Cassie zu ihr blickte, blieb aber still und nach langem Zögern nickte Cassie endlich. »Ja, Papa«, sagte sie still.

»Dann ist das geregelt«, sagte Keith.

»Nicht ganz«, widersprach Rosemary. »Meinst du nicht, daß wir in dieser Sache etwas tun müssen?«

Jetzt blickten Cassies Augen ihre Stiefmutter voll an, und Rosemary erkannte die Herausforderung darin.

»Warum?« fragte Cassie. »Meine Mama tat nie etwas, wenn ich zu Hause die Schule schwänzte.«

»Wußte sie davon?« konterte Rosemary.

»Sicher«, erwiderte Cassie mit einem Anflug von Trotz. »Ich tat es die ganze Zeit. Was ist schon dabei? Ich kriege gute Noten, und der Unterricht ist so langweilig, daß ich nicht einsehe, warum ich dasitzen und mir das anhören soll.«

Rosemary beschloß, die Dreistigkeit zu ignorieren. »Was machtest du an den Tagen, wenn du die Schule schwänztest?«

»Nichts Besonderes«, antwortete Cassie unbestimmt. »Manchmal ging ich an den Strand, wie heute mit Eric. Aber gewöhnlich ging ich einfach nach Haus und las.«

»Und deiner Mutter war es gleich?«

Cassie schob den Unterkiefer vor, aber als sie sprach, war ihre Stimme beinahe emotionslos. »Die meiste Zeit wußte sie es wahrscheinlich nicht einmal. Sie war immer bei der Arbeit, und dann, nachdem Tommy sie verlassen hatte, ging sie ständig aus. Manchmal bekam ich sie nur an den Wochenenden zu sehen.«

»Ich verstehe«, murmelte Rosemary, und mit dem Mitgefühl kam die Nachsicht. Anscheinend hatte Keith recht: Diana hatte sich tatsächlich kaum um Cassie gekümmert. »Gut, unter diesen Umständen können wir es diesmal noch gut sein lassen«, sagte sie. »Aber ich möchte dir mit aller Deutlichkeit sagen, daß es uns hier *nicht* gleichgültig ist, ob du zur Schule gehst oder nicht. Obwohl ich neben dem Haushalt meinen Laden habe, werde ich nicht die ganze Zeit arbeiten, und ganz gewiß werde ich nicht jeden Abend ausgehen. Wenn du Schulprobleme hast, möchten wir, daß du darüber sprichst und nicht einfach aufhörst, zum Unterricht zu gehen. Ist das klar?«

Cassies Augen verengten sich ein wenig, aber sie nickte. »Darf ich jetzt in mein Zimmer gehen?«

Rosemary zögerte. Sie war sicher, daß es noch mehr zu sagen gab, wußte aber nicht genau, was es war. Wie schon einige Male zuvor, fühlte sie sich auch jetzt wieder in einer unbestimmten Weise manipuliert. »Meinetwegen«, seufzte sie.

»Ich werde dich rufen, wenn es Zeit ist, den Tisch zu dekken.« Cassie steuerte die Treppe an, als Rosemary plötzlich die Kratzer an ihrem Arm einfielen. »Cassie?«

Das Mädchen blieb stehen und wandte sich fragend um.

»Heute früh war ein Kater in deinem Zimmer«, sagte Rosemary. »Er lag in deinem Bett, und als ich hineinging, um es zu machen, sprang er mich an und kratzte mich.« Sie hielt den verbundenen Arm hoch. »Hast du eine Ahnung, woher er gekommen ist?«

Cassie antwortete nicht gleich. Der Traum der letzten Nacht kam ihr wieder zu Bewußtsein. Sie schüttelte den Kopf. »Ich weiß nicht. Er war letzte Nacht im Baum vor dem Fenster, und ich ließ ihn ein. Heute morgen ließ ich ihn wieder hinaus, aber er muß zurückgekommen sein.« Sie zögerte einen Augenblick. »Kann – darf ich ihn behalten?«

Rosemary schüttelte energisch den Kopf. »Du hättest ihn nicht einmal einlassen sollen. Er sah nicht ungepflegt aus, und ich bin sicher, daß er jemand gehört. Ich habe ihn wieder hinausgelassen.«

Nun schüttelte Cassie den Kopf. »Er wird wiederkommen«, sagte sie. »Ich weiß es. Darf ich ihn behalten, wenn er kommt? Bitte?«

Rosemary blickte zu Keith. Wollte er nichts sagen? Er wußte recht gut, daß sie Katzen nicht mochte; sie hatte das erst letztes Jahr deutlich gemacht, als Jennifer ein Kätzchen gewollt hatte. »Warten wir erst ab«, sagte sie. »Wahrscheinlich wird er nicht zurückkommen, wenn er es aber tut, werden wir dann darüber reden.«

Cassie öffnete den Mund, um etwas zu sagen, schien sich dann aber eines anderen zu besinnen.

Als sie mit Keith allein in der Küche war, ging Rosemary zum Kühlschrank und nahm die Flasche Weißwein heraus, die sie am Abend zuvor aufgemacht aber nicht geleert hatten. »Ich weiß, es ist ein bißchen früh«, sagte sie, als sie Keith mit etwas kläglichem Lächeln ein Glas Wein hinschob, »aber ich kann ein Glas vertragen. Ich fühle mich irgendwie ein wenig überfordert.«

Keith hob sein Glas und prostete ihr zu. »Nun, wenn du mich fragst, du hast diese Situation großartig gemeistert.«

»Wirklich? Ich habe das Gefühl, daß wir auf einer Strafe hätten bestehen sollen.«

»Aber du hörtest sie«, erwiderte Keith. »Es war beinahe so, als ob sie nicht einmal wüßte, daß Schule schwänzen unrecht ist. Und es war offensichtlich, daß sie dachte, es sei uns gleich.«

Rosemary schüttelte den Kopf. »Du darfst sie nicht für naiver halten, als sie ist. Sie wußte recht gut, daß es möglicherweise Ärger geben würde. Der Beweis dafür ist, daß sie es auf sich nahm, diese Geschichte zu erfinden, um Eric zu schützen. Außerdem finde ich es schwierig, mit der Vorstellung fertig zu werden, daß Diana wirklich nicht gewußt haben sollte, was vorging, oder daß es ihr gleich gewesen sein sollte.«

»Nun, mich überrascht es nicht«, sagte Keith. »Ich bin im Zweifel, ob Diana jemals etwas an anderen Menschen gelegen war. Selbst als wir verheiratet waren und sie behauptete, mich so sehr zu lieben, daß sie es nicht ertragen könne, mich nicht zu sehen, sagte sie nicht die Wahrheit. Die Wahrheit war, daß sie die Trennung von mir nicht ertragen konnte, weil sie sich selbst nur überzeugen konnte, daß ich sie liebte, wenn ich jeden Augenblick bei ihr war. Und heute glaube ich, daß sie nur um das Sorgerecht für Cassie kämpfte, um zu verhindern, daß ich sie bekäme.«

»Großer Gott«, sagte Rosemary. »Wie muß es für sie gewesen sein!«

Dann verstummten beide, als vom Nachbarhaus Ed Cavanaughs zorniges Gebrüll herüberdrang.

»Verlogener, verdorbener Kerl! Dich werd' ich lehren, mir zu widersprechen!«

Als nächstes kam Lauras leisere Stimme: »Ed, laß doch den Jungen...«

»HALT'S MAUL!«

Keith stand auf, aber Rosemary hielt ihn zurück. »Wir können die Polizei rufen, Keith, oder wir können es ignorieren. Aber ich will nicht, daß du dich einmischst.«

»Aber wir werden hineingezogen, verdammt noch mal«, versetzte Keith. »Wir müssen uns das anhören, nicht wahr? Und wie steht es mit Eric und Laura? Wollen wir zulassen, daß er sie verprügelt?«

Rosemary sah ihm fest in die Augen. »Dann ruf die Polizei«, beharrte sie. »Wenn du etwas unternehmen willst, ruf die Polizei. Aber laß sie es in die Hand nehmen.«

Keith griff zum Telefon, dann, wie immer, wenn er versucht war, Ed Cavanaughs häusliche Brutalität anzuzeigen, legte er wieder auf, bevor er die Nummer wählte. Wenn er die Polizei riefe, würde Cavanaugh sofort wissen, wer ihn angezeigt hatte. Und es gab allzu viele Nächte, in denen Keith auf See sein mußte und Rosemary und die Mädchen allein im Haus sein würden. Er konnte nicht riskieren, daß der Nachbar seinen betrunkenen Zorn an ihnen ausließ, während er selbst Hunderte von Seemeilen entfernt wäre.

»Mist«, sagte er leise und füllte das Weinglas auf. Dann lächelte er Rosemary traurig zu. »Ich fürchte, Cassies Geschichte verfing nicht beim alten Cavanaugh. Aber wenigstens versuchte sie, Eric zu helfen, nicht?«

Rosemary sagte nichts. War das wirklich alles, was hinter der Lüge gesteckt hatte? Ein Versuch, Eric zu helfen? Oder war die Geschichte auch für sie und Keith bestimmt gewesen?

Sie verdrängte die hartherzigen Gedanken und zwang sich zu einem Lächeln. »Ja, das stimmt.« Sie streckte den Arm aus und drückte ihrem Mann die Hand. »Wir werden es schon hinkriegen. Sie hat einige Probleme, aber nichts, womit wir nicht fertig werden könnten.«

»Und es fällt schwer, sich über jemand zu ärgern, der sich immer um andere kümmert, nicht?« sagte Keith. »Letztes Mal tat sie es für Jennifer, heute für Eric. Diana mag eine Menge Fehler gemacht haben, aber ich glaube, sie hat ein gutes Kind aufgezogen.«

Aber das ging Rosemary zu weit, und sie antwortete nicht. Wieder beschäftigten ihre Gedanken sich mit dem eigentümlich zwiespältigen Gefühl, das sie Cassie entgegenbrachte. Bei allem, was Cassie tat, so wohlmeinend es bei oberflächlicher Betrachtung schien, hatte sie den Eindruck, daß sich dahinter etwas anderes verbarg. Sie begann zu erkennen, daß Cassie sehr viel komplizierter war, als es den Anschein hatte. Etwas ging hinter diesen großen braunen Augen vor, und es entzog sich Rosemarys Verständnis.

Mehr und mehr verdichtete sich in ihr die Gewißheit, daß es etwas war, was sie zu fürchten hatte.

Aber das ist einfältig, sagte sie sich zum wiederholten Mal. Sie ist noch ein Kind. Was kann es in einem Kind geben, das man fürchten müsse? Doch als der Nachmittag zum Abend und der Abend zur Nacht wurde, ertappte Rosemary sich dabei, daß sie Cassie beobachtete und nach etwas Ausschau hielt. Was es war, wußte sie freilich nicht...

Spät am gleichen Abend, als Miranda Sikes die Klappe des alten Küchenherdes neben der behelfsmäßigen Spüle öffnete und sorgsam frische Scheite ins Feuer legte, schmiegte sich der grau und schwarz getigerte Kater mit dem dunklen Rükkenstreifen an ihre Beine und rieb den Kopf an ihren Knöcheln. Sie schloß die Herdklappe und regulierte die Luftzufuhr, so daß das Feuer gerade genug Sauerstoff erhielt, um nicht auszugehen; dann drehte sie den Docht der Petroleumlampe auf ihrem Tisch herunter.

Sie legte ihre Kleider ab und hängte sie in den Wandschrank an der Ostseite, und schließlich schlüpfte sie in ein abgetragenes Flanellnachthemd. Als sie das Wandklappbett herunterließ, sprang der Kater hinein und kroch unter die Decke, aber Miranda schüttelte den Kopf.

»Nein, nein, Sumi.«

Sie griff unter die Decke, nahm den Kater auf und wiegte ihn in den Armen, blickte in seine gelben Augen. »Haben wir gestern nicht lange gesprochen, und erklärte ich dir nicht, daß du nicht mehr hierher kommen kannst?«

Der Kater miaute leise, und eine seiner Vorderpfoten strich mit eingezogenen Krallen über Mirandas Handgelenk.

»Ja, ich weiß, was du willst«, sagte Miranda in begütigendem Ton, »aber du kannst das nicht immer haben, nicht wahr? Und du kannst hier nicht mehr leben, auch wenn du es noch so sehr möchtest. Du mußt bei Cassandra bleiben. Du mußt bei ihr bleiben und tun, was sie von dir verlangt. Sie braucht dich jetzt, verstehst du?«

Sie ging zur Eingangstür, öffnete sie, bückte sich und ließ den Kater hinaus in die Nacht.

Das Tier blieb draußen stehen und blickte beinahe fragend zu Miranda auf, aber wieder schüttelte sie den Kopf.

»Nein, du darfst nicht herein. Du weißt, wo du jetzt wohnst, und du weißt, was du zu tun hast.« Ruhig und fest, wie sie gesprochen hatte, schloß sie die Tür.

Der Kater starrte eine Weile die geschlossene Tür an, dann machte er kehrt und sprang die Eingangsstufe hinab, um in der Dunkelheit des Salzsumpfes unterzutauchen. Er trabte rasch dahin, glitt wie ein dunkler Schatten durch Röhricht und Gräser, den Widerschein der Sterne schimmernd in den gelben Augen.

Als die Glocke im Kirchturm Mitternacht schlug, schlüpfte der Kater wieder durch Cassies Fenster. Wenige Minuten später schlief er zu Füßen seiner neuen Herrin.

8

Als das Wochenende kam, machte Rosemary Winslow die Entdeckung, daß sie sich nicht mehr auf jeden neuen Tag freute. So blieb sie am Samstagmorgen, statt zu ihrer gewohnten Zeit aufzustehen, im Bett, ohne zu schlafen, aber irgendwie unwillig, sich anzukleiden und den Anforderungen des Tages zu begegnen.

Nach einer Weile kam Keith herauf und fragte, ob ihr etwas fehle. Es war kurz nach sieben.

Seine besorgte Miene und die leichte Unsicherheit in seiner Stimme erheiterten Rosemary, doch nachdem sie ihn beruhigt hatte und er wieder hinuntergegangen war, überkam sie ein seltsames Gefühl von Überdruß und Langeweile. Sie begann zu begreifen, daß sie sich nicht annähernd so gut fühlte, wie sie Keith gegenüber behauptet hatte, obwohl sie noch immer nicht genau zu sagen vermochte, was ihr fehlte.

Zu einem Teil war es einfach der Umstand, daß Cassie da war. Sie verstand das und akzeptierte es. Zeit und Gewöhnung würden das ihrige tun. Es kam einfach darauf an, abzuwarten, bis man sich aneinander gewöhnte und die Gewöhnung ihre wohltätige Wirkung tat. Was hatte sie schließlich erwartet? Hatte sie wirklich glauben können, daß ein halbwüchsiges Mädchen in ihre Familie kommen könnte, ohne daß sich etwas änderte? Natürlich nicht.

Dennoch war es genau dies gewesen, was sie im tiefsten Inneren erhofft hatte. Sie hatte gehofft, daß sich nichts ändern werde, daß Cassie sich einfach in die Familie einfügen und ganz natürlich ihre Rolle als Jennifers ältere Schwester und ihre eigene älteste Tochter übernehmen würde. Jetzt sah sie ein, daß das eine einfältige Vorstellung gewesen war, ein Wunschdenken, auch wenn es weitgehend unbewußt geblieben war. Und wenn sie ganz ehrlich mit sich war, wußte sie auch, daß bisher alles viel besser abgegangen war, als sie unter realistischen Vorzeichen hatte erhoffen können.

Gleichwohl...

Sie dachte zurück an die Woche, an all die kleinen Geschehnisse, die unbedeutenden Vorkommnisse, die sie eigentlich nicht hätten stören sollen, es aber irgendwie taten.

Das Bedeutendste dieser Vorkommnisse war die Sache mit dem Kater.

Als Cassie am Dienstagmorgen zum Frühstück heruntergekommen war, hatte der Kater sie begleitet. Im ersten Impuls hatte Rosemary ihr befehlen wollen, das Tier vor die Tür zu setzen und nicht wieder hereinzulassen, aber kaum hatte Jennifer es gesehen, war sie vor Aufregung und Freude außer sich gewesen und hatte sofort um die Erlaubnis gebeten, das Tier auf die Arme zu nehmen. Rosemary hatte protestieren wollen, doch ehe sie etwas hatte sagen können, hatte Cassie den Kater Jennifer auf den Schoß gesetzt. Dort hatte er gleich die Augen geschlossen und angefangen zu schnurren.

»Er heißt Sumi«, sagte Cassie.

»Sumi?« sagte Keith. »Wie bist du darauf gekommen?«

»Ich träumte es«, antwortete Cassie. Und sie wandte sich mit einem weichen Lächeln zu Rosemary. »Wenn man etwas träumt, sollte man dem Beachtung schenken, findest du nicht?«

Ohne zu überlegen, hatte Rosemary genickt. Wieder wollte sie protestieren und darauf bestehen, daß der Kater aus dem Haus müsse, aber Cassie hatte geschickt das Thema gewechselt. Als es ihr endlich gelang, das Gespräch wieder auf den Kater zu bringen, schien die Frage bereits entschieden zu sein.

»Ich hab' immer eine Katze wollen!« winselte Jennifer. »Und es ist kein junges Kätzchen, wie das andere. Dieses ist ausgewachsen, und ich wette, es wird keinen Schmutz machen und auch nicht die Möbel zerkratzen.«

»Du mußt zugeben, daß es ein schönes Tier ist«, argumentierte Keith. »Sieht beinahe wie ein grauer Siamese aus, obwohl ich von dieser Variante noch nie gehört habe.«

»Aber es ist ein zugelaufener Kater«, erwiderte Rosemary. »Und er sieht zu wohlgenährt aus, um ein herrenloses Tier zu sein. Er muß jemandem gehören.«

Erst als die Mädchen zur Schule und Keith zum Hafen gegangen war, um an der *Morning Star* zu arbeiten, erkannte Rosemary, daß Cassie während der gesamten Diskussion nichts gesagt hatte. Sie hatte den Kater lediglich in die Küche gebracht und es dann ihrem Vater und ihrer Halbschwester überlassen, Rosemary zu überreden, daß das Tier bleiben durfte. Als sie das Frühstücksgeschirr in die Spülmaschine stellte, saß der Kater still auf einem Stuhl und beobachtete sie.

Er beobachtet mich, dachte Rosemary, als wüßte er genau, was geschehen ist, und wüßte überdies, daß er – und Cassie – mich übertölpelt hat.

Wie kann ich mir das nur einbilden, fragte Rosemary sich dann. Es war bloß ein Kater, und Kater denken nicht in menschlichen Begriffen. Dennoch hatte sie die ganze Woche lang, wann immer sie mit dem Kater allein im Haus gewesen war, stets das Gefühl gehabt, daß er sie beobachte und irgendwie einschätzte. Mit jedem Tag, der verging, war sie mehr auf der Hut vor dem Tier. Mehr auf der Hut und auch mißtrauischer.

Woher war er gekommen?

Was wollte er?

So unvernünftig der Gedanke schien, sie spürte eine zunehmende Gewißheit, daß der Kater tatsächlich etwas wollte.

Und es war nicht bloß der Kater.

Eines Abends – am Mittwochabend, erinnerte sie sich – hatte sie Cassie gefragt, wie es in der Schule gehe.

Cassie hatte mit den Achseln gezuckt. »Gut.«

»Und deine Mitschüler? Gefallen sie dir?«

Obwohl Cassies Gesichtsausdruck sich verhärtet hatte, hatte sie wieder mit den Achseln gezuckt. »Die sind in Ordnung, glaube ich«, hatte sie gemurmelt, ohne jedoch vom Teller aufzublicken.

Rosemary hatte ihr eingehender auf den Zahn fühlen wollen, es aber dann gelassen, eingedenk des Gesprächs, das sie am Montag mit Cassie geführt hatte. Bisher hatte Cassie nicht wieder die Schule geschwänzt, noch hatte sie sich über Schwierigkeiten mit ihren Klassenkameraden beklagt.

Tatsächlich hatte sie überhaupt nicht von der Schule gesprochen. Jeden Tag war sie heimgekommen und in ihrem Zimmer verschwunden, angeblich, um ihre Hausarbeiten zu machen. Einmal, als Rosemary durch den oberen Korridor gegangen war, hatte sie vor Cassies geschlossener Tür halt gemacht und gelauscht.

Aus dem Inneren waren kaum hörbar die leisen Klänge von Musik aus dem Radio gedrungen, und daneben hatte sie Cassies Stimme gehört.

Sofort und ganz ungebeten war Rosemary der Gedanke an Miranda Sikes gekommen – Miranda, die ihren Einkaufswagen langsam den Gehsteig entlangschob und unaufhörlich leise vor sich hin murmelte.

Nein, sagte sich Rosemary rückblickend. Sie hatte bloß mit Sumi gesprochen, das war alles. Alle Leute reden mit ihren Haustieren, das ist vollkommen normal.

Aber warum hatte ihr Unbehagen darüber im Laufe der

Woche immer mehr zugenommen? Warum hatte sie den Eindruck gewonnen, daß Cassie zwar durchaus kooperationswillig war, immer erschien, wenn sie gerufen wurde, und tat, was von ihr verlangt wurde, sich aber vom Rest der Familie mehr und mehr absonderte und in sich selbst zurückzog?

Denn am späten Donnerstagnachmittag war etwas vorgekommen.

Sie hatte in Jennifers Zimmer aufgeräumt, außerstande, die Unordnung zu ertragen, die Jennifer nie zu stören schien. Sie hatte Jennifers Spielzeug in die Truhe unter dem Fenster getan, als ihr Blick zufällig hinausgegangen war.

Auf dem Friedhof jenseits des Zaunes hatte sie Cassie vor einem der Gräber knien sehen. Mehrere Minuten hatte sie das Mädchen beobachtet.

Cassie schien die Inschrift auf einem der Grabsteine zu lesen. Dann streckte sie die Hand aus und berührte ihn. Ihre Hand ruhte einige Augenblicke auf dem Granit, bevor sie aufstand und zum nächsten Grabstein ging, wo sie das Ritual wiederholte.

Nach ungefähr zehn Minuten verließ Rosemary Jennifers Zimmer, ging hinunter und zur rückwärtigen Tür hinaus durch den Garten bis an den niedrigen Zaun, der den Garten vom Friedhof trennte.

»Cassie?« rief sie mit gedämpfter Stimme.

Cassie erstarrte. Die linke Hand, schon im Begriff, einen weiteren Grabstein zu berühren, blieb in der Luft hängen. Langsam, beinahe hinterhältig, wie es Rosemary schien, wandte sie sich um und sah Rosemary von unten her an.

»Was tust du da?« fragte Rosemary.

Cassies Blick wich dem ihrigen aus. »Ich las gerade die Inschriften der Grabsteine«, erwiderte sie. Dann hob sie auf einmal ihren Blick, und Rosemary erkannte wieder die Herausforderung in ihren Augen. »Sie sind – sie sind interessant.«

Rosemary runzelte die Brauen. »Aber du kannst kaum noch etwas sehen.«

Cassie nickte nach kurzem Zögern und stand auf. »Es ist schon gut«, sagte sie. »Ich war sowieso fertig.« Sie kam an den Zaun und kletterte herüber, dann streifte sie Rosemary mit einem ungewissen Blick. »Habe ich etwas Unrechtes getan?« fragte sie. »Ich meine, ist es mir nicht erlaubt, auf den Friedhof zu gehen?«

Rosemary schüttelte verwirrt den Kopf. »Doch, gewiß ist es erlaubt«, sagte sie. »Es ist bloß... also, ehrlich gesagt, es kam mir etwas seltsam vor, was du da machtest.«

Sofort umwölkte sich Cassies Blick, und ihre Augen bekamen einen verräterischen Glanz. »Vielleicht bin ich eben eine seltsame Person«, sagte sie mit bebender Stimme. »Aber ich hoffe, daß es dagegen auch nichts einzuwenden gibt!« Dann schlug sie die Hände vors Gesicht und floh ins Haus.

Rosemary tat einen Schritt in ihre Richtung, dann blieb sie stehen. Es war zu spät; wieder hatte sie das Falsche gesagt und Cassie aus der Fassung gebracht. Sie holte tief Luft, und ein weiteres Mal fragte sie sich, warum sie ein besonderes Talent zu haben schien, zu dem Mädchen das Falsche zu sagen. Schon im Begriff, ins Haus zurückzukehren, überlegte sie es sich anders und kletterte etwas unbeholfen über den niedrigen Staketenzaun in den Friedhof. Inzwischen war es fast dunkel, und die hohen alten Bäume, die in Abständen über den Friedhof verteilt standen, schienen ihre Äste ineinanderzuschieben und in einem zusammenhängenden dunklen Dach zu vereinen, als wollten sie das wenige, noch verbliebene Licht ausschließen.

Die Luft auf dem Friedhof, fand Rosemary, war von einer feuchten Kühle, die ihr nicht bewußt geworden war, solange sie im eigenen Garten gestanden hatte.

Langsam, beinahe verstohlen, näherte sie sich der Reihe von Gräbern und beugte sich zu den Steinen, deren Inschriften das Gedenken von Generationen von Sikes-Frauen bewahrten.

Sie betrachtete diese Grabsteine nicht zum ersten Mal; tatsächlich hatte sie im Laufe der Jahre die meisten Grabsteine auf dem Friedhof kennengelernt und wußte, wer wo begraben war. Und vor langer Zeit auch war ihr die Eigentümlichkeit aufgefallen, die den Sikes-Frauen gemeinsam war.

Keine von ihnen hatte je geheiratet, und jede von ihnen hatte ein einziges Kind zur Welt gebracht – eine Tochter.

Bis auf Miranda.

Miranda war die letzte ihres Geschlechts. Nach ihrem Tod würde es zum ersten Mal seit mehr als zweihundert Jahren keine Sikes in False Harbor mehr geben.

Konnte es das gewesen sein, was Cassie gesucht hatte? Warum hatte sie dann die Steine berührt? Und so ehrfürchtig, wie es Rosemary vorgekommen war.

Unwillkürlich mußte sie daran denken, wie sie vor Cassies Zimmer gestanden und gehört hatte, wie Cassie in der Zurückgezogenheit ihrer vier Wände leise mit sich selbst gesprochen hatte. Und sie erinnerte sich, wie es sie an Miranda gemahnt hatte.

Fröstelnd in der Dunkelheit, verließ Rosemary eilig den Friedhof.

Am Abend hatte sie versucht, mit Keith darüber zu sprechen. Obwohl er ihre Bemühungen, ihm ihre Sorgen um Cassie zu erklären, geduldig angehört hatte, war er über die Erwähnung Mirandas zornig geworden.

»Was willst du damit sagen?« fragte er. »Daß Cassie sich zu einer neuen Miranda entwickeln und in Lumpen herumlaufen und Selbstgespräche führen wird? Großer Gott, Rosemary, sieh die Dinge doch von ihrem Standpunkt. Sie ist hier eine Außenseiterin, und es fällt ihr schwer, sich anzufreunden. Also fühlt sie sich einsam. Hast du nie Selbstgespräche geführt? Und was die Gräber betrifft, warum sollte sie sich nicht dafür interessieren? Miranda ist das Stadtoriginal, nicht? Vermutlich hat Cassie sich nach ihr erkundigt, und jemand erzählte ihr von den Gräbern.«

»Aber sie hat mit niemandem gesprochen«, entgegnete Rosemary. »Das ist das Problem. Sie verbringt ihre gesamte Freizeit in ihrem Zimmer, mit diesem Kater.«

Keith tat auch das mit einem Achselzucken ab. »Der Umstand, daß du Katzen nicht ausstehen kannst, bedeutet nicht, daß alle Leute deine Abneigung teilen«, sagte er. Wenn er merkte, wie seine Worte Rosemary trafen, gab er es nicht zu erkennen. »Sumi ist ein hübscher Kater. Abgesehen davon muß Cassie erst noch mit sich selbst ins reine kommen, und sie kennt uns kaum. Du kannst nicht erwarten, daß sie uns gleich das Herz öffnet. Gib ihr eine Chance, Liebes.« Er schlug seine Zeitung auf und blätterte die Seite um, und Rosemary wußte, daß das Gespräch zu Ende war.

Da sie sich abgewiesen fühlte, zog sie sich in Stillschweigen zurück.

Und dann, gestern, war Miranda Sikes in ihren Laden gekommen.

Schon früher hatte Rosemary sie oft vor dem Schaufenster stehen und hereinschauen sehen. Und oft hatte sie sich gefragt, ob Miranda wirklich sehe, was sie anschaute, oder ob ihr Blick einfach ziellos von einem Gegenstand zum nächsten schweifte, während sie vor dem inneren Auge schaute, was ihr an sonderbaren Visionen durch den Kopf gehen mochte. Bisweilen war Rosemary versucht gewesen, die Tür zu öffnen und sie anzusprechen, doch als sie es einmal versucht hatte, war Miranda schnell weitergegangen. Rosemary hatte begriffen, daß die Frau nicht angesprochen werden wollte, und weitere Versuche aufgegeben. Während der letzten ein oder zwei Jahre hatte sie die seltsame Gestalt in Schwarz, die beinahe wie ein Gespenst durch die Stadt geisterte, kaum mehr bewußt wahrgenommen.

Aber am Freitagmorgen war Miranda wieder vor dem Schaufenster stehengeblieben und hatte hereingestarrt, und Rosemary war aufgefallen, daß sie die Lippen nicht in ihrem gewohnten geflüsterten Monolog bewegte. Während Rosemary sie beobachtete, ohne eine Bewegung zu machen, die Miranda verscheuchen könnte, schob die Frau ihren Einkaufswagen ans Fenster, legte den langen schwarzen Schal, den sie immer um den Kopf trug, über die Plastikbeutel, und öffnete die Tür.

Als die Glocke über ihr klimperte, blieb sie erschrocken stehen, dann hob sie langsam den Kopf, um den kleinen Messinggegenstand zu betrachten. Endlich kam sie nickend herein und schloß die Tür hinter sich.

Sie sieht wie ein Reh aus, dachte Rosemary. Genau wie ein scheues Reh. Sie blieb, wo sie war, da sie jetzt erst recht überzeugt war, daß Miranda zur Tür hinausfliehen würde, wenn sie sich bewegte.

Zunächst wirkte Miranda völlig desorientiert, als wüßte sie nicht, wohin sie geraten sei und was sie tun solle. Sie blickte umher, trat einen Schritt vorwärts und berührte mit den Fingerspitzen die Marmorplatte einer viktorianischen Kommode. Ermutigt durch den Umstand, daß das Möbelstück nicht unter ihrer Berührung zerbröckelte, bewegte sie sich tiefer in den Laden, wobei sie alle paar Schritte innehielt, um sich über den einen oder den anderen ausgestellten Gegenstand zu beugen. Schließlich war sie auf zwei Schritte an Rosemary herangekommen, sagte aber noch immer nichts.

Endlich drehte Miranda den Kopf und sah sie an.

Als ihre Blicke einander trafen, schien der ganze Raum zu schwanken, und einen Augenblick lang fürchtete Rosemary, ohnmächtig zu werden.

Plötzlich wußte sie, warum sie so sicher gewesen war, sie habe Cassies Augen schon einmal gesehen. Sie sah jetzt in diese Augen.

Andererseits hatte Miranda keinerlei Ähnlichkeit mit Cassie. Als Rosemary die Ruine eines menschlichen Antlitzes betrachtete, die Mirandas Gesicht war, fühlte sie sich in nichts an Cassies klare, reine Züge gemahnt. Was Miranda einst an Schönheit zu eigen gewesen sein mochte, war seit langem in der See von Runzeln und Falten untergegangen, von den im Alter erschlafften und vergröberten Zügen verwischt worden. Ihr graues Haar war zurückgestrichen und zu einem dicken Zopf geflochten, der sonst immer unter dem schwarzen Schal verborgen war.

Und wo Cassies Augen dunkelbraun waren, fielen Mirandas durch ein überraschendes Saphirblau auf. Stets hatte Rosemary den Eindruck gehabt, daß Miranda Sikes' Augen der leere, abwesende Blick einer Geistesgestörten eigen sei. Nun aber, als die Frau ihr gegenüberstand und sie anblickte, fand sie in ihren Augen die gleiche beunruhigende Andeutung düsterer Geheimnisse, die auch in Cassies Augen war. Daneben glaubte sie, Reste eines versteinerten Schmerzes in ihnen zu sehen, und noch etwas, das sich der Deutung entzog.

»Wenn Sie mich hier nicht wollen, sagen Sie es nur«, sagte Miranda mit einer Stimme, die kaum über ein Flüstern hinausging.

Rosemary bemühte sich angestrengt, die Verwirrung zu vertreiben, die ihr Bewußtsein benebelte. Ein Teil davon – ein Teil, den sie augenblicklich als irrational erkannte – wollte sich von Miranda abwenden und diese groteske Gestalt aus ihrem Geschäft und ihrem Sinn verbannen. Aber der Schmerz, den sie in Mirandas Augen sah, war in der Stimme der Frau so deutlich gespiegelt, daß ihre Augen naß wurden und eine Träne über ihre Wange rollte. Vergebens suchte sie nach ihrer Stimme. Miranda wartete, daß sie antwortete, dann nickte sie kaum merklich und wandte sich um. Da erst gelang es Rosemary, auf die Beine zu kommen. »Nein, nein, bitte bleiben Sie nur«, sagte sie.

Miranda machte wieder kehrt.

»Entschuldigen Sie«, sagte Rosemary mit leiser Stimme. »Sie – ich wußte nicht, was ich sagen sollte. Ich war überrascht...«

Miranda lächelte, doch statt einer Antwort blickte sie neugierig im Laden umher. »Ich habe immer hierher kommen wollen, wissen Sie«, sagte sie zuletzt. »Es ist mein Lieblingsort in der ganzen Stadt. Ich freue mich immer auf die Tage, wenn Sie die Auslage neu herrichten.«

Rosemary schluckte. Ich muß sprechen, dachte sie. Ich muß etwas sagen. Irgend etwas. »D-dann hätten sie hereinkommen sollen«, hörte sie sich sagen.

Aber Miranda schüttelte den Kopf. »Ich gehe nicht in die Geschäfte. Ich bin unerwünscht und möchte mich nicht aufdrängen.«

»Aber heute sind Sie gekommen«, sagte Rosemary. Und gestern, dachte sie, kniete Cassie vor den Grabsteinen deiner Ahnen. Und am Tag zuvor mußte ich an dich denken, während ich Cassie zuhörte. Sie merkte, daß sie Herzklopfen bekam.

Ein Schatten schien auf Mirandas Augen zu sinken. Rosemary bemerkte, daß die Frau nervös die Hände rang.

Es waren die Hände einer alten Frau mit pergamentener,

faltiger Haut und gesprenkelt mit dunkelbraunen Altersflekken. Die Finger schienen von Gicht gekrümmt zu sein. Sie ist eine Greisin, dachte Rosemary. Aber es war nicht möglich. Nach ihrer Rechnung konnte Miranda Sikes noch nicht einmal fünfzig sein.

Miranda sah, daß Rosemary ihr auf die Hände starrte, und verbarg sie in den Falten ihres langen schwarzen Kleides. »Ich wollte mit Ihnen über Cassandra sprechen«, sagte sie. »Ich wollte Ihnen sagen, daß sie mich besuchen wird.«

Rosemarys Mund klappte auf. »Sie hat mit Ihnen gesprochen?« fragte sie mit hohler Stimme. »Ich wußte nichts davon.«

»Sie hat nicht mit mir gesprochen«, antwortete Miranda. »Aber sie möchte mit mir sprechen. Sie möchte wissen, wer ich bin.«

Rosemary schüttelte verständnislos den Kopf. »Ich fürchte, ah, ich verstehe nicht...«

»Sie wird morgen kommen«, fuhr Miranda fort. Ihre Augen nahmen einen abwesenden Ausdruck an, und sie nickte bekräftigend. »Ja, morgen. Ich hoffe, Sie werden sie gehen lassen.«

Rosemarys Verwirrung nahm nur noch zu. Morgen? Wie konnte Miranda wissen, was morgen geschehen würde, es sei denn, sie hätte bereits mit Cassie gesprochen? Was wollte Miranda von ihrer Stieftochter? Ungute Vorahnungen kamen in ihr auf. »Worum geht es?« fragte sie. »Was haben Sie mit Cassie zu tun? Warum wünschen Sie sie zu sehen?«

Mirandas Blick begegnete Rosemarys, aber sie antwortete nicht. Sie drehte sich einfach um und tappte langsam zum Laden hinaus.

Rosemary stand einen Augenblick wie gebannt, während sie versuchte, aus den seltsamen Worten der Frau schlau zu werden. Dann, bevor die andere zur Tür hinaus war, löste sich die Erstarrung. »Miranda!«

Die Frau blieb stehen und wandte sich um.

»Miranda«, fragte Rosemary, »stimmt etwas nicht mit Cassie?«

Miranda schwieg zunächst, dann schüttelte sie bedächtig

den Kopf. »Nein«, sagte sie mit einer Stimme, die seltsam tonlos war. »Alles in Ordnung mit ihr. Aber sie gehört mir.« Sie schwieg ein paar Augenblicke, dann lächelte sie wieder. »Ja, sie gehört mir.« Damit verließ sie den Laden. Draußen nahm sie den schwarzen Schal von den Plastikbeuteln in ihrem Einkaufswagen und schlang ihn sich um den Kopf. Ohne zurückzublicken, setzte sie ihre langsame Wanderung den Gehsteig entlang fort, den Einkaufswagen vor sich herschiebend.

Die Erinnerung an diesen seltsamen Besuch hatte Rosemary den Rest des Tages verfolgt, und am letzten Abend hatte sie Cassie mit erneuter Aufmerksamkeit beobachtet.

Vielleicht war es bedeutungslos. Vielleicht war Miranda, was alle Leute im Ort dachten: eine harmlose Geistesgestörte.

Aber was hatte sie gemeint? Cassie gehöre ihr? Es war verrückt!

Um weiterem Verdruß mit Keith aus dem Wege zu gehen, hatte sie am Vorabend nicht darüber gesprochen, zumal sie wußte, daß nichts davon einen Sinn ergeben würde. Trotzdem hatte Rosemary Cassie vor dem Schlafengehen gefragt, welche Pläne sie für das Wochenende habe.

Cassie hatte ein gleichgültiges Gesicht gemacht. »Ich weiß nicht. Ich habe keine. Wahrscheinlich werde ich lernen.«

Also hatte sie nicht mit Miranda gesprochen, und das ganze war eine Episode ohne weitere Bedeutung.

Trotzdem hatte sie lange nicht einschlafen können.

Es war kurz vor neun, als Rosemary endlich hinunterging. Sie fand Keith am Küchentisch bei einem Kreuzworträtsel. Von Cassie und Jennifer war nichts zu sehen.

»Wo sind die Mädchen?« fragte sie, als sie sich eine Tasse Kaffee einschenkte und ihrem Mann gegenüber Platz nahm.

Er blickte kaum auf. »Am Strand«, murmelte er. »Cassie wollte allein gehen, aber Jennifer machte solch ein Aufhebens –«

»An den Strand?« wiederholte Rosemary. »Sagte sie, warum?«

Keith blickte von seinem Rätsel auf. »Warum gehen Kinder an den Strand?«

Aber Rosemary wußte, daß Cassie nicht zum Strand gegangen war.

Ihr Ziel war der Salzsumpf. Wo Miranda hauste.

Die Bangigkeit, die sie niemals ganz verlassen hatte, seit Cassie nach False Harbor gekommen war, verdichtete sich auf einmal zu einem harten Klumpen in ihrem Magen. Mit zitternden Händen füllte sie ihre Kaffeetasse auf. Der Kaffee lief über den Tassenrand und verbrühte den Daumen, der die Untertasse hielt.

9

Die Morgenluft war kalt und frisch, aber der Himmel zeigte ein tiefes wolkenloses Blau, und die See funkelte in der Morgensonne, als wäre sie mit Millionen winziger Diamanten bestreut. Es ging ein scharfer Nordost, und die hochgehenden Wellen donnerten in schweren Brechern an den Strand, der vom Tosen der Elemente widerhallte. Überall waren Vögel; Möwen und Strandläufer suchten in der verzischenden Gicht nach angetriebenen Meerestieren, und ein Entenschwarm kreiste über dem Salzsumpf, schwang sich empor, zog in pfeilschnellem Flug einen weiten Kreis und ging auf offenen Wasserstellen im Röhricht nieder, um die aus irgendeinem Grund unterbrochene Nahrungsaufnahme fortzusetzen. Als Cassie und Jennifer über den festen feuchten Sand gingen, immer knapp außerhalb der Reichweite der auslaufenden Brandung, stoben die Strandläufer vor ihnen davon und gaben den Weg frei, um sich wieder zusammenzuschließen, nachdem sie vorbeigegangen waren. Jennifer hielt Cassies Hand zurück und blieb stehen. »Schau!«

Im Süden, kaum sichtbar über dem Horizont, erkannte Cassie eine dünne, anscheinend bewegte Linie. »Was ist es?«

»Wildgänse auf der Wanderung«, erklärte Jennifer. »Manchmal machen sie im Sumpf Station.«

Die großen Vögel näherten sich rasch in gleichmäßigem Flug, und Cassie sah mit Bewunderung die vollkommene Keilformation, in der sie flogen. Bald konnte sie die einzelnen Vögel beobachten, deren Hälse weit vorgestreckt waren und deren Schwingen in einem beinahe hypnotischen Rhythmus sausend die Luft schlugen. Als die Formation den Strand überflog, war alles andere aus Cassies Bewußtsein geschwunden, und sie stellte sich vor, daß sie mit ihnen fliege, getragen vom Wind, unter sich die funkelnde Weite der windgefegten See und den Strand.

Die großen Wildgänse flogen tief, und Cassie hörte die rauschenden Flügelschläge und ein sonores »Gang, gang, gang«, mit dem sie sich verständigten. Cassies ganzer Körper prickelte vor Erregung. Dann, wie auf ein Signal, stieß der Vogel an der Spitze des Keils einen laut trompetenden Ruf aus und schwenkte nach links. In vollkommener Abstimmung legten sich die übrigen Vögel auf die Seite und änderten gemeinsam den Kurs, dann löste sich die Formation auf, die Gänse gingen tiefer, stellten die Flügel an und landeten im hohen Salzgras des Moores, wo alsbald aufgeregtes Geschnatter und Flügelschlagen anhob. Als sie längst außer Sicht gekommen waren, stand Cassie noch immer da und blickte über den Sumpf hin, das Bild der herrlichen Vögel noch immer lebendig in ihrer Vorstellung. Dann sah sie etwas anderes in der Ferne.

Weit draußen auf der Anhöhe im Salzsumpf stand Miranda vor ihrer Hütte. Obwohl die Entfernung viel zu groß war, als daß Cassie Einzelheiten hätte erkennen können, wußte sie, daß auch Miranda die Gänse beobachtet hatte.

Und nun beobachtete Miranda sie.

Beobachtete sie und rief sie stumm zu sich.

Schon fühlte Cassie die ersten Regungen der seltsamen Kraft in sich, die sie zum Salzsumpf hinzog.

»Ist es nicht toll?« sagte Jennifer aufgeregt, ohne etwas von dem eigenartigen Gefühl zu ahnen, das Cassie überkommen hatte. »Nächste Woche werden es so viele sein, daß du es kaum glauben kannst. Ständig kommen neue Ketten, und eines Tages fliegen sie dann alle fort. Sie fliegen hinauf nach

Kanada, und wenn sie fort sind, gibt es bis zum Herbst keine mehr zu sehen.« Sie blickte verträumt über die Salzgrasfelder. »Wie schaffen sie es? Wie können sie so weit fliegen und dahin zurückfinden, von wo sie gekommen sind?«

Cassie hörte Jennifers Worte nur als ein unbestimmtes Geräusch, und ihr Blick blieb wie gebannt auf der fernen Gestalt vor der kleinen Hütte.

Schließlich blickte Jennifer besorgt zu Cassie auf. »Cassie? Was hast du? Ist was mit dir?«

»Schau hin«, sagte Cassie still. »Schau hinüber.«

Jennifer folgte ihrem Blick, und dann keuchte sie vor Schreck. »Das ist Miranda!« sagte sie. »Du darfst nicht hinschauen, Cassie.«

Cassie aber schien sie nicht zu hören. Sie tat einen Schritt vorwärts.

Sumi, der ihnen vom Haus nachgelaufen war und jetzt ruhig zu ihren Füßen saß, sprang plötzlich auf und lief voraus. Sein aufgestellter Schwanz zuckte.

Jennifer bekam es mit der Angst, als sie begriff, was Cassie vorhatte.

»Cassie?« sagte sie. »Cassie, so hör doch! Was hast du vor?«

Jennifers Stimme klang in Cassies Ohr, als käme sie von weit her. Klarer ertönte eine andere Stimme in ihrem Geist, die ihr zurief. Mirandas Stimme.

Sie mußte diesem Ruf folgen – sie mußte!

Cassie tat einen Schritt vorwärts und fühlte einen Zug an ihrem Arm. In einem Zustand, der einer Trance gleichkam, blickte sie an ihrem Arm abwärts und sah Jennifer, die ihn festhielt und versuchte, sie zurückzuhalten.

»Ich muß hingehen«, sagte sie leise. »Sie will mich.«

»Nein! Du kannst nicht hingehen! Es ist gefährlich, und Miranda ist verrückt, und...« Jennifer verstummte, als sie den seltsam abwesenden Ausdruck sah, der in Cassies Augen gekommen war.

»Sie ist nicht verrückt«, sagte Cassie. »Und du kannst mich nicht daran hindern, zu ihr zu gehen. Niemand kann es.«

Jennifer ließ ihren Arm los und wich zurück. »Aber – aber

du wirst dich verlaufen«, flüsterte sie in einem letzten, ängstlichen Versuch, die Halbschwester umzustimmen.

Cassie schüttelte kaum den Kopf. »Sumi weiß den Weg. Er wird mich führen. Siehst du?« Der Kater hatte einige Schritte voraus haltgemacht und blickte zurück zu Cassie. Er zuckte ungeduldig mit dem Schwanz, dann ließ er ein lautes Miauen hören.

Jennifer wich weiter zurück. Cassie ging einen Schritt auf das entsetzte Kind zu, doch als Jennifer vor ihr zurückschreckte, kehrte sie um und folgte Sumi über die Landzunge.

Jennifer blieb, wo sie war, zu verängstigt, um ihr zu folgen, bis Cassie fünfzig Schritte entfernt war. Dann endlich überwand ihre Neugierde die Furcht, und ängstlich ging sie ihrer Halbschwester nach.

Sumi lief leichtfüßig den niedrigen Dünenhang hinauf und verschwand hinter dem Kamm, aber einen Augenblick später sah Cassie ihn am Rand des Sumpfgebietes umherstreifen, den Schwanz wie eine Standarte aufgestellt und immer wieder zu ihr zurückblickend. Darauf folgte sie ihm rascher. Als sie auf wenige Schritte herangekommen war, lief der Kater auf einer der schmalen Pfadspuren weiter, die sich im Dickicht der hohen Salzgräser verloren. Cassie folgte ihm ohne zu zögern.

Jennifer erreichte den Rand des Salzsumpfes ein wenig später. Furchtsam starrte sie auf das schlammige schwarze Brackwasser zwischen den Halmen des Röhrichts. Fantasievorstellungen von glitschigen Schlangen und riesigen Spinnen jagten ihr Schauer über den Rücken.

»Cassie?« rief sie mit dünner Stimme, aber das Donnern der Brandung und die Schreie der Möwen löschten den Ruf aus. »Cassie, tue es nicht...«

Aber Cassie war verschwunden, schon außer Sicht. Jennifer überlegte, was zu tun sei. Sollte sie heimgehen und ihren Eltern sagen, was Cassie tat? Aber das wäre petzen, nicht wahr?

Dann kam ihr ein Gedanke. Sie würde nicht in den Sumpf gehen, sondern zu einer Stelle, die sie kannte, wo sie den

Salzsumpf überblicken konnte. Ihre Angst ließ ein wenig nach, und sie machte kehrt und rannte durch die Dünen zurück.

Lisa Chambers und Allayne Garvey gingen die Oak Street entlang, die von der Bay Street bis zum Cape Drive am Rand des Salzsumpfes führte. Es war eine der angenehmsten Straßen von False Harbor, denn bevor die Stadt angelegt worden war, war die Oak Street ein Weideweg für Rinder gewesen, der sich in Windungen am Rand des brackigen Sumpflands dahinschlängelte. Als die Stadtväter den ursprünglichen Dorfkern durch die Anlage weiterer Straßenzüge vergrößert hatten, war der Verlauf der Oak Street unverändert geblieben und folgte den natürlichen Konturen des Landes, wie der Weideweg es immer schon getan hatte, statt in die puritanische Einförmigkeit des starren Schachbrettmusters gezwungen zu werden, nach dem die übrigen Straßen vermessen worden waren. Zu beiden Seiten der gewundenen Straße breiteten mächtige Eichen ihre Äste aus. Unweit vom Ende der Straße hatte man zu Anfang des Jahrhunderts einen Streifen des Sumpflandes trockengelegt und aufgeschüttet. Dort war ein Park entstanden, mit Rasenflächen, Gebüschen, Picknicktischen, Schaukeln und Wippen.

Lisa hatte jedoch keinen Blick für die Schönheit der Straße; ihre Gedanken waren vollauf mit ihrem Zorn auf Cassie Winslow beschäftigt.

»Ich verstehe nicht, warum Eric sie jeden Tag zur Schule begleiten will«, klagte sie bei einem verdrießlichen Fußtritt nach einer leeren Coladose, die neben einem der überfüllten Abfallbehälter lag. »Kümmert es ihn überhaupt nicht, was die Leute denken?«

»Was soll er machen?« erwiderte Allayne. »Jedesmal auf die andere Straßenseite gehen, wenn er sie sieht?«

»Warum nicht? Sie gehört nicht zu unserer Gruppe und wird nie dazu gehören.« Sie machte unvermittelt halt und faßte Allayne ins Auge. »Meine Mutter findet, daß sie überhaupt keine Klasse hat, und kein Mensch weiß, woher ihre Mutter kam.«

Allayne rollte die Augen. Es gab nichts, was sie über Lisas Familie nicht bereits gehört hätte: wie alt sie sei, und wie bedeutend. Aber Allayne wußte recht gut, daß außerhalb von False Harbor kein Mensch jemals von den Chambers oder den Smythes oder den Maynards gehört hatte. Was das betraf, so hatten sie natürlich auch nie von den Garveys gehört, und dabei lebte Allaynes Familie mindestens so lange in False Harbor wie die anderen. Der Unterschied war bloß, daß der hochmütige Stolz, den die Chambers zur Schau stellten, in ihrer Familie als Arroganz bekannt war. »Die meisten der Gründerväter waren sowieso ziemlich üble Gesellen«, sagte ihr Vater immer. »Zuerst betrogen sie die Indianer und stahlen ihnen das Land, dann schnüffelten sie die ganze Zeit ihren Nachbarn hinterher. Und wir alle glauben, wir seien etwas Besonderes, nur, weil wir nicht den Mumm hatten, von hier wegzugehen. Die einzig wirklich besondere Person, die wir hier haben, ist Miranda Sikes, und mit der will niemand auch nur gesehen werden.«

»Du selbst nicht ausgenommen«, hatte Allayne erwidert, aber ihr Vater hatte den Einwurf mit einer Handbewegung abgetan.

Als Allayne ihn gefragt hatte, worin Miranda Sikes' Besonderheit bestehe, hatte er den Kopf geschüttelt und gesagt: »Wenn du das erfahren willst, solltest du vielleicht hingehen und selbst sehen.«

Allayne hatte oft über seine Worte nachgedacht und sich gefragt, ob er sie wirklich ernst gemeint hatte. Sie fragte sich auch, ob sie jemals den Mut finden würde, seine Herausforderung anzunehmen.

Während Lisa Chambers weiter ihren Gefühlen Luft machte, seufzte Allayne und blickte zum Park hinüber, um vielleicht etwas zu finden, was geeignet wäre, Lisa von ihrem Klagemonolog über Cassie Winslow abzulenken. Und tatsächlich fand sie etwas. Auf einem der Picknicktische stand Jennifer Winslow und spähte zum Salzsumpf hinaus. Allayne schaute ein paar Augenblicke hinüber, und als Jennifer sich nicht vom Fleck rührte, stieß sie Lisa an. »Schau«, sagte sie.

Lisa, ungehalten über die Unterbrechung, blickte gereizt zu Jennifer. »Und?« fragte sie.

»Was tut sie da? Es muß etwas im Salzsumpf sein.«

»Vögel«, sagte Lisa. »Das ist alles, was man dort sehen kann. Hast du auch Durst? Ich würde gern eine Cola trinken.«

Allayne beachtete sie nicht. »Sie beobachtet etwas«, sagte sie. »Komm, wir wollen sehen, was es ist.«

Sie bog in den Park ab, und Lisa folgte ihr.

»He, Jennifer«, sagte Allayne.

Jennifer schrak zusammen, wandte den Kopf zu ihnen. Sie sah ziemlich ängstlich aus, aber als sie Allayne erkannte, die früher Babysitter bei ihr gewesen war, schien sie erleichtert.

»Stimmt was nicht, Jen?« fragte Allayne.

»Es ist wegen Cassie«, sagte Jennifer. »Da, schau.«

Sie zeigte über den Salzsumpf hinaus, und Allayne und Lisa sahen, was die Kleine beobachtet hatte.

Weit draußen, ungefähr dreihundert Meter entfernt, konnten sie eine Gestalt rasch durch Röhricht und Salzgras gehen sehen.

»Was tut sie da draußen?« fragte Allayne. »Weiß sie nicht, daß es gefährlich ist?«

»Ich sagte es ihr«, antwortete Jennifer. »Aber sie wollte nicht auf mich hören.«

»Die ist verrückt«, verkündete Lisa Chambers. »Sie weiß nichts über den Salzsumpf.«

»Sie ist nicht verrückt«, widersprach Jennifer.

»Ach nein?« sagte Lisa. »Na, wenn sie nicht verrückt ist, was tut sie dann dort draußen?«

»Sie will zu Miranda!« rief Jennifer. Dann fiel ihr ein, daß sie es vielleicht nicht hätte sagen sollen, und sie preßte die Lippen zusammen, als könnte sie die Worte zurücknehmen.

Lisa und Allayne schauten sie erstaunt an. Dann begriffen sie. Sie spähten wieder über das wogende Salzgras hinaus, aber diesmal achteten sie nicht auf Cassie, sondern suchten die niedrige Anhöhe ab, auf der Miranda Sikes' Hütte unter der windzerzausten Baumgruppe stand.

Vor der Hütte war Miranda. Sie stand so unbewegt, als wäre sie aus Stein gemeißelt.

Ein grausames Lächeln breitete sich über Lisa Chambers' Züge aus, und ihre schmalen Augen funkelten boshaft. »Ich wußte es«, erklärte sie. »Habe ich es dir nicht gesagt? Sie ist genauso verrückt wie Miranda!«

Aber Allayne war zu fasziniert, um etwas zu sagen, denn im Sumpf jenseits des Parks schienen sogar die Vögel plötzlich zu verstummen, als Cassie langsam auf die kleine Hütte zuging.

Cassie hatte das Föhrengehölz kaum erreicht, als der Albinofalke auf dem Dach von Mirandas Hütte plötzlich lebendig wurde, den Kopf aus dem Rückengefieder hob und mit ruckartigen Bewegungen über das umliegende Sumpfland blickte. Dann sah er Cassie in seiner Nähe, breitete die Schwingen aus und stieg mit klatschenden Flügelschlägen auf.

In engen Kreisen schraubte er sich ins Blau empor und ließ seinen gellenden Schrei ertönen.

Cassie sah den Vogel aufsteigen und kreisen. Während sie ihn beobachtete, drehte sie sich langsam mit, fasziniert und beklommen zugleich. Dann, als sie den Flug des Vogels verfolgte, erblickte sie die drei Gestalten im Park. Zuerst dachte sie, daß auch sie den Falken beobachteten, dann aber erkannte sie, daß die drei zu ihr herüberstarrten.

Sie beobachteten sie, redeten über sie, und es bedurfte keiner besonderen Fantasie, um sich vorzustellen, welche höhnischen Bemerkungen aus Lisa Chambers' Mund kamen. Mit dem Gedanken an Lisa Chambers kam Erbitterung in ihr auf, und in der zornigen Aufwallung wünschte sie, daß der Falke sie auch sehen, die Bosheit ihrer Worte verstehen und ihr einen Denkzettel verpassen würde.

Ein weiterer heller Schrei stieg aus der Kehle des Falken. Ein Schwarm Enten flatterte lärmend aus dem Röhricht auf. Cassie stand starr, und das Herz klopfte ihr im Halse, als sie sich des Entsetzens erinnerte, das sie unter der kreischenden Drohung des über ihr kreisenden Raubvogels verspürt hatte.

Dann aber fühlte sie wieder Mirandas Blick auf sich, und ihre Furcht begann zu schwinden.

Sie machte sich auf ein Herabstoßen des Vogels gefaßt und suchte Schutz hinter dem Stamm einer Föhre.

Aber der weiße Falke flog ostwärts davon, und sein Schatten huschte über Cassies Gesicht. Sie sah ihn über dem Park kreisen. Dann stieß er hinab.

Allayne blickte auf, als der Falke wie ein Stein durch die knospenden Zweige der Eichen und Kastanien des Parks herabfiel. Ihre Augen weiteten sich entsetzt, als sie merkte, was geschah, und geistesgegenwärtig zog sie Jennifer vom Tisch. »Lauf!« rief sie, als sie das Kind auf die Erde setzte. »Arme über den Kopf!« Jennifer gehorchte, ängstlich aufschreiend, aber Lisa Chambers stand starr und blickte stumm zu dem angreifenden Vogel auf, zu überrascht, um an Abwehr oder Flucht zu denken.

Erst im letzten Augenblick riß sie instinktiv einen Arm hoch, um die vorgestreckten Krallen des Falken abzuwehren. Dann fühlte sie den Aufprall des Vogels, sah zurückwankend die schlagenden Flügel, den geöffneten scharfen Schnabel, die roten Augen, und ein brennender Schmerz schoß ihr den Arm hinauf, als die Fänge des Raubvogels den dünnen Stoff des Ärmels durchbohrten und tief in ihr Fleisch schlugen. Allayne faßte nach ihrem anderen Arm und zog, und die Schrecksekunde war vorüber. Kreischend vor Angst und Schmerz stolperte sie Allayne hinterher.

Der Angriff war so rasch vorüber, wie er gekommen war. Der Falke stieg wieder empor, der Wind fuhr unter die ausgebreiteten Schwingen, und in weiten Kurven segelte er ohne einen Flügelschlag himmelwärts.

Cassie verfolgte alles. Sie sah den Sturzflug des Falken, sah Allayne und Jennifer davonspringen, sah den Angriff des Vogels und wie er sich wieder über die Wipfel emporschwang. Als Lisa aus dem Park floh, schrie der Falke wieder. Cassie blickte zum Himmel auf.

Diesmal kam der Raubvogel zu ihr.

Cassie begann zu zittern, und ihre Haut bedeckte sich mit kaltem Schweiß, als der Falke heranflog und eine Schleife über den Wipfeln der Föhren zog.

Dann schloß er die Flügel und stieß abwärts.

Cassie konnte sich nicht bewegen. Sie blieb, wo sie stand, vor Angst gelähmt. Sie schloß die Augen und wartete auf den Angriff.

Im letzten Augenblick hörte sie ein Geflatter, dann fühlte sie ein Gewicht auf der Schulter. Einen Augenblick später streifte etwas ihre Wangen, und als sie endlich wieder die Augen öffnen konnte, saß der Falke auf ihrer Schulter.

Und Sumi saß zu ihren Füßen, den Schwanz um die Beine gelegt.

Vom Eingang der Hütte winkte Miranda. »Sie sind deine Freunde«, sagte sie. »Sie werden immer deine Freunde sein.«

Dann streckte sie die Hand aus, und als Cassie bei ihr anlangte, zog die Frau in Schwarz sie ins Innere der Hütte.

10

»Warum zum Henker sollte Cassie hinausgehen und Miranda besuchen wollen?« fragte Keith. Obwohl er es im Gesprächston sagte, sah Rosemary seinem Gesichtsausdruck an, daß er sich wunderte, warum sie eine ganze Nacht damit verschwendet hatte, sich wegen der Worte einer alten Frau zu sorgen, von der die ganze Stadt wußte, daß sie halb verrückt war.

»Ich weiß es nicht«, wiederholte Rosemary zum dritten Mal. Der fehlende Schlaf machte sich bemerkbar, und sie spürte, daß sie mit Keith ärgerlich wurde. Warum bestand er darauf, daß sie einfach mit einem Achselzucken hätte abtun sollen, was Miranda zu ihr gesagt hatte? War er nicht einmal interessiert? Wollte er nichts davon wissen, weil es nicht in sein Bild paßte? »Ich sage dir nur, was gestern geschah, und daß ich glaube, du solltest zum Salzsumpf hinausgehen und nachsehen, ob sie dort ist. Vielleicht hast du recht, und sie ist mit Jen unten am Strand, und weiter ist nichts passiert. Aber es wäre mir wirklich lieber, du würdest nachsehen. Ist das so schrecklich von mir, daß ich mich um deine Tochter sorge?«

Keiths Augen wurden schmal. »Meine Tochter«, äffte er sie nach. »Geht es in Wirklichkeit darum? Daß sie meine Tochter ist und dich im Grunde nichts angeht?«

Rosemary kamen die Tränen. »Du weißt, daß das nicht wahr ist«, sagte sie mit bebender Stimme. »Ich würde selbst gehen, aber es hat den Anschein, als sagte ich jedesmal, wenn ich versuche, mit ihr zu reden, das Falsche. Außerdem würde sie glauben, ich spioniere ihr nach, wenn ich sie suchen ginge.«

»Und deshalb soll ich es tun, wie?« sagte Keith. »Ich habe heute eine Menge zu tun, und ich will verdammt sein, wenn ich meine Zeit damit verschwende, im Sumpf herumzustochern, nur weil Miranda gestern bei dir war und irgend etwas plapperte. Und ich an deiner Stelle...«

Bevor er seinen Satz beenden konnte, flog die Hintertür auf, und Jennifer stürzte in die Küche, das Gesicht verschreckt und streifig von Tränen. Hinter ihr kamen Allayne Garvey und Lisa Chambers, die jämmerlich schluchzte und den rechten Arm mit einem blutigen Halstuch umwickelt hatte. Jennifer warf sich ihrem Vater in die Arme. Während Lisa schluchzte, versuchte Allayne zu erklären, was im Park geschehen war. Rosemary, deren Ärger über Keiths Uneinsichtigkeit momentan aus dem Bewußtsein verdrängt war, wickelte das Halstuch vorsichtig von Lisas Arm und säuberte die Verletzungen über der Küchenspüle.

Im Unterarm des Mädchens waren mehrere tiefe Schnittwunden, jede mindestens zwei Zentimeter lang und so sauber, als wären sie von einer Rasierklinge verursacht. Die Haut war von den Wundrändern zurückgewichen und hatte den zerschnittenen Muskel darunter freigelegt. In nachempfindendem Schmerz das Gesicht verziehend, wusch Rosemary die Schnittverletzungen aus und versuchte gleichzeitig, Allaynes Erzählung und Keiths eiligem Anruf bei Paul Samuels zu folgen, dem einzigen Arzt des Städtchens.

»Wir bringen sie am besten gleich ins Krankenhaus«, sagte

er, nachdem er aufgelegt hatte. »Paul sagt, wenn die Schnitte so tief sind, wie ich ihm erzählte, werden sie genäht werden müssen. Ich werde Fred Chambers anrufen und ihm sagen, daß wir uns in der Klinik treffen.« Er überließ es Rosemary, sich um Jennifer zu kümmern, half Lisa hinaus zum Wagen und fuhr mit ihr und Allayne zu dem Zwölf-Betten-Notkrankenhaus von False Harbor.

»Lisa sagte, Cassie habe es getan«, erzählte Jennifer ihrer Mutter, als sie sich endlich so weit beruhigt hatte, daß sie zusammenhängend sprechen konnte. Aber der Schrecken war noch immer in ihren Augen. »Auf dem Heimweg schrie sie die ganze Zeit, daß Cassie es getan habe. Aber das ist Unsinn, nicht wahr? Cassie würde so etwas nicht tun! Nur ein ganz gemeiner Mensch würde es tun, und Cassie ist nicht gemein! Mir ist egal, was Lisa Chambers sagt. Sie ist sowieso eine alte Lügnerin.«

»Langsam, Schatz«, sagte Rosemary besänftigend. »Beruhige dich und erzähl mir einfach, was geschehen ist. Alles, von dem Augenblick an, als du heute früh mit Cassie fortgingst.«

Jennifers Gesicht verzog sich zu einem Ausdruck äußerster Konzentration, und sie fing an zu erzählen, den Blick besorgt auf ihre Mutter gerichtet. »Ich wollte sie zurückhalten«, endete sie. »Ich sagte ihr, sie dürfe nicht allein in den Sumpf gehen, aber sie hörte nicht auf mich.«

»Aber wo ist sie jetzt?« fragte Rosemary, als Jennifer endlich fertig war. Die Frage diente nur dem Zweck, von Jennifer die Bestätigung dessen zu erhalten, was ihr bereits Gewißheit war.

»Sie ging in Mirandas Hütte«, sagte Jennifer in ehrfürchtig gedämpftem Ton. »Allayne hat es gesehen. Sie sagte, der Vogel habe sich wie ein Stein aus dem Himmel fallen lassen und sei auf Cassies Schulter gelandet. Dort sei er sitzen geblieben, und kurz darauf sei Cassie der alten Frau ins Haus gefolgt.«

Zwanzig Minuten später war Keith wieder da, das Gesicht zornrot. »Möchtest du etwas richtig Erfreuliches hören?« sagte er mit gepreßter Stimme. »Fred Chambers sagt, wenn auf Lisas Arm auch nur eine einzige Narbe zurückbleibe, werde er uns auf Schadenersatz verklagen. Kannst du dir das vorstellen?«

»Uns? Auf Schadenersatz?« echote Rosemary. »Warum uns, in Gottes Namen?«

»Er scheint zu glauben, daß es dafür verschiedene Gründe gibt. Zum einen beruft er sich auf Lisas hirnrissige Geschichte, daß Cassie den Falken zum Angriff auf sie veranlaßt habe. Aber es wird noch schöner. Er beruft sich auf den Umstand, daß du das Halstuch von Lisas Arm genommen und die Wunden ausgewaschen hast. Das, behauptete er, könne uns als Ausübung medizinischer Praxis ohne ärztliche Approbation ausgelegt werden.«

Rosemary war empört. »Das ist absolut lächerlich!«

»Natürlich ist es das«, stimmte Keith zu. »Aber Lächerlichkeit hat Fred Chambers noch nie daran gehindert, zu tun, was er sich in den Kopf gesetzt hat. Selbst wenn er verliert, kann er uns das Leben schwermachen.« Er schüttelte ärgerlich den Kopf und fuhr in seine Seemannsjacke. »Ich werde hinausgehen und Cassie suchen. Vielleicht weiß sie, was wirklich geschehen ist.«

Er stampfte hinaus. Rosemary bemerkte, daß er nichts über die Tatsache hatte verlauten lassen, daß sie allem Anschein nach von Anfang an recht gehabt hatte. Aus Gründen, die wahrscheinlich nur ihr selbst bekannt waren, war Cassie tatsächlich zu Miranda Sikes gegangen.

Genauso wie Miranda es angekündigt hatte.

Eric Cavanaugh wanderte ziellos durch die Dünen. Der kalte Seewind pfiff ihm um die Ohren und kühlte allmählich den Zorn ab, der noch immer in ihm brannte. Seit mehr als einer Stunde war er unterwegs, ohne darauf zu achten, wo er ging. Inzwischen hatte er die Hälfte der Strecke bis Cranberry Point zurückgelegt. Er blieb stehen, atmete tief die salzige Luft und genoß das kühle, feine Prickeln winziger Gischtspritzer, die vom Wind bis hier heraufgetragen wurden, auf der Haut. So weit das Auge reichte, glänzten die Schaumkronen hell in der Sonne, und die donnernde Brandung hatte den Strand von allen Resten vertrockneten Seetangs gereinigt. Was von seinem Zorn übriggeblieben war, verlor sich im Anblick der brausenden See, und als er sich endlich abwandte, um über das Sumpfgebiet auf der Leeseite der Landzunge hinauszublicken, spürte er erste Anzeichen jenes inneren Friedens, den er hier draußen immer finden konnte.

In seltsamem Gegensatz zu dem aufgewühlten Ozean lag eine Stimmung beschaulicher Stille über dem Sumpfland. Der vom Atlantik wehende Wind fegte über die Dünenkämme hin, aber das Salzgras in ihrem Schutz war nur in leichter Bewegung. Hier und dort riffelte der Wind die offenen Flächen schwärzlichen Brackwassers und spiegelte das kristallene Blau des Himmels in Regenbogentönen. Eine Rotdrossel, die einen dicken Schurrbart aus gesammelten Gräsern im Schnabel trug, sammelte zu ihrem Nestbau geschäftig Halme. In der Ferne konnte Eric die vertrauten Umrisse der Anhöhe mit ihrer Baumgruppe und Miranda Sikes' Hütte ausmachen. Sogar den allgegenwärtigen weißen Falken konnte er auf der Dachspitze sitzen sehen.

Dann kam jemand aus der Hütte. Anfangs, als die Gestalt auf der Schwelle stand, war er überzeugt, es sei Miranda, aber Augenblicke später erkannte er, daß es jemand anders war, denn die Gestalt übersprang die Eingangsstufe und lief unter den Bäumen durch und den Hang der Anhöhe hinunter.

Cassie. Es mußte Cassie sein.

Sie war kaum im hohen Salzgras verschwunden, als ein ferner Ruf hörbar wurde, dann noch einer. Im Osten, unweit vom Park, war eine Bewegung, und als Eric die Augen anstrengte, erkannte er Keith Winslow, der den Wiesenstreifen am Rand des Salzsumpfes entlanglief. Keith rief noch einmal, dann schien er einen Pfad gefunden zu haben, denn er schwenkte ab und drang in das Sumpfgebiet vor.

Einen Augenblick später wurde der Falke auf Miranda Sikes' Hütte lebendig und schwang sich mit einem einzigen Schlag seiner kräftigen Flügel von seinem Platz in die Luft. Sekunden später verlor Eric ihn aus den Augen, als der Vogel in das gleißende Licht der Morgensonne stieg.

Cassie kam wieder in Sicht, tauchte erneut im wogenden Meer der Salzgräser unter. Aber der kurze Augenblick ihres Auftauchens verriet Eric, daß sie in seine Richtung statt in die ihres Vaters lief. Er fragte sich, was geschehen sein konnte. War sie wirklich allein zu Miranda gegangen? Aber wie war es ihr gelungen? Wie hatte sie in dem trügerischen Netz der Wildwechsel und Pfadspuren, von denen die meisten nirgendwo hinführten, sondern sich irgendwo im Morast verliefen, den richtigen gefunden?

Und was hatte ihren Vater bewogen, herauszukommen und auf der Suche nach ihr herumzulaufen?

Dann hörte Eric durch das Donnern der Brandung einen wohlbekannten hellen Schrei. Der Falke, nicht mehr als ein winziger Fleck hoch über dem Sumpfland, schickte sich an, herabzustoßen.

Cassie hatte keine Ahnung, wo sie war. Zu beiden Seiten reichte ihr das vom Wind gekämmte Salzgras ein gutes Stück über den Kopf. Der Pulsschlag pochte ihr in den Ohren, untermalt von den langsameren, dumpf-rhythmischen Schlägen der Brandung auf den Strand.

Mitten im Lauf glitt sie im nassen Schlick aus und schlug der Länge nach in den Morast neben der Pfadspur. In Panik um sich schlagend, versuchte sie irgendwo Halt zu finden und griff nach einem klumpigen Büschel Salzkraut, das in Reichweite aus dem Sumpf wuchs. Es löste sich aus dem schwammigen Untergrund und blieb in ihrer Hand, und das einzige Ergebnis war, daß sie auf die Seite fiel und mit der Schulter noch tiefer in den Morast geriet. Stinkendes, eiskaltes Brackwasser durchdrang ihre Kleider. Mit der Kraft der Verzweiflung gelang es ihr endlich, auf alle Viere zu kommen, und sie hielt verstört Umschau, aber die Pfadspur schien verschwunden zu sein.

»Hilfe!« schrie sie. »Hilfe!«

Sie kam taumelnd auf die Beine und machte einen Schritt, dann strauchelte sie wieder und fiel vornüber in den Schlamm. Sie glaubte Vogelrufe zu hören, sogar den sausenden Flügelschlag des Falken. Aufblickend, konnte sie zuerst nichts sehen. Dann fand ihr Auge hoch über ihr den blassen Umriß des Falken, der sich vom Wind tragen ließ. Als sie hinauf blickte, schien er sie zu entdecken, legte die Flügel an und ließ sich wie ein Stein fallen.

Es konnte nicht sein, daß er sie angriff! Er war ihr Freund, und würde sich nicht gegen sie wenden. Dennoch stieß er mit rasender Geschwindigkeit auf sie herab.

Keith suchte rechts durchzukommen, dann zur Linken. Beinahe hatte er sie erreicht – nur noch ein paar Schritte. Wieder rief er Cassies Namen, aber sie schien ihn nicht zu hören. Sie tappte einfach weiter, stolperte scheinbar richtungslos durch den Sumpf.

Warum blieb sie nicht stehen? Warum hörte sie ihn nicht?

Der weiße Falke war jetzt klar zu erkennen, wie er aus dem Himmel fiel. Ein gellender Angriffsschrei aus dem offenen Schnabel zerriß die Luft, und er streckte die Füße vor und stellte die Flügel an, um den Sturz abzufangen. Die Krallen glitzerten wie tödliche Juwelen im Sonnenlicht. Ohne stehenzubleiben, riß Keith sich die Seemannsjacke herunter, um sie über Cassie zu werfen.

Erst im letzten Augenblick erkannte er, daß der Falke nicht Cassie angriff.

Er selbst war das Ziel.

Er stand keuchend still, den Blick der schreckgeweiteten Augen auf den Raubvogel, der ihm so nahe war, daß er die roten Augen in der weißen Maske des Gesichts sehen konnte. Die vorgestreckten Krallen waren weit gespreizt, bereit, sich in sein Fleisch zu schlagen.

In letzter Sekunde riß Keith den Arm im Reflex hoch. Die Krallen des Vogels bohrten sich nicht in seinen Arm, sondern nur in die dicke Wolle der Jacke.

Sofort schlug der Falke mit den mächtigen Flügeln, um sich wieder empor zu schwingen, die Beute in den Krallen, aber Keith riß energisch an der Jacke, und der Vogel stürzte wild flatternd ins Röhricht. In wildem Trotz zischend, fand er das Gleichgewicht wieder und katapultierte sich in die Luft.

Keith stapfte weiter und kam endlich zu Cassie, die tief im

Morast steckte und sich erschöpft vorwärts mühte. Er faßte sie beim Arm, zog sie hoch und riß wieder den Arm hoch, als der Falke zum nächsten Angriff ansetzte.

»Halt dich an mir fest, Cassie«, schnaufte er.

Die Füße bei jedem Schritt bis über die Knöchel im Morast versinkend, Cassie halb mitschleifend, halb tragend, arbeitete er sich mühevoll weiter, bis er eine Pfadspur fand. Dann nahm er Cassie bei der Hand, und gemeinsam hielten sie auf die Dünen zu.

Über ihnen flog der Falke gegen den Wind und hielt mit ihnen Schritt. Als sie sich dem Rand des Sumpflandes näherten, zog er in Spiralen höher, bis er wieder nur ein schimmernder Fleck im Blau des Himmels war. Als sie die Dünen erreichten und zum Strand hinüberstiegen, bereitete sich Keith auf einen weiteren Angriff vor.

Aber er blieb aus. Der Falke segelte in anmutigen Schleifen über das Sumpfland hinaus, ging allmählich tiefer und fand seinen Platz auf dem Dach der Hütte. Jetzt erst wandte sich Keith seiner Tochter zu.

Ihre Kleider waren durchnäßt und schwarz vom übelriechenden Brackwasser, das Gesicht schlammverschmiert. Schmutz und abgestorbene Pflanzenteile hafteten an ihrem Haar, und ihre Hände waren bedeckt mit winzigen Kratzern, wo die scharfen Kanten von Gräsern und die starren Stoppeln vorjähriger Binsen sie geritzt hatten. Ihr Gesicht war bleich, und sie zitterte am ganzen Körper.

Sie ließ ihres Vaters Hand los und kauerte schluchzend im Sand nieder.

Keith fiel neben ihr auf die Knie. »Was hast du, Kind? Was ist dort draußen geschehen?«

Cassie sah ihn aus dunkel verwunschenen Augen an und schüttelte wortlos den Kopf, wieder überwältigt von den Aufwallungen ihrer Gefühle und den Gedanken, die ihr ziellos durch den Kopf gingen. Es war Wirklichkeit. Es war die Wahrheit. Miranda Sikes war die Frau aus dem Traum, die Frau in Schwarz. Und Cassie wußte jetzt, daß sie Miranda gehörte. Sie gehörte zu Miranda, und ihr würde Miranda ihre übernatürlichen Kräfte offenbaren. Mit diesem Wissen aber ging ein erschreckendes Vorgefühl einher, daß etwas geschehen würde. Etwas Furchtbares. Miranda und ihr.

Keith starrte hilflos seine fassungslose Tochter an. Sie schluchzte unbeherrscht. »Sie wird sterben«, stieß sie hervor. »Ich weiß es.«

»Wer, Kind? Wer wird sterben?« fragte Keith mit leiser Stimme, blieb aber ohne Antwort. Cassies Hysterie ließ allmählich nach, und sie bemühte sich um Selbstbeherrschung. Zuletzt zog Keith sie auf die Füße, legte schützend den Arm um sie und führte sie weiter. »Komm mit, Kind«, sagte er. »Du bist durchnäßt, und der Wind ist eisig. Ich bringe dich nach Haus.« Langsam, die noch immer in Abständen aufschluchzende Cassie an der Seite, stapfte er durch den Sand.

Erst als Cassie und ihr Vater am Strand außer Sicht gekommen waren, stand Eric Cavanaugh in der mit hartem Dünengras bewachsenen sandigen Mulde auf, wo er gelegen hatte. Er spähte hinaus in den Salzsumpf. Alles war jetzt still, die Ruhe zurückgekehrt, als ob die chaotische Szene, die sich vor wenigen Minuten abgespielt hatte, nie geschehen wäre.

Nach einigen Minuten wachsamer Umschau steig er den Dünenrücken hinab zum Sumpf, wo er den vertrauten Windungen des überwachsenen Pfades folgte, der ihn zu der niedrigen Anhöhe und Mirandas Hütte führen würde.

Er hatte nicht wirklich geglaubt, daß Cassie hinausgehen würde. Niemand ging dorthin, kein Mensch außer ihm...

Er faßte seinen Entschluß.

Es war an der Zeit, daß er mit Miranda sprach.

Als Keith mit Cassie nach Hause kam, hatte ihr Schluchzen aufgehört, aber sie hatte sich in ein Schweigen zurückgezogen, das weder Keith noch Rosemary durchdringen konnten. Sie gab keine Erklärung, warum sie zu Mirandas Hütte gegangen war, keine Erklärung ihrer seltsamen Worte. Statt dessen zog sie sich bei der ersten Gelegenheit in ihr Zimmer zurück, wo sie den Rest des Tages allein hinter geschlossener Tür verbrachte.

Gegen Mittag kratzte es an der Hintertür, und Rosemary

ließ Sumi ein. Der Kater schenkte seiner Schale mit Futter nicht einen Blick und lief die Treppe hinauf. Einen Augenblick später hörten sie, wie die Tür zu Cassies Zimmer geöffnet und wieder geschlossen wurde. Die Stunden vergingen, doch im Obergeschoß blieb alles still. Rosemary ging mehrmals hinauf und klopfte leise an Cassies Tür, doch als sie keine Antwort bekam, ging sie jedes Mal wieder hinunter und beantwortete Keiths forschenden Blick mit einem Kopfschütteln.

»Wir sollten versuchen, sie zum Sprechen zu bringen«, sagte Rosemary endlich, als das Abendessen vorbei war und Cassie sich noch immer nicht hatte blicken lassen. »Was dort draußen geschehen ist, hat sie offensichtlich aus der Fassung gebracht.«

»Sie wird darüber reden, wenn sie es verarbeitet hat«, sagte Keith. Doch die Erinnerung an den schreckerfüllten Ausdruck seiner Tochter und ihr hysterisches Schluchzen bereitete ihm mehr Sorgen, als er zugeben mochte.

Um nicht einen weiteren Streit auszulösen, willigte Rosemary widerstrebend ein, nichts weiter zu unternehmen – wenigstens bis zum Morgen.

Cassie fuhr aus unruhigem Schlummer auf. Ihre Haut war feucht vom Schweiß, und sie hatte Herzklopfen. In ihrem Traum war sie draußen im Salzsumpf gewesen, aber das Gras war viel höher gewesen als es in Wirklichkeit war. Es hatte sie beinahe wie ein Bambuswald überragt, und die Stengel der Quellerpflanzen und Salzdisteln waren dick wie Baumstämme gewesen.

Vor ihr ging Miranda, und obgleich Cassie sie nicht ganz deutlich sehen konnte, wußte sie, daß die Frau da war.

Und noch jemand war da. Cassie fühlte eine Gegenwart in der Dunkelheit, wußte aber nicht, wer es war.

Die nächtlichen Geräusche des Sumpflandes drangen laut an ihr Ohr, und sie konnte jedes einzelne Geräusch unterscheiden, vom leisen Trillern der Baumfrösche und dem Zirpen der Grillen bis zum Rascheln schlafender Vögel, die ihr Gefieder aufplusterten. Der Sumpf war auch voller Gerüche, die ihr undeutliche Bilder brachten und den Wunsch eingaben, die Fährte zu verlassen und nachzuforschen.

Aber sie taten es nicht. Statt dessen blieben sie auf dem Pfad, und sie folgte stumm Miranda.

Sie hatte kein Zeitgefühl, aber nach einer Weile stellte sich ein unheilvolles Vorgefühl ein.

Etwas war schief gegangen. Miranda ging nicht mehr vor ihr.

Sie eilte schneller, und als sie um eine Pfadbiegung kam, war alles plötzlich verändert.

Das Röhricht war zerbrochen, die Salzgräser niedergetrampelt.

Dann sah sie es, ein kleines Stück abseits vom Pfad.

Miranda lag am Boden, und eine Gesalt war über ihr und starrte auf sie nieder. Miranda starrte ihrerseits zu der Gestalt auf, aber keine der beiden sagte etwas. Dann wurden die friedlichen Geräusche der Nacht unterbrochen von zornigen Flüchen, gefolgt von einem lauten, abgehackten Lachen.

Das Lachen war es, das Cassie geweckt hatte.

Sie saß aufrecht im Bett, fröstelnd vom kalten Schweiß, der ihre Haut überzog.

Neben ihr in der Dunkelheit saß Sumi. Seine gelben Augen starrten sie unverwandt an, als wüßte er, daß sie gerade aus einem Alptraum erwacht war. Dann lief er zum Fenster und sprang auf den Sims. Doch statt auf den Ast des Baumes überzuspringen, blickte er zu ihr zurück und miaute aufgeregt.

Zuerst verstand sie nicht. Dann wurde ihr allmählich klar, was der Kater wollte. Er wollte, daß sie ihm folgte.

Und sie begriff, daß dieser Traum wie der andere war – derjenige, in dem sie den Tod ihrer Mutter gesehen und zum erstenmal Miranda begegnet war.

Es war nicht einfach ein Traum. Es war eine Vision. Er war Wirklichkeit.

Miranda brauchte sie.

Aber wo war sie? Das war unwichtig – wo sie auch war, Sumi würde sie zu Miranda führen.

Sie stieg aus dem Bett, zog ihre Kleider an und ging zum

Fenster. Augenblicke später war sie draußen, kletterte durch den Baum hinunter und folgte Sumi in die Nacht...

Rosemarys Augen zwinkerten, und durch halb geschlossene Lider sah sie zu dem Leuchtzifferblatt des Weckers auf dem Nachttisch.

Mitternacht.

Sie wußte nicht genau, was sie geweckt hatte; sie konnte nicht einmal sagen, wie lange sie schon wach war. Sie spürte aber, daß etwas im Haus nicht stimmte.

Sie versuchte sich einzureden, daß es nichts sei, und wälzte sich auf die andere Seite. Neben ihr regte sich Keith, drehte sich auf den Rücken und begann leise zu schnarchen.

Sie schloß die Augen und bemühte sich, das sonderbare Gefühl von Unheil zu ignorieren, aber es wurde nur stärker. Endlich schlüpfte sie seufzend unter der Decke hervor und steckte die Arme in den Morgenmantel, der über dem Sessel vor ihrer Frisierkommode stand. Leise verließ sie das Schlafzimmer, tappte barfuß durch den Korridor und öffnete die Tür zu Jennifers Zimmer. Im Mondschein konnte sie Jennifer friedlich schlafen sehen, einen Arm um ihre Lieblingspuppe gelegt, ein großes Aschenputtel. Sie schlief ganz ruhig. Rosemary zog die Tür zu, bis das Schloß mit leisem Klicken einrastete.

Sie lauschte vor Cassies Tür.

Es war nichts zu hören.

Sie klopfte leise, dann drückte sie zögernd die Klinke und öffnete die Tür.

Unwillkürlich hielt sie den Atem an, dann ging sie rasch ins Zimmer. Das Bett, dessen Decke am Fußende zusammengeschoben war, war kalt. Am anderen Ende des Raumes stand das Fenster offen. Rosemary eilte zurück und schüttelte Keith wach. Er murmelte, wälzte sich herum, öffnete schläfrig die Augen.

»Sie ist nicht hier«, flüsterte Rosemary in dringlichem Tonfall. »Keith, Cassie ist fort.«

Er zwinkerte, setzte sich auf und schaltete die Nachttischlampe ein. »Fort?« wiederholte er stumpfsinnig. »Was willst du damit sagen, sie ist fort?«

»Sie ist nicht in ihrem Zimmer. Ihr Bett ist kalt, das Fenster steht offen. Auch der Kater ist fort. Keith, wir sollten Gene Templeton anrufen.«

Schon zehn Minuten später stand der Polizeichef von False Harbor vor der Tür, die Augen gerötet vor Müdigkeit, die Uniform zerdrückt. Schweigend hörte er sich Rosemarys Geschichte an, dann zuckte er mit der Schulter. »Viele Jugendliche steigen nachts aus dem Fenster«, sagte er. »Wahrscheinlich treibt sie sich bloß in der Stadt herum und sucht ein Abenteuer.«

Davon wollte Rosemary nichts wissen. »Sie ist hinaus zum Sumpf«, sagte sie. »Ich weiß nicht, warum sie hinausgegangen ist, aber ich bin sicher, daß sie dort ist. Ich fühle es.«

Templeton seufzte und fragte sich, warum Frauen immer etwas ›fühlten‹. Männer nie. Männer hatten ›Vermutungen‹. Aber es war das gleiche, und Templeton hatte längst gelernt, seinen Vermutungen zu folgen. Also würde er jetzt auf Rosemary Winslows ›Gefühl‹ eingehen. »In Ordnung, ich werde hinausfahren und mich umsehen.«

»Ich begleite Sie«, sagte Keith.

Der Polizeichef wedelte abwehrend mit der Hand. »Nein, daraus wird nichts. Sie bleiben hier bei Ihrer Frau. Ich kann nicht den Vater am Hals haben und zugleich die Tochter suchen.«

Keith hob zum Protest an, aber der entschlossene Ausdruck im Templetons Augen bewog ihn, sich zu fügen. Außerdem hatte der Polizeichef recht. Seine Sache war es, Cassie zu suchen, nicht, sich mit Keith herumzuschlagen.

Als Templeton das Haus verließ, kam Jennifer die Treppe herunter, schläfrig die Augen reibend. »Ich bin aufgewacht«, sagte sie, die Arme zum Vater aufgehoben. »Ist was?«

»Es ist schon in Ordnung«, beruhigte er sie, als er sie aufhob und ihre Wange küßte. »Cassie ist bloß spazierengegangen, und Mr. Templeton wird sie suchen.«

Jennifer verzog das Gesicht zu einer besorgten Grimasse. »Ist sie wieder zu Miranda gegangen?« fragte sie.

»Warum sollte sie das tun?«

»Weil Miranda eine Hexe ist«, sagte Jennifer feierlich. »Und ich wette, sie hat Cassie in ihren Bann geschlagen.«

Templeton lenkte den Streifenwagen auf den Parkplatz am Ende der Oak Street, manövrierte ihn dann in eine weite Kurve, so daß die Scheinwerfer über das Sumpfland schwenkten. Ein paar Vögel, aufgeschreckt von der jähen Helligkeit, flatterten auf, suchten aber bald wieder Unterschlupf im Röhricht. Da er nichts sehen konnte, schaltete Templeton Zündung und Scheinwerfer aus und blieb eine Weile sitzen, bis seine Augen sich dem blassen Schein des Vollmondes angepaßt hatten. Wenigstens war die Nacht sternklar und der Mond hoch am Himmel, dachte er, als er die Stablampe aus der Klemme unter dem Armaturenbrett zog. Er stieg aus und ging auf den Salzsumpf zu. Wenn Cassie Winslow dort draußen war, würde sie nicht allzu schwierig zu finden sein.

Es sei denn, sie wollte nicht gefunden werden.

Wenn dies der Fall war, würde es fast unmöglich sein, etwas auszurichten, denn sie brauchte nur in der Deckung der hohen Salzgräser zu bleiben, und er könnte sich vergeblich die Augen ausgucken. Es sei denn, sie liefe ihm durch puren Zufall über den Weg.

Er wählte den am besten ausgetretenen Pfad, den er finden konnte, und ging hinaus in den Sumpf. Er bewegte sich vorsichtig, aber rasch, mit einer mühelosen Gewandtheit, welche die massige Größe seiner Zwei-Zentner-Gestalt Lügen strafte. Er hielt nach allem Ausschau, was sich als frische Fußabdrücke auslegen ließ, aber in dem schwammigen Boden verschwanden sogar seine eigenen Fußabdrücke, kaum daß sein Stiefel den Boden verlassen hatte. Nach ein paar Minuten hörte er auf, den Pfad vor sich zu beobachten und ließ den Blick auf der Suche nach einer Bewegung oder einer Silhouette, die Cassie sein könnte, über das Sumpfland schweifen, während er die Richtung zu Miranda Sikes' Hütte einschlug. Die Pfadspur wurde undeutlicher und verzweigte sich in scheinbar zufälliger Weise, die mehr von der jeweiligen Beschaffenheit des Bodens als von einem bestimmten Ziel diktiert schien. Ringsum hörte Templeton das Rascheln kleiner Tiere und die Stimmen von Fröschen und Insekten, und zweimal sah er Schlangen über den Pfad gleiten, um in der Sicherheit des undurchdringlichen Röhrichts zu verschwinden.

Er hatte die Hälfte des Weges zu der Anhöhe hinter sich gebracht, als er zur Linken eine leichte Bewegung ausmachte. Er stand ganz still und beobachtete das Gelände.

Da kam die Bewegung wieder, und aus dem trügerischen Spiel von Mondlicht und Schatten löste sich eine Gestalt. Ungefähr zwanzig oder dreißig Schritte entfernt und vom hohen Salzgras fast verdeckt, bewegte sich eine Gestalt langsam durch das Sumpfland.

Cassie, oder jemand anders? Miranda?

Templeton konnte es nicht erkennen. Aber wer immer es war – er bewegte sich sehr langsam, den Kopf geneigt, als müsse er auf jeden Schritt achtgeben. Templeton beobachtete die Gestalt und ihre Richtung ein paar Minuten lang, dann begann er sich leise näher heranzuarbeiten. Er schlug einen Bogen, ohne die schattenhafte Gestalt aus dem Auge zu lassen, bis er vor ihr war.

Die Fährte, der sie folgte, kreuzte seinen Kurs wenige Schritte voraus. Dort kauerte er nieder und wartete.

Plötzlich huschte voraus ein Schatten über den Weg, war aber fort, ehe Templeton ihn identifizieren konnte. Dann erreichte die Gestalt den Schnittpunkt der beiden Pfadspuren, und Templeton, jeden Muskel angespannt, stand auf und schaltete die Stablampe ein.

»Halt! Stehenbleiben!«

Der Befehl durchschnitt die Nachtstille wie ein Peitschenschlag.

Die Gestalt erstarrte. Im blendenden Licht der Halogenlampe erkannte er Cassie Winslow, blaß und mit großen, verängstigten Augen. Er entspannte sich und ging einen Schritt auf sie zu.

»Alles in Ordnung, Cassie«, sagte er in beruhigendem Ton. »Ich bin Polizeikommissar Templeton.« Er schaltete die

Stablampe aus und sah Cassie im Mondlicht zwinkern, als ihre Augen sich der plötzlichen Dunkelheit anzupassen suchten. Er nahm sie beim Arm. »Was tust du hier draußen, mitten in der Nacht?«

Zuerst dachte Templeton, sie habe ihn nicht gehört, aber dann sagte sie mit kaum hörbarer Stimme, und mit Tränen in den Augen: »Miranda. Sie brauchte mich.«

»Miranda brauchte dich? Warum?« Cassie antwortete nicht, aber ihr Blick ging über den Pfad voraus, suchte dann den Himmel ab. »Wo ist sie?« fragte Templeton. »Ist sie nicht in ihrer Hütte?«

Cassie schüttelte den Kopf. »Dort«, sagte sie und hob langsam den rechten Arm und zeigte zum Himmel. »Dort ist sie.«

Templeton folgte der angezeigten Richtung mit stirnrunzelndem Blick, und zuerst sah er nichts. Aber dann gewahrte er eine schnelle Lichterscheinung, die sich durch sein Gesichtsfeld bewegte, um einen Kreis zu beschreiben. Im hellen Mondlicht zeichnete sich ein Umriß ab, und nach wenigen Augenblicken erkannte Templeton, was es war.

Der weiße Falke kreiste langsam über einer Stelle, die vielleicht hundert Schritte entfernt war. »Komm mit«, sagte Templeton. »Sehen wir nach.«

Cassie an der freien Hand führend, tappte Templeton die wenig ausgeprägte Pfadspur entlang, die er mit der Stablampe erhellte. Alle paar Sekunden blickte er in der Erwartung, daß er verschwunden sein würde, zu dem Falken auf, doch kreiste dieser weiter über der Stelle; als sie näherkamen, schienen seine Kreise enger zu werden. Templeton hörte ein leises Miauen.

»Sumi«, flüstert Cassie. »Er ist schon da.«

Ein paar Schritte voraus machte die Fährte einen Bogen, und als sie herumkamen, fiel der Lichtkegel auf den Kater. Er saß auf dem Pfad, den Schwanz um die Beine gelegt, und seine Augen glommen im Widerschein der Lampe mit einer unnatürlichen Helligkeit. Plötzlich schrie er laut und sprang fort. Und über ihnen kreiste der Falke und ging im Gleitflug nieder.

Templetons Blick folgte der Richtung des Falken, der ein

Stück zur Rechten, wo das Röhricht einer schimmernden Wasserfläche Raum gab, niederging. Dort landete er mit ausgebreiteten Flügeln, schüttelte sein Gefieder mit leise glukkenden Geräuschen und blieb still sitzen.

Templeton schwenkte den Lichtkegel hinaus zu der offenen Wasserfläche. Die roten Augen des Vogels leuchteten glutrot im Widerschein, und er zwinkerte, machte aber keine Anstalten, wegzufliegen. Und dann, im Näherkommen, sah Templeton, worauf er sich niedergelassen hatte.

Aus dem Schwimmsand ragte eine menschliche Hand. Auf ihren gekrümmten, im Tode erstarrten Fingern hatte der Falke seinen Ruheplatz gefunden.

»Sie brauchte mich«, wiederholte Cassie mit umschlagender Stimme. »Sie brauchte mich, und ich mußte kommen. Ich mußte...«

11

Am Dienstagnachmittag um drei erstieg Cassie in einem dunkelblauen Rock mit weißer Bluse und dunkelblauem Pullover, die ihre Stiefmutter am Vortag für sie gekauft hatte, die Stufen vor der Congregational-Kirche. Keith und Rosemary flankierten sie, und Jennifer, die Hand der Mutter fest umklammert, tat ihr Möglichstes, mit Rosemarys raschem Gang Schritt zu halten.

Die vier schritten durch den Mittelgang und nahmen in der ersten Kirchenbank Platz. Vor dem Altar stand ein einfacher weißer Sarg, der Miranda Sikes' Leichnam enthielt, auf einem kleinen Katafalk. Der Deckel war geschlossen, und darauf lag das Blumengebinde, das Rosemary am Morgen in Auftrag gegeben hatte. Abgesehen von den Farbtupfern dieser Blumen war die Kirche ohne jeden Schmuck und Zierrat.

Die Organistin saß am Manual, blickte starr geradeaus, und ihre dünnen Lippen bildeten eine mißbilligende Linie quer über ihr Gesicht. Sobald die Winslows Platz genommen hatten, begann sie zu spielen. Die Musik hallte seltsam in der leeren Kirche. Kurz darauf wurde die kleine Seitentür neben dem leeren Chor geöffnet, und der verdrießlich blickende Geistliche betrat die Kirche, eine Bibel in der Hand. Als er zur Kanzel hinaufstieg, blickte Rosemary schnell über die Schulter.

Mit Ausnahme der Winslows war die Kirche völlig leer. Mit hohl schnarrender Stimme begann der Geistliche den kurzen Gottesdienst zum Andenken an Miranda Sikes.

Es gab keinen Kirchenchor, keine Lobrede, nur kurze Gebete und eine knappe Übersicht über den Lebenslauf einer Frau, zu der der Geistliche in all seinen Jahren in False Harbor niemals gesprochen hatte. Nach zwanzig Minuten war es vorbei, und das Kirchenportal wurde geöffnet. Sechs vom Beerdigungsinstitut gemietete Sargträger marschierten geschäftsmäßig durch den Mittelgang, hoben den Sarg auf die Schultern und trugen ihn in langsamem Schritt hinaus.

Die Winslows standen auf.

Cassie folgte dem Sarg und dem Geistlichen hinaus in den Frühlingsnachmittag, ihre Familie hinter sich. Die Sargträger gingen um die Kirche zum Friedhof, wo ein offenes Grab wartete, das neueste – und letzte – in der Reihe, welche die sterblichen Überreste mehrerer Generationen von Sikes-Frauen enthielt. Als die Winslows sich um das Grab versammelt hatten, begann der Geistliche mit den Totengebeten.

Während dieser Gebete fühlte Cassie, daß sie beobachtet wurde. Ihre Nackenhaut begann zu prickeln, und schließlich, als sie nicht länger widerstehen konnte, wandte sie verstohlen den Kopf.

Außerhalb des Zaunes, der den Friedhof vom Gehsteig trennte, sah sie Wendy Maynard, die am Arm ihrer Mutter zog. Aber Lavinia Maynard ignorierte ihre Tochter. Statt dessen starrte sie mit einem Ausdruck zu Cassie herüber, als untersuche sie einen aufgespießten Käfer. Doch als Cassies Blick dem ihrigen begegnete, wandte Mrs. Maynard sich ab und eilte mit ihrer Tochter weiter, um kurz darauf um die nächste Ecke zu verschwinden. Cassie wandte sich wieder dem Geistlichen und dem offenen Grab zu, doch schon wenige Augenblicke später wiederholte sich das Gefühl, und als sie sich diesmal umsah, erblickte sie Lisa Chambers, die mit einigen ihrer Freundinnen auf der anderen Straßenseite stand. Sie flüsterten miteinander, während sie herüberschauten.

Sie fühlte, wie ihr die Tränen kamen, wischte sich aber nicht die Augen, bis sie Lisa den Rücken gekehrt hatte. Schließlich beendete der Priester sein Zeremoniell und bückte sich, um einen Klumpen Erde aufzuheben. Er zerdrückte ihn zwischen den Fingern, und die Erde fiel auf den Sarg, der von den Trägern langsam ins Grab gesenkt wurde.

Als der Sarg unter dem Erdboden verschwand, schlüpfte Sumi hinter einem der Grabsteine hervor und lief herüber, um in das offene Grab zu schauen. Das Nackenfell sträubte sich, und ein leises Miauen entwich seiner Kehle. Dann zog er sich zurück, den Blick seiner gelben Augen unverwandt auf die gähnende Öffnung im Boden gerichtet, bis er mit Cassies Bein in Berührung kam. Sie bückte sich, und er sprang ihr in die Arme und leckte ihr die Wange.

Als der Sarg den Boden des Grabes berührte, verspürte Cassie einen plötzlichen Drang, zum Himmel aufzublicken.

So hoch, daß er kaum sichtbar war, schwebte der weiße Falke über dem Friedhof, mit ausgebreiteten Schwingen im Seewind kreisend. Als Cassie zu ihm aufblickte, schwenkte er ab und segelte davon.

Endlich war es vorüber, und Cassie wurde aus dem Friedhof und um die Kiche zum Haus an der Alder Street geführt. Immer noch hielt sie Sumi in den Armen.

Bevor sie das Haus betrat, blickte sie hinaus in Richtung Salzsumpf. Es war nicht recht. Sie hatte Miranda gerade erst kennengelernt, und schon war sie nicht mehr.

Doch tief in ihrem Inneren hatte Cassie das Gefühl, daß Miranda sie nicht verlassen hatte.

Dieses Begräbnis – Mirandas Begräbnis – war ganz anders gewesen als die Beerdigung ihrer Mutter. Während des kurzen Gottesdienstes und dann am offenen Grab hatte sie in ihren Gedanken noch einmal die wenigen Stunden durchlebt, die sie mit Miranda verbracht, fühlte wieder die übermächtige Kraft der Bindung zwischen ihnen, hörte noch einmal die Worte, die Miranda zu ihr gesprochen hatte.

»Du bist mein. Du bist wieder heimgekommen, und nun gehörst du mir. Für alle Zeit gehörst du mir.«

Und Cassie wußte, daß sie diese Worte schon einmal gehört hatte. Die Erinnerung wurde allmählich klarer, war aber noch nicht vollständig.

Doch Cassie wußte, daß Miranda zwar tot, aber nicht vergangen war. Nicht in der Weise, wie Cassies Mutter vergangen war.

Mirandas Geist, der Geist, zu dem Cassie sich von dem Augenblick an hingezogen gefühlt hatte, als ihr die seltsame Frau das erste Mal zu Gesicht gekommen war, blieb lebendig.

Blieb in Cassie selbst lebendig.

Gene Templeton lehnte sich in dem bequemen Schreibtischsessel weit zurück und legte die Füße auf eine offene Schublade, die zur Aufnahme von Akten bestimmt gewesen war, aber seit langem in ein bequem zugängliches Vorratslager für die ungezählten Imbisse verwandelt worden war, mit denen er seinen Magen füllte. Eines Tages, so vermutete er, würde er für seine ständige Leckerei bezahlen, und sein Bauch würde anfangen, sich über dem breiten schwarzen Gürtel seiner Uniform vorzuwölben. Aber noch war es nicht geschehen, trotz der strengen Warnungen seiner Frau Ellie. Sein Gewicht war seit seinem Abgang vom College vor mehr als dreißig Jahren mit einhundertfünf Kilo gleich geblieben. Obwohl Ellie ihn gern damit neckte, daß zwanzig von diesen Kilos sich im Laufe der Jahre von Muskeln in Fett verwandelt hatten, wußte Gene, daß es nicht stimmte: Sein Körper war so hart und leistungsfähig, wie er es damals gewesen war. Stoffwechsel, sagte er ihr immer. Das war der Schlüssel zu allem: ein guter, gesunder Stoffwechsel.

Aber die ganze Sache mit Miranda Sikes brachte ihn dazu, daß er mehr aß, als ihm zuträglich war, und wenn er nicht acht gab, würde er dieses kostbare Gleichgewicht seines Stoffwechsels aus dem Lot bringen. Dann hieß es aufpassen. Er konnte sich ausmalen, wie er gleichsam über Nacht um fünfzig Pfund aufgebläht wurde und dann auf die meisten Mahlzeiten, die Ellie für ihn bereitete, würde verzichten müssen, um wieder abzunehmen.

Dies alles ging in Wirklichkeit jedoch an der Sache vorbei. Er dachte an Essen, um nicht darüber nachdenken zu müssen, was Miranda zugestoßen war und was die Folgerungen aus seiner Untersuchung bedeuten konnten. Außerdem waren Ereignisse wie die Auffindung von Mirandas Sikes' Leichnam im Sumpfland in einer ruhigen Kleinstadt wie False Harbor geradezu anstößig.

In Boston, wo er länger als zwanzig Jahre Dienst getan hatte, rechnete man damit, daß Leichen aufgefunden wurden; und häufiger als eine Aufklärung kam dabei lediglich heraus, daß man nie genau in Erfahrung bringen konnte, was geschehen war, und warum.

Aber Miranda Sikes hatte ihr Leben lang in der Hütte im Sumpfland gelebt und kannte jeden Quadratmeter des Geländes, wie Templeton den Inhalt seiner Imbißschublade kannte. Konnte sie wirklich in mondheller Nacht von einem der Pfade abgekommen und in den Treibsand geraten sein? Natürlich bestand die Möglichkeit, daß sie Selbstmord begangen hatte. Aber Selbstmord war auch nicht recht einleuchtend; wenn sie sich umbringen wollte, hätte sie sicherlich eine weniger makabere Todesart gefunden, als sich in den Treibsand zu werfen.

Hinzu kam die Frage, was Cassie Winslow damit zu tun hatte.

Es war nicht bloß der Umstand, daß Cassie im Sumpf gewesen war, als Miranda dort den Tod gefunden hatte, und sogar in der Lage, ihn zu der Toten zu führen. Das konnte Koinzidenz gewesen sein, und in Wahrheit war es auch der Falke gewesen, der sie beide zu der Stelle geführt hatte.

Aber da waren auch die Worte, die sie am Samstagnachmittag zu ihrem Vater gesprochen hatte.

»Sie wird sterben...« Hatte Cassie hellseherische Fähigkeiten? Hatte sie irgendwie vorausgesehen, was geschehen würde? Oder war sie irgendwie beteiligt gewesen? Templeton beugte sich vor und hörte die Federn bei der plötzlichen

Gewichtsverlagerung protestierend quietschen. Die Worte, geschrieben in seiner eigenen Handschrift, schienen ihm entgegenzuspringen. Aber was genau hatten sie zu bedeuten?

Warum hatte Cassie es niemandem gesagt, wenn sie gewußt hatte, daß Miranda sich das Leben nehmen würde? Man hörte nicht einfach zu, wie jemand ankündigte, sich das Leben zu nehmen, ohne es dann anderen zu sagen. Andererseits erinnerte er sich ihres Verhaltens, als sie Mirandas Leichnam entdeckt hatte. Ihr Gesichtsausdruck hatte sprachloses Entsetzen gespiegelt. Nichts an ihrem Benehmen hatte nahegelegt, daß sie wußte, was sie finden würden, und auch ihre Worte ließen solch einen Schluß nicht zu. »Sie brauchte mich, und ich mußte kommen.« Das waren ihre Worte gewesen, und Templeton war überzeugt gewesen, daß sie gehofft hatte, die alte Frau lebend zu finden.

Er seufzte tief. Er mußte sich über die nächsten Schritte schlüssig werden. Sollte er noch einmal mit Cassie reden? Aber was würde dabei herauskommen? Was konnte sie ihm sagen, das sie ihm nicht bereits gesagt hatte?

Er mußte auch den Schaden in Betracht ziehen, den es anrichten könnte. Cassie hatte es schwer gehabt, seit sie in False Harbor angelangt war, und die Zukunft würde nicht leichter für sie sein. Und wenn er ihr auf den Fersen blieb, mußten die Gerüchte, die bereits im Umlauf waren – die Gerüchte, daß sie etwas mit Mirandas Tod zu tun gehabt haben müsse –, nur noch weiter Verbreitung finden.

Und was wäre am Ende erreicht? Nichts. Denn es gab keinerlei Beweise. Es war keine Waffe gebraucht worden, und Mirandas Leichnam war ohne äußere Verletzungen gewesen. Auch gab es kein Motiv.

Seine Erfahrung und sein Gefühl sagten Templeton, daß Cassie Winslow Miranda nicht getötet hatte.

Er fand zu einer Entscheidung und füllte die einzige verbliebene Leerzeile in dem Bericht über Miranda Sikes' Tod aus. *Todesursache: Unfall (Tod durch Ertrinken).*

Dann schloß er die Akte Miranda Sikes.

Cassie spürte, daß sie eine Weile allein sein mußte, um zu verarbeiten, was geschehen war. Sobald sie sich umgezogen hatte, schlüpfte sie aus dem Haus und machte sich auf den Weg zum Salzsumpf. Aber als sie den Park erreichte, brachte sie es nicht über sich, ihn zu durchqueren und in den Sumpf einzudringen.

Die Erinnerung an Samstagnacht war noch zu frisch, zu schmerzlich.

Sie kehrte um und ging langsam zum Strand. Sie bummelte hinaus in die Dünen der Landzunge, setzte sich schließlich auf einen mit Strandhafer bewachsenen Flecken, von dem sie sowohl den Ozean wie auch den Salzsumpf sehen konnte.

Sie blickte zu der Hütte und dachte wieder an die Vision, die sie samstagnachts gehabt hatte, die Vision, die sie anfangs für einen Traum gehalten hatte. Davon hatte sie dem Polizeichef nichts gesagt – niemandem. Wer hätte ihr geglaubt?

Kein Mensch.

Aber seitdem hatte sie sich wieder und wieder mit der Vision beschäftigt und versucht, die Gestalt klarer zu sehen, die über Miranda gewesen war, während sie den Tod erlitten hatte.

Es hatte nicht geholfen. Selbst in der Vision war es zu dunkel gewesen, und sie war zu weit entfernt.

Seit jener Nacht aber war ein Kummer in ihr, den sie nicht abschütteln konnte, und der kalte Umhang der Einsamkeit, der sie seit so langer Zeit in seine Falten gehüllt hatte, schloß sich noch fester um sie.

Manchmal, in Augenblicken wie diesem, wenn sie allein in den Dünen saß und auf die See hinausblickte, wünschte sie, sie selbst wäre an Mirandas Statt im Sumpf umgekommen.

Aber sie dachte auch an die Worte, die Miranda in den Stunden, die sie zusammen verbracht hatten, gesprochen hatte.

»Es ist gut. Ich werde bald sterben, aber ich werde dich niemals verlassen. Erinnere dich dessen, was ich dich gelehrt habe, und ich werde in dir weiterleben. Ich werde weiterleben, und du wirst nie wieder allein sein.«

Aber was bedeuteten diese Worte in der Praxis?

Cassie wußte es nicht, aber wie sie dasaß und die hereinkommende Dünung des Ozeans beobachtete, begann in ihr die Erkenntnis zu wachsen, daß sie es bald erfahren würde.

Selbst aus dem Grab würde Miranda Mittel und Wege finden, es ihr zu sagen.

Eric Cavanaugh hatte an diesem Tag auf dem Heimweg von der Schule die Gemeindewiese gemieden, weil er wußte, daß seine Freunde verabredet hatten, Miranda Sikes' Beerdigung über den Friedhofszaun hinweg zu beobachten.

In Wahrheit wollten sie Cassie Winslow beobachten, das war ihm klar.

Sie hatten den ganzen Tag über sie gesprochen, und am Vortag war es das gleiche gewesen. Die Spekulationen drehten sich hauptsächlich um die Frage, ob sie am Mittwoch zur Schule kommen würde oder nicht.

Oder ob sie vielleicht überhaupt nicht mehr kommen würde.

»Ich hoffe, sie läßt sich nie wieder hier blicken«, hatte Lisa Chambers in der Mittagspause erklärt. Ihr verletzter Arm, befreit aus der überflüssigen Schlinge, die sie um den Hals trug, war auf dem Tisch wie ein Indizienbeweis zur Schau gestellt. »Wenn ihr mich fragt, ist sie genauso verrückt wie Miranda es war; und selbst wenn sie die Alte nicht umgebracht hat, gehört sie nicht hierher. Und sollte sie doch wiederkommen, sollte niemand von uns überhaupt noch mit ihr reden!«

Eric hatte nichts gesagt, und als Lisa – und die meisten seiner anderen Schulkameraden – nach der Schule zur Gemeindewiese und zum Friedhof gezogen waren, hatte es ihn statt dessen an den Strand gezogen, wo er eine Stunde lang über die Dünenkämme gewandert war, die Vögel beobachtet und den frischen Wind im Gesicht genossen hatte.

Und die Einsamkeit.

Als er in der Ferne eine Gestalt gesehen hatte, war er nahe daran gewesen, umzukehren und in die andere Richtung weiterzugehen. Dann aber hatte er sie als Cassie Winslow erkannt und war zu ihr gegangen. Sie saß auf den Dünen im

Strandhafer und blickte über den Salzsumpf hin. Erst als er vor ihr stand, blickte sie zu ihm auf. Ihre dunklen Augen waren gerötet und verweint.

»Hallo«, sagte er und trat von einem Fuß auf den anderen, im Zweifel, was er sagen sollte. Schließlich fand er, daß es nichts ausmache, und ließ sich neben ihr in den Sand fallen. »Ist alles ausgestanden?«

Cassie nickte und biß sich auf die Lippen. »Einige aus der Schule waren am Zaun, als sie beerdigt wurde«, sagte sie, ohne ihn anzusehen.

»Ich weiß«, sagte Eric. »Ich sollte auch mitgehen, wollte aber nicht.«

»Warum nicht?« fragte sie mit einem Seitenblick. »Du hättest mich auch auslachen können.«

Der Schmerz, der daraufhin in seine Augen kam, brachte sie zur Besinnung, und sie hätte die Worte gern zurückgenommen. »Entschuldige«, murmelte sie. »Ich... nun, ich wollte, du wärst zur Beerdigung gekommen.«

»Ich konnte nicht«, sagte Eric. »Ich mußte zur Schule.« Er schaute schnell weg, besorgt, sein Gesicht könnte die Gedanken verraten, die ihm im Kopf umgingen. Aber Cassie nickte bloß, und nach langem Stillschweigen sagte sie: »Sonst ist auch niemand gekommen.«

Eric machte große Augen. »Niemand?«

»Mein Papa und Rosemary und Jennifer. Aber sie mußten hingehen, nehme ich an. Und danach, auf dem Friedhof, starrten alle von der anderen Straßenseite zu mir herüber.« Die Stimme versagte ihr, und Eric sah neue Tränen in ihren Augen. Sie zwinkerte, warf ihm einen Seitenblick zu. »Wirst du auch anfangen, mich anzustarren?« fragte sie mit tonloser Stimme. »Bist du deshalb hier herausgekommen?«

»Warum sollte ich dich anstarren?«

»Weil alle anderen es auch tun. Sie halten mich für verrückt, nicht?« Sie sah, wie Eric den Kopf schütteln wollte, es dann aber sein ließ.

»Ich bin es nicht«, fuhr sie mit leicht erhobener Stimme fort, »und Miranda war es auch nicht! Und ich habe ihr nichts getan. Mir ist gleich, was alle denken, ich habe ihr nichts getan!«

»He, warum regst du dich auf?« sagte Eric. »Ich habe nichts gesagt, und ich dachte gar nicht daran, dich anzustarren. In dem Fall hätte ich gleich mit den anderen gehen können, nicht wahr?«

Cassie zögerte ungewiß. »Bedeutet das, daß du mein Freund bist?« fragte sie.

Er schaute sie von der Seite an. »Ich dachte, wir wären schon Freunde«, sagte er. »Wenn ich nicht dein Freund wäre, würde ich jetzt nicht hier sein, oder?«

Nun wandte Cassie den Kopf und sah ihn voll an, und als ihre Blicke einander trafen, hatte er das eigentümliche Gefühl, daß sie durch seine Augen in die Tiefen seiner Seele sah. Es war ein unheimliches, fast beängstigendes Gefühl, und am liebsten hätte er den Blick niedergeschlagen, aber dann nickte sie und lächelte.

»Du *bist* mein Freund«, sagte sie still und stand auf. »Möchtest du mein Haus sehen?«

Eric runzelte die Stirn. »Dein Haus?«

Cassie nickte und zeigte über das Sumpfland hinaus.

»Mirandas Haus«, sagte sie leise. »Es ist jetzt meins.«

Ihres? dachte Eric. Wovon redet sie? Miranda hätte ihr die Hütte nicht gegeben. Sie hätte es nicht tun *können.*

»Ich glaube, daß sie es mir zugedacht hat«, sagte Cassie. »Und so habe ich beschlossen, daß es mein sein soll.« Sie lächelte etwas verlegen. »Versprichst du mir, daß du es niemandem sagen wirst? Ich meine, es klingt irgendwie verrückt, nicht?«

Eric zögerte nur einen Augenblick. »Finde ich nicht«, sagte er. »Wenn du so denkst, wird es schon richtig sein.« Und nach einer Denkpause fügte er hinzu: »Ich glaube nicht, daß sie es sonst jemand geben wollte.« Sein Blick ging zu der Hütte, und er sah den weißen Falken von der Dachspitze auffliegen. Ein heller Ruf wehte herüber.

»Es ist schon gut«, sagte Cassie, die zu wissen glaubte, was er dachte. »Er wird dir nichts tun. Er wird niemanden angreifen, der mein Freund ist.«

Eric schüttelte den Kopf. »Ich kann nicht bleiben«, sagte er. »Mein Vater – ich versprach ihm, daß ich früh nach Haus kommen würde.«

Cassie lächelte traurig. »Schon gut«, sagte sie. »Dann also morgen. Morgen werde ich es dir zeigen.«

Als Eric forteilte, wanderte sie langsam den Dünenhang hinunter und durch das Sumpfland. Der weiße Falke flog ihr entgegen und kreiste über ihr.

12

Am nächsten Morgen saß Eric stumm am Frühstückstisch. Sein Blick wich dem des Vaters aus, denn schon beim Betreten der Küche hatte er bemerkt, daß seines Vaters Zorn unter der Oberfläche siedete. Aber es dauerte nicht lange, und Ed Cavanaugh richtete das Wort an ihn.

»Willst du zu deinem alten Vater nicht Guten Morgen sagen?« fragte er in dem charakteristischen ironischen Singsang, der immer ein sicheres Zeichen war, daß er Streit suchte.

»Morgen, Papa«, murmelte Eric und blickte seinem Vater in die Augen. Sie waren an diesem Morgen nicht viel mehr als schmale, rotgeränderte Schlitze zwischen geschwollenen Lidern.

»Ich habe mir die Sache überlegt«, fuhr Ed fort. »Und ich bin zu einer Entscheidung gekommen. Ich wünsche nicht, daß du dich mit Cassie Winslow herumtreibst. Du hast gerade genug Zeit für Lisa Chambers.«

»Was gibt es gegen Cassie zu sagen?« setzte Eric sich zur Wehr. »Und ich treibe mich nicht mit ihr herum. Ich war bloß...«

»Du sollst mir nicht widersprechen!« befahl Ed und erhob sich ein wenig von seinem Stuhl. »Gestern nachmittag warst du wieder mit ihr zusammen!«

Eric merkte, daß er auch zornig wurde. »Wir haben nichts getan«, erwiderte er. »Nur geredet. Was ist schon dabei?«

»Werd bloß nicht frech, Junge«, knurrte Ed. Er war schon auf den Beinen und stand über Eric gebeugt, die rechte Hand zur Faust geballt.

»Nein!« rief Laura Cavanaugh. Ihre Augen waren groß und ängstlich, aber die Entschiedenheit in ihrem Ton lenkte Eds Zorn von seinem Sohn ab auf seine Frau. Er schwang herum und nahm sie an.

»Was hast du gesagt?« sagte er in gefährlich ruhigem Ton.

»Schlag ihn nicht«, bat Laura. »Möchtest du, daß er mit einem blauen Auge zur Schule geht? Was werden die Leute sagen?«

»Gar nichts würden sie sagen«, grollte Ed. »Was ist dabei, wenn ein Kind hin und wieder eine gescheuert kriegt? Ich habe von meinem Vater mein Teil abgekommen, und es hat mir nicht geschadet, nicht wahr?« Zornig funkelte er seine Frau und den Sohn an, als warte er nur darauf, daß sie ihn herausforderten. Dann stampfte er hinaus und warf die rückwärtige Tür hinter sich zu. Einen Augenblick später hörten sie das Winseln des Anlassers, als die Maschine des alten Lieferwagens widerwillig drehte, ansprang und aufbrüllte. Das Kreischen durchdrehender Reifen folgte, und der Wagen schoß rückwärts die Einfahrt hinunter und auf die Straße.

Eine angespannte Stille blieb in der Küche zurück. Laura blickte flehentlich zu Eric, sah aber, daß seine Augen böse geworden waren, und sein Kinn sich in unbewußter Imitation seines Vaters vorgeschoben hatte.

»Warum?« sagte sie mit einem halben Schluchzen. »Warum haßt er uns so sehr?«

»Ich wollte, er käme nicht zurück. Ich wollte, er würde einfach fortgehen und verschwinden.«

»Ich weiß«, sagte Laura in müdem Ton und begann das Frühstücksgeschirr abzuräumen. »Manchmal wünsche ich das gleiche. Aber es wird nicht geschehen.« Sie lächelte ihm mit schwächlicher Ermutigung zu. »Denk dir, noch ein Jahr, und du wirst im College sein.«

»Ja«, sagte Eric in bitterem Sarkasmus. »Das wird wirklich großartig, nicht? Ich werde fort sein, und du wirst hier ganz allein mit ihm festsitzen. Warum läßt du dich nicht einfach scheiden, Mama?«

»Ich kann nicht«, sagte Laura. »Was sollte ich tun? Wovon würden wir zwei leben?«

»Wie leben wir jetzt, Mutter?« entgegnete er. »Wir haben die ganze Zeit Angst, und die Hälfte der Zeit verprügelt er uns. Und wir tun so, als ob nichts wäre. Nennst du das Leben? Ich nicht!« Bevor seine Mutter antworten konnte, griff er zu seiner Schulmappe und stürmte hinaus.

Genau wie sein Vater, mußte Laura denken. Er stampft genauso hinaus wie sein Vater. Sie spülte das Geschirr, aber ihre Gedanken waren nicht bei der Sache. Immer wieder hatte sie das Bild ihres Sohnes vor Augen, wie er – wutschnaubend gleich seinem Vater – hinausgetrampelt war. War es womöglich schon zu spät? War sie zu lange bei Ed Cavanaugh geblieben, so daß der Zorn und Haß, der Ed bereits verzehrt hatte, nun auch auf Eric übergegangen war?

Cassie holte Eric ein, als er von der Gemeindewiese in die Wharf Street einbiegen wollte. »Warum hast du heute morgen nicht gewartet?« fragte sie in schüchternem Ton, als sie neben ihm herging.

Eric warf ihr ein mattes Lächeln zu. »Es lag nicht an dir«, sagte er. »Es war mein Vater. Er will nicht, daß ich mit dir zusammen bin.«

Cassie schwieg, während sie neben ihm einherging. Als sie in die Hartford Street kamen und die Schule bereits zu sehen war, konnte sie nicht länger an sich halten. »Er hält mich für verrückt, nicht?«

Eric zögerte, dann nickte er kurz. »Kann sein.«

»Und so werden sie sich alle verhalten«, fuhr Cassie fort. »Nicht bloß dein Vater. Deine Freunde werden nicht anders denken.«

»Und?«

»Ich habe bloß überlegt, was geschehen wird, das ist alles«, erwiderte Cassie. »Was wirst du tun, wenn alle anfangen, dich so zu behandeln, wie sie mich behandelt haben? Wirst du dann immer noch mein Freund sein?«

Eric nickte mit eigensinnig zusammengepreßten Lippen. »Es ist mir egal, was meine Freunde denken, und auf das, was mein Vater sagt, pfeife ich.«

Ein hoffnungsvolles Lächeln berührte Cassies Lippen, erreichte aber nicht ihre Augen. »Dann treffen wir uns heute nachmittag nach der Schule«, sagte sie. »Ich – ich möchte dir gern mein Haus zeigen. Das heißt, Mirandas Haus«, berichtigte sie sich.

Eric zögerte. »Ich glaube, das sollte ich lieber nicht tun«, sagte er, und der bittere Ausdruck in Cassies Augen löste sich in Schmerz auf. »Heute nachmittag habe ich Baseball-Übungsstunde. Ich habe sie schon letztes Mal geschwänzt, und wenn ich es diesmal wieder tue, wird Simms mich umbringen.«

»Dann warte ich«, sagte Cassie. »Ich kann mir die Zeit vertreiben, indem ich euch beim Üben zusehe. Ich habe noch nie beim Baseball zugesehen.

Eric legte den Kopf auf die Seite, erleichtert über den Wechsel des Themas. »Wieso nicht? Viele Freundinnen der Spieler kommen hin und sehen beim Üben zu. Haben sie das in Kalifornien nicht getan?«

Immerhin hatte er ihr nicht gesagt, daß sie wegbleiben solle. »Keine von meinen Freundinnen hatte einen Freund. Das heißt, wir hatten alle Freunde, die Jungen waren, aber sie waren Schulkameraden. Wir gingen nicht mit ihnen.« Ihr Blick wurde wieder wachsam. »Werden alle denken, ich sei deine Freundin, wenn ich hingehe und zuschaue? Was wird Lisa denken?«

Eric grinste. »Liegt dir was daran?«

»Ich möchte bloß nicht, daß sie denkt, ich sei hinter dir her, das ist alles.«

Erics Grinsen verstärkte sich. »Mach dir Lisas wegen keine Sorgen«, sagte er mit mehr Zuversicht, als er empfand.

Sie stiegen die Stufen vor der Schule hoch, und zum ersten Mal seit Mirandas Tod lächelte Cassie. Aber plötzlich löste sich Lisa Chambers aus einer Gruppe ihrer Freundinnen, und ihre Augen flammten zornig, als sie Cassie mit Eric kommen sah.

»Was ist so lustig?« fragte sie Cassie und kam an Erics Seite. Cassie verging das Lächeln, und ohne darauf zu achten, was Eric tat, eilte sie die Eingangsstufen hinauf und verschwand im Gebäude.

»Wir haben bloß geredet, mehr nicht«, sagte Eric. Er stockte, als er die Eifersucht in Lisas Augen sah. »Es hat nichts zu bedeuten... ich meine...«

»Ich weiß, was du meintest, Eric«, sagte Lisa in schneidendem Ton. Die anderen in der Nähe unterbrachen ihr Gespräch, um zu lauschen. »Und wenn du deine Zeit mit jemand wie ihr verbringen willst, ist mir das auch egal.« Sie machte auf der Stelle kehrt und schloß sich wieder der Gruppe an, die sie Sekunden zuvor verlassen hatte. Eric stand wie ein begossener Pudel auf den Stufen und fühlte die Blicke der anderen Jugendlichen auf sich.

Genauso mußte Cassie sich letzte Woche vorgekommen sein, dachte er. Wie eine Mißgeburt.

Als die Schulglocke endlich das letzte Mal an diesem Tag läutete, hatte Cassie noch immer nicht entschieden, was sie tun wollte. Der heutige Tag war noch schlimmer gewesen als die vergangene Woche. Den Vormittag hatte sie nur durchgehalten, indem sie sich sagte, daß sie in der Mittagspause Eric treffen und wenigstens nicht allein an einem Tisch sitzen würde, wo sie Zielscheibe aller glotzenden Blicke wäre. Doch als sie in die Schulkantine kam, war Eric nirgendwo zu sehen. Sie wartete zehn Minuten bei der Tür und hoffte, er werde noch auftauchen, aber als das Küchenpersonal anfing, die Essenausgabe zu schließen, nahm sie ein Tablett, ließ sich einen Schlag Eintopf geben, wählte ein Getränk und trug ihr Tablett zu demselben Tisch, an dem sie die erste Woche gesessen hatte.

Als sie mit ihrem Tablett durch den Raum ging, starrten und flüsterten die Schüler wieder untereinander, und wenn sie auch nicht alles hören konnte, was sie sagten, so hörte sie doch genug.

»Jeder weiß, daß sie was getan hat«, sagte Lisa Chambers, als Cassie den Tisch passierte, wo Lisa mit Allayne Garvey und Teri Bennett saß. Lisa bemühte sich nicht einmal, ihre Stimme zu dämpfen. »Gestern sah meine Mutter Mr. Templetons Streifenwagen vor ihrem Haus!«

»Aber was wird nun geschehen?« fragte Teri. »Warum wird sie nicht verhaftet, wenn sie Miranda umgebracht hat?«

»Vielleicht hat sie überhaupt nichts getan«, sagte Allayne Garvey, aber als sie sprach, war Cassie schon außer Hörweite. »Vielleicht ärgerst du dich bloß, Lisa, weil Eric wieder mit ihr zur Schule gekommen ist.«

»Eric ist mir egal«, erklärte Lisa und hob die Stimme, um sicherzugehen, daß sie den Tisch erreichen würde, wo Cassie allein saß. »Wenn er seine ganze Zeit mit einer Verrückten verbringen will, soll er ruhig! Was kümmert's mich? Aber er soll nur aufpassen. Sie könnte es mit ihm genauso machen wie mit Miranda Sikes!«

Cassie geriet so sehr in Zorn, daß sie Lisa am liebsten angeschrien hätte. Aber sie ließ es sein und rief sich statt dessen die Worte ins Gedächtnis, die Miranda an ihrem Todestag zu ihr gesprochen hatte:

»Es ist nicht wichtig, was die Leute über mich sagen, und es ist nicht wichtig, was sie über dich sagen. Manchen Menschen ist es bestimmt, von allen anderen abgesondert zu sein, Cassie. Aber was sie auch über dich reden mögen, sie können dich niemals wirklich verletzen.« Dabei hatte sie gelächelt, ein geheimnisvolles kleines Lächeln, das Cassie nicht verstanden hatte. »Ich habe dafür gesorgt. Kümmere dich also nicht darum, was sie reden. Laß nur nicht zu, daß sie dich verletzen. Sei dir selbst treu und denke immer daran, daß du niemals zulassen darfst, daß sie dich verletzen.«

Also blieb Cassie, statt etwas zu erwidern, einfach an ihrem Tisch sitzen, löffelte das fade Essen in sich hinein und versuchte, nicht zu würgen, als sie es schluckte. Die Mittagspause schien sich endlos hinzuziehen, und als endlich die Glocke läutete, begann für sie die Plage des Nachmittagsunterrichts, und sie bewegte sich wie eine Schlafwandlerin von Klassenzimmer zu Klassenzimmer, trotz aller Vorsätze, Mirandas Rat zu befolgen, von den Blicken und dem Gewisper der Mitschüler im Innersten verletzt.

Endlich war es drei Uhr, und sie mußte sich entscheiden. Sollte sie zum Baseballplatz hinausgehen und auf Eric warten, oder sollte sie einfach die Schule verlassen und den Nachmittag allein verbringen? Sie dachte an den Strand und die Hütte im Salzsumpf und an die Aussicht, mit den Seevögeln und dem Rauschen der Brandung allein zu sein. Dort draußen hätte sie wenigstens ihre Ruhe, und wenn die Leute über sie munkelten, würde sie sie nicht hören.

Dann dachte sie an Eric und seine Abwesenheit während der Mittagspause. Kurzentschlossen steckte sie ihre Schulbücher in die Tasche und verließ das Schulhaus durch die rückwärtige Tür. Hinter dem Fangnetz aus Maschendraht waren ein paar Reihen unbedeckter Zuschauersitze. Schon hatte sich am anderen Ende der untersten drei Sitzreihen eine Gruppe Mädchen eingefunden. Als Cassie näherkam, blickten sie weg und begannen miteinander zu kichern. Alle paar Sekunden wurde ihre Neugier zu groß, und dann spähte die eine oder die andere verstohlen zu Cassie her. Sie ging mit erhobenem Kopf an ihnen vorbei und tat so, als bemerke sie nichts.

Das Spielfeld war noch leer, und Cassie zog das Mathematikbuch hervor und machte sich an die Hausaufgaben der letzten zwei Tage, auf deren Erledigung Mr. Simms bestanden hatte, obwohl Cassie wegen der Beerdigung die Stunde versäumt hatte.

»Schließlich«, hatte er vor der ganzen Klasse erklärt, »bist du nicht krank gewesen, nicht wahr? Und niemand sonst hat den Unterricht versäumt, um zu Miranda Sikes' Beerdigung zu gehen. Es hat fast den Anschein, als hieltest du den Unterricht nicht für der Mühe wert.«

Cassie hatte mit brennenden Wangen an ihrem Platz gesessen, während eine Welle der Heiterkeit durch die Klasse gegangen war. »Aber sie war meine Freundin«, hatte sie geflüstert.

Darauf hatten Simms' dünne Lippen sich nur in einem geringschätzigen Lächeln gekräuselt. »Selbst wenn das wahr wäre, Cassie, kanntest du sie kaum. Und hättest du sie gekannt, so wäre es auch für dich kein Geheimnis gewesen, daß sie nichts weiter war als eine Geistesgestörte, die man niemals aus der Obhut der Anstalt hätte entlassen sollen. Meiner Meinung nach hast du Miranda Sikes' unglückliches Ende lediglich als eine weitere Gelegenheit benützt, den Unterricht zu schwänzen. Deine Eltern mögen damit einverstanden sein, ich aber bin es nicht. Bitte sieh zu, daß du die Aufgaben bis morgen fertig hast.«

Am liebsten wäre Cassie aus dem Klassenzimmer gerannt. Aber wieder sagte sie sich, daß er sie so wenig verletzen könne wie die anderen. Und sie hatte ihre Tränen, ihren Schmerz und ihren Zorn unterdrückt. Jetzt, als sie die Aufgaben durchsah, war sie froh darüber. Die Algebraaufgaben waren so einfach, daß sie die meisten im Kopf lösen konnte. Ganz auf ihre Arbeit konzentriert, machte sie sich daran, die Gleichungen und ihre Lösungen niederzuschreiben.

Zwanzig Minuten später, gerade als sie mit der letzten Aufgabe fertig war, trabte die Baseballmannschaft zum Aufwärmen auf das Spielfeld. Cassie befürchtete schon, er werde sie ignorieren, aber dann, bevor er anfing, mit Jeff Maynard einen Ball hin und her zu werfen, winkte er ihr zu. Zuletzt kam auch der Sportlehrer und Mannschaftstrainer aus der Turnhalle, aber Cassie erkannte ihn erst, als er mitten auf dem Platz stand.

Es war Mr. Simms.

Sein Mund war in dem gleichen unangenehmen Lächeln verzogen, das er zuvor gezeigt hatte, als er mit Cassie ins Gericht gegangen war, und sie spürte sofort, daß die Unerfreulichkeiten noch kein Ende hatten. Diesmal aber konnte nicht sie das Ziel sein; er hatte sie nicht einmal gesehen.

Er blies in die Trillerpfeife, und die Mannschaft versammelte sich um ihn. Er blickte in die Runde, und die Jungen verstummten nach und nach.

»So, hast du beschlossen, heute bei uns mitzutun, Cavanaugh?« sagte Simms, und seine kleinen, eng beisammenstehenden Augen fixierten Eric.

Eric nickte. »Ich – es tut mir leid, daß ich gestern nicht konnte«, sagte er. »Ich hätte die Übungsstunde nicht versäumen sollen, und es soll nicht wieder geschehen.«

»Was du tust oder nicht tust, interessiert mich nicht, Cavanaugh. Wenn du ohne uns auskommen kannst, können wir schon lange ohne dich auskommen. Du bist ab sofort bis auf weiteres aus der Mannschaft ausgeschlossen. Smythe, du übernimmst seinen Platz als Werfer.«

Eric glotzte, als ihm die Worte des Trainers zu Bewußtsein kamen. »Ausgeschlossen?« stammelte er. »Aber – aber das dürfen Sie nicht machen.«

»Darf ich nicht?« versetzte Simms. »Und was bringt dich auf den Gedanken?«

Eric faßte sich ein Herz. »Es ist nicht gerecht. Ich bin der beste Werfer in der Schule, und ich muß Baseball spielen.«

»Wirklich?« Der Trainer schien Erics Not zu genießen. »Und warum, wenn ich fragen darf?«

Erics Stimme sank zu einem Flüsterton ab. »Wenn ich aufs College gehe, brauche ich ein Stipendium. Und wenn ich in Baseball eins bekomme, kann ich –«

»Zu dumm, daß du letztes Mal nicht daran gedacht hast«, unterbrach ihn der Trainer. »Du weißt, daß unentschuldigtes Fehlen bestraft wird. Jetzt ist es zu spät. Tut mir leid.« Er kehrte Eric den Rücken und klatschte in die Hände. »Vorwärts, Jungs, fangen wir an!« rief er. »Laßt mal sehen, was ihr gelernt habt.«

Die Jungen sahen einander an, unsicher, wie sie sich verhalten sollten. Kevin Smythe, dem der Zorn in den Augen stand, wollte etwas sagen, als Cassie, deren eigene Erbitterung wiedererwacht war, als sie gehört hatte, wie Simms mit Eric umsprang, von der offenen Tribüne stieg und aufs Spielfeld hinauslief.

»Mr. Simms?«

Der Trainer drehte um und spähte zu ihr her. »Na, sieh da«, sagte er mit einem Blick zu den Jungen, bevor er sich wieder Cassie zuwandte. »Ich dachte, du würdest längst über deinen Hausaufgaben sitzen.« Zwei der Jungen kicherten, verstummten jedoch, als die anderen nicht einstimmten. »Was gibt es?« fragte Simms. »Wenn es eine Frage zu deinen Hausaufgaben ist, spare sie dir bis zur nächsten Mathematikstunde auf.«

»Ich habe keine Frage«, sagte Cassie. »Ich wollte bloß die Hausaufgabe abliefern.«

Simms zögerte, und sein ironisches Lächeln ging in ein Stirnrunzeln über. »Du bist fertig?«

Cassie zuckte mit der Schulter. »Ich werde mit Mrs. Ambler sprechen, ob ich nicht in eine andere Klasse gehen kann«, sagte sie in ruhigem Ton.

Simm's Lächeln kehrte zurück. »Wenn dir der Stoff zu schwierig ist...«

»Das ist er nicht«, erwiderte Cassie. »Er ist zu leicht. Aber wenn die Schule so dringend einen Baseballtrainer braucht, muß sie Ihnen noch etwas anderes zu tun geben, nicht wahr?« Dann, während die Baseballmannschaft sie in verblüfftem Schweigen anstarrte, machte sie kehrt und ging vom Platz. Im Weggehen spürte sie Simms' Wut beinahe körperlich und wußte, daß sie zu weit gegangen war. Was sollte werden, wenn es keine andere Klasse gab, in die sie übertreten könnte? Wenn sie den Rest des Jahres in Simms' Klasse bleiben mußte? Egal, sagte sie sich: Wie er sich Eric gegenüber verhalten hatte, war ungerecht, und sie hatte etwas tun müssen.

Sie war drei Blocks von der Schule entfernt, als Eric sie schnaufend einholte. »Ich dachte, du würdest auf mich warten.«

»Ich wußte nicht, ob es dir recht sein würde«, antwortete Cassie. »Ich meine, nach allem, was geschehen ist.«

Eric rollte die Augen. »Was geschehen ist, ist nichts, verglichen damit, was geschehen wird. Du hättest Simms sehen sollen, nachdem du vom Platz gegangen warst. Alle fingen an, über ihn zu lachen, und ich dachte, er würde den Verstand verlieren. Jetzt wird er es auf dich abgesehen haben.«

Cassie nickte. »Ich weiß. Aber ich war so wütend, mir war alles gleich.« Sie sah ihm in die Augen. »Ist es wahr, daß du ein Baseball-Stipendium haben mußt, wenn du aufs College gehen willst?«

Eric nickte verdrießlich, und sie gingen nebeneinander weiter. »Ich wüßte nicht, wie ich es anders schaffen könnte. Mein Vater verdient weiß Gott nicht genug, um mir zu helfen. Und wahrscheinlich würde er es auch nicht tun, selbst wenn er könnte.« Er schüttelte voll Bitterkeit den Kopf. »Nun werde ich morgen mit Mrs. Ambler reden und versuchen müssen, sie zu bewegen, daß sie die Angelegenheit mit Simms regelt. Er hält sich für eine große Nummer, aber ich glaube, daß er vor ihr Schiß hat. Jedenfalls ist sie mir wohlgesonnen.« Er nahm seine Büchertasche in die andere Hand und blickte zu Cassie. »Was willst du jetzt tun? Er ist der einzige Mathelehrer, und Mathe ist Pflichtfach.«

»Was kann ich tun? Ich werde eben zusehen, daß ich immer alle Aufgaben mache und bei den Arbeiten gut abschneide. Und nächstes Jahr kriegen wir einen anderen Lehrer.«

Eric schüttelte den Kopf. »Es gibt keinen anderen, das sagte ich doch. Simms gibt Mathe auch in den Oberklassen. Die einzige Möglichkeit, ihn loszuwerden, wäre, daß er aufhört, und das wird er nie tun.« Er grinste plötzlich. »Es sei denn, wir könnten uns was ausdenken, das ihn dazu bringen würde.«

Cassie blieb stehen und schaute ihm ins Gesicht. »Soll das ein Witz sein?«

Eric biß die Zähne zusammen. »Vielleicht. Aber er hätte mich nicht aus der Mannschaft hinauswerfen müssen, nur weil ich die Übungsstunde schwänzte, nicht? Das war nicht fair. Außerdem schadet es nicht, darüber nachzudenken. Ich meine, solange wir ihm nicht tatsächlich etwas antun...«

Cassie dachte darüber nach, und wieder kamen ihr Mirandas Worte in den Sinn.

Laß nicht zu, daß sie dich verletzen.

Wie aber, wenn sie einen doch verletzen?

Dann sagte sie: »Du kannst nicht jemandem Schaden zufügen, bloß, indem du daran denkst, oder?«

Eric blickte sie seltsam von der Seite an, sagte aber nichts.

Sie waren noch hundert Meter vom Haus auf der Anhöhe entfernt, als der weiße Falke sich mit lautem Schrei in den Nachmittagshimmel schraubte. Eric beobachtete den Vogel, bis er in der Sonne verschwand und die blendende Glut ihn zwang, den Blick abzuwenden.

»Keine Sorge«, sagte Cassie. »Er heißt Kiska und ist mein Freund. Solange du bei mir bist, wird er dir nichts tun.« Sie ging weiter, aber Eric blieb zurück. Er spähte wieder zum Himmel auf und verfolgte die Bewegungen des Falken, der nun in weitem Bogen über den Kiefernwipfeln kreiste.

»Gib acht«, sagte Cassie.

Sie legte den Kopf in den Nacken und konzentrierte ihren Blick wie ihr ganzes Bewußtsein auf den Raubvogel. Dann hob sie langsam den rechten Arm und wies mit ausgestrecktem Zeigefinger auf die Hütte.

Als hätte sie einen Befehl erteilt, legte sich der Vogel sofort in eine scharfe Kehre, ließ sich abwärts sinken und landete Augenblicke später auf der Dachspitze der Hütte, wo er sein Gefieder zu putzen begann.

Eric fühlte sein Herz klopfen. »Wie hast du das gemacht?« fragte er. »Hat – Miranda dir das beigebracht?«

Cassie lächelte ihm zu und nickte glücklich. »Ich sagte dir, er ist mein Freund. Er war Mirandas Freund, und jetzt ist er meiner.« Ihr Lächeln verbreitete sich über das ganze Gesicht. »Er tut alles, was ich von ihm verlange.«

Eric sah sie scharf an. »Was willst du damit sagen?«

Aber Cassie lächelte bloß.

Gefolgt von Eric, der den Falken auf dem Dach nicht aus dem Auge ließ, ging sie auf die kleine Hütte zu.

Vor der Tür wartete Sumi, den Schwanz um die Füße gelegt. Er sprang mit einem Satz in Cassies Arme, und sie streichelte und liebkoste ihn. Dann sperrte sie auf, und sie gingen hinein.

So vernachlässigt und baufällig die Hütte von außen wirkte, im Inneren waren die Wände mit Kiefernholz verkleidet, das zu einem mattgoldenen Glanz gewachst war und von innen zu leuchten schien. An einer Wand stand ein großer Kleiderschrank aus Walnußholz, und an einer anderen, in die Ecke gerückt, ein kleines Bett. In der Mitte des einzigen Raumes stand ein Tisch, und die Rückwand wurde zur Hälfte von einem gemauerten Kamin eingenommen, dem irgendwann in ferner Vergangenheit ein gußeiserner Küchenherd hinzugefügt worden war. Die andere Hälfte der Wand bot Raum für eine hölzerne Anrichte mit einem Spülbecken, und darüber, zu beiden Seiten des Fensters, Hängeschränke aus Kiefernholz.

Außer den beiden Stühlen am Tisch gab es einen alten hölzernen Schaukelstuhl neben einem kleinen Beistelltisch an einem der vorderen Fenster. Anderes Mobiliar gab es nicht.

Obwohl die gesamte Einrichtung sehr alt und offensichtlich handgearbeitet war, befanden sich alle Gegenstände in gutem, sogar gepflegtem Zustand. Im ganzen Raum gab es nicht ein Staubkörnchen, noch war etwas von dem Durcheinander armseligen Trödels zu sehen, der nach übereinstimmender Auffassung aller Bewohner False Harbors Mirandas häusliche Umgebung gebildet hatte.

Eric grinste in sich hinein. Es war ganz anders, als alle glaubten. Und das, dachte er, war das Seltsamste an der Hütte. Man konnte von außen nicht erkennen, wie es innen war. In mancher Hinsicht war diese Hütte genau wie er selbst.

Er blickte auf.

Die vier dreieckigen Verkleidungen des Zeltdaches waren jede in einer anderen Farbe gestrichen und bedeckt mit seltsamen Zeichen und Mustern, die mit der Zeit beinahe bis zur Unkenntlichkeit verblaßt waren.

»Was hat das zu bedeuten?« fragte er. »Hat sie dir erzählt, was diese Zeichen bedeuten?«

»Sie sagte, es sei Astrologie«, antwortete Cassie. »Dieses Haus, sagte sie, sei ein besonderes, weil es mit allem ringsum im Einklang stehe.« Sie wartete auf eine Bemerkung, aber als Eric nichts sagte, fuhr sie fort: »Sie sagte mir, es sei ein magischer Ort.«

Erics Augen wichen ihrem Blick aus, aber sie glaubte aus seiner Antwort einen spöttischen Unterton herauszuhören. »Und du hast ihr geglaubt?«

»Ich – ich weiß nicht. Ich bin nicht einmal sicher, was sie meinte. Aber ich weiß, das sie es glaubte.«

»Hat sie dir nicht mehr gesagt?« forschte Eric. »Sie muß noch etwas darüber gesagt haben.«

»Das stimmt«, sagte Cassie und ließ sich auf einen der Stühle am Tisch nieder. Eric sah sie an, und sie suchte in seinen Augen, bis sie gewiß war, nichts darin zu sehen als Neugierde. Er sah sie nicht so an, wie die anderen Mitschüler es getan hatten. Sie fand, daß sie ihm vertrauen konnte.

»Sie sagte, ich sei etwas Besonderes. Sie wolle mir ein Geschenk machen. Und daß ich... nun, daß ich Fähigkeiten hätte, über die nicht jeder verfügt. Und sie sagte, ich solle nicht zulassen, daß andere Menschen mich verletzen.«

Eric merkte auf. »Du meinst, wie Mr. Simms uns verletzte?«

Cassie dachte darüber nach. »Ja, so wird es gemeint sein«, sagte sie endlich.

Eric setzte sich ihr gegenüber und hob Sumi auf, der unruhig unter dem Tisch hin und her gegangen war. »Aber was für Fähigkeiten sind es, die du hast?« fragte er.

»Ich weiß es nicht«, flüsterte Cassie. »Aber ich werde es herausbringen.« Sie schloß die Augen, und ihre Lippen begannen sich lautlos zu bewegen.

Eric beobachtete sie, während die Sekunden verstrichen und zu Minuten wurden. Er beobachtete sie mit stummer Aufmerksamkeit, bis er sah, daß Sumi seinen liebkosenden Fingern entschlüpfte und zu Boden sprang.

Einen Augenblick später schlüpfte der Kater zur Tür hinaus.

Harald Simms wartete im Umkleideraum, bis alle Jungen sich umgezogen hatten und gegangen waren. Dann löschte er das Licht, ging in das kleine Büro, das er mit den anderen Trainern teilte, und schloß die Tür.

Noch immer siedend vor Zorn über Cassie Winslows Unverschämtheit, nahm er sich die Blätter vor, auf die sie säuberlich die Hausaufgaben für zwei Tage geschrieben hatte. Das Arbeitspensum hätte sie nach seiner Rechnung mindestens zwei Stunden beschäftigen sollen.

Alles war einwandfrei.

Sie mußte geschummelt haben. Selbst wenn sie ihre Planstunde im Arbeitsraum auf die Hausaufgaben verwendet hatte, konnte sie schwerlich so rasch damit fertig geworden sein. Er folgerte, daß sie einfach die heutigen Aufgaben gemacht hatte, und daß Eric Cavanaugh ihr die Lösungen der gestrigen zum Abschreiben gegeben hatte. Lächelnd kennzeichnete er die Blätter mit dem Vermerk: »ungültig« und setzte eine Ermahnung darunter, daß er Betrügereien in seiner Klasse nicht dulde. Sollte sie nur versuchen zu argumentieren, dachte er bei sich. Sie steckt schon tief drinnen, und wenn sie mit Widerreden anfängt, werde ich sie vom Unterricht suspendieren. Tatsächlich hoffte er, sie würde ihm mit Widerreden kommen und ihm einen akzeptablen Grund geben, sie für die Erniedrigung zu bestrafen, die sie ihm zugefügt hatte. Er hatte noch das Gelächter der Baseballmannschaft in den Ohren, sah noch ihre spöttischen Blicke.

Nicht, daß sie für Cassie Winslow etwas übrig gehabt hätten – sie ärgerten sich nur über ihn, weil er Eric Cavanaugh gemaßregelt hatte. Aber es war richtig gewesen, Eric aus der Mannschaft zu nehmen. Der Junge war immer der allgemeine Liebling gewesen, und das war ihm zu Kopf gestiegen. Er hatte geglaubt, er könne sich mehr herausnehmen als die anderen. Er hatte lange auf eine Gelegenheit gewartet, den Jungen von seinem Postament zu stoßen; Simms bedauerte nur, daß er nicht dabei sein konnte, wenn Ed Cavanaugh erfuhr, daß sein Sohn aus der Baseballmannschaft geflogen war. Eric konnte von Glück sagen, wenn ihm nach der Abreibung alle Zähne blieben.

Simms erwachte aus seinen Tagträumen. Er hatte das eigenartige Gefühl, daß er nicht mehr allein sei. Er blickte umher und hätte sich nicht sehr gewundert, am anderen Schreibtisch jemanden sitzen zu sehen, aber es war niemand da. Stirnrunzelnd stand er auf und ging zur Tür, öffnete sie und blickte hinaus in den leeren Umkleideraum und zu den Duschen am anderen Ende.

»Hallo? Jemand da?«

Seine Stimme echote hohl von den Betonwänden und den Spinden aus Stahlblech. Er schloß die Tür wieder und trat an den Schreibtisch, um seine Aktenmappe zu packen und heimzugehen.

Er hatte der Tür noch den Rücken zugekehrt, als er sie langsam knarren hörte.

Er stand bewegungslos. Der Pulsschlag pochte laut in seinen Schläfen. Langsam wandte er sich um.

In der Türöffnung kauerte ein grauer Kater. Sein Schwanz zuckte krampfhaft.

Simms runzelte die Brauen. Er mochte keine Katzen – hatte sie noch nie gemocht, so weit er zurückdenken konnte. Um sie zu verscheuchen, ging er einen Schritt auf sie zu.

Statt zurückzuweichen, erhob sich der Kater jedoch auf die Beine und machte einen Buckel. Er entblößte die spitzen Zähne und fauchte ihn an.

»Mistvieh, verdammtes«, murmelte Simms. Er tat einen weiteren Schritt und holte mit dem rechen Fuß zum Zutreten aus. Ehe er die Bewegung vollenden konnte, sprang die Katze ihn an.

Simms grunzte erschrocken, als das Tier gegen seine Brust prallte und die Krallen durch das Polohemd ihm in die Haut schlugen. Er wankte rückwärts, versuchte, das Tier zu packen, konnte es aber nicht fassen. Im nächsten Augenblick fuhr ihm ein brennender Schmerz durch das Gesicht, als die Krallen ihm Stirn und Wangen aufrissen. Er hob instinktiv den rechten Arm, das Tier beiseitezuschlagen, doch ehe er es treffen konnte, verlor er das Gleichgewicht, fiel rücklings gegen den Schreibtisch und rutschte seitwärts daran herunter, bis er auf dem Rücken landete, den Oberkörper auf beide Arme gestützt.

Aufblickend sah er den Kater sprungbereit auf der Schreibtischkante über ihm. Das Tier fauchte bösartig. Bevor es den nächsten Angriff führen konnte, rappelte Simms sich auf und sprang zur Seite, daß er gegen die kahle Betonwand des Büros prallte. Mit einem Fluch wandte er sich um und sah die Katze auf sich zuspringen.

Die Tür.

Er mußte die Tür erreichen, mußte hinaus aus dem engen Büro.

Er flog herum, aber die Tür entglitt seiner Hand und krachte zu, als der Kater ihm ins Genick sprang. Ein Schrei löste sich von Simms' Lippen, als er, vom eigenen Schwung getragen, gegen die Tür lief, dann auf die Knie sank. Ein wilder Schmerz schüttelte seinen Körper, als der Kater ihm die Zähne in den Nacken schlug und Fetzen von Haut und Fleisch herausriß. Unfähig, den Angreifer zu packen und festzuhalten, warf er sich auf den Boden und wälzte sich herum, versuchte das Tier unter seinem Gewicht zu erdrükken. Aber wie er sich auch wälzte und wand, die wütende Bestie war schneller. Ihre Krallen zerrissen ihm das Gesicht, die scharfen Zähne zerfetzten die Haut von Armen und Oberkörper.

Seine Schreie wurden lauter, und wieder kam er wankend auf die Beine, aber es gab kein Entkommen aus der Tortur. Wohin er sich auch wandte, die Bestie war zuerst da, und überall fühlte er die scharfen Krallen und Zähne sein Fleisch aufschlitzen. Endlich zwängte er sich wimmernd in das Knieloch unter dem Schreibtisch und schützte seinen blutenden Kopf mit den Armen. Und dann hatte der Angriff schließlich ein Ende, und es wurde still im Raum.

Die Stille wurde unterbrochen vom Geräusch leisen Lachens, und als Harold Simms langsam in Bewußtlosigkeit sank, glaubte er, die lachende Stimme zu erkennen.

Sie klang wie Cassie Winslows Stimme, die ihn verspottete.

Eine halbe Stunde später kam Jake Palmer, der seit vierzig Jahren Hausmeister der Oberschule von False Harbor war, in den Büroraum. Er stellte Putzkübel und Schrubber ab und sah sich um.

»Herr des Himmels«, flüsterte er. »Was haben die hier angestellt?« Wohin er auch sah, überall waren die Wände flekkig von roten Schmierern, und der Boden sah aus, als ob ein auf den Tod verwundetes Tier seine letzten Augenblicke, wild um sich schlagend, mit der Suche nach einem ungesehenen Feind zugebracht hätte. Als Jakes Verstand sich mühte, eine Erklärung dafür zu finden, was seine Augen sahen, vernahm er in der Nähe ein leises Stöhnen. Vorsichtig bewegte er sich zur anderen Seite des Raumes und bückte sich, um unter den Schreibisch zu sehen.

Von dort starrte ihm Harold Simms' bleiches, blutig zerschnittenes Gesicht entgegen.

»Sie war es«, hörte er Simms stöhnen. »Dieses verrückte Mädchen. Sie... sie wollte mich umbringen.« Dann sanken Simms die Lider über die Augen, als er ein zweites Mal in Bewußtlosigkeit hinüberglitt.

Cassie hob mit einem Ruck den Kopf und schlug zwinkernd die Augen auf. Ihr Blick fiel auf Eric, der ihr am Tisch gegenüber saß und sie aufmerksam betrachtete. »Was – was ist passiert?« fragte sie.

»Nichts. Du saßest einfach da, und deine Lippen bewegten sich, und einmal lachtest du.«

Cassie blickte gedankenvoll zu den verblichenen Zeichen und Symbolen an der Decke der Hütte auf. Sie hatte an Mr. Simms gedacht, und dann war sie eingenickt, wie in einem Traum. Aber was war in dem Traum geschehen?

Sie konnte sich nicht entsinnen.

Stirnrunzelnd blickte sie umher.

Etwas war anders. Nach einer Weile erkannte sie, was es war.

Der Kater war fort.

Ihr Blick fand zurück zu Eric. »Was ist aus Sumi geworden?«

Eric schwieg eine kleine Weile, dann hob er die Schultern. »Wer weiß? Du weißt, er war hier bei uns, und dann lief er hinaus.«

Dann grinste er. »Vielleicht ist er hinter Simms her«, meinte er. »Vielleicht hast du ihn Simms auf den Hals gehetzt?«

13

Gene Templeton verließ das Schulgebäude durch den Seiteneingang und angelte in der Hosentasche nach den Wagenschlüsseln. Seit dem Begräbnis war erst ein Tag vergangen, und schon ging es los. Templeton war ziemlich sicher, daß sein Bemühen vergeblich bleiben würde, denn die Geschichte, die er in der Schule gehört hatte, ergab keinerlei Sinn. Trotzdem mußte er der Sache nachgehen, und so lenkte er den Streifenwagen langsam durch die Stadt zum Haus der Winslows.

Dort angelangt, stieg er aus und ging zum Haus, wo er seufzend den Klingelknopf drückte. Einen Augenblick später wurde geöffnet. Rosemary Winslow blickte ihn ängstlich besorgt an.

»Was gibt es?« fragte sie. »Es ist nicht wieder wegen Miranda, oder? Ich dachte, wir hätten das hinter uns.«

Templeton hob beschwichtigend die Hände. »Es hat überhaupt nichts mit Miranda zu tun, Rosemary. Es geht um... ah, um etwas anderes. Darf ich eintreten?«

Offensichtlich erleichtert, trat sie zurück und hielt die Tür auf. Als Templeton in die Diele kam, sprang Jennifer Winslow die Treppe herab.

»Hallo, Mr. Templeton!« sagte sie, streckte ihm erwartungsvoll die Hand hin und grinste zu ihm hoch. Er grinste zurück, suchte in der Jackentasche und zog eines der Kaubonbons heraus, die er gewohnheitsmäßig bei sich trug – nur zur Bestechung von Kindern, wie er jedem versicherte, der danach fragte, aber niemals für ihn selbst. Das war eine Lüge, aber jeder wußte es, also kam es nicht darauf an.

»Selber hallo«, erwiderte Templeton und hielt das Bonbon gerade so hoch, daß Jennifer es nicht ganz erreichen konnte. »Bist du ein braves Mädchen? Hast diese Woche nicht versucht, die Bank zu berauben?«

»Nein!« schrie Jennifer. »Darf ich's haben? Bitte?«

Templeton blickte zu Rosemary, die nickte, dann gab er das Karamelbonbon Jennifer, die das Papier abschälte und es sofort in den Mund stopfte, daß die rechte Wange anschwoll.

»Nun lauf zu«, sagte er. »Ich muß mit deiner Mama über etwas sprechen.«

»Darf ich zuhören?« bat Jenny mit undeutlicher Stimme.

»Nein, du darfst nicht«, sagte Rosemary.

Angesichts der einhelligen Entscheidung zweier Erwachsener zog Jennifer sich die Treppe hinauf zurück. Als sie fort war, führte Rosemary den Polizeikommissar in die Küche.

»Ich habe etwas Kuchen, das ist aber auch alles«, entschuldigte sie sich. Sie schenkte ihm und sich selbst je eine Tasse Kaffee ein und zog die letzte Schnitte vom gestrigen Apfelkuchen aus dem Kühlschrank, bevor sie sich zu Templeton setzte. Ihre Augen verrieten, daß sie noch immer besorgt war. »Nun, was geht vor?«

Templeton machte ein ernstes Gesicht und schüttelte den Kopf. »Ich weiß es selbst nicht genau. Aber ich hoffe, daß ich diese Sache ganz schnell im Keim ersticken kann. Wissen Sie zufällig, wo Cassie heute nachmittag gewesen ist?«

Die Sorge verlor sich aus Rosemarys Zügen. »Das ist leicht beantwortet«, sagte sie. »Sie ist mit Eric zusammen, und die beiden sind im Haus, oben in Cassies Zimmer.«

Templeton hob ein wenig die Brauen. »In Cassies Zimmer?« wiederholte er, und Rosemary lächelte.

»Die Zeiten haben sich geändert, Gene. Heutzutage haben die Jugendlichen ihre Freundinnen und Freunde in ihren Zimmern. Es ist nicht wie in unserer Jugendzeit.«

»Nun, das ist immerhin etwas«, sagte Templeton. »Und wie lange sind die beiden schon da oben?«

»Den ganzen Nachmittag, soviel ich weiß.«

Die Erleichterung, die Templeton momentan verspürt hatte, schwand dahin. »Soweit Sie wissen?«

»Also, ich bin erst seit einer halben Stunde hier. Nachdem ich den Laden verließ, ging ich noch einkaufen, aber sie waren hier, als ich nach Haus kam. Aber wird es Ihnen etwas ausmachen, mir zu sagen, was dies alles zu bedeuten hat?«

Templeton beschrieb unter Aussparung aller nicht unbedingt erforderlichen Einzelheiten, was er vor einer Stunde im Trainerbüro der Schulturnhalle vorgefunden hatte. »Und die Sache ist die«, schloß er, »daß Simms, kurz bevor er ohnmächtig wurde, zu Jake Palmer sagte, ›das verrückte Mädchen‹ habe es getan.«

Rosemary erschrak. »Das hat er gesagt?«

»Es ist nicht ganz so schlimm, wie es sich anhört«, fügte Templeton hinzu. »Und Jake sagte, er habe nicht Cassies Namen ausgesprochen. Aber, immerhin...« Er suchte nach Worten, flüchtete sich dann in ein verlegenes Schweigen.

»Immerhin gibt es in unserem Städtchen nur ein Mädchen, das sie verrückt nennen«, vervollständigte Rosemary seinen angefangenen Satz. Ihre Stimme war kalt. »Ist es so?«

Templeton nickte. »Rosemary, es tut mir leid. Ich weiß, wie dies alles klingt, aber ich muß meine Arbeit tun. Außerdem könnte es nicht so schlimm sein – tatsächlich nannte er sie nicht beim Namen, und niemand sah Cassie zur fraglichen Zeit in der Nähe der Schule. Ein paar Kinder sahen sie sogar fortgehen und gaben an, Eric sei ihr ein Stück nachgelaufen, und dann seien die beiden zusammen weitergegangen. Danach hat niemand einen der beiden wieder auf dem Schulgelände gesehen. Wenn ich also feststellen kann, daß Cassie den Nachmittag anderswo verbracht hat, können wir dieser Geschichte gleich ein Ende machen.«

»Dann wollen wir das tun«, sagte Rosemary. »Weitere Gerüchte und Beschuldigungen sind das letzte, was wir gebrauchen können.« Sie ging in die Diele hinaus und lief die Treppe hinauf. Kurz darauf kamen Eric und Cassie herunter. Als sie Templeton sahen, machten sie betretene Gesichter.

»Was ist los?« fragte Cassie.

Rosemary fing an zu sprechen, aber Gene Templeton hob die Hand, und sie schwieg. »Macht es euch was aus, mir zu sagen, wo ihr den ganzen Nachmittag gewesen seid?« fragte er.

Eric und Cassie sahen einander an, dann sagte Eric: »Wir sind seit ungefähr einer Stunde hier, glaube ich.«

»Seit einer Stunde?« sagte Templeton. Was Simms zugestoßen war, hatte sich vor mehr als einer Stunde ereignet. »Und wo wart ihr vorher?«

Erics Augen nahmen einen wachsamen Ausdruck an, und er sagte nichts. Statt dessen blickte er zu Cassie, und in Templetons Magen zog sich etwas zusammen, als er begriff, daß vielleicht doch etwas an Simms' unzusammenhängenden Worten gewesen war. Als Cassie endlich sprach, war ihre Nervosität nicht zu überhören.

»Wir – wir waren draußen im Salzsumpf«, sagte sie. »Ich zeigte Eric Mirandas Haus.«

Templeton blickte zu Rosemary, die über die Worte so überrascht zu sein schien wie er selbst. »Verstehe«, sagte er. »Macht es euch etwas aus, mir zu sagen, warum ihr dort hinaus gegangen seid?«

»Das sagte ich schon«, antwortete Cassie. »Ich zeigte Eric Mirandas Haus. Warum sollte ich nicht? Miranda war meine Freundin. Ich kann hingehen, wenn ich es will.«

»Langsam«, sagte Templeton mit erhobenen Händen. »Ich sagte nicht, daß es verboten sei, dorthin zu gehen. Ich möchte nur wissen, ob es einen besonderen Grund für euch gab.«

Cassie schwieg eine Weile, dann nickte sie. »Wir hatten uns geärgert«, sagte sie. »Mr. Simms schloß Eric heute nachmittag aus der Baseballmannschaft aus.«

Rosemary erschrak, aber Templeton brachte es fertig, überhaupt nicht auf die Worte zu reagieren. Alles ergab noch weniger Sinn als vorher, denn Cassie hatte gerade in aller Unschuld ein Motiv gestanden. »Erzähl mir davon«, sagte er zu Eric und faßte den Jungen ins Auge. Aber als Eric ihm die Geschichte erzählte, konnte Templeton in seinem Verhalten nichts erkennen, was nicht völlig spontan gewesen wäre.

»Simms ist manchmal seltsam«, schloß Eric. »Aber ich werde morgen mit Mrs. Ambler sprechen, und sie wird es ausbügeln. Aber was ist überhaupt geschehen?«

Ohne die beiden Halbwüchsigen aus den Augen zu lassen, erzählte Templeton ihnen, was am Nachmittag in der Schule geschehen war. »Simms ist im Krankenhaus. Und ich bin hier, weil er etwas sagte, was so ausgelegt werden könnte, daß er sich von Cassie angegriffen glaubte. Nach allem, was ich sah, scheint die Person, die ihn angegriffen hat, ein Messer gebraucht zu haben.« Er bemerkte, daß Cassie und Eric Blicke austauschten, und etwas darin gefiel ihm nicht. Es war mehr als Überraschung – da war noch etwas, worauf er nicht mit dem Finger zeigen konnte. Aber was? »Und ihr zwei sagt, ihr wärt unten im Sumpf gewesen und dort den ganzen Nachmittag geblieben?«

Cassie nickte. »So war es.«

»Allein«, sagte Templeton.

Cassie zögerte, dann sagte sie: »Jennifer sah uns im Sumpf. Fragen Sie Jennifer.«

Rosemary ging zum Fuß der Treppe und rief Jennifer. Einen Augenblick später kam die Kleine die Treppe heruntergerannt und folgte der Mutter in die Küche.

»Aber woher weißt du, daß sie die ganze Zeit in Mirandas Haus waren?« fragte Gene Templeton fünf Minuten später, nachdem Jennifer die Aussage Cassies und Erics bestätigt hatte.

Jennifer schlug errötend den Blick nieder. »Ich habe aufgepaßt«, sagte sie. »Solange sie drinnen waren, saß ich auf der Schaukel im Park und paßte auf, ob was passieren würde. Aber nichts passierte. Sie gingen hinein, und dann kamen sie wieder heraus.« Ihr Blick ging ängstlich zu Cassie. »Entschuldige«, sagte sie, »ich wollte nicht spionieren. Ich wollte bloß sehen, was ihr macht.«

»Das ist schon gut, Jen«, sagte Cassie, und ein kleines Lächeln umspielte ihren Mund. »Und es ist ganz richtig, daß du ihnen sagst, wo wir waren.«

Jennifers Blick wanderte weiter zu ihrer Mutter. »Sie haben nichts getan«, sagte sie. »Nachher kamen sie nach Haus und gingen hinauf in Cassies Zimmer und hörten Radio.«

Rosemarys Spannung löste sich, und sie wandte sich zum Polizeikommissar. »Nun, wenigstens wissen wir, daß Cassie und Eric nichts mit dem zu schaffen hatten, was Mr. Simms zugestoßen ist.«

Gene Templeton nickte abwesend, beobachtete aber noch immer Cassie und Eric. Er war überzeugt, daß sie etwas verschwiegen. »Was habt ihr in Mirandas Haus getan?« fragte er schließlich.

Wieder ging dieser seltsame Blick zwischen den beiden

hin und her, und einen Augenblick dachte Templeton, Eric werde sprechen, aber Cassie kam ihm zuvor.

»Wir sprachen über Mr. Simms«, sagte sie und begegnete Templetons Blick. Und obwohl ihre Augen klar waren, als hätte sie nichts zu verbergen, war auch eine Herausforderung in ihnen. »Wir sprachen darüber, was für ein ekelhafter Typ er ist, und wünschten, daß ihm etwas zustoßen würde. Das ist unheimlich, nicht wahr? Ich meine, daß ihm wirklich etwas zustieß, während wir es wünschten.«

»Cassie!« rief Rosemary.

»Warum sollte ich lügen?« sagte Cassie. »Wir haben ihm nichts getan. Und ich finde, daß Mr. Simms ganz recht geschehen ist. Er war gemein zu mir, und Erics Bestrafung war überhaupt nicht fair. Wenn jemand ihn verprügelt hat, werde ich nicht so tun, als ob es mir leid täte!«

Bevor jemand etwas sagen konnte, drehte sie sich um und lief hinaus. Rosemary blickte zu Templeton und wollte ihr nach, aber der Polizeichef winkte ab. »Lassen Sie sie gehen«, sagte er. »Sie muß es satt haben, daß ich ihr die ganze Zeit Fragen stelle, und ich denke, es ist ziemlich offensichtlich, daß sie mit der Simms-Geschichte nichts zu tun hat.« Er stand auf und klappte sein Notizbuch zu. »Hast du noch was zu sagen, Eric?«

Eric schüttelte den Kopf.

»In Ordnung.« Er ging zur rückwärtigen Tür hinaus und war gerade im Begriff, die Zufahrt hinauszugehen, als ihm eine Bewegung auffiel. Er wandte den Kopf und sah einen grau getigerten Kater durch den Zaun schlüpfen, der den Garten der Winslows vom Friedhof trennte. Er sprang über den Rasen und kletterte geschickt eine große Ulme hinauf. Als er auf dem untersten Ast anlangte, blieb er einen Augenblick sitzen und starrte aus gelben Augen unheilverkündend zu Templeton herab. Der kleine Rachen öffnete sich, daß die spitzen Zähne sichtbar wurden, und ein drohendes Fauchen kam daraus hervor. Dann lief er auf dem Ast entlang, sprang auf einen zweiten über und verschwand durch ein offenes Fenster im Obergeschoß.

»Sumi?« hörte Templeton Cassies Stimme in besorgtem

Ton fragen. »Hast du es wirklich getan? Hast du getan, was ich von dir wollte?«

Mit nachdenklich gefurchter Stirn ging Templeton weiter die Einfahrt hinunter.

»Nach oben«, knurrte Ed Cavanaugh. Er hatte Eric wenige Minuten nach dem Polizeikommissar aus dem Nachbarhaus kommen sehen, und als der Junge die Zufahrt überquert hatte und zur Hintertür hereingekommen war, hatte Ed ihn sich vorgenommen. Es hatte nicht lange gedauert, die ganze Geschichte aus seinem Sohn herauszubringen, und beim Zuhören war sein Zorn noch gewachsen. »Vorwärts!« bellte er, als Eric nicht gleich gehorchte.

»Ed, laß ihn«, sagte Laura. Ed sagte nichts, aber sein Arm kam hoch und traf Lauras Gesicht mit einem Rückhandschlag, dessen Wucht ausreichte, sie auf den Stuhl zurückzuwerfen. »Jetzt!« brüllte er, dann packte er Eric beim Kragen und schleifte ihn aus der Küche. Laura saß zitternd auf dem Stuhl und hörte, wie ihr Mann den Jungen gewaltsam die Treppe hinauftrieb. Warum? dachte sie mit Bitterkeit. Warum wollte er überhaupt einen Sohn?

Am oberen Treppenabsatz machte Eric sich los und wollte in sein Zimmer gehen, aber Ed packte ihn am Handgelenk, drehte ihm den Arm auf den Rücken und stieß ihn in das kleine Zimmer, das als Gästezimmer gedient hätte, wäre jemals jemand gekommen, die Cavanaughs zu besuchen.

Eric verließ der Mut, denn wenn sein Vater ihn hierher brachte, wurde es schlimm. »Ausziehen!« befahl sein Vater, schon dabei, seinen Gürtel aus den Schlaufen im Hosenbund zu ziehen.

Erics Augen weiteten sich. »Nein«, wimmerte er. »Nicht, Papa! Ich habe nichts getan…«

»Du hast meinen ausdrücklichen Befehl mißachtet und es fertiggebracht, daß du aus der Mannschaft geflogen bist«, schnaufte Ed. »Soll das nichts sein?« Er griff mit der freien Hand zu, bekam Erics Hemd zu fassen und riß es herunter. Eric krümmte sich, da er aber wußte, daß es kein

Entkommen gab, entkleidete er sich rasch und streckte sich auf dem Bett aus.

Der Gürtel pfiff durch die Luft und klatschte auf Erics nacktes Hinterteil, aber Eric war klug genug, nicht vor Schmerzen zu schreien. Wenn sein Vater so war, reizten ihn Schmerzensschreie nur noch mehr. Er biß die Zähne zusammen und umklammerte mit beiden Händen die Bettpfosten am Kopfende.

Wieder pfiff der Ledergürtel durch die Luft und schlug zu.

Mit jedem Schlag nahm Erics Wut zu.

»Ja, es paßt zu meinen Untersuchungsergebnissen«, bemerkte Dr. Paul Samuels, nachdem er sich angehört hatte, was Gene Templeton zu sagen hatte. »Soweit ich es beurteilen kann, wurde er nicht mit einer Waffe angegriffen.«

Charlotte Ambler sah den Arzt überrascht an. Sie war mit dem Krankenwagen von der Schule gekommen und hatte ungeduldig gewartet, während Simms untersucht worden war, bestrebt zu erfahren, was im Nebenraum der Turnhalle vorgefallen war. »Keine Waffe?« sagte sie in einem sarkastisch-herben Ton, den sie gewöhnlich für ihre Schüler reservierte. Aber diese Diagnose machte sie vergessen, daß zwölf Jahre vergangen waren, seit Paul Samuels einer ihrer Schüler gewesen war. »In Gottes Namen, Paul, ich habe Harold Simms mit eigenen Augen gesehen!«

»Ohne Frage ist er angegriffen worden«, sagte Samuels. »Aber es sieht nicht so aus, als wäre er von einer Person angegriffen worden, wenigstens nicht mit einem Messer.«

»Können Sie das etwas genauer erklären?« fragte Gene mit einem Blick auf die Uhr. Mittlerweile war es dreißig Minuten über die Mittagszeit. Er seufzte in sich hinein und wandte seine Aufmerksamkeit wieder dem Arzt zu.

»Ein Messer macht einen sauberen Schnitt«, erläuterte Samuels. »Wenn Sie jemand mit einem Messer angreifen, stechen Sie damit zu, so daß eine tiefe Wunde entsteht, oder Sie schneiden, aber in beiden Fällen werden die Wundränder sauber und glatt sein. Und es wird sich kein Muster erkennen lassen. Aber das ist bei Harold Simms nicht der Fall. Ich habe den Eindruck, daß er von einem Tier angefallen wurde. Wenigstens zuerst.«

Sofort stellte sich die Erinnerung an den fauchenden Kater auf dem Baum vor Cassies Fenster ein. »Könnte es eine Katze gewesen sein?« fragte Templeton.

Samuels nickte nach kurzer Überlegung. »Könnte sein. Ich würde es jedenfalls nicht ausschließen.«

»Aber Mr. Simms war ganz sicher, daß er jemand lachen hörte«, warf Charlotte Ambler ein.

»Jemanden, der einfach nicht dagewesen zu sein scheint«, bemerkte Templeton. »Tut mir leid, Charlotte, aber was immer geschehen ist, ich sehe nicht, wie Cassie daran beteiligt gewesen sein sollte. Und Simms kann sich getäuscht haben.«

Charlotte Ambler wandte sich ungeduldig zum Arzt. »Würden Sie das auch sagen?«

Samuels zuckte unverbindlich die Achseln. »Es ist möglich, daß er in der extremen Lage, in der er sich befand, Opfer einer Sinnestäuschung geworden ist, was das Lachen angeht. Es ist sogar möglich, daß er sich einen Teil der Verletzungen selbst zugefügt hat.«

»Sich selbst zugefügt?« sagte Mrs. Ambler. »Was reden Sie da?«

»Eben das«, erwiderte Samuels. »Als er von dem Tier angegriffen und verletzt wurde, scheint er die Nerven verloren zu haben. Ich vermute, daß er blindlings um sich schlug, wohl auch zu Boden fiel, und sich dabei die Prellungen und Blutergüsse zuzog, die außer den zahlreichen Kratz- und Bißwunden festzustellen sind. Nach allem, was der Kommissar uns sagte, erscheint mir ein Nervenversagen noch wahrscheinlicher. Simms hatte kurz zuvor Eric Cavanaugh aus der Baseballmannschaft geworfen, und dann war es Cassie Winslow gelungen, ihn vor den Schülern zu demütigen. Er muß in einem erregten Zustand gewesen sein. Und Sie selbst, Mrs. Ambler, sagten mir, daß Simms stark angespannt gewesen sei. Ich glaube, das waren Ihre Worte.«

»Er hatte einige Probleme, ja.«

»Nun, wenn Sie mich fragen, erlitt er einfach einen Nervenzusammenbruch«, fuhr Samuels fort. »Wir können nicht genau sagen, was geschah, und die Biß- und Kratzwunden stammen zweifellos von einem Tier. Aber ich glaube nicht, daß eine andere Person bei ihm war. Möglicherweise überraschte er das Tier und suchte es zu vertreiben, worauf es in Panik geriet und angriff. Das brachte ihn dann um den Rest seiner Fassung. Ich bezweifle nicht, daß er sich einbildete, er sei von Cassie Winslow angegriffen worden. Ich wäre nicht einmal überrascht, wenn er behauptete, er hätte sie tatsächlich gesehen. Aber ich würde das als eine Halluzination bezeichnen.«

Templeton betrachtete den Arzt gedankenvoll und rieb sich die Bartstoppeln am Kinn. »Sie sagen also, daß er einfach verrückt wurde?«

Samuels zog die Brauen hoch. »Das ist nicht die Terminologie, die ich gebrauchen würde. Nein. Ich würde dazu neigen, es einen Nervenzusammenbruch zu nennen, allenfalls einen psychotischen Schub.«

»Gibt es da einen Unterschied?« fragte Templeton, und Samuels konnte trotz der Umstände ein Lächeln nicht unterdrücken.

»In einigen Fällen vielleicht nicht«, räumte er ein. »Aber hier handelt es sich wahrscheinlich um eine vorübergehende Erscheinung, wenn es auch noch zu früh ist, genaueres zu sagen. ›Verrückt‹, wie Sie es ausdrückten, scheint mir eher auf einen Dauerzustand hinzuweisen. Ein psychotischer Schub hingegen kann eine durchaus vorübergehende Erscheinung sein.«

»Wie vorübergehend?« fragte Templeton.

»Ein paar Minuten. Eine Stunde. Ein Tag. Wer weiß?« Er wandte sich wieder zu Charlotte Ambler. »Haben Sie die letzten Tage eine Veränderung im Zustand von Mr. Simms festgestellt? Vielleicht Anzeichen, die auf nervöse Anspannung schließen ließen?«

Charlotte Ambler seufzte. »Nun, um die Wahrheit zu sagen, habe ich mir um Harold Simms Sorgen gemacht. In letzter Zeit wirkte er tatsächlich nervös und angespannt auf mich, und ich weiß, daß er es gelegentlich an seinen Schülern ausgelassen hat. Es war nicht wirklich ernst, und bisher hat sich niemand beschwert. Aber es war spürbar. Ich hatte gehofft, er würde es bis zum Ferienbeginn schaffen und sich dann gut erholen. Aber ich hatte auch einige Vorbehalte hinsichtlich der Erneuerung seines Vertrags. Offen gesagt, ich bin nicht sicher, daß der Lehrerberuf für ihn das Richtige ist. Er... nun, ich habe immer das Gefühl gehabt, daß er im Grunde seines Wesens die Schüler nicht mag.«

»So daß er einen Nervenzusammenbruch zu kaschieren sucht, indem er einer Schülerin die Schuld zuschiebt?« sagte Samuels.

Mrs. Ambler preßte die Lippen zusammen. »Nein, das kann ich wirklich nicht glauben.« Sie überlegte, und ihr Blick fand den Samuels'. »Darf ich noch einmal mit ihm sprechen? Ist er bei Bewußtsein?«

Samuels nickte. Alle drei standen auf und verließen das Büro des Arztes, gingen den Korridor entlang zum letzten der sechs Krankenzimmer, die den Bedarf von False Harbor deckten. Harold Simms lag angeschnallt in einem Krankenbett. Charlotte Ambler kam an seine Seite und blickte in das blasse Gesicht des Mathematiklehrers. Das Blut war abgewaschen, die Verletzungen desinfiziert und mit Heilsalbe behandelt. Eine bläulich verfärbte Beule an der Stirn zeigte, daß er gefallen und mit dem Kopf aufgeschlagen war.

Simms öffnete die Augen, und einen Moment schien er desorientiert und ließ seinen Blick suchend durch den Raum gehen, bis er schließlich auf Charlotte Amblers Gesicht zur Ruhe kam. Er wollte sich aufrichten, wurde aber von dem Gurt niedergehalten, der seinen Oberkörper festhielt. Er murmelte etwas, und Templeton lauschte aufmerksam, ohne ihn jedoch zu verstehen. Es waren nur Bruchstücke von Worten, aneinandergereihte Silben.

Simms' Gemurmel verstärkte sich zu einem Schrei, aber die Worte, die er hervorstieß, blieben unverständlich. Er bäumte sich gegen die Ledergurte auf, und seine Hände ballten sich mit solcher Wildheit zu Fäusten, daß die Knöchel weiß wurden und die Fingernägel sich tief in die Handflächen gruben.

»Mein Gott, Doktor«, murmelte Gene Templeton. »Können Sie nichts tun?«

Seine Worte waren überflüssig. Dr. Samuels hatte bereits eine Spritze von einem Tisch bei der Tür genommen, füllte sie und stieß sie Simms in den Arm. Schon nach wenigen Sekunden begann das Mittel zu wirken, und Simms entspannte sich langsam.

»Was werden Sie tun?« fragte Charlotte Ambler.

»Wir verlegen ihn morgen ins Bezirkskrankenhaus nach Eastbury.«

Templeton schüttelte traurig den Kopf und wandte sich ab. »Hoffentlich bringt der Krankenwagen eine Zwangsjacke mit«, murmelte er, als er zur Tür ging. »Mir scheint, daß der Mann eine brauchen wird.«

Beim Verlassen des Krankenhauses aber kamen ihm wieder Cassies Worte in den Sinn:

»Sumi? Hast du es wirklich getan? Hast du getan, was ich von dir wollte?«

14

»Ich kann es nicht glauben!« quietschte Teri Bennet aufgeregt. »Du hast es wirklich gesehen?«

Kevin Smythe nickte und sah verstohlen auf die Uhr, um sicherzugehen, ob die Zeit ausreichte, seine Geschichte noch einmal zu erzählen. Bisher hatte er sie zweimal wiederholen müssen, aber ständig erschienen Neuankömmlinge auf der Treppe vor dem Schulgebäude, und die wollten es auch hören. Mit einem Ausdruck vorgetäuschter Langeweile über die Wiederholung fing er von vorn an: »Ich kam gerade von der Pine Street um die Ecke, da sah ich einen Krankenwagen vor dem Krankenhaus stehen. Beinahe wäre ich vorbeigegangen, denn zuerst dachte ich nicht, daß etwas passieren würde. Aber dann wurden die Türen geöffnet, und sie brachten ihn heraus. Mann, es war unheimlich – sie hatten ihn auf der Tragbahre festgeschnallt, und von einer Stange über ihm hing eine von diesen Flaschen mit einem Gummischlauch daran und alles. Dann schoben sie ihn in den Krankenwagen und das Blaulicht fing an zu blinken, und sie sausten ab mit ihm!«

»Wohin werden sie ihn gebracht haben?« fragte Allayne Garvey. »Ich meine, werden sie ihn wirklich in eine Irrenanstalt sperren?«

Kevin zuckte lässig die Achseln. »Keine Ahnung«, sagte er, dann dämpfte er die Stimme, um anzudeuten, daß er im Begriff sei, ein Geheimnis mitzuteilen. »Aber mein Vater sagte, er sei absolut durchgedreht, nachdem es passierte...«

»Nachdem was passierte?« fragte Jeff Maynard, der gerade die Stufen heraufkam. »Was ist los?«

Kevin und die beiden Mädchen starrten Jeff ungläubig an. »Du weißt es nicht?« fragte Kevin. »Cassie Winslow blieb gestern nach der Schule in der Turnhalle und versuchte Mr. Simms umzubringen.«

Jeffs Unterkiefer klappte herab. »Bist du verrückt?« fragte er. »Sie ging, nachdem Simms Eric aus der Mannschaft geworfen hatte. Und...« Er verstummte plötzlich, und sein Blick fixierte etwas auf der Straße. Die anderen wandten die Köpfe, und auch sie verstummten.

Auf dem Gehsteig kamen Eric Cavanaugh und Cassie Winslow daher und steckten die Köpfe zusammen, als ob sie miteinander flüsterten. Als sie den Fuß der Treppe erreichten, war von den ungefähr dreißig Schülerinnen und Schülern, die sich vor der Schule versammelt hatten, kein Laut zu hören. Aber alle glotzten die Neuankömmlinge an.

Cassie blickte auf und merkte gleich, was geschehen war. Aber Eric schien länger zu brauchen.

»He!« rief er Jeff Maynard zu. »Was ist los?«

Jeff sah ihn ungewiß an, dann ging sein Blick zu Kevin Smythe, und dieser übernahm es, zu antworten.

»Was machst du mit *der?*« fragte er zurück. Nervosität mäßigte seinen kriegerischen Ton. Cassie Winslow hatte auf einmal eine gefährliche Qualität angenommen.

Eric zog die Stirn in Falten. »Wieso, was soll das? Warum sollte ich nicht mit Cassie zusammen sein?« Sein Blick ging zu

Teri und Allayne, aber die beiden blickten jetzt in eine andere Richtung. Und dann begriff auch er. »He«, sagte er, »sie hat Simms nichts getan. Ich war mit ihr zusammen, und wir waren draußen im Salzsumpf.« Er brach ab, als er die zweifelnden Blicke seiner Freunde sah.

Lisa Chambers – die bisher still geblieben war, bemüht, aus all den seltsamen Geschichten, die sie gestern abend und heute früh gehört hatte, die Wahrheit zu filtrieren – kam zu einem Entschluß und musterte Eric mit zornigem Blick. »Ihr wart in Mirandas Haus, nicht wahr?« klagte sie ihn an. »Was hast du dort gemacht? Mit Cassie zusammen ausgeknobelt, wie es zu machen wäre? Oder hast du ihr selbst geholfen, es zu tun?«

Eric schob das Kinn vor. »Es zu tun?« versetzte er. »Was zu tun? Ihr glaubt doch nicht, sie hätte Simms etwas getan, oder? Und selbst wenn sie hätte, was soll's? Keiner von euch konnte ihn ausstehen! Wir alle haben ihm die Pest an den Hals gewünscht!« Keiner sagte etwas, als Eric forschend in die Gesichter der Jungen blickte, die gestern noch seine Freunde gewesen waren. Nur Jeff Maynard schien zu schwanken. »Jeff? Du glaubst doch nicht, Cassie und ich hätten etwas getan, oder?«

Jeff sah sich in der Klemme zwischen seinem besten Freund und beinahe allen anderen Schulkameraden. »Ich – ich weiß nicht«, stammelte er. »Bin eben erst gekommen. Teri sagt...«

»Was weiß sie denn?« verlangte Cassie zu wissen. »Warst du dabei? Hast du gesehen, was mit Mr. Simms geschah? Vielleicht warst du es selbst?«

Teri wurde puterrot. »Versuch bloß nicht, mir die Schuld zu geben, Cassie Winslow!« rief sie. »Ich weiß nur, was meine Mutter mir gesagt hat, und sie sagt, du hättest es getan, und man sollte dich einsperren! Also versuch nicht, es mir anzuhängen!« Damit machte sie kehrt und lief ins Schulhaus, gefolgt von Allayne und Lisa.

Eric, jetzt so zornig wie Cassie, ballte die Fäuste und stieg die Stufen hinauf. Dann aber besann er sich plötzlich eines anderen und nahm Cassie bei der Hand. »Laß uns einfach gehen«, sagte er so leise, daß nur sie ihn hören konnte. »Es kommt nicht darauf an, was sie über Simms dachten. Sie wollen es einfach dir anhängen.«

Sie waren schon einen Block entfernt, als das Lautsprechersystem der Schule zum Leben erwachte und eine Bekanntmachung, daß die erste Stunde ausfalle und alle Schüler sich in der Aula zu versammeln hatten, in Klassenzimmern, Korridoren und auf dem Schulgelände ertönte.

Weder Eric noch Cassie hörten sie.

Charlotte Ambler stand am Rednerpult auf der Bühnenplattform der Aula und ließ ihren Blick über die versammelten Schüler gehen. Bei ähnlichen Anlässen drängten sie sich fröhlich in die Aula, lachend und schwatzend und froh, weil jede Versammlung den Ausfall einer Schulstunde bedeutete. Heute aber war es anders. Sie schwatzten auch jetzt, aber ihre Stimmen waren gedämpft, und sie schienen verstohlen umherzublicken, als spürten sie, daß sie über etwas sprachen, worüber keiner von ihnen genaueres wußte, und wovon sie deshalb besser geschwiegen hätten. Charlotte Ambler war im Begriff, ihnen die Auskünfte zu erteilen, die sie wünschten, doch hatte sie das entmutigende Gefühl, daß es bereits zu spät sein könnte, denn nirgendwo in der See von Gesichtern konnte sie Eric Cavanaugh oder Cassie Winslow entdecken.

Sie klopfte mit dem Hammer aufs Rednerpult und wartete, bis das Stimmengewirr sich gelegt hatte; dann räusperte sie sich.

»Sicherlich werden die meisten von euch von dem unglücklichen Zwischenfall gestern nachmittag gehört haben«, fing sie an, entschlossen, ihre Worte so sorgfältig wie möglich zu wählen. Wenn es ihr jetzt nicht gelang, die Situation zu entschärfen und die Gerüchte zu unterdrücken, die bereits aufgekommen waren, bestand die Gefahr, daß der Rest des Schuljahres ein vollständiger Verlust sein würde. Wenn es nicht schon zu spät war. »Einer unserer Lehrer«, fuhr sie fort, »Mr. Simms, hat unter einer Krankheit gelitten, die in unserer Zeit nicht ungewöhnlich ist. Mr. Simms hat unter großem Druck gestanden...«

»Und vielleicht ein paar Messern?« schrie jemand aus dem Hintergrund.

Totenstille folgte auf den Zwischenruf. Charlotte Ambler nahm langsam die Brille ab und ließ sie auf die Brust fallen. Sie ließ das Manuskript der kurzen Ansprache, das sie ein paar Minuten vorher geschrieben hatte, auf dem Rednerpult liegen und trat vorwärts an den Rand der Plattform. Als sie weitersprach, bedurfte ihre Stimme keiner Verstärkung durch Mikrofon und Lautsprecher.

»Ich werde nicht fragen, wer das gesagt hat«, rief sie aus, »denn wenn ich es erführe, würde der Betreffende nicht länger dieser Schule angehören.« Sie hielt eine Sekunde inne und fuhr dann fort: »Folgendes ist geschehen: Mr. Simms erlitt gestern nachmittag im Nebenraum der Turnhalle einen Nervenzusammenbruch, in dessen Verlauf er sich selbst einige Verletzungen zufügte. Er ist in ein Krankenhaus nach Eastbury überführt worden, wo er sich wahrscheinlich einer längeren Behandlung unterziehen wird. Bis zum Ende dieses Schuljahres wird Mr. Johnson seine Pflichten als Trainer übernehmen, während ich selbst seinen Mathematikunterricht weiterführen werde. Es kann dadurch zu Veränderungen im Stundenplan kommen, über die ihr rechtzeitig unterrichtet werdet. Was die Gerüchte betrifft, die heute früh in Umlauf gesetzt worden sind: Es gibt keine Beweise, daß Mr. Simms von irgendeiner Person angegriffen wurde oder daß irgendwelche Waffen dabei eine Rolle gespielt haben. Das ist alles. Ihr könnt jetzt in eure Klassenzimmer zurückkehren.«

Sie stieg vom Podium und verließ die Aula raschen Schrittes durch den Seitenausgang, um möglichen Fragen aus der Schülerschaft, die sie in Verlegenheit bringen könnten, zuvorzukommen.

Sobald die Schüler begriffen hatten, daß die Versammlung beendet war, standen sie auf und schoben sich langsam zu den Ausgängen. Aber über allem lag ein gedämpftes Stimmengewirr halblauter Diskussionen, als die Jugendlichen sich in Mutmaßungen darüber ergingen, was tags zuvor wirklich geschehen war.

Noch ehe die Aula sich geleert hatte, zeichnete sich eine

allgemeine Übereinstimmung ab, die Charlotte Ambler, wäre sie zugegen gewesen, wenn nicht überrascht, so doch bekümmert hätte.

Lisa Chambers verlieh dieser vorherrschenden Stimmung Ausdruck, als sie im Kreis der Mitschüler, in dessen Mittelpunkt bis vor wenigen Tagen Eric gestanden hatte, die Aula verließ.

»Die können uns viel erzählen«, verkündete sie. »Ich merkte gleich, als ich sie das erste Mal sah, daß mit Cassie Winslow etwas nicht stimmt. Wenn Mr. Simms sagte, sie hätte versucht, ihn umzubringen, glaube ich es. Und wenn ihr mich fragt, sollte Eric sich lieber von ihr fernhalten, bevor sie ihm auch etwas antut.«

»Wir können es nicht einfach ignorieren, Keith«, beharrte Rosemary. »Wenn du weiterhin versuchst, den Kopf in den Sand zu stecken, wird es nur noch schlimmer!«

»Den Kopf in den Sand zu stecken?« sagte Keith mit einem Blick zur Küchenuhr. Es war Zeit, daß er sich aufmachte. Schon vor einer Stunde hätte er am Hafen sein sollen, aber Rosemary schien entschlossen, ihn in die Enge zu treiben, bis er zugeben mußte, daß mit Cassie etwas nicht stimmte. »Ich stecke meinen Kopf nicht in den Sand, und allmählich geht es mir auf die Nerven, daß du mir das unterstellst. Wenn Gene Templeton dächte, es wäre etwas an Harold Simms' Version, wäre er längst wieder hier aufgetaucht, nicht wahr?« Seine Kinnbacken traten hervor, als er die Zähne zusammenbiß, ehe er fortfuhr: »Was zum Teufel willst du eigentlich? Cassie und Eric sagen, sie seien draußen in Mirandas Hütte gewesen, und Jennifer bestätigt das. Selbst wenn Eric und Cassie gelogen hätten, was ich nicht glaube, warum sollte Jen lügen?«

Rosemary schüttelte eigensinnig den Kopf. Diesmal wollte sie sich von Keiths Vogel-Strauß-Politik nicht wankend machen lassen. »Du warst nicht hier«, entgegnete sie. »Hättest du sie gehört, würdest du dir auch Sorgen machen, das kann ich dir sagen!«

Keith trank einen letzten Schluck vom Morgenkaffee und

goß den Rest in die Spüle. »Gut, sie sagte, sie habe Simms ein Unglück an den Hals gewünscht. Warum hätte sie es nicht tun sollen? Nach seinem Verhalten ihr gegenüber kann ich ihr nicht verdenken, daß sie ihn zum Teufel wünschte.« Er stellte die Tasse mit übertriebener Sorgfalt, die ein sicheres Zeichen seiner Ungeduld war, neben das Spülbecken. »Hätte er mich behandelt, wie er mit den Kindern umgesprungen ist, wäre ich ihm auch am liebsten an die Gurgel gegangen.« Er wandte sich wieder zu Rosemary, und seine Stimme nahm einen herablassenden Ton an, der sie zum Sieden brachte. »Aber etwas wünschen und etwas tun ist zweierlei. Warum kannst du ihre Geschichte nicht akzeptieren, wenn sogar Templeton es konnte? Meinst du, ich hätte nicht bemerkt, wie du sie ständig beobachtest, als wartetest du nur darauf, sie bei einer Lüge oder einem Fehler zu ertappen? Mein Gott, Rosemary, selbst wenn sie sich nett und korrekt verhielt, hast du es so gewendet, daß der Eindruck entstand, sie habe nur einen Vorteil für sich herausschlagen wollen!«

»Das ist nicht wahr!« widersprach Rosemary in heller Empörung. Und doch mußte sie sich insgeheim eingestehen, daß in Keiths Anschuldigung zumindest ein Körnchen Wahrheit steckte.

All die zwiespältigen Empfindungen, die sie von Anfang an Cassie gegenüber verspürt und für sich hatte behalten wollen, mußten ihr trotz allen Bemühens anzumerken gewesen sein.

»Na schön«, räumte sie ein und ließ sich auf einen der Küchenstühle sinken, »ich bin mißtrauisch gewesen. Es ist einfach etwas an ihr, Keith. Immer habe ich das Gefühl, daß sie etwas vor uns verbirgt.«

»Das ist lächerlich«, erklärte Keith. »Sie ist eine völlig normale Fünfzehnjährige, und als sie hierher kam, waren wir ihr absolut fremd. Sogar ich, ihr eigener Vater. Was erwartest du? Daß sie uns von Anfang an ins Herz schließen und uns alles anvertrauen würde, was sie bewegt?«

Rosemary sah ihn an, versuchte, die Liebe zu finden, die sie immer in seinen Augen gesehen hatte. Gegenwärtig war nichts davon zu spüren, nur eine Kälte, die sie frösteln machte. »Aber nach allem, was geschehen ist…«

»Nichts ist geschehen, Rosemary«, unterbrach er sie. Er trocknete die Kaffeetasse mit einem Küchenhandtuch, dann schlug er sie so heftig auf die Anrichte, daß sie zersprang. Er ignorierte die Scherben. »Du läßt dich von allen möglichen unbegründeten Klatschgeschichten beeinflussen, das ist alles.«

Das war zu viel. »Du meinst, das seien alles nur Hirngespinste?« sagte sie zornig, während sie die Scherben der zerbrochenen Tasse aufsammelte und ihre Worte unterstrich, indem sie jedes Stück einzeln in den Abfalleimer warf. »Ist Mirandas Tod nichts als eine unglaubliche Klatschgeschichte? Und Harold Simms? Ist auch das, was mit ihm geschah, nichts als unbegründeter Klatsch? Ist er in Wirklichkeit gar nicht im Krankenhaus?«

»Du weißt, daß ich das nicht meinte«, erwiderte Keith in eisigem Ton. »Natürlich ereigneten sich diese Zwischenfälle. Was ich dir sagen will – und was für mich von Anfang an offensichtlich war – ist, daß Cassie nichts damit zu tun hat!«

»Warum war sie dann dort draußen?« fuhr Rosemary hoch. »Wie kommt es, daß Cassie draußen im Sumpf war, als Miranda starb und als Harold Simms angegriffen wurde? Was trieb sie mitten in der Nacht dort hinaus? Was führte Miranda am Tag zuvor zu mir ins Geschäft? Was veranlaßte sie, mir zu sagen, Cassie gehöre ihr? Auch als Simms überfallen wurde, war Cassie dort draußen und tat…. Gott allein weiß, was.«

Bleierne Stille senkte sich auf sie herab, als die beiden einander gegenüberstanden. Zuletzt schüttelte Keith den Kopf. Sein Zorn schien in sich zusammenzusinken und von Resignation ersetzt zu werden. »Was willst du damit sagen?« seufzte er. »Daß Cassie eine Art Hexe sei?«

»Mein Gott, natürlich nicht«, jammerte Rosemary, aber es war zu spät. Keith nahm seinen Mantel vom Garderobenhaken neben der Tür, lief hinaus und warf die Tür hinter sich zu. Sekunden später hörte Rosemary den Wagen anspringen, und er war fort. Aber als sie allein war, da waren es nicht

Keiths Worte, die ihr wieder durch den Kopf gingen, sondern ihre eigenen.

Was *hatte* Cassie im Salzsumpf getan? Und, genau genommen, war es nicht der Salzsumpf, sondern die Hütte dort draußen, die Generationen von Sikes-Frauen beherbergt hatte, jede so absonderlich wie die anderen vor ihr.

Kurz entschlossen ließ Rosemary die Überreste des Frühstücks stehen und zog ihre Jacke an. Sie sperrte das Haus zu und eilte die Zufahrt hinunter, überquerte dann die Gemeindewiese zur Cambridge Street, zu deren Füßen der Park und, jenseits davon, das Sumpfland lag, das Miranda Sikes' Hütte umgab. Es war an der Zeit, daß sie selbst den Ort in Augenschein nahm, der auf ihre Stieftochter solch eine Faszination auszuüben schien.

Gerade als sie in die Cambridge Street bog, schlüpfte ein grauer Schatten aus dem angestellten Fenster von Cassies Zimmer und sprang durch den Baum hinab auf den Rasen.

Als wüßte er im voraus, welches Ziel Rosemary hatte, machte Sumi sich an die Verfolgung.

Laura Cavanaugh warf einen Blick zur Wanduhr über der Spüle und überlegte, ob sie hinaufgehen und Ed wecken solle. Sie wollte es nicht, fürchtete sich jedoch, es zu unterlassen. Im Grunde aber war es gleich – was sie auch tat, es würde falsch sein. Wenn sie ihn weckte, würde er sich ärgern, daß sie ihn nicht schlafen ließ, und wenn sie ihn nicht weckte, würde er sich aufregen, daß sie ihn verschlafen ließ. Sie entschied sich für einen Kompromiß – zehn Minuten mehr würden nichts ausmachen, und es war angenehm und erholsam, wenigstens noch eine Weile Ruhe im Haus zu haben. Freilich war der Ruhe in Zeiten wie jetzt eine Spannung eigen, die an das Zentrum eines Wirbelsturms gemahnte; eine Zeit trügerischer Ruhe, während von allen Seiten die schwarzen Wolkenwände des Orkans drohten.

Sie füllte Eds Thermosflasche mit Kaffee und befestigte sie an dem Kochgeschirr, das sein Mittagessen enthielt. Es bestand aus drei belegten Broten und einem Apfel. Nach kurzem Zögern tat sie noch eine Bierdose dazu. Ed würde sowieso Bier an Bord nehmen, wenn er mit dem Kutter auf Fang ausfuhr, aber wenn sie keins in sein Kochgeschirr tat, würde er sie nur beschuldigen, sie wolle ihm damit zu verstehen geben, daß er zuviel trinke. Sie schloß gerade den Dekkel, als sie ihn schwerfällig die Treppe herunterkommen hörte. Dann trat er in die Küche und lächelte ihr zu.

Obwohl es beileibe nicht das erste Mal war, fiel es ihr immer wieder schwer, sich diesen emotionalen Wechselbädern anzupassen. Gestern abend hatte er Eric verprügelt und sie geschlagen, und heute morgen tat er, als sei nichts geschehen.

»Was gibt's zum Frühstück, Puppe?« fragte er, setzte sich in die Frühstücksecke und zog die Sportseite aus der Zeitung, die Eric auf dem Tisch hatte liegenlassen.

Laura sah ihn unsicher an. »Ich – ich dachte, du würdest ein belegtes Brot mitnehmen und an Bord essen«, sagte sie. »Es ist schon nach neun, und wenn du bis halb zehn nicht ausläufst, wird die Ebbe dich im Hafen festhalten, nicht wahr?«

Ed verging das Lächeln, und in seine Augen kam ein gefährliches Funkeln. »Was zum Henker geht mich die Ebbe an?«

Laura versuchte, sich auf eine mögliche Äußerung von ihm zu besinnen, daß er heute nicht ausfahren würde, aber er hatte nichts dergleichen gesagt. »Ich dachte... ich dachte...«

»Du dachtest!« sagte Ed. »Großer Gott, Laura, kannst du das Denken hier nicht mir überlassen? Ich sagte dir gestern abend, daß ich heute nicht auslaufen würde. Kannst du nicht mal die einfachsten Dinge behalten?« Er warf die Zeitung beiseite, tappte zum Kühlschrank, riß die Tür auf und tastete im untersten Fach nach einem Bier. Er holte die Flasche heraus, riß den Kronenkorken ab und warf ihn in die Spüle, während er die Flasche ansetzte und auf einen Zug zur Hälfte leerte. Dann wischte er sich mit dem Unterarm den Mund und schüttelte den Kopf. »Ich werde zur Schule gehen und mit dieser hochnäsigen Rektorin über Eric sprechen. Ich werde dafür sorgen, daß sie ihn wieder in die Baseballmannschaft aufnimmt.«

Laura erschauerte bei der Erinnerung an das letzte Mal, als Ed hingegangen war, um Mrs. Ambler zu sprechen. Unterwegs war er im *Walfisch* eingekehrt, und als er schließlich zur Schule gefunden hatte, war er so betrunken gewesen, daß er sich kaum hatte auf den Beinen halten können. Mrs. Ambler hatte ihn nur zwei Minuten angehört und dann Gene Templeton angerufen, daß er ihr Ed vom Hals schaffe. Gene hatte Ed zum Polizeirevier gefahren und den Rest des Vormittags in die Ausnüchterungszelle gesteckt, um ihn dann nach Haus zu schicken. »Vielleicht wäre es besser, wenn...«

Eds Kinnbacken mahlten, und seine Augen wurden schmal. »Was wäre besser?« fragte er in dem Tonfall trügerischer Ruhe, der stets drohende Gewalt ankündigte. Aber es machte nichts aus. Diesmal war Laura entschlossen, ihren Mann davon abzubringen.

»Es wäre besser, wenn du dich einstweilen heraushalten würdest«, sagte sie. »Meinst du nicht, daß du genug getan hast? Glaubst du, ich weiß nicht, was du gestern abend im Gästezimmer mit Eric gemacht hast? Du bist krank, Ed. Du brauchst nicht hinzugehen und mit Mrs. Ambler über Eric zu sprechen. Du müßtest zu einem Arzt gehen und über dich selbst sprechen!«

Rasende Wut glomm in seinen Augen auf, und Laura merkte, daß sie zu weit gegangen war. Sie wich zurück, aber Ed, dessen Finger sich bereits krampfartig öffneten und schlossen, folgte ihr. Mit der Linken griff er ihr ins Haar, riß ihr den Kopf in den Nacken und versetzte ihr mit der freien Hand eine Ohrfeige, daß sie gefallen wäre, hätte er sie nicht im Haar gepackt. »Ich bin krank?« sagte er. »Ich? Wer zum Teufel bist du, so etwas zu sagen? Wer, glaubst du, hält diese Familie zusammen? Denkst du vielleicht, es macht mir Freude, mein Leben für eine wie dich zu opfern? Ich hätte dich längst zum Teufel jagen sollen!« Er schlug wieder zu, dann schleuderte er sie durch den Raum. Sie krachte mit der Hüfte gegen die Anrichte und stieß einen Schmerzenslaut aus, dann brach sie schluchzend in die Knie. »Deine eigene Schuld«, knurrte Ed und kam wieder auf sie zu. Er holte mit dem Fuß aus und trat ihr in die Rippen.

»Nein!« schrie Laura. »Ed, ich habe nichts getan – es tut mir leid! Es tut mir leid!«

»Es tut dir leid?«

»Aber es ist nicht meine Schuld!« winselte Laura. »Ich hab' dir nie etwas getan! Ich hab' nie...«

»Halt's Maul!« brüllte Ed. »Gottsverdammich, Frau, kannst du nicht das Maul halten?«

Wieder holte er mit dem Fuß aus, aber diesmal wälzte Laura sich rechtzeitig herum, sprang auf und konnte durch die Hintertür entwischen. Ed wollte ihr nach, doch als er vor die Tür kam, war sie schon die Zufahrt hinunter und hinkte über die Straße. Er sah ihr nach, dann schüttelte er angewidert den Kopf.

Auf das hin brauchte er noch ein Bier, dann wollte er zur Schule fahren. Sollte Laura sich nur bei den Leuten gegenüber verstecken – am Abend würde er es ihr schon zeigen.

15

Charlotte Ambler überlegte, ob sie Patsy Malone signalisieren sollte, Gene Templeton zu rufen, oder ob sie versuchen sollte, selbst mit der Situation fertig zu werden. Aber tatsächlich war es bereits zu spät, um an Alternativen zu denken. Hätte sie den Polizeikommissar rufen wollen, so hätte sie es schon vor einer halben Stunde tun müssen, als sie zuerst auf Ed Cavanaugh aufmerksam geworden war, der draußen in seinem Lieferwagen saß und aus einer Flasche Bourbon trank, die er nicht einmal mit einer braunen Papiertüte zu tarnen bemüht war. Und die ganze Zeit starrte er finster zu ihrem Büro herüber. Als sie ihn zuerst gesehen hatte, war sie ans Fenster getreten und hatte zurückgestarrt, damit er sehen sollte, daß er bemerkt worden war. Gewöhnlich reichte das, und nach einigen Minuten verdrießlichen Brütens pflegte er wieder wegzufahren, meistens zum *Walfisch*, wo er dann an der Theke lehnte und sich vor allen Saufbrüdern und Wirtshaussitzern, die ihm zuhören mochten, damit brüstete, wie er ›dieser hochnäsigen Ambler-Frau den Kopf zurechtgesetzt‹ hätte. Charlotte wußte das alles, und es machte ihr nichts aus. Wenn er es nötig hatte, sich in dieser Weise aufzuplustern, tat es ihr nicht weh. Abgesehen von dem einen Mal, als sie tatsächlich die Polizei gerufen und ihn hatte abführen lassen, hatte sie nie etwas unternommen, auch damals nicht, als er den halben Tag draußen in seinem Lieferwagen gesessen hatte, ohne hereinzukommen, nachher aber seine Wut an Frau und Sohn ausgelassen hatte. Als Eric am nächsten Tag mit Blutergüssen im Gesicht zur Schule gekommen war, hatte Charlotte ihn überreden wollen, daß er gegen seinen Vater Anzeige erstatte. Aber Eric hatte nichts davon wissen wollen und darauf bestanden, daß nichts geschehen sei: er sei bloß gestolpert und die Treppe hinuntergefallen.

Seltsam, dachte sie bei sich, als sie Ed aus dem Fahrerhaus klettern und die Stufen zum Schuleingang herauftappen sah, daß betrunkene Dummköpfe wie Ed Cavanaugh niemals stolpern und sich das Genick brechen. Sie hörte ihn ins Vorzimmer trapsen und setzte sich hinter ihren Schreibtisch. Als er einen Augenblick später die Tür aufstieß, musterte sie ihn ruhig und kalt. »Ich glaube nicht, daß wir ein Gespräch vereinbart haben, Mr. Cavanaugh«, sagte sie, aber er tat das mit einer Handbewegung ab.

»Ich brauche keine Terminvereinbarung, wenn es um meinen Jungen geht«, sagte er, tappte näher und beugte sich mit aufgestützten Armen über ihren Schreibtisch. Seine Alkoholfahne zwang die Rektorin, sich zurückzulehnen, aber ihr Blick blieb fest auf seine Augen gerichtet.

»Erics Situation wird in angemessener Form behandelt werden.«

»Kommen Sie mir nicht mit diesem Scheiß, meine Dame.« Seine Augen hatte sich zu Schlitzen verengt, seine Zähne waren zusammengebissen. »Nichts von allem, was passiert ist, war seine Schuld. Hinter allem steckt dieses nichtsnutzige Winslow-Mädchen. Ohne sie wäre nichts davon passiert!«

Charlotte Ambler sah ein, daß es sinnlos war, mit dem Mann zu argumentieren; Ed war dafür viel zu betrunken. »Sicherlich haben Sie recht...« fing sie an, aber Ed schnitt ihr wieder das Wort ab, diesmal, indem er mit der Faust auf ihren Schreibtisch schlug.

»Und lassen Sie gefälligst dieses gönnerhafte Getue!« brüllte er los. »Für die Schulschwänzerei – und daß er aus der Baseballmannschaft geflogen ist – habe ich Eric schon die Hammelbeine langgezogen. Von Ihnen will ich nur Ihr Wort, daß er wieder in die Mannschaft kommt! Und ich will, daß Sie ihn von diesem Mädchen fernhalten!«

Charlotte Ambler hatte genug. Die Anspannung der letzten fünfzehn Stunden kam endlich zum Durchbruch, und ihr riß der Geduldsfaden. Sie stand auf. Obwohl ihre Körpergröße sich nicht entfernt mit der Eds messen konnte, schien der kalte Zorn in ihren Augen seine alkoholische Fahne zu durchdringen. »So? Das wollen Sie?« fauchte sie. »Dann will ich Ihnen einmal sagen, was ich will! Ich will, daß Sie aus meinem Büro und von meinem Schulgelände verschwinden! Ich will, daß Sie aufhören zu trinken, und aufhören, Ihre Frau und Ihren Sohn zu schlagen! Ich will, daß Sie anfangen, ein anständiger Ehemann und Vater zu sein! Und dann, wenn ich bekomme, was ich will, werde ich vielleicht bereit sein, mir anzuhören, was Sie wollen! Aber bis das geschieht, machen Sie sich gefälligst klar, wo Sie sind und wer Sie sind, und wer ich bin! Und jetzt verlassen Sie dieses Büro, und wenn Sie noch etwas zu sagen haben, machen Sie es schriftlich und schicken Sie es der Schulaufsichtsbehörde! Wenn Sie schreiben können!«

Eds Gesicht wurde aschfahl. Er hob drohend die Faust.

»Tun Sie es«, forderte sie ihn heraus. Ihre Stimme wurde leiser, nahm aber einen schneidenden Ton an. »Tun Sie es ruhig. Aber erwarten Sie nicht, daß ich den Mund halten werde. Sie können vielleicht Ihre Familie einschüchtern, aber mich nicht. Ich werde Sie vor einem Richter haben, bevor das Blut noch trocken ist. Jetzt verlassen Sie mein Büro oder schlagen Sie zu.«

Ed stand schweratmend da, und sein ganzer Körper zitterte vor Wut, und einen Augenblick dachte Charlotte Ambler, sie sei zu weit gegangen. Dann aber wurde ihr klar, daß es sie nicht kümmerte. Beinahe hoffte sie sogar, er werde versuchen, sie zu schlagen. Dann konnte er im Gefängnis eine Weile darüber nachdenken. Während sie ihn wachsam beobachtete, schien er die Selbstbeherrschung zurückzugewinnen.

»So können Sie nicht mit mir reden«, krächzte er, aber die Drohung war aus seiner Stimme verschwunden. »Ich weiß, was Sie von mir denken. Ich weiß, was jeder in dieser beschissenen Stadt von mir denkt. Aber ich kann für mich selbst sorgen und für meine Familie. Und daran werden Sie mich so wenig hindern wie irgendwer. Also denken Sie darüber nach, Frau Hochmütig, denn wenn dieses Mädchen meinen Jungen noch mal in Schwierigkeiten bringt, wird der Teufel los sein, das kann ich Ihnen flüstern!« Er machte kehrt und schwankte zur Tür hinaus, die er offen stehen ließ. Erst als die äußere Tür ins Schloß gebracht war, erschien Patsy Malone mit bleichem Gesicht im Durchgang.

»Ist alles in Ordnung?« fragte die Sekretärin. »Ich wollte gerade Gene Templeton anrufen.«

»Ich vertraue darauf«, bemerkte Charlotte Ambler trocken, »daß Sie diesen Vorsatz in die Tat umgesetzt hätten, wenn er mich tatsächlich geschlagen hätte.«

»Ich... nun, ich habe nicht... also, natürlich würde ich es tun«, stammelte Patsy Malone, und Charlotte Ambler mußte zum ersten Mal, seit Harold Simms am Vortag im Nebenraum der Turnhalle gefunden worden war, erheitert schmunzeln.

»Na, das ist gut zu wissen.« Sie betrachtete die Sekretärin prüfend. »Und kann ich auch darauf vertrauen, daß Sie nichts über diese kleine Szene sagen werden?«

»Wieso... natürlich nicht!«

»Gut«, sagte Charlotte Ambler. Sie wußte so gut wie Patsy Malone, daß es bis zum Ende der Mittagspause in der ganzen Schule keinen Menschen geben würde, der nicht jede Einzelheit über diesen Auftritt gehört haben würde. Auf alle Fälle sollte die Geschichte allen weiteren disziplinarischen Problemen für den Rest des Schuljahres ein Ende machen. Dies um so mehr, als Patsy Malone den Hergang so schildern würde, als hätte sie, Charlotte, Ed Cavanaugh regelrecht verdroschen. »Vielleicht können wir jetzt wieder an die Arbeit gehen, in Ordnung?«

Die Sekretärin nickte und schloß leise die Verbindungstür. Charlotte Ambler trat zum Fenster und sah Ed Cavanaughs Lieferwagen noch immer vor der Schule stehen. Ed selber saß am Steuer und stierte finster herüber. Aber als sie ihm energisch zunickte, ließ er den Motor an, gab Gas und brauste in Schlangenlinien davon. Erst als der Wagen mit kreischenden Reifen um die Ecke geschleudert war, kehrte sie an ihren Schreibtisch zurück und setzte sich erschöpft in ihren Drehsessel. Sie lehnte sich zurück, nahm die Brille ab und schloß die Augen. Ed Cavanaughs letzte Worte gingen ihr noch immer durch den Kopf.

Begriff er nicht, daß der Teufel schon los war, seit Cassie Winslow nach False Harbor gekommen war?

Und wenn sie sich nicht sehr irrte, war dies alles erst der Anfang. Ungeachtet der Meinung des Arztes und ihrer eigenen Worte vor den versammelten Schülern war Charlotte Ambler noch keineswegs überzeugt, daß Cassie mit dem, was Harold Simms widerfahren war, nichts zu tun hatte.

Noch allzu deutlich erinnerte sie sich jener ersten Begegnung mit Cassie, als sie instinktiv gefühlt hatte, daß es mit dieser Schülerin Unannehmlichkeiten geben würde. Und der erste Eindruck hatte sich wie sonst auch hier als richtig erwiesen.

Cassie Winslow erwies sich in der Tat als ein Unglück.

»Du kannst nicht einfach nie wieder zur Schule gehen.«

»Warum nicht?«

Eric und Cassie saßen am Strand und blickten auf das Meer hinaus. Nachdem sie vor einer Stunde die Schule verlassen hatten, waren sie über die Maple Street zum Cape Drive gegangen, doch statt diese Straße bis zum Strand entlang zu gehen, hatte Cassie darauf bestanden, daß sie eine Abkürzung durch fremde Gärten machten. Eric hatte Einwände erheben wollen, war dann aber zu der Einsicht gelangt, daß Cassie recht hatte: Je eher sie den Strand und die Dünen zwischen sich und die Stadt brachten, desto geringer war die Gefahr, daß jemand sie beobachtete und seinem Vater Meldung machte. So waren sie durch die Gärten zweier Sommerhäuser geschlüpft und über eine niedrige Böschung zum Strand hinabgeklettert. Dann waren sie die menschenleere Landzunge hinausgegangen und hatten sich schließlich in den Sand gesetzt, die See und die Vögel zu beobachten.

»Weil das einfach nicht geht«, antwortete Eric. Er beobachtete Cassie aus den Augenwinkeln. »Ganz abgesehen davon, daß alle denken würden, du hättest Schiß, wenn du nicht wieder zur Schule gehst.«

Cassie schwieg eine Weile, und als sie sich endlich zu einer Antwort aufraffte, war ein Beben in ihrer Stimme. »Vielleicht habe ich Schiß, wieder hinzugehen.«

»Warum?« fragte Eric. »Du hast nichts getan, oder?«

»Vielleicht doch«, murmelte Cassie. »Vielleicht haben wir beide etwas getan.«

Eric schüttelte den Kopf. »Das ist Blödsinn.«

»Wieso Blödsinn? Was ich gestern dachte, geschah wirklich.«

Eric nahm eine Handvoll Sand auf und ließ ihn langsam durch die Finger rinnen. »Kein Mensch weiß, was dem alten Simms wirklich passiert ist. Und es spielt keine Rolle, was er sagte – du hast ihn nicht verhauen.«

Cassie sah ihm voll ins Gesicht. »Aber wir wollten, daß ihm etwas passierte. Und so kam es!«

Eric hob die Schultern. »Und? Du hast wirklich nichts getan, und es ist nicht deine Schuld, wenn der alte Simms durchdrehte.«

»Aber wenn es doch so ist?« platzte Cassie heraus. »Miranda sagte, ich hätte eine Gabe, und vielleicht meinte sie das? Daß ich bewirken kann, daß Dinge geschehen, einfach indem ich es denke und wünsche.«

Eric schwieg, aber seine Finger schlossen sich um den Rest des Sandes und quetschten ihn zusammen. Dann warf er ihn weg, stand auf und entfernte sich.

»Eric?« rief Cassie und rappelte sich auf. »Bist du jetzt auch böse auf mich?«

Eric blieb stehen und wandte sich um. Er starrte sie unfreundlich an. »Ich weiß nicht. Ich weiß nicht, wovon du redest. Aber weißt du, Cassie, es klingt irgendwie verrückt.«

Cassie erschrak, aber Eric schien es nicht zu bemerken. »Und vielleicht kommt es dir so vor, als könntest du nie wieder zur Schule gehen, aber ich kann. Und jetzt will ich ein bißchen laufen und mir Dinge durch den Kopf gehen lassen. In Ordnung?«

Cassie sah ihm hilflos nach, als er rasch davonging, den Kopf gesenkt, die Hände in den Hosentaschen, und bald zu einer undeutlichen kleinen Gestalt in der leeren Weite wurde. Am liebsten wäre sie ihm gefolgt und hätte versucht, weiter mit ihm zu sprechen und die Verwirrung zu erklären, die sie empfand. Aber sie brachte es nicht über sich. Der Blick in seinen Augen, als er sie zuletzt angesehen hatte, war von einem Ausdruck gewesen, der sie an nackten Haß erinnerte. Konnte es sein, daß er sie haßte? Eric war ihr einziger Freund. Wenn er anfing, sie genauso zu behandeln, wie alle anderen es taten...

Sie schauderte und versuchte, sich den Gedanken aus dem Kopf zu schlagen. Wenn Eric sich jetzt gegen sie wandte, blieb ihr niemand mehr. Aber sie konnte nichts tun. Überhaupt nichts. Sie schlug die Richtung in die Dünen und zum Salzsumpf ein und machte sich auf den Weg.

Zum ersten Mal seit Jahren schenkte Rosemary dem Sumpfland mehr als nur flüchtige Aufmerksamkeit. Wie lang war es her, daß sie dort gewandert war!

Kennengelernt hatte sie die Gegend, als sie Keith geheiratet und nach False Harbor gekommen war. Auch damals war es Frühling gewesen, ein Tag wie dieser – wolkenlos, mit einer Frische in der Luft, die einem bewußt machte, daß der Winter noch nicht lange vorüber war. Das Sumpfland war voller Wildgänse gewesen, und die Luft hatte widergehallt von ihren trompetenden Rufen und dem Geschnatter der Enten. Es war ein schöner Anblick gewesen, alles übersprudelnd von Leben und jungem Grün, und es hatte ihr so gut gefallen, daß sie stundenlang gegangen waren.

Aber das war vor zehn Jahren gewesen, und mit der Zeit

war aus dem Sumpfland ein vertrauter Landschaftsteil unter vielen geworden, die False Harbor und seine Umgebung auszeichneten. Sie hatte sich so daran gewöhnt, daß sie es kaum noch wahrnahm.

Bis jetzt.

Doch als sie es heute überblickte, schien es verändert. Eine böse Ahnung schien über dem Sumpfland zu liegen, und wo sie damals allenthalben neues Leben wahrgenommen und sich an den Schwärmen der einfallenden Wildgänse erfreut hatte, bemerkte sie jetzt nur den Geruch fauligen Brackwassers, als steckte tief in seinem Inneren, irgendwo unter den schimmernden Wasserflächen und dem jungen Grün, das allenthalben durch das graugelbe Röhricht vom vergangenen Jahr empordrängte, ein Kern von Fäulnis und Zersetzung, der an die Oberfläche zu brodeln drohte.

Aber das war natürlich Unsinn. Nichts hatte sich hier verändert. Ihre Gefühle waren es, die solch düstere Assoziationen erzeugten. Als sie jetzt am Rand des Parks stand und über die weite Fläche der wogenden Salzgräser und der starren, im Wind raschelnden Schilffelder hinausblickte, verstand sie, daß sie in letzter Zeit angefangen hatte, das Sumpfland mit den bösen Ahnungen und den inneren Spannungen gleichzusetzen, die sich wie die Windungen einer Schlange zusehends enger und drückender um ihre Seele legten.

Und in der Mitte des Sumpflandes erhob sich wie eine Beule auf sonst glatter Haut der flache Hügel, auf dem Miranda Sikes' Hütte stand, überragt von windzerzausten Föhren, deren Äste wie die Hände eines Leichnams aufwärts griffen, der sich aus dem Grab zu befreien sucht.

Hör auf, sagte sich Rosemary. Hör endlich auf. Es sind nur ein Sumpf und eine leere Hütte. Es gibt nichts, wovor man sich fürchten müßte.

Entschlossen suchte sie einen der schwammig-nassen Pfade, die durch den hohen Schilfgürtel, der den Park vom Sumpfland trennte, weiterführten.

Sie kam nur langsam voran, denn der Pfad, den sie gewählt hatte, war nicht mehr als eine überwachsene Fährte. Alle paar Schritte schienen zudem andere Pfade abzuzweigen, und sie mußte sich immer wieder von neuem entscheiden, welche Richtung sie einschlagen sollte.

Mehr als die Hälfte dieser Entscheidungen schien falsch zu sein, denn die Fährte verlor sich in einem Schilffeld, wo der sumpfige Boden mit schillernden Wasserlachen bedeckt war.

Zweimal fühlte sie die trügerische Festigkeit von Treibsand unter dem Fuß, der sicher schien, als sie das Gewicht darauf verlagerte, um einen Augenblick später nachzugeben und – als wäre er etwas Lebendiges – ihren Schuh einzusaugen. Beide Male konnte sie noch rechtzeitig zurückspringen, aber ihr Herzklopfen kündigte Panik an. Es gelang ihr jedoch, sich zu Ruhe und Umsicht zu zwingen und rückwärtsgehend wieder festen Boden zu finden.

Mehrmals, wenn sie einen Fehler erkannt hatte und sich umwandte, um ein Stück zurückzugehen, bemerkte sie Bewegung am Rand ihres Gesichtsfeldes, als ob ihr etwas folgte und sich versteckte, sobald sie den Kopf wandte.

Als es das drittemal geschah, blieb sie reglos stehen, während ihr Blick die Umgebung nach verräterischen Bewegungen absuchte, die das Tier – denn ein Tier mußte es sein – preisgeben würde. Doch die Sekunden krochen dahin, und sie sah nichts. Eine Gänsehaut überlief sie. Obwohl sie selbst nichts ausmachen konnte, fühlte sie, daß Augen sie aus einem Versteck beobachteten, auf sie warteten.

Wieder mußte sie sich zum Weitergehen zwingen und das Verlangen niederkämpfen, sich zum Park mit seinem festen, trockenen Rasen und den schützenden Bäumen zurückzuziehen.

Aber sie war der Hütte ein gutes Stück nähergekommen und konnte sie jetzt deutlich erkennen.

Und sie konnte den weißen Falken auf der Dachspitze sitzen sehen, wo er unruhig die Flügel ausbreitete und mit dem Kopf zustoßende Bewegungen machte. Er mußte sie seit längerem beobachtet haben.

Und dann, als sie nur noch hundert Schritte von der Anhöhe entfernt war, schwang sich der Vogel empor, stieg mit kräftigen Schlägen der ausladenden weißen Schwingen über die Baumkronen, um sich dann im Gleitflug mühelos zu ihr herübertragen zu lassen.

Rosemary starrte wie hypnotisiert zu dem Vogel auf, und vor ihrem inneren Auge erschien wieder das Bild der tiefen Wunden, die seine scharfen Krallen in Lisa Chambers' Arm geschlagen hatten.

Der Falke segelte zwischen Cassie und der Sonne vorüber, daß sein Schatten über ihr Gesicht huschte und Cassie aus ihrer Gedankenverlorenheit riß. Sie blickte auf und sah, daß sie auf dem Dünenkamm fast die ganze Länge der Landzunge hinter sich gebracht hatte. Wenige Dutzend Schritte voraus erhob sich der Betonzylinder der Leuchtbake von Cranberry Point am Ende der Landzunge, und zuerst dachte Cassie, das kreisende Lichtsignal habe sie aufmerken lassen. Aber dann sah sie den vertrauten weißen Umriß des Falken hoch über dem Sumpfland kreisen.

Sein Verhalten erweckte den Eindruck, daß er etwas suchte, doch bei genauerem Hinsehen verstand sie, daß er das, was er suchte, bereits gefunden hatte.

Stirnrunzelnd überblickte sie das Sumpfgebiet, über dem der Vogel seine Kreise zog. Sie sah nichts. Erst nach einer Weile entdeckte sie das Ziel des Falken, das aus dieser Entfernung und vom hohen Salzgras nahezu verdeckt, nur für ein scharfes Auge erkennbar war.

Jemand stand dort und starrte zum Himmel auf, und Cassie sah, daß ihr die Gestalt nicht gleich aufgefallen war, weil sie eine Jacke trug, die beinahe die Farbe des Sumpflandes hatte.

Wer konnte es sein? Sie strengte die Augen an, aber die Entfernung war zu groß.

Was geschehen würde, war klar. Die Person dort draußen war auf dem Weg zur Hütte – ihrer Hütte –, und der Falke hielt sich bereit, sie zu verteidigen. Cassie beobachtete ihn fasziniert. Was sollte sie tun? Versuchen, eine Warnung zu rufen?

Aber ihre Stimme trug nicht weit genug. Und wer immer dort herumstrich, hatte kein Recht, ihre Hütte zu betreten.

Wenn einem Unbefugten etwas zustieß, war es seine eigene Schuld, nicht wahr?

Andererseits konnte sie sich irren. Vielleicht wanderte die betreffende Person bloß herum und merkte nicht, daß sie der Hütte zu nahe kam?

Sie schwankte zwischen Gewährenlassen und einem Versuch, den Falken zurückzuholen.

Der erste Impuls gewann die Oberhand. Sie wollte zusehen, was geschehen würde. Während sie den Vogel beobachtete, verließ sie den Dünenkamm und bewegte sich auf das Sumpfland zu.

Der Falke schraubte sich höher, und seine Spiralen wurden immer enger. Cassie wußte, daß der Augenblick nicht mehr fern war, wo er die Flügel einziehen und im Sturzflug auf sein Opfer niederstoßen würde.

Rosemary wußte, was geschehen würde, wußte auch, daß sie etwas tun mußte, aber sie war in Panik, und das Herzklopfen schien alle Kräfte aus ihren Gliedern zu ziehen. Sie versuchte, den Blick von dem Raubvogel abzuwenden, da sie spürte, daß sie die Selbstbeherrschung zurückgewinnen würde, wenn es ihr nur gelänge, den hypnotischen Bann zu brechen. Aber es war, als hätte sie die Selbstbeherrschung freiwillig aufgegeben. Selbst als der Vogel plötzlich die Flügel anlegte und aus dem Himmel auf sie herabstürzte, konnte sie nichts tun als in entsetzter Faszination hinaufzustarren.

Seine Geschwindigkeit nahm zu, er wurde größer und größer, und als er die Flügel anstellte, den Sturzflug im letzten Augenblick zu bremsen, schien die Zeit still zu stehen und jede Sekunde zu einer Ewigkeit zu werden.

Sie konnte deutlich den aufgerissenen Hakenschnabel erkennen, scharf wie die gekrümmte Klinge einer Miniatursichel, die bereit war, sich in ihr Fleisch zu schlagen. Sie riß den Mund auf, aber ihre Kehle war wie taub, und kein Schrei drang heraus.

Und dann war er über ihr, die Fänge vorgestreckt, die scharfen Krallen wie spitze Dolche auf sie gerichtet. Noch immer war Rosemary wie gelähmt. Der Herzschlag dröhnte in ihrem Kopf, und Furcht hielt sie in einem Zustand hilfloser Erstarrung. Sie konnte den Raubvogel riechen, den scharfen Geruch seiner Rohfleischdiät, den er ausdünstete. Im letztmöglichen Augenblick riß sie instinktiv den Arm hoch und fühlte den Anprall des Vogels, dessen Fänge durch den dünnen Stoff des Jackenärmels tief in ihr Fleisch schnitten.

Sie zog den Kopf ein, doch selbst diese Bewegung kam zu spät. Sie fühlte einen brennenden Schmerz, als der scharfe Hakenschnabel ihr die rechte Wange schlitzte.

Sofort fühlte sie das warme Blut aus der Wunde quellen, und einen Augenblick später rann es ihr in den Mund und füllte ihn mit seinem salzigen Geschmack.

Die Schmerzen lösten Rosemarys Angstlähmung, und ein Adrenalinstoß machte sie lebendig. Wild schlug sie mit dem unverletzten Arm auf den Raubvogel ein, dessen Fänge plötzlich ihren Arm freigaben. Er fiel flatternd zu Boden; ein zorniges Kreischen entwich dem weit geöffneten Schnabel, dann stieß er sich ab, flatterte wieder auf.

Rosemary fühlte, wie seine Schwanzfedern ihr Gesicht streiften, dann ging das scheinbar regellose Geflatter in die eigentümlich rauschenden, gleichmäßigen Flügelschläge über, deren Geräusch sich rasch entfernte. Sie sah ihn niedrig über die Salzgräser und das Schilf abstreichen, so daß die Spitzen seiner Schwungfedern die Rispen der Gräser berührten.

Mit blutendem Gesicht, den verletzten linken Arm in der Rechten haltend, machte Rosemary kehrt und floh durch den Sumpf, brach wiederholt bis zu den Knöcheln im brackigen Wasser durch Schilf und Bestände von Salzdisteln, in denen sich ihre Kleider verfingen. Endlich erreichte sie keuchend und schluchzend den festen Boden des Parks und sank auf den Rasen. Lange verharrte sie, ohne sich von der Stelle zu rühren, während der Schmerz in Wellen durch ihren Körper ging. Allmählich ließ das Herzklopfen nach, und ihre Atmung normalisierte sich. Zuletzt – sie wußte nicht, wieviel später – setzte sie sich aufrecht und wischte sich Tränen und Blut aus dem Gesicht. Sie wurde sich wieder ihrer Umgebung bewußt und hielt Umschau.

Ein paar Schritte entfernt saß Sumi, den Schwanz um die Pfoten gelegt.

Ihre Blicke begegneten einander, und die brennenden gelben Augen des Katers starrten sie während mehrerer Herzschläge an.

Dann duckte der Kater den Kopf, sein Schwanz peitschte hin und her, und er schoß ins Röhricht davon. Rosemary wußte instinktiv, wohin er lief.

War es Sumi gewesen, was sie im Sumpf gesehen hatte? Aber warum war er ihr gefolgt, und warum hatte er sich versteckt?

Und warum hatte der Falke plötzlich von ihr abgelassen? Nur weil es ihr gelungen war, ihn von ihrem Arm zu schlagen?

Sie mühte sich auf die Beine. Ihr ganzer Körper schmerzte vor Erschöpfung. Sie mußte nach Haus und sich niederlegen. Doch als sie sich schon zum Gehen wandte, bewog sie etwas, noch einmal stehen zu bleiben und sich umzuwenden.

Sie sah Cassie vor dem Hütteneingang stehen. Und als sie noch zu ihrer Stieftochter hinausspähte, sah sie den grauen Kater aus dem Sumpf kommen und die Anhöhe hinaufspringen, um mit einem Satz in Cassies Armen zu landen. Der weiße Falke saß ruhig über ihr auf der Dachspitze.

16

Rosemary zuckte zusammen, als die Nadel ihre Haut durchbohrte, und ihre Hände hielten die Armlehnen umklammert, daß die Knöchel weiß heraustraten.

»Gleich fertig«, sagte Dr. Samuels in begütigendem Ton. »Nur noch ein Stich.«

Sie fühlte das neuerliche Einstechen der Nadel, gefolgt von dem unangenehm kratzenden Gefühl des durch die Haut gezogenen Fadens. Ihr linkes Auge folgte den geschickten Fingern des Arztes, als diese einen Knoten knüpften und die Stiche mit einem Pflaster verbanden. »Das wär's«, sagte er und zwinkerte ihr zu. »Möchten Sie zum Trost einen Lutscher?«

Rosemary lächelte matt und schüttelte den Kopf. »Wird es eine sehr auffallende Narbe geben?«

Samuels hob die Hände in einer Gebärde ungläubiger Bestürzung. »Eine Narbe? Würden diese Finger eine Narbe hinterlassen?«

»Ich weiß es nicht«, sagte Rosemary, der diesmal nur die Andeutung eines Lächelns gelang, bevor sie schmerzhaft zuckte. »Darum frage ich.«

Der Arzt schüttelte den Kopf. »Kaum. Der Schnitt war nicht so schlimm, wie er aussah, und in einem oder zwei Monaten sollte die Narbe so verblaßt sein, daß man sie nicht mehr erkennt. Ihr Arm sah tatsächlich viel schlechter aus als die Wange, aber wenigstens konnten Sie den verdammten Vogel damit von Ihren Augen fernhalten.« Sein Gesichtsausdruck verdüsterte sich ein wenig. »Haben Sie Gene Templeton davon unterrichtet?«

»Zu ihm werde ich als nächstes gehen«, erwiderte Rosemary. Sie stand auf, ließ sich aus dem Kittel helfen, der ihre Kleider geschützt hatte, und suchte in ihrer Handtasche nach einem Kamm. »Irgendwie kam es mir wichtiger vor, zuerst diese Schweinerei verarzten zu lassen.« Ihr Blick begegnete dem des Arztes im Spiegel über seinem Waschbecken. »Aber ich kann Ihnen sagen, daß ich jetzt verstehe, warum Lisa Chambers letzte Woche so aufgeregt war. Ich glaube nicht, daß ich jemals in meinem Leben solche Angst hatte. Und das schlimmste dabei war, daß ich nichts tun konnte! Ich stand wie gelähmt. Ich stand einfach da und ließ es geschehen.«

»Panik«, sagte der Arzt. »Das kommt bisweilen vor. Aber es spielt noch etwas dabei mit. Wenn man Gefahr verspürt, meldet sich ein Instinkt, der zur Bewegungslosigkeit rät. Aber dann, im letzten Augenblick, wenn man weiß, daß man sich nicht verstecken kann, heißt es Kampf oder Flucht. Dieser Instinkt hat Ihnen das Augenlicht gerettet.« Er ging an seinen Schreibtisch und machte seine Eintragung in Rosemarys Karteikarte. »Ich möchte, daß Sie mit Gene darüber sprechen. Wenn gegen diesen Raubvogel nichts unternommen wird, wird er eines Tages noch größeren Schaden anrichten.«

»Keine Bange«, erwiderte Rosemary in grimmigem Ton. »Wenn er nichts unternehmen will, werde ich Keith dazu bringen, daß er hingeht und ihn erschießt.« Sie steckte den Kamm in die Handtasche und hob ihre zerrissene und blutbeschmutzte Popelinejacke auf. »Noch etwas? Brauche ich Antibiotika oder was?«

»Ich habe die Verschreibung fertig.« Samuels gab ihr das Rezept, dann begleitete er sie hinaus in das kleine Wartezimmer des Krankenhauses. Als Rosemary gehen wollte, hielt er sie zurück. »Was ist mit Cassie?« fragte er. »Sie sagten, Sie hätten sie dort draußen gesehen. Und eine Katze war auch dabei, nicht wahr?«

Rosemary sah den Arzt verständnislos an, bis ihr die Bedeutung seiner Worte aufging. »Paul, wollen Sie damit sagen...«

»Ich will gar nichts sagen«, unterbrach Samuels. »Ich stelle nur eine Frage.«

»Und ich werde sie beantworten«, erwiderte Rosemary. »Ja, Cassie war dort draußen, und ja, ihr Kater war auch dort. Aber der Kater griff mich nicht an, und ich bin absolut sicher, daß Cassie draußen vor der Hütte stand. Ich bildete mir nicht bloß ein, sie zu sehen. Sollten Sie überlegen, ob ich vielleicht wie Harold Simms einen Nervenzusammenbruch erlitten und halluziniert habe, ist die Antwort nein. Der Falke griff mich an, Paul. Das war alles.«

Doch als sie das Krankenhaus verließ, um die zwei Blöcke zum Rathaus zu gehen, ließ sie den gesamten Hergang in ihrem Gedächtnis noch einmal Revue passieren. Und sie erinnerte sich an Lisa Chambers' Behauptung, Cassie habe erreicht, daß der Falke sie angriff. Aber das war nicht möglich, oder?

Selbstverständlich nicht.

Templeton lauschte schweigend Rosemarys Bericht, machte ein paar Notizen und kaute an seinem zweiten Frühstück, einem gefüllten Krapfen. Als sie geendet hatte, seufzte er tief.

»Nun, sieht so aus, als wäre es Zeit, daß ich wieder einmal auf die Jagd gehe, nicht?«

»Dann wollen Sie es tun?«

»Ich werde es versuchen«, sagte er. »Aber ich kann Ihnen nichts versprechen. Ich bin früher schon hinter diesem Vogel hergewesen, aber es hat nichts genützt. Es ist beinahe so, als ob er Bescheid wüßte; wenn er mich kommen sieht, fliegt er einfach weg. In der Zwischenzeit werde ich am Rand des Sumpflandes Verbotsschilder aufstellen. Vielleicht können wir wenigstens für eine Weile die Leute da heraushalten.«

Als Rosemary gegangen war, verließ er das Revier und fuhr nach Haus. Dreißig Minuten später fuhr er hinaus zum Sumpf, neben sich sein bevorzugtes Jagdgewehr mit Zielfernrohr.

Es ging auf den Mittag zu, und die Sonne stand hoch am Himmel. Was von der Nacht an Kälte zurückgeblieben war, hatte sich aus der Luft verflüchtigt, aber Templeton behielt den Uniformrock an. Sollte der Falke ihn angreifen, würde er wenigstens den Schutz des dichten, gefütterten Wollstoffes haben, der Arme und Brust bedeckte. Er sperrte den Streifenwagen zu und wanderte auf der Landzunge hinaus, das Gewehr in der linken Armbeuge. Bevor er anfing herumzuknallen, wollte er sich vergewissern, daß draußen im Sumpfland niemand unterwegs war.

Der Strand lag verlassen, und nur das unaufhörliche Kreisen und Flattern der nahrungssuchenden Seevögel belebte die Küste.

Nachdem er zwei Drittel des Weges bis Cranberry Point zurückgelegt hatte, bog er ab und stieg über den Dünenwall, um sich gegen die Hütte vorzuarbeiten.

Cassie saß im Schaukelstuhl am Fenster, und Sumi lag zufrieden schnurrend auf ihrem Schoß. Aber Cassie selbst war nicht zufrieden.

Sie war besorgt. Besorgt und erschreckt.

Vom Strandwall hatte sie gesehen, wie Kiska den Eindringling im Sumpf angegriffen hatte, und dann, als die schilfgrün gekleidete Gestalt die Flucht ergriffen hatte, war sie selbst in den Sumpf hinaus und zur Hütte gelaufen.

Sie fürchtete die Tücken des Sumpfes nicht mehr, sorgte sich nicht, daß sie sich im Gewirr der Pfadspuren verlaufen oder in eine der Stellen geraten könnte, wo Schwimmsand die Ansiedlung von Vegetation und den Aufbau von Torf verhindert hatte. Es war beinahe so, als hätte sie eine unsichtbare Landkarte im Kopf, die ihr die Orientierung leicht machte. Heute fühlte sie sich fast wie einer der Vögel, die über den Salzgräsern kreisten, so daß sie aus der Höhe hinabsehen und den sichersten, schnellsten Weg vom Dünenwall zur Hütte auswählen konnte. So war sie in relativ kurzer Zeit zur Hütte gelangt und war eben im Begriff gewesen, die Tür zu öffnen und einzutreten, als sie eine zu ihr gerichtete Bewegung gespürt hatte. Und kaum hatte sie den Kopf gewandt, da war Sumi aus dem Röhricht gesprungen und zu ihr gekommen, um ihr auf die Arme zu springen und den Kopf an ihrer Wange zu reiben.

Als der Kater sich an sie geschmiegt hatte, war ihr Blick wieder auf die Person im Park gelenkt worden – die Person in der schilfgrünen Jacke –, und plötzlich hatte sie erkannt, wer es war.

Rosemary.

Aber woher hatte sie die Gewißheit? Sie hatte die ferne Gestalt lange und aufmerksam beobachtet, gegen die Sonne blinzelnd, doch war die Entfernung zu weit. Gleichwohl hatte sie gewußt, wer es war – ohne jeden Zweifel gewußt –, obwohl sie unmöglich Einzelheiten hatte erkennen können. Und als Rosemary zuletzt aus dem Park gewankt war, mit einer Hand den verletzten Arm haltend und die andere am blutenden Gesicht, hatte Cassie sich in die Hütte zurückgezogen.

Dort war augenblicklich ein Gefühl von Frieden und Ruhe über sie gekommen. Sie hatte sich in den Schaukelstuhl am Fenster gesetzt und Sumi auf den Schoß genommen.

Der Kater hatte zu ihr aufgeblickt, und während dieses Blickkontaktes, als ihre Finger das Fell des Katers gestreichelt hatten, war eine prickelnde Empfindung über ihre Haut gegangen, und in ihrer Vorstellung hatten undeutliche Bilder Gestalt angenommen.

Sie hatte das Gefühl, von etwas wie Seetang umgeben zu sein, und um sie her war nichts als eine wirbelnde grünlich braune Wolke. Sie konzentrierte sich auf das Bild, und langsam nahmen die unscharfen Eindrücke klare Konturen an.

Nicht Seetang. Salzgräser.

Die Salzgräser und Schilfflächen des Sumpfes, aber größer, hoch über den Kopf hinausragend, wie sie ihr in ihrer Vision von Mirandas Tod erschienen waren. Sie hatte das Gefühl, selbst im Sumpf zu sein, aber nicht auf einem der Pfade, sondern nahe am Boden, wo sie sich den Weg durch das Gewirr der Halme suchte, schnell und gewandt, beinahe so, als ob ihre Füße den schwammigen Boden überhaupt nicht berührten.

Das Prickeln in ihren Fingern verstärkte sich, und auf einmal wechselte der Schauplatz ihrer inneren Vision. Sie war jetzt außerhalb des Sumpfgeländes, glitt über einen dicken Teppich derben Grases, und um sie her ragten immense Bäume, viel größer als sie jemals welche gesehen hatte. Ein Stück voraus sah sie eine Gestalt am Boden liegen und hörte die keuchenden Geräusche erschöpften Atmens. Doch war an diesem Atmen etwas Seltsames, und als sie sich noch schärfer darauf konzentrierte, wurde ihr klar, daß es verstärkt erklang.

Tatsächlich wurde alles verstärkt.

Sie konnte sogar die Geräusche der Grashalme hören, die sich unter ihr aneinander rieben, und in wenigen Schritten Entfernung hörte sie das leise Rascheln, welches sie augenblicklich mit einer Maus gleichsetzte, die unter einem Gebüsch nach Nahrung suchte.

Dann regte sich die im Gras liegende Gestalt und blickte auf.

Es war Rosemary, das Gesicht blutig von einer klaffenden Wunde in der rechten Wange. Mit der linken Hand hielt sie noch immer den verletzten rechten Arm, und sie weinte.

Jetzt verstand Cassie, was geschah. Sie sah alles durch Sumis Augen, gerade so wie er es vor wenigen Minuten gesehen hatte...

Langsam löste sich die Vision auf, und ihre Gedanken kamen zur Ruhe. Wieder blickte sie in Sumis goldene Augen, und als das Prickeln sich aus ihren Fingern verlor, fühlte sie wieder die weiche Wärme seines Fells.

»Du sagtest es mir«, sagte sie in zärtlichem Ton. »Als du mir auf den Arm sprangst, war es das erste, was du tatest.«

Als verstünde er ihre Worte, begann Sumi zu schnurren und kuschelte sich an sie. Dann schloß er die Augen, seine Ohren zuckten, und er schlief ein.

Cassie saß am Fenster und versuchte sich klar zu werden, was es für sie bedeutete.

Vielleicht, versuchte sie sich einzureden, war es überhaupt nicht Rosemary gewesen; vielleicht hatte sie sich alles nur eingebildet. Aber sie wußte es besser. Was aus dem Gedächtnis des Katers durch ihre Finger ins eigene Bewußtsein übergegangen war, mußte die Wahrheit gewesen sein.

Und dies war das Geschenk, das Miranda ihr gemacht und von dem sie gesprochen hatte. Sie konnte sich mit Sumi verständigen. Sie konnte sehen, was der Kater sah, und hören, was er hörte.

Sie erkannte, daß der Traum, den sie in der Nacht von Mirandas Tod geträumt hatte, keineswegs ein Traum gewesen war. Sumi hatte Miranda sterben sehen und war dann nach Hause gekommen und hatte es ihr gezeigt. Also mußte in jener Nacht jemand draußen im Sumpf gewesen sein.

Jemand, der Miranda getötet hatte.

Aber wer? Und warum?

Eine andere Erinnerung stellte sich ungebeten ein. Eric, wie er am Strand vor ihr gestanden und sie angestarrt hatte. In Gedanken verschmolz sie sein Bild mit dem, was sie in Sumis Erinnerung gesehen hatte, dann wies sie den Gedanken zurück.

Es konnte nicht sein! Es konnte einfach nicht!

Sie schloß die Augen und versuchte, sich wieder die Gestalt zu vergegenwärtigen, als sie sich über Miranda beugte, aber sie konnte sich nicht auf Einzelheiten besinnen. Obwohl sie alle Konzentration, deren sie fähig war, auf die Wiederherstellung des Bildes wandte, blieb das Gesicht ohne erkennbare Merkmale, als wäre ihre innere Sicht blockiert.

Tränen in den Augen, blickte sie wieder auf Sumi nieder. Hatte er die gleiche Fähigkeit? Konnte er sehen, was sie sah, und fühlen, was sie fühlte? Konnte er sie wirklich verstehen?

Tief in ihrem Herzen fühlte sie, daß es so war. Es gab ein Band zwischen ihnen, und gestern, als sie sich vorgestellt hatte, daß Sumi Mr. Simms angriff, hatte der Kater verstanden und ihren Wunsch ausgeführt.

Aber sie hatte Mr. Simms nicht wirklich Schmerzen zufügen wollen, nicht wahr?

Sie erforschte die tiefsten Winkel ihres Gewissens und stieß nach einer Weile auf einen kalten dunklen Ort, der voller Zorn war – und sie verstand, daß dort, wo ihre finstersten Dämonen hausten, ein Teil von ihr war, der Mr. Simms gestern mit Leichtigkeit hätte umbringen können, wenn er die Gelegenheit dazu gehabt hätte.

Aber jeder hatte solch einen Ort. Dort verbarg man den schlimmsten Haß vor sich selbst wie vor allen anderen, und man rührte nicht daran. Man hielt ihn unter Kontrolle, und nach einer Weile vergaß man ihn.

Das war der Teil ihrer selbst, den sie gestern erforscht hatte, als Sumi über den Lehrer hergefallen war. Irgendwie hatte der Kater ihren Zorn verstanden und danach gehandelt.

War Sumi also eine Art Waffe, die ihr Verstand zur Gegenwehr einsetzen konnte?

Wie als Antwort auf ihre unausgesprochene Frage regte sich der Kater auf ihrem Schoß, und seine rosa Zunge kam zum Vorschein und leckte ihre Finger.

Was war dann Kiska, der gespenstische weiße Falke, der ständig auf dem Dach saß?

Aber die Antwort darauf wußte sie bereits.

Er war ihr Wächter, zur Stelle, um sie zu beschützen und jeden zu vertreiben, der sie bedrohte.

Aber warum hatte er Rosemary angegriffen? Was hatte Rosemary gewollt? Vielleicht war sie nur aus harmloser Neugier gekommen, und der Vogel griff unterschiedslos jeden Eindringling an, es sei denn, Cassie befahl ihm, es nicht zu tun.

Und sie hätte es tun können.

Sie hatte es noch am Strand gespürt, hatte gewußt, daß der Falke ihr augenblicklich gehorcht haben würde, hätte sie zu ihm hinaufgezeigt und ihm zugerufen, daß er wieder seinen Platz auf dem Dach einnehmen solle.

Sie hatte es unterlassen.

Sie hatte ihn angreifen lassen.

Aber, sagte sie sich, sie hatte nicht gewußt, wer die Person war oder was sie wollte. Und außerdem war Kiska nicht wirklich ihr Vogel. Er lebte bloß dort, nicht wahr? Es war nicht ihre Schuld, daß er angegriffen hatte. Und wie, wenn sie nicht dort gewesen wäre? Dann hätte ihn niemand zurückgehalten.

Aber sie war dort gewesen, und sie hatte ihn nicht zurückgehalten.

Ein leises Frösteln lief ihr über den Rücken. Von nun an würde sie sehr vorsichtig sein müssen. Sie durfte sich nie wieder erlauben, so zornig zu werden, wie sie es auf Mr. Simms gewesen war, durfte sich nicht einmal vorstellen, jemanden zu verletzen.

Allmählich begann sie, Mirandas Worte zu verstehen. ›Laß nicht zu, daß sie dich verletzen.‹ Sie durfte es nicht zulassen, da sie sonst versucht sein könnte, die Dämonen in jenem finsteren Winkel ihres Inneren freizusetzen und mit ihnen die Tiere, die ihre düstersten Fantasien verstanden...

Draußen im Moor glänzte etwas in der Sonne, und das kurze Aufblitzen reflektierten Sonnenlichts riß Cassie aus ihren Betrachtungen. Sie beugte sich zum Fenster und erkannte Gene Templeton, der durch das Röhricht auf die Hütte zuhielt. Bei jedem Schritt blitzte die Sonne von den Reflexgläsern seiner Sonnenbrille. Cassie hob den Kater auf den rechten Arm, stand auf und trat näher zum Fenster. Sie konnte erkennen, daß der Polizeikommissar etwas trug, sah aber nicht gleich, was es war. Erst im Näherkommen war auszumachen, was für einen Gegenstand er bei sich trug.

Ein Gewehr.

Der Atem stockte ihr, als sie verstand, was es bedeuten mußte, und im nächsten Augenblick war sie an der Tür. Als sie öffnete, hörte sie rauschende Flügelschläge und sah Kiska von seinem Sitz auffliegen. Sie trat vor die Hütte, beschirmte die Augen gegen die Sonne und blickte zum Himmel auf.

Der Raubvogel zog in engen Spiralen aufwärts, um für seinen Angriff Höhe zu gewinnen.

Gene Templeton hielt an, als der weiße Falke plötzlich vom Dach aufflog, und brachte das Gewehr in Anschlag. Rasch hatte er sein Ziel im Fadenkreuz des Zielfernrohrs. Aber der Vogel stieg rasch, und seine Kreise erschwerten das Zielen. Bis er seine Höhe erreichte und zum Angriff überginge, würde es schwierig sein, ihn lange genug im Fadenkreuz zu halten, um einen sicheren Schuß zu riskieren. Erst wenn der Vogel seine Richtung einschlug und er seine Geschwindigkeit sicher genug einschätzen könnte, um zu bestimmen, wie weit er vorhalten mußte, bestand Aussicht auf Erfolg. Er wußte, daß er nur einen Schuß hatte; verfehlte er den, würde er keine zweite Chance bekommen. Da er den Raubvogel im Visier behielt, konnte er nicht sehen, wie die Hüttentür aufging und Cassie über die Schwelle trat.

Cassie wußte nicht, was sie tun sollte. Sollte sie Kiska die Rückkehr zu seinem Platz befehlen, oder ihn einfach fliegen lassen? Wie aber, wenn er den Polizeikommissar angriff? Unschlüssig und angstvoll beobachtete sie den Falken, als er sich auf seine gewohnte Höhe emporgeschraubt hatte und in segelnden Horizontalflug überging. Dann erkannte sie, daß keine Gefahr bestand.

Kiska wußte, was geschehen würde, und flog in die andere Richtung davon. Sie stieß einen Seufzer der Erleichterung aus.

Templeton hatte das Ziel fest im Visier und zielte sorgfältig. In der Vergrößerung des Zielfernrohres war der Raubvogel so groß, daß er das kreisrunde Gesichtsfeld ausfüllte. Seine Schwingen schlugen gleichmäßig, die kräftigen Rükkenmuskeln arbeiteten rhythmisch. Er flog beinahe in gerader Linie von ihm fort, und Templeton sah, daß er nicht einmal vorzuhalten brauchte.

Er brauchte nur ruhig zu zielen und abzudrücken.

Das Fadenkreuz unverrückbar auf dem Körper des Vogels, suchte Templeton mit dem Zeigefinger den Druckpunkt.

Ein peitschender Schuß fuhr aus dem Lauf, und der Gewehrkolben stieß gegen seine Schulter. Der Vogel zuckte zusammen, und ein paar Federn flogen davon. Templeton bekam ihn wieder ins Zielfernrohr und sah einen deutlichen roten Flecken, der sich durch das Gefieder ausbreitete. Der Vogel verlor kraftlos flatternd rasch an Höhe, dann fiel er mit einem durchdringenden Schrei, der die Stille nach dem Schuß zerriß, wie ein schmutzig weißer Lappen herab.

Cassie, die noch vor der Hüttentür stand, hörte den scharfen Knall des Schusses und sah Kiska plötzlich in der Luft taumeln. Der Schrei aber, der ihr über die Lippen brach, war kein Wutschrei, sondern ein Schmerzensschrei, denn im selben Augenblick, als die Kugel den weißen Falken getroffen hatte, schoß ein brennender Schmerz durch ihren Rücken und in die Brust. Sumi sprang erschrocken von ihren Armen, als Cassies Knie einknickten und sie über die Schwelle fiel, dann die einzige Stufe herab und ins Gras rollte. Der Schmerz brannte in ihr, und sie krallte beide Hände in die Brust, als versuchte sie, eine Wunde zu schließen.

Erschrocken über den Schrei, setzte Templeton das Jagdgewehr ab und blickte gerade in dem Moment zur Hütte hinüber, als Cassie zu Boden fiel.

»Was zum Teufel...?« murmelte er, schon in schwerfälligem Lauf. Was war geschehen? Er konnte sie nicht getroffen haben; er hatte nur eine Patrone abgefeuert und gesehen, wie das Geschoß den Vogel getroffen hatte. Und selbst wenn er zweimal gefeuert hätte, wäre sie weit außerhalb seiner Zielrichtung gewesen. Es war unmöglich!

Minuten später brach er aus dem Schilfgürtel und stampfte die niedrige Anhöhe hinauf, fiel neben dem zuckenden Mädchen auf die Knie. Ihr Gesicht war schmerzhaft verzerrt, und sie stöhnte leise.

»Ist schon gut, Cassie«, sagte Templeton. »Ist schon gut, Mädchen. Ich bin da.«

Er stellte das Gewehr an die Hüttenwand, ergriff ihre Handgelenke, um sie von der Wunde wegzuziehen, die sie hielt. Sie wehrte sich, wand sich zur Seite und versuchte seinem Griff zu entkommen, aber er war viel zu stark für sie. Endlich ließ sie nach, und er zog ihre Hände von der Brust.

Nichts.

Kein Blut, kein Loch, wo eine Kugel das weiße Herrenhemd, das sie trug, durchschlagen haben könnte. Überhaupt nichts.

Noch immer stöhnend, wälzte sie sich herum, und Templeton hatte Gelegenheit, auch ihren Rücken zu untersuchen.

Auch er war frei von Anzeichen irgendeiner Verletzung.

Dennoch stand außer Frage, daß das Mädchen schreckliche Schmerzen litt, denn die Augen waren glasig vom Schock, und sie atmete keuchend und stoßweise.

Er tastete Arme und Beine ab und suchte nach Knochenbrüchen, fand jedoch keine. Endlich ließ er das Gewehr stehen, hob sie auf und machte sich auf den Rückweg durch den Sumpf.

Cassie lag im Krankenhausbett und starrte zum Fenster hinaus in die untergehende Sonne. Der Schmerz pochte nach wie vor in ihrer Brust, und sie wußte, daß sie ihn sich nicht einbildete, mochte der Arzt sagen, was er wollte. »Aber etwas muß ihr zugestoßen sein«, hörte sie ihren Vater durch die offene Tür zum Korridor sagen. »Sie haben gehört, was Gene sagte. Sie erlitt einen Schock!«

»Ich weiß, was Gene sagte«, antwortete Dr. Samuels in geduldigem Ton, »aber ich weiß auch, daß ich sie untersucht habe und nichts finden kann. Überhaupt nichts. Keine Schnittwunden, keine sonstigen Verletzungen, nichts. Ich habe die Röntgenaufnahmen wenigstens fünfmal überprüft, und es liegen auch keine inneren Verletzungen vor. Wenn Sie wollen, können wir sie noch einmal durchgehen. Das einzige, was ich Ihnen sagen kann, ist, daß sie nicht verletzt ist.«

»Was ist dann geschehen?« fragte Keith. »Gene behauptet, er habe den Vogel erlegt – obwohl ich nicht verstehen kann, was zum Henker er da draußen mit einem Gewehr gemacht hat, wenn Cassie auch dort war –, aber er kann das Tier nicht finden. Er sagt, er habe es abstürzen sehen und wisse auch, wo es herunterkam. Aber es ist nicht dort. Wie also können wir wissen, daß er es überhaupt erlegt hat?«

Samuels zuckte die Achseln, doch als er sprach, gab sein Tonfall deutlich zu erkennen, daß er mit seiner Geduld am Ende war. »Gut. Er hat den Vogel nicht erlegt. Ehrlich gesagt, mir ist der Falke herzlich gleichgültig, aber daß er nicht gefunden worden ist, beweist auch nichts. Als Gene wieder hinausgehen und suchen konnte, war geraume Zeit verstrichen. Ein Waschbär oder irgendein anderer Räuber konnte den Vogel gefunden und fortgeschleppt haben. Aber Gene hat Cassie nicht angeschossen. Man schießt niemanden an, ohne daß eine Wunde zurückbleibt. Es ist eine physikalische Unmöglichkeit.«

Keith starrte ihn zornig an. »Sie wollen mir also sagen, daß Cassie simuliert, nicht wahr?«

Der Arzt befeuchtete die Lippen und schüttelte den Kopf. »Das sage ich keineswegs. Im Gegenteil, ich bin überzeugt, daß ihre Schmerzen durchaus wirklich existieren. Aber das heißt nicht, daß sie von einer Kugel verursacht worden sind.«

»Wovon dann?«

»Von einer hysterischen Reaktion. Sie sah, wie der Vogel getroffen wurde, und fühlte den Schmerz selbst.«

»Das ist Ihre Antwort auf alles, was in dieser Woche geschehen ist, nicht wahr?« sagte Keith, ohne sich zu bemühen, den Sarkasmus zu unterdrücken, der unüberhörbar in seiner Stimme war. »Ist das nicht ziemlich genau das gleiche, was Sie über Harold Simms zu sagen hatten?«

Samuels' Augen blitzten, aber er wahrte die Beherrschung. »Ich kann Ihnen nicht mehr sagen als meine Diagnose«, sagte er. »Wenn Sie eine zweite wünschen, gebe ich Ihnen gern die Anschrift eines Fachkollegen. Aber offen gesagt, ich glaube, daß jeder andere Arzt mit mir übereinstimmen wird. Es gibt einfach keine Verletzungen.« Er bemerkte die offene Tür zu

Cassies Krankenzimmer, streckte die Hand aus und schloß sie, dann sagte er mit gedämpfter Stimme: »Wenn Sie meine Meinung hören wollen, Keith, wären Sie gut beraten, das Mädchen mit einem Psychiater sprechen zu lassen. Nach allem, was sie in den letzten Wochen durchgemacht hat, muß sie unter emotionalen Schmerzen leiden. Was wir heute sehen, könnte symptomatisch dafür sein.«

Keith zog die Brauen hoch. »Also plagen wir uns nicht lange mit ihr herum, sondern schicken sie zusammen mit Simms nach Eastbury, wie? Tut mir leid, Paul, so geht das nicht, nicht bei meiner eigenen Tochter.« Bevor der Arzt etwas erwidern konnte, ließ Keith ihn stehen und betrat Cassies Krankenzimmer.

»Hallo, Kleines«, sagte er mit einem gezwungenen Lächeln, sobald er die Tür hinter sich geschlossen hatte. »Wie fühlst du dich?«

Cassie sah ihn argwöhnisch an. Warum hatten sie vor einer Minute die Tür geschlossen? Was hatten sie besprochen, das sie nicht hören sollte? Aber sie konnte es sich schon denken.

Sie sprachen über die Frage, ob sie verrückt sei oder nicht. Aber sie wußte, daß sie es nicht war.

Nur konnte ihr das Wissen, daß sie nicht verrückt war, nicht viel helfen, wenn der Arzt und ihr Vater entschieden, sie sei es...

»Schon besser«, sagte sie leise, bemüht, sich den Schmerz in ihrer Brust nicht anmerken zu lassen. »Es ist bloß, daß ich nicht weiß, was passiert ist, Papa. Aber es geht mir jetzt gut. Wirklich. Darf – darf ich nach Haus?«

Keith machte ein bedenkliches Gesicht. »Glaubst du wirklich, daß du dich gut genug fühlst?«

Cassie nickte. »Der Schmerz ist beinahe weg«, sagte sie, obwohl der Schmerz sich noch immer wie ein heißer Schürhaken anfühlte, der ihr in den Körper gestoßen war. Ihr Blick fand die Augen des Vaters. »Wie geht es Rosemary?« fragte sie. »Ist es gut abgegangen?«

Keith nickte. »Dr. Samuels sagt, es sei nicht weiter schlimm.«

»Es tut mir leid«, sagte Cassie. »Wenn ich gewußt hätte, daß sie es war, hätte ich es Kiska nicht tun lassen.«

»Nicht tun lassen? Wie meinst du das?«

»Ich wußte nicht, wer es war«, erklärte Cassie. »Hätte ich es gewußt, so hätte ich ihm gesagt, sie in Ruhe zu lassen. Wirklich.«

Keith grinste schief. »Kindchen, du kannst einem Falken nicht sagen, was er zu tun hat. Es sei denn, du hättest ihn in jahrelanger Arbeit abgerichtet. Und nicht einmal dann kann man sie immer daran hindern anzugreifen, wenn sie eine vermeintliche Beute sehen. Es war nicht deine Schuld. Aber das alles ist jetzt nicht mehr wichtig. Der Falke ist tot.«

Cassie schüttelte den Kopf. »Mr. Templeton hat ihn getroffen, aber er ist nicht tot.«

Keith verging das Grinsen. »Nicht?« fragte er. »Woher weißt du das?«

Cassie zögerte. »Ich weiß es einfach, das ist alles.«

Sie wollte ihrem Vater nicht verraten, daß sie während der Stunden, die sie im Krankenhaus verbracht hatte, von selbst darauf gekommen war, was mit ihr geschah. Es klang zu verrückt.

Aber sie hatte begriffen, daß der Schmerz in ihrer Brust überhaupt nicht ihr Schmerz war.

Es war Kiskas Schmerz, der zu ihr gesendet wurde.

Weil sie wußte, was der Schmerz bedeutete, konnte sie ihn ertragen.

Er bedeutete, daß Kiska irgendwo am Leben war. Er war verletzt, aber am Leben. Wäre er tot, würde sie den Schmerz nicht fühlen, da er mit ihm erloschen wäre.

Nun kam es darauf an, den Schmerz zu ertragen und zu verbergen, bis Kiska sich erholen und zu ihr zurückkommen würde.

17

Fünf Tage lang blieb Cassie in ihrem Zimmer, lag auf dem Bett und kämpfte gegen den tiefen, brennenden Schmerz in ihrer Brust an. Doch jedesmal, wenn Rosemary vorschlug, daß sie wieder zum Arzt gehen solle, schüttelte Cassie den Kopf.

»Es wird besser«, sagte sie. »Und er kann nichts für mich tun. Ich muß es einfach überwinden.«

Am Montag ging Rosemary selbst zu Dr. Samuels, und während er ihre Verbände an Wange und Unterarm wechselte, sprach sie besorgt über ihre Stieftochter. Zu ihrer Überraschung stimmte der Arzt mit Cassie überein. »Sie hat eine emotionale Reaktion«, sagte er. »Geben Sie ihr einfach etwas Zeit, das ist das Beste, was Sie tun können. Wenn ihr Befinden sich nicht besserte, würde ich Ihnen zustimmen. Ich würde sogar darauf bestehen, daß ein Psychiater beigezogen wird. Aber wenn sie sagt, sie fühle sich besser, lassen Sie sie einfach in Ruhe. Behalten Sie das Mädchen im Auge, aber drängen sie es nicht.«

Samuels' Rat schien sich zu bewähren, und die nächsten vier Tage kam Cassie jeden Morgen die Treppe herunter, stocherte in ihrem Frühstück und bestand dann darauf, das Geschirr zu spülen und die Küche aufzuräumen, bevor sie sich in ihr Zimmer zurückzog.

Dann, am Freitag morgen, kam Cassie für die Schule angezogen herunter, das Gesicht bleich, aber entschlossen. »Ich gehe wieder zur Schule«, erklärte sie.

»Glaubst du, daß das eine gute Idee ist?« fragte Keith zweifelnd. »Vielleicht solltest du bis Montag warten. Einen weiteren Tag zu versäumen, wird keinen großen Unterschied machen.«

»Aber ich will wieder hingehen«, beharrte Cassie. »Ich fühle mich wieder gut, und wenn ich heute gehe, kann ich wenigstens die versäumten Arbeiten aufschreiben und über das Wochenende nachholen.«

Gleich nach dem Frühstück verließ sie das Haus und ging langsam durch die Stadt, erstaunt, wie rasch der Frühling

Einzug gehalten und alles verändert hatte. Der Morgen war warm, die Luft lind. Die Bäume, deren Zweige vor zehn Tagen erst halb geöffnete Knospen gezeigt hatten, standen in vollem, frisch grünem Laub, und überall blühten Tulpen und Märzenbecher und sprenkelten die Vorgärten mit bunten Farbflecken. Über allem war eine Frische und die Verheißung eines neuen Anfangs, daß Cassie gar nicht anders konnte, als sich einem Gefühl von Wohlbefinden hinzugeben, das sie früher nie empfunden hatte.

Die letzten ungewissen Nachklänge des Schmerzes in ihrer Brust verloren sich, und als sie sich der Schule näherte, schien selbst diese sich verändert zu haben. Die Kastanienbäume um das alte Gebäude trugen ihr festliches Laub, und die Rasenflächen hatten ein noch leuchtenderes Grün angenommen, als sie es vor zehn Tagen zur Schau gestellt hatten.

Doch als sie die Stufen zum Eingang hinaufging, verblaßten Cassies angenehme Empfindungen. Sie ging an den Gruppen schwatzender Schülerinnen und Schüler vorbei. Doch wo sie ging, verstummten die Gespräche, und es wurde geflüstert.

Ihre Haut prickelte unter dem schon vertrauten Gefühl, von vielen Augenpaaren beobachtet zu werden.

Es ist unwichtig, sagte sie sich. Alles unwichtig, und diesmal werde ich nicht davonlaufen. Eric hatte recht – ich kann nicht einfach der Schule fernbleiben. Also werde ich sie ignorieren, und nach einer Weile werden sie mich nicht mehr beachten.

Sie holte tief Atem und erstieg rasch die Treppe zum Obergeschoß. Lange bevor die Glocke zum Unterrichtsbeginn läutete, saß sie an ihrem Platz.

Der Vormittag schleppte sich dahin, und jedesmal, wenn sie den Klassenraum wechseln mußte, wanderte Cassie mit der unnahbaren Geistesabwesenheit einer Schlafwandlerin durch die Korridore. Es war, als bestünde eine Art Kraftfeld um sie, und wohin sie auch ging, die Schüler in den Korridoren machten ihr Platz, als fürchteten sie sich jetzt, sie auch nur zu streifen. Cassie gab vor, es nicht zu bemerken, blickte starr geradeaus, das Gesicht eine ausdruckslose Maske.

Als die dritte Schulstunde zu Ende ging, verspürte sie den Drang davonzulaufen, gab ihm aber nicht nach. Laß nicht zu, daß sie dich verletzen, sagte sie sich wieder und wieder, und nach und nach wurde der Rhythmus der Worte zu einem stummen Gesang in ihr, und sie stellte sich vor, daß Miranda selbst bei ihr sei, ihr die Worte zuflüstere und ihr Kraft verleihe.

Vielleicht ist Miranda wirklich bei mir, dachte Cassie, als das letzte Klingelsignal des Vormittags ertönte und sie den Weg zur Schulkantine ging, obwohl sie mit allen Fasern ihres Wesens am liebsten kehrtgemacht und die Flucht ergriffen hätte. Genauso mußte Miranda zumute gewesen sein.

Jeden Tag ihres Lebens hatte Miranda dies erleben müssen, dachte Cassie – niemand, der mit ihr sprach, niemand, der sie auch nur anlächelte.

Aber von allen angestarrt. Immer angestarrt.

Das Stimmengewirr in der Schulkantine legte sich, kaum daß Cassie die Tür geöffnet hatte und eingetreten war, aber sie bemühte sich auch diesmal, es zu ignorieren, als sie sich anstellte und langsam mit der Schlange zur Essenausgabe vorrückte. Mechanisch wählte sie ihr Getränk, ohne bewußt zu sehen, was sie auf ihr Tablett stellte.

Und die ganze Zeit fühlte sie die Blicke der versammelten Schüler auf sich. Wortlos angelte sie in ihrer Tasche nach der Geldbörse und bezahlte die Kassiererin, die flüchtig zu ihr aufblickte.

»Wieder gesund?« fragte die Frau.

Cassie nickte stumm, obwohl sie fühlte, daß ihr Schweiß auf die Stirn trat, und ihre Beine zitterten. Aber die Kassiererin war eine gute Beobachterin.

»Vielleicht solltest du ins Krankenzimmer gehen und dich ein paar Minuten hinlegen«, sagte sie. »Meine Güte, du bist ja so blaß, als hättest du ein Gespenst gesehen!«

Andere Schüler in der Nähe, die mitgehört hatten, fingen an zu lachen. Cassie standen Tränen in den Augen, und als sie das Tablett aufnehmen wollte, zitterten ihre Hände so stark, daß das Glas umfiel und sich Mineralwasser in den Teller mit Makkaroni und Käse ergoß.

Dann hörte sie eine Stimme hinter sich. Erics Stimme.

»Ich kann es tragen«, sagte er. »Drüben am Fenster ist ein Tisch frei. Komm mit.«

Erleichtert ließ sie Eric gewähren und folgte ihm, als er rasch an den mit feixenden Mitschülern besetzten Tischen vorbeiging. Einer stellte ihm ein Bein, aber Eric stieg darüber und machte dem Jungen eine Grimasse. Als sie den Tisch am Fenster erreichten, hatte das Gekicher aufgehört, aber Cassie blickte verstohlen umher und sah, daß die Jugendlichen die Köpfe zusammensteckten und flüsterten.

Eric schien ihre Gedanken zu lesen.

»Wenn du dir was anmerken läßt, werden sie dich nie in Ruhe lassen«, sagte er und stellte Cassies Tablett auf den Tisch. Er selbst zog die braune Papiertüte mit seiner mitgebrachten Mahlzeit hervor, schaute verdrießlich drein und sagte mit einem schiefen Lächeln: »Ich biete dir eine pappige Wurstsemmel für die Makkaroni mit Käse.«

»Die sind auch eingeweicht«, erwiderte Cassie mit einem Zittern in der Stimme. Es fiel ihr schwer, ihre Gefühle in Schach zu halten.

»Macht nichts«, sagte Eric. »Die Wurstsemmeln mit Tomaten hängen mir so zum Hals heraus, daß ich kotzen könnte.« Er zeigte ihr das mit Wurst und dünnen Tomatenscheiben belegte Brötchen. Ein welkes Salatblatt hing heraus. Das ganze sah unappetitlich, pappig und zäh aus, und Cassie schüttelte den Kopf.

»Kannst meine Makkaroni mit Käse auch so haben«, sagte sie. »Ich mag es nicht und habe nicht viel Hunger.«

»Warum hast du dir dann davon geben lassen?«

»Ich mußte irgendwas nehmen, nicht? Außerdem hatte ich gar nicht richtig hingesehen.« Sie schwieg, aber ihr Blick ging durch den Raum, und Eric nickte.

»Willst du wissen, was sie gesagt haben?«

Cassie schluckte, konnte aber den Klumpen, der in ihrer Kehle saß, nicht hinunterbringen. Sie nickte.

»Also, fast jeder hat eine etwas andere Version, aber im Grunde sind sich alle darin einig, daß du verrückt bist.«

Cassie zuckte ein wenig, sagte jedoch nichts, und Eric grinste wieder. »Aber es ist nicht so schlimm, wirklich.«

»Nicht so schlimm?« flüsterte Cassie. »Wenn du wüßtest. Den ganzen Vormittag haben sie mich angestarrt, und kein Mensch redet mit mir. Es – es ist genauso, wie Miranda behandelt worden ist.«

»Ich weiß«, sagte er. »Mich behandeln sie genauso.«

Cassie hob den Blick zu ihm. »Dich? Aber...«

»Wegen Simms. Alle sind überzeugt, daß du ihm etwas angetan hast, und weil ich bei dir war, glauben sie, ich müßte dir geholfen haben.«

»Aber wir haben ihm nichts getan«, sagte Cassie.

»Was wir sagen, kümmert niemanden«, erwiderte Eric. Er klang bitter. »Aber es ist nicht bloß das«, flüsterte er, über den Tisch gebeugt. »Ich habe viel Zeit draußen im Sumpf verbracht.«

Sie schaute ihn fragend an.

Eric nickte. »Alle haben gehört, was passiert ist. Also ging ich hin und machte mich auf die Suche nach Kiska.« Er blickte schnell in die Runde, und sein Flüstern wurde noch leiser. »Cassie, ich hab' ihn gefunden.«

Cassies Mund klappte auf, dann hielt sie die Hand davor. »Wo ist er?« flüsterte sie zurück. »Geht es ihm gut?«

Eric nickte eifrig. »Als ich ihn fand, war er beinahe hinüber. Er lag ungefähr vierhundert Meter von der Hütte entfernt. Es gibt dort einen großen Busch, der ganz durchwachsen von Ranken ist, und in dem Busch lag er. Als ich ihn fand, konnte er sich nicht mal auf den Beinen halten, und zuerst dachte ich, es sei aus mit ihm. Er war ganz voll Blut. Trotzdem brachte ich einen Käfig hinaus und verband ihn, so gut ich konnte, und seither bin ich jeden Tag draußen gewesen und habe ihm Futter gebracht.«

»Und er ist wirklich wieder in Ordnung?« fragte Cassie besorgt.

»Er ist beinahe wieder gesund. Er kann aufstehen und nimmt mir das Fleisch aus der Hand –«

»Montag«, sagte Cassie leise, und plötzlich durchbohrte sie Eric mit ihrem Blick. »Am Montag ist er wieder aufgestanden, nicht?«

»Woher weißt du das?«

»Weil es der Tag ist, als ich aufstand«, erwiderte Cassie in einem Ton wachsender Erregung. »Ich wußte, daß ich fühlte, was Kiska fühlte, und das beweist es, nicht wahr? Es ging mir besser, aber bis zum Montag konnte ich nicht wirklich aufstehen. Und jetzt fühle ich mich wieder gut.« Ihre Augen blitzten. »Und ich wette, das bedeutet, daß Kiska wieder fliegen kann. Laß uns zu ihm gehen. Gleich nach der Schule. Dann lassen wir ihn aus dem Käfig.«

Aber Eric schüttelte den Kopf. »Ich kann nicht. Nicht gleich nach der Schule. Ich bin wieder in der Baseballmannschaft, aber ich darf die Übungsstunde nicht versäumen. Und wenn jemand dich da hinausgehen sieht...« Er ließ den Rest ungesagt, aber Cassie wußte, was er meinte.

Umherblickend, sah sie, daß Lisa Chambers mit bösartigem Ausdruck herüberstarrte. »Haben sie deshalb angefangen, auch dich anzustarren?« fragte sie. »Weil jemand dich zum Sumpf hinausgehen sah?«

Nach kurzem Zögern nickte Eric. »Ich – ich tue immer so, als ginge ich zur Hütte, aber dann gehe ich auf der anderen Seite die Anhöhe hinunter.« Seine Augen blitzten zornig. »Aber es ist ganz gleich. Wenn sie glauben wollen, ich sei verrückt, laß sie. Sie sind alle genau wie mein Vater. Es spielt keine Rolle, was du tust, denn es ist sowieso das Falsche.«

»Aber warum hast du es ihnen nicht gesagt?« fragte Cassie. »Schließlich hast du dich nur um Kiska gekümmert.«

»Bist du noch zu retten?« erwiderte Eric. »Sie hätten es weitererzählt, und dann wäre Templeton hingegangen und hätte ihm den Rest gegeben. Warum, glaubst du, ließ ich ihn überhaupt dort draußen?«

»Aber es ist nicht fair«, protestierte Cassie.

»Wer sagt, daß etwas fair sein müsse? Niemand war jemals fair zu Miranda; und du weißt, was aus ihr wurde. Aber uns soll es nicht so ergehen«, fuhr er mit einem Anflug von Bitterkeit fort. »Ich werde das nicht zulassen.«

Cassie sah ihn an. Sein Tonfall ängstigte sie beinahe so sehr wie seine Worte. »Aber – aber was können wir tun?« fragte sie.

»Es gibt Möglichkeiten«, sagte er und lächelte. »Zunächst einmal können wir ihnen allen zu verstehen geben, daß sie uns nichts anhaben können. Von nun an benehmen wir uns, als ob überhaupt nichts wäre. Wenn sie glotzen wollen, laß sie glotzen. Wenn sie reden wollen, laß sie reden. Und morgen werden wir Kiska aus dem Käfig freilassen. Einverstanden?«

Cassie lächelte dankbar. »Einverstanden.«

»Komm mit«, sagte Eric. Er ließ die zerdrückte braune Tüte mit seinem Sandwich auf Cassies Tablett fallen, hob es auf und trug es zwischen den Tischen zur Theke, dichtauf gefolgt von Cassie. Sie waren auf halbem Weg zum Ausgang, als Lisa Chambers sie aufhielt.

»Was machst du da, Eric?« fragte sie in zuckersüßem Ton. »Mußt du für die arme kleine Verrückte das Kindermädchen spielen?«

Cassies Gesicht brannte von der Demütigung, aber als sie weitereilen wollte, ließ Eric seine Schultasche fallen und hielt sie am Arm zurück. »Wenn du das so sehen willst, Lisa, soll es mir recht sein«, sagte er. »Aber wenn du es wirklich wissen willst, ist es überhaupt nicht so.«

Lisa sah ihn unsicher an. Sie hatte erwartet, daß Eric ebenso wie Cassie erröten und schnell weitergehen würde. Statt dessen erwiderte er ihren Blick mit spöttischem Ausdruck.

»Tatsächlich habe ich sie zum Tanz morgen abend eingeladen. Bis dahin.« Er ließ Cassies Arm los, hob die Schultasche auf und ging weiter zum Ausgang. Cassie eilte ihm nach.

Lisa saß still, vor Enttäuschung und Zorn wie gelähmt.

Was fiel Eric ein?

Solange Cassie Winslow nicht zur Schule gekommen war, hatte sich alles wieder so eingespielt, wie es immer gewesen war. Jeden Tag hatte Eric mit ihr am Mittagstisch gesessen, und sie hatte auf ihn gewartet, bis die Baseball-Übungsstunde zu Ende gegangen war, worauf er sie heimbegleitet hatte. Nicht ein einziges Mal hatte er Cassie Winslow erwähnt.

Und vorgestern hatte er *sie* zum Tanz eingeladen.

Jetzt sah sie sich von ihren Freundinnen angestarrt und hörte Allayne Garvey kichern. Sie warf ihr einen bitterbösen Blick zu, aber Allaynes Kichern ging nur in ein lautes Lachen über. »Sagtest du nicht, er hätte mit ihr Schluß gemacht?« fragte sie mit einem wissenden Blick zu Teri Bennett. »Ich dachte, er hätte *dich* zum Tanz eingeladen?«

»Hat er«, versetzte Lisa, nach Kräften bemüht, ihren Zorn und ihre Enttäuschung zu verbergen. »Aber ich habe es mir anders überlegt. Gestern habe ich ihm abgesagt.«

Allayne verdrehte die Augen. »Das kann ich mir denken«, sagte sie. »Das muß gewesen sein, als ich zum Mond geflogen bin, nicht wahr? Laß gut sein, Lisa; er hat dich wieder gekippt. Sie brauchte sich bloß sehen zu lassen, und gleich ging er zurück zu ihr.« Sie zwinkerte Teri zu. »Und man kann es ihm wirklich nicht verdenken, finde ich. Ich meine, sie ist wirklich hübsch.«

Lisa preßte die Lippen zusammen, und ihre Augen wurden zornig und schmal, aber sie sagte nichts. Kalter Haß auf Cassie Winslow zog sich in ihrer Brust zusammen und drückte ihr wie ein Bleigewicht aufs Herz. Irgendwie würde sie es Cassie heimzahlen.

Sie wußte noch nicht, wie, aber sie würde einen Weg finden.

»Was sagtest du da?« fragte Cassie. Es blieben noch ein paar Minuten bis zum Ende der Mittagspause, und sie saßen draußen, die Gesichter zur Sonne gehoben. »Du hast mich zu keinem Tanz eingeladen. Was für ein Tanz soll das sein?«

»Der morgen abend«, sagte Eric mit einem kurzen Seitenblick, bevor er die Augen wieder schloß. »Willst du nicht hingehen?«

Cassie wollte schon den Kopf schütteln. Es war schlimm genug, sich in der Schule den ganzen Tag anglotzen zu lassen. Die Vorstellung, auch noch einen ganzen Abend so verbringen zu müssen...

Sie konnte es nicht ertragen. Der bloße Gedanke entsetzte sie. Dann fielen ihr Mirandas Worte ein, und was Eric ihr am Mittagstisch gesagt hatte. »Also gut«, sagte sie still. »Ich gehe mit.«

Eric lächelte ihr zu. »Ich wußte es.«

18

Als Rosemary am Samstag morgen die Treppe herunterkam, saß Keith bereits am Frühstückstisch und hatte seine Seekarten und Gezeitentabellen vor sich ausgebreitet. Das und der Anruf, den er vorhin bekommen hatte, konnte nur eins bedeuten.

»Du hast eine Charter?«

Keith nickte, ohne aufzublicken. »Ein paar Leute aus Boston. Sie werden mittags hiersein.«

»Das – das ist sehr kurzfristig, nicht?« fragte sie.

Keith blickte zu ihr auf. Eine Unsicherheit in ihrer Stimme hatte ihn aufmerksam gemacht. Dann zuckte er mit der Schulter. »So ist es in diesem Geschäft. Man nimmt die Aufträge an, wie sie kommen, und wenn man sie ablehnt, rufen die Leute nicht wieder an.«

»Aber...« Sie verstummte. Es war nicht das erstemal, daß dies geschehen war, und es würde nicht das letztemal sein.

Unter normalen Umständen hätte es sie nicht gestört. Aber die Umstände waren nicht normal, waren seit dem Tag, als Cassie gekommen war, um bei ihnen zu leben, nicht mehr normal. Nun war er zum erstenmal im Begriff, sie mit diesem seltsamen Mädchen allein zu lassen, das sie kaum kannte und vor dem sie sich zu fürchten begann.

Cassie selbst hatte ihr Frühstück nicht angerührt und starrte aus dem Fenster, einen geistesabwesenden Ausdruck in den Augen. Sumi saß auf ihrem Schoß, und ihre Hände streichelten sein getigertes graues Fell.

Jennifer stocherte nervös in ihren Spiegeleiern; auch sie

schien zu spüren, daß etwas im Haus sich zum Schlechteren verändert hatte, ohne jedoch zu wissen, was es war.

»Nun mach voran und iß deinen Teller leer«, sagte Rosemary mechanisch. »Dann darfst du hinaus und spielen.«

»Ich will nicht hinaus«, sagte Jennifer und zog die Brauen zusammen. »Es gibt niemand zum Spielen.«

Rosemary warf Keith einen Blick zu. Er hatte endlich seine Seekarten beiseite gelegt und wandte sich zu Jennifer. »Warum gehst du nicht in den Park?« fragte er sie. »Dort sind immer Kinder, nicht?«

Jennifer nickte ungewiß. »Aber Wendy Maynard geht immer dorthin, und sie mag mich nicht mehr.«

»Mag dich nicht mehr?« sagte Keith. Rosemary sah, wie sich sein Blick auf sie richtete und zu seiner jüngsten Tochter zurückkehrte. »Warum nicht?«

Jennifer öffnete den Mund zu einer Antwort, blickte zu Cassie und unterließ es. »Ich weiß nicht«, sagte sie, aber ihr Blick wich dem des Vaters aus. Sie rutschte vom Stuhl. »Darf ich aufstehen, bitte?«

Keith zögerte, nickte dann.

Nun erwachte Cassie aus ihren Tagträumen und lächelte Jennifer zu. »Wie wär's, wenn ich mit dir ginge?« fragte sie. »Würde dir das gefallen?«

»Ich – ich weiß nicht.«

»Komm schon«, sagte Cassie. »Wir können schaukeln und mit der Wippe spielen, und was du noch willst.« Jennifer aber schien nicht überzeugt, und Cassie wandte sich besorgt zu ihrem Vater. »Es ist dir doch recht, nicht?«

»Wenn du glaubst, daß du es dir zumuten kannst.«

»Mir fehlt nichts«, sagte Cassie. Und wirklich fühlte sie sich heute morgen noch besser als am Vortag. In ihrer Brust war nur noch eine Spur des Schmerzes, wie eine Erinnerung daran, und am Rücken, wo sie zuerst den grellen, stechenden Schmerz gespürt hatte, als Kiska von der Kugel getroffen worden war, war nur ein leichtes Jucken geblieben, wie von einem Schorf, der kurz vor dem Abfallen war.

»Fein«, sagte Keith. Er hob Jennifer auf, als sie an ihm vorbeischlüpfen wollte, und pflanzte ihr einen Kuß auf die

Wange. »Willst du deinem alten Papa nicht auf Wiedersehen sagen?«

»Wiedersehen«, sagte Jennifer und gab ihm einen Kuß.

Er setzte sie auf den Boden, und sie lief hinaus in den sonnigen Morgen. Keith wandte sich mit fröhlichem Lächeln zu Cassie und sagte: »Gib gut acht auf deine Schwester, während ich fort bin, ja?«

Cassie nickte, dann verschwand auch sie durch die Hintertür. Als sie draußen war, verlor sich das Lächeln rasch aus Keiths Zügen, und er wandte sich zu Rosemary. »Nun, was hat das zu bedeuten?« fragte er. »Es ist offensichtlich, daß du es lieber sehen würdest, wenn ich diese Charter nicht übernehmen würde. Und ich vermute, es hat mit Cassie zu tun, stimmt's?«

Sie holte tief Luft. »Ich ... nun, ich fühle mich mit ihr einfach nicht wohl, das ist alles.«

Keith rollte ungeduldig die Augen. »Haben wir das nicht schon öfter erörtert, in Gottes Namen? Sie ist jetzt in Ordnung.«

»Sie ist nicht in Ordnung! Sie wollte das Haus mehr als eine Woche nicht verlassen, und als sie gestern nach Hause kam, sagte sie kein Wort über die Schule. Statt dessen ging sie auf den Friedhof und setzte sich neben Mirandas Grab. Dort saß sie länger als eine Stunde, Keith. Ich beobachtete sie, und es war... also, es war einfach unheimlich. Sie hatte diesen schrecklichen Kater auf dem Schoß und saß neben dem Grab im Gras, streichelte das Tier und führte Selbstgespräche. Vielleicht nennst du das normal, aber ich nicht!«

»Mein Gott, sie macht eine schwere Zeit durch«, sagte Keith, »und außer Eric war Miranda die einzige Person in der Stadt, die nett zu ihr war. Ist es ein Verbrechen, daß sie hinging, ihr Grab zu besuchen?«

»Aber es ist nicht bloß das«, sagte Rosemary in beschwörendem Ton.

»Was ist es dann?«

Rosemary suchte in ihrer Erinnerung nach konkreten Vorkommnissen, die Keith nicht einfach abtun konnte. »Gut. Bevor wir herunterkamen, sagte ich ihr, sie solle heute morgen ihr Zimmer aufräumen und saubermachen. Statt dessen ist sie mit Jen losgezogen, um im Park zu spielen.«

»Und? Vielleicht hatte sie es vergessen.«

Jetzt blitzten Rosemarys Augen. »Oder vielleicht spielte sie uns bloß gegeneinander aus!«

»Entschließe dich«, sagte Keith, und seine Stimme war voll schneidender Ironie. »Ist sie verrückt oder ist sie intrigant oder ist sie beides?« Die Ironie machte kalter Verärgerung Platz. »Oder bildest du dir das alles nur ein?« Damit kehrte er ihr den Rücken und nahm sich neuerlich seine Seekarten vor.

Als er zwanzig Minuten später das Haus verließ, hing die Mißstimmung zwischen ihnen noch immer in der Luft. Rosemary wußte, daß er vor dem Auslaufen nicht zurückkommen würde. »Keith?« platzte sie heraus. Er wandte sich halb um, aber die Hand blieb auf der Türklinke. Als ihre Blicke einander trafen, konnte sie sehen, daß er genauso litt wie sie.

»Es tut mir leid«, flüsterte sie. Sie ging zu ihm, legte ihm die Arme um den Hals und barg das Gesicht an seiner Brust. »Wir können es doch nicht einfach dabei belassen.«

Sie fühlte, daß er sich einen Augenblick versteifte, dann aber legte er die Arme um sie und drückte sie an sich. »Es wird schon werden«, murmelte er ihr ins Ohr. »Mir tut es auch leid. Aber ich kann einfach nicht glauben, daß mit ihr etwas wirklich nicht in Ordnung ist.«

Rosemary zögerte, dann nickte sie, den Kopf an seine Brust gedrückt. »Wann wirst du zurück sein?«

»Dienstag, vielleicht Mittwoch. Sie wußten es noch nicht genau.« Er nahm sie bei den Schultern und hielt sie auf Armeslänge von sich. »Und du kannst mich immer über Funk erreichen, das weißt du. In Ordnung?«

Wieder zögerte sie, wollte ihn bitten, nicht zu gehen, nur dieses eine Mal die Charter rückgängig zu machen. Aber schließlich nickte sie wieder. »Ich liebe dich.«

»Ich dich auch.«

Und dann war er fort, und Rosemary war allein.

Cassie stand hinter einer der Schaukeln und gab Jennifer Schwung, als sie Lisa Chambers und Teri Bennett die Oak

Street daherkommen sah. Zuerst dachte sie, die beiden würden vorbeigehen, ohne sie zu bemerken, aber dann blickte Lisa in ihre Richtung, blieb sofort stehen und hielt Teri zurück. Sumi, der neben Cassies Füßen im Gras lag, öffnete die Augen und stand auf, um sich mit einem leisen Miauen an ihrem Bein zu reiben.

»Sieh dir bloß das an!« hörte sie Lisa unnötig laut zu Teri sagen, damit Cassie kein Wort entgehen sollte. »Kannst du dir vorstellen, daß Mrs. Winslow sie auf Jennifer aufpassen läßt? Sie muß so verrückt sein wie Cassie!«

Cassie schluckte die zornige Aufwallung hinunter, vergaß aber darüber die Schaukel.

»Mach weiter!« rief Jennifer. »Warum gibst du mir nicht mehr Schwung?« Dann, als die Schaukel allmählich zur Ruhe kam, sah Jennifer die beiden Mädchen am Rand des Parks stehen und sie beobachten. »Du mußt einfach so tun, als ob sie nicht da wären«, sagte sie zu Cassie. »Dann werden sie schon weggehen.«

Statt dessen verließ Lisa den Gehsteig und kam über die Rasenfläche auf sie zu. Einige Schritte entfernt machte sie halt und verzog die Lipen zu einem boshaften Lächeln. »Hat dir niemand erzählt, was mit Cassie los ist?« fragte sie, den Blick auf Jennifer gerichtet.

Jennifer sprang von der Schaukel und lief zu Cassie. »Was erzählt?« fragte sie, Ablehnung in ihren kindlichen Zügen.

»Daß sie eine Hexe ist, genau wie Miranda eine war.«

Jennifer sperrte Mund und Augen auf. »D-das ist nicht wahr!« stammelte sie. Doch zugleich kam ihr ein Echo des Singsangs in den Sinn, den Wendy Maynard gestern nach der Schule zum besten gegeben hatte: »Cassie ist 'ne Hexe! Cassie ist 'ne Hexe.«

»Woher weißt du, daß sie keine ist?« erwiderte Lisa. »Sie hat eine Katze, nicht? Haben nicht alle Hexen Katzen?«

Cassie, die vor Zorn bebte, trat gegen Lisa vor. »Hör auf, Lisa«, sagte sie. »Warum willst du ihr angst machen? Sie ist noch klein.«

»Warum sollte ich nicht?« höhnte Lisa. »Vielleicht ist es wahr. Außerdem, was kannst du dagegen tun. Du hast Mirandas Falken nicht mehr, nicht? Mr. Templeton hat ihn erschossen! Also, was willst du machen?«

Cassie bückte sich, Sumi aufzuheben. Sein Körper war angespannt, das Rückenfell gesträubt. Sein leises Miauen war zu einem Fauchen geworden, und sie fühlte, wie er die Krallen vorstreckte und zurückzog.

»Möchtest du, daß ich Sumi auf dich loslasse?« fragte sie. »Du brauchst es nur zu sagen.«

Lisas schiefes Lächeln wurde blasser. »Glaubst du, ich hätte Angst vor deiner Miezekatze?« sagte sie. »Oder willst du mich behexen?« Durch die eigenen Worte ermutigt, grinste sie Jennifer zu. »Das hat sie mit Mr. Simms getan, Jennifer. Sie hat ihn behext und verrückt gemacht. Möchtest du, daß sie das auch mit dir tut? Dich so verrückt macht wie Mr. Simms?«

Jennifer zitterte. Plötzlich fielen ihr alle Geschichten ein, die sie über Miranda gehört hatte, und sie wich instinktiv einen Schritt von Cassie zurück.

Die Bewegung konnte Lisa nicht entgehen. »So ist's recht. Halt dich lieber von ihr fern. Wenn ich du wäre, würde ich nicht mal im selben Haus mit ihr schlafen wollen. Du kannst schließlich nicht wissen, was sie dir mitten in der Nacht tun könnte, oder?«

Cassie konnte nicht länger an sich halten. »Hör auf!« schrie sie. »Hör sofort auf!«

»Warum?« sagte Lisa in herausforderndem Ton. »Was willst du dagegen machen?«

Cassie stand starr, und wieder kamen ihr Mirandas Worte in den Sinn: Laß nicht zu, daß sie dich verletzen.

Aber es war zu spät, und sie ignorierte Mirandas Worte und ließ der angestauten Wut freien Lauf. Tränen hilflosen Zornes brannten ihr in den Augen, und sie schrie: »Ich bring' dich um! Wenn du mich nicht in Ruhe läßt, bring' ich dich um!«

Einen Augenblick blieb Lisa still, erschrocken über den Ausbruch, aber dann öffnete sie den Mund und ließ ein helles Lachen ertönen. »Du kannst zum Teufel gehen, Cassie Winslow!« rief sie. »Ja, warum tust du es nicht? Kein Mensch will dich hier haben!« Noch immer lachend, kehrte sie zurück zu Teri Bennett. »Komm mit«, sagte sie. »Laß uns von hier verschwinden, bevor sie völlig überschnappt.«

Cassie starrte ihr nach, außer sich vor Wut. Sie spürte, wie es in ihr wallte und brodelte, daß sie am ganzen Körper zitterte.

Dann merkte sie, daß auch Sumi zu zittern begann, und plötzlich sprang ihr der Kater aus den Armen und sauste über die Rasenfläche Lisa nach.

Nein! dachte Cassie. Bleib!

Sofort blieb der Kater stehen und wandte den Kopf. Cassie und das Tier standen stumm und sahen einander an, dann kam Sumi zurückgetrottet, als gehorche er einem unausgesprochenen Befehl, und rieb sich an Cassies Bein, schlang ihr den Schwanz um die Wade.

Eric Cavanaughs Erbitterung hatte nicht im mindestens nachgelassen, obwohl er nach dem morgendlichen Streit mit seinem Vater drei Stunden angestrengt gearbeitet hatte.

Er wußte noch immer nicht genau, was Eds Explosion ausgelöst hatte, es sei denn, es war der bloße Anblick von Cassie Winslow gewesen, die aus dem Nachbarhaus gekommen war.

»Was gibt's da zu glotzen, Junge«, hatte sein Vater geknurrt.

Und Eric hatte von seinem Teller mit fettigem Maiskuchen aufgeblickt und den Kopf geschüttelt. Diese Maiskuchen waren ein Frühstück, auf dem sein Vater jeden Samstagmorgen bestand, und er und Laura bemühten sich nach Kräften, den Anschein zu erwecken, daß sie ihnen schmeckten, obwohl ihnen in Wahrheit schon der bloße Anblick leichte Übelkeit verursachte. »Ich habe nirgendwohin geglotzt.«

»Lüg mich nicht an, du Neunmalkluger«, hatte Ed ihn angefahren, ein gefährliches Glitzern in den Augen. »Meinst du, ich wüßte nicht, was in deinem Kopf vorgeht?«

Verwirrt die Stirn runzelnd, hatte Eric zum Fenster hinausgesehen, wo Cassie und Jennifer gerade um die Ecke in die Cambridge Avenue bogen. »Ich habe nirgendwohin geglotzt, Papa«, wiederholte er, obwohl er wußte, daß es nutzlos war, mit seinem Vater zu argumentieren. Sobald Ed sich etwas in den Kopf gesetzt hatte, war es nicht mehr zu ändern.

»Du hast zu ihr hingeglotzt!« bellte Ed Cavanaugh, stieß den Stuhl zurück und stand so abrupt auf, daß der Stuhl umkippte und zu Boden fiel. Eric zuckte unfreiwillig zusammen, und der Mund seines Vaters verzog sich zu einem bösartigen Siegeslächeln. »Dachtest, du könntest mich täuschen, was?«

»Laß ihn in Ruhe, Ed«, sagte Laura von der Spüle. »Laß ihn doch sein Frühstück aufessen. Er hat niemand angesehen!«

Eds Unmut wechselte rasch den Brennpunkt, und er sagte in höhnischem Ton: »Wie soll ein Mensch diesen Matsch essen?«

»Ich dachte, du magst es ...« platzte Laura heraus, um sich sofort zu unterbrechen. Aber es war zu spät.

Eds Hand schoß heraus und traf ihr Gesicht mit solcher Gewalt, daß sie das Gleichgewicht verlor. Sie stolperte, fiel zu Boden und schlug mit dem Kopf gegen die halb offene Schranktür unter der Spüle. »Werd bloß nicht frech, du nichtsnutzige Schlampe!« wütete er.

»Hör auf, Vater!« schrie Eric. »Sie hat dir nichts getan, und ich auch nicht. Geh dich besaufen und laß uns in Ruhe!«

Ed starrte zitternd vor Wut seinen Sohn an, aber diesmal zeigte Eric, der auch aufgesprungen war, keine Furcht. »Versuch's nur«, sagte er. »Komm her und versuch's. Ich hab's satt, mich von dir grundlos verprügeln zu lassen.«

Ein ungewisses Flackern kam in Eds Augen. »Du bist nicht groß genug, um es mit deinem Alten aufzunehmen«, knurrte er in der Gewißheit, daß die Worte allein ausreichen würden, Eric einzuschüchtern.

Der aber schob nur den Unterkiefer vor. »Versuch's nur«, sagte er. »Komm her und versuch's. Ich werde dir die Scheiße aus dem Wanst treten, bevor du weißt, wie dir geschieht!«

Einen Augenblick schwankte Ed unschlüssig, und Eric machte sich bereit, den Angriff zu parieren. Wenn sein Vater auf ihn losginge, würde der Augenblick der Wahrheit kommen. Trotz seiner starken Worte war Eric nicht sicher, daß er gegen den eigenen Vater zurückschlagen würde. Es war noch nicht so weit. Nicht ganz.

Statt jedoch über ihn herzufallen, tappte Ed zur Tür. »'n feiner Sohn bist du«, brabbelte er. »Gottverdammter Lümmel. Ist das vielleicht eine Art, seinen alten Herrn zu bedrohen?« Dann war er fort, und Eric und Laura wußten, wohin er ging. Zuerst an Bord des Kutters, um sich ein paar zu genehmigen, dann in den *Walfisch*. Und wenn er voll wäre, würde er heimkommen.

Als sie allein waren, versuchte Eric, seiner Mutter zu helfen, aber sie wehrte ab. »Laß mich«, sagte sie mit undeutlicher Stimme. »Es geht schon wieder.«

Daraufhin war er hinausgegangen und hatte mit der Gartenarbeit angefangen, doch nicht einmal das hatte geholfen. Er konnte die Gedanken nicht auf die Arbeit konzentrieren.

Schuld daran war die Wut, die in ihm wuchs.

Er wußte, daß es nicht mehr bloß sein Vater war. Der Zorn bordete jetzt über, galt auch seiner Mutter...

Früher war er immer zum Salzsumpf hinausgegangen und hatte mit Miranda gesprochen, wenn die Wut den Punkt erreicht hatte, wo er glaubte, zerbersten zu müssen.

So war es immer gewesen, seit seinem zehnten Jahr, als Miranda vom Krankenhaus heimgekehrt war. Und sie war immer für ihn dagewesen. Er hatte zu ihr in die Hütte gehen und bei ihr das Herz ausschütten können. Bei ihr hatte er sitzen, Sumi auf dem Schoß halten und seinen Empfindungen Luft machen können. Und ganz gleich, wie schlimm es gewesen war – wie haßerfüllt er gewesen war –, Miranda hatte ihm immer zugehört, ihn getröstet und akzeptiert. Sie war seine Freundin gewesen, immer für ihn da.

Sie hatte ihn Selbstbeherrschung gelehrt, hatte ihm gezeigt, wie er den Haß so tief vergraben konnte, daß niemand sonst auch nur von seiner Existenz wußte.

Sie hatte ihn das Überleben gelehrt.

Und dann war Cassie gekommen, und Miranda – die einzige Person, die je für ihn allein dagewesen war – hatte auch sie aufgenommen.

»Sie ist genau wie du, Eric«, hatte Miranda ihm an jenem letzten Nachmittag gesagt, als er gekommen war, sie zu besuchen. »Und ich kenne sie genauso lange, wie ich dich kenne. Ich fand euch zwei am selben Tag, als ihr beide noch klein wart. Und ich werde mich nicht von ihr abwenden, und du darfst es auch nicht tun. Sie braucht uns, Eric. Sie braucht uns beide.«

An jenem Tag hatte seine Wut sich zum erstenmal gegen Miranda gerichtet. Aber er hatte sie beherrscht und so tief in seinem Inneren verschlossen, daß nicht einmal sie, die alles sehen konnte, in der Lage gewesen war, sie zu sehen. Und dann, spät am selben Abend, war er wieder zum Salzsumpf hinausgegangen.

Doch selbst nach Mirandas Tod, selbst als er endlich seiner Wut freien Lauf gelassen hatte, war sie nicht von ihm gewichen. Statt dessen schien sie sich von sich selbst zu nähren und noch zu wachsen.

Und dann, an dem Tag, als Simms ihn aus der Baseballmannschaft geworfen hatte, waren ihm Mirandas Worte wieder in den Sinn gekommen. Aber Miranda hatte sich geirrt. Er begriff auf einmal, daß Cassie nicht ihn brauchte, sondern er Cassie.

So sehr, daß es, wenn er endlich all die Wut und den Haß freisetzen würde, die sich im Laufe der Jahre in ihm angestaut hatten, Cassie sein würde, welche die Schuld auf sich zu nehmen hätte.

Und es würde heute beginnen, wenn sie Kiska freiließen.

Er schob den Rasenmäher in die Garage und hängte die Schere zum Beschneiden der Ränder an ihren Nagel in der Wand. Nachdem er das Garagentor geschlossen hatte, überquerte er die Einfahrt und klopfte an die Hintertür der Winslows. Einen Augenblick später öffnete ihm Rosemary Winslow und hielt ihm die Tür auf.

Er setzte das freundliche Lächeln auf, das seit langem die Maske war, hinter der er die in ihm brennenden Furien verbarg. »Ist Cassie da?«

»Ich – nun ja, sie ist da«, sagte Rosemary mit ungewissem Stirnrunzeln. »Aber ich weiß nicht, ob sie sich gut fühlt. Als sie vom Park zurückkam, ging sie in ihr Zimmer und ist nicht wieder heruntergekommen.«

»Oh.« Eric war enttäuscht. »Würden Sie ihr bitte sagen, daß ich hier war, wenn sie wieder herunterkommt?«

»Natürlich«, sagte Rosemary. Sie wollte die Tür schon zufallen lassen, als Cassie plötzlich aus der Küche rief: »Es ist schon gut. Ich bin hier.«

Überrascht wandte Rosemary sich zu Cassie um. Als das Mädchen vor einer Stunde nach Haus gekommen war, war offensichtlich gewesen, daß etwas schiefgegangen war; aber Cassie hatte ihr nicht sagen wollen, was. Sie war sogleich die Treppe hinaufgegangen, hatte sich in die Einsamkeit ihres Zimmers zurückgezogen und Rosemary ausgeschlossen. Jennifer hatte ihr jedoch erzählt, was geschehen war. Und Rosemary war versucht gewesen, Harriet Chambers anzurufen.

Aber das tat man nicht, wenn zwei Schülerinnen Streit miteinander hatten, nicht wahr?

Wäre es Jennifer und eine ihrer Freundinnen gewesen, dann konnten beide Mütter sich einvernehmlich um die Schlichtung des Streites bemühen. Aber wenn die Kinder in Cassies und Lisas Alter waren, sollte man sich lieber heraushalten. Jugendliche zeigten sich sehr empfindlich gegenüber elterlichen Einmischungen in ihre Beziehungen untereinander.

Jetzt kam sie sich albern vor, daß sie überhaupt daran gedacht hatte, Harriet anzurufen, denn offensichtlich war Cassies Mißstimmung verflogen. Sie lächelte Eric zu, als hätte sie keine Sorge auf der Welt.

»Hallo«, sagte sie zu Eric. »Bist du fertig?«

Er nickte. »Ich wäre schon früher gekommen, aber – nun, du weißt schon.«

Cassies Miene wurde ernst. »Dein Papa?«

»Du weißt, wie er ist«, sagte er mit einer wegwerfenden Handbewegung. »Komm mit.«

Als die beiden hinaus wollten, hielt Rosemary Cassie zurück. »Was ist mit deinem Zimmer? Hast du aufgeräumt und saubergemacht?«

»Das tue ich später«, erwiderte Cassie. Sie wollte an Rosemary vorbei, aber diese vertrat ihr den Weg. »Du hast dich vorhin schon davor gedrückt, indem du mit Jennifer zum Park gegangen bist. Bevor du etwas anderes tust, möchte ich, daß du jetzt dein Zimmer in Ordnung bringst.«

Cassies Augen wurden dunkel. »Ich werde es später tun«, sagte sie wieder. »Außerdem bist du nicht meine Mutter und kannst mir nicht befehlen, was ich zu tun habe!«

Damit drängte Cassie sich an ihr vorbei, und während Rosemary ihr in schockiertem Schweigen nachstarrte, verschwand Cassie durch die Hintertür und ließ sie hinter sich zufallen.

Einen Augenblick dachte Rosemary daran, ihr zu folgen und sie zurückzuholen, dann gab sie den Gedanken auf.

Sie mußte sich darauf einrichten, mindestens vier Tage mit Cassie allein zu sein. Sie wollte diese Zeit nicht mit einem Streit einleiten.

Aus dem Ruderhaus seines Kutters sah Ed Cavanaugh die *Morning Star III* auslaufen. Nach den Vorräten zu urteilen, die Keith Winslow an Bord verstaut hatte, mußte er einige Tage ausbleiben. Das bedeutete, daß seine Frau mit Jennifer allein im Haus sein würde.

Mit Jennifer und Cassie.

Eds Gedanken verdüsterten sich, als er an das Mädchen dachte. Er hatte gesehen, daß sie ihn beobachtete. Das tat sie, seit Miranda gestorben war, und besonders die letzten paar Tage, nachdem sie sich in ihrem Zimmer eingeschlossen hatte.

Fast jeden Tag stand sie an ihrem Fenster und blickte anklagend zu ihm herab, wie wenn sie glaubte, *er* hätte Miranda umgebracht.

Aber er hatte nichts getan, egal, was das Mädchen dachte. Nicht, daß Mirandas Tod ihm nahegegangen wäre – im Gegenteil, er war froh darüber. Wenigstens würde Eric nicht mehr seine Zeit damit vergeuden, daß er zu ihrer Hütte hinauspilgerte und sich den Scheiß anhörte, den die verrückte Vettel ihm seit Jahren erzählte. Und Eric dachte, er sei so schlau, bildete sich ein, daß niemand wüßte, wohin er ging, wenn er an den Wochenenden aus dem Haus schlich und ihm die ganze Gartenarbeit überließ.

Er hätte diesem Unfug schon vor Jahren ein Ende machen sollen, dachte Ed. Hätte es auch getan, wenn es ihm möglich gewesen wäre, den Jungen die ganze Zeit im Auge zu behalten. Aber das ging nicht.

Einmal hatte er sogar versucht, selbst zu der Hütte zu gehen und Miranda die Leviten zu lesen. Der verdrehten alten Schreckschraube klarzumachen, daß sie seinen Jungen in Ruhe lassen sollte!

Aber er war nicht mal in die Nähe der Hütte gekommen. Dafür hatte der gottverdammte Falke gesorgt.

Also hatte er keine Tränen vergossen, als die alte Hexe endlich der Tod ereilt hatte.

Nur, daß Cassie jetzt weitermachte, wo Miranda Sikes aufgehört hatte. Nun war es Cassie, mit der Eric ständig zusammensteckte. Und er wußte, was Eric ihr erzählte. Er erzählte ihr das gleiche, was er Miranda erzählt hatte: Was für ein mieser Kerl sein Alter war!

Und sie hörte auf Eric, genau wie Miranda auf ihn gehört hatte. Und warum sollte sie nicht? Er hatte von Anfang an gemerkt, worauf die kleine Herumtreiberin aus gewesen war. Wie hatte sie den Jungen mit diesen großen braunen Augen angestarrt! Und dann hatte sie ihn in alle möglichen Schwierigkeiten gebracht, zum Schuleschwänzen verleitet und gegen seinen Vater angestiftet. Cassie Winslow und Miranda Sikes waren zwei von derselben Sorte. Die Sache mit Miranda hatte er damals nicht verhindern können, aber er wußte, was er zu tun hatte, um zu verhindern, daß Cassie Winslow den Jungen genauso einwickelte, wie Miranda es getan hatte.

Er wußte bereits, daß Rosemary Winslow sie nicht mochte. Vielleicht sollte er Rosemary am Abend einen kleinen Besuch abstatten. Da dieser Klugscheißer von ihrem Mann fort war, würde sie auf ihn hören, wenn er ihr auseinandersetzte, was es mit Cassie auf sich hatte, und durchblicken ließe, was geschehen würde, wenn sie nicht dafür sorgte, daß Cassie sich von Eric fernhielt. Wenn sie mit einer Irren unter einem Dach leben wollte, dann sollte es ihm recht sein. Aber sie sollte sie gefälligst von seinem Sohn fernhalten.

Und nachdem sie gesprochen hätten...

Eds Augen glänzten, als er überlegte, was sich danach machen ließe. Teufel auch, dachte er, wahrscheinlich wird sie nicht mal schreien. Wahrscheinlich wird es ihr gefallen. Sie hatte ihm, weiß Gott, oft genug schöne Augen gemacht.

Er öffnete den kleinen Eiskasten neben dem Ausguß voll schmutzigen Geschirrs und angelte nach einem Bier. Als er keins fand, schlug er den Eiskasten zu und sperrte das Ruderhaus ab.

Im *Walfisch* gab es immer Bier, und Leute, mit denen man reden konnte. Gute Leute – Leute, die ihn mochten.

Keine Schlampen wie seine Frau und Rosemary Winslow und Cassie.

Na, er wollte es ihnen zeigen. Er würde es ihnen allen zeigen. Und heute abend würde er damit anfangen.

19

Der Falke legte den Kopf auf die Seite, und sein rotes Auge fixierte Cassie. Das Nackengefieder sträubte sich nervös.

Als sie näher gekommen waren, hatte sie den Käfig nicht sehen können; Cassie hatte nicht einmal vermuten können, zu welchem Busch Eric sie führte. Für ihr Auge war das gesamte Gebiet im Westen der Anhöhe ziemlich gleichmäßig mit dichter Vegetation bewachsen, und die Pfadspur, der Eric gefolgt war, war fast vollständig überwuchert.

Aber vor wenigen Augenblicken hatte sie ein Prickeln verspürt, beinahe so, als ob ungesehene Augen sie beobachteten. Sie war stehengeblieben, hatte sich umgesehen, und Eric hatte sie scharf angesehen. »Du kannst ihn fühlen, nicht?«

»Ich kann etwas fühlen«, sagte Cassie. »Sind wir in der Nähe?«

Eric nickte. »Da drüben. Der große Busch, bei dem die Rohrkolben wachsen.«

Cassies Blick folgte seinem ausgestreckten Arm, und sie machte den Busch aus. Während ihrer Annäherung wurde das Prickeln stärker, und schließlich kniete sie auf dem feuchten Erdboden nieder und zwängte sich durch das dichte Gezweig. Der Käfig stand unter den ausladenden Zweigen, wo die tragenden Stämme dem Wurzelstock entwuchsen.

Im Käfig, die Krallen um eine behelfsmäßige Sitzstange gekrümmt, saß Kiska und beobachtete sie wachsam; leise knakkende Geräusche kamen aus seiner Kehle.

Eric kroch neben sie und suchte in der Jackentasche. »Hier«, sagte er leise. »Gib ihm das.« Und er legte ihr etwas in die Hand.

Cassie schaute hin und erschrak, als sie in ihrer Handfläche eine tote Maus sah. Sie zuckte unwillkürlich zurück, und die Maus fiel zu Boden.

Der Falke reckte sich auf der Sitzstange und streckte den Hals. Cassie blickte ängstlich zu Eric. »Was soll ich tun?«

»Dumme Frage«, sagte Eric. »Nimm die Maus, leg sie auf die flache Hand und steck die Hand in den Käfig. Er wird die Maus gleich aufnehmen.«

Cassie schluckte, hob widerstrebend die tote Maus auf und legte sie auf ihre Handfläche.

Kiska machte ungeduldige Geräusche, neigte mehrmals den Kopf und bewegte ihn hin und her, während seine Füße auf der Sitzstange scharrten. Er ließ das kleine Tier nicht aus dem Auge.

Cassie öffnete die Käfigtür und steckte die Hand hinein. Sofort stieß Kiskas Kopf zu, und plötzlich war die Maus in seinem Schnabel.

Cassie zog die Hand schnell aus dem Käfig und schloß die Tür. Der Raubvogel begann die Maus zu verzehren.

Zuerst ließ er sie auf den Boden des Käfigs fallen, dann sprang er darauf und durchbohrte das Fell der Beute mit den Krallen, während der Hakenschnabel Fetzen von Haut und Fleisch aus dem kleinen Kadaver riß. Sobald er einen Bissen vom Körper getrennt hatte, warf er den Kopf zurück, und man sah, wie seine Zunge den Bissen in die Kehle stopfte. Kaum war das erste Stück verschluckt, machte er sich wieder über den Kadaver her. In weniger als einer Minute war die Maus verschwunden; selbst die feinen Knochen waren auseinandergerissen, zerbrochen und hinuntergeschlungen worden.

»Hast du so etwas schon gesehen?« flüsterte Eric, den Blick unverwandt auf Kiska, der wieder auf seiner Sitzstange saß und anfing, mit dem Schnabel sein Gefieder zu putzen.

Cassie, die noch mit leichter Übelkeit kämpfte, schüttelte den Kopf. »Und das hast du jeden Tag gemacht?« fragte sie. »Woher hast du die Mäuse genommen?«

Eric zuckte die Achseln. »Aus unserem Keller. Mein Vater wirft dort alles hinein, was ihm im Weg ist, und überall haben sich die Mäuse eingenistet. Ich habe einfach ein paar Fallen aufgestellt. Vor ein paar Tagen konnte ich ihm drei auf einmal bringen.«

»Aber was tun wir mit ihm?« fragte Cassie. »Wir können ihn nicht ewig hier draußen im Käfig halten.«

Eric warf ihr einen Seitenblick zu. »Und wir können ihn nicht einfach freilassen, oder?«

»Aber er ist wieder gesund«, sagte Cassie. »Ich weiß es, und wir hatten es verabredet.«

»Gut, aber was ist mit Templeton? Wenn er ihn sieht, wird er wieder auf ihn schießen.«

Cassie schwieg und sah den Vogel an. Kiska hörte auf, sich mit seinem Gefieder zu beschäftigen, saß bewegungslos und starrte zu ihr heraus.

Schließlich öffnete Cassie neuerlich die Käfigtür, und sogleich hüpfte der Falke von der Sitzstange auf den Käfigboden und steckte den Kopf durch die Öffnung.

Cassie zog ihre Hand langsam abwärts, bis ihr Handgelenk außerhalb der Käfigtür war.

Mit einem Sprung war Kiska auf ihr Handgelenk gehüpft, und seine krallenbewehrten Füße schlossen sich um ihr Fleisch, wie sie sich kurz vorher um die Maus geschlossen hatten. Aber der Druck war leicht, und die scharfen Spitzen seiner Krallen ritzten nicht einmal ihre Haut.

Ein leises Seufzen entwich ihren Lippen, und sie lächelte Eric zu. »Es ist in Ordnung«, sagte sie. »Ich kann ihn fühlen, und es ist in Ordnung.«

Als gelte es, ihre Worte zu bekräftigen, sprang der Falke von ihrem Arm auf eines der Stämmchen des Busches und arbeitete sich flügelschlagend durch das dichte Laub, bis er in die freie Luft über dem Sumpfland auffliegen konnte. Cassie und Eric zwängten sich wieder durch das Gezweig hinaus und standen auf. Der Falke kreiste schon hoch über ihnen, mit kräftigen, gleichmäßigen Flügelschlägen, als er nach günstiger Thermik suchte. Dann fand er sie, und die ausgebreiteten Schwingen trugen ihn in weiten Spiralen aufwärts. Ein heller Ruf drang zu ihnen herab. Kurz darauf stieß er herab, fuhr über die Kiefernwipfel hin und scheuchte ein paar Krähen auf, die sich dort niedergelassen hatten. Mit lautem Gekrächze flatterten die schwarzen Vögel auf und nahmen die Verfolgung des Falken auf. Er stieg wieder hoch empor, gejagt von den Krähen, dann ließ er sich wie ein Stein mitten zwischen sie fallen, und die Krähen stoben auseinandere, drehten wieder um und umringten den Falken mit aufgeregtem Gekrächze. Einer nach dem anderen griffen sie ihn an, aber er tauchte jedesmal weg und führte sie allmählich hinaus über die See.

»Was ist los?« fragte Cassie. »Was tun sie?«

»Er spielt mit ihnen«, sagte Eric. »Zuerst scheuchte er sie aus den Wipfeln, um sie zu ärgern, und jetzt neckt er sie. Paß auf!«

Immer wieder griffen die Krähen einzeln den Falken an, unternahmen gewagte Manöver, wenn sie auf den größeren Raubvogel stießen, wichen dann aus, bevor er sie packen konnte. Zuletzt kreiste er über der See, fand den Aufwind über dem Strand und segelte ruhig zurück, ohne die Krähen zu beachten. Bald hatte er die Anhöhe erreicht und ließ sich auf die Spitze des Hüttendaches nieder.

Die Krähen umkreisten ihn noch einige Minuten und versuchten, ihn durch Scheinangriffe wieder in die Luft zu jagen, aber er blieb ruhig sitzen, putzte methodisch sein Gefieder und begnügte sich damit, den Kopf einzuziehen, wenn eine Krähe im Scheinangriff auf ihn niederstieß. Zuletzt verloren sie das Interesse an ihm und flogen davon. Über dem Sumpfland wurde es wieder still, und nur das gelegentliche Schnattern nahrungssuchender Enten untermalte die rhythmischen Schläge der Brandung jenseits des Strandwalles.

Cassie und Eric gingen langsam zurück zur Hütte. Die Sonne schien ihnen warm auf die Rücken, und ein befreiendes Gefühl tiefen Friedens senkte sich auf Cassie hernieder. Sie konnte verstehen, warum Miranda ganz allein hier hatte leben können, warum sie das Sumpfland so geliebt hatte. Es war ein selbstgenügsames Universum, scheinbar einförmig, aber wimmelnd von Leben und Aktivität, wenngleich abgesondert von der Welt der Menschen.

Dann, Sekunden später, zerriß ein heller Schrei die Stille, und Kiska schwang sich vom Dach aufwärts.

»Was gibt es?« sagte Cassie. »Was hat er?« Eric beschirmte die Augen mit einer Hand und blickte zum Vogel auf. Kiska schraubte sich höher und ließ sich vom Wind über das Sumpfland zum Park tragen.

Einen Augenblick später verloren sie ihn aus den Augen.

»Wohin fliegt er?« rief Cassie. »Wenn er gesehen wird...«

Eric nahm sie bei der Hand. »Komm mit«, sagte er. »Ich glaube, ich weiß, wohin er ist. Ich bin ganz sicher!« Cassie die ersten paar Schritte mit sich ziehend, rannte er auf dem Pfad durch das gewundene Labyrinth der Fährten, und Cassie hatte alle Mühe, mit ihm Schritt zu halten. Schnaufend erreichten sie wenig später den Rand des Sumpfgebietes und machten halt, Atem zu schöpfen.

»Was ist?« fragte sie. »Eric, wohin gehen wir?«

»Hinterher«, keuchte Eric. »Hör endlich auf zu fragen und komm mit!«

»Da!« rief Eric. Er machte so plötzlich halt, daß Cassie seitwärts springen mußte, um ihn nicht anzurempeln. Sie fing sich und blickte in die angezeigte Richtung.

Sie waren die Commonwealth Avenue heraufgekommen, und vor ihnen öffnete sich der Platz. Aber Eric schaute nicht zum Platz; er zeigte zur Kirche.

Cassie suchte den Himmel ab und fand, wonach sie Ausschau gehalten hatte.

Hoch oben, kaum noch erkennbar, kreiste Kiska in einer sich verengenden abwärts gerichteten Spirale. Der Punkt am Himmel wurde langsam größer, und aus der Höhe drang sein heller Schrei herab, der einen bevorstehenden Angriff ankündigte.

»Aber was hat er?« fragte sie. »Da ist bloß die Kirche.«

»Nicht die Kirche!« rief Eric. »Der Friedhof! Er ist über dem Friedhof, Cassie!«

Sie rannten weiter, um die Ecke, dann über die Straße und den Platz. Der kleine Friedhof hinter der Kirche kam in Sicht, und Cassie, der das Herz im Halse klopfte, konnte deutlich sehen, was Kiska irgendwie gewußt und Eric vermutet hatte.

Vor Miranda Sikes' Grab kauerte Lisa Chambers.

Um sie war ein halbes Dutzend ihrer Clique. Cassie erkannte Jeff Maynard und Kevin Smythe, Teri Bennett und Allayne Garvey. Die anderen waren Gesichter, die sie kannte, die aber keine Bedeutung für sie hatten.

Aber sie wußte, was sie dort trieben, wußte es so sicher wie Kiska und Eric.

»Nein!« schrie sie hinüber. »Laßt das!«

Lisa blickte auf, und als sie Cassie und Eric sah, ging ein kaltes Lächeln über ihre Züge. »Ich kann tun, was ich will«, sagte sie. »Ihr könnt mich nicht daran hindern!«

»Und ob wir können!« rief Eric. »Schau!« Er zeigte zum Himmel. Lisa und ihre Gruppe blickten auf, erstarrten vor Schreck.

Denn in diesem Augenblick schoß Kiska wie ein heller Blitz auf sie hernieder, sein gellender Angriffsschrei elektrisierte die Luft, die Krallen waren zum Schlagen vorgestreckt.

Cassie verfolgte das Schauspiel mit angehaltenem Atem; sie wußte, was in ein paar Sekunden geschehen würde.

Und sie wollte es geschehen lassen, wollte, daß Kiska seine Fänge und seinen scharfen Schnabel in Lisa schlüge, genauso wie er sie in den Kadaver der Maus geschlagen hatte.

Aber wieder drang Mirandas Stimme aus der Erinnerung an ihr inneres Ohr, eine ruhige und leise Stimme. Sie versuchte, nicht hinzuhören, die Worte auszuschließen, aber es gelang ihr nicht.

Miranda sprach, und sie mußte auf sie hören.

»Nein!« schrie sie hinaus. »Kiska, tue es nicht!«

Der Falke, schon im Begriff, in die Gruppe der entsetzten Jugendlichen hineinzustoßen, fing den Sturzflug ab, schlug klatschend mit den Flügeln, bis er den Sturzflug abgefangen hatte, zog dann eine Schleife und stieg wieder empor. Einige Sekunden später sahen sie ihn Kurs auf das Sumpfland nehmen und hinter den Baumwipfeln außer Sicht kommen.

Eric und Cassie sahen ihm noch nach, als er längst verschwunden war. »Du hättest ihn gewähren lassen sollen«, sagte Eric. Seine Stimme war voll Bitterkeit.

»Ich konnte nicht. Miranda...« Cassie brach ab, aber Eric sah sie mit einem bohrenden Blick an.

»Was?« drängte er. »Was ist mit Miranda?«

»Sie wollte nie jemand verletzen«, antwortete Cassie. Sie ging langsam über die Straße zum Friedhof, wo Lisa und ihre Gruppe sich nun zurückzogen. Als Cassie durch das Tor auf den Friedhof ging, drehten sie alle miteinander um und liefen fort. Doch erst als sie verschwunden waren und sie und Eric allein an Mirandas Grab standen, beendete sie ihren Satz. Sie blickte hinab auf den beschmierten und unleserlich gemachten Grabstein, der Mirandas letzte Ruhestätte bezeichnete, und die armseligen Überreste der herausgerissenen und zerfetzten Blumen, die sie selbst vor kurzem erst gepflanzt hatte. »Sie wollte niemals anderen Schaden zufügen«, sagte Cassie. »Und sie will nicht, daß ich es tue.«

»Aber sie ist tot! Was du tust, kümmert sie nicht mehr.«

Wieder schüttelte Cassie den Kopf. »Ich habe nicht das Gefühl, daß sie tot ist«, entgegnete sie mit leiser Stimme. »Mir ist vielmehr, als sei sie in mir noch am Leben, und manchmal kann ich... nun, manchmal kann ich beinahe hören, wie sie zu mir spricht. Und sie will nicht, daß ich jemandem Schaden zufüge.«

»Selbst wenn sie dir weh tun?« sagte Eric.

Cassie zögerte. »Sie – sie können mich nicht verletzen«, stammelte sie. »Nur wenn ich sie lasse.«

»Aber sie verletzen dich die ganze Zeit!« beharrte Eric. »Wenn Lisa so etwas tut, verletzt es dich genauso wie das Verhalten deiner Mutter dich und das Verhalten meines Vaters mich verletzt.« Die Bitterkeit in seiner Stimme verhärtete sich zu Zorn. »Daß sie nicht mit Fäusten auf dich einschlagen, bedeutet nicht, daß sie dich nicht verletzen. Und solange sie glauben, daß ihnen das gelingt, werden sie nicht aufhören.«

Sie wußte, daß er recht hatte, wußte, daß das, was Lisa und ihre Freunde taten, genauso verletzte wie die Schläge und die Lieblosigkeit, die sie von ihrer Mutter erhalten hatte.

Aber wie konnte sie sie daran hindern?

Dann, als sie darüber nachdachte, begann nach und nach eine Idee Gestalt anzunehmen.

Vielleicht gab es doch eine Möglichkeit. Vielleicht hatte Eric recht. Wenn sie zu der Auffassung kämen, daß sie ihr nicht weh tun konnten...

Schnell, ehe sie den Mut verlor, faßte sie ihren Entschluß, und als sie Eric sagte, was sie tun wollte, nickte er zustimmend.

»Tadellos«, sagte er. »Es ist einfach vollkommen.«

Dann machten sie sich daran, den Schaden zu beheben, den Lisa an Mirandas Grab angerichtet hatte.

Es ging auf halb neun, als Cassie und Eric um das Schulhaus gingen und über das Spielfeld den Eingang zur Turnhalle ansteuerten. Beide Türflügel standen offen, und aus dem Vorraum fiel Licht auf die Eingangsstufen und den Platz davor. Ein paar Jugendliche standen am Rand des Lichtscheins und ließen eine Zigarette die Runde machen.

Im tröstlichen Schutz der Dunkelheit hielt Cassie inne und sagte leise: »Vielleicht sollten wir überhaupt nicht hineingehen.«

»Aber wir haben entschieden«, erwiderte Eric. »Außerdem kann ich kaum erwarten, ihre Gesichter zu sehen.«

Cassie mußte an den Gesichtsausdruck ihrer Stiefmutter denken, als sie vor einer halben Stunde in die Küche hinuntergegangen war, und ein Knoten von Furcht zog sich in ihrem Magen zusammen.

Rosemary hatte bei einer Handarbeit gesessen, und als Cassie in die Diele gekommen war, hatte sie aufgeblickt, dann erschrocken die Augen aufgesperrt und den Mund geöffnet. Doch ehe sie ein Wort hatte herausbringen können, war Cassie an ihr vorbei zur Tür hinaus und auf die Straße geeilt, wo Eric sie an der Ecke erwartet hatte.

»Hat sie was gesagt?«

»Sie hatte keine Gelegenheit dazu.« Cassie hatte vergnügt gelacht. »Ich dachte schon, sie würde in Ohnmacht fallen.«

Aber nun, als die stampfenden Rhythmen der Rockmusik aus dem Gebäude dröhnten, und sie an die Menge der Schüler dachte, die drinnen waren – allesamt Freunde von Lisa Chambers –, begann sie den Mut zu verlieren.

Als spürte er es, nahm Eric sie beim Arm. »Komm mit«, sagte er. »Du darfst jetzt nicht kneifen.« Er festigte seinen Griff um ihren Arm, und sie gingen rasch durch den Lichtschein vor dem Gebäude und die Stufen hinauf in die Turnhalle.

Charlotte Ambler stand selbst am Eingang zur Turnhalle und hatte ein wachsames Auge auf die Menge, die den Tanzboden füllte. Bisher schien alles völlig normal zu verlaufen, und sie erfreute sich einer kurzen Erholung von der Spannung, die den Schulalltag beinahe von dem Tag an, da Cassie Winslow eingetreten war, durchdrungen hatte. Als Schüler ihr zugetragen hatten, Eric Cavanaugh wolle mit Cassie Winslow zum Tanz kommen, hatte sie Schlimmes geahnt und war rechtzeitig zur Turnhalle gegangen, um ihren Platz am Eingang einzunehmen, noch bevor die Türen geöffnet wurden. Sie tat es in der Hoffnung, daß ihre bloße Gegenwart mögliche Konflikte abwenden würde. Als während der vergangenen Stunde weder Eric noch Cassie erschienen waren, hatte sie aufgeatmet. Anscheinend kamen die beiden überhaupt nicht.

Die Rockgruppe beendete ihre erste Serie, und das elektronische Gewinsel des Synthesizers verklang. Charlotte Ambler fühlte jemand hinter sich und wandte sich um, bereit, die Neuankömmlinge willkommen zu heißen.

Wandte sich um und erstarrte.

Vor ihr stand bewegungslos, das Gesicht aschfahl, die Augen weit geöffnet, Cassie Winslow.

Nur war es nicht Cassie. Es war Miranda Sikes.

Der schwarze Rock – derselbe schwarze Rock, den Miranda ihr Leben lang getragen hatte – fiel von Cassies Taille bis zum Boden.

Sie trug Mirandas dicken schwarzen Wollpullover, und um ihren Kopf hatte sie lose, daß er ihr Gesicht verbarg, Mirandas schwarzen Schal geschlungen.

Auf dem linken Arm trug sie Sumi, dessen Fell sie mit den Fingern der Rechten langsam streichelte.

Die Augen des Katers, groß und golden, glommen gefährlich im gedämpften Licht der Turnhalle.

»C-Cassie...« hauchte Charlotte Ambler. Ein Schwindelgefühl überkam sie, und sie mußte die Hand zur Wand ausstrecken, um dort Halt zu finden.

»Cassie?« sagte die unheimliche Erscheinung, und ihre Stimme hatte tatsächlich etwas von der eigentümlich entrückten Qualität, die Miranda Sikes' Stimme ausgezeichnet hatte. »Ich bin nicht Cassie. Cassie ist fort. Ich bin Miranda. Miranda Sikes.«

Langsam ging sie an Charlotte Ambler vorbei durch den Vorraum bis zur Flügeltür, die den Weg in die Turnhalle freigab.

Jetzt erst sah Charlotte, daß auch Eric Cavanaugh gekommen war. Er stand mit bleichem Gesicht am Eingang und blickte zu Cassie hin. Charlotte Ambler eilte mit Herzklopfen zu ihm hinüber. »Was geht da vor, Cavanaugh?« fragte sie, und ihr Erschrecken machte aufkommender Verärgerung Platz. »Soll das ein Scherz sein?«

Eric schüttelte nur den Kopf und tat verwundert. »Ich – ich weiß nicht«, sagte er stockend. »Als ich sie abholte, war sie so angezogen, und unterwegs hierher wollte sie kein Wort sagen. Ich – ich versuchte, mit ihr zu reden, aber sie antwortete nicht. Ich weiß nicht mal, ob sie mich hörte.«

In einem vergeblichen Versuch, das seltsame Abbild Mirandas, das Cassie erzeugt hatte, aus der Wirklichkeit zu entfernen, schloß Charlotte Ambler einen Moment die Augen.

Stille breitete sich in der Menge der Jugendlichen im Inneren der Turnhalle aus, als ihnen nach und nach die dunkle Gestalt in der Türöffnung bewußt wurde.

Cassie bewegte sich nicht. Sie blieb einfach stehen, wo sie war, ihre Finger streichelten Sumi, und ihre Augen, groß und starr blickend, gingen über die Menge hin. Und dann fand sie auf der anderen Seite der Halle, wen sie suchte.

Lisa Chambers, die Cassie den Rücken zugekehrt hatte, stand mit Teri Bennett und Allayne Garvey bei der großen Punschbowle.

Den starren Blick auf Lisa gerichtet, bewegte sich Cassie langsam durch die unnatürliche Stille des Saales.

Die Jugendlichen wichen vor ihr zurück und beobachteten stumm ihr langsames Fortschreiten. Als sie noch drei Meter von Lisa Chambers entfernt war, blieb sie stehen.

Auf einmal merkte Lisa, daß es ganz still geworden war, und ein Frösteln kroch ihr über den Rücken, als sie sich beobachtet fühlte.

Sie wandte sich um.

Der Becher mit Punsch, den sie in der Hand hielt, fiel klirrend in Scherben, als sie die schwarzgekleidete Gestalt anstarrte.

Es war Cassie Winslow.

Es mußt Cassie sein.

Aber irgendwie war sie es nicht.

Es war Miranda, die sie unheilvoll aus leeren Augenhöhlen anstarrte.

Am Rand ihres Gesichtsfeldes sah sie Teri und Allayne zurückweichen, und plötzlich stand sie allein den anklagenden Augen gegenüber. Die Panik umfaßte mit eisigen Fingern ihr Herz, und ihre Knie begannen zu zittern.

Der Kater fauchte gefährlich, sträubte das Fell.

Dann hob Cassie die Hand und zeigte direkt auf Lisa. »Du«, flüsterte sie. »Du warst es...«

Wieder bewegte sie sich vorwärts, und je näher sie kam, desto unerträglicher wurde der kalte Zugriff der Panik in Lisas Brust.

Der Kater bleckte die Zähne, machte einen Buckel und fauchte Lisa an. Dann kauerte er sprungbereit auf Cassies Arm nieder, und sein Schwanz peitschte die Luft, als er sich zum Angriff bereitmachte.

Als Cassie einen weiteren Schritt auf sie zutrat, kreischte Lisa und floh vor der nahenden Gestalt.

Stolpernd prallte sie gegen den Tisch, der nachgab und mit der Punschbowle und sämtlichen Gläsern umstürzte. Lisa fiel bäuchlings in das Chaos, versuchte sich auf allen vieren krabbelnd in Sicherheit zu bringen, verstrickte sich aber in das durchnäßte Tischtuch und schlug hilflos um sich, noch immer kreischend vor panischer Angst.

Dann hörte sie hinter sich ein helles Lachen. Den Kopf hebend, starrte sie zu Cassie auf, die spöttisch zu ihr herlächelte und den Schal vom Kopf zog.

»Du sagtest, ich sei verrückt, nicht?« sagte Cassie. »Das ist es doch, was du allen erzählt hast? Nun, ich wollte einmal sein, als was du mich hinstelltest. Wie hat es dir gefallen?«

Es blieb totenstill, bis die Jugendlichen ringsum nach und nach begriffen, was geschehen war.

Dann fing jemand an zu lachen.

Und noch jemand.

Und noch jemand.

Lisa, deren Kleid vom Punsch durchnäßt war, rappelte sich zornig auf. »Es ist nicht komisch!« schrie sie, zitternd vor Wut, und ihr Gesicht verzerrte sich zu einer erbosten Grimase. »Seht euch an, was sie gemacht hat!« Sie blickte zu Allayne und Teri, aber auch die lachten.

»Sie hat's dir gegeben«, sagte Allayne, außerstande, ihre Heiterkeit zu unterdrücken. »Sie hat es uns allen gezeigt!«

Als das Gelächter sich ausbreitete, kam Eric an Cassies Seite. »Also, was ist?« fragte er Lisa. »Du hast Cassies Frage nicht beantwortet. Wie hat es dir gefallen?«

Zornbebend funkelte Lisa ihre lachenden Mitschüler an. »Du warst es!« fauchte sie Eric an. »Ihr wäre so etwas nicht eingefallen. Du warst es!« Sie holte aus und versetzte Eric eine schallende Ohrfeige.

Die Erheiterung verschwand aus Erics Augen, verdrängt von einer tödlichen Kälte. »Das hättest du nicht tun sollen«, sagte er mit gepreßter Stimme. »Das wird dir noch leid tun.«

Lisa schlug ihn noch einmal, das Gesicht dunkelrot vor Wut. »Ich tue, was ich will!« schrillte sie. »Das werde ich euch beiden heimzahlen! Euch wird es leid tun!« Dann stieß sie sich durch die Menge, das Gesicht naß von Tränen der Wut und Erniedrigung, und lief hinaus in die Nacht.

Kurz darauf, als ihre Mitschüler sie umringten, merkte Cassie, daß Sumi fort war.

»Wir müssen ihn suchen«, flüsterte sie Eric zu, sobald sie ihm nahe genug kam, daß er sie hören konnte. »Wie, wenn er hinter Lisa her ist? Was wird er ihr tun?«

Doch als sie sich durch das Gewühl aus der Turnhalle arbeiteten, und Eric noch immer die brennende Rötung fühlte, wo Lisa ihn ins Gesicht geschlagen hatte, wurde ihm klar, daß es ihn herzlich wenig kümmerte, was der Kater mit Lisa anfing.

Wirklich, wenn es nach ihm ginge, würde Sumi Lisa Chambers umbringen.

20

Zum fünften Mal in fünfzehn Minuten schaute Rosemary Winslow auf die Küchenuhr. Sie hatte sich fest vorgenommen, sich bis Mitternacht keine ›ernsten‹ Sorgen zu machen, doch als die Minuten sich dahinschleppten, fiel es ihr zunehmend schwerer, sich an den Vorsatz zu halten.

Was konnte Cassie sich dabei gedacht haben? Der Augenblick hatte sich in Rosemarys Gedächtnis eingebrannt, dieser unheimliche Augenblick der Gewißheit, daß sie tatsächlich ein Gespenst sah. Freilich hatte sie auf den zweiten Blick gesehen, daß es Cassie gewesen war, die in der Türöffnung gestanden hatte, das Gesicht fast verborgen im Schatten, den Mirandas Schal geworfen hatte, aber wenn sie die Absicht gehabt hatte, Rosemary zu erschrecken und zu ängstigen, war ihr das sicherlich gelungen. Blieb die Frage, was geschehen würde, wenn sie zur Tanzveranstaltung der Schule käme?

Bis Rosemary sich hinlänglich erholt hatte, um Cassie nachzulaufen, war das Mädchen fort gewesen, verschluckt von der Nacht. Rosemary hatte überlegt, ob sie ihr mit dem Wagen nachfahren sollte, hatte die Idee dann aber fallen lassen, überzeugt, daß es, falls sie Cassie überhaupt einholte, nur zu einer Szene kommen würde, wenn sie verlangte, daß Cassie heimginge und ihre Kleider wechselte. So hatte sie den Abend allein mit Jennifer verbracht, halb in der Erwartung, daß Cassie frühzeitig und in Tränen aufgelöst heimkommen würde, gedemütigt vom Spott ihrer Mitschüler.

Aber Cassie war nicht heimgekommen.

Um neun brachte sie Jennifer zu Bett und setzte sich mit ihrer Handarbeit in die Nische. Anscheinend war alles gut ausgegangen. Doch als die Wohnzimmeruhr elf geschlagen hatte, kehrten ihre Sorgen zurück, und während der letzten fünfzehn Minuten war sie ruhelos hin und her gegangen und hatte überlegt, was zu tun sei.

Das Funkgerät, das sie augenblicklich mit Keith verbinden konnte, war eine Verlockung, doch hatte sie ihr bisher widerstanden. Gleichwohl stand sie zum vierten Mal in der letzten Stunde vor der Tür des Nebenraumes, in dem das Funkgerät war, nagte an der Unterlippe und versuchte den Ernst der Situation abzuwägen, als ein leises Klopfen von der Hintertür in ihr Bewußtsein drang. Ohne diese Ablenkung hätte sie wahrscheinlich nachgegeben und Keith angerufen und ihn gebeten, nach Haus zu kommen. Natürlich hätte sie ihn dann noch einmal anrufen müssen, wenn Cassie schließlich doch heimkäme – da Rosemary überzeugt war, das dies früher oder später der Fall sein würde –, um ihm zu sagen, daß es ein falscher Alarm gewesen sei. Mit diesen Gedanken eilte sie in die Küche und zur Hintertür.

Zu Rosemarys Erstaunen stand Laura Cavanaugh draußen, blaß und erschöpft im Licht der Außenlampe. Als sie die Tür öffnete und ihre Nachbarin deutlicher sah, konnte Rosemary einen Schreckenslaut nicht unterdrücken.

Lauras Augen war geschwollen und dunkel verfärbt. Eine Platzwunde an der linken Wange zog sich fast bis zum Ohr, die rechte Wange war geschwollen und am Kiefer fleckig purpurn verfärbt, wo sich Blutergüsse gebildet hatten.

Die zwei Frauen starrten einander stumm an, und Lauras fast geschlossene Augen füllten sich mit Tränen. »Ich weiß, wie ich aussehe«, sagte sie entschuldigend. »Ich hätte wohl nicht herüberkommen sollen...«

Rosemarys Hände hoben sich in einer instinktiven Geste des Protestes. »Aber warum nicht? Laura, was ist geschehen? Hat Ed...« Sie brach ab, denn Jennifer, die sich schläfrig die Augen rieb, war in der Küchentür erschienen und blinzelte neugierig zu Laura hin.

»Ich konnte nicht schlafen«, sagte sie. »Ich dachte, es wäre vielleicht Cassie.«

»Geh wieder hinauf in dein Zimmer, Schatz. Mrs. Cavanaugh und ich haben miteinander zu reden.« Jennifer zögerte, schmollte, merkte dann aber, daß dies nicht der rechte Augenblick war, mit ihrer Mutter zu verhandeln. Einen Augenblick später war sie fort, und Rosemary wandte ihre Aufmerksamkeit wieder Laura zu. »Hat Ed Ihnen das angetan?« fragte sie mit einer Härte in der Stimme, die andeutete, daß sie es als sicher annahm.

Laura wollte schon den Kopf schütteln, dann aber, beinahe gegen ihren Willen, nickte sie. »Es ist nicht allzu schlimm, wirklich. Und es ist nicht der Grund meines Kommens. Es ist wegen Eric – Eric ist noch nicht nach Haus gekommen. Ich – nun, ich dachte, ob er vielleicht hier bei Cassie ist.« Sie legte den Kopf zurück, als gelte es, mit ihrem Blick die Decke aus Holz und Verputz zu durchdringen. »Es ist mir schrecklich, Sie zu belästigen, aber Ed kann jede Minute nach Haus kommen, und wenn Eric hier ist, dann...« Die Stimme versagte ihr, sie verstummte und sank hilflos auf einen der Küchenstühle.

»Haben Sie Gene Templeton angerufen?« fragte Rosemary. Ohne Laura zu fragen, ob sie welchen wollte, machte sie sich an die Zubereitung einer Kanne Tee.

»Gene Templeton?« sagte Laura unbestimmt. »Warum sollte ich ihn anrufen? Ich kann mir nicht denken, daß Eric etwas zugestoßen ist...«

»Ich spreche nicht von Eric!« unterbrach sie Rosemary. »Ich spreche von Ihnen. Um Himmels willen, Laura, wie lange wollen Sie das noch auf sich nehmen? Es geht doch nicht an, daß Ihr Mann Sie jedesmal, wenn er betrunken ist oder in Wut gerät, grün und blau schlägt!«

Laura schüttelte den Kopf. »Das tut er nicht...«

»Doch, er tut es!« entgegnete Rosemary. »Mein Gott, Laura, es ist doch kein Geheimnis! Die ganze Stadt weiß, was mit ihm ist und wie er Sie behandelt. Aber was können wir als Außenstehende tun, wenn Sie nicht selbst für sich eintreten?«

Laura schlug die Hände vors Gesicht und wiegte sich auf dem Stuhl vor und zurück. Rosemary sah ihr zu und überlegte, ob sie hingehen, die Arme um sie legen und versuchen sollte, sie zu trösten. Sie wußte jedoch, daß Laura Cavanaugh kein Mitleid nötig hatte, sondern die innere Kraft, die es ihr endlich ermöglichen würde, ihren Mann zu verlassen. Und kein noch so gutgemeinter Trost konnte ihr die geben. Seufzend goß Rosemary siedendes Wasser über drei Teebeutel, ließ den Tee eine Weile ziehen, füllte dann eine Tasse und setzte sie Laura Cavanaugh vor. Diese nahm jetzt die Hände vom Gesicht und richtete sich auf.

»Es tut mir leid«, murmelte sie. »Ich weiß, Sie haben recht! Aber im Moment mache ich mir Sorgen um Eric. Er sagte, daß er mit Cassie zum Tanz gehen wollte...«

»Und Ihr Mann mag Cassie nicht«, unterbrach Rosemary. »Ich weiß. Aber Eric ist nicht hier, und sie auch nicht.«

»Aber wo sind die beiden? Wenn Ed heimkommt...« Wieder verstummte sie, doch diesmal ging ihr Blick angstvoll zum Küchenfenster. Rosemary folgte ihrem Blick und sah Ed Cavanaughs weißen Lieferwagen schlingernd die Zufahrt heraufkommen und mit quietschenden Bremsen anhalten. Die beiden Frauen sahen schweigend zu, als er sich aus dem

Fahrerhaus zu Boden gleiten ließ und mit schwerfällig wankendem Schritt zur rückwärtigen Tür seines Hauses ging.

»Betrunken, natürlich!« sagte Rosemary angewidert, als er im Haus verschwand. Dann hörten sie ihn den Namen seiner Frau brüllen, und den des Sohnes. Ein paar Sekunden später kam er wieder zum Vorschein, und Rosemary sah ihn herüberstarren. Laura sog die Luft scharf durch die Zähne ein, als Ed die Zufahrt zwischen den beiden Häusern überquerte. Sie erhob sich taumelig. »Er darf mich hier nicht finden«, flüsterte sie. »Wenn er mich...«

Aber es war zu spät.

Ed Cavanaugh, ein bösartiges Glimmen in den blutunterlaufenen Augen, riß die Hintertür auf, ohne zu klopfen, und stand in der Öffnung, den fleischigen Mund in höhnischer Verachtung verzogen.

»Hätte mir denken können, daß du hier herumschniefen würdest«, warf er seiner Frau hin, um sich dann Rosemary zuzuwenden. »Wo ist Eric?« verlangte er zu wissen. »Steckt er bei Ihrer verrückten Göre?«

Rosemary sprang auf. Empörung überwand ihre Furcht vor seiner Trunkenheit. »Eric ist nicht hier, und Cassie auch nicht«, sagte sie ihm. »Sie sind noch beim Tanz. Und wenn Sie in zwei Minuten noch hier sind, werde ich die Polizei rufen!«

Ed bedachte sie mit einem geringschätzigen Blick, dann wedelte er mit einer Hand auffordernd zu seiner Frau. »Mach jetzt, daß du wegkommst, Laura. Ich und diese hochnäsige Dame werden ein Wörtlein miteinander reden.«

»Ed...« fing Laura an, doch ehe sie ein weiteres Wort sagen konnte, hob Ed die Hand, drehte Laura mit einer beinahe trägen Bewegung herum und versetzte ihr einen Stoß in den Rücken, daß sie, um nicht zu fallen, im Laufschritt aus der Küche stolpern mußte. Draußen hielt sie nur einen Augenblick inne, dann eilte sie weiter in ihr Haus, die Hände wieder vor dem Gesicht, schluchzend in ihrer Demütigung. Erst als die Hintertür der Cavanaughs ins Schloß fiel, sprach Rosemary. Sie stand am Telefon.

»Ich rufe Gene Templeton an«, sagte sie. »Ich werde ihm

genau erzählen, was geschehen ist, und ich hoffe, Laura wird endlich Anzeige gegen Sie erstatten.«

Aber ehe sie die Nummer wählen konnte, war Ed bei ihr, drängte sie mit seinem massigen Körper gegen die Wand zurück, entwand ihr den Hörer und ließ ihn fallen, daß er wenige Zentimeter über dem Boden wie ein Uhrpendel hin und her schwang.

»Das wollen Sie tun, stolze Dame?« fragte er. »Aber warum sollten Sie so etwas tun? Ich habe ihr nicht weh getan. Sie hat es sogar gern, Tatsache. Aber jetzt ist sie fort, und außer Ihnen und mir ist niemand zu Haus, nicht? Ihr großkotziger Mann kommt überhaupt nicht nach Hause, und sein Hexenbalg ist unterwegs und macht meinem Jungen noch mehr Scherereien, nicht wahr? Also, was meinen Sie? Machen wir uns auch ein paar Scherereien?«

Sein Gesicht schob sich näher an das ihrige heran, und Rosemary erkannte, was er beabsichtigte. Sein Mund war nur noch wenige Zentimeter entfernt, und sein saurer, alkoholischer Atem schlug ihr ekelerregend ins Gesicht. Sie versuchte ihn fortzustoßen, aber sein Gewicht schien unverrückbar. Dann hörte sie Jennifers Stimme von der Tür zum Treppenhaus.

»Mama? Mama, tut er dir was?«

Rosemary wehrte sich, aber Eds dicke Fäuste hatten ihre Handgelenke umklammert, und er hielt sie an der Wand fest. Als sein Mund im Begriff war, sich auf ihren zu pressen, drehte sie den Kopf zur Seite und schrie: »Lauf, Jenny! Über die Straße, Hilfe holen! Sag Ihnen, sie sollen die Polizei rufen!«

»Satansweib, verdammtes...« hörte sie Ed grollen, und seine Pranken festigten den Griff um ihre Handgelenke wie ein doppelter Schraubstock.

»Schnell, Jen!« schrie sie. Sie hörte Jennifer in jäher Angst quieken, und aus den Augenwinkeln sah sie ihre Tochter hinausrennen. Unfähig, sich aus seiner Umklammerung zu befreien, riß Rosemary schließlich unter Aufbietung aller Kräfte das Knie hoch und stieß es Ed Cavanaugh in den Unterleib.

Ein ersticktes Grunzen brach aus seiner Kehle, und sein Zugriff löste sich unter dem lähmenden Schmerz. Rosemary stieß ihn mit aller Kraft zurück und konnte sich aus der unmittelbaren Bedrängnis befreien.

Unterdessen wankte Ed rückwärts, stieß gegen den Tisch und fiel auf einen Stuhl, beide Hände zwischen die Beine gepreßt. Mit zusammengebissenen Zähnen, Schweiß auf der Stirn, stierte er sie wütend an.

»Verrückt«, hörte sie ihn knirschen, als sie zur Tür sprang und sich draußen in Sicherheit brachte. »Genauso verrückt wie das Mädchen...«

Ein paar Minuten später und im Schutz des Nachbarhauses auf der anderen Straßenseite, sah sie ihn aus der Hintertür ihres Hauses tappen, in der Zufahrt stehenbleiben, als überlege er, was als nächstes zu tun sei, um schließlich wieder in seinen Lieferwagen zu steigen. Dreißig Sekunden nachdem er weggefahren war, bog Gene Templeton mit eingeschaltetem Blinklicht auf dem Streifenwagen in die Straße ein.

Ed nahm einen kräftigen Zug aus der Flasche, die er unter dem Fahrersitz verwahrte, und fuhr aufs Geratewohl durch die Straßen, noch immer im Kampf mit der Übelkeit und dem Schmerz in seinem Unterleib, der zwar nachgelassen hatte, aber vom Alkohol unbeeinflußt zu bleiben schien. Auf einer anderen Ebene verbanden sich beide jedoch zu einer rasenden Wut, die in ihm wuchs wie ein separates Wesen, ihn weitertrieb und die letzten Reste von Vernunft aus seinem Denken verjagte.

Er wußte, wohin er wollte; wußte auch, wo er zu suchen hatte, um die Ursache seiner Erbitterung zu finden.

Und er wußte, was er tun würde, wenn er ankäme.

Cassie Winslow war genau wie Miranda Sikes.

Sie hatte den Jungen behext, in ihren Bann geschlagen, und wenn Ed nichts dagegen unternahm, würde sie noch mehr Unheil anrichten.

Offenbar hatte sie sich bereits Rosemary Winslow hörig gemacht. So mußte es sein, sonst hätte Rosemary sich anders verhalten. Schießlich war Rosemary auf ihn ebenso scharf wie er auf sie, nicht wahr? Ganz gewiß – er hatte bemerkt, wie sie ihn angesehen hatte, hatte die Lust in ihren Augen gesehen.

Aber heute, als sie ihn endlich hätte haben können, hatte sie ihn getreten.

Hatte tatsächlich versucht, ihn zu verletzen.

Das hatte er noch bei keiner Frau erlebt.

Also mußte Cassie sie unter ihren Einfluß gebracht haben.

Vielleicht sollte er umkehren und versuchen, Rosemary alles zu erklären.

Das war es! Da hatte er einen Fehler gemacht!

Er war hinübergegangen, um mit Rosemary zu reden, aber Laura war dort gewesen, und er hatte keine Gelegenheit gehabt, Rosemary alles zu erklären.

Nein, es war Lauras Schuld! Sie hatte ihm die Gelegenheit verpfuscht, genauso wie sie ihm immer alles verpfuscht hatte!

Und nun war es zu spät. Rosemary Winslow würde jetzt nicht auf ihn hören. Weder sie noch Eric würden auf ihn hören, solange Cassie ihren Einfluß auf sie ausüben konnte.

Hexerei.

Das Wort blieb in Eds benebeltem Sinn, und als er weiterfuhr, ohne vor der Windschutzscheibe viel mehr als Finsternis zu sehen, wurde ihm klar, daß er auf die Wahrheit gestoßen war.

Sie war eine Hexe, wie Miranda Sikes eine gewesen war, und sie hatte seinen Sohn ebenso behext wie Miranda es vor ihm getan hatte!

Nun, das mußte er in Ordnung bringen, sobald er die beiden erwischte.

Vielleicht wußte er nicht viel, dachte er bei sich, aber wie mit Frauen umzugehen war, das wußte er.

21

An allem war nur Cassie schuld!

Und Lisa war entschlossen, sie dafür büßen zu lassen. Sie ging rasch die Oak Street entlang und blickte jedesmal, wenn sie in den Lichtkreis einer Straßenlaterne kam, verstohlen umher. Sie versuchte sich davon zu überzeugen, daß es unwichtig sei, wenn jemand sie sähe. Es war noch nicht einmal Mitternacht, und niemand konnte ihr verwehren, spazierenzugehen.

Der Haken dabei war nur, daß es unangenehm werden könnte, wenn jemand sie sähe und sich später daran erinnerte...

Schon als sie vom Tanz nach Hause gekommen war, hatte sie gewußt, was zu tun war. Sie hatte sich das ruinierte Kleid heruntergerissen, Jeans und einen alten Pullover ihres Vaters angezogen und das Kleid dann in den Abfalleimer hinter der Garage gestopft. Wenigstens waren ihre Eltern nicht daheim, so daß sie ihnen nicht erklären mußte, was geschehen war. Sie war dann hineingegangen und hatte den Fernseher eingeschaltet, aber kaum etwas vom Programm gesehen, so sehr hatte ihre Wut auf Cassie noch immer zugenommen. Es mußte eine Möglichkeit geben, es ihr heimzuzahlen. Es mußte!

Während der 11-Uhr-Nachrichten kam ihr die Idee. Sie hatte nicht aufgepaßt, bis flackerndes Orangerot den Bildschirm ausgefüllt und ihre Aufmerksamkeit geweckt hatte. Die Meldung hatte einen Großbrand in Boston zum Inhalt gehabt.

Ein Großfeuer, das durch Brandstiftung entstanden war, gelegt mit einer Dose Feuerzeugbenzin und ein paar Zündhölzern...

Ihr Vater hatte Feuerzeugbenzin in seinem Arbeitszimmer, wo er auch all das andere Gerümpel verwahrte, das er für die Pflege seiner Pfeifen brauchte, die ihre Mutter so haßte, von denen er aber nicht lassen wollte.

Als die Nachrichten zu Ende waren, hatte sie ihren Entschluß gefaßt, und um fünf nach halb zwölf hatte sie schließlich gefunden, was sie brauchte, und war aus dem Haus geschlüpft.

Bis dahin war alles einfach gewesen. Sie kam zum Park und verließ den Gehsteig und zwängte sich zwischen zwei Fliederbüschen am Rand der Wiese durch. Als das dichte Laub sich um sie schloß, atmete sie erleichtert auf. Obwohl jetzt Wolken über den Himmel zogen, war der Mondschein hell genug, daß sie sehen konnte, wohin sie trat, und sie fand, daß sie die Taschenlampe vielleicht nicht benötigen würde.

Langsam arbeitete sie sich durch die Büsche, und die Besorgnis, die sie auf der Straße gefühlt hatte, verwandelte sich jetzt rasch in das Hochgefühl eines erregenden Abenteuers.

Sie kam an den Rand der Fliederbüsche und hielt inne. Zwanzig Meter Rasenfläche trennten sie von der nächsten Buschgruppe.

Sollte sie laufen, um die freie Fläche hinter sich zu bringen, bevor jemand sie bemerken konnte, oder sollte sie einfach hinausgehen und sich nicht darum kümmern, ob jemand sie sähe?

Niemand war zu sehen. Die Straße war eine Sache, aber hier im Park war es eine andere. Sie harrte noch eine kleine Weile im Dickicht aus, dann, als sie außer dem leisen Rascheln des Windes im dürren Schilfrohr vom Vorjahr und dem Quarren vereinzelter Frösche nichts hörte, faßte sie ihren Entschluß.

Mit einem tiefen Atemzug trat sie aus dem Gebüsch und ging langsam schlendernd über das Gras, als sei sie in Gedanken versunken und mit nichts als sich selbst beschäftigt. Erst als sie bis auf ein paar Schritte an ihr Ziel herangekommen war, verlor sie die Nerven und begann zu laufen. Und dann war sie wieder sicher vor spähenden Blicken. Von hier an würde es einfach sein.

Sie bewegte sich jetzt zuversichtlicher und machte erst wieder eine Pause, als sie den jenseitigen Rand des Gebüsches erreichte. Sie bog die Zweige auseinander und blickte über das Sumpfland hinaus.

Der Wind hatte sich fast gelegt, und durch sein leises Rascheln hörte Lisa das entfernte, rhythmische Tosen der Brandung auf den Strand jenseits der Dünen. Durch die seltsame Verstärkung, die Geräusche bei Nacht erfahren, konnte sie sogar das leise Zischen der auslaufenden Wellen auf dem Sand hören, gefolgt von einer kurzen Stille, bevor die nächste Wellenfront auf den Strand schlug.

Über dem Salzsumpf selbst lag eine unheimliche Stille, die Lisa an der Vernunft ihres Vorsatzes zweifeln ließ. Ihre Zuversicht ließ nach, und der Gedanke, allein in den Sumpf hinauszugehen, machte sie unwillkürlich frösteln. Zum ersten Mal seit Jahren dachte sie wieder an die Geschichten, die sie als kleines Mädchen gehört hatte, über die Geister, die dort spukten, und über unheimliche Elmsfeuer und Irrlichter, die dort in manchen Nächten geisterten und Neugierige ins Verderben lockten. Aber das waren nur Kindergeschichten, und Lisa wußte, daß es keine Gespenster gab.

Das einzige wirklich Furchteinflößende, was es hier draußen jemals gegeben hatte, waren Miranda und ihr Falke gewesen, und Miranda war tot.

Aber wie stand es mit dem Falken? Wo war er?

Sie verweilte einige Augenblicke am Rand des Parks, unwillig, den ersten Schritt in den Sumpf zu tun. Und als sie endlich die schattige Sicherheit der Fliederbüsche verließ, blieb sie auf dem schmalen Pfad, der den Salzsumpf umgab und zu der freundlichen Vertrautheit des Strandes und der Landzunge von Cranberry Point führte.

Es gab keine Eile, sagte sie sich. Sie hatte viel Zeit.

Ihr Schritt beschleunigte sich, und als sie sich dem Strandwall näherte, half die wütende Erbitterung ihrer Zuversicht wieder auf die Beine. Es würde schon gutgehen. Von der Landzunge gab es einen Pfad zur Anhöhe und der Hütte, den man kaum verfehlen konnte, wenn man ihn einmal gegangen war.

Vor ihrem inneren Auge konnte sie die Hütte schon lichterloh brennen sehen – die Hütte, die Cassie Winslow so viel bedeutete. Am Morgen sollte davon nur ein Haufen rauchender Asche übrig sein.

Im Inneren der Hütte brannte eine Petroleumlampe auf dem Tisch unter dem Spitzdach; der Docht war ganz heruntergedreht, so daß nur ein matter Schein den Umkreis erhellte und die Winkel des Raumes in Dunkelheit ließ. Eric hatte im Küchenherd Feuer gemacht, es aber wieder niederbrennen lassen, so daß nur etwa Glut geblieben war. In der Hütte war es warm, und der Raum strahlte eine Gemütlichkeit aus, die er zu Hause nie gefunden hatte. Die Hütte schien sie willkommen zu heißen und gegen den Rest der Welt abzuschirmen. Und trotz des schwachen Lampenscheins wußte Eric, daß die Hütte von außen verlassen erscheinen würde. Er lächelte über den Tisch zu Cassie. »Wie lange, meinst du, könnten wir hier bleiben, bevor uns jemand findet?«

»Manchmal wünschte ich, es könnte für immer sein«, antwortete Cassie und kratzte Sumis Ohren. Er lag zufrieden schnurrend in ihrem Schoß zusammengerollt. Sie hatten ihn in der Dunkelheit vor der Turnhalle gefunden, wo er umhergeschlichen war, doch als Cassie ihn gerufen hatte, war er in die andere Richtung gelaufen, statt zu ihr zu kommen und in ihre Arme zu springen. Dann hatte er sich zu ihnen umgesehen und mit dem Schwanz gepeitscht, was immer ein Zeichen von Erregung war. So war es die nächste halbe Stunde geblieben; immer wieder war er fortgesprungen, so daß Cassie ihn nicht erreichen konnte, dann hatte er gewartet, bis sie herangekommen waren, und endlich hatten sie erkannt, daß er sie zur Hütte führen wollte.

»Ich frage mich, warum er uns hierhergebracht hat«, sann Eric, den Blick auf dem Kater in Cassies Schoß. »Er scheint etwas zu wissen, was wir nicht wissen.«

»Das Gefühl habe ich öfter«, erwiderte Cassie. Sie versuchte Eric die seltsame Gedankenübertragung zu erklären, die sie mit Sumi erlebt hatte, zuerst zögernd, da sie fürchtete, er könne sie auslachen.

Aber er lachte nicht.

Statt dessen lauschte er ihr aufmerksam, und als sie geendet hatte, stellte er ihr eine naheliegende Frage: »Ist es mit Kiska genauso?«

Cassie nickte. »Als Mr. Templeton ihn anschoß, konnte

ich es fühlen. Der Schmerz ging mir durch und durch. Es hört sich verrückt an, nicht?«

Erics Augen nahmen einen geistesabwesenden Ausdruck an, als ob er an etwas völlig anderes dächte. »Es gibt vieles, was verrückt klingt«, sagte er endlich, dann stand er zögernd auf. »Ich muß nach Haus.«

»Warum?« fragte Cassie. »Dein Vater will dich nicht um sich haben, und Rosemary will mich nicht um sich haben. Wir könnten einfach hierbleiben.«

»Ich kann nicht. Wenn ich das täte, würde mein Vater es herausbringen und mich krumm und lahm prügeln.« Als Cassie ruhig sitzen blieb, legte er den Kopf auf die Seite. »Kommst du mit?«

Cassie wußte, daß sie nach Haus gehen sollte, daß Rosemary sich Sorgen um sie machen und schließlich zornig sein würde, wenn sie nicht käme. Aber Rosemary, dessen war sie sicher, mußte bereits gründlich verärgert sein. Und die Hütte hatte eine Wärme und Behaglichkeit an sich, die bewirkte, daß sie sich Miranda näher denn je fühlte. Sie schüttelte den Kopf. »Ich bleibe hier«, sagte sie, und ihr Blick begegnete Erics. »Wenn Rosemary dich fragt, sag ihr nicht, wo ich bin. In Ordnung?«

Eric zuckte mit der Schulter. »Wie du willst. Glaubst du wirklich, daß es gutgehen wird?«

Cassie lächelte ihm aufmunternd zu. »Ganz bestimmt. Hier draußen in der Hütte habe ich das Gefühl, daß sie wirklich mir gehört. Es ist der erste Ort, von dem ich weiß: Hier gehöre ich hin.«

Einen Augenblick später war Eric gegangen, und Cassie war mit Sumi allein in der kleinen Hütte.

Lisa blieb starr vor Schreck stehen. Zwanzig Schritte entfernt kam eine dunkle Gestalt aus dem Salzsumpf auf die Landzunge. Sie konnte sich nicht denken, wie das möglich war. Seit geraumer Zeit hatte sie das Sumpfland aufmerksam beobachtet, nach irgendwelchen Anzeichen von Bewegung Ausschau gehalten, und sie hätte schwören können, daß dort draußen keine Menschenseele sei.

Und doch kam jemand heraus, blieb am Dünensaum stehen, stieg auf dem Kamm und blickte zur mondbeschienenen See hinaus. Dann kam die Gestalt auf sie zu.

Lisa wich zurück, drückte sich in die niedrigen Sträucher, die allein im nordwestlichen Winkel des Parkplatzes wuchsen, wo Besucher des Parks und des Strandes ihre Autos abstellten. Wenn sie stillhielt, würde die Person vielleicht vorbeigehen, ohne sie zu sehen.

Als die Gestalt näher kam, erkannte sie den nächtlichen Wanderer.

Eric.

Alle Muskeln ihres Körpers spannten sich in zorniger Erinnerung. Aber was suchte er hier draußen? War Cassie bei ihm – nein, er war allein.

Dann ging ihr ein Licht auf.

Er war draußen in Mirandas Hütte gewesen, und Cassie mußte noch dort sein.

Sie lächelte böse: Das würde es noch besser machen.

Sie drückte sich tiefer ins Gesträuch und hielt den Atem an.

Ein Zweig knackte.

Sie sah Eric stehenbleiben, zu ihr herübersehen. Aber vielleicht war es noch nicht zu spät. Wenn sie stillhielt...

»Wer ist da?«

Erics Stimme drang erschreckend laut durch die Nachtstille, und Lisa schrak unwillkürlich zusammen. Sofort veränderte sich Erics Haltung, und sie merkte, daß er sie gesehen hatte. Jetzt gab es nur noch eins.

»Ich bin's!« rief sie laut und trat aus der Deckung ins Mondlicht.

Eric starrte sie an. Sie hatte sich umgezogen, trug Jeans, einen schwarzen Pullover und ein Kopftuch. Aber was suchte sie hier draußen? Was hatte sie mitten in der Nacht hier herumzuschleichen?

Die Erinnerung an ihre Ohrfeigen brannte noch frisch in ihm, und seine Augen wurden schmal. »Was tust du hier draußen?«

»Ich – ich geh' bloß spazieren«, antwortete Lisa, aber die zögernde Unsicherheit in ihrer Stimme verriet Eric, daß mehr dahintersteckte. »Du wirst niemandem sagen, daß du mich gesehen hast?« fragte Lisa.

»Warum sollte ich es niemandem sagen?« versetzte er. »Und was, zum Teufel, hat es zu bedeuten, daß du dich hier herumtreibst und im Gebüsch versteckst?«

»Ich – ich wußte nicht, daß du es warst«, stammelte Lisa. Aber ihre Hand tastete unwillkürlich nach der Dose Feuerzeugbenzin und den Zündhölzern in ihrer Tasche.

»Was hast du da?« fragte Eric. »Du führst doch was im Schilde, gib es zu.«

»Nein!« sagte Lisa, etwas zu laut. »Ich wollte bloß – bloß am Strand spazierengehen«, sagte sie, und ihre Stimme nahm einen kriegerischen Tonfall an. »Ist dir das nicht recht? Meinst du vielleicht, nur dir und Cassie sei es erlaubt, hier herauszukommen?«

Eric beäugte sie argwöhnisch. Sie führte etwas im Schilde, das fühlte er. Aber was? Und warum war sie wie Cassie gekleidet? »Was hast du in der Tasche, Lisa?« fragte er. »Was hast du vor?«

»Nichts!« rief Lisa. Gleichzeitig wich sie einen Schritt zurück, verlor aber das Gleichgewicht und stolperte im Sand.

Eric kam näher und packte sie beim Arm. »Sag mir, was du hier tust!«

Lisa versuchte, sich von seinem Griff zu befreien, aber es gelang ihr nicht.

Dann hörte Eric etwas von der Straße jenseits des Parkplatzes und blickte auf.

Auf dem Cape Drive kam ein Scheinwerferpaar in Sicht, darüber die vertrauten Umrisse von seines Vaters Lieferwagen. Er fuhr in leichten Schlangenlinien, und Eric wußte augenblicklich, daß sein Vater betrunken und auf der Suche nach ihm war.

»Komm mit«, sagte er zu Lisa. »Es ist mein Alter.« Er gab ihrem Arm einen derben Ruck und zog sie mit sich in die Dünen und zum Strand dahinter.

Der Sumpf, dachte Ed Cavanaugh. Da hatte er sie letztes Mal gefunden, und da würde er sie auch diesmal finden. Er schaltete herunter und trat aufs Gaspedal. Es gab ein befriedigendes Kreischen, als die Reifen durchdrehten, dann faßten und den Lieferwagen vorwärts katapultierten. Eds Blick war starr auf den Asphalt voraus gerichtet, als er an den Sommerhäusern vorbeiraste, die den Cape Drive säumten. Voraus kam der hohe Schilfsaum in Sicht, der den Beginn des Sumpflandes anzeigte. Dann sah er draußen in den Dünen, die den Sumpf vom Strand trennten, zwei rennende Gestalten – ein Junge und ein Mädchen –, die einander bei den Händen hielten.

Eric und Cassie, dachte er.

Er packte das Lenkrad fester, denn nun hatte seine Wut ihr Opfer gefunden. Voraus zur Linken war der Parkplatz, und er lenkte den Lieferwagen von der Straße. Erst als er den Parkplatz beinahe überquert hatte, kam ihm die Erkenntnis, daß er nicht die Absicht hatte anzuhalten.

Heute nacht sollte es kein Herumstehen und Rufen neben dem Wagen geben.

Er hatte das Fernlicht eingeschaltet, und durch den Dunst seiner alkoholischen Benebelung glaubte er, sie jetzt deutlich zu sehen, sogar das Grinsen in ihren Gesichtern. Teufel noch mal, er konnte sie sogar hören, und wußte, worüber sie lachten.

Sie lachten ihn aus.

Aber das Lachen sollte ihnen schon noch vergehen. Wenn er mit ihnen fertig wäre, würden sie ihn nie wieder auslachen.

Cassie saß still, erfreute sich der Einsamkeit der Hütte und fühlte den Frieden, den Miranda hier gefühlt haben mußte. Obwohl außer Sumi niemand in der Nähe war, fühlte sie sich nicht allein. Wenn sie sorgfältig hinhörte, kamen die Geräusche des Sumpflandes zu ihr herein: das zaghafte Quarren der ersten Frösche, das verschlafene Schnattern einer Ente, das Rascheln von Mäusen und anderem Getier im Röhricht.

So seltsam es scheinen mochte, fühlte sie sich jetzt, in der alleinigen Gesellschaft der Tiere, weniger einsam als je zuvor in ihrem Leben. Und dann sprang Sumi plötzlich von ihrem

Schoß und lief zur Tür, wo er wartete. Ein wütendes Fauchen signalisierte, daß er etwas gehört hatte.

Jemand war draußen. Jemand, der ihr übelgesinnt war.

Nach dem ersten Schrecken kamen Tränen der Enttäuschung. Warum konnten sie sie nicht einfach in Ruhe lassen? Warum gönnten sie ihr nicht den Frieden hier?

Sie ging zur Tür und öffnete sie einen Spalt. »Geh nachsehen, Sumi«, sagte sie leise. »Und sag mir, wer es ist.«

Wie ein Geist verschwand der Kater in der Nacht. Seine gepolsterten Pfoten machten nicht das leiseste Geräusch.

Eric riß Lisa am Arm zurück und wandte den Kopf. Der Lieferwagen hätte auf dem Parkplatz haltmachen müssen, aber er fuhr weiter, und die Scheinwerfer tanzten in die Luft, als er den niedrigen Bordstein überfuhr, der die geteerte Fläche vom Sandstrand trennte. Jetzt fuhr er, langsamer werdend, durch den weichen Sand zum Wasser. Als er den festen nassen Sand erreichte und auf sie zuhielt, erkannte Eric die Gefahr.

Lisa verstand im selben Augenblick. »Er hat es auf uns abgesehen!« keuchte sie. Ihr Zorn war vergessen; jetzt war sie es, die Erics Hand ergriff.

Eric fluchte in sich hinein. Diesmal wollte sein Vater ihn wirklich umbringen! Er stand still und beobachtete den Wagen, dann bot er all seine Energie auf. »Komm!« schrie er, riß Lisa mit und sprang seitwärts aus der Fahrtrichtung. Der Lieferwagen brauste mit plärrender Hupe vorbei, und der von den Reifen emporgeschleuderte Sand prickelte in ihren Gesichtern. Als sie ihm in wachsender Furcht nachstarrten, verlangsamte er, drehte um und kam wieder auf sie zu.

»Was sollen wir tun?« winselte Lisa. »Was will er?«

Aber Eric war zu entsetzt, um zu antworten. Der Lieferwagen beschleunigte abermals, und er mußte entscheiden, in welche Richtung sie ausweichen wollten. Bevor er sich darüber klarwerden konnte, wurde ihm die Entscheidung abgenommen. Der Lieferwagen raste auf sie zu, und Eric blieb nichts anderes übrig, als Lisa ins Wasser zu ziehen und dort Schutz zu suchen.

»Er ist besoffen!« schrie er, als sie in die gischtende Brandung stolperten. »Er will uns umbringen!«

Lisa starrte mit aufgerissenen Augen den Wagen an, der wieder knapp hinter ihnen vorbeischoß und schon einen Kreis fuhr, um den nächsten Versuch zu machen.

»Raus aus dem Wasser!« hörte sie Eric schreien. »Wenn er zurückkommt, wird er uns wieder hineintreiben und ins Tiefe jagen. Aber diesmal laufen wir in die andere Richtung.«

Der Lieferwagen beschleunigte von neuem und brauste wie ein wütendes Ungeheuer auf sie zu. Lisa starrte ihm entgegen, konnte sich aber nicht bewegen. Sie stand wie gelähmt, erstarrt wie ein Kaninchen im blendenden Licht der Scheinwerfer.

Sie fühlte Eric an ihrem Arm ziehen, fühlte sich aus der Bahn des brüllenden Lieferwagens gerissen. Eric hatte recht gehabt. Im letzten Augenblick bog der Wagen strandabwärts zum Wasser, da Ed vermutete, die beiden würden wieder dorthin ausweichen. Die Reifen auf der linken Seite rauschten durch das Wasser, und als er sie passierte, warf Lisa einen Blick ins Fahrerhaus.

Hinter dem Lenkrad, das Gesicht verzerrt in einem bösen Grinsen, ein verrücktes Glänzen in den Augen, sah sie Ed Cavanaugh. Namenloser Schrecken drückte ihr auf das Herz. Und wieder wußte sie, daß Eric recht hatte.

Er wollte sie umbringen.

Sie fing an zu schreien, als Eric sie den Strand hinauf zu den Dünen am Rande des Sumpfes zerrte.

Gottsverdammich, fluchte Ed in sich hinein. Diesmal hätte er sie erwischen müssen, hätte sie mit dem linken Kotflügel erfassen und in den Sand werfen müssen, um sie unter den Rädern zu zermalmen.

Aber Eric hatte ihn überlistet. Hatte sie in die andere Richtung gezogen, und ihm war nichts übriggeblieben als den verwünschten Wagen ins Wasser zu fahren. Er hatte alle Hände voll zu tun, den Wagen am Abrutschen zu hindern, denn die Antriebsräder drehten durch und sanken im durchweichten, überspülten Sand ein. Er gab Gas und zog das

Lenkrad nach rechts, aber es war, als hätte sich selbst das Wasser gegen ihn verschworen und versuchte den Wagen und ihn in die See hinauszuziehen. Dann aber schien der Ozean seinen Zugriff noch einmal zu lockern, und die Doppelreifen der Hinterachse zogen den Wagen zurück auf den festen Ufersand. Die Windschutzscheibe war mit Salzwasser bespritzt, und er konnte kaum hinaussehen. Das Lenkrad mit der Rechten haltend, tastete er mit der Linken über das Armaturenbrett.

Endlich gingen die Scheibenwischer an, und die Sicht wurde besser. Er zog den Lieferwagen in eine weitere Kehre, sah die beiden über den Strand zu den Dünen und dem Sumpfland dahinter rennen. Wenn er sie diesmal nicht erwischte, würde er sie nie fangen.

Er trat den Gashebel durch, und der Lieferwagen schoß vorwärts über den aufspritzenden Sand. Er drückte auf die Hupe und hörte ihr Trompeten über dem rhythmischen Tosen der Brandung hinter ihm. Der Wagen verlangsamte, als er durch den weichen Sand über der Flutgrenze pflügte und sich den sanft geneigten Dünenhang hinaufwühlte.

Aber er hatte genug Fahrt, um nicht steckenzubleiben. Diesmal würde er ihnen den Weg abschneiden und sie zum Wasser zurücktreiben. Er schaltete herunter, gab wieder Gas, und der Wagen beschleunigte von neuem.

Sie warfen sich seitwärts in den Sand, und er sah die Todesangst in ihren Augen. Selbst der Dauerton seiner Hupe konnte das Schreien des Mädchens nicht übertönen.

»Er bringt uns um!« kreischte Lisa, als der Wagen sie wieder verfehlte, diesmal nur um Zentimeter. Und wieder hatte sie Ed Cavanaugh deutlich sehen können. Das fettige Haar klebte an seiner Stirn, die blutunterlaufenen Augen stierten in dumpfer Wut zu ihr heraus.

Und er bleckte die Zähne.

Durch den schrecklichen Lärm des heulenden Motors und der gellenden Hupe glaubte sie sein betrunkenes Lachen zu hören.

»Er will uns wieder ins Wasser treiben«, keuchte Eric. »Komm!«

Er rappelte sich auf, zog Lisa in die Höhe und lief weiter durch den Dünensand. Der Lastwagen war nur ein paar Dutzend Meter entfernt und mahlte durch den trockenen Sand, als Ed ihn von neuem herumzog. Dann schwenkten die Lichtkegel der Scheinwerfer über die Dünen, blendeten Eric, und er festigte seinen Griff an Lisas Hand.

»Lauf«, schrie er, doch konnte er im Lärm kaum seine eigene Stimme hören.

Dann war er auf dem Dünenrücken, und vor ihm fiel der mit Strandhafer bewachsene Hang zum Schilfgürtel des Sumpfes ab. Dort öffnete sich einer der Pfade, die tiefer in den Salzsumpf führten. Lisa an der Hand nachziehend, lief er, erreichte den Schutz der übermannshohen Binsen und blieb schnaufend stehen.

Lisa ließ sich keuchend zu Boden fallen. Ein krampfhaftes Schluchzen erschütterte ihren Körper, und als sie zu Eric aufblickte, war ihr Gesicht gestreift von Tränen, Salzwasser und haftendem Sand.

»Was will er nur?« winselte sie. »Was ist los mit ihm?«

»Er ist verrückt geworden«, schnaufte Eric. Er überblickte den Strandwall hinter ihnen. Die Lichtkegel der Scheinwerfer hatten seine Nachtsicht beeinträchtigt, und obwohl er den Wagen nicht ausmachen konnte, verrieten der Motorenlärm und der doppelte Lichtkegel, wo er sich durch den tiefen Sand des Dünengeländes wühlte. Eric hoffte, daß er steckenbleiben würde, wußte aber auch, daß er sich nicht darauf verlassen durfte.

»Wir müssen weiter«, sagte er. »Wenn er uns findet –«

»Wir hätten am Strand bleiben sollen!« jammerte Lisa. »Hier kommen wir nicht durch – wir sitzen in der Falle!« Sie schaute angstvoll umher. Wie sollte sie sich in dem Irrgarten der kaum sichtbaren Pfadspuren zurechtfinden, von denen manche irgendwohin führten, andere sich aber in Salzgras, Sumpf und Treibsand verloren. Warum war sie überhaupt hier heraus gekommen? Wie hatte sie glauben können, sie werde allein und bei Nacht den Weg zu Mirandas Hütte finden?

»Ich wollte es nicht«, schluchzte sie jämmerlich. »Ich

hätte nicht herauskommen sollen! Ich wollte es nicht, wirklich!«

»Was wolltest du nicht?« fragte Eric. »Und was hattest du hier draußen verloren?«

»Die Hütte«, greinte Lisa. »Ich wollte sie anzünden! Ich wollte Cassie ihre Gemeinheit heimzahlen und die Hütte anzünden!«

»Du bist genau wie er«, sagte Eric. »Du denkst, du kannst dir alles erlauben, und alle lassen es dir durchgehen!«

»Aber ich wollte es nicht wirklich...«

»Du wolltest nicht wirklich, was du gerade tun wolltest, als ich dich ertappte? Auch die Ohrfeigen wolltest du mir eigentlich nicht geben, wie? Du weißt selber nicht, was du redest. Jetzt, wo du die Hose voll hast, soll alles nicht wahr sein, was du vorher gesagt und getan hast!«

In diesem Augenblick überwand der Lieferwagen den Dünenrücken, und sein doppelter Lichtkegel schwenkte langsam über das Sumpfland, ein grelles Augenpaar, das nach ihnen suchte. Lisa hatte gerade noch Zeit, aufzustehen, aber bevor sie sich im Schilf verstecken konnte, erfaßte sie der blendende Lichtschein, und sie stand geblendet, eine Hand vor den Augen und unfähig, einen Schritt zu tun.

Wie ein aufgespießter Käfer, dachte Ed Cavanaugh bei sich. Da stand sie, ein Halstuch um den Kopf gewickelt, mit dem schwarzen Pullover beinahe unsichtbar vor dem Hintergrund der Nacht. Aber sie war es. Er hatte diese Augen gesehen, diese anklagenden Augen, in denen jetzt zur Abwechslung eine Höllenangst war, die er sehr zufriedenstellend fand. Aber wo steckte Eric? Er war nicht zu sehen. Aber das war nicht so wichtig. Eric konnte ihm nicht weglaufen.

Anders sah es mit Cassie aus. Eine günstigere Gelegenheit als diese würde sich kaum wieder bieten. Er gab Gas und schaltete, und das Wagenheck sackte mit den durchdrehenden Hinterrädern in den Sand.

Die Bewegung des anfahrenden Lastwagens befreite Lisa von ihrer Schreckensstarre, und sie schrie laut um Hilfe.

Aber Eric war nicht mehr zu sehen, und in ihrer Panik floh sie blindlings vor dem grellen Scheinwerferlicht in das Röhricht und die hohen Salzgräser des Sumpfes.

Wasser lief ihr in die Schuhe, und sie strauchelte, fing sich wieder und platschte weiter, ohne darauf zu achten, ob sie auf dem Pfad war oder nicht, in ihrer Panik nur darauf bedacht, sich vor Ed Cavanaugh und seinem mörderischen Wagen in Sicherheit zu bringen. Aber die Scheinwerfer schienen ihr auf den Fersen zu bleiben, ganz gleich, wohin sie sich wandte. Es war beinahe so, als ob sie mit ihr spielten.

Eric lief den Pfad entlang, ohne sich nach ihr umzusehen. Fast bedauerte er, daß er Lisa geholfen hatte. Recht wäre ihr geschehen, wenn sein Vater sie im betrunkenen Jähzorn überfahren hätte. Sie hätte bekommen, was sie verdient hatte, und sein Vater wäre wenigstens auf ein paar Jahre im Gefängnis gelandet, wohin er schon lange gehörte.

Auf einmal sah er wenige Schritte voraus eine dunkle kleine Gestalt auf dem Pfad, eine undeutliche dunkle Masse, am Boden hingekauert.

Und zwei gelbe Augen leuchteten im indirekten Widerschein von Eds Lichtern.

Sumi.

Cassies Kater. Wie sie alle dachten.

Es gab einen Grund, daß er ihm hier begegnete, das stand fest. Und als er niederkauerte und in Sumis Augen blickte, wußte er, welches der Grund war.

Er überlegte, dann sah er, was er zu tun hatte. Besänftigend flüsterte er mit dem Kater, strich ihm übers Fell, und Sumi schmiegte sich schnurrend an ihn.

Eric hob den Kater auf die Arme, streichelte ihm das weiche Fell und konzentrierte sich auf die in ihm angestaute Erbitterung und Lisas demütigende Ohrfeigen.

Seine Fingerspitzen fühlten, wie der muskulöse Körper sich unter ihnen spannte. Das Tier verstand ihn. Es funktionierte. Die Verständigung war vollkommener, als er gedacht hatte.

Die graue Gestalt erschien wie ein Schatten aus der Nacht vor Lisa, die in instinktiver Abwehr die Hände hob.

Zu spät.

Schon sprang Sumi sie an, und schlug die scharfen Krallen in Lisas Wangen. Sie schrie vor Schreck und Schmerz, wich stolpernd zur Seite aus, und auf einmal schien das Gras sich von allen Seiten über sie zu neigen.

Aber weitaus schlimmer als der Morast und die steifen, schmerzhaft stechenden Stengel der dürren vorjährigen Pflanzen, die allenthalben aus dem schlammigen Grund ragten, war diese Satansbestie, die sie sich nicht vom Leibe halten konnte.

Woher war das Tier gekommen? Warum griff es sie an?

Sie setzte sich instinktiv zur Wehr, schlug nach ihm, versuchte es von sich zu reißen, aber es krallte sich nur noch fester an sie, schlug Krallen und Zähne in ihre Haut, griff bald von dieser, bald von jener Seite an. Immer wieder fand es ungeschützte Partien, die es mit den Krallen aufreißen, in die es die spitzen Zähne schlagen konnte. Kreischend vor Schmerz und Panik, wälzte Lisa sich im brackigen Morast. Ein neuer, brennender Schmerz brachte sie um den Rest ihres Verstandes, als die spitzen Zähne sich in ihre Wange schlugen und ein Stück Fleisch herausrissen.

Sie schlug um sich, versuchte aufzuspringen, vor dem tollwütigen Tier zu fliehen, tappte weiter, und dann gab der Boden auf einmal unter ihr nach, und sie fühlte, wie sie im sumpfigen Brackwasser durch eine nachgiebige, saugende Mischung aus Schlamm und Sand tiefer sank.

Wieder kreischte sie, schlug mit den Armen um sich, suchte nach einem festen Halt in dem Schlamm, der sie festhielt, und es gelang ihr, das Tier beiseite zu schlagen. Mit äußerster Anstrengung kam sie auf alle viere, aber dann war der Kater wieder über ihr, und im nächsten Augenblick versank ihr rechtes Bein knietief im Treibsand, und die Krallen des Katers rissen ihr die Haut von Stirn und Augenlidern. Als sie beide Hände hochriß, ihre Augen zu schützen und die Bestie von sich zu schleudern, sank sie auch mit dem linken Bein bis zum Oberschenkel ein.

»Nein!« kreischte sie. »Eric! Eric – Hilfe!« Nichts geschah, aber dann hörte sie wieder den aufbrüllenden Motor des Wagens, und die Scheinwerfer erfaßten sie und legten eine breite Lichtbahn in das Röhricht und auf die schillernden Brackwassertümpel.

»Bitte!« schluchzte sie mit überschnappender Stimme. »Bitte helft mir. Bitte...«

Aber der Schwimmsand hielt sie fest in seinem saugenden Griff, und die Angriffe des Katers dauerten unbarmherzig an.

Je mehr sie sich abmühte und zappelte, desto tiefer sank sie. Dann, als die Flachwasserdecke auf dem Treibsand sich über ihr schloß, ließ das Tier plötzlich von ihr ab.

Schwimmen.

Der Gedanke stieg aus den Tiefen ihres Unterbewußtseins, und sie versuchte, gegen die Panik anzugehen, die sie bereits überwältigt hatte. Aber es war zu spät, und als sie mit den Armen ruderte, verfing sie sich nur noch unausweichlicher in den verrotteten Pflanzenteilen, dem schwimmenden Wurzelgeflecht um sie her, bis sie spürte, daß sie nicht mehr kämpfen konnte. Die Lunge drohte ihr zu bersten, und unweigerlich kam der Augenblick, da sie das Brackwasser und den sandigen Schlamm einatmen mußte...

Eric brachte den Sumpf hinter sich und blieb stehen, um zu verschnaufen. Er hatte Herzklopfen, und das Blut pochte dumpf in seinen Schläfen. Sein Druck schien so stark, daß ihn der Kopf schmerzte und seine Sicht getrübt war. Aber als er zum Dünenwall zurückblickte, konnte er dort noch immer die Scheinwerfer des Lieferwagens sehen. Sie leuchteten über das Sumpfland hin und schienen nicht mehr in Bewegung.

Hatte sein Vater Lisa gefunden? Oder war er im Sand steckengeblieben und konnte weder vor noch zurück?

Er wandte sich um und lief weiter. Bald hallten seine Schritte in den verlassenen Straßen, und schließlich fand er das Haus, das er suchte, und schlug mit den Fäusten an die Tür. Nach einer Zeit, die ihm wie eine Ewigkeit vorkam, wurde die Tür einen Spalt breit geöffnet, und Charlotte Ambler starrte heraus. Mit einer Hand hielt sie ihren Morgenmantel zu.

»Es ist – es ist wegen Lisa«, schnaufte Eric. »Draußen im Salzsumpf. Er – er will sie umbringen, Mrs. Ambler.«

Charlotte Ambler erschrak. »Umbringen? Wer, Eric? Wer will Lisa umbringen?«

»Mein Vater«, keuchte Eric. »Mein Vater!«

Charlotte Ambler starrte ihn an. Redete er irre? Nach allem, was bei der Tanzveranstaltung geschehen war...

Kurz entschlossen zog sie Eric ins Haus.

Minuten später rief sie die Polizeistation von False Harbor. Eine Ewigkeit schien hinzugehen, ehe sich endlich eine gelangweilte Stimme meldete.

Ed Cavanaugh saß am Steuer und sah das Mädchen untergehen. Es dauerte eine gute Weile, aber das machte nichts. Es war gut, es geschehen zu sehen, und er genoß jeden Augenblick des Geschehens. Während sie um ihr Leben kämpfte, verbreitete sich in ihm das gleiche Gefühl von Befriedigung, das er immer dann verspürte, wenn er Laura an ihren Platz verwiesen oder Eric eine Tracht Prügel verabreicht hatte.

Er stieg aus und tappte langsam auf der Pfadspur in den Sumpf, bis ihn nur noch zehn oder fünfzehn Schritte von ihr trennten. Jetzt konnte er ihr zerrissenes und blutendes Gesicht sehen, die angstgeweiteten Augen, aus denen sie ihn ansah. Es war eine Todesangst und ein Entsetzen in diesen Augen, die er in Lauras oder in Erics Gesichtern nie gesehen hatte, und er lächelte, als sie sich im Schlamm hin und her warf. Aber trotz seiner Trunkenheit spürte er, daß etwas nicht ganz richtig war.

Es waren ihre Augen. Etwas an ihnen war falsch.

Vielleicht, dachte er, lag es einfach daran, daß sie in ihrer Todesnot keine Rettung mehr sah.

Sie wußte, daß er sie nicht aus der Umklammerung des Todes befreien würde. Sie mußte sein Lächeln sehen und erkennen, daß er jeden Augenblick ihres Todeskampfes genoß. Er sah sie untergehen, sah ihre rudernden Armbewegungen den Schlamm der Oberfläche aufrühren und wußte, daß der zähflüssige Morast jetzt ihren Mund, ihre Kehle füllte.

Aber er wußte nicht, daß sie in den letzten Augenblicken ihres Lebens, als der Sauerstoff langsam aus ihrem Blutkreislauf schwand, von einer seltsamen Euphorie erfaßt wurde, die Furcht und Schrecken von ihr nahm und eine große Ruhe mit sich brachte. Dann hüllte die leblose Schwärze sie ein, und es war zu Ende.

22

Gene Templeton unterdrückte ein Gähnen und bemühte sich, die elende Müdigkeit zu ignorieren, die alle Fasern seines Körpers durchdrang. Vor zwanzig Jahren wäre er um diese Zeit noch einmal munter geworden. Aber das war vorbei. Er war einfach zu alt, und vor ihm lag eine lange Nacht. Er überflog die Protokollnotizen von Eric Cavanaughs Aussage über die Ereignisse, die vor einer Stunde am Strand stattgefunden hatten, dann faßte er den Jungen ins Auge. Erics Blick wich ihm aus und verriet Nervosität, aber er war jetzt viel ruhiger als vorhin bei Templetons Ankunft. Er saß steif auf der Sofakante in Charlotte Amblers Wohnzimmer, und seine Mutter saß neben ihm.

Laura hatte eine frisch verschorfte Platzwunde im Gesicht, einen Bluterguß auf der anderen Wange und ein Brillenhämatom.

»Das hat Ed getan, nicht wahr?« stellte er fest. Laura richtete sich auf, schüttelte den Kopf. »Ich – ich bin gefallen«, murmelte sie.

Gefallen. Erwartete sie wirklich, daß er ihr glaubte? Sie wußte, daß er gerade mit Rosemary Winslow gesprochen hatte. Sie hatte ihn dort gesehen, bevor er sie abgeholt und hierhergebracht hatte.

Nun, es hatte keinen Sinn, jetzt mit ihr zu argumentieren. Seufzend wandte er sich wieder Eric zu, dessen Gesichtsausdruck verriet, daß er in quälender Ungewißheit war, ob der

Polizeikommissar ihm seine Geschichte abnehmen oder wie Lauras Version als unglaubwürdig betrachten würde. »Bist du ganz sicher, daß es dein Vater war?« fragte Templeton ein zweites Mal.

Eric nickte halsstarrig. »Das sagte ich Ihnen schon. Ich sah ihn, und Lisa sah ihn auch. Es war mein Vater.«

Templeton klappte sein Notizbuch zu und steckte es in die Innentasche seines Uniformrockes. »Gut. Ich werde zum Strand hinausfahren und mich dort umsehen.« Er nickte Charlotte Ambler zu, die schweigend dabeigesessen und mit gespannter Aufmerksamkeit Erics Aussage angehört hatte. Aber bisher hatte sie sich nicht dazu geäußert. »Darf ich Ihr Telefon benutzen? Bevor ich den Strand absuche, möchte ich Fred Chambers anrufen. Vielleicht ist Lisa schon zu Hause.«

Mrs. Ambler stand auf. »In der Küche«, sagte sie, obwohl auf dem Tisch neben Templeton ein Telefon stand. »Sie können dort ungestört sprechen«, fügte sie hinzu. Sie ging voraus in die Küche und deutete auf einen Wandapparat neben der Spüle. Doch statt ihn allein zu lassen, damit er seinen Anruf machen könne, blieb sie, wo sie war, anscheinend in Gedanken versunken. Erst nachdem Templeton sein Gespräch mit Fred Chambers beendet hatte, ergriff sie das Wort.

»Sie ist nicht heimgekommen, nicht wahr?«

Er schüttelte den Kopf. »Sie haben etwas auf dem Herzen, Charlotte. Wenn es mit dieser Geschichte zu tun hat, wäre jetzt eine gute Gelegenheit, es mir zu sagen.«

Sie holte tief Luft. »Ich frage mich immer wieder, was Cassie währenddessen getan hat. Wissen Sie, ich hörte das Hupkonzert, das Ed veranstaltete, aber es kam von ferne, und ich dachte mir nicht viel dabei – so etwas kommt häufiger vor, wenn die jungen Leute draußen unterwegs sind. Aber wenn Cassie in Mirandas Hütte war, muß auch sie es gehört haben, viel deutlicher als ich. Hätte sie nicht herauskommen und nachsehen müssen, was vorging?«

»Das dachte ich mir auch«, pflichtete er ihr bei. »Und Sie können sich darauf verlassen, daß ich als erstes zu ihr gehen werde. Wenn Lisa in den Sumpf hinaus ist, wird sie wahrscheinlich versucht haben, zur Hütte zu gelangen. Und mit ein bißchen Glück werden wir sie dort antreffen.« Er machte ein verdrießliches Gesicht und schüttelte den Kopf. »Weiß der Himmel, ich wünschte, Laura hätte diesen lümmelhaften Trunkenbold schon vor Jahren angezeigt. So etwas mußte früher oder später passieren.«

»Laura hätte ihn verlassen sollen«, sagte Charlotte Ambler. »Sie hätte ihn hinauswerfen sollen.«

»Tatsache ist, daß sie es nicht getan hat, und diesmal sieht es wirklich so aus, als hätte seine Sauferei ihn endlich um den Verstand gebracht. Ich werde Sie wissen lassen, was ich draußen am Strand gefunden habe. Wenn ich etwas finde«, fügte er hinzu.

Eine Minute später war er fort, und bald nach ihm gingen auch Laura und Eric.

»Wollen Sie wirklich nach Haus?« fragte Mrs. Ambler. »Wenn Ihr Mann dort ist...«

»Ich werde schon mit ihm fertig«, erwiderte Eric. »Erst heute früh habe ich ihm gesagt, daß ich mich nicht mehr herumschubsen lassen werde. Deshalb ist er mir mit dem Lieferwagen nachgefahren. Aber den kann er nicht ins Haus bringen. Wir kommen schon zurecht.«

Nachdem sie gegangen waren, blieb Charlotte Ambler wartend im Wohnzimmer sitzen, das Telefon neben sich.

Während sie gesprochen hatten, war eine Regenböe aufgezogen, und nun hörte sie das Trommeln des Regens auf dem Dach.

Es erschien ihr wie ein Omen.

Sie kommen mich holen, dachte Cassie. Sie werden denken, daß ich verrückt sei, und mich wegbringen...

Sie wußte, daß Lisa tot war, hatte es gewußt, sobald Sumi zurückgekommen und ihr auf den Arm gesprungen war.

Sie hatte das schon vertraute Prickeln gespürt, und dann waren vor ihrem inneren Auge die Bilder entstanden.

Und sie hatte Lisas Sterben beobachtet.

Sie war zunächst vor der Hütte geblieben, aber dann, als sie das Blinklicht des Streifenwagens durch die Oak Street kommen und vor einem der Häuser auf der anderen Seite des

Parks hatte anhalten sehen, war ihr klargewesen, was geschehen würde. Wie, wenn man sie hier finden würde, allein in Mirandas Haus, mit Mirandas Kater? Wie, wenn man sie zwingen würde auszusagen, was Sumi ihr gezeigt hatte? Sie würden sie für verrückt halten. Sie würden denken, daß sie selbst Lisa umgebracht hätte, und dann würden sie sie in eine Anstalt sperren.

Sie bekam es mit der Angst. Eilig schloß sie die Luftklappe an dem alten gußeisernen Herd, dann löschte sie die Petroleumlampe. Schließlich verließ sie die Hütte und schlüpfte auf ihrem vertrauten Pfad durch das Sumpfland davon, so rasch sie konnte.

Wenn sie frühzeitig heimkäme, könnte sie sagen, sie hätte die Hütte gleich nach Erics Weggang verlassen. Dann brauchte sie nicht zu erzählen, was geschehen war oder was sie durch Sumis Augen gesehen hatte.

Es schien viel länger als gewöhnlich zu dauern, aber schließlich erreichte sie den Schilfgürtel und fand Deckung in den Fliederbüschen am Rande des Parks. Ohne zu ahnen, daß sie dieselbe Route nahm, auf der Lisa Chambers einige Zeit vorher gekommen war, arbeitete sie sich durch die Fliederbüsche zur Oak Street. Dort angekommen, hielt sie Ausschau nach Fahrzeugen oder Passanten. Die Straße lag menschenleer. Sie holte tief Atem, sprang aus dem Schatten der Büsche, lief über die Straße und die Cambridge Street hinauf zur Adler Street. Erst als sie in Sichtweite des Hauses war, fiel sie in Schritt, um zu verschnaufen. Dann, als der Regen einsetzte, sprang sie über die Straße und die Zufahrt hinauf zur Hintertür.

Rosemary saß mit bleichem Gesicht am Küchentisch, eine Tasse Tee zwischen den Händen. Als Cassie in die Küche kam, erschrak sie und stand auf. Sie ging einen Schritt auf das Mädchen zu, und Cassie wich zurück.

Der Kater in Cassies Armen fauchte leise.

Rosemary verharrte einen Augenblick unschlüssig, aber dann gerann alles, was an diesem Abend geschehen war, plötzlich zu zorniger Empörung. »Wo bist du gewesen?« fragte sie. »Du bist in diesen – diesen *Lumpen* – von hier fortgegangen, als hättest du den Verstand verloren. Und dann bleibst du die halbe Nacht aus! Glaubst du wirklich, du könntest hier zu jeder beliebigen Zeit ein- und ausgehen, als ob es eine Art Hotel wäre?«

Cassie stockte der Atem, und ihre Augen weiteten sich ängstlich. »Eric und ich – etwas passierte beim Tanz, und wir gingen frühzeitig. Wir waren draußen in Mirandas Hütte...«

Rosemary durchbohrte das Mädchen mit einem zornigen Blick. Mirandas Hütte, dachte sie. Was hatte sie sich gesorgt, was hatte sie befürchtet und sich vorgestellt! Und Cassie hatte sich die ganze Zeit mit Eric herumgetrieben und draußen in der Hütte, weiß Gott was, gemacht. Das war zu viel. »Wie konntest du dich unterstehen? Ich weiß nicht, ob Diana sich solch ein Verhalten gefallen ließ, aber ich kann dir sagen, daß ich nicht daran denke! Ich weiß, was du durchgemacht hast, und dein Vater meint, ich wäre zu streng zu dir. Aber eins schreib dir gefälligst hinter die Ohren, junge Dame: Solange du in meinem Haus bist, wirst du gehorchen und dich meinen Regeln anpassen!«

Tränen glänzten in Cassies Augen. »Ich hab' nichts getan...« fing sie an, aber Rosemary schnitt ihr das Wort ab.

»Nichts getan? Heute nachmittag gingst du gegen meinen Wunsch fort und warst obendrein noch patzig zu mir. Und heute abend versprachst du, nicht später als um elf Uhr heimzukommen. Du bist nicht heimgekommen, wie du es versprochen hattest, und du machtest dir nicht einmal die Mühe anzurufen. Glaubst du wirklich, du könntest einfach zur Tür hereinspazieren, wann es dir in den Sinn kommt? Ich war drauf und dran, deinen Vater zu rufen!«

Cassie erschrak. Rosemary wollte ihren Vater rufen, nur, weil sie zu lange ausgeblieben war? Wußte sie noch nicht, was mit Lisa geschehen war? »Du willst Papa rufen?« fragte sie mit bebender Stimme. »W-warum?«

Rosemary blickte sie zornig an, im Begriff, ihre Gardinenpredigt fortzusetzen, zügelte dann aber ihren Grimm. Nicht alles war Cassies Schuld, und es wäre verkehrt, jetzt aus Groll darauf herumzureiten. »Das spielt keine Rolle«, sagte sie. »Wenigstens bist du wohlbehalten zu Hause. Aber merk dir, was ich gesagt habe. Ich wünsche nicht, daß das noch einmal vorkommt.«

Aber Cassie hörte nicht hin, denn die Panik, die in der Hütte über sie gekommen war, stellte sich jetzt wieder ein. »Ihr habt über mich geredet, nicht wahr?« sagte sie.

Rosemary war von der Anschuldigung völlig überrascht. »Cassie...«

»Ihr habt, nicht wahr?« beharrte Cassie. Mit wem hatte sie geredet? Was hatten sie gesagt? Und warum wollte Rosemary es ihr nicht sagen? »War es dieser Arzt? Derjenige, der mich für verrückt hält?«

»Cassie...« fing Rosemary wieder an. Sie tat einen Schritt auf sie zu, und Cassie wich zurück. Ihre Augen blickten wild umher, als suche sie nach einem Fluchtweg oder als erwarte sie jeden Augenblick einen Angriff.

»Du bist genau wie Lisa«, sagte sie mit überschnappender, schluchzender Stimme. »Sie haßt mich – sie haßt mich, und heute abend wollte sie mich umbringen! Aber es war nicht meine Schuld! Ich hab' nichts getan, aber jeder haßt mich!« Sie flog herum und lief hinaus, und einen Augenblick später konnte Rosemary sie die Treppe hinaufrennen hören.

Rosemary saß eine Weile still und zwang sich zur Entspannung. Was war geschehen? Was in aller Welt war schiefgegangen? Sie war zornig gewesen und hatte Cassie zurechtgewiesen. Sie konnte keinen Fehler in ihrem Verhalten finden. Cassie hatte die Zurechtweisung verdient.

Dennoch – Cassies Worte gingen ihr wieder durch den Kopf. *Ich hab' nichts getan, aber jeder haßt mich*...

Kein Mensch haßte sie, nicht wirklich. Und die Behauptung, Lisa Chambers habe sie umbringen wollen... Das hörte sich...

Sie widerstrebte, dann sprach sie das Wort in ihren Gedanken aus.

Es hörte sich paranoid an. Alle Befürchtungen und Ängste stellten sich wieder ein, und ein weiteres Mal fühlte sie sich gedrängt, Keith zu rufen. Er konnte in dieser Nacht noch nicht zurückkommen, aber bis morgen abend...

Nein! sagte sie sich. Sie war aufgeregt und dachte nicht

klar, und auf alles antwortete sie mit Überreaktion. Sie mußte zur Ruhe kommen.

Nach Kräften bemüht, alles auszuschließen, was an diesem Tag geschehen war, machte sie sich an ihre gewohnheitsmäßigen Verrichtungen und schloß das Haus für die Nacht. Nicht, daß das Zusperren einen großen Unterschied machte, dachte sie kläglich.

Und tief in ihrem Inneren spürte sie, daß der Tag noch nicht um war und daß sie in dieser Nacht keinen Schlaf finden würde.

»Wir müssen ihn loswerden, Mama«, sagte Eric.

Er sprach ohne Erregung, aber der kalte Haß in seinen Augen drückte Laura die Luft ab. Nicht auch er! betete sie stumm. Lieber Gott, laß ihn nicht werden wie seinen Vater, bitte! »Wir können es nicht«, sagte sie leise. »Bitte, Eric – rede nicht so!«

»Warum nicht?« versetzte Eric. »Heute früh hat er dich übel zugerichtet und heute abend schlug er dich schon wieder! Um Himmels willen, Mama, was soll noch geschehen? Was sollen wir tun? Einfach abwarten, bis er dich oder mich endgültig totschlägt?«

Laura nahm die Hand von der neuen Prellung an ihrem Backenknochen. »Eric! Er ist dein Vater, und er liebt dich. Du darfst nicht so sprechen.«

»Er liebt mich sowenig, wie er dich liebt! Großer Gott, Mama, heute abend versuchte er, mich umzubringen!«

»Er war bloß zornig«, sagte Laura, aber die Worte klangen ihr selbst hohl. »Du hättest nicht mit Cassie losgehen sollen. Du weißt, was er dir gesagt hat, und du hast ihm absichtlich nicht gehorcht.«

»Also ist es jetzt meine Schuld, daß er uns verprügelt?« explodierte Eric. »Du erwartest doch nicht von mir, daß ich dir das abnehme? Nun, willst du mir erzählen, was geschehen ist, oder nicht?«

»Er – er fand mich drüben bei den Winslows«, flüsterte Laura. »Ich dachte, du und Cassie könntet dort sein. Und er fand mich dort.«

»Er schlug dich, nur weil du zu den Nachbarn gegangen warst?« Erics aufflammender Zorn vertrieb die letzten Reste von Furcht aus seinem Bewußtsein. »Ich werde Templeton noch mal anrufen. Vielleicht willst du ihm nicht sagen, was geschehen ist, aber ich wette, Mrs. Winslow wird es tun!« Er griff zum Telefon, aber Laura legte mit flehentlicher Gebärde die Hand auf seinen Arm und hielt ihn zurück.

»Er war schon hier«, flüsterte sie und begann zu schluchzen. »Rosemary hatte ihn gerufen, nachdem... nachdem...«

»Nachdem was?« fragte Eric mit gepreßter Stimme. »Hat er sie auch geschlagen?«

Laura schüttelte den Kopf und barg das Gesicht in den Händen. Als sie sprach, konnte Eric sie kaum hören. Er mußte sie auffordern, ihre Worte zu wiederholen. Zuletzt ließ sie die Hände sinken und starrte ihren Sohn ausdruckslos an. Als sie sprach, war ihre Stimme tonlos, als bedeuteten ihr die Worte nichts mehr. »Sie sagt, dein Vater habe versucht, sie zu vergewaltigen. Und sie sagt, sie werde ihn wegen Hausfriedensbruchs und versuchter Vergewaltigung verklagen.«

Er starrte seine Mutter sprachlos an, dann sank er auf einen Stuhl. Überlegungen schossen ihm durch den Kopf. Sein Vater mußte den Verstand verloren haben. Endlich, nachdem er es verarbeitet hatte, sah er seine Mutter mit düsterem Blick an. »Ich hoffe, sie tut es«, sagte er. »Und ich hoffe, sie sperren ihn ein.«

»Eric...« Laura wollte protestieren, aber er kümmerte sich nicht darum.

»Er versuchte, uns umzubringen, Mama. Ich weiß nicht, warum er es auf Lisa abgesehen hatte, aber...« Er verstummte, als ihm die Wahrheit aufging. »Mein Gott«, flüsterte er, und sein Gesicht wurde aschfahl.

»Eric? Was hast du?«

»Er hatte es nicht auf Lisa abgesehen. Sie war wie Cassie angezogen. Er hielt Lisa für Cassie. Und er war so wild entschlossen, sie umzubringen, daß er auch mich umgebracht hätte.«

Laura hielt sich die Ohren zu und wiegte den Oberkörper auf dem Stuhl vor und zurück. »Nein«, wimmerte sie, »nein, es ist nicht wahr... nichts davon ist...«

»Es ist wahr, Mama«, sagte Eric. »Und es wird nur schlimmer.« Entschlossenheit färbte seine Stimme, und seine Augen blitzten gefährlich. »Aber er wird uns nicht mehr weh tun, Mama. Ich werde es nicht zulassen. Ich werde ihn umbringen, Mama. Sollte er noch einmal versuchen, mich zu verprügeln, bring ich ihn um, das schwöre ich bei Gott!«

Gene Templeton stieg aus dem Streifenwagen und starrte hinaus in die Schwärze über der Halbinsel und dem Sumpfland. Er langte wieder in den Wagen, schaltete die Scheinwerfer und das Fernlicht an. Der doppelte Lichtkegel schnitt durch den Regen und legte einen unheimlichen Glanz über den nassen Sand und die Brandungswellen. So weit das Auge reichte, war von dem weißen Lieferwagen nichts zu sehen. Er wollte die Wagentür zuwerfen, dann kam ihm ein Gedanke, und er schaltete das Blinklicht auf dem Dach ein. Wenn Lisa Chambers noch irgendwo dort draußen war, sollte sie nicht denken, Ed Cavanaugh sei zurückgekommen. Er schaltete die Autoscheinwerfer aus und seine starke Stablampe ein und stapfte durch den Regen die Dünen entlang, um von dort den Pfad zu der Hütte zu nehmen, wo Miranda Sikes gelebt hatte. Mit etwas Glück würde er Lisa Chambers dort finden.

Zwanzig Minuten später war er zurück.

Die Hütte war leer gewesen, aber der Herd noch warm. Also war Eric Cavanaughs Geschichte wenigstens teilweise wahr. Aber wie verhielt es sich mit dem Rest davon?

Obwohl ihn seine Knochen zu schmerzen begannen, suchte er den Strand ab. Die Reifenspuren waren leicht zu finden, wo der Lieferwagen den Parkplatz verlassen hatte und über den Sand gefahren war, sie verschwanden aber, wo die steigende Flut und die Brandungsausläufer den Strand glattgespült hatten. Er wanderte ostwärts in Richtung auf Cranberry Point, den Lichtkegel der Lampe auf den Sand oberhalb der Wasserlinie gerichtet. Nach wenigen hundert Metern fand er, wonach er Ausschau hielt.

Weitere Reifenspuren, diesmal weiter oben am Strand und im Dünenbereich. Er folgte den Spuren über den Strand und die Dünen, ging ihnen nach, als sie am Rand des Sumpfgebietes hin und her führten. Der Wagen schien zweimal gewendet zu haben, bevor Ed Cavanaugh gefunden hatte, was er suchte. Obwohl der sich verstärkende Regen sie rasch verwischte, waren noch immer die Reste zweier kurzer Reifenspuren senkrecht zur Strandlinie erkennbar, wo der Wagen entweder zurückgesetzt und gewendet oder eine Weile gestanden hatte.

Vorsichtig näherte sich Gene Templeton dem Sumpf, ließ den Lichtkegel über den Schilfrand gehen, um zu sehen, wo er durchbrochen worden war. Dreimal rief er Lisas Namen, aber die Geräusche des Regens und der Brandung dämpften seine Stimme; bis auf die aufflatternden Flügelschläge eines Vogels vernahm er keine Antwort.

Endlich fand er eine schmale Pfadspur mit zwei verschiedenen Fußabdrücken, die im festeren Grund des Randstreifens noch deutlich zu erkennen waren. Er folgte ihnen ein Stück und kam zu einer Stelle, wo es aussah, als sei jemand gefallen oder niedergekniet. Von da an führte eine einfache Fährte weiter die Pfadspur entlang.

Aber zur Linken war das trockene Röhricht vom Vorjahr geknickt und gebrochen, und die zarten grünen Spitzen der neuen Triebe niedergetreten.

Hier war allem Anschein nach die Stelle, wo Lisa Chambers den Pfad verlassen hatte. Templeton leuchtete über den Sumpf hin und fragte sich unbestimmt, ob er Hoffnung hatte, sie zu sehen oder nicht. Wenn sie noch hier war und ihn weder gesehen noch auf seine Rufe geantwortet hatte...

Er gab die Überlegung auf, da er nur zu gut wußte, wohin sie führte.

Die Dunkelheit wurde momentan von schwenkenden Autoscheinwerfern durchschnitten, kurz darauf ein zweites Mal. Templeton wandte den Kopf und sah zwei Wagen, die vom Cape Drive in den Parkplatz einbogen. Kurz darauf folgten ihnen ein dritter, dann ein vierter Wagen.

Großartig, dachte er verdrießlich. Genau, was ich brauche. Ein Suchtrupp, der sich einbildet, er könne mitten in der Nacht einen Sumpf durchkämmen. Am Ende steckt mir die halbe Stadt im Treibsand. Eilig kehrte er auf der Pfadspur zurück und lief den Dünensaum entlang. Als er am Parkplatz anlangte, war Fred Chambers gerade dabei, dreien seiner Freunde Anweisungen zu geben. Alle drei hatten Kinder, die ungefähr in Lisas Alter waren. Als er in die Gruppe trat, beäugte Chambers ihn mit beinahe kriegerischem Ausdruck.

»Haben Sie sie gefunden?« verlangte Lisas Vater zu wissen.

»Ich bin gerade erst gekommen, Fred«, erwiderte Templeton. »Warum sind Sie nicht zu Haus bei Harriet?«

»Glauben Sie, ich werde zu Haus sitzen, wenn meine kleine Tochter vermißt wird? Von der Sorte bin ich nicht, das wissen Sie!«

»Ich weiß auch, daß im Augenblick keiner von uns hier draußen viel tun kann«, sagte Templeton. »Ich war gerade dabei, ein paar von meinen Leuten anzufordern, und ich könnte auch ein paar Freiwillige von der Feuerwehr gebrauchen.« Er nickte Clyde Bennett zu, dem ehrenamtlichen Chef der Freiwilligen Feuerwehr. »Können Sie das für mich erledigen?« Bennetts Blick ging zu Fred Chambers, dann nickte er und schritt zu Templetons Wagen. Ein paar Sekunden später hörten sie ihn in das Mikrofon des Funkgeräts sprechen. »Was alle anderen, also auch Sie betrifft, so kann ich Sie nicht daran hindern, im Sumpf herumzustochern, wenn Sie das wollen«, fuhr Templeton fort. »Aber ich möchte nicht, daß einer von Ihnen hineingeht. Nicht heute nacht. Es ist zu gefährlich, und ich kann mich nicht gleichzeitig um Sie und um Lisa kümmern.«

Die zwei Begleiter sagten nichts. Beide schienen darauf zu warten, daß Fred Chambers dem Polizeikommissar widerspreche. Aber Chambers verzichtete auf Streit. »Was ist mit Cavanaugh?« fragte er statt dessen. »Haben Sie ihn schon festgenommen?«

Templeton schüttelte den Kopf. »Nein. Im Moment liegt mir viel mehr daran, Lisa zu finden als Ed Cavanaugh.«

»Aber wenn er sie erwischt hat?«

»In dem Fall ist es für uns zu spät. Ich wette, er war so betrunken, daß er nicht mal wußte, was er tat. Und wenn das der Fall war, ist ihm Lisa wahrscheinlich entwischt, was bedeutet, daß sie noch irgendwo da draußen sein könnte. Aber ich kann sie nicht suchen, wenn ich die ganze Nacht hier bei Ihnen stehen muß. Gehen Sie nach Haus, Fred. Gehen Sie nach Haus und kümmern Sie sich um Ihre Frau, und sobald ich weiß, was los ist, werde ich Sie benachrichtigen. Einverstanden?«

Einen Augenblick schien es, als wollte der Bankier wieder argumentieren, aber dann sah Templeton, wie er resigniert die Schultern hängen ließ.

»In Ordnung«, sagte er, und alle Autorität war plötzlich aus seiner Stimme geschwunden. »Es ist bloß – Gott, Gene, ich fühle mich so hilflos. Und Sie wissen, wie sehr ich...«

»Ich weiß«, sagte Templeton. Du kannst nicht anders, dachte er bei sich. Du mußt versuchen, alles in die Hand zu nehmen, ob du weißt, was du tust, oder nicht. Laut sagte er: »Es wird schon klappen, Fred. Wir werden sie finden.«

Mit weiteren Ermutigungsversuchen führte er Chambers zurück zu seinem Wagen, und als seine Beamten und die Mitglieder der Feuerwehr einzutreffen begannen, richtete er seine Aufmerksamkeit auf die Zusammenstellung eines Suchtrupps. »Ich möchte, daß ihr paarweise arbeitet«, wies er sie an. »Es ist gefährlich da draußen. Also seid vorsichtig. Aber wir werden das Sumpfland Schritt für Schritt absuchen. Hoffen wir, daß sie irgendwo dort draußen ist.« Endlich, als die Männer Zweiergruppen gebildet hatten und auf den trügerischen Pfaden in den Sumpf vordrangen, ging er zurück zu seinem Streifenwagen.

Es war Zeit, Ed Cavanaugh zu suchen.

Die Flasche Bourbon auf dem fettigen Kombüsentisch war nur noch zu einem Viertel voll, und im Spülbecken lagen mehr als ein halbes Dutzend leere Bierflaschen. Doch aus irgendeinem Grund hatte der Alkohol Eds Befinden nicht gebessert. Er bückte sich und angelte in dem kleinen Eiskasten unter seinem Sitz nach einem weiteren Bier, dann murmelte er eine Verwünschung, als er merkte, daß keines mehr da war. Er setzte die Bourbonflasche an den Mund und tat einen langen Zug, dann knallte er sie wieder auf den Tisch, während ihm das Feuerwasser in Kehle und Magen brannte. Nur undeutlich nahm er wahr, daß oben die Luke zum Niedergang geöffnet wurde, aber dann hörte er die schweren Tritte auf den eisernen Stufen und sah Gene Templeton. »Horch, wer kommt von draußen rein«, sagte er mit träge lallender Zunge und wies auf den leeren Platz ihm gegenüber. »Unser Polizeichef. Nehm' Sie Platz. Ich geb' einen aus.«

Templetons Blick wanderte von der nischenartigen Kombüse, die durch den Niedergang halb von der Kajüte getrennt war, in diesen größeren Raum, und er war beinahe erleichtert, daß von Lisa Chambers nichts zu sehen war. »Ich dachte, wir zwei sollten uns ein bißchen unterhalten, Ed«, sagte er. Er verließ die unterste Stufe des Niedergangs und stand in der schmutzigen Kajüte des Fischkutters. Es war erstaunlich, wie selbst Ed Cavanaugh den Dreck und die Unordnung aushalten konnte. Wohin man blickte, alles war bedeckt mit einer schmierigen Schicht fettigen Schmutzes, und der Boden war übersät mit zerrissenen Tauen, Werkzeug, Korkschwimmern und Stücken von Fischernetzen. Bestrebt, dies alles zu ignorieren, zwängte er sich Templeton gegenüber an den kleinen Kombüsentisch und schenkte sich einen Schuß Whisky ein, den zu trinken er nicht die Absicht hatte.

»Sah Ihren Wagen oben auf der Straße«, sagte er in beiläufigen Ton. Cavanaugh war so betrunken, daß es vielleicht gelang, ihn zu überrumpeln. »Dachte mir, ich sollte mal hereinschauen und hallo sagen.«

Cavanaugh zog skeptisch die Brauen hoch. »Wußte gar nicht, daß Sie so gesellig sind«, sagte er. »Und warum sollte mein Wagen nicht da oben stehen? Ist es jetzt gegen das Gesetz, auf der Straße zu parken?«

»Ich dachte, Sie hätten ihn heute abend vielleicht Eric geliehen«, sagte Templeton. »Schließlich ist Samstagabend. Verstehen Sie, was ich meine?« fügte er hinzu und zwang sich zu einem zweideutigen Augenzwinkern von der Art, auf die Cavanaugh sich so gut verstand.

Ed gackerte betrunken. »Der kleine Scheißer kann von Glück sagen, wenn ich ihn am Leben lasse, nach heute abend.« Er lachte wieder. »Und ich wette, er hat die Hose so voll, daß er nie wieder buh zu mir sagt.«

»Die Hose voll?« fragte Templeton. Es klappte. Cavanaugh war drauf und dran, alles zuzugeben. »Warum sollte er die Hose voll haben?«

»Weil ich ihm den Schreck seines Lebens eingejagt habe«, erzählte Ed, und wieder blubberte das betrunkene Lachen aus seiner Kehle. »Erwischte ihn mit Cassie Winslow unten am Strand und machte ihnen Dampf, daß sie vor Angst in die Hosen pinkelten.«

Templeton runzelte verwirrt die Brauen. »Wovon reden Sie da, Ed? Was haben Sie getan?«

Cavanaughs grobe Züge nahmen plötzlich einen Ausdruck von Bauernschläue an. »O nein«, sagte er. »Ich weiß, was Sie wollen. Sie wollen es mir anhängen, nicht? Aber ich hab' nichts getan. Jagte sie bloß herum, bis sie in den Sumpf rannten. Und ich versuchte, sie zu retten, wirklich.«

»Sie zu retten?« echote Templeton, und sein Magen zog sich zusammen. »Wen versuchten Sie zu retten?«

Ed blinzelte ihn an. »Cassie natürlich«, murmelte er. »Hören Sie nicht zu, Templeton? Das verdammte Luder kam vom Weg ab und geriet in den Treibsand. Versuchte hinzukommen, aber ich schaffte es nicht. Schaffte es einfach nicht...« Seine Stimme verlor sich in Schnaufen und Rülpsen, und er griff nach der Bourbonflasche, doch ehe er sie fassen konnte, schlossen sich Gene Templeton Finger um sein Handgelenk.

»Sie haben genug gehabt, Ed«, sagte er in ruhigem Ton. »Mehr als genug. Sie sind vorläufig festgenommen.«

Es sperrte die verquollenen Augen auf. »Ich? Wozu? Was hab' ich getan?«

Templeton betrachtete ihn mit einer Mischung aus Mitleid und Verachtung. »Sie wissen es nicht, wie?« sagte er. »Sie wissen es wirklich nicht.«

23

Es ist nicht wahr. Nichts davon ist wirklich geschehen. Es ist alles ein schlechter Traum, und ich werde aufwachen und alles wird in Ordnung sein... Aber der Gedanke war noch nicht zu Ende gedacht, da wußte Rosemary bereits, daß es kein Traum war und daß sie nicht in einer heilen Welt erwachen würde. Ein Gefühl von Betäubung hatte sich drückend auf sie gelegt, und als ihr Blick zu der Wanduhr über der Spüle wanderte, konnte sie kaum glauben, daß es erst kurz nach zwei Uhr früh war. Die Müdigkeit, die ihren Körper wie ihren Geist erfüllte, beharrte vielmehr darauf, daß es kurz vor Tagesanbruch sein müsse.

Und wenn der Morgen käme, dessen war sie jetzt sicher, würde sie noch immer in diesem betäubten Wachzustand verharren, noch immer angekleidet sein und irgendwo wartend im Haus sitzen.

Wartend worauf?

Auf die Nachricht, daß man Lisa Chambers gefunden hätte? Aber alle wußten, obwohl keiner es offen ausgesprochen hatte, daß Lisa Chambers, falls sie gefunden wurde...

Sie konnte es nicht aussprechen, konnte mit der Vorstellung nicht fertig werden.

Erschöpft sah sie zu Gene Templeton auf. Sie wußte, was von ihr gesagt werden mußte. Laura Cavanaugh schien sich in ein geheimes Versteck in sich selbst zurückgezogen zu haben, und Eric und Cassie hatten dagesessen und teilnahmslos zugehört, als Templeton wiederholt hatte, was er von Ed Cavanaugh wußte. Einmal oder zweimal hatte Eric den Kopf geschüttelt, als wollte er die Darstellung seines Vaters von den Vorgängen am Strand bestreiten. Cassie hatte überhaupt keine Reaktion gezeigt, sondern lediglich schweigend zugehörrt, ohne sich irgendeine Gefühlsregung anmerken zu lassen. Rosemary hatte das eigenartige Gefühl, daß Cassie bereits wußte, was Ed Cavanaugh dem Polizeikommissar erzählt hatte.

»Was werden Sie tun?« fragte Rosemary. »Und was sollen wir tun?«

Templeton hob die Schultern. »Ich kann Ed den Rest der Nacht hinter Schloß und Riegel halten, aber morgen, ich weiß nicht. Wenn Laura keine Anzeige erstatten will...«

»Aber ich erstatte Anzeige«, sagte Rosemary. »In Gottes Namen, Mr. Templeton, er versuchte mich zu vergewaltigen!«

»Tatsächlich?« erwiderte Templeton, gegen seinen Willen gezwungen, den Fürsprecher des Teufels zu spielen. »Wir haben das vorher schon erörtert, Rosemary. Es ist kein Kratzer an Ihnen, kein blauer Fleck, und es gibt keine Zeugen...«

»Jennifer hat es gesehen.«

»Wir wissen bereits, was Jennifer gesehen hat«, wiederholte Templeton zum dritten Mal. »Sie sah Sie am Telefon, und Ed Cavanaugh stand dicht vor Ihnen. Das ist alles. Hätten Sie eine Abschürfung, einen blauen Fleck, irgend etwas, dann könnte ich das als ein Indiz werten. Aber wie die Dinge liegen, wird er Ihre Anklage gegen ihn lediglich mit einer Gegenklage wegen Körperverletzung beantworten. Und als ich ihn vor einer Stunde die Kleider ablegen ließ und untersuchte, fand ich den Bluterguß, den er brauchte, um seine Behauptung zu stützen – und die Sie inhaltlich bereits bestätigten.« Er schenkte ihr ein klägliches Lächeln. »Wie die Dinge liegen, war er jedoch zu betrunken, um sich der Vorgänge genau zu erinnern. So sieht die Lage aus. Er schwört, er habe Lisa überhaupt nicht am Strand gesehen, und gegenwärtig ist er fest davon überzeugt, daß Cassie tot sei. Er besteht darauf, er habe sie in den Treibsand laufen sehen, aber nicht rechtzeitig bei ihr sein können, sie zu retten. Nicht, daß ich Ed Cavanaugh in Anbetracht seines Zustandes viel Glauben schenken könnte.«

»Er hätte nie versucht, mich zu retten«, sagte Cassie plötzlich. »Er haßt mich, müssen Sie wissen.«

Templeton musterte sie nachdenklich. Er war ziemlich sicher, daß sie etwas zurückhielt, aber was? Und warum sollte Ed Cavanaugh sie hassen? Aber ihre Augen nahmen nach diesen Worten einen verschlossenen Ausdruck an, der ihm deutlich machte, daß sie alles gesagt hatte, was sie in diesem Zusammenhang zu sagen gewillt war.

Cassie saß still, bestürzt in der Erkenntnis dessen, was sie gerade gesagt hatte. Gern hätte sie ihnen erzählt, daß sie genau wußte, was Lisa zugestoßen war, daß Mr. Cavanaugh sie hätte retten können, es aber unterlassen und zugesehen hatte, wie sie umgekommen war. Doch wie sollte sie es glaubhaft machen? Wenn sie ihnen die Wahrheit sagte – daß sie den ganzen Hergang durch Sumis Augen gesehen hatte –, würden sie sie nur für verrückt halten. »Er – er hätte es nicht versucht«, stammelte sie, als ihre Stiefmutter und der Polizeikommissar sie anstarrten. »Wenn er uns verwechselt hat und dachte, Lisa sei ich, würde er nichts unternommen haben, um mich zu retten. Er – er haßt mich. Er hat Eric sogar verboten, mit mir zu reden!«

»Na schön«, sagte Templeton seufzend, stand auf und zog seinen Regenmantel an. »Es wird Zeit, daß ich zum Sumpf hinausfahre und nachsehe, was geschehen ist. Ed kann den Rest der Nacht in der Ausnüchterungszelle verbringen, und am Morgen werde ich mir etwas ausdenken, was ich ihm anhängen kann. Vielleicht versuche ich es mit Behinderung der Justiz oder so etwas.« Er wandte sich zu Laura. »Es sei denn, Sie finden sich bereit, Ihre Meinung zu ändern, und sagen gegen Ihren Mann aus.«

Laura blickte angstvoll auf. »Ich kann nicht.« Ihre Stimme war ein Flüstern. »Ich kann einfach nicht. Sie müssen verstehen...«

Templeton nickte verdrießlich. Er verstand in der Tat, denn die Position, die Laura einnahm, unterschied sich in nichts von den Fällen, die er als Polizist in Boston wieder und wieder aufgenommen hatte: Frauen, die in der absoluten Gewißheit lebten, daß das Stillschweigen über empfangene Prügel die einzige Möglichkeit war, sich vor noch schlimmeren zu retten. Und in einer Weise hatten sie recht, denn allzu viele Männer verließen die Gerichtssäle mit dem Schwur, sie hätten sich geändert und würden sich bessern, nur um mit noch tieferem Haß zu ihren Frauen zurückzukehren.

Templeton wußte, daß einige dieser Frauen die Annahme, Gesetz und Justiz könnten sie schützen, mit dem

Leben bezahlt hatten. Laura Cavanaugh hatte nicht die Absicht, eine von ihnen zu werden.

»Schon gut«, sagte er in freundlichem Ton. »Ich werde tun, was ich kann, um ihn festzuhalten, aber ich kann Ihnen nicht versprechen, daß er sich ändern wird, Laura. Sie wissen, wie er ist.«

Nun brach Eric zum ersten Mal sein langes Stillschweigen. »Er wird es nicht wieder tun«, sagte er mit fester Stimme. »Ich sagte es meiner Mutter, und ich sage es Ihnen: Sollte er noch einmal versuchen, sie oder mich zu verprügeln, werde ich ihn umbringen.«

Templeton sah den Jungen schweigend an. Etwas in Eric hatte sich verändert. Früher war in dem Jungen stets eine Freundlichkeit und Offenheit gewesen, die er angesichts seiner Lebensumstände bewundert hatte. Es wäre verständlicher gewesen, wenn der Junge zu einem wortkargen und verstockten Burschen herangewachsen wäre, dessen Aggressionen sich zum Ausgleich der daheim erlittenen Ungerechtigkeiten gegen andere wendeten.

Nach Templetons Erfahrung hatten die meisten Jungen in Erics Alter und mit Erics familiärem Hintergrund längst rebelliert. Aber Eric hatte es nie getan. Immer hatte es den Anschein gehabt, als verstünde er es, sich über den Haß seines Vaters zu erheben und davon unberührt zu bleiben. Jetzt aber war eine Härte in den Augen des Jungen, eine distanzierte Kälte. Erics Worte waren nicht Ausdruck einer momentanen zornigen Aufwallung.

»Das wäre keine Antwort, Eric«, sagte er in ruhigem Ton. »Noch ein paar Jahre, und du hast es hinter dir. Wenn du es jetzt nicht mehr ertragen kannst, erstatte selbst Anzeige gegen ihn oder lauf von zu Hause fort. Aber du darfst nicht einmal denken, ihn zu töten. Wahrscheinlich würde er dich zuerst töten, doch selbst wenn es nicht so käme, würdest du nie dabei gewinnen. Du bist ein guter Junge, Eric – bist immer anständig gewesen. Laß dich von ihm nicht dazu drängen, dein eigenes Leben zu zerstören.«

Eric kniff die Lippen zusammen, und der Ausdruck seiner Augen veränderte sich nicht. Endlich, nachdem alles gesagt war, knöpfte Templeton den Regenmantel zu und verschwand in die Nacht. Als er fort war, blickte Rosemary nervös zu Eric, der ihren Blick jedoch nicht zu bemerken schien. Er starrte Cassie mit einer bohrenden Eindringlichkeit an, die Rosemary zwang, seinem Blick zu folgen.

Und Cassie erwiderte Erics starren Blick.

Ein Frösteln überlief Rosemary. Die beiden verbargen etwas. Sie wußten etwas, und keiner der beiden wollte darüber sprechen.

Gegen Morgen hörte der Regen auf, aber die Dämmerung kam langsam. Bleigraue Wolken hingen tief über der See, und der Horizont schien überhaupt nicht zu existieren. Es war, als wäre False Harbor an diesem Morgen in einem Schwebezustand zwischen Raum und Zeit.

Charlotte Ambler zog die Stores vom Wohnzimmerfenster ihres Hauses zurück und schaute in den grauen Morgen. Über der kleinen Stadt lag etwas, was sie sonst als schläfrige Stille bezeichnet hätte, ihr an diesem Tag jedoch als unheilvolles Vorzeichen erschien. Dieser düstere kalte Morgen hatte nichts von dem gewohnten Sonntagmorgenfrieden, der für sie immer der schönste Teil der Woche gewesen war. An jedem anderen regnerischen Sonntagmorgen hätte sie ein Kaminfeuer angezündet und sich in ihrem Morgenmantel davorgesetzt, um gemächlich die dicke Wochenendausgabe der Bostoner Zeitung zu lesen. Dieser Morgen aber war nicht wie andere Sonntagmorgen.

Sie blickte hinaus zum Sumpf, wo die ermüdeten Gestalten der Sucher sich jetzt klar gegen den stählernen Himmel abzeichneten. Eine Gruppe hatte sich bereits auf dem Parkplatz am Ende der Oak Street versammelt, und als sie die ruhig beisammenstehenden Männer beobachtete, sah sie in ihnen sowohl das Beste als auch das Schlechteste des kleinstädtischen Lebens gespiegelt.

Anderswo – in einer Großstadt – wäre Lisa Chambers' Verschwinden in der Morgenzeitung gemeldet worden, und die Suche hätte ohne Aufsehen und beinahe unter Ausschluß der Öffentlichkeit stattgefunden. Und für die meisten Menschen hätte das Leben seinen gewohnten Gang genommen, unbeeinflußt durch die Abwesenheit eines einzigen Mitglieds der Gemeinschaft.

Aber in False Harbor gab es keine Morgenzeitung; es wurde auch keine benötigt, denn inzwischen, dessen war Charlotte Ambler gewiß, gab es in der ganzen Stadt nicht eine Menschenseele, die von den Geschehnissen des vergangenen Abends nichts wußte, und sei es auch nur in den gröbsten Umrissen. Aber im Bereich der Einzelheiten würde es bald ebenso viele Versionen geben, wie es Münder gab, sie zu verbreiten, und bis die Wahrheit darüber, was Lisa zugestoßen war, entdeckt wurde, blieben alle anderen Ereignisse und Themen nahezu unbeachtet. Sie wandte sich ab vom Wohnzimmerfenster und ging in die Küche. Bald würden die Leute bemerken, daß ihre Vorhänge offen waren, und würden bei ihr hereinschauen, einige auf der Suche nach Neuigkeiten, andere nur, weil sie nach der durchwachten Nacht eine Ruhepause brauchten. Ihre große Kaffeemaschine hatte gerade angefangen zu summen, als die Türglocke zum ersten Mal geläutet wurde. Als sie öffnete, sah sie ohne Überraschung Gene Templeton auf der überdachten Veranda vor der Haustür stehen. Er sah so müde aus, wie sie sich fühlte.

»Irgend etwas?« fragte sie.

Templeton schüttelte den Kopf. »Noch nicht.«

»Und Ed Cavanaugh?«

»Ich fand ihn auf seinem Kutter, sturzbetrunken. Er – also, er behauptet, es gebe dort draußen eine Tote. Aber er sagt, es sei Cassie Winslow. Er behauptet, er habe sie bis zu den Schultern im Treibsand gesehen, habe aber nicht nahe genug herankommen können, sie zu retten.«

»Cassie?« echote Charlotte. »Aber Eric sagte ...«

»Ich weiß«, unterbrach Templeton. »Und wenn ein Leichnam im Sumpf steckt, ist es nicht der Cassies. Sie ist zu Haus bei Rosemary. Wie dem auch sei, vor einer Weile kam ich auf einen Gedanken ...« Er brach ab, unwillig, diesen Gedanken mitzuteilen, der noch keine überzeugende Gestalt angenommen hatte, doch interessiert, Charlotte Amblers Meinung zu hören.

Sie runzelte verwundert die Brauen.

»Mir ist wieder die Sache mit Simms in den Sinn gekommen«, sagte Templeton schließlich.

»Harold Simms?« flüsterte sie. »Ich fürchte, ich kann Ihnen nicht folgen.«

Der Polizeikommissar befeuchtete sich die Lippen. »Erinnern Sie sich, was damals geschah? Er hatte Cassie ziemlich übel mitgespielt, und auch Eric.« Er machte eine bedeutungsvolle Pause, bevor er sagte: »Auch Lisa hat Cassie das Leben schwergemacht, nicht wahr?«

Charlottes Stirnrunzeln verstärkte sich, als sie erfaßte, was Templeton andeutete. Bevor sie etwas sagen konnte, wurden draußen Rufe laut, und als sie und Templeton ins Wohnzimmer gingen und hinausblickten, sahen sie, daß in die Gruppe auf dem Parkplatz Bewegung gekommen war. Einer von Templetons Leuten kam im Laufschritt auf das Haus zu. Templeton spähte über das Sumpfland hin, und sein Magen zog sich zu einem Klumpen zusammen, als er weit draußen mehrere Männer mit Stangen hantieren sah, ungefähr dort, wo er nachts im Regen die Reifenspuren am Dünensaum gesehen und ein Stück in den Schilfgürtel vorgedrungen war.

Noch ehe der Polizist das Haus erreichte, kam Templeton heraus und lief, immer eine Stufe überspringend, die Eingangstreppe hinunter. Dann trabte er über die Straße zum Parkplatz und weiter den Dünensaum entlang. Charlotte Ambler hielt nur inne, um ihren Regenmantel vom Garderobenhaken zu ziehen, dann folgte sie ihm, so schnell sie konnte.

»Wie habt ihr sie gefunden?« fragte Templeton mit gedämpfter Stimme, so daß nur der stämmige Polizist ihn hören konnte. Harvey Lamont seufzte. Vor seinem inneren Auge war unauslöschlich der geisterhafte helle Fleck in der Tiefe des morastig-braunen Brackwassers verschwommen und an der Grenze der Sichtbarkeit.

»Die Salzgräser«, brachte Harvey schließlich hervor. »Ich konnte sie eigentlich gar nicht sehen. Aber die Gräser und das Schilf waren zerknickt und niedergedrückt, und der

Sumpfboden zerwühlt. Es sah aus, als hätte dort ein Kampf stattgefunden, oder was. Ich arbeitete mich weiter die Fährte entlang, bis ich sah, daß sie im Schwimmsand endete... das Licht reichte gerade aus, daß ich sehen konnte...« Die Stimme versagte ihm.

Sie war im Sumpf fast versunken und vom Schwimmsand zugedeckt gewesen. Nur ein Arm, die Schulter und das Gesicht waren am Grund des Loches, das ihr Körper in die schwimmende Schicht aus Pflanzenteilen und Sand gerissen hatte, schemenhaft sichtbar gewesen.

Als Gene Templeton und Harvey Lamont an Ort und Stelle anlangten, hatten Feuerwehrmänner die Tote mit Stangen herausgezogen; sie lag im zertrampelten, mit Sickerwasser bedeckten Morast. Ihr weit geöffneter Mund schien noch immer einen stummen Schrei auszustoßen, die Augen starrten blicklos aufwärts. Templeton sah, daß ihr Gesicht mit Kratz- und Bißwunden bedeckt war, die das Wasser vom Blut befreit hatte. Die Haut ihrer Stirn war nahezu abgerissen, und aus einer ihrer Wangen fehlte ein großes Stück Fleisch.

Überall, wo ihre Haut noch intakt, aber durch die Kleidung nicht geschützt war, fanden sich die tiefen, parallel verlaufenden Kratzwunden, die identisch mit jenen aussahen, die Harold Simms' Gesicht bedeckt hatten.

Lisas Körperhaltung, wie Harvey Lamont sie geschildert hatte, ließ mit hoher Wahrscheinlichkeit darauf schließen, daß sie bis zuletzt gekämpft hatte. Aber es war vergeblich gewesen.

Nachdem Templeton die Leiche untersucht hatte, schickte er zwei Feuerwehrleute fort, um eine Tragbahre zu holen. Als sie zurückkehrten, gingen Clyde Bennett und ein anderer Mann mit ihnen, und hinter diesen kamen zwei Polizisten mit langen Planken, die sie im Morast auslegten.

Templeton führte den seltsamen Trauerzug mit Lisa Chambers' Leichnam zurück zum Dünensaum. Wo der Schilfgürtel im ansteigenden Sand endete, wartete Harriet Chambers mit ihrem Mann. Ihr Gesicht war totenbleich, ihre Hände zitterten.

Sekundenlang starrte sie auf die Tote, und ihre Lippen bewegten sich krampfhaft, um den Schrei zu unterdrücken, der ihr in die Kehle stieg.

»Nein«, flüsterte sie schließlich, und dann wiederholte sie das Wort, bis es in ein schrilles Winseln überging, das in der Stille des Morgens verwehte.

Als sie sich über ihre tote Tochter werfen wollte, hielt Fred Chambers sie zurück und stützte sie, während er den Polizeikommissar über ihre Schulter hinweg anfunkelte.

»Nun, sind Sie jetzt zufrieden?« fragte er. »Werden Sie diesen betrunkenen Lümmel jetzt einsperren?«

Templeton sah den Mann an und befand, daß es nutzlos sei, jetzt mit ihm zu argumentieren. Wenn er noch nicht unter Schock stand, dann würde er es in ein paar Minuten sein, und obwohl Templeton Mitleid für Lisas verzweifelte Eltern empfand, mußte er sich um seine Pflichten kümmern. Zu seiner Erleichterung umringten Freunde der Chambers' bereits das unglückliche Ehepaar, und er konnte sich entfernen, um die nötigen Anweisungen zu geben. Vor allem mußte Lisas Leichnam zur Klinik gebracht und obduziert werden.

Unterwegs zum Parkplatz und seinem Wagen sah er Charlotte Ambler, die beim Anblick des toten Mädchens erstarrt zu sein schien. Aber als er an ihr vorbei wollte, streckte sie die Hand aus und hielt ihn am Ärmel zurück.

»Was hat es zu bedeuten?« fragte sie. »Es – es ist wirklich wie bei Harold Simms. Aber was hat es zu bedeuten?«

Templeton schüttelte grimmig den Kopf. »Ich weiß es noch nicht«, sagte er. »Und ich werde keine Vermutung aussprechen, solange der Doktor sie nicht untersucht hat.«

Er wollte weiter, aber Mrs. Ambler ließ nicht los.

»Wie, wenn es wirklich genau wie bei Harold Simms ist?« Sie blickte forschend in seine Augen. »Werden Sie sagen, sie habe es sich selbst zugefügt?«

Templetons Blick ging zu einer Gruppe von Zuschauern, die jetzt neugierig zu Charlotte herübersahen und sichtbar bemüht waren, ihre Worte zu hören. »Ich sage noch nichts, Charlotte.«

Er sagte es mit gedämpfter Stimme, aber mit einer Festigkeit, die sie verstehen mußte. Aber sie schien ihn überhaupt nicht gehört zu haben.

»Angenommen, Harold Simms hatte recht«, fuhr sie fort. »Angenommen, er sah an jenem Tag wirklich Cassie Winslow. Und angenommen, Ed Cavanaugh täuschte sich nicht, sondern sah sie wirklich gestern abend?«

Templeton hörte das Gemurmel unter den Zuschauern, sah, wie sie die Köpfe zusammensteckten.

Das war es, dachte er. Innerhalb einer Stunde hat das Gerücht die Runde gemacht.

Ed Cavanaugh erwachte plötzlich: ein stechender Schmerz fuhr ihm durch den Schädel, als hätte jemand eine Stricknadel in sein Ohr gestoßen und sie dann bösartig auf und nieder bewegt. Seine Augen, noch geschlossen in einer vergeblichen Anstrengung, den pochenden Kopfschmerz zu verdrängen, fühlten sich an, als hätten sie gemahlenes Glas unter den Lidern, und seine Zunge – eine dicke Schwarte in seinem trockenen Mund – schmeckte etwas wie verfaulten Fisch. Er hatte ein klammes Gefühl, und Reste der Übelkeit, die ihn irgendwann noch vor Morgengrauen zum erstenmal geweckt hatten, waren noch spürbar und warnten ihn, daß er sich bald würgend und spuckend auf den Knien wiederfinden würde, wenn er sich zu schnell bewegte.

Irgendwo ertönte eine Sirene und mehrte die Qual in seinem Schädel. Er versuchte, die Hände zu heben und sich die Ohren zuzuhalten, doch schon diese Bewegung war zu viel für seinen vergifteten Körper, und sein Magen drehte sich um. Er ließ die Hände wieder sinken und konzentrierte seine Willenskraft auf die Aufbietung der Energie, die nötig war, Laura auf Trab zu bringen, daß sie ihm Kaffee machte.

Oder vielleicht sollte er noch eine Stunde schlafen.

Seine Finger schlossen sich um die Decke, um sie sich über den Kopf zu ziehen. Aber trübe wurde ihm nun bewußt, daß etwas nicht stimmte.

Statt das Laken und die weiche Decke seines Bettes zu fühlen, hatten seine Finger eine rauhe Wolle zu fassen bekommen. Er hielt eine Weile still und versuchte trotz der Kopfschmerzen zu denken. Dann ächzte er und öffnete die Augen einen winzigen Spalt.

Was er sah, bestätigte die undeutliche Erinnerung, die aus den Tiefen seines benebelten Bewußtseins aufstieg.

Neben dem metallenen Feldbett, auf dem er lag, erhob sich eine Betonwand, deren graue Farbe abgeschlagen und mit Obszönitäten zerkratzt war. In halber Höhe der Wand war ein kleines Fenster, das auf der Außenseite dick vergittert war. Er starrte eine Weile das vergitterte Fenster an und überlegte halb betäubt, ob er vielleicht nur träume.

Aber das war kein Traum.

Er drehte vorsichtig den Kopf, und während das Pochen in seinem Schädel bei der Bewegung sogleich in ein schmerzhaftes Crescendo überging, konnte er an der gegenüberliegenden Wand eine angeschraubte Toilette sehen.

Eine andere Erinnerung regte sich, und er besann sich dunkel, daß er sich nachts vom Feldbett gewälzt und über die Toilette gebeugt hatte, wo ihm der Mageninhalt in heißem Schwall aus Kehle und Nase geströmt war. Der Gestank in der Luft verriet ihm, daß er vergessen hatte, die Toilette zu spülen, als er endlich zum Feldbett zurückgekrochen war. Langsam bewegte er den Arm, streckte ihn aus und drückte den Knopf, der neben der Toilette aus der Wand ragte. Sofort erfüllte das Rauschen von Wasser die Zelle und verlor sich wieder, als der Schmutz aus der metallenen Toilettenschüssel im Abwasserkanal verschwand. Ed Cavanaugh stöhnte, drehte den Kopf zur Wand und schloß wieder die Augen, als könnte er so die Wirklichkeit um ihn verändern. Aber wenige Augenblicke später riß ihn das metallische Schlagen einer schweren Tür wieder herum, und er blinzelte mit blutunterlaufenen Augen.

Undeutlich erkannte er Gene Templeton, der mit steinerner Miene in die Zelle sah.

»Hörte die Toilettenspülung«, sagte Templeton.

Ed deutete ein Kopfnicken an. »Übel«, murmelte er. »Kotze meine Gedärme aus.«

»Waschen Sie sich«, sagte Templeton. »Sie kommen hier raus.«

Ed holte tief Luft, preßte die Zähne zusammen und richtete sich zu sitzender Haltung auf, dann ließ er die Füße auf den Boden fallen. Sein Hemd, besudelt mit Erbrochenem, klebte wie Zellophan an seinem Oberkörper, und als er den Kopf in die Hände nahm, traf ihn der Gestank von seinem Hemd mit einer Gewalt, die das mühsam erreichte Gleichgewicht seines schmerzenden Magens abermals bedrohte. »Was 's los?« murmelte er. »Warum bin ich hier?«

Templeton beobachtete ihn schweigend. »Sie erinnern sich nicht?«

Cavanaugh überlegte, dann schüttelte er wieder den Kopf. »Ich war auf meinem Kutter«, sagte er. »Ich war auf meinem Kutter, und dann... dann...« Seine Stimme erstarb, und langsam, Stück für Stück, tröpfelten Erinnerungen an den vergangenen Abend aus seinem Gedächtnis ins Bewußtsein. »Hatte nicht den Schneid, Anzeige zu erstatten, die verdammte Alte, wie?« fragte er mit einem häßlichen Grinsen.

Nun war es an Templeton, tief Luft zu holen, und er ballte unwillkürlich die Fäuste, als er angewidert den Mann in der Zelle ins Auge faßte. »Sie wolltle nicht nur keine Anzeige gegen Sie erstatten, sondern vor einer Stunde kam sie zu mir und hinterlegte eine Kaution für die einzige Anklage, die ich mir ausdenken konnte. Ich gab mir alle Mühe, ihr das auszureden, aber sie fürchtet sich davor, was Sie ihr antun würden, wenn sie Sie hier schmoren ließe. Aber früher oder später werden Sie zu weit gehen, und wenn es soweit ist, wird es mir ein Vergnügen sein, Sie in den Knast zu schicken, Ed. Dann werden wir alle sehen, wieviel Mumm Sie in den Knochen haben. Das einzige, was diese Zuchthäusler noch weniger ausstehen können als einen Sittenstrolch, ist einer, der seine Frau und Kinder herumprügelt. Jetzt machen Sie sich sauber. Sie sind ekelhaft.«

Templeton wandte sich um und warf mit boshaftem Vergnügen die schwere Eisentür hinter sich zu, als er den Trakt der drei kleinen Zellen verließ. Er kehrte zurück an seinen Arbeitsplatz im hinteren Winkel der Wachstube und ließ sich in seinen Sessel fallen. Sein Magen grummelte protestierend gegen den Umstand, daß es mittlerweile neun Uhr früh war und er bisher zwei Mahlzeiten versäumt hatte, nicht zu reden von mehreren Imbissen. Er nahm den Hörer auf, um Ellie anzurufen, da er wußte, daß seine Frau ihm mit Vergnügen ein umfangreiches Frühstück zum Arbeitsplatz bringen würde, dann aber legte er wieder auf, als er merkte, daß er nicht wirklich hungrig war, obwohl er am Mittag des vergangenen Tages zuletzt gegessen hatte.

Es war Paul Samuels' Autopsiebericht über Lisa Chambers' Todesumstände, der ihm den Appetit genommen hatte. Nicht die Tatsache ihres Todes; Templeton hatte längst gelernt, mit dem Tod in all seinen Erscheinungsformen zu leben. Aber was Samuels ihm vor ein paar Minuten erzählt hatte, ließ ihn mit einem Gefühl völliger Hilflosigkeit zurück.

Wie er befürchtet hatte, gab es an Lisas Körper keine Merkmale, die eindeutig als von Menschenhand herrührend hätten identifiziert werden können. Sie war ertrunken, was durch Wasser und Schlamm in Kehle und Bronchien bewiesen war. Es gab keine Druckstellen an ihrem Körper, wie sie von Händen erzeugt worden wären, die sie gewaltsam in den Sumpf gestoßen und niedergehalten hätten.

»Aber sie wehrte sich«, hatte der Arzt ausgesagt, als sie gemeinsam den Bericht durchgegangen waren. »Ein Tier griff sie an, und sie versuchte, es abzuwehren. Ich fand Fellspuren unter ihren Fingernägeln, aber sie werden analysiert werden müssen, bevor ich Ihnen sagen kann, von was für einem Tier sie stammen. Hauptsache ist, daß sie sich heftig zur Wehr setzte, und wenn der Angreifer Ed Cavanaugh gewesen wäre, würde man Spuren an ihm finden. Offen gesagt, ich halte ihn nicht für den Täter. Soweit ich den Hergang rekonstruieren kann, versuchte sie, ein Tier abzuwehren, das sie angriff, und dabei geriet sie in den Schwimmsand und kam nicht mehr frei. Und das war es.«

An ihren Armen gab es Schnittverletzungen, aber diejenigen, die nicht ohne weiteres als von den Krallen eines Tieres herrührend identifiziert werden konnten, wiesen die genauen Eigentümlichkeiten der Schnittwunden auf, die von zwei Sumpfgrasarten verursacht werden, und in mehreren dieser Schnittverletzungen hatte Dr. Samuels winzige Spuren dieser hartblättrigen Gräser entdeckt.

»Hätte sie nicht den Kopf verloren«, resümierte Dr. Samuels, »hätte sie lebendig davonkommen können. Das angreifende Tier ließ wahrscheinlich von ihr ab, als sie in den Schwimmsand fiel, und dort hätte sie die ganze Nacht aushalten können, wenn sie nicht gezappelt und um sich geschlagen hätte. Es wäre eine kalte und schreckliche Nacht geworden, doch mit etwas Glück hätte sie überlebt. Aber man kann ihr nicht verdenken, daß sie in Panik geriet, nicht wahr?«

Natürlich konnte er es ihr nicht verdenken. Und er hatte noch keinen Schuldigen. Trotz allen Geredes und aller Spekulationen gab es keinerlei Beweise. Gefühlsmäßig war Templeton jedoch sicher, daß Cassie Winslow in irgendeiner Weise, die er noch nicht verstand, in den Todesfall verstrickt war.

Cassies Aussage, Ed Cavanaugh habe nicht einmal einen Versuch unternommen, Lisa zu helfen, gab ihm zu denken. Sie hatte die Worte mit ausdrucksloser Miene gesprochen, den Blick in die Ferne gerichtet, als hätte sie sich etwas, was sie mit eigenen Augen gesehen hatte, ins Gedächtnis zurückgerufen.

Und da war die unheimliche Ähnlichkeit der Verletzungen, die Lisa und vor ihr Harold Simms erlitten hatten.

»Könnte es eine Katze gewesen sein?« hatte er Samuels gefragt.

»Es ist möglich. Aber das Tier hat eine Menge Schaden angerichtet. Wenn es eine Katze war, dann jedenfalls kein gewöhnliches Haustier.«

Zählte man alles zusammen, blieb nichts unter dem Strich: Keine Beweise, um Ed Cavanaugh für Lisa Chambers' Tod verantwortlich zu machen, und keine zufriedenstellende Erklärung dessen, was ihr zugestoßen war. Und nachdem Laura ihren Mann durch eine Kaution von der einzigen Anklage freibekommen hatte, die Gene sich hatte ausdenken können – Behinderung der Justiz durch unterlassene Meldung von der Auffindung der Leiche –, konnte Templeton den Schweinekerl nicht einmal für ein paar Tage aus dem Verkehr ziehen.

Laute Schläge gegen die Stahlstangen der Zellentür unterbrachen seine Gedanken, und er stand auf, um Ed Cavanaugh in die Wachstube zu bringen. Flüchtig überlegte er, ob er straffrei ausgehen würde, wenn er Cavanaugh das selbstzufriedene Grinsen aus dem gedunsenen Gesicht schlüge, aber er wußte, daß es nicht gut ausgehen würde. Grobiane wie Cavanaugh schrien am lautesten, wenn jemand ihnen endlich einmal gab, was sie verdient hatten. Statt dessen gab er sich damit zufrieden, Cavanaugh ins Gesicht zu sagen, was er von ihm hielt, worauf er den Safe aufsperrte und Schlüssel und Brieftasche herausgab.

Nicht, daß seine Worte etwas gefruchtet hätten.

»Wollen Sie mich nicht nach Hause fahren?« war alles, was Cavanaugh sagte, als Templeton fertig war.

»Gehen Sie gefälligst zu Fuß«, grollte Templeton. »Die frische Luft wird Sie nicht umbringen. Und wenn wir alle Glück haben, sind Sie vielleicht noch so verkatert, daß Sie unter einen Lastwagen geraten. Nun machen Sie, daß Sie hinauskommen!«

Als Cavanaugh draußen war, erwog Templeton, sich wieder an den Schreibtisch zu setzen, dann gab er auf. Mit einem Nicken zum diensttuenden Polizisten machte er sich auf den Heimweg. Ein paar Stunden Schlaf und eine gute Mahlzeit würden ihm vielleicht helfen, sich einen Reim darauf zu machen, was in False Harbor geschah.

24

Ed Cavanaugh betrat das Haus durch die Hintertür. Laura stand am Ausguß und spülte das Geschirr von dem Frühstück, das weder sie noch Eric hatten essen können. Er sagte nichts, zog aber sein beschmutztes Hemd aus und steckte es in die Waschmaschine. Dann legte er Laura die Arme um die Taille und drückte sie. Als sie sich in seinen Armen versteifte, kam Verärgerung in ihm auf, aber er unterdrückte sie rasch. Er liebkoste ihren Hals, dann hob er den Mund an ihr Ohr.

»Es tut mir leid«, flüsterte er. »Alles tut mir leid. Ich – irgendwie liefen mir die Dinge gestern abend aus dem Ruder.«

Laura entwand sich seinen Händen. »Gestern abend?« sagte sie. »Was gestern abend geschah, war nichts Neues, das weißt du! Erwartest du vielleicht, daß ich es einfach vergesse?«

Als er antwortete, nahm Eds Stimme den leicht weinerlichen Tonfall an, der Laura mit den Jahren vertraut geworden war. »Aber du mußt mir vergeben, Schatz. Du bist alles, was ich habe. Ich – nun, manchmal liebe ich dich so, daß ich ganz in Stücke gehe, wenn ich daran denke, dich zu verlieren. Aber gestern abend war das letzte Mal. Ich verspreche dir, daß es nie wieder geschehen wird, wenn du mir diesmal vergibst. Nie wieder.«

»Bis du dich wieder betrinkst«, sagte Laura, dann hätte sie die Worte gern zurückgenommen. Aber sie hatte alles das schon so oft gehört. Er trank, dann schlug er sie, dann – am nächsten Morgen – schwor er, daß es das letzte Mal sei. Und immer wieder wollte sie ihm glauben, wollte sie hoffen.

Als ob er ihre Gedanken lesen könnte, zog Ed sie näher und drückte ihren Kopf an seine Brust. Obwohl der saure Gestank von Erbrochenem noch immer an ihm haftete, konnte Laura sein Herz klopfen fühlen, und dieses gleichmäßige, pulsierende Geräusch gab ihr ein seltsames Gefühl von Sicherheit. Sie verstand es nicht. Sie konnte nicht verstehen, wie es ihm manchmal gelang, ihr trotz allem dieses Gefühl von Sicherheit zu geben.

»In der Zelle hatte ich viel Zeit, über alles nachzudenken«, sagte Ed und streichelte ihr den Kopf. »Vielleicht brauchte ich das – daß Gene mich einlochte. Und ich sage dir, ich nehme es ihm nicht übel. Ich nehme niemandem etwas übel, Schatz. Dir nicht, Eric nicht, nicht mal Rosemary Winslow. Wir brauchen nur einen neuen Anfang zu machen. Ich werde aufhören zu trinken und anfangen, mich um dich und Eric zu kümmern. Aber ich kann das nur, wenn ich weiß, daß du mich noch liebst. Tust du das?« fügte er besorgt hinzu. »Hast du mich nicht deshalb herausgeholt?«

Laura merkte, wie sie schwach wurde. Diesmal hörte er sich an, als sei es ihm ernst damit, dachte sie. Doch dann erinnerte sie sich, daß er immer den Anschein erweckt hatte, es sei ihm ernst, wenn er sich entschuldigte. Aber nie war etwas anders geworden. »Ich hinterlegte die Kaution für dich, weil ich nicht wollte, daß Eric mit dem Wissen, daß sein Vater im Gefängnis sitzt, unter seine Schulkameraden gehen muß.« Das war nur die Hälfte der Wahrheit, aber diesmal wollte sie ihm nicht einfach nachgeben.

Wieder schien er ihre Gedanken zu lesen.

»Aber diesmal ist es wirklich wahr. Ich schwöre es. Ich war früher nie im Gefängnis, und das war ein Schock für mich, Laura. Es machte mir richtig angst. Ich lag die ganze Nacht da und dachte über mein Leben nach und über dein Leben, und was ich dir angetan habe, und ich kam mir vor wie ein Schuft. Ich weiß nicht, was ich tun würde, wenn du mich verließest. Ich – ich glaube, ich würde verrückt.«

Er küßte ihren Hals, und seine Lippen gingen sanft über ihre Haut hin. Gegen ihren Willen fühlte Laura das Aufkommen von Erregung in ihr. Beinahe unwillkürlich legte sie ihm die Arme um den Hals, und ihre Finger fuhren ihm durchs Haar. Einen Augenblick später hob er sie auf und trug sie die Treppe hinauf.

Eric saß an seinem Schreibtisch, als er die Tür aufgehen hörte, wandte sich aber nicht um. Eine halbe Stunde lang hatte er versucht, nicht auf die Geräusche zu hören, die aus dem Schlafzimmer seiner Eltern drangen. Geräusche, die ihm beinahe noch mehr zuwider waren, als die Geräusche, wenn sein Vater seine Mutter schlug. Wie konnte sie es tun? Wie konnte sie sich nach allem, was er ihr angetan hatte, von ihm berühren lassen? Als er zuerst die Tritte seines Vaters auf der Treppe gehört hatte, war er zum Schrank gesprungen, hatte den Baseballschläger herausgenommen, sich mitten im Zimmer aufgestellt und kampfbereit gewartet, daß Ed die

Tür öffnen würde. Statt dessen war sein Vater daran vorbeigegangen. Kurze Zeit später hatte Eric begriffen, was geschah.

Er hatte ein schreckliches Bedürfnis verspürt, in das Schlafzimmer seiner Eltern zu stürmen und seinen Vater an Ort und Stelle zu erschlagen. Hätte seine Mutter geschrien, und wenn auch nur einmal, nichts hätte ihn halten können. Aber sie hatte nicht geschrien, im Gegenteil. Er hatte nur Lustgestöhn gehört, und seine Erbitterung war noch mehr gewachsen, sein Griff um den Baseballschläger noch krampfhafter geworden. Aber er hatte die Beherrschung nicht verloren. Als er bemerkt hatte, daß er tatsächlich mehrere Schritte auf die Tür zugegangen war, und verstanden hatte, was zu tun er im Begriff gewesen war, war er zur Vernunft gekommen und an den Schreibtisch zurückgekehrt, hatte den Schläger neben dem Stuhl auf den Boden gelegt und eines seiner Schulbücher aufgeschlagen. Es war die falsche Zeit, der falsche Ort. Seitdem hatte er auf ein und dieselbe Seite gestarrt, ohne ein Wort zu lesen, unausgesetzt im Kampf mit seinen Gefühlswallungen.

Nun stand sein Vater in der Türöffnung, und Eric mußte sich umwenden und ihn ansehen. Ed hatte nur eine Unterhose an. »Ich möchte mich entschuldigen«, sagte er und trat vorsichtig einen Schritt in den Raum. Als er sah, daß Eric sich bückte und den Baseballschläger aufhob, blieb er stehen, wo er war, und ein verwunderter Ausdruck kam in sein Gesicht. »Das willst du doch nicht tun, Eric«, sagte er. »Du wirst doch nicht mit diesem Ding auf deinen Vater losgehen. Junge, ich habe Templeton gesagt, daß du nichts damit zu tun hattest, was gestern abend passierte.«

Eric sagte nichts.

»Ich habe sie nicht umgebracht«, fuhr Ed fort, und seine Stimme nahm wieder den winselnden Tonfall an. Er hatte sie auch nicht umgebracht, nicht wirklich. Einiges von dem Vorgefallenen war ihm wieder in Erinnerung gekommen, als er nach Haus gegangen war. Er entsann sich dunkel, daß er am Strand gewesen war und Eric und Cassie mit dem Lieferwagen gejagt hatte. Er entsann sich auch, daß Eric auf einem der Pfade in den Sumpf entkommen war, aber Cassie... Cassie hatte ihm nicht entwischen können; sie war in den Treibsand geraten. Er hatte gesehen, wie sie untergegangen war, aber er hatte sie nicht umgebracht. Hätte er es getan, würde Templeton ihn nicht freigelassen haben. »Ich hab' es nicht getan, Junge.« Er befeuchtete sich nervös die Lippen und versuchte sich etwas auszudenken, als er die kalte Wut in Erics Augen sah. »Es tut mir leid, daß sie tot ist«, log er. »Aber du kannst es mir nicht vorwerfen, nicht? Zum Teufel, du kanntest sie ja kaum. Und du hast immer noch Lisa...«

Eric sah ihn verdutzt an. Er weiß es nicht, dachte er benommen. Er weiß nicht einmal, wer da draußen war.

Plötzlich wurde Ed Cavanaugh totenblaß, und seine Hände begannen zu zittern. Eric sah den Schrecken in den Augen seines Vaters und folgte ihrer Blickrichtung. Dann verstand er.

Cassie Winslow stand am Fenster ihres Zimmers im Nachbarhaus und starrte mit unbewegter Miene zu Ed Cavanaugh herüber.

»Nein«, schnaufte Ed und griff sich ans Herz. »Sie kann es nicht sein! Sie ist tot, verdammt noch mal! Tot!« Er riß seinen Blick von Cassie und starrte Eric wütend an. »Ich sah es!« stieß er mit halb erstickter Stimme hervor. »Ich sage dir, ich war da und sah sie untergehen!«

Eric schüttelte den Kopf. Ein leises Lächeln zuckte in seinen Mundwinkeln. »Es war nicht Cassie, Vater«, sagte er. »Es war Lisa. Du hast Lisa umgebracht!«

Ed holte mehrmals mühsam Luft, während sein Gesicht purpurrot anlief, dann trat er einen weiteren Schritt auf Eric zu, aber der hob den Schläger.

»Rühr mich nicht an! Komm mir nicht zu nahe, oder ich bring' dich um, das schwöre ich, auch wenn du mein Vater bist!«

Ed blickte abwechselnd den Schläger und Eric an. Seine Stimme wurde bösartig. »Sie hat dich richtig eingewickelt, nicht?« knurrte er. »Genau wie Miranda. Sie hat dich genauso herumgekriegt wie damals Miranda!« Seine Hand fuhr ungeduldig durch die Luft. »Miranda machte einen Fehler, als sie euch beide damals herauszog! Sie hätte euch untergehen lassen sollen! Hätte uns allen eine Menge Verdruß erspart! Niemand hat euch je gewollt.« Ein böses Lachen, das in ein Husten überging, blubberte in seiner Kehle, und er wankte hinaus. Plötzlich erfüllt von einem einzigen Gedanken.

Ein Drink. Er mußte was zu trinken haben.

Eric wußte nicht, wie lange er auf dem Bett gelegen hatte, wußte nicht, ob er geschlafen oder gewacht hatte.

Seines Vaters Worte wollten ihm nicht aus dem Sinn.

Er wußte, daß Ed die Wahrheit gesagt hatte; hatte es immer gewußt...

Er raffte sich auf. Sein Körper war steif, sein Verstand benommen. Ein Bild seines Vaters schien in sein Gedächtnis eingebrannt, und vor allem der bösartige Blick, mit dem Ed seine Worte begleitet hatte.

Er besann sich einen Augenblick, dann trat er zum Fenster und schaute hinaus. An ihrem Fenster im Nachbarhaus stand Cassie.

Aber nun starrte sie zu ihm her.

Er verließ sein Zimmer und ging zur Treppe. Am oberen Ende hielt er lauschend inne und versuchte die Atmosphäre im Haus zu erfühlen. Er hörte kein Geräusch, aber auch die Spannung fehlte, die immer in der Luft hing, wenn sein Vater zu Haus war. Langsam, Schritt für Schritt, stieg er die Stufen hinab.

Seine Mutter war im Wohnzimmer und saß steif auf der Kante eines der Lehnstühle, die nur bei besonderen Gelegenheiten benutzt wurden. Ihr Blick war auf irgendeinen Punkt jenseits des Fensters fixiert. Als er zu ihr sprach, schien sie ihn nicht zu hören, aber zuletzt, als er wiederholen wollte, was er gesagt hatte, wandte sie sich halb zu ihm um. Ihre Augen, gewöhnlich angstvoll, hatten einen Ausdruck müder Ergebung angenommen, als hätte sie sich Rechenschaft abgelegt und sich selbst für mangelhaft befunden.

»Ich verstehe mich selbst nicht mehr«, sagte sie mit tonloser Stimme, die der Leere in ihrem Blick angemessen war.

»Nach allem, was er getan hat, vergab ich ihm. Wie konnte ich das tun? Wie konnte ich?«

In seinen Augen glitzerte mühsam gezügelte Wut. »Er sagte, Miranda hätte Cassie und mich sterben lassen sollen«, sagte er. Seine Stimme war leise, hatte aber eine Schärfe, die Laura zur Aufmerksamkeit zwang. »Er sagte, niemand habe uns je gewollt. Sag mir, was damals geschah, Mutter. Wovon redete er?«

Laura sah ihn einen Augenblick verständnislos an, dann schien sie sich zu besinnen. »Miranda«, flüsterte sie und nickte langsam. »Das ist lange her...«

Es war an einem Samstag. Einem jener feuchtheißen Tage, wenn man es im Haus kaum aushielt. Ed war den ganzen Tag gereizt, und sie hatte ihr möglichstes getan, alles zu vermeiden, was ihn hätte verdrießen können. Als er nach dem Mittagessen vorschlug, mit Eric an den Strand zu gehen, war sie erleichtert. Es würde ihr Gelegenheit geben, sich um die Wäsche zu kümmern und die tausenderlei anderen Dinge zu erledigen, für die sie irgendwie nie Zeit fand. Und so packte sie ein paar Sachen für Eric ein und schickte die beiden fort. Doch als sie ein paar Stunden später mit der Wäsche fertig war, wurde ihr die Hitze im Haus unerträglich.

Sie beschloß, zu Ed und Eric an den Strand zu gehen.

Sie wußte, wohin Ed mit dem Jungen zu gehen pflegte: weit hinaus bis Cranberry Point, wo die Sommergäste nie hingingen. Und es dauerte nicht lange, bis Laura sie fand.

Zumindest Ed.

Er lag mit Diana Winslow auf einer Decke, umschlungen in leidenschaftlicher Umarmung. Dann mußte Ed ihre Nähe gefühlt haben, denn er blickte auf. Und als Laura ihn anstarrte, sprachlos vor Schock und Enttäuschung, sah sie seine Erniedrigung und Verlegenheit zu Wut werden.

Und die Kinder – Eric und Cassie – waren fort.

Später erinnerte sie sich nicht mehr an alles, was in der folgenden halben Stunde geschehen war. Sie war erfüllt von dem Gedanken, daß sie Eric finden mußte.

Und sie fand ihn.

Fand ihn in Mirandas Hütte.

Miranda lächelte ihr zu, als sie zur Tür kam. Es war ein sonderbares Lächeln, das Laura frösteln machte.

»Ich fand sie«, sagte Miranda. »Ich fand sie im Treibsand, und sie sind jetzt mein. Sie gehören mir.«

Laura sagte nichts. Statt einer Antwort griff sie beide Kinder, hob sie auf und floh aus der Hütte, lief wie von Sinnen durch den Sumpf zurück zum Strand. Dort erwarteten sie Ed und Diana. Sie stellte die beiden zur Rede und wollte wissen, wie sie es wagen konnten, sich so zu benehmen. Ob sie nicht wußten, daß die Kinder im Sumpf hätten umkommen können?

Weder Ed noch Diana sagten ein Wort, und während Laura auf eine Erklärung wartete, verstand sie allmählich, warum sie nicht zu ihr sprachen.

Sie sprachen nicht, weil sie nichts zu sagen wußten. Verzehrt von ihrem Verlangen, hatte es keinen der beiden, weder Erics Vater noch Cassies Mutter gekümmert, ob die Kinder lebten oder starben.

Laura hatte später niemals von dem Vorfall gesprochen, hatte keinem Menschen erzählt, was an jenem Tag am Strand geschehen war. Einen Monat später hatte Diana Winslow False Harbor verlassen und Cassie mitgenommen.

Und Laura, die sich der Aufgabe, Eric allein aufzuziehen, nicht gewachsen gefühlt hatte, war bei Ed geblieben.

Nach jenem Tag am Strand fing er an, sie zu prügeln. In einer verqueren Logik hatte Ed ihr die Schuld gegeben, ihr – und auch Eric –, weil sie ihn mit Diana Winslow überrascht hatte. Jetzt, als sie Eric die ganze Geschichte erzählte, wurden unter Schmerzen die Narben aufgerissen, unter denen ihre Wunden seit Jahren verborgen gewesen waren, und sie weinte, gebrochen.

»Darum haßt er uns, Eric«, schloß sie mit kaum hörbarer Stimme. »Er haßt uns wegen seiner eigenen Schande – der Schande, mich betrogen und seine Aufsichtspflicht dir gegenüber vernachlässigt zu haben. Er weiß, daß du den Tod hättest finden können und daß es dann seine Schuld gewesen wäre. Er haßt mich, weil ich das weiß«, sagte sie mit brechender Stimme. »Er muß gedacht haben, daß ich ihn verlasssen würde. Aber ich konnte nicht – ich konnte einfach nicht!«

Eric stand da und starrte seine Mutter an, die sich endlich faßte und mit flehendem Ausdruck zu ihm aufblickte.

»Du mußt mir vergeben, Eric«, bat sie. »Du mußt.«

Der Raum schwankte, und ein schwarzer Abgrund schien sich vor Erics Füßen zu öffnen. Und mit seinem Bemühen, das Gehörte zu erfassen, fluteten die Erinnerungen zurück in sein Gedächtnis.

Er sah ein Gesicht über einem Bett hängen – seinem Bett. Böse, blutunterlaufene Augen blickten finster auf ihn herab, und ein fürchterlicher Geruch war in der Luft. Er versuchte, sich wegzudrehen, aber jedesmal, wenn er es versuchte oder unter die Decke kriechen wollte, griffen grobe Hände – so groß, daß sie ihn hätten zerquetschen können – zu und zogen die Decke fort oder drehten ihn auf den Rücken. Und da war eine Stimme und Worte, an die er sich früher nie hatte erinnern können. Jetzt drangen sie klar aus seinem Gedächtnis.

»Du bist nichts«, hatte die Stimme gesagt. »Daß du doch schon als Wickelkind verreckt wärst, du Schreihals und Hosenscheißer! Niemand will dich, du Bettnässer! Ich werde dich lehren...!«

Später hatte die Stimme aufgehört, aber die Schläge hatten angefangen. Und sein Leben lang hatte er es seinem Vater nie recht machen können, gleichgültig was er getan hatte; nie war er ihm gut genug gewesen.

Und alles wegen Ereignissen, die stattgefunden hatten, als er zwei oder drei Jahre alt gewesen war?

»Warum?« Das Wort kam als ein Krächzen aus seiner Kehle, aber seine Mutter verstand.

»Es war die Scham«, sagte Laura. »Verstehst du nicht, Eric? Es war die Scham. Er kam nie darüber hinweg...«

»Scham?« wiederholte Eric, und die Bruchstücke seines Lebens flossen plötzlich in einem Zorn zusammen, der alles übertraf, was er je verspürt hatte. »Er schämte sich dessen nicht, was er tat! Er schämte sich, daß er erwischt worden war! Aber er hat sich nie dessen geschämt, was er uns antat! Und wie ist es mit dir? Kümmerte es dich nicht, was er mir antat? Ich dachte mir schon lange, daß es dir ganz gleich ist, wie er dich behandelt! Aber was ist mit mir? Ich wußte nicht, was er getan hatte. Ich war damals ein Kleinkind! Wie konntest du zulassen, daß er mich so behandelt hat?«

Er brüllte, daß seine Stimme überschnappte, und Laura kauerte im Sessel, erschreckt von der Heftigkeit seines Ausbruches.

»Wie?« schrie er. »Wie konntest du es zulassen?«

Laura stemmte sich in die Höhe und tat einen Schritt auf ihn zu, aber er wich zurück.

»Rühr mich nicht an«, flüsterte er. »Rühr mich nie wieder an!«

»Nein«, bat Laura. »Nein. Ich liebe dich, Junge... hab dich immer lieb gehabt...«

»Lieb gehabt?« rief er in gequältem Ton. »Hättest du mich lieb gehabt, würdest du es nicht zugelassen haben!«

»Ich konnte nichts dagegen tun, Eric. Ich versuchte es... ich gab mir so viel Mühe...«

Eric holte mit der geballten Faust aus, bereit, die mitleiderregende Gestalt vor ihm zu schlagen. Laura stand starr, wie ein Kaninchen im blendenden Licht von Autoscheinwerfern, und wartete auf den Schlag.

»Tu's«, flüsterte sie. »Du hast so viel gelitten, und du bist so zornig. Tu's, Eric.«

Langsam, in einer qualvollen Ausübung bloßer Willenskraft, ließ Eric die Faust sinken. Etwas in seinen Augen veränderte sich, und Laura griff es kalt ans Herz. In diesem Augenblick, als Eric sich geweigert hatte, sie zu schlagen, hatte sie ihn für immer verloren. »Ich wollte nicht, daß es so käme«, sagte sie leise. »Wenn ich gewußt hätte, was geschehen würde...«

»Aber du wußtest es, Mutter. Du wußtest es von Anfang an. Du wußtest, wie er mich behandelte. Und du unternahmst nichts dagegen.«

Als er sich abwandte und aus dem Haus ging, sank Laura in den Sessel zurück.

Er ist fort, dachte sie. Er ist fort und wird nie wieder kommen.

Sie ist tot, dachte Ed Cavanaugh. Ich war da und sah es mit eigenen Augen. Und wenn sie nicht untergegangen wäre, hätte ich sie umgebracht!

Aber sie war nicht tot.

Sie hatte am Fenster ihres Zimmers gestanden und ihn angestarrt, als ob sie ihm durch die Stirn ins Gehirn sehen könnte. Und sie hatte gelächelt.

Sie wußte Bescheid. Sie wußte, was er vorgehabt hatte. Irgendwie hatte sie ihn hereingelegt.

Er drehte den Schlüssel im Zündschloß des Kutters, dann wartete er, bis die Glühkopfanzeige ausging. Der Diesel drehte langsam durch, wollte wieder ausgehen, sprang an. Er hustete laut, und eine Wolke schwarzer Abgase quoll aus dem Auspuff am Heck, wurde vom Wind zum Ruderhaus getragen und füllte es mit erstickendem Qualm.

Ed tappte zum Fenster, stieß es auf und schnappte nach Luft. Dann, während er den Diesel warmlaufen ließ, nahm er einen Zug aus der frischen Flasche Bourbon, die auf dem Kartentisch neben dem Ruder stand, und ging hinaus, die Taue loszumachen.

Er mußte weg, mußte sich das alles durch den Kopf gehen lassen.

Der Schiffsdiesel begann gleichmäßig zu blubbern. Ed warf das letzte Haltetau los und ging ans Hilfsruder auf dem Achterdeck des Kutters. Er schaltete das Getriebe auf Rückwärtsfahrt und begann, den Kutter vom Kai ins Fahrwasser zu bugsieren.

Beim Drehen streifte der Bug die Steuerbordseite des benachbarten Kutters und kratzte an der ganzen Wand entlang, bevor er ins Fahrwasser drehte. Ohne auf den Schaden zu achten, den er dem anderen Boot zugefügt hatte, ging Ed ins Ruderhaus und machte es sich auf dem Sitz hinter dem Ruder bequem. Er stieß das Getriebe auf Vorwärtsfahrt, ließ den schweren Schiffsdiesel auf vollen Touren laufen und nahm einen weiteren Schluck Bourbon aus der Flasche. Eine Hand am Steuerruder, manövrierte er den Kutter durch den Schifffahrtskanal zur offenen See. Erst als er Cranberry Point passiert hatte, begann er sich sicher zu fühlen.

Jetzt konnten sie nicht an ihn herankommen.

Vielleicht sollte er nach Hyannis fahren und dort einen oder zwei Tage verbringen. Er hatte viele Freunde in Hyannis, und die meisten von ihnen waren ihm einen Doppelten oder zwei schuldig.

Ich muß etwas tun, dachte Laura Cavanaugh. Ich kann nicht einfach hier sitzen und warten, daß etwas geschieht. Ich muß etwas unternehmen.

Draußen neigte sich der Tag, das Licht begann zu verblassen, und Laura wurde sich bewußt, daß sie den ganzen Tag nichts getan hatte. Sie hatte einfach dagesessen, wie betäubt, und aus dem Fenster gestarrt, ohne etwas zu sehen. Hatte gewartet...

Worauf gewartet?

Daß Eric heimkäme?

Aber Eric kam nicht nach Haus. Tief in ihrem Herzen fühlte sie die Gewißheit, daß Eric nie wieder heimkommen würde.

Aber Ed.

Ed würde nach Haus kommen. Und was dann? Würde sie den Mut aufbringen, ihm zu sagen, daß Eric fortgegangen sei und nicht wiederkommen würde?

Er würde ihr die Schuld daran geben, und dann...

Sie führte den Gedanken nicht weiter, da sie allzugut wußte, wie es ausgehen würde.

Sie mußte hinaus. Wäre sie noch da, wenn Ed heimkäme, würde er sie diesmal zum Krüppel schlagen.

Sie versuchte sich zu bewegen, vermochte es aber nicht, und ein schreckliches Gefühl, gefangen zu sein, stellte sich ein. Sie fühlte sich nicht in der Lage, aus dem Haus zu gehen, nicht einmal aufzustehen. Ihr Verstand schien die Herrschaft über den Körper verloren zu haben, und als sie sich den Befehl gab, vom Lehnstuhl aufzustehen, reagierten ihre Beine nicht. Sie wartete einen Augenblick, zwang sich zur Ruhe, versuchte es wieder. Endlich, schmerzend von stundenlanger Bewegungslosigkeit, gehorchten ihre Beine widerwillig, und sie stand wacklig auf. Mit langsamen Schritten, wie eine alte Frau, verließ sie das Wohnzimmer und ging durch den kurzen Korridor zur Küche. Die Leere des Hauses war mit Händen zu greifen.

Keiner von beiden wird zurückkommen.

Der Gedanke ging ihr durch den Sinn, und obgleich sie ihn zurückwies, verstärkte sich die Atmosphäre von Verlassenheit im Haus und sagte ihr mit größerer Gewißheit als es mit Worten möglich gewesen wäre, daß sie weder ihren Mann noch ihren Sohn je wiedersehen würde.

Wie eine Schlafwandlerin bewegte sie sich durch die Küche, dann zur Hintertür und hinaus. Ohne es bewußt zu wollen, überquerte sie die Zufahrt, die ihr Haus von dem der Winslows trennte und klopfte an. Nach einer Zeit, die ihr lang vorkam, öffnete Rosemary Winslow die Tür und schaute mit geröteten Augen zu ihr heraus. Der Ausdruck in Rosemarys Gesicht erinnerte Laura, daß sie sich weder gewaschen noch umgezogen hatte, seit Ed vor vielen Stunden das Haus verlassen hatte. Mechanisch strich sie mit der Rechten über den abgetragenen Hauskittel, und ihre Linke fuhr durch ihr Haar, in einem vergeblichen Versuch, es in Ordnung zu bringen.

»Verzeihung...« sagte sie. »Ich hätte nicht...«

Aber Rosemary zog die Tür ganz auf. »Laura? Was gibt es, Laura? Ist etwas passiert?«

»Sie sind fort«, sagte Laura mit hohler Stimme, als sie sich durch den Hausgang zum Wohnzimmer führen ließ. »Sie sind beide fort.«

Jennifer, die bäuchlings auf dem Teppich lag, ein aufgeschlagenes Buch vor sich, blickte neugierig zu Laura auf. »Wer ist fort?« fragte sie.

Lauras abwesender Blick blieb an Rosemary hängen, und als sie antwortete, war es, als hätte Rosemary selbst die Frage gestellt. »Eric. Und Ed. Sie sind beide fortgegangen, Rosemary, und sie werden nicht wiederkommen. Was soll ich tun?«

Rosemary blickte zu Jennifer und dachte daran, sie in ihr

Zimmer hinaufzuschicken, dann ließ sie es sein. »Kommen Sie«, sagte sie, »ich werde uns eine Tasse Kaffee kochen.« Aber als sie in die Küche gingen und sie im Hängeschrank nach der Kaffeekanne angelte, schüttelte Laura den Kopf.

»Lieber einen Whiskey, wenn es Ihnen nichts ausmacht«, sagte sie. »Ich habe seit Jahren keinen getrunken – Eds wegen, wissen Sie –, aber ich habe wirklich einen nötig.« Sie sank auf einen der Küchenstühle, stand aber gleich wieder auf und bewegte sich ruhelos im Raum umher, lehnte sich schließlich an die Spüle, als sie die Worte zu finden suchte, mit denen sie Rosemary klarmachen könnte, was geschehen war.

All die Jahre der Lügen und des Vertuschens, und schließlich muß ich doch die Wahrheit sagen, dachte sie. Ich frage mich, ob ich noch weiß, wie es geht.

Zögernd, mit Tränen in den Augen, begann sie, Rosemary zu erzählen, was an jenem Morgen geschehen war.

25

Cassie wanderte langsam den Strand entlang, blind gegen die Seeschwalben und Möwen, die am Himmel kreisten, und die Strandläufer, die mit schnellen, pickenden Kopfbewegungen umherliefen und den Strand nach Nahrung absuchten. Der Sturm war vorüber, und die See lag ruhig vor ihr. Sumi trabte vor Cassie her, sprang alle paar Sekunden einem der Vögel nach, nur um von den Ausläufern der sanft auf den Strand leckenden Wellen zurückgetrieben zu werden.

Am Morgen hatte sie wieder Streit mit Rosemary gehabt, und sie fühlte, daß sie nach Haus gehen und sich bei ihr entschuldigen sollte.

Nur war das Haus der Winslows nicht mehr ihr Zuhause, und sie wußte, daß Rosemary sie dort nicht wollte. Ihr Zuhause war jetzt die Hütte im Sumpf, wo Miranda gelebt hatte und in der auch sie eines Tages leben würde. Das stand für sie außer Zweifel.

Noch gestern abend, sogar nachdem Eric gegangen war, war ihr dies deutlicher denn je bewußt geworden.

Geborgenheit.

Und dann...

Und dann, was? Sie wußte, was im Sumpf geschehen war, und daß Sumi Lisa angegriffen hatte. Doch warum? Sie war auf Lisa nicht einmal mehr zornig gewesen, und als sie Sumi gestern morgen im Park getroffen hatte, war der Kater ihr gehorsam gefolgt. Aber gestern abend hatte er angegriffen.

Es mußte eine Ursache geben.

Sie wanderte über den Dünenkamm und schlug den Weg durch den Sumpf ein. Dabei machte sie einen weiten Bogen um die Stelle, wo man früh am Morgen Lisa gefunden hatte. Dort waren noch immer viele Leute, die in Gruppen beisammenstanden und diskutierten. Als Cassie in einiger Entfernung vorbeiging, verstummten sie.

Sie konnte die Blicke auf sich fühlen.

Die Leute starrten sie an, wie sie Miranda angestarrt hatten.

Die Ablehnung, die ihr von ihnen entgegenschlug, war beinahe mit Händen zu greifen. Cassie erschauerte, dann bückte sie sich und hob Sumi auf, drückte ihn an sich. Was hatten die Leute gegen sie? Sie hatte nie jemand etwas zuleide tun wollen, nicht wirklich.

Aber das stimmte nicht. Tief in ihrem Inneren hatte sie Lisa Chambers gehaßt, und Mr. Simms. Sie hatte gewünscht und zugelassen, daß die beiden verletzt wurden, und es machte keinen Unterschied, daß sie sie nicht eigenhändig angegriffen hatte. Das durfte nicht wieder geschehen. Nie wieder.

Außer daß es noch immer Mr. Cavanaugh gab.

Er trachtete ihr nach dem Leben. Gestern abend hatte er gedacht, sie erledigt zu haben. Sie hatte es gewußt, als Sumi zurückgekommen und ihr auf den Schoß gesprungen war, als ihr seine Wahrnehmungen zu Bewußtsein gekommen waren. Sie hatte Erics Vater im Sumpf am Rande des Schwimmsandes gesehen und den Haß gefühlt, der von ihm ausströmte. Aber es war nicht Lisa gewesen, die er gehaßt und derem jämmerlichen Tod er untätig zugesehen hatte.

Sie selbst war es.

Und heute früh, als er aus Erics Fenster zu ihr herübergestarrt hatte, war es wieder spürbar gewesen, stärker noch als vergangene Nacht.

Sie erreichte die Anhöhe, auf der die Hütte stand, im Schatten der Kiefern, und sogleich breitete sich ein Gefühl von Frieden in ihr aus. Und ein Gedanke begleitete dieses Gefühl.

Hier kann er mich nicht kriegen. Solange ich hier bleibe, kann er mir nichts anhaben.

Still, den schnurrenden Kater an sich gedrückt, ging sie in die Hütte.

Cassie wußte nicht, wie lang sie allein in Mirandas Hütte gewesen war, als Eric kam. Sie saß mit geschlossenen Augen im Schaukelstuhl und lauschte den beruhigenden Geräuschen des Sumpflandes und seiner Bewohner. Erst als Sumi sich auf ihrem Schoß regte, spürte sie seine Gegenwart.

Sie öffnete die Augen und sah ihn in der Türöffnung stehen.

»Ich weiß, was geschehen ist«, sagte Eric. »Und ich weiß, warum er dich so haßt. Du bist ein Teil davon, weißt du. Du und deine Mutter.«

Ohne ihre Reaktion abzuwarten, begann Eric ihr zu erzählen, was an jenem Tag vor so vielen Jahren geschehen war. An dem Tag, als sie beide zum ersten Mal Miranda getroffen hatten.

»Wohin gehst du?« fragte Rosemary.

»Ich will Cassie suchen!« antwortete Keith mit zornbebender Stimme. »Ich bin ihr Vater – was sonst erwartest du von mir?«

Rosemary fühlte einen Kloß im Hals. »Ich erwarte von dir, daß du mir hilfst herauszubekommen, was vorgeht. Ist das nicht der Grund deiner Rückkehr? Mir zu helfen?«

»Ich kam zurück, um Cassie zu helfen«, schoß er zurück. Er war erst seit einer Stunde zu Haus, aber nachdem er sich Rosemarys Geschichte angehört hatte, neigte er dazu, seinen

Rückkehrentschluß zu bedauern. Vier ordentliche, zahlungskräftige Kunden, und nun waren sie alle erbost, weil er auf sofortiger Umkehr und Heimreise bestanden hatte, als am Morgen Rosemarys Funkruf eingegangen war. Und was steckte dahinter? Eine hirnrissige Geschichte, daß Cassie es letzte Nacht irgendwie fertiggebracht hatte, Lisa Chambers umzubringen.

»Und das glaubst du tatsächlich?« hatte er gekontert, als Rosemary ihm alles berichtet hatte, was sie über die jüngsten Ereignisse wußte. »Du glaubst wahrhaftig, Cassie könnte irgend etwas damit zu tun gehabt haben?«

»Ich weiß nur, was Gene Templeton mir gesagt hat. Sie fanden graue Katzenhaare unter Lisas Fingernägeln, und die Schnitte und Kratzwunden in ihrem Gesicht entsprachen genau denjenigen, die Harold Simms davongetragen hatte. Darauf beschloß ich, dich zu rufen. Und wenn du sie gestern abend gesehen hättest, als sie ausging...«

An diesem Punkt war Keith wütend geworden. »Also ist die Geschichte jetzt die, daß Cassie den Kater ausschickte, Harold Simms anzugreifen und Lisa Chambers zu töten? Um Himmels willen, Rosemary, du bist eine intelligente Frau. Wie kannst du solchen Mist glauben?«

»Es ist nicht *mein* Mist! Ich weiß nur, was Paul Samuels und Gene Templeton sagten. Lisa Chambers ist tot, Keith, und es kommt nicht darauf an, was du denkst – die ganze Stadt glaubt bereits, daß Cassie etwas damit zu tun hatte.«

»Also ist diese ganze Stadt in den letzten zwei Tagen übergeschnappt!«

»Vielleicht«, hatte Rosemary scharf zurückgegeben. »Aber Lisa ist trotzdem tot, und Ed Cavanaugh versuchte, Eric und Cassie umzubringen! Nicht bloß Eric, auch Cassie! Warum willst du dich nicht der Tatsache stellen, daß alles schiefgegangen ist, seit Cassie hier ist, und daß sie immer irgendwie im Mittelpunkt steht?«

Keith war so abrupt vom Tisch aufgesprungen, daß sein Stuhl hinten übergefallen war. Er hatte die Seemannsjacke vom Haken genommen und war schon halb zur Tür hinaus, als er Jennifers klagende Stimme hörte. »Bitte nicht!« sagte die Kleine mit bebendem Kinn, den Tränen nahe. »Bitte schreit euch nicht an!«

Keith und Rosemary sahen einander an.

»Wie weit ist es mit uns gekommen?« sagte Rosemary nach einer langen Pause. »Lieber Gott, Keith, was tun wir uns an?« Dann, als Jennifer zu ihrer Mutter lief, kam Keith zurück und legte die Arme um sie beide.

»Es wird alles gut werden«, sagte er. »Für uns und auch für Cassie. Wir werden nicht zulassen, daß jemand von uns zu Schaden kommt.« Er drückte sie an sich, ließ sie los und fuhr in den zweiten Ärmel der Jacke. »Ich muß sehen, ob ich sie finden kann«, sagte er in verändertem Ton und streckte die Hand aus, Rosemarys Wange zu berühren. »Es scheint, daß ich erst anfange zu verstehen, wie die letzten Tage für dich gewesen sein müssen. Aber denk auch daran, wie sie für Cassie gewesen sind, Schatz. Mir ist gleich, was die anderen denken. Ich glaube nicht, daß Cassie willentlich jemand Schaden zufügen würde. Ich glaube es einfach nicht.« Und dann war er fort.

Am Fuß der niedrigen Anhöhe, auf der Miranda Sikes' Hütte stand, machte Keith halt. Cassie war da – sein Gespür sagte es ihm, noch bevor er den dünnen Rauchfaden sah, der aus dem Schornstein stieg.

Und auf der Dachspitze der Hütte saß der weiße Falke mit gesträubtem Gefieder, beäugte ihn wachsam und stieg unruhig von einem Fuß auf den anderen.

»Cassie?« rief Keith. Dann wieder: »Cassie! Ich bin's, dein Vater!«

Er ging einen Schritt vorwärts, wich aber wieder zurück, als der Falke sich mit zwei klatschenden Flügelschlägen vom Dach katapultierte.

Von der Hütte hörte er einen hellen Ruf:

»Nein, Kiska!«

Augenblicklich schwenkte der Falke ab, zog eine Schleife und landete wieder auf der Dachspitze. Erst als er seinen Platz eingenommen hatte, wagte Keith, seinen Blick von dem Vogel ab- und der Gestalt vor der Hüttentür zuzuwenden.

Cassie stand da und beobachtete ihn unter wachsam gerunzelten Brauen.

»Ich bin's, Kleines«, sagte Keith.

Cassie ließ sich mit ihrer Antwort Zeit, und als sie sprach, war das Mißtrauen in ihrer Stimme nicht zu überhören. »Ich hab' nichts getan«, sagte sie. »Ich weiß, was alle denken, aber ich hab' nichts getan.«

Keith fühlte, wie sich ihm das Herz zusammenkrampfte. Er wollte zu ihr gehen, sie in die Arme nehmen und an sich drücken. »Ich weiß«, sagte er mit unsicherer Stimme. »Darum bin ich herausgekommen. Um dir zu helfen, Kind.« Sein Blick ging unwillkürlich aufwärts zum wachsamen Falken. »Kann ich hinaufkommen?«

Die Zeit schien still zu stehen, als Cassie ihren Vater ansah, und dann nickte sie.

Keith, der den Blick des Falken bei jedem Schritt auf sich fühlte, stieg die Anhöhe hinauf und betrat die Hütte.

»Ich weiß nicht, was ich sagen soll«, sagte Keith eine Stunde später zu seiner Tochter. Die Stücke des Puzzlespiels fügten sich endlich zusammen, und ihm war übel. Kein Wunder, daß Diana eifersüchtig auf ihn gewesen war; für sie war es offenbar eine ausgemachte Sache gewesen, daß er sich genauso benahm wie sie. »Ich wußte nichts davon. Wäre es mir bekannt gewesen, hätte ich niemals eingewilligt, daß deine Mutter das Sorgerecht für dich erhielt.«

»Aber warum wollte sie es überhaupt?« fragte Cassie. »Wenn ich ihr so gleichgültig war, daß es ihr schon zuviel war, am Strand auf mich achtzugeben, warum wollte sie mich dann mitnehmen?«

Keith zuckte hilflos mit der Achsel. »Es lag nicht an dir, Kind. Niemals an dir. Sie wollte einfach nicht, daß ich dich bekäme. Sie wußte, wie sehr ich dich liebte. Und sie wußte, wie tief sie mich treffen konnte, wenn sie dich mitnahm.«

»Und sie erzählte dir nie, was geschah?« fragte Cassie in ungläubigem Ton. »Sie erzählte dir nie, daß ich beinahe im Sumpf ertrunken wäre?«

»Sie konnte es nicht«, antwortete Keith. »Hätte sie es getan, wäre meine nächste Frage gewesen, wie es möglich war, daß du ihr überhaupt aus den Augen kamst. Und wenn ich erfahren hätte, was sich wirklich abgespielt hatte, wäre es ihr nie gelungen, das Sorgerecht zu erhalten und dich mir wegzunehmen.« Er wandte sich zu Eric, der schweigend am Tisch saß. »Ich weiß auch nicht, was ich zu dir sagen soll. Nach all diesen Jahren...«

»Vielleicht hätte Miranda uns nicht retten sollen«, sagte Eric mit tonloser Stimme. »Vielleicht hätte sie uns einfach untergehen lassen sollen. Keinen Menschen kümmerte es.«

Keith wollte widersprechen, ließ es aber sein. Was wußte er davon, wie die Kinder all diese Jahre durchlebt hatten? Was wußte er von den Schlägen, die sie bezogen hatten, und von der Lieblosigkeit? Wie konnten sie glauben, daß es Menschen gab, die ihnen zugetan waren?

»Wie war sie?« fragte er. »Wie war Miranda wirklich?«

»Sie war meine Freundin«, sagte Cassie, und ihre Augen wurden naß, als sie an die wenigen Stunden zurückdachte, die sie mit Miranda verbracht hatte. »Sie hörte auf mich. Wenn ich sprach, wußte sie genau, wie mir zumute war. Sie wußte, wie allein ich mich fühlte, und wie anders ich war, und wie sehr...« Sie brach ab, nahm einen neuen Anlauf. »Sie wußte, wie sehr es mich schmerzte. Sie war nicht verrückt, Vater«, sagte sie und begegnete seinem Blick. »Sie war überhaupt nicht verrückt. Sie hatte bloß keine Freunde außer Sumi und Kiska. Darum verstand sie, wie mir zumute war. Sie hatte immer schon genauso empfunden. Und sie wollte auch niemand verletzen. Sie sagte mir, wenn die Leute mich nicht verstünden, sei dies kein Grund, ihnen wehzutun.«

Sumi räkelte sich auf ihrem Schoß und miaute leise, und Cassie kraulte ihn behutsam hinter den Ohren. »Darum gab sie mir Sumi«, fuhr sie fort. »Sie wollte, daß ich einen Freund habe, der mich wirklich versteht.«

Keith besann sich auf Rosemarys Erzählung nach seiner Rückkehr, und ein leises Frösteln befiel ihn. »Du glaubst wirklich, daß der Kater versteht, was du sagst?«

Cassie nickte. »Er versteht meine Gefühle, und er tut, was

ich ihm auftrage. Ebenso Kiska. Deshalb hat er dich nicht angegriffen. Ich rief ihn zurück.«

»Aber Kind, das ist verrückt«, sagte Keith, dann hätte er das Wort gern zurückgenommen, als er den Schmerz in Cassies Augen sah. »Verzeih«, sagte er. »Es ist bloß – nun, Menschen können so etwas nicht.«

Cassie sah ihm ruhig ins Auge. »Die meisten können es nicht«, erwiderte sie. »Aber Miranda konnte es, und ich kann es auch. Die Tiere waren alles, was sie hatte, und sie hinterließ sie mir.« Sie schluckte, zwang sich zum Weitersprechen. »So habe ich es mit Mr. Simms gemacht. Ich – ich schickte ihm Sumi an den Hals. Ich wußte nicht wirklich, daß ich es konnte, aber...« Sie verstummte, beobachtete besorgt den Vater.

Keith blieb lange still. Wenn es die Wahrheit war, was folgte daraus? Und war es wirklich die Wahrheit? Er mußte es wissen.

»Zeig es mir«, sagte er schließlich.

»W-wie?«

»Mach, daß er mich angreift. Wenn du ihn dazu bringen kannst, daß er mich auf der Stelle angreift, glaube ich dir. Dann werden wir überlegen, was zu tun ist.«

Cassie blickte zu Eric, aber der blieb stumm. »Ich möchte dich nicht verletzen, Vater«, sagte Cassie zögernd.

»Mach, daß er mich angreift, dann halt ihn zurück«, sagte Keith. »Wenn ich dir helfen soll, muß ich wissen, was geschehen ist.«

Cassie sah ihn sekundenlang schweigend an, dann schloß sie die Augen.

Sie schafft es nicht, dachte Keith. Sie bildet es sich ein, aber –

Plötzlich fuhr der Kater fauchend von Cassies Schoß auf, und ehe Keith wußte, wie ihm geschah, sprang Sumi ihn an. Im Augenblick des Angriffs schwoll das Fauchen zu einem zischenden Wutschrei zwischen entblößten Zähnen an. Keith riß instinktiv die Hände hoch, sein Gesicht zu schützen, doch ehe der unvermeidliche Aufprall erfolgte, hörte er wieder den kurzen Befehl, den Cassie schon einmal vor der Hütte gebraucht hatte.

»Nein!«

Alle Wildheit war wie weggeblasen, und Sumi ließ sich von Keiths Händen abbremsen und fiel leicht auf seinen Schoß. Sein Schwanz zuckte noch einmal oder zweimal, dann leckte er Keith die Hand und machte es sich zufrieden schnurrend auf seinem Schoß bequem.

Lange Zeit blieb es still. Dann brach Cassie das Schweigen und sagte: »Ich habe Lisa nicht umgebracht, Vater. Wirklich nicht.«

Er nickte. »Ich glaube dir, Kind«, sagte er. »Ich glaube dir.«

Eric sagte nichts.

Rosemary spielte mit Jennifer Dame am Boden des Wohnzimmers, als die Türglocke läutete. Sie war versucht, nicht aufzumachen.

Seit das Gerücht durch die Stadt gegangen war, hatte sie den ganzen Tag immer wieder Neugierige am Haus vorbeigehen sehen – Leute, die nicht in der Nachbarschaft wohnten und gewöhnlich nicht in der Alder Street spazierengingen. Aber heute war es anders, und die Prozession der Schaulustigen hatte sogar Jennifer aufmerksam gemacht und zu der Frage veranlaßt, was die Leute hier wollten.

»Sie schauen bloß, Schatz«, sagte Rosemary. »Wahrscheinlich haben sie nichts Besseres zu tun.«

»Darf ich hinaus?«

Rosemary schüttelte den Kopf. Sie konnte sich nur zu gut vorstellen, was Jennifer auf den Straßen zu hören bekäme. Und so hatte sie sich nach Keiths Weggang mit Jennifer ins Wohnzimmer gesetzt, teils um ihre Tochter zu unterhalten, aber auch, um die eigenen Gedanken von allem, was geschehen war, abzulenken.

Wieder läutete die Türglocke. »Willst du nicht hingehen?« fragte Jennifer.

Rosemary seufzte und stand mit steifen Bewegungen auf. Aber als sie die Haustür öffnete, wünschte sie, sie hätte ihren ersten Impuls befolgt und so getan, als sei niemand zu Hause. Draußen stand Fred Chambers, die Augen gerötet und geschwollen, und starrte sie mit wildem, durchbohrendem Blick an. »Es ist ihre Schuld!« sagte er ohne Einleitung, und seine Stimme bebte vor Gram und bitterem Zorn. »Alles war gut hier, bis Keiths verrückte Tochter auftauchte. Und nun sehen Sie, was geschehen ist! Meine Tochter ist tot, Rosemary! Können Sie das verstehen? Tot! Es war nicht Ed Cavanaugh. Es war Cassie! Und sie wußte, was sie tat! Von dem Augenblick an, als sie in Mirandas Kleidern zum Tanzabend ging, wußte sie genau, was sie tat! Sie ist so verrückt wie Miranda, und sie ist gefährlich!«

Rosemary hatte so starkes Herzklopfen, daß sie kaum sprechen konnte. »Hören Sie auf, Fred«, sagte sie. »Ich weiß, was geschehen ist, und ich kann Ihnen nicht sagen, wie sehr ich es bedauere. Aber wir wissen nicht, daß Cassie irgend etwas damit zu tun hatte. Wir wissen es nicht!« wiederholte sie, und ein verzweifelter Ton kam in ihre Stimme. »Die Katze kann jedem gehört haben«, fügte sie hinzu, obwohl sie es selbst nicht glaubte.

»Unsinn!« rief Fred Chambers. »Denken Sie, jemand wird Ihnen das abnehmen? Teri Bennett sah diese Katze gestern abend Lisa nachschleichen! Und es war das gleiche mit Harold Simms, nicht wahr? Ich weiß nicht, was Lisa da draußen tat, aber wir wissen, daß es Cassie war, die sie umbrachte. Sie hat uns Unglück gebracht, wir alle spüren es! Sie versuchte, Harold Simms zu töten, und dann tötete sie meine Tochter. Und wenn Templeton nichts unternimmt, werden wir es selbst tun! Sie ist verrückt!« Er trat ein paar Schritte zurück, dann machte er kehrt und stürmte zur Straße hinaus. Auf halbem Weg drehte er noch einmal um. »Sie ist gemeingefährlich, Rosemary! Sie ist eine verrückte Hexe, wie Miranda eine war, und sie gehört hinter Schloß und Riegel!« Dann stieg er in seinen Wagen, schlug die Tür zu und startete den Motor. Der schwere Wagen schoß mit aufkreischenden Reifen davon. Rosemary sah ihm schweratmend nach, bis er außer Sicht gekommen war, dann schloß sie die Tür und kehrte zurück ins Wohnzimmer.

Jennifer saß still am Boden und schaute mit blassem Gesicht zu ihr auf.

»Ich mag ihn nicht«, sagte das Mädchen. »Ich mag nicht,

daß die Leute Böses über Cassie sagen.« Sie kam zu Rosemary, legte die Arme um ihre Mutter und steckte das Gesicht in Rosemarys Rock. »Sie tut niemand etwas zuleide. Ich weiß es.«

Rosemary streichelte ihrer Tochter den Kopf und wünschte, sie könnte tröstliche Worte finden. Doch gerade das war ihr nicht möglich, denn ihre eigenen Zweifel und Fragen im Zusammenhang mit Cassie waren trotz allem, was Keith gesagt hatte, keineswegs verstummt, und so hatte sie keine wirksamen Argumente gegen Fred Chambers' Anschuldigungen.

Aber vielleicht, wenn ihr Mann Cassie nach Haus brachte, würde sie erfahren, daß sie sich geirrt hatte, daß es für alles, was geschehen war, eine rationale Erklärung gab.

Doch der Tag wurde zur Nacht, und Keith kam nicht nach Haus.

Es war nicht das erste Mal, daß Laura Cavanaugh die Nacht allein im Haus verbracht hatte, aber diesmal war es anders. Früher hatte sie solche Abende immer angenehm verbracht und getan, was ihr gefiel, hatte die kurzen Erholungspausen von der ständigen Anspannung durch die Trunksucht und Gewalttätigkeiten ihres Mannes genossen. Selbst wenn Eric einmal für einen Abend fortgegangen war, hatte sie sich nie Sorgen um ihn gemacht, denn sie hatte stets gewußt, wo er war und wann er zurückkommen würde.

Das war heute abend anders. Eric würde nicht zurückkommen, und sie hatte nicht die leiseste Ahnung, wo er war. Sie hatte mit dem Gedanken gespielt, Gene Templeton anzurufen, sich aber dann nicht dazu entschließen können. Obwohl sie Rosemary Winslow ihr Herz ausgeschüttet hatte, war sie noch nicht bereit, anderen die ganze Geschichte zu erzählen, und schon gar nicht dem Polizeikommissar. So hatte sie den Abend mit ziellosem Umherwandern im Haus verbracht, bald die eine, bald die andere Arbeit angefangen, nur um sie nach wenigen Minuten wieder aufzugeben, unfähig zur Konzentration. Um neun war sie schließlich schlafen gegangen – nicht in das Schlafzimmer, das sie mit Ed geteilt hatte, sondern ins Gästezimmer, wo sie die wenigsten Erinnerungen bedrängten.

Stundenlang lag sie wach und lauschte den leisen Geräuschen im Haus und außerhalb. Bisher hatte sie das gelegentliche Knarren und Ächzen der tragenden Balken und der Verschalungen anheimelnd und beruhigend gefunden. Heute nacht aber hörte sich dies alles anders an, beinahe so, als ob Lebewesen einer unbekannten Tortur unterzogen würden, die sie, Laura, weder verstehen noch lindern konnte. Und dann, als sie endlich in unruhigen Schlaf sank, quälten sie Alpträume, und sie warf sich im Bett herum und wickelte die Laken wie ein Bahrtuch um sich.

Auch Ed kam in ihre Träume, doch hatte er sich in den leibhaftigen Teufel verwandelt, entschlossen, sie für Sünden zu strafen, von denen sie nichts wußte und die sie nicht verstand. Und doch nahm sie in den Träumen ihre Schuld an, denn warum sonst wurde sie gezüchtigt? Und so unterwarf sie sich willig den Quälereien des Teufels und betete im Stillen, daß der Tod sie von ihren Qualen erlöse.

Endlich glaubte sie den Tod nahe und öffnete die Augen, um ihn willkommen zu heißen, sah sich aber von Schwärze umgeben.

Sie lag still und wartete auf den nächsten Peitschenschlag oder die Kohlenglut, die der Teufel ihr an die Haut gelegt hatte, aber es blieb aus.

Allmählich wurde ihr klar, daß sie aufgewacht und der Traum vorüber war. Aber ihr Körper, in Schweiß gebadet, erschauerte noch unter den Schrecken des Traumes, und sie versuchte, ihre Decke heranzuziehen.

Als sie nach der Decke tastete, sah sie die Katze auf dem Sims des offenen Fensters sitzen, ein dunkler Schattenriß vor dem blassen Silber der Mondnacht. Die Augen glommen goldgelb in der Dunkelheit, und Laura hatte das unheimliche Gefühl, daß die Katze sie mit spitzen Zähnen, die aus blutigem Zahnfleisch ragten, angrinste. Sie schrak keuchend zurück, die Decke in instinktiver Abwehr an die Brust ziehend.

Die Katze sprang leichtfüßig vom Fenstersims und verschwand in einem dunklen Winkel. Einen Augenblick später glühten die gelben Augen sie aus der Finsternis an.

Langsam begann das Tier näherzuschleichen...

Der Mond war ein gutes Stück zum Horizont gesunken, als Sumi lautlos durch die Äste des Baumes schlüpfte und unsichtbar durch die tiefen Schatten der Nacht davonlief. Nur wenige Sekunden später war er wieder in dem Baum hinter dem Haus der Winslows und schlüpfte ein weiteres Mal durch ein Fenster. Als er auf das Bett sprang und sich an den warmen Körper unter der Decke schmiegte, waren seine Krallen eingezogen, und er war nicht mehr als eine weiche und angenehme Gegenwart. Nichts war von dem gelbäugigen Dämonen geblieben, der Laura Cavanaugh anklagend angestarrt und stumm verlangt hatte, daß sie seinem Willen gehorche.

»Hast du es getan, Sumi?« fragte eine schläfrige Stimme. »Hast du getan, was ich dir auftrug?«

Wie in Antwort auf die Frage begann Sumi zu schnurren.

26

Jennifer regte sich, wälzte sich zur anderen Seite und öffnete blinzelnd die Augen. Draußen war es Tag geworden, und sie wollte aufstehen, als sie merkte, daß etwas nicht stimmte.

Dies war nicht ihr Zimmer.

Dann fiel es ihr allmählich ein.

Irgendwann in der Nacht war ihr Vater hereingekommen, hatte sie behutsam aus dem Bett gehoben und ins elterliche Schlafzimmer getragen. Dann hatte er sie zugedeckt, ihr einen Kuß gegeben und gesagt, daß Eric heute nacht in ihrem Zimmer schlafen werde.

Jennifer war noch lange wachgeblieben und hatte versucht, alles zu hören, was unten gesagt wurde, bis der Schlaf sie endlich überwältigt hatte.

Jetzt aber war sie wach und lag zwischen ihren Eltern. Sorgsam bemüht, sie nicht zu wecken, schlüpfte sie am Fußende hinaus, durch die Tür in den Korridor und weiter zu Cassies Zimmer.

Es gelang ihr, die Tür lautlos zu öffnen, und ebenso lautlos schlich sie hinein zu Cassies Bett und schaute neugierig ihre schlafende Halbschwester an.

Lange hatte sie über die Worte gegrübelt, die Mr. Chambers gestern abend gesagt hatte, und auch jetzt wieder bemühte sie sich, seine Behauptung mit dem zu vergleichen, was sie sah.

Cassie konnte keine Hexe sein, oder? Wenn es wirklich Hexen gab – und die meisten ihrer Freundinnen glaubten daran –, waren sie alt und häßlich, mit greulichen Hakennasen und tiefen Falten im Gesicht.

So war Cassie ganz und gar nicht.

In Wirklichkeit war Cassie die netteste Person auf der Welt. Sie hatte Jennifer ihr frisch tapeziertes Zimmer gelassen und war für sie eingetreten, als ihre Mutter wütend auf sie geworden war; und sie war nicht einmal böse geworden, als Jennifer ihr damals nachgegangen war.

Also mußte Mr. Chambers sich irren.

Sie stieß Cassie an, aber nichts geschah. Sie stieß sie noch einmal an, und Cassie reckte die Arme und schlug die Augen auf.

»Hallo«, sagte sie, dann runzelte sie ungewiß die Stirn. »Wie spät ist es?«

»Kurz vor sechs«, sagte Jennifer, stieg auf das Bett und betrachtete Cassie mit ernstem Blick. »Kann ich dir was sagen, ohne daß du denkst, ich sei eine Klatschbase?«

Cassie nickte feierlich. »Was ist?«

»Mr. Chambers war gestern hier und sagte etwas richtig Böses über dich.«

Zwischen Cassies Brauen erschienen zwei Falten. »Was sagte er, Jen?« fragte sie.

Jennifer schaute weg. »Er – er sagte, du seist eine Hexe«, flüsterte sie. »Er sagte, du seist eine Hexe und verrückt, genau wie Miranda, und du gehörtest hinter Schloß und Riegel.« Sie verstummte, dann wagte sie zu Cassie aufzublicken. »Es ist nicht wahr, oder?« fragte sie besorgt.

Zu ihrer Überraschung lächelte Cassie freundlich. »Was meinst du?«

»Ich – ich weiß nicht, was ich denken soll. Als er fort war, fragte ich Mama.«

»Und was sagte sie?«

Jennifer zögerte und schaute wieder weg. »Sie sagte nichts«, antwortete sie. »Aber wenn es nicht wahr ist, warum sagt Mr. Chambers dann so etwas? Erwachsene lügen nicht, oder?«

Cassie blieb eine Weile still, und als sie sprach, hatte Jennifer das Gefühl, daß sie ärgerlich war. »Manchmal tun sie es doch«, sagte sie. »Und Mr. Chambers tat es, weil er mich nicht mag. Er haßt mich sogar, wegen der Sache mit Lisa.«

Jennifer zwinkerte verwirrt und neugierig. »Aber du hast Lisa doch nichts getan, nicht?«

»Ich...« begann Cassie, dann schüttelte sie den Kopf. »Es hat nichts zu bedeuten, Jen. Du solltest jetzt wieder zu Bett gehen.« Damit wandte Cassie sich um, zog die Decke hoch und schloß die Augen.

Jennifer rutschte vom Bett, streckte aber die Hand aus, um die Stelle am Fußende zu tätscheln, wo Sumi immer schlief.

Der Kater war nicht da.

Sie fühlte noch einmal, dann erforschte sie mit ihren Händen den Rest des Bettes. »Cassie?«

»Mmh?«

»Wo ist Sumi? Warum ist er nicht hier?«

Cassie richtete sich auf und blickte umher.

Gestern abend war der Kater dagewesen. Sie wußte es genau. Aber heute früh war er fort.

Cassie gähnte. »Geh wieder ins Bett, Jen.«

Jennifer wäre gern noch geblieben, aber etwas in Cassies Augen sagte ihr, daß sie besser gehorchte. Sie lief hinaus, und kurz darauf war sie wieder im Bett und schmiegte sich an den warmen Körper ihrer Mutter. Bald ging ihr Atem langsam und gleichmäßig im leisen Rhythmus des Schlafes.

Um Cassies Schlaf aber war es geschehen.

Es war bereits zehn nach sieben, aber weder Cassie noch Eric waren heruntergekommen. Rosemary überlegte, ob sie die beiden schlafen lassen solle. Sicherlich würden sie heute früh nicht zur Schule gehen, nicht nach allem, was sie während des Wochenendes durchgemacht hatten.

Und wie würde sich der heutige Tag entwickeln?

Sie versuchte sich Gene Templetons Reaktion auf Cassies Version dessen vorzustellen, was mit Lisa Chambers und Harold Simms geschehen war. Würde er das gleiche ungläubige Erschrecken zeigen, das sie am vergangenen Abend erlebt hatte, als Keith schließlich mit Cassie und Eric von Mirandas Hütte heimgekommen war?

»Ich war wütend auf sie«, hatte Cassie erklärt. »Ich war wütend und wollte ihnen schaden. Aber ich wußte nicht, was Sumi anrichten kann. Ich wußte es nicht!«

»Sumi? Cassie, wovon redest du?«

»Der Kater«, sagte Keith mit gepreßter Stimme. »Es gibt eine Art Gedankenverbindung zwischen Cassie und dem Kater. Das Tier versteht, was in ihrem Kopf vorgeht, und handelt danach.«

Dann erzählte Cassie ihre Geschichte, und Rosemarys Schock wuchs von Minute zu Minute.

»Sumi griff Lisa an, weil sie mir etwas antun wollte«, endete Cassie. »Als er zurückkam, sah ich, was geschah. Ich kann sehen, was er vorher sah.« Sie biß sich auf die Lippe. »Mr. Cavanaugh tötete sie nicht. Aber er machte auch keinen Versuch, sie zu retten. Er stand bloß da und sah sie sterben.«

Es hatte bis nach Mitternacht gedauert, und zuletzt hatte Rosemary es nicht mehr ertragen können. »Ich bin der Meinung, wir sollten Gene Templeton verständigen.«

Aber Keith hatte den Kopf geschüttelt. »Nicht heute nacht. Wir alle haben zuviel durchgemacht, und ich will den Kindern nicht zumuten, heute nacht noch verhört zu werden. Ich sagte Eric, er könne heute nacht hierbleiben«, fügte er hinzu. »Morgen werden wir mit Gene und Paul Samuels sprechen.«

Rosemarys Erschöpfung war größer gewesen als ihre Bedenken, und so hatte sie eingewilligt. »Von mir aus. Ich weiß nicht mehr, was los ist. Ich weiß nicht, ob ich das alles glauben kann oder nicht, aber ich kann einfach nicht mehr denken. Cassie, ich meine, du solltest von den Leuten nicht erwarten, daß sie dir glauben, selbst wenn es wahr ist...«

»Glaubst du es?« hatte Cassie gefragt und Rosemary prüfend angesehen.

»Ich weiß es nicht«, hatte Rosemary geantwortet, überzeugt, daß Cassie, was immer die Wahrheit war, noch nicht alles davon preisgegeben hatte. Der Versuch, alle Schuld auf einen Kater zu schieben... »Und ich werde heute nacht nicht mehr darüber sprechen.«

Dabei war es geblieben. Als Keith im Bett wieder davon angefangen hatte, war sie stumm geblieben und hatte sich auf die andere Seite gedreht. Aber dann hatte sie stundenlang wachgelegen und sich den Kopf zerbrochen.

Glaubte Keith im Ernst, daß Gene Templeton Cassies Geschichte akzeptieren würde? Es war unmöglich. Die ganze Geschichte war unmöglich, und Gene konnte sie nicht glauben. Sie war zu absonderlich, zu bizarr.

Keith schlürfte schweigend seinen Kaffee und visierte Rosemary über den Tassenrand hinweg an.

Heute morgen mußte sie sich mit der Angelegenheit befassen, das war Rosemary klar. Seufzend wandte sie sich zu Jennifer, die am Tisch saß und Zucker auf ihre Getreideflocken löffelte. »Sieh einmal nach, ob du die beiden zur Eile antreiben kannst, Jen«, sagte sie zu ihrer Tochter.

Jennifer rutschte vom Stuhl, lief zum Fuß der Treppe und rief hinauf. Als sie keine Antwort bekam, seufzte sie in dramatischer Resignation und stampfte die Treppe hinauf.

»Du glaubst Cassie nicht, wie?« fragte Keith, als Jennifer gegangen war.

»Ich – ich weiß nicht.«

»Wenn du gestern mit mir draußen gewesen wärst. Wenn du gesehen hättest...«

»Nein!« brach es aus ihr hervor. Tränen brannten ihr in den Augen, als sie sich Keith zuwandte. »Die ganze Nacht habe ich kaum ein Auge zugetan und immerfort über diese Geschichte nachgedacht, und ich kann sie einfach nicht akzeptieren! Sie ist zu – zu fantastisch.« Sie wollte mehr sagen, hielt aber inne, als Jennifer wieder in die Küche kam.

»Sie sind nicht oben«, sagte sie. »Sie sind fort.«

»Fort?« sagte Rosemary. »Was meinst du?«

»Ich habe in meinem Zimmer nachgesehen, und in Cassies Zimmer, und...«

Rosemary sprang auf, lief an ihrer Tochter vorbei und eilte die Treppe hinauf. Es war nicht möglich. Wenn sie aufgestanden waren, hätte sie Geräusche hören müssen!

Vor der geschlossenen Tür von Jennifers Zimmer blieb sie stehen und klopfte laut. »Eric? Eric, bist du wach?«

Keine Antwort.

Nachdem sie noch einmal geklopft hatte, öffnete Rosemary die Tür.

Das Zimmer sah wie immer aus. Jennifers Spielzeug lag am Boden verstreut, und ein paar von ihren Kleidern lagen auf dem Stuhl. Das ungemachte Bett war leer, und von Eric Cavanaugh war keine Spur zu sehen.

Stirnrunzelnd schloß sie die Tür und ging hinüber zu Cassies Zimmer.

Auch Cassies Zimmer war leer. Obwohl sie von Anfang an wußte, daß es nutzlos war, durchsuchte sie das Obergeschoß und stieg sogar die Klappleiter hinauf, um den kleinen Speicher unter dem Dach zu durchsuchen. Als sie wieder hinunterkam, wartete Keith mit fragendem Blick auf dem Treppenabsatz. Sie schüttelte den Kopf.

»Sie sind nicht da«, flüsterte sie. »Aber wohin können sie gegangen sein? Und warum?« Ihre Stimme hob sich, drohte überzuschnappen. »Wir hören alles in diesem Haus – alles! Mein Gott, man kann nicht mal atmen, ohne daß alle im Haus es hören. Und sie sind fort, Keith! Wir hörten sie nicht, wir sahen sie nicht. Sie sprachen nicht einmal mit uns! Warum?« Sie merkte, daß ihre Kräfte sie verließen, legte die Arme um ihren Mann und barg den Kopf an seiner Schulter. »Ich verstehe es nicht«, schluchzte sie. »Ich verstehe einfach nichts mehr...«

»Still«, murmelte Keith, strich ihr übers Haar und führte sie ins Schlafzimmer, wo er sie behutsam aufs Bett setzte.

»Reg dich nicht unnütz auf«, sagte er. »Ich werde mich umsehen. Es muß eine Erklärung geben. Hauptsache, du bleibst ruhig.« Dann, als Rosemary die Fassung wiedergewann, durchsuchte auch er das Haus.

Er brauchte nicht lange, um darauf zu kommen, was geschehen war. Das Fenster in Cassies Zimmer stand weit offen, und der Fensterladen war aufgestoßen. Offensichtlich waren beide aus dem Fenster gestiegen und draußen in den Baum geklettert. Aber das erklärte nicht, wohin sie gegangen sein konnten oder warum sie es notwendig gefunden hatten, sich heimlich davonzumachen. Er kehrte zurück zum Elternschlafzimmer und sah Rosemary auf der Bettkante sitzen und die Augen mit einem Papiertaschentuch betupfen.

»Es geht schon«, sagte sie. »Ich verlor für eine Minute die Nerven, aber jetzt geht es wieder.« Sie hörte ihn schweigend an, als er ihr sagte, was nach seiner Meinung geschehen war, dann folgte sie ihm wieder hinunter in die Küche und schenkte sich umständlich eine frische Tasse Kaffee ein, bevor sie wieder etwas sagte. »Ich kann das alles nicht mehr ertragen«, sagte sie mit tonloser Stimme. »Ich weiß, du liebst Cassie, und ich möchte sie auch lieben. Aber ich kann dies nicht länger mitmachen, Keith. Wie kann man von mir erwarten, daß ich glaube, was sie sagt, wenn nichts davon einen Sinn ergibt und sie solche Eskapaden macht? Wie immer die Wahrheit von alledem aussehen mag, ich werde nicht zulassen, daß sie meine Familie zerstört. Ich...«

Keiths Augen weiteten sich vor Schreck. »Daß sie deine Familie zerstört... Schatz, sie ist wieder auf und davon, das ist alles!«

Aber Rosemary wollte davon nichts wissen. »Sie ist nicht auf und davon, Keith. Das tat sie gestern, nach einem Streit. Ich sah sie gehen, ich hörte sie gehen. Ich wußte sogar, warum sie ging. Aber heute morgen verschwand sie einfach. Und er mit ihr.« Ihre Stimme begann wieder zu beben, und sie merkte, daß es um ihre Selbstbeherrschung geschehen war. »Mir ist, als müßte ich den Verstand verlieren, Keith. Ich weiß nicht, was geschieht, und ich verstehe nichts davon, und... und...« Die Augen liefen ihr über, und sie barg das Gesicht in den Händen, als neues Schluchzen sie schüttelte.

Keith sah hilflos zu. Er wußte nicht, was er sagen sollte. Es blieb ihm nichts übrig, als wieder loszugehen und nach seiner Tochter zu suchen.

»Ich gehe los«, sagte er mit gepreßter Stimme. »Und wenn ich sie finde, werde ich diesmal warten, bis ich sie zu Hause habe, bevor ich sie frage, was los ist. Diesmal werden wir sie beide anhören.«

Rosemary nahm die Hände vom Gesicht und sah ihn durch Tränen an. »Nicht jetzt«, bat sie. »Nicht jetzt gleich – bitte. Bleib noch eine kleine Weile bei mir.«

Keith nickte. »Geh nach nebenan«, sagte er zu Jennifer. »Bitte Mrs. Cavanaugh, daß sie herüberkommt. Kannst du das tun?«

Jennifer, die Augen groß wie Untertassen, nickte und lief zur Tür.

»Nein!« schrie Rosemary plötzlich, packte Jennifer bei den Schultern und zog sie zurück. »Sie geht nicht hinüber! Wenn Ed zurückgekommen ist...«

Keith holte tief Luft und nickte. »Klar. Ich hole sie selbst. Bin gleich wieder da.«

Er überquerte die Zufahrt und klopfte laut an die Hintertür des Nachbarhauses. Als keine Antwort kam, öffnete er und ging hinein. »Laura? Wo sind Sie?«

Noch immer kam keine Antwort, und er ging rasch durch die Küche und die Diele zum Fuß der Treppe. Nachdem er wieder hinaufgerufen hatte, erstieg er die Stufen.

Im Obergeschoß machte er halt und lauschte und blickte umher. Vom Korridor zweigten drei Zimmer und ein Bad ab. Zwei Türen und die Badezimmertür standen offen.

Die letzte Tür stand angelehnt, und als er sich ihr näherte, überlief ihn ein ahnungsvolles Frösteln.

Er nahm sich zusammen und stieß die Tür mit dem linken Fuß auf.

Vom angelaufenen Messingleuchter hing Laura Cavanaugh, ein zusammengedrehtes Laken um den Hals geknotet. Der Kopf war auf die Schulter gedrückt, die Beine hingen fast bis zum Boden. Ihr Gesicht hatte ein fleckiges Blauschwarz angenommen, und ihre Zunge, geschwollen und verfärbt, hatte sich aus dem Mund geschoben.

Beide Wangen zeigten dunkelrote, parallel verlaufende Kratzspuren.

Keith fühlte, wie ihm schlecht wurde, und wandte sich rasch ab, bemüht, den gräßlichen Anblick aus seinem Gedächtnis fernzuhalten, obwohl er bereits wußte, daß er ihn bis an sein Lebensende begleiten würde. Würgend, ein Taschentuch an den Mund gepreßt, lief er die Treppe hinunter und aus dem Haus. Vor der Tür brach er in die Knie und übergab sich auf den Rasen. Sein Magen zog sich noch in Krämpfen zusammen, nachdem er seinen Inhalt längst von sich gegeben hatte. Endlich kam er keuchend wieder auf die Füße und wankte hinüber zum eigenen Haus.

Rosemary sah ihn totenbleich hereinwanken und sprang erschrocken auf.

»Ruf Gene«, schnaufte Keith. »Es ist Laura...« Keith konnte nicht weitersprechen und stürzte zur Küche hinaus zu der kleinen Toilette unter der Treppe. Als Rosemary mit zitternden Händen am Telefon fummelte, hörte sie ihn würgen und spucken.

»Holt sie runter«, sagte Templeton.

Die Aufnahmen waren gemacht, und einer seiner Leute staubte den Raum ein, um Fingerabdrücke zu finden, aber Templeton versprach sich nicht viel davon, es sei denn, es tauchten Fingerabdrücke auf, die weder Ed noch Laura oder Eric gehörten. Und nach allem, was er gesehen hatte, glaubte er zu wissen, was geschehen war.

Es mußte Ed gewesen sein.

Er konnte es sich nur zu gut vorstellen. Ed, der betrunken nach Haus kam und wieder Streit mit seiner Frau anfing. Nur waren ihm die Prügel diesmal außer Kontrolle geraten.

Als er in Lauras verwüstetes Gesicht blickte, wünschte er ihr, daß sie bereits das Bewußtsein verloren hatte, als Ed anfing, ihr die Wangen zu zerschneiden. Wenn sie sich nicht vor Schmerzen und Verzweiflung selbst erhängt hatte...

Er verzog das Gesicht, als er an die Qualen dachte, die Laura hatte erdulden müssen. Hatte Ed sie aufgehängt, bevor sie tot war, oder erst nach der Entdeckung, daß er sie diesmal tatsächlich umgebracht hatte? Nicht, daß es einen großen Unterschied machte, denn ob er sie totgeschlagen, erwürgt oder aufgehängt hatte, sie war und blieb tot, und Ed war wenigstens des Totschlags schuldig, trotz seines Versuches, den Anschein zu erwecken, als sei sie von einem Tier angegriffen worden. Aber Tiere hängten keine Menschen auf. Wäre Laura Cavanaugh nicht tot, er hätte die unbeholfene Geste beinahe lächerlich gefunden.

Seine Leute durchschnitten das zusammengedrehte Laken und legten Lauras Leichnam behutsam auf eine Bahre, deckten sie zu und trugen sie hinaus. Templeton schaute zum Fenster hinaus und sah eine Gruppe von Neugierigen, die sich vor dem Haus versammelt hatten. Weitere kamen auf der Straße daher, und Gene konnte sich vorstellen, was sie untereinander sagten und welche Gerüchte von einem Ohr zum nächsten gingen.

»Fahr los und schnapp dir Ed«, sagte Gene zu dem Beamten, der mit der Suche nach Fingerabdrücken fertig war. »Wenn mich nicht alles täuscht, ist er unten auf seinem Kutter, sturzbetrunken.«

Der Polizist – Tony Vittorio – schüttelte den Kopf. »Glaub ich nicht, Gene. Ich sah die *Big Ed* gestern morgen auslaufen, und sie ist noch nicht zurück. Als ich heute morgen heraufkam, war der Liegeplatz noch leer.«

»Bist du sicher?« fragte Gene, obwohl er die Antwort wußte. Tony hauste allein auf einem Segelboot, das er am Ende des Kais vertäut hatte, und verdiente ein paar Dollar im Monat nebenbei, indem er das Hafengebiet im Auge behielt. Ihm schwand der Mut. Wenn es nicht Ed gewesen war...

Eric?

Es war die einzige andere Möglichkeit, die ihm auf Anhieb in den Sinn kam, aber die bloße Vorstellung verursachte ihm Übelkeit. Dennoch mußte er sie in Erwägung ziehen. »Also gut«, seufzte er. »Fahr herum und sieh zu, ob du irgendwo Eric aufspüren kannst. Und sieh zu, ob du Ed über Funk erreichen kannst. Ich gehe nach nebenan und rede mit den Winslows. Sie müssen etwas gehört haben.«

Aber schon als er die Zufahrt überquerte und an die Hintertür der Winslows klopfte, hatte Gene das entmutigende Gefühl, daß niemand im Nachbarhaus in der vergangenen Nacht etwas gehört haben würde.

27

Ed Cavanaugh erwachte mit Schädelbrummen und einem pochenden Schmerz im Hinterkopf. Der vertraute Gestank von Erbrochenem füllte seine Nase. Zuerst weigerte er sich, die Augen zu öffnen, überzeugt, daß er, wenn er es täte, wieder die grauen Wände der Haftzelle sehen würde. Aber dann beruhigte ihn das sanfte Rollen des Kutters, und er öffnete das rechte Auge einen Spalt breit, um das gewohnte Durcheinander in der Kajüte des Kutters zu sehen. Nach und nach nahmen die Ereignisse der vergangenen Nacht in seiner Erinnerung Gestalt an. Er hatte in einer Kneipe in Hyannis gesessen und einen Doppelten nach dem anderen hinter die Binde gegossen, bis der Wirt ihn hinausgeworfen hatte. Ein paar von seinen Freunden – deren Namen ihm gleich einfallen würden – hatten ihm geholfen, wieder an Bord zu kommen, und dort hatten sie noch eine Flasche Bourbon verputzt, die er für solche Notfälle im Maschinenraum versteckt hatte. Er konnte sich sogar erinnern, daß er, als ihm schlecht geworden war, keine Lust gehabt hatte, auf Deck zu gehen, um über die Reling zu kotzen. Danach...

Er wälzte sich herum und zog sich in dem vergeblichen Bemühen, den widerwärtigen Geruch aus der Nase zu bekommen, die schmierige Decke über den Kopf. Es hatte keinen Sinn aufzustehen, solange er einen dicken Kopf hatte.

Auf einmal erwachte das Funkgerät zum Leben, und er hörte eine Stimme, die in dringendem Ton seinen Namen rief. Er versuchte, nicht darauf zu achten, aber nach ein paar Minuten wurde der Ruf wiederholt. Mit einem halblauten Fluch schlug er die Decke zurück und stolperte aus der Koje, um sich den Niedergang hinauf ins Ruderhaus zu schleppen. Dort fummelte er mit dem Mikrofon, ließ es fallen, fand dann den Sendeknopf.

»Hier ist die *Big Ed.*« Die Worte waren verschliffen, seine Zunge fühlte sich dick und pelzig an.

»Bist du's, Ed?« knisterte und krachte die Stimme.

»Wer will das wissen?«

»Tony Vittorio, Ed. Wir haben ein Problem und brauchen dich hier, sobald du kommen kannst.«

Ed runzelte umnebelt die Brauen. »Was? Problem? Man muß seinen Lebensunterhalt verdienen, weißt du. Das kann ich nicht, wenn ich immer zu Hause bin.«

Diesmal blieb es eine Weile still, bis der Empfänger krachend wieder zum Leben erwachte. »Es handelt sich um Laura, Ed. Sie ist tot.«

Cavanaugh starrte stumpfsinnig das Funkgerät an. Wovon redete Tony, zum Teufel? Laura tot? Laura konnte nicht tot sein – jedenfalls war sie es nicht gewesen, als er sie zuletzt gesehen hatte. Er kniff argwöhnisch die Augen zusammen. »Versucht bloß nicht, es mir anzuhängen, Tony. Ich habe sie vielleicht einige Male geschlagen, aber umgebracht habe ich sie nie.«

Tony Vittorio, der im Polizeirevier am Funkgerät saß, wurde ärgerlich. Machte es dem Hurensohn nichts aus, daß seine Frau gestorben war? Nachdem er tief Luft geholt hatte, um ruhig zu bleiben, drückte er die Sendetaste. »Wir sagen nicht, daß du es getan hättest, Ed. Aber wir dachten, du solltest es wissen. Wo bist du?«

»Hyannis. Bin die ganze Nacht hier gewesen und kann es beweisen.«

»Großartig«, sagte Tony Vittorio und drehte die Augen aufwärts. »Wann kannst du hier sein?«

Ed schaute zum Fenster des Ruderhauses hinaus und zuckte die Achseln. »Drei, vielleicht vier Stunden.«

»Brauchst du Hilfe?«

»Wozu? Ein bißchen Katzenjammer hat mich noch nie im Hafen gehalten.«

»Ja«, sagte Tony, »dann erwarten wir dich um die Mittagszeit. Aber wenn du nicht auftauchst, werden wir dich suchen. Klar?«

»Verstanden«, murrte Ed und steckte das Mikrofon in seine Halterung, ohne abzuschalten. »Und leck mich.« Rotziger Kerl. Einer gemeiner als der andere. Aber diesmal konnten sie ihm nichts anhaben. Nicht das geringste.

Noch immer benebelt, und ohne daß der pulsierende Schmerz in seinem Schädel nachgelassen hätte, glühte er den Diesel vor, startete und stellte Kaffeewasser auf den Propanherd.

Benommen begann sein Verstand sich mit der Tatsache zu befassen, daß Laura tot war. Ein seltsames Gefühl begann in ihm um sich zu greifen, und zuerst konnte er es nicht einmal identifizieren. Dann, nach einer guten Weile, begann er es undeutlich als Kummer zu erkennen.

Er hatte nie die Möglichkeit erwogen, daß Laura sterben könnte, nie auch nur gedacht, daß sie ihn verlassen könnte. Aber nun war sie fort. Sie war fort, und er allein.

Was sollte er jetzt machen? Allmählich begann sein Kummer sich in einem vertrauteren Gefühl aufzulösen.

Zorn.

»Ich möchte fort«, sagte Rosemary, nachdem Templeton gegangen war. Er hatte es nicht geglaubt, hatte nichts davon glauben wollen. Und warum sollte er? Sie glaubte es selbst nicht mehr. »Ich möchte Jennifer mitnehmen und fort von hier.« Sie sah Keith ins Gesicht und wartete auf eine Reaktion, die jedoch lange ausblieb. Schließlich wandte er ihr den Kopf zu, und sein gequälter Blick fand den ihrigen.

»Ich kann nicht fort«, sagte er mit leiser Stimme. »Sie ist meine Tochter, Schatz. Ich kann sie nicht einfach verlassen.«

Rosemary krallte die Hände ineinander, daß ihre Knöchel weiß wurden. »Sie ist verrückt, und wenn sie dafür verantwortlich ist, was du nebenan gesehen hast, dann ist sie – dann ist sie ein Ungeheuer!«

»Gestern...«

»Gestern sah es anders aus!« fuhr sie auf. »Gestern wollte ich ihr glauben. Und ich wollte nicht glauben, daß sie dies alles getan haben könnte. Aber heute ist es anders, Laura ist tot, und – und...« Sie brach ab, weigerte sich jedoch, dem Schluchzen nachzugeben, das sie zu überwältigen drohte.

»Und du glaubst, Cassie habe es getan? Ist es nicht so?«

Rosemary schüttelte heftig den Kopf, obwohl seine Vermutung zutraf. »Ich weiß nicht, was ich glauben soll. Ich bemühe mich, vernünftig zu denken, und es klappt nicht. Ich – Keith, ich fürchte mich! Ich rede mir immer wieder ein, daß nichts von alledem wahr sei, daß es eine rationale Erklärung für alles geben müsse, was geschehen ist. Aber das ist nicht möglich. Ich kann nur noch denken, daß es als nächstes uns treffen wird. Dich oder mich. Oder Jennifer.« Sie sah ihn mit bittendem Ausdruck an. »Warum können wir nicht einfach verreisen und wegbleiben, bis alles vorüber ist?«

Keith blickte dumpf im Raum umher. »Einfach fortgehen«, sagte er mit tonloser Stimme. »Ich kann das nicht tun, Rosemary. Egal, was dies alles zu bedeuten hat, es ist zum Teil meine Schuld. Und egal, was Cassie ist oder nicht ist, sie ist meine Tochter. Ich kann davor nicht einfach die Augen verschließen und fortlaufen. Ich muß bleiben. Ich muß.«

Rosemary kniff die Lippen zusammen, und ihre Augen blitzten gefährlich. »Na schön«, sagte sie mit unüberhörbarer Verärgerung. »Wir bleiben. Aber wie lange? Wie lange willst du, daß wir noch bleiben, Keith? Bis wir alle tot sind?«

Keith wandte sich weg und trat zum Fenster. Blickte man hinaus in den strahlenden Frühlingsmorgen, so schien alles, was geschehen war, unwirklich. Und doch war Lauras Anblick zu tief in sein Bewußtsein eingegraben, als daß er ihn hätte leugnen können.

War Cassie wirklich dafür verantwortlich gewesen? Er wollte es, konnte es nicht glauben. Gleichwohl...

»Ich weiß es nicht«, sagte er endlich mit kaum hörbarer Stimme. »Bis ich ihr helfen kann, denke ich. Oder wenigstens bis ich verstehen kann.«

Cassie saß Eric am kleinen Tisch in der Mitte der Hütte gegenüber. Ihr Blick war wie erloschen, und sie fröstelte vor unnatürlicher Kälte.

An diesem Morgen war es nicht warm und behaglich, und es würde nie wieder warm und behaglich sein.

Sie wußte jetzt, was geschehen war, wußte es seit dem Augenblick, als sie in die Hütte gekommen waren und Sumi ihr schnurrend in die Arme gesprungen war.

Die Bilder hatten nicht lange auf sich warten lassen, und mit wachsendem Entsetzen hatte sie zugesehen, wie Erics Mutter sich das Laken um den Hals geknotet hatte und von der Bettkante gestiegen war.

Hatte zugesehen, als der Kater seine verräterischen Zeichen auf ihren Wangen hinterlassen hatte und wieder aus dem Fenster geschlüpft war.

Sie hörte sogar, wie Erics Stimme Worte murmelte, die sie selbst schon gebraucht hatte, als der Kater wieder zu ihm ins Bett gekrochen war.

»Hast du es getan, Sumi? Hast du getan, was ich dir auftrug?«

Es war nicht sie gewesen – nie war sie es gewesen. Vom ersten Augenblick an – von ihrer ersten Begegnung an – war es Eric gewesen.

Jetzt leuchtete ihr alles ein.

An dem Tag, als Sumi Mr. Simms angegriffen hatte – *Eric* hatte Sumi damals gehalten.

Und nachdem Kiska angeschossen worden war, hatte Eric gewußt, wo er zu finden war.

Miranda hatte ihre Gabe nicht nur ihr verliehen. Auch Eric hatte sie.

»Du warst es«, flüsterte Cassie. »Von Anfang an warst du es!«

Eric nickte, und ein kaltes Lächeln umspielte seinen Mund. Im Licht der Morgensonne, das kaum gemindert durch das lichte Geäst der Kiefern drang, glitzerten seine Augen in einem eisigen Blau. Ihr Blick war mit einer seltsamen Distanz auf Cassie gerichtet, beinahe als sähe er sie nicht.

Alle Sympathie, die sie darin gesehen hatte, alles Verständnis, war geschwunden.

»Aber sie waren unsere Freunde«, flüsterte sie. »Miranda wollte nie, daß wir...«

»Miranda ist tot!« sagte Eric, und seine Augen wurden schmal. »Was sie wollte, spielt keine Rolle mehr! Sie ist tot!«

Als er die Worte aussprach, bewegte Sumi sich auf ihrem Schoß, und ein neues Bild formte sich in ihrem Bewußtsein.

Wieder sah sie Miranda, wie sie im Treibsand versank, sah die schattenhafte Gestalt über ihr. Aber diesmal konnte sie Gestalt und Gesicht erkennen. Es war Eric.

»Du hast sie getötet«, hauchte sie. »Du hast sie alle getötet.« Dennoch suchte ihr vom Schmerz wunder Blick Eric zu erreichen. »Deine eigene Mutter, Eric. Du brachtest sogar deine eigene Mutter um...«

Erics Lächeln verzog sich in schmallippiger Verachtung. »Sumi brachte meine Mutter um, und Sumi brachte Lisa um. Und jedermann weiß, daß Sumi alles tut, was *du* ihm befiehlst.«

Cassie war wie betäubt. Er hatte recht – sie wußte, daß er recht hatte –, und schon verstand sie, daß sie keine Möglichkeit hatte, etwas dagegen zu tun.

»Warum?« fragte sie ihn. »Warum hast du es getan, Eric?«

»Sie verdienten es«, erwiderte er. »Sie verletzten mich, und ich tötete sie.«

Cassie schüttelte den Kopf, wie um den Alptraum aufzulösen, der sie von allen Seiten bedrängte. »Nein. Miranda war deine Freundin; sie verletzte dich nie. Sie liebte dich.«

»Bis du kamst«, versetzte er. »Sie war mein, aber du nahmst sie mir weg.« Der Haß brach offen aus ihm hervor. »Sie war genau wie alle anderen. Sie liebte mich nicht – sie wollte mich nicht. Also tötete ich sie. Genauso wie ich meinen Vater töten werde!«

»Nein! Eric, das darfst du nicht!«

Erics Augen leuchteten in wildem Haß. »Warum nicht?

Niemand wird mich verantwortlich machen. Niemand wird auch nur wissen, daß ich etwas damit zu tun hatte. Sie werden dir die Schuld geben, Cassie. Dir werden sie für alles, was geschehen ist, die Verantwortung aufladen.«

»Nein!« rief Cassie. »Das werde ich nicht zulassen. Ich werde ihnen die Wahrheit sagen! Allen werde ich es sagen!«

»Was willst du ihnen sagen?« erwiderte Eric. »Du bist verrückt, vergiß das nicht. Kein Mensch wird dir glauben. Du bist wie Miranda! Eine arme Irre! Die kleinen Kinder halten dich alle für eine Hexe!« Ein häßliches, spröde gackerndes Gelächter drang aus seiner Kehle, ohne daß der haßerfüllte Ausdruck seiner Augen sich veränderte. »Hat Miranda dir nicht gesagt, wie es ist, wenn die Leute auf dich zeigen, flüsternd die Köpfe zusammenstecken und einen Bogen um dich machen? Genau so wird es sein, Cassie. Und du wirst nichts daran ändern. Du wirst einfach zulassen, daß sie dich verletzen.« Er dämpfte die Stimme zu einem bitteren Flüstern. »Aber mich nicht. Nicht mit mir. Ich werde sie alle umbringen, und sie werden denken, du seist es gewesen.« Sein kaltes Lächeln kehrte wieder. »Und du kannst nichts daran ändern, Cassie. Du bist wie Kiska und Sumi. Du wirst tun, was ich von dir verlange, du hast es immer getan, und du wirst es immer tun.«

Sumi wurde unruhig, dann versteifte sich sein ganzer Körper.

Bilder begannen durch Cassies Bewußtsein zu ziehen. Bilder von ihr selbst mit blutendem Gesicht, verwundet von Sumis Krallen.

Eric.

Er kommunizierte in Gedanken mit dem Kater, gab ihm Befehle.

Sie versuchte, dagegen anzukämpfen und den Kater zu beruhigen, aber es half nicht. Er war stärker als sie – zu stark.

Da erkannte sie, was sie zu tun hatte.

Ihre Hände schlossen sich um Sumis Hals, und sie drückte zu.

Der Kater fing an zu zappeln, stieß mit den Beinen, entblößte die Krallen und suchte sich ihrem Griff zu entwinden.

Ihre Gedanken gingen zu dem wütenden und verzweifelten Tier, suchten es zu beruhigen und den Haß zu überwältigen, der aus Erics Geist in den Körper des Katers einströmte.

Sumi sperrte fauchend das Maul auf, spuckte Speichel. Cassie spürte, daß sie den Zweikampf mit Eric verlor; seine Willenskraft überwältigte die ihrige. Sie drückte fester zu, bohrte die Fingerkuppen in den Kehlkopf des Katers. Wieder versuchte er sich zappelnd zu befreien, aber dann ließ seine Gegenwehr allmählich nach. Eine Minute später lag Sumi leblos auf ihrem Schoß.

Cassie schloß die Augen, kämpfte gegen die Tränen, die sie zu überwältigen drohten. Dann legte sie den Kater sehr behutsam mitten auf den Tisch und zwang sich, in Erics kalte Augen zu blicken.

»Er ist tot«, sagte sie. »Er ist tot und wird nie wieder jemanden verletzen.«

Aber Eric lächelte nur. »Ich habe noch Kiska.« Er stand auf, ging zur Tür hinaus, hob den Arm und zeigte zum Himmel.

Gehorsam flog der weiße Falke vom Dach der Hütte auf und schraubte sich in Spiralen höher. Als er Kurs auf die See nahm, wandte Eric den Kopf.

»Er ist schon unterwegs«, sagte er. »Er wird meinen Vater töten.«

Cassie versuchte, den Raubvogel zu erreichen und zur Umkehr zu bewegen. Es geschah nicht aus Mitleid mit Ed Cavanaugh, für den sie nichts als Furcht und Abscheu empfand. Sie wollte erproben, ob Kiska ihr folgte.

Aber wieder erwies Erics Kraft sich als stärker, und der Falke flog weiter.

Sie konnte nichts tun. Eric war stärker als sie.

Sie spürte die beginnende Ohnmacht, die wie ein grauer Nebel hereinzog, sich um sie schloß und ihr Gesichtsfeld verengte.

Geräusche schienen in die Ferne zurückzuweichen, und ihre Augen versagten den Dienst. Sie versuchte, Eric anzusehen, doch der schien jetzt weit entfernt von ihr, und während sie ihn ansah, schwand er ganz aus ihrer verdunkelten Wahrnehmung.

Sie war allein und würde immer allein sein.

Aber es machte nichts. Sie war immer allein gewesen, bis auf die wenigen kurzen Stunden mit Miranda.

Nun würde sie allein leben, nichts wünschen, nichts brauchen, allein in dem weichen grauen Nebel sitzen.

In dem Nebel, wo nichts – und niemand – ihr jemals wieder Schmerzen zufügen konnte.

Eine sanfte Dünung zog unter dem Bug der *Big Ed* durch, der sich kaum merklich in das flache Wellental senkte. Es hatte aufgeklart, und heller Sonnenschein wärmte das Ruderhaus. Ed hing faul auf dem Sitz und hielt den fünfzehn Meter langen Kutter mit dem linken Fuß auf Kurs, während er die Küste in einer gleichmäßigen Geschwindigkeit von sieben Knoten vorbeigleiten sah. Noch eine Stunde, und er würde in False Harbor einlaufen.

Die ruhige See und das gleichmäßige Klopfen des Schiffsdiesels unter dem vibrierenden Deck lullten ihn ein, und seine Gedanken begannen zu schweifen. Die Benebelung und der Druck des Katzenjammers ließen jetzt nach, und die Aspirintabletten, die er kurz nach dem Auslaufen gegen den stechenden Kopfschmerz genommen hatte, taten ihre Wirkung.

Laura war also nicht mehr.

Das war etwas, woran er nie gedacht hatte, was er nie in Betracht gezogen hatte. Selbst wenn sie gedroht hatte, ihn zu verlassen, hatte er sie nie ernstgenommen. Wenn sie das wirklich wollte, hätte sie es längst getan. Aber sie hatte es nie getan, und mit den Jahren war Ed zu der Gewißheit gelangt, daß sie es nie tun würde. Das war die Sache mit Laura; sie hatte nicht den Mumm, sich zu wehren oder ihn zu verlassen. Die Art und Weise, wie er sie behandelt hatte, war tatsächlich ihre Schuld gewesen. Letzten Endes, wenn sie sich von ihm verprügeln ließ, warum sollte er es nicht tun?

Aber jetzt war sie fort.

Tot.

Von allen Dummheiten, zu denen sie imstande gewesen war, mußte sie ausgerechnet...

Er zügelte seinen Unmut. Es hatte keinen Sinn, sich jetzt noch über sie zu ärgern. Und außerdem, was zum Henker machte es wirklich aus? Was geschehen war, war geschehen. Er sollte nicht einmal daran denken, noch nicht. Wenn er nach Haus käme und alles Nähere hörte, würde er darüber nachdenken.

Eine Bewegung beim Bug weckte seine Aufmerksamkeit, und er schaute durch die vom Salzwasser trübe gewordene Scheibe hinaus und sah einen schneeweißen Vogel im Wind schweben und sich dann auf der Reling niederlassen. Eds Lippen kräuselten sich in einem zynischen Lächeln. »Nichts zu holen heute«, sagte er, obwohl er wußte, daß seine Worte der Möwe nichts bedeuten konnten, selbst wenn sie ihn durch den Lärm des Schiffsdiesels hätte hören können. »Keine Netze, keine Fische, nicht mal Köder. Bist umsonst gekommen.«

Er erwartete beinahe, daß der Vogel auf seine Worte hin wieder auffliegen würde, aber er blieb sitzen, wo er war, und starrte ihn mit einem seiner rötlichen Augen an.

Starrte ihn an, als hätte er ihm etwas vorzuwerfen.

Aber das war dummes Zeug. Er hatte nichts getan, und selbst wenn er hätte, was konnte ein dummes Flattertier davon wissen?

Doch als der Vogel weiterhin auf der Bugreling sitzenblieb und ihn fixierte, wurde Ed allmählich nervös.

Warum haute das Luder nicht ab?

Zuletzt öffnete er stirnrunzelnd das Fenster und warf ein Stück Krapfen – der zu sehr ausgetrocknet gewesen war, als daß er ihn heute morgen hätte hinunterwürgen können – dem Vogel zu.

Unter Berücksichtigung des Fahrtwindes war es ein wohlgezielter Wurf; das Stück Krapfen traf den rechten Flügel des Vogels und fiel dann aufs Deck.

Der Vogel machte keine Anstalten, den Brocken aufzunehmen, schaute nicht einmal hin. Statt dessen schien der unverwandte Blick, mit dem er Ed durch die Scheibe anstarrte, an Intensität zuzunehmen.

Eds Stirnrunzeln verstärkte sich gleichfalls.

Er berichtigte den Kurs, schaltete die selbsttätige Steuerung ein, hob dann einen Schraubenschlüssel auf und ging hinaus aufs Deck. Den Schraubenschlüssel locker in der Rechten, ging er auf den Vogel zu.

Schon nach wenigen Schritten sah er, daß der Vogel überhaupt keine Möwe war, und blieb stehen.

Es war der gespensterhafte weiße Falke, der seinen Platz auf Miranda Sikes' Hütte gehabt hatte, seit Ed denken konnte.

Wie das? Der Falke war tot. Gene Templeton hatte ihn abgeschossen.

Und doch saß er hier, ruhig auf der Reling seines Kutters.

Der Falke legte den Kopf ein wenig auf die Seite und beobachtete ihn. Ed umfaßte den Schraubenschlüssel fester. Er ging weiter, langsamer jetzt und vorsichtig, denn er wollte nahe genug herankommen, um den Vogel mit dem ersten Schlag zu treffen.

Bevor er in Reichweite kam, stieß der Falke sich von der Reling ab und schwang sich mit kräftigen Flügelschlägen empor. Doch statt wegzufliegen oder außer Reichweite über dem Kutter zu schweben, kam er in gerader Linie auf Ed zu.

Der Hakenschnabel öffnete sich, und ein gellender Schrei stieß heraus und traf Eds dumpf schmerzenden Kopf, als hätte ihm jemand einen Eispickel ins Ohr geschlagen. Als er in überstürzter Abwehr mit dem Schraubenschlüssel ausholte, streiften die Krallen des Raubvogels sein Gesicht und rissen ihm die rechte Wange auf.

Mit einem Schreckens- und Wutschrei schleuderte Ed den Schraubenschlüssel, aber der Falke wich mit einem raschen Schwenk aus, und das unterarmlange Stahlwerkzeug fiel klatschend in die See.

Der Vogel schwebte über ihm im Wind, und ein seltsam gackerndes Geräusch, beinahe wie trockenes Lachen, rasselte in seiner Kehle.

Auf einmal stampfte der Kutter heftig unter Eds Füßen. Um ein Haar hätte er das Gleichgewicht verloren, aber seine Hand bekam die Reling zu fassen, und er konnte sich stützen.

Der Falke stieß in erneuertem Angriff herab, und Ed fühlte einen heißen, brennenden Schmerz über die linke Wange fahren, schmeckte Blut auf den Lippen. Den linken Arm abwehrend erhoben, die rechte Hand auf der Reling, trat er den Rückzug zum Ruderhaus an. Der Raubvogel griff wieder an, und seine Krallen rissen ihm Nacken und Schultern auf, als er mit eingezogenem Kopf ins Fahrerhaus sprang und die Tür hinter sich zuwarf. Als er wieder seinen Platz am Steuerruder eingenommen hatte, saß der Vogel bereits auf der Bugreling und beäugte ihn bösartig.

Obwohl der Himmel noch immer heiter war, hatte der Wind aufgefrischt, und Seegang kam auf. Bald zeigten die Wellen Schaumkronen. Aber die Bö schien aus keiner bestimmten Richtung zu kommen, und der Kutter begann in einem übelkeiterregenden Kontrapunkt zu seinem Stampfen auch noch zu schlingern. In Eds Gedärmen begann sich ein leises Unwohlsein zu regen.

Als der Kutter, von Wind und Wellen getrieben, aus dem Ruder lief, packte Ed das Rad mit beiden Händen und schaltete die selbsttätige Steuerung mit einem gezielten Fußtritt aus. Jetzt, als er gegen das Ruder zu kämpfen hatte und sich abmühen mußte, das Boot wieder auf Kurs zu bringen, vergaß er die Schmerzen seiner Verletzungen. Gischt spritzte über den Bug, und er ließ das Rad mit der Rechten los, um den Scheibenwischer einzuschalten.

Als hätte er nur auf die momentane Ablenkung gewartet, lief der Kutter wieder aus dem Steuer, wurde breitseits von einer Welle getroffen und rutschte wie ein Fahrstuhl in das Wellental. Ed packte das Ruder mit eisernen Fäusten und zwang den Kutter herum, daß er die nächste Welle mit dem Bug nahm.

Der Falke hatte trotz der heftigen Bewegungen des Schiffs seinen Platz auf der Bugreling nicht verlassen und unbesorgt die Flügel angelegt. So ritt er die Wellen ab, als schwebte er auf der Wasseroberfläche.

Dann stieß er sich abermals ab, flog auf und griff die Windschutzscheibe an.

Obwohl das dicke Glas der Windschutzscheibe ihn vor der

Angriffswut des Tieres schützte, zog Ed unwillkürlich den Kopf ein, als die vorgestreckten Krallen das Glas trafen. Doch als der Vogel abprallte und sich nach diesem mißlungenen Angriff wieder auf der Bugreling niederließ, bekam Ed Herzklopfen.

Eine Hand und einen Fuß in den Speichen des Steuerruders, schaltete er mit der freien Hand das Funkgerät ein.

Tony Vittorio erkannte Ed Cavanaughs Stimme durch die atmosphärischen Störungen und drückte auf die Sendetaste des Funkgerätes, das auf dem Schreibtisch des diensttuenden Beamten stand. »Hier ist die Polizeistation False Harbor. Kannst du mich hören, Ed?«

Ein Sturm von Störgeräuschen krachte aus dem Lautsprecher, dann hörte er wieder Eds Stimme. »Etwas Verrücktes geht vor! Ich bin in einer Bö und komme nicht heraus. Starker Seegang – und ein Vogel greift mich an!«

Vittorio blickte zum Fenster hinaus in den sonnigen Morgen. Ein Ahorn, der gerade Blätter entwickelt hatte, wurde von einer allenfalls leichten Brise bewegt. Er zog die Brauen zusammen und drückte wieder die Sendetaste. »Wie war das eben, Ed?«

Die Botschaft wurde wiederholt, aber durch die atmosphärischen Störungen hindurch konnte Vittorio Obertöne von Panik in Cavanaughs Stimme hören. »Ich weiß nicht, was los ist, aber ich fange an, Wasser zu lenzen!«

Vittorio nahm einen Bleistift. »Gib mir deine Position, Ed.«

An Bord der *Big Ed* blickte Cavanaugh zur automatischen Anzeige des LORAN C-Gerätes über dem Steuerruder und las Länge und Breite ab, so rasch er konnte. Draußen war der Raubvogel wieder an der Windschutzscheibe und breitete die schlagenden Flügel über das Glas aus, daß Ed nichts mehr von der See voraus sehen konnte. Unterdessen wuchsen die Wellen zu enormen grauen Bergen, die aus allen Richtungen auf ihn herabstürzten. Der Kutter stampfte und schlingerte wild, der Kompaß kreiste um seine Achse und gab ihm keinerlei Hinweis auf die Richtung, in der er fuhr. Eine riesige Welle brach in einer Sturzsee auf den Kutter nieder, daß das

Deck völlig unter brodelnder Gischt verschwand und der Rumpf in allen Fugen ächzte. Alle Fenster verschwanden für Sekunden hinter Sprühwasserwolken, dann hob sich das Deck aus dem schäumenden Chaos, und die Wassermassen flossen in Kaskaden über die Bordwände ab und spritzten aus den Speigatten.

Aber der Falke, anscheinend unberührt von der Sintflut, hielt sich noch immer an der Windschutzscheibe. Als Ed entsetzt zu ihm hinausstarrte, schlug er mit dem Krummschnabel gegen das Glas, und ein Sprung entstand, der vom Auftreffpunkt bis zum Teakholzrahmen ging.

»Ich brauche Hilfe«, brachte Ed hervor. »So schnell wie möglich.« Wieder lief der Kutter in den hochgehenden Wellen aus dem Ruder, und das Rad wurde Ed aus der Hand gerissen. Er ließ das Mikrofon fallen, griff wieder mit beiden Händen in die Speichen und stieß mit dem Ellbogen die Drosselklappe auf.

Der Diesel dröhnte lauter, und Ed fühlte, wie der Kutter mit vermehrter Kraft durch die hochgehende See voranpflügte.

»Daraus soll einer schlau werden«, sagte Tony Vittorio zu dem Kollegen, den er zur Ablösung angefordert hatte, um auslaufen zu können und nach Ed Cavanaugh zu sehen. »Hört sich an, als hätte Ed wieder einen in der Krone, aber er muß auch Angst haben. Ich werde mal nach dem Rechten sehen.«

Zwanzig Minuten später steuerte er den Seenotrettungskreuzer der Hafenmeisterei durch das Fahrwasser seewärts. Mit ihm war Bill Dawson, Schiffsingenieur und Kopilot des Rettungskreuzers. Als sie an Cranberry Point vorbeiliefen, erläuterte er Dawson die Lage.

»Hört sich verrückt an«, brummte Dawson und blickte mit zusammengekniffenen Augen über die fast glatte See hinaus, die unter dem wolkenlosen Himmel im Sonnenschein glänzte. »Wenn du mich fragst, ist er wieder blau. Oder ihn hat schließlich der Säuferwahnsinn ereilt.«

»Kann sein«, antwortete Vittorio. »Aber ich muß der Sache nachgehen. Wäre eine dumme Geschichte, wenn sich hinterher herausstellen würde, daß wirklich etwas daran war. Hast du ein Glas?«

»Im Bugraum«, sagte Dawson. Er verschwand unter Deck und kam wenige Augenblicke später wieder zum Vorschein. Als Vittorio den Kreuzer auf Westkurs brachte, suchte Dawson mit dem Marineglas den Horizont ab. »Etwas ist voraus«, sagte er nach ein paar Sekunden. »Ungefähr zwei Strich auf Backbord.«

Vittorio berichtigte den Kurs und öffnete die Drosselklappe. Das tiefe Brummen der starken Maschine ging in eine höhere Tonlage über, und der Bug des Rettungskreuzers hob sich ein wenig aus dem Wasser, das er mit dreißig Knoten durchschnitt. Unter dem Heck schoß schäumendes Kielwasser heraus und zog sich als ein langer weißer Schweif durch die glatte See. Der winzige Punkt am Horizont begann rasch Gestalt anzunehmen und war innerhalb von fünf Minuten deutlich als Fischkutter auszumachen.

Ein Fischkutter, der in einer sonst ruhigen See heftig schlingerte und stampfte.

Ed Cavanaugh steuerte blind. Irgendwie war es dem Raubvogel gelungen, mit den Krallen am Rahmen Halt zu finden, und er deckte die volle Breite der Windschutzscheibe mit den Schwingen ab. Sein Schnabel hackte hin und wieder gegen das Glas, ohne jedoch etwas auszurichten. Es war, als wolle er Ed herausfordern.

Dieser dachte daran, eines der Seitenfenster zu öffnen, um im Chaos der stürmischen See einen Orientierungspunkt auszumachen.

Plötzlich stampfte das Boot durch ein besonders tiefes Wellental, und die Schiebetür auf der Backbordseite flog auf. Augenblicklich verließ der Falke seinen Platz an der Windschutzscheibe und kurvte durch die Öffnung ins Ruderhaus. Kaum war er drinnen, neigte sich der Bug, und die Tür krachte wieder zu.

Ed mußte das Ruder loslassen, um sein Gesicht vor der Wut des Raubvogels zu schützen.

Es half ihm nichts.

Krummschnabel und Fänge zerfetzten in immer neuen blitzschnellen Vorstößen Nacken und Hemd und die bloße Haut darunter. Ed schlug brüllend um sich, als der scharfe Schnabel ihm den Rücken zerfleischte, aber die heftigen Bewegungen des aus dem Ruder gelaufenen Kutters nahmen zu, und Ed wurde von einer Seite zur anderen geworfen. Sein Kopf schlug gegen die Rückwand, und er sackte stöhnend und benommen zu Boden, schrie wieder auf, als der Vogel seinen Angriff wiederholte. Er wälzte sich herum, aber der Boden unter ihm kippte abwechselnd nach allen Seiten, und sein schwerer Körper krachte gegen die Kompaßkonsole. Ein stechender Schmerz fuhr ihm durch die Seite, und er hatte das Gefühl, eine Rippe sei gebrochen. Dann war dieser Schmerz vergessen, als der Vogel wieder über ihn herfiel und ihm Arme und Rücken zerfleischte.

In verzweifelter Panik wälzte er sich hin und her, um seinem gefiederten Peiniger zu entgehen, aber es gab keine Rettung.

Seine Schreie gingen in Wimmern und Stöhnen über; zuletzt konnte er nicht mehr kämpfen und lag zuckend, während der Raubvogel ihm das Fleisch in Fetzen riß. Endlich kam barmherzige Bewußtlosigkeit über ihn, aber im letzten Augenblick öffnete er die Augen.

Kurz bevor der Falke ihm einen Augapfel aus der Höhle riß, glaubte Ed ein Gesicht zu erkennen, das sich über ihn beugte. Ein bekanntes Gesicht.

Aber es war unmöglich. Es war alles unmöglich...

Und dann hieb der scharfe Krummschnabel in sein Auge, und mit einer letzten Explosion weißglühenden Schmerzes wurde es Nacht um ihn.

»Was zum Teufel geht hier vor?« fragte Bill Dawson, als der Rettungskreuzer näherlief. Der Kutter schlingerte noch immer leicht, aber das heftige Stampfen, das sie aus der Ferne beobachtet hatten, hatte aufgehört. Die See um den Kutter aber war so ruhig und glatt, wie sie es gewesen war, als sie bei Cranberry Point aus dem Schiffahrtskanal gekommen waren, und die Sonne schien warm vom wolkenlosen Himmel.

Gleichwohl waren beide absolut sicher, daß sie gesehen hatten, wie der Kutter herumgeworfen worden war, als wäre er in einen Wirbelsturm geraten. Vittorio umkreiste den Kutter in langsamer Fahrt und in einem Abstand von wenigen Metern.

Er war völlig naß, und noch immer tropfte Wasser vom Dach des Ruderhauses und von den Wanten. Und jedesmal, wenn der Kutter sich leicht überlegte, spritzte es aus den Speigatten.

Die Windschutzscheibe hatte einen Sprung und war wie unter dem Wasserdruck übergehender Sturzseen leicht einwärtsgedrückt.

Tony hob den Handlautsprecher, den Dawson gebracht hatte, und rief Cavanaugh an.

Keine Antwort.

Sie brachten den Rettungskreuzer längsseits, und Dawson warf ein Tau hinüber. Als zwei Taue festgemacht waren, stiegen beide Männer an Bord der *Big Ed*. Während Vittorio das Deck überprüfte, ging Dawson nach vorn und stieß die Schiebetür des Ruderhauses auf. Ein weißer Falke katapultierte sich mit wildem Geflatter aus der Öffnung, schraubte sich in Spiralen über dem Kutter kreisend höher und ließ sich wieder auf der Bugreling nieder. Mit raschen, ruckartigen Kopfbewegungen überblickte er seine Umgebung.

Sobald er sich vom Schock seiner Begegnung mit dem Raubvogel erholt hatte, stieg Dawson ins Ruderhaus. Einen Augenblick später schrie er auf.

Die Wände des Ruderhauses waren verschmiert mit noch nicht getrocknetem Blut, und am Boden lag ausgestreckt auf dem Rücken der gräßlich zugerichtete Leichnam Ed Cavanaughs.

An Händen und Unterarmen waren die Knochen freigelegt, das Fleisch losgerissen und in Stücken am Boden verstreut. Seine Brust, zerfleischt zu einer blutigen Masse, war nur noch in zerfetzte Überreste des dicken Flanellhemdes gehüllt, das er getragen hatte.

Was von seinem Gesicht übriggeblieben war, zeigte sich als eine in Schrecken erstarrte Maske, deren Anblick durch den blutigen linken Augapfel, der an der zerfaserten Sehne aus der Höhle hing, noch gräßlicher wurde.

»Großer Gott«, flüsterte Dawson. »So etwas habe ich noch nicht gesehen.«

»Ich auch nicht«, sagte Vittorio, der gegen die in seiner Kehle aufsteigende Übelkeit ankämpfen mußte. »Mach das Schlepptau klar, während ich die Nachricht durchgebe.«

Als sie in False Harbor einliefen, hatte sich eine kleine Menschenmenge am Kai eingefunden. Tony Vittorio war nicht der einzige, der Ed Cavanaughs Hilferuf aufgefangen hatte, und mehrere Leute hatten Tonys kurze Funkmeldung an den diensttuenden Beamten mitgehört. Als der Rettungskreuzer, den Fischkutter im Schlepp, langsam durch die Fahrrinne hereinkam, ging ein erwartungsvolles Gemurmel durch die vierzig oder fünfzig Zuschauer, die seit Mittag gewartet hatten.

Tony Vittorio beobachtete sie mit einem Ausdruck zorniger Resignation. »Man sollte meinen, sie hätten etwas Besseres zu tun!« sagte er.

Bill Dawson schüttelte den Kopf. Sein Blick überflog die Menge. »Nach allem, was hier vorgefallen ist, mußt du damit rechnen. Die Leute fürchten sich, und du kannst dich darauf verlassen, daß sie sich noch mehr fürchten werden, wenn sie Ed zu sehen bekommen.«

»Ich werde ihnen Ed nicht vorführen«, erwiderte Vittorio. »Wenn es einen anderen Ort zum Einlaufen gäbe, wäre ich hingefahren. Sobald wir festgemacht haben, sorgst du dafür, daß niemand an Bord des Kutters geht. Kein Mensch, verstehst du?« Er zog die Drosselklappe zu und verlangsamte, während Dawson mit einem Tau draußen stand, bereit, den Kutter längsseits des Rettungskreuzers zu vertäuen, sobald die Trägheit ihn gleichaufbrächte. Sobald beide Schiffe miteinander vertäut wären, würde Tony beide an den Kai manövrieren.

Als der Kutter langsam längsseits kam, flog der weiße Falke, der während der langen, langsamen Schleppfahrt still auf der Bugreling gesessen und Tony von Zeit zu Zeit bösartig beäugt hatte, von seinem Platz auf, fand einen Aufwind und zog in Spiralen empor. Zuletzt, nach einer Schleife über dem kleinen Hafen, segelte er mit einem hellen Schrei, der von den Häuserfronten zurückgeworfen wurde, in Richtung Sumpf davon. Vierzig oder fünfzig Augenpaare beobachteten seinen Flug, und jeder, der ihn sah, erkannte ihn.

Es war Mirandas Falke, der heimwärts flog.

Gene Templeton und Keith Winslow näherten sich langsam der Hütte. Dünner weißer Rauch stieg aus dem Schornstein und löste sich in der frischen Frühlingsluft rasch auf.

Der Falke saß auf der Dachspitze und bewegte den Kopf wachsam von einer Seite zur anderen, als er sie näher kommen sah. Doch lange bevor sie so weit herangekommen waren, daß Templeton einen sicheren Schuß hätte wagen können, schwang er sich mit kräftigen Flügelschlägen aufwärts und segelte in Richtung Cranberry Point davon.

Sie kamen zum Fuß der niedrigen Anhöhe, und Templeton blieb stehen. »Wollen Sie wirklich mitkommen?« fragte er.

Keith nickte. »Ich muß«, sagte er. »Wer oder was sie auch ist, sie bleibt meine Tochter. Ich habe sie immer geliebt, und ich liebe sie noch immer, ganz gleich, was sie getan hat.«

Dann sog er die frische Seeluft tief ein und stieg den sanft geneigten Hang hinauf, gefolgt von Templeton.

Kein Laut drang aus dem Inneren der Hütte. Alle Läden waren geschlossen, ebenso die Tür. Wäre nicht der Rauch aus dem Schornstein gestiegen, die Hütte hätte einen völlig verlassenen Eindruck erweckt.

Nachdem er einen Augenblick vor der Tür verhalten hatte, hob Keith die Hand und stieß sie auf.

Sie war nicht verschlossen und öffnete sich weit.

Keith trat ein.

Sie saßen einander gegenüber am Tisch in der Mitte des Raumes.

Keith konnte Erics Gesicht deutlich über Cassies Schulter hinweg sehen.

Der Junge sah selbst im Halbdunkel der Hütte blaß aus, und seine blauen Augen blickten starr in Cassies Gesicht.

Doch als Keith über die Schwelle trat, veränderten sie die Blickrichtung ein wenig, und Eric schluckte.

»Er ist tot, nicht?« fragte er. »Mein Vater ist tot.«

Keith nickte.

»Sie sagte es«, fuhr Eric mit tonloser Stimme fort. »Als wir hier herauskamen, sagte sie mir, Kiska sei fortgeflogen, meinen Vater zu töten.«

»Warum seid ihr hier herausgekommen?« hörte Keith den Polizeikommissar fragen.

Eric runzelte die Stirn, als müßte er nachdenken. »Sumi«, sagte er dann. »Er war heute früh nicht im Haus.« Nach weiterem Zögern brachte er ein verlegenes Lächeln zustande. »Wir wußten, daß Mr. Winslow uns nicht hierher zurückkommen lassen würde, also schlichen wir fort.«

»Ist der Kater hier?« fragte Templeton.

Eric nickte zum Tisch vor ihm, und Keith trat einen Schritt näher.

Mitten auf dem Tisch lag der graue Kater, der Cassies Lieblingstier gewesen war.

»Sie tötete ihn«, sagte Eric. Sein Blick begegnete Keiths und hielt ihm stand. »Als wir hierher kamen, war Sumi in der Hütte, und Cassie hob ihn auf. Sie hielt ihn eine Weile auf dem Schoß, und dann sagte sie mir, was sie sah.« Seine Stimme sank zu einem Flüstern herab. »Sie sah, wie meine Mutter sich erhängte. Sumi war dort und brachte sie dazu, und danach...« Er brach ab und schüttelte den Kopf, als wollte er sich von der Erinnerung befreien.

»Nur weiter, Junge«, sagte Templeton. »Was noch?«

»Danach zerkratzte Sumi meiner Mutter das Gesicht.«

Warum erzählt Eric das alles? dachte Keith. Warum sitzt Cassie bloß da und läßt Eric reden? Doch waren ihm die Fragen kaum in den Sinn gekommen, als er bereits die Antwort zu ahnen begann, und kalte Furcht griff ihm ans Herz.

»Sie tötete Sumi«, fuhr Eric fort. »Sie sagte, es habe keinen Grund gegeben, meine Mutter sterben zu lassen, aber er habe sie trotzdem getötet. Sie sagte, sie habe die Herrschaft über ihn verloren, also tötete sie ihn. Sie – sie wollte nicht, daß er noch jemand verletzte.«

Keith schluckte. Seine Kehle war plötzlich trocken, und ein Klumpen steckte ihm im Hals. Unfähig, ein Wort hervorzubringen, bewegte er sich langsam weiter, bis er Cassies Gesicht sehen konnte.

Ihre Augen waren groß und klar, und obwohl sie ihn gerade anblickte, merkte er, daß sie ihn nicht sah.

Obschon der Schmerz endlich aus ihren Augen geschwunden war, hatte nichts ihn ersetzt. Alles, was blieb, war Leere.

Ihr Mund stand halb offen, und die Muskeln in ihren Wangen waren erschlafft.

Schließlich berührte er mit zitternder Hand ihre Wange. Die Haut fühlte sich kühl und ein wenig feucht an, aber sie zeigte keine Reaktion auf die Berührung.

»Sie wollte Kiska zurückhalten«, sagte Eric. »Sie wollte, aber sie konnte nicht... Sie konnte nicht...«

»Es ist schon gut, Junge«, sagte Templeton freundlich und legte ihm eine Hand auf die Schulter. »Es ist jetzt vorbei. Es ist alles ausgestanden.«

Ein paar Minuten später hob Keith seine Tochter vom Stuhl auf und hielt sie auf den Armen.

Ihr Atem ging ruhig und gleichmäßig, und er konnte sogar ihren Herzschlag fühlen. Aber sie selbst war nicht mehr da.

Er trug sie aus der kleinen Hütte und durch den Sumpf zurück.

Templeton ging schweigend hinter ihm.

Eric war in der Hütte geblieben.

»Ich möchte bloß noch ein bißchen allein sein«, hatte er gesagt, als sie gegangen waren. »Ich werde es schon überwinden. Ich – ich muß mich nur daran gewöhnen, das ist alles.«

Keith und der Polizeichef hatten verstanden.

Templetons Wagen stand auf dem Parkplatz beim Strand, und Keith senkte seine Tochter behutsam auf dem Rücksitz nieder. Sie fuhren über den Parkplatz zum Cape Drive, doch als Templeton bei der Ausfahrt haltmachte, wurde Cassie plötzlich lebendig und drehte sich auf dem Sitz, so daß sie über den Sumpf hinausblicken konnte.

Vor der offenen Hütte war Erics Gestalt gerade noch erkennbar.

Cassie zog die Stirn in Falten, dann hob sie langsam die Hand und zeigte hinüber.

Einen Augenblick geschah nichts. Dann stieß Kiska, der mit dem Weggang der Fremden zu seinem Standort zurückgekehrt und zuletzt über den Wipfeln der Föhren gekreist war, mit angelegten Flügeln auf seine Beute herab.

Eric, entspannt in diesem Augenblick seines Triumphes und Cassies Niederlage, sah ihn nicht kommen, hatte keine Chance, das Schicksal mit einem Gegenbefehl abzuwenden, konnte dem hackenden Schnabel und den messerscharfen Fängen des Raubvogels nicht entkommen.

Jetzt ist es vorbei, dachte Cassie bei sich und ließ sich in den kühlen Trost des Nebels zurücksinken.

Jetzt ist es wirklich vorbei.

Prolog

Ein Donnerschlag weckte den Jungen. Lange Zeit lag er ganz still in seinem Bett und wünschte, der Sturm möge vorüberziehn, doch gleichzeitig genoß er die von ihm ausgehende Erregung. Wenn ein Blitz kurz sein Zimmer aufleuchten ließ, zählte er die Sekunden bis zum nachfolgenden Donnerschlag. Der Sturm fegte die Küste herab; die Abstände zwischen Blitz und Donner wurden kürzer.

Als nur noch Sekunden zwischen Blitz und Donner lagen, wußte der Junge, daß der Sturm den eine Meile entfernten Strand erreicht hatte. Er stand auf und zog sich an.

Einige Minuten später öffnete er die Haustür und trat in den strömenden Regen hinaus. Er drang durch seine Kleidung, aber der Junge schien es nicht zu merken. Langsam entfernte er sich vom Haus, hinein in das Toben des Sturms.

Er hörte das Brüllen der Brandung schon aus einer Viertelmeile Entfernung. Die sonst sanft und leise gegen den Strand schlagenden Wellen waren aufgepeitscht vom Sturm, und ihr Tosen übertönte sogar den Wind. Der Junge begann darauf zuzulaufen.

Als er vom Weg abbog, zerriß ein Blitzbündel den Himmel. Der Pfad führte durch ein kleines Waldstück, hinter dem der Strand begann. Kaum war das grelle Weiß erloschen, dröhnte der Donner in seinen Ohren: jetzt war er im Auge des Sturms.

Langsam näherte er sich dem Strand, fast ehrfürchtig. Unmittelbar hinter dem Gehölz lag ein wirrer Haufen Treibholz und versperrte ihm den Weg. Vorsichtig, aber stetig kletterte er darüber hinweg. Seine Füße fanden die vertrauten Trittstellen fast ohne Hilfe der Augen.

Er wollte gerade über einen besonders mächtigen Stamm hinwegklettern, als der Sturm plötzlich abflaute und ein voller Mond den Strand überstrahlte. Instinktiv ließ sich der

Junge auf die Knie fallen und duckte sich, während er den Sandstreifen und die Felsbrocken vor sich überblickte.

Er war nicht allein am Strand.

Direkt vor sich konnte er Schatten erkennen, die dunklen Gestalten von Tänzern, die im Schein des Mondes eine Zeremonie abzuhalten schienen. Fasziniert beobachtete er sie.

Dann spürte er, daß da noch etwas anderes war. Etwas, das ihn beunruhigte. In der Nähe der Tänzer bewegte sich etwas. Noch zwei weitere Schatten wanden und krümmten sich im Mondlicht. Nicht so anmutig und feierlich wie die Tänzer, sondern angestrengt und verzweifelt kämpften sie gegen die Stricke, mit denen sie an Händen und Füßen gefesselt waren.

Der Junge erinnerte sich an die Legenden und Geschichten, die ihm seine Großmutter über den Strand erzählt hatte, und mit den Erinnerungen durchzuckte ihn die Angst. Er beobachtete einen Sturmtanz; und er wußte, was geschehen würde. Er duckte sich noch tiefer, so daß er ganz hinter dem Treibholz verborgen war.

Die Tänzer setzten ihre seltsamen rhythmischen Bewegungen noch eine Zeitlang fort und hielten dann plötzlich inne.

Der Junge sah, wie sie die gefesselten Gestalten umringten, die sich zu ihren Füßen wanden – ein Mann und eine Frau, wie er jetzt erkennen konnte.

Zuerst senkten sie den Mann in die Grube, dann neben ihn die Frau. Die beiden schienen erschöpft zu sein, denn sie bewegten sich nur noch schwach, und auch ihre Stimmen konnten die Brandung nicht übertönen.

Die Tänzer hatten sie mit dem Gesicht zur See in die Grube gesenkt.

Und dann begannen die Tänzer die Grube mit Sand zu füllen. Sie taten es mit größter Vorsicht und ohne jedes Erbarmen. Kein Sandkorn fiel den Opfern ins Gesicht, und keine Schaufel berührte sie. Nach einigen Minuten war die Grube aufgefüllt, und man konnte nur noch die Silhouetten der Köpfe vor der schäumenden Brandung erkennen.

Die Tänzer besahen sich kurz ihr Werk und brachen dann

Am Strand des Todes

in lautes Gelächter aus – ein Lachen, das die Brandung übertönte und in den Ohren des Jungen widerhallte; es löschte jede Erinnerung an den Donner oder das Tosen der See aus.

Als die Flut zu steigen begann, wandten sich die Tänzer ab und kamen auf das Gehölz zu – und auf den Jungen.

Der Mond verschwand so schnell, wie er durch die Wolken gebrochen war, und der Regen begann erneut zu strömen. Die schreckliche Szene am Strand versank in Düsternis, doch in der Erinnerung des Jungen blieb sie haften, für immer.

Im Schutz des dichten Regens verließ der Junge sein Versteck und hastete durch das Gehölz zurück. Als die Tänzer das Treibholz hinter sich hatten, war er fast schon zu Hause.

Die Flut stieg weiter.

Der Junge wachte schon früh am nächsten Morgen auf und streckte sich zufrieden in der gemütlichen Wärme seines Bettes. Die Sonne strahlte durchs Fenster, als ob es nie einen Sturm gegeben hätte, und das Kind lächelte glücklich in den klaren, blauen Tag hinaus. Heute würde es schön sein am Strand.

Der Strand.

Die Erinnerung an die Nacht stieg in ihm auf als wirres Durcheinander von Schatten und Lauten. Er erinnerte sich an den Sturm und sein Aufwachen. Und er erinnerte sich, wie er die Sekunden zählte zwischen dem Aufflammen der Blitze und den Donnerschlägen. Aber alles andere war völlig verschwommen – wie ein Traum.

Er meinte sich undeutlich erinnern zu können, daß er an den Strand gegangen war und dort irgend etwas beobachtet hatte. Tänzer, die zwei Menschen im Sand begruben.

Und dann stieg die Flut.

Der Junge schüttelte sich. Es mußte ein Traum gewesen sein. Ja, ein Traum.

Er lauschte auf die gewohnten Morgengeräusche. Sein Vater hatte sicher bereits das Haus zur Arbeit verlassen. Die Großmutter aber war um diese Zeit in der Küche beschäftigt, wo auch sein Großvater am Tisch saß, Kaffee trank und laut aus der Zeitung vorlas.

Aber heute morgen war alles still.

Er lag lange Zeit angestrengt lauschend im Bett. Wenn er lange genug lauschte, würden die vertrauten Geräusche bestimmt einsetzen und den nächtlichen Alptraum vertreiben.

Die Stille versetzte ihn in Panik.

Schließlich stand er auf, um sich anzuziehen. Aber seine Kleider, die er gestern abend sauber auf dem Stuhl zusammengelegt hatte, lagen heute morgen unordentlich verstreut und naß auf dem Boden.

Es war also doch kein Traum.

Er zog saubere Kleidung an und hoffte noch immer, daß jeden Augenblick die vertrauten Geräusche an sein Ohr schlagen würden; das Klappern der Töpfe im Ausguß und der Baß des Großvaters im Hintergrund. Doch als er angezogen war, war noch immer alles totenstill.

Er ging in die Küche. Die Überbleibsel vom Frühstück des Vaters lagen noch auf dem Tisch. Soweit war alles in Ordnung. Aber wo waren die Großeltern?

Er stieg ins Obergeschoß hinauf, wobei er laut ihre Namen rief. Sie mußten verschlafen haben. Das war es – sie lagen noch im Bett und schliefen.

Das Bett war leer.

Der Traum nahm wieder von ihm Besitz.

Er stürzte aus dem Haus und lief in Richtung Strand.

Am Rande des Wäldchens blieb er kurz stehen und starrte in die Bäume hinauf, als ob er von ihnen erfahren könnte, was ihn am Strand erwartete.

Seine Miene verfinsterte sich in banger Vorahnung. Als er an die Treibholzbarriere kam, wäre er fast wieder umgekehrt. Aber er mußte es wissen.

Noch vorsichtiger und bedächtiger als sonst suchte er sich seinen Weg durch das Gewirr der Stämme und Äste. Er wollte den Zeitpunkt hinausschieben, an dem er den Halbmond aus Sand erreichte.

Schließlich hatte er den letzten Stamm überklettert und stand am Strand.

Der Sturm hatte ihn mit Abfällen übersät: überall lagen Haufen von Seetang, und auch neues Treibholz war überall auf dem Sand und den Felsbrocken verstreut.

Der Junge sah sich prüfend um. Nichts Außergewöhnliches. Sein Herz tat einen Freudensprung, und sein angespanntes Gesicht verzog sich zu einem Grinsen. Dieser Morgen war wie geschaffen zum Strandgutsammeln. Mit ein bißchen Glück konnte er vielleicht sogar im Tang ein paar Glasschwimmer finden.

Nahe am Wasser sah er einen großen Haufen davon und ging darauf zu. Als er näherkam, verlangsamte er seine Schritte. Wieder beschlich ihn diese Vorahnung.

Er begann an einzelnen Tangstücken zu ziehen.

Entweder waren sie tief im Sand vergraben oder sie hatten sich irgendwo festgehakt. Er zog stärker.

Das Tangbüschel gab den Blick frei.

Es war kein Traum gewesen. Unter dem Tang hervor starrten ihn zwei Gesichter an. Grotesk verzerrte Mienen und vor Angst weit aufgerissene Augen.

Seine Großeltern.

Der Junge stand wie erstarrt, während ihm die Gedanken durch den Kopf schossen.

Er konnte ihren Gesichtern ansehen, wie sie gestorben sein mußten. Das hilflose Warten, während die Flut unerbittlich immer höher stieg. Dann erreichten erste Ausläufer ihre Gesichter, zogen sich wieder zurück und begannen einen neuen Angriff. Es mußte ein langsamer, schrecklicher Tod gewesen sein. Sie hatten gewürgt und gekeucht, versucht den Atem anzuhalten und das Salzwasser auszuspucken, gefleht und geschrien – und keiner hatte sie durch Wind und Regen hindurch gehört.

Der Junge beugte sich noch einmal über die Augen des Großvaters und dann der Großmutter. Als er schmerzerfüllt in das fein geschnittene, dunkle Gesicht der alten Dame starrte, meinte er ihre Stimme zu hören.

Leise zuerst, dann lauter.

»Weine...«, klagte die Stimme, »weine für sie... und für mich.«

Es war die Stimme seiner Großmutter, aber sie war tot. Der Junge schluchzte auf und wandte sich ab.

Aber er vergaß nie.

BUCH I

Clark's Harbor

1

Pete Shelling starrte auf die See hinaus; er las die Wellen wie eine Karte. Weit im Süden bewegte sich die übrige Flotte langsam auf den Hafen zu, ihre Fahrtlichter blinzelten freundlich durch die Nacht herüber. Pete war kurz versucht, sich ihnen anzuschließen. Doch er schüttelte den Gedanken sofort wieder ab.

Es war noch nie seine Art gewesen, mit der Flotte zu fahren; warum also heute?

Der Wind frischte auf, und Pete ging nach achtern, um die Netze einzuholen. Selbst mit der elektrischen Winde war das Knochenarbeit. Die Anstrengung verzerrte sein Gesicht, wieder einmal wünschte er, einen Helfer zu haben. Er wurde einfach zu alt, die Jahre begannen ihren Tribut zu fordern.

Die Netze kamen quälend langsam herein, und er ließ die zappelnde Beute in den Laderaum fallen, wobei er das Netz sauber faltete, um es erneut ausbringen zu können. Als der Fang sicher im Bauch des Bootes verstaut war, befand sich Pete Shelling allein auf dem Meer.

Die Flotte war verschwunden.

Wieder dachte er kurz daran, ebenfalls den Hafen anzulaufen. Sein Blick schweifte prüfend über die See, während er an all die Geschichten dachte, die man sich über diese Ecke des Pazifik erzählte – die plötzlichen Stürme, die diesen Teil der Küste des Staates Washington heimsuchten, Stürme, die aus dem Nichts zu kommen schienen und das Meer in einen Hexenkessel verwandelten, in dem ein Boot von der Größe der »Sea Spray« wie ein Kreisel über die Wellen getrieben wurde. Aber er hatte noch nie einen dieser Stürme erlebt – sie schienen der Vergangenheit anzugehören, wahrscheinlich waren diese Erzählungen übertrieben, Legenden, die mehr der lebhaften Einbildungskraft der hiesigen Fischer als wirklichen Naturereignissen zuzuschreiben waren.

Pete Shellings Augen schweiften über den Horizont, und seine Entscheidung stand fest. Er würde die Netze noch einmal auswerfen, bevor er zurückfuhr. Die Flut würde dann ihren Höchststand erreicht haben, und er mußte auf dem Weg in den Hafen gegen die einsetzende Ebbe ankämpfen. Aber das ging in Ordnung. Pete Shelling war ans Kämpfen gewöhnt.

Nicht daß er es darauf abgesehen gehabt hätte. Als er sich vor Jahren entschloß in Clark's Harbor vor Anker zu gehen, wollte er es sich eigentlich gutgehen lassen. Er hatte vorgehabt, sich den einheimischen Fischern anzuschließen und den Rest seiner Jahre in angenehmer Gesellschaft zu verbringen.

Aber es war ganz anders gekommen.

Clark's Harbor hatte ihn nicht willkommen geheißen, und er hatte fünfzehn Jahre lang wie ein Fremder gelebt. Er war Fischer geworden, aber kein Teil der Flotte. Nie erfuhr er, wo die Schwärme standen, nie bezog man ihn in das Geplänkel in der Harbor Inn ein. Die einheimischen Fischer tolerierten Pete Shelling im besten Fall, und er lernte, damit zu leben. Aber es hatte ihn hart gemacht, ebenso starrsinnig wie sie. Deshalb blieb er draußen, wenn die Flotte heimfuhr und wartete auf den letzten Fang, der ihnen, gleichgültig was sie sonst über ihn denken mochten, bewies, daß er besser war als sie.

Er steuerte das Boot nordwärts und ließ die Netze langsam wieder ins Wasser sinken. Der Trawler beschrieb dabei einen weiten Bogen, so daß die Strömung eine besonders reiche Ernte in die Maschen treiben konnte. Als die Netze draußen waren, ließ er den Anker fallen und zündete seine Pfeife an. Ein, zwei kleine Pfeifchen, und dann würde er den letzten Fang dieser Nacht einholen. Den letzten und den langwierigsten.

Er klopfte seine Pfeife aus, bevor er die Position der Netze überprüfte. Irgend etwas war nicht in Ordnung. Der Wind hatte umgeschlagen und warf die Wellen gegen das Boot. Die Wasseroberfläche hatte sich ebenfalls verändert. Bis jetzt waren die Wellen regelmäßig Richtung Küste gelaufen, doch jetzt wurden sie von Böen aufgepeitscht und wuchsen von Augenblick zu Augenblick.

Pete ging wieder nach achtern, um die Netze einzuholen. Er legte einen Hebel um, und die Winde begann stetig zu summen. Langsam kamen die Netze herein. Er arbeitete mit raschen Bewegungen, zog das Netz über die Reling und dirigierte seinen Inhalt in die Ladeluke.

Der Seegang verstärkte sich, und der Wind zerrte an seinem Ölzeug. Er beschleunigte die Winde und machte sich nicht mehr die Mühe, das Netz sauber zu verstauen. Am Morgen war genug Zeit, es wieder ordentlich zu falten. Jetzt kam es nur noch darauf an, den Fang hereinzubringen und den Hafen zu erreichen, bevor der Sturm voll losbrach. Pete Shelling arbeitete wie besessen. Er zerrte das Netz herein, stieß herausfallende Fische mit den Füßen in die Ladeluke – ein Wettlauf mit den Elementen.

Gleich darauf brach der Sturm mit voller Wucht los. Ein blendender Blitzstrahl, gefolgt vom Donner, ließ die wilde Küstensilhouette für einen Augenblick gleißend weiß aufleuchten.

Das Unheil kam mit dem Abebben des Donners. Die Winde blieb plötzlich stehen, und die Netze begannen immer schneller ins Meer zurückzugleiten. Pete Shelling erkannte die Gefahr und versuchte fluchend zur Seite zu springen.

Aber es war zu spät. Eine Netzrolle schnellte hoch, wikkelte sich um seinen Fuß und verdrehte ihn schmerzhaft. Der Fischer verlor den Halt, knallte aufs Deck und spürte, wie er Richtung Reling gezogen wurde. Einen Augenblick konnte er sich noch daran festklammern, aber dann wurde er von der unerbittlich am Netz zerrenden See über Bord gezogen. Bevor er schreien konnte, schlug das kalte Wasser über ihm zusammen.

Die Zeit schien sich zu verlangsamen; er kämpfte gegen den verzweifelten Impuls an, wild um sich schlagend sofort wieder an die Wasseroberfläche zu kommen. Vielmehr zwang er sich, noch tiefer hinabzutauchen, um den gefangenen Fuß zu erreichen. Er riß kurz die Augen auf, schloß sie aber sofort wieder, da in der Dunkelheit der aufgewühlten See nichts zu erkennen war. Schließlich fand er die Schlinge um seinen Knöchel und sich windend und verrenkend gelang es ihm tatsächlich, ihn zu befreien. Jetzt begann der Kampf zurück an die Oberfläche. Auch seine Arme hatten sich inzwischen im Netz verfangen. Er strampelte mit aller Kraft, und plötzlich stieß sein Kopf ins Freie. Verzweifelt zog er die eisige Luft in die Lungen, bevor ihn das Netz wieder hinabzwang.

Er versuchte die Arme freizubekommen, mußte das aber sofort wieder aufgeben, um erneut Luft holen zu können. Diesmal öffnete er die Augen und sah über sich sein Boot. Das Netz rutschte noch immer rasch über die Bordwand, während die Winde sich abspulte.

Shelling sank erneut ins Meer zurück. Das Netz hatte sich jetzt eng um seinen Leib gelegt, so daß er seine Arme und Beine kaum noch bewegen konnte.

Pete Shelling wußte, daß er sterben würde.

Angst zog ihm die Kehle zusammen. Er versuchte dagegen anzukämpfen. Langsam und gleichmäßig ließ er die Luft aus seinen schmerzenden Lungen. Er fühlte, wie sein Auftrieb nachließ, und einen Augenblick lang verließ ihn die Angst. Sobald er wieder einatmete, würde er auch wieder Auftrieb haben. Doch dann erinnerte er sich, daß es hier unten keine Luft zum Atmen gab. Nur Seewasser.

Er zwang sich mit aller Kraft, die See in seine Lungen zu saugen, stellte aber überrascht fest, daß sein Körper seinen Befehlen nicht mehr gehorchte. Seine Kehle schloß sich. Er fühlte, daß er sterben würde.

Als er sich schließlich entspannte und die See den Weg in seinen Körper fand, änderte Pete Shelling noch einmal seine Meinung. Er wollte nicht einfach sterben. Er würde sich wehren. Die See sollte ihn nicht haben.

Er versuchte noch einmal mit aller Kraft sich zu befreien,

doch seine geschwächten Arme wehrten sich vergeblich gegen das Netzwerk.

Doch dann, ganz plötzlich und wie durch ein Wunder, stieß sein Kopf noch einmal durch die Wasseroberfläche. Aber es war zu spät. Seine Augen suchten verzweifelt nach Hilfe, aber da war niemand. Er wollte schreien, doch sofort drang das Salzwasser in seine Kehle und nahm ihm den letzten Atem. Endgültig sank er zurück in die See.

Als Pete Shelling starb, kreisten seine Gedanken um die seltsame Vision, die er mit seinem letzten Blick auf diese Welt erhascht hatte. Ein Boot. Es war ein Boot gewesen. Aber nicht die »Sea Spray«. Ein kleineres Boot. Und ein Gesicht. Ein dunkles Gesicht, fast wie das eines Indianers. Aber das konnte nicht stimmen. Er war allein auf der See, allein in diesem Sturm, der aus dem Nirgendwo gekommen war. Er starb allein. Da war nichts – außer der letzten, verzweifelten Hoffnung eines ertrinkenden Mannes.

Die See ertränkte den Mann und die Hoffnung.

Als einige Stunden später die Sonne aufging, dümpelte die »Sea Spray« friedlich in der ruhigen See. Ihre Netze umgaben sie wie die beim Heimkommen einfach hingeworfenen Kleider einer lebenslustigen Frau, die zu lange getanzt hatte. Von Pete Shelling war schon lange nichts mehr zu sehen. Nur die einsam treibende »Sea Spray« schien ihn zu betrauern.

2

Brad Randall warf einen Blick auf seine Uhr und sah, daß sein Magen und das Instrument an seinem Handgelenk wie üblich perfekt synchron waren.

»Mittagessen?« fragte seine Frau, die seine Gedanken erraten hatte.

»Ich kann's noch eine halbe Stunde aushalten, aber dann werde ich miesepetrig«, meinte Brad. »Irgend etwas in der Nähe, was sich gut anhört?«

Elaine griff nach der Karte, die sauber gefaltet auf dem Armaturenbrett lag. »Leider schreiben sie nur die Namen der Orte in die Karten«, erwiderte sie trocken, »keine Beurteilungen.« Sie warf einen kurzen Blick auf die Karte und schaute dann aus dem Fenster. »Gott, Brad, wie wunderschön es da draußen ist!«

Sie fuhren auf der Route 101 entlang der Westküste der Olympic Peninsula Richtung Süden. Während der letzten halben Stunde, seit sie den Crescent Lake hinter sich gelassen hatten, führte die Straße durch üppige grüne Wälder mit so dichtem Unterholz, daß Elaine sich gefragt hatte, wie es wohl gelungen war, Schneisen hineinzuschlagen. Dann waren die Bäume zurückgewichen und der Strand war breiter geworden. Gerade als sie die Küste erreichten, war die Wolkendecke aufgerissen. Zu ihrer Rechten lag der Pazifik glitzernd unter der späten Morgensonne; eine steife Brise setzte den Wellen Schaumkronen auf. Zu ihrer Linken stiegen dichte Wälder die steilen Flanken des Olympic Range hinauf, der als mächtige Barriere zwischen dem Ozean im Westen und dem Puget Sound im Osten stand.

»Laß uns anhalten«, sagte Elaine plötzlich. »Ja? Nur für ein paar Minuten.«

Brad überlegte und warf erneut einen Blick auf seine Uhr. »Okay, aber wirklich nur ein paar Minuten. Und denk dran, wir haben keinen Platz mehr für Treibgut im Kofferraum.«

Er bog von der Straße ab und hielt. Die Aussicht war wirklich atemberaubend. Zwischen Straße und Strand versprach das allgegenwärtige, silbrig schimmernde Treibholz dem eifrigen Strandgutsammler verborgene Schätze. Und Elaine Randall war mehr als eifrig. Bevor Brad auch nur um den Wagen herumgekommen war, kletterte sie bereits zwischen den angeschwemmten Stämmen herum, griff sich einzelne Stücke heraus und verglich sie im Geiste mit den Schätzen, die sie bereits gehortet hatte. Dann warf sie sie wieder weg in der Hoffnung, zwei Schritte weiter noch etwas Besseres zu finden. Brad beobachtete sie amüsiert. Während ihrer zwei Wochen auf der Halbinsel hatte Elaine den Kofferraum ihres

Wagens mindestens dreimal randvoll gefüllt – um dann die gestern noch absolut perfekten Stücke gegen neue auszutauschen, die morgen bestimmt wieder weggeworfen wurden. Er näherte sich ihr, da er aus Erfahrung wußte, daß seine Hilfe beim Bergen der Schätze unbedingt erforderlich war. Als er nur noch wenige Meter von ihr entfernt war, stieß Elaine einen Triumphschrei aus.

»Ich hab' einen!« rief sie. »Endlich hab' ich einen gefunden!« Sie hielt ein blauschimmerndes Objekt in die Höhe, und Brad wußte sofort, daß es einer dieser japanischen Schwimmer war, von denen sie unbedingt einen mit nach Hause bringen wollte. »Großartig«, meinte er, »dann können wir jetzt also Mittag essen?«

Es war nicht auszumachen, ob sie ihn gehört hatte. So sehr war sie mit der Untersuchung ihres Fundes beschäftigt. Sie konnte einfach nicht glauben, daß er völlig fehlerlos sein sollte. So viel Glück gab es doch gar nicht! Aber er war einfach makellos. Elaine blickte glücklich zu Brad auf, als sich dieser neben sie auf einen der Stämme setzte.

»Er hat noch nicht einmal einen Kratzer«, sagte sie leise. Sie hielt den Schwimmer gegen die Sonne und beobachtete, wie sich die Strahlen zitternd in dem blauen Glas brachen. »Das ist ein gutes Omen«, sagte sie.

»Ein Omen?«

Sie lächelte verschmitzt. »Natürlich. Es bedeutet, daß wir noch heute den richtigen Ort finden werden.«

»Wäre auch angebracht«, meinte Brad finster. »Wenn nicht, kommen wir langsam in Schwierigkeiten. Schließlich gibt es kaum noch einen, den wir nicht besichtigt haben.«

Elaine stand entschlossen auf. »Komm schon«, sagte sie, »zurück in den Wagen mit dir. Ich schau' in die Karte und ich wette, daß der erste Ort, auf den mein Blick fällt, alles haben wird, wonach wir suchen.«

Im Wagen steckte Elaine die glänzende blaue Kugel sorgfältig in ihre Handtasche, bevor sie nach der Karte griff.

»Clark's Harbor«, verkündete sie.

»Clark's Harbor?« wiederholte Brad. »Wo liegt das?«

»Ungefähr zwanzig Meilen weiter südlich.«

Brad zuckte mit den Schultern. »Fürs Mittagessen gerade richtig.« Er startete den Motor, legte den Gang ein und gab Gas. Neben ihm setzte sich Elaine zuversichtlich zurecht.

»Du scheinst recht sicher zu sein«, sagte Brad. »Und du denkst an mehr als nur ein Mittagessen.«

»Das tu' ich.«

»Würdest du mir sagen, warum?«

»Ich hab's doch schon gesagt – der Schwimmer ist ein Omen. Außerdem klingt's einfach gut. ›Ich schreibe in Clark's Harbor ein Buch.‹ Klingt sehr professionell. Und du wirst natürlich ein sehr professionelles Buch schreiben.«

»Ich frag' mich«, äußerte Brad plötzlich laut seine Bedenken, »ob ich nicht einen großen Fehler mache. Ich meine, ein ganzes Jahr frei nehmen, lediglich um ein Buch zu schreiben, das sich vielleicht gar nicht verkaufen läßt...«

»Natürlich wird es sich verkaufen«, erklärte Elaine. »Millionen von Menschen werden es verschlingen.«

»Ein Buch über Biorhythmus?«

»Also gut«, erwiderte sie, »dann eben nur Hunderttausende.«

»Zehntausend wären wahrscheinlicher«, meinte Brad keineswegs überzeugt.

Elaine lachte und tätschelte sein Knie. »Selbst wenn es sich nicht verkauft, was macht das schon? Wir können uns das freie Jahr leisten, und ich kann mir für diese Zeit kaum etwas Schöneres als das hier draußen vorstellen. Selbst wenn das Buch also nur eine Entschuldigung für ein paar Monate am Meer sein sollte – was es natürlich nicht ist«, fügte sie rasch hinzu, »dann ist es das wert.«

»Und was ist mit meinen Patienten?«

»Was soll mit ihnen sein?« sagte Elaine leichthin. »Ihre Neurosen blühen weiter, während Bill Carpenter sich um sie kümmert. Er mag kein so guter Psychiater wie du sein, aber töten wird er deine Patienten wohl kaum.«

Brad verfiel in Schweigen. Elaine hatte recht. Es war ein angenehmes Schweigen, wie es nur zwischen Menschen möglich ist, die sich lieben und verstehen. Ein Schweigen, das nicht daraus erwuchs, daß man sich nichts zu sagen hatte, sondern aus der fehlenden Notwendigkeit, sich mit Worten zu äußern.

Sie hatten die Halbinsel zwei Wochen lang nach dem richtigen Ort durchkämmt, wo sie das Jahr verbringen wollten, das Brad zur Fertigstellung seines Buchs benötigen würde. Aber irgend etwas hatte immer nicht gestimmt – eine Stadt war zu kommerziell, die andere zu schäbig, eine zu selbstgefällig idyllisch, eine andere zu arrogant. Entweder sie fanden heute, was sie suchten, oder sie mußten die Suche abbrechen, da sie sonst nach einer vollen Runde um die Halbinsel wieder in der unveränderten Langeweile von Aberdeen und Hoquiam landen würden. Vielleicht hatte Elaine recht, dachte Brad. Vielleicht war Clark's Harbor der richtige Ort. Er rollte den Namen auf der Zunge. Clark's Harbor. Clark's Harbor. Hatte einen anheimelnden Klang. Wie ein Fischerdorf in Neuengland.

»Es ist dort drüben«, sagte Elaine leise, und brach damit das Schweigen.

Brad merkte, daß er der Straße kaum noch Beachtung geschenkt und den Wagen eher automatisch als konzentriert gesteuert hatte. Er sah, daß sie durch die Ausläufer einer kleinen Stadt fuhren.

Daß sie klein war, fand er schön. Außerdem schien sie sauber und gepflegt zu sein – ein weiterer Pluspunkt. Die Häuser, die locker entlang der Straße standen, waren aus Holz; einige trugen einen hübschen Anstrich, andere hatte der Seewind mit einer silbernen Patina versehen. Aber auch die älteren waren solide gebaut und behaupteten sich noch immer im Kampf gegen die Elemente.

Zuerst fuhren sie einen kleinen Hügel hinab. Eine Seitenstraße ging rechtwinklig von dem Highway ab, und Brad bog auf sie ein. Das Gefälle wurde steiler, und gleich darauf befanden sie sich im Herzen des Ortes, der kaum mehr als ein großes Dorf war. Die Straße endete an einem Kai. Brad stoppte den Wagen, und er und Elaine sahen sich neugierig um.

»Sieht aus wie in Neuengland«, meinte Elaine leise und wie als Echo auf Brads Gedanken. »Ich finde es schön.«

Es sah wirklich wie die Bildpostkarte eines Neuenglandortes aus. Die entlang dem Wasser stehenden Häuser waren sich alle ähnlich: hübsche Schindeldächer, strahlende Farben, ordentlich gepflegte Gärten, die in der Frühlingsluft blühten. Deutlich abgesetzt vom übrigen stand ein altes viktorianisches Gebäude, dessen Rasen und Garten von einem weißen Lattenzaun umgrenzt waren. Ein handgeschriebenes Schild wies es als Harbor Inn aus.

Auf den Straßen sah man einige Leute, genug, um die Stadt geschäftig, aber nicht hektisch erscheinen zu lassen. Ein oder zwei warfen einen Blick auf den Wagen der Randalls, ohne jedoch besonders interessiert zu wirken. Niemand blieb stehen, um ihnen nachzustarren oder sich gar gestikulierend mit einem Nachbarn über die Fremden auszulassen. Brad berührte dieser offensichtliche Mangel an Neugier etwas seltsam. Elaine, die ein feines Gespür für den Gatten besaß, warf ihm einen raschen, besorgten Blick zu.

»Stimmt etwas nicht?« fragte sie.

»Ich weiß nicht«, sagte Brad. Dann lächelte er sie an. »Wie wär's jetzt mit Essen?«

Rebecca Palmer hatte auf ihrem Weg zu Blake's Textilien- und Haushaltswarengeschäft den fremden Wagen vorbeifahren sehen. Aber im Augenblick waren ihr ihre Einkäufe wichtiger als irgendwelche Fremde, die Clark's Harper besuchten. Allerdings war ihr der dunkelgrüne Volvo irgendwie bekannt erschienen. Doch das wäre zu schön, um wahr zu sein... Energisch schob sie den Gedanken von sich.

Sie nahm sich einen Einkaufswagen aus der Reihe neben dem Eingang und ging mit ihm langsam durch die Gänge. Vor einem Porzellangeschirr blieb sie stehen. Selbst für einen Billigladen war es faszinierend in seiner Geschmacklosigkeit. Das knallige Rosa und die irgendwie hilflos rund um den Rand paradierenden blauen Stiefmütterchen ließen sie den Kopf schütteln. Beim Weitergehen griff sie sich einige

Artikel aus den Regalen und legte sie in den Korb des Wägelchens.

Als sie gerade vor einem Ständer mit billigen Kleidern stand, klirrte und schepperte es hinter ihr. Sie wirbelte herum und sah George Blake auf den Stand mit dem Porzellan zueilen. Zufrieden, daß die Sache nichts mit ihr zu tun hatte, setzte sie ihre Suche nach einem Kleid fort, das zu ihrer zerbrechlichen Schönheit passen würde. Sie hatte immer Schwierigkeiten, etwas zu finden, das sie nicht erdrückte. Doch nichts gefiel ihr so richtig. Sie wollte sich gerade abwenden, als Mr. Blake hinter ihr auftauchte.

»Dafür werden Sie bezahlen müssen.« Seine Stimme klang schroff, als ob er Widerspruch erwartete. Rebecca wandte sich erschrocken um.

»Wie bitte?«

»Das Porzellan«, sagte Blake mit Nachdruck. »Sie werden bezahlen, was Sie zerbrochen haben.«

»Aber das war ich doch nicht«, wehrte sich Rebecca verschüchtert, »ich stand die ganze Zeit hier und hab' mir die Kleider angesehen.«

»Ich hab' gesehen, wie Sie das Porzellan anschauten«, sagte Blake bestimmt.

Rebecca machte ein unglückliches Gesicht. »Aber das war doch vor fünf oder zehn Minuten. Ich hab's nicht einmal berührt.« Blakes Gesicht verfinsterte sich; Rebecca zuckte vor der unverhohlenen Feindschaft des Mannes zurück.

»Lügen Sie mich nicht an, Mrs. Palmer. Sie waren es, die das Geschirr zerbrochen hat. Hier ist niemand im Laden außer uns beiden.«

Rebecca blickte sich um und sah, daß er recht hatte. Sie waren wirklich die einzigen.

»Aber ich hab' nichts damit zu tun«, verteidigte sie sich hilflos. »Ich hab' Ihnen doch gesagt, ich war gar nicht an dem Tisch.«

Blake starrte sie wortlos an.

»Ich weiß nicht, woher Sie die Frechheit nehmen, so etwas zu behaupten«, meinte er dann. »Seit Sie und Ihre Familie hier aufgetaucht sind, haben wir alle hier Sie für etwas seltsam gehalten. Jetzt glaub' ich zu wissen, was es ist – Sie sind eine Lügnerin.«

»Das bin ich nicht!« brauste Rebecca auf. »Wenn ich es getan hätte, würde ich es zugeben und den Schaden bezahlen. Aber ich hab's nicht getan!«

»Gut, in Ordnung«, erklärte Blake eisig, »mein Wort gegen Ihres. Aber diese Dinge hier in Ihrem Korb legen wir zurück in die Regale.«

»Was wollen Sie?«

»Ich will Sie hier nicht mehr sehen«, sagte Blake. »Ich denke, Sie haben ein Recht, in Clark's Harbor zu leben, aber das bedeutet nicht, daß ich Ihnen etwas verkaufen muß. Von jetzt an kaufen Sie, wo Sie wollen, aber nicht bei mir!«

Rebecca Palmer biß sich auf die Lippen, um nicht in Tränen auszubrechen. Was ist nur mit diesen Leuten hier los, fragte sie sich. Aber sie wußte, es hatte keinen Zweck, Blake danach zu fragen. Und noch weniger Zweck hatte es, sich mit ihm weiter herumzustreiten.

Bedrückt verließ sie das Geschäft und fragte sich, wie sie den Vorfall ihrem Mann erklären sollte. Wie würde er wohl darauf reagieren? Nicht gerade erfreut, da war sie sicher. Glen Palmer hatte sein Künstlertemperament normalerweise gut unter Kontrolle, aber manchmal ging es mit ihm durch. Und das war ein solcher Fall.

»Da ist ein Café«, sagte Elaine Randall. Es befand sich über einer Bar in einem zweistöckigen Gebäude. Die Randalls mußten den Barraum durchqueren, um zur Treppe zu kommen. Als sich seine Augen an das trübe Licht gewöhnt hatten, sah Brad, daß er leer war bis auf zwei alte Männer, die sich an einem zerschrammten Eichentisch über einem Damebrett gegenübersaßen, jeweils einen Krug Bier neben sich. Er streifte Elaine mit einem zufriedenen Lächeln und folgte ihr nach oben.

Das Café war im Gegensatz zur Bar recht gut besetzt, doch am Fenster gab es einen freien Tisch, auf den die Randalls zusteuerten. Brad überflog die kleine Speisekarte. Ohne bewußt die verschiedenen Möglichkeiten gegeneinander abzuwägen, entschied er sich für einen Krabbensalat, um sich dann seiner Lieblingsbeschäftigung zuzuwenden: dem Leutebeurteilen.

Die Kellnerin erschien, um ihre Bestellung entgegenzunehmen. Elaine steckte die Karte in den Halter zu den Servietten und faltete die Hände auf dem Tisch.

»Also?«

»Also was?«

»Klär mich auf, mit wem wir es zu tun haben.«

»Da gibt's nicht viel aufzuklären«, antwortete Brad, »die meisten sehen mir aus wie Fischer...«

»Sehr scharfsinnig«, unterbrach ihn Elaine, »wenn man bedenkt, daß das da unten ein Kai ist.«

»Auch ein paar Hausfrauen und kleine Ladenbesitzer sind darunter«, fuhr Brad fort, ohne sich durch ihre Stichelei stören zu lassen. »Aber aus einem werde ich einfach nicht schlau...«

»Wer ist es?« Elaine blickte sich verstohlen um. »Sag nichts, es muß der da drüben sein, der ganz allein am Tisch sitzt. Ich sehe, was du meinst.«

»Wirklich? Und was meine ich?«

»Er wirkt anders als die andern«, erwiderte Elaine. »Er scheint irgendwie hier nicht herzupassen – und er weiß es.«

Brad nickte und warf noch einen Blick zu dem Mann hinüber, über den sie sprachen. Es waren seine Kleider, dachte Brad, und etwas in seinem Gesicht. Er trug wie viele andere hier Jeans und ein ausgebleichtes Arbeitshemd, aber er trug sie anders. Es war ihr Sitz. Sie saßen fast zu gut. Und was war mit dem Gesicht? Dann dämmerte es Brad: der Mann hatte vor kurzem seinen Bart abrasiert, deshalb war seine untere Gesichtshälfte so unnatürlich bleich. Doch noch etwas wurde Brad plötzlich klar: er kannte diesen Mann.

Bevor er Elaine fragen konnte, kam ihr Essen. Immer wieder streifte Brads Blick über den Teller hinweg den Mann in der zu gut sitzenden Arbeitskleidung mit der bleichen Gesichtshälfte. Dieser hielt die Augen auf sein Essen gesenkt, das er stetig, aber nicht hastig zum Mund führte. Er bestellte frischen Kaffee. Die Bedienung goß ihn bereitwillig nach, blieb aber nicht auf ein Schwätzchen an seinem Tisch stehen, wie sie es bei allen andern gemacht hatte. Als der Mann fertig war, griff er in die Tasche, legte etwas Geld auf den Tisch und wandte sich zum Gehen. Auf dem Weg zur Treppe trafen seine Augen plötzlich die von Brad und er blieb wie angewurzelt stehen. Ein Lächeln huschte über sein Gesicht, und er kam mit ausgestreckter Hand quer durch den Raum.

»Dr. Randall? Sind Sie es wirklich?«

Brad erkannte ihn jetzt auch und stand auf. »Glen Palmer! Tatsächlich! Ich sitze die ganze Zeit hier und weiß, den kennst du doch, ohne Sie unterbringen zu können.«

»Das liegt am Bart«, erwiderte Glen Palmer, »ich hab' ihn abrasiert, nachdem wir hier rausgezogen waren.«

»Setzen Sie sich, das ist meine Frau Elaine. Liebling, das ist Glen Palmer, der Vater von Robby.«

Elaine schien etwas verwirrt, doch dann streckte sie lächelnd die Hand aus. »Natürlich«, sagte sie, »wie geht's ihm denn? Brad sagte mir, es habe so etwas wie ein Wunder gegeben.«

»Das ist das einzige Wort, das paßt«, meinte Palmer, sich setzend. Brad schaute ihn erwartungsvoll an. Am liebsten hätte er sein Gegenüber mit Fragen bombardiert, wollte ihn aber nicht vor den Kopf stoßen.

Robby Palmer, Glens neun Jahre alter Sohn, war mehr als drei Jahre lang wegen seiner Hyperkinese Brad Randalls Patient gewesen. Es war ein besonders schwerer Fall. Als er Robby zum erstenmal sah, war der Junge sechs und konnte nicht mehr als eine oder zwei Sekunden stillsitzen. Er sprach ständig und wie unter Zwang, wobei er mit Händen und Füßen zappelte – ein Verhalten, das weit über Nervosität hinausging und häufig recht destruktiv war. Brad hatte rasch gelernt, vor Robby Palmers Auftauchen alle zerbrechlichen Dinge aus seiner Praxis zu entfernen – ein kleiner Junge mit dem Gesicht eines Engels und dem ›Teufel‹ im Leib. Irgendeine Fehlsteuerung seines Nervensystems hielt ihn in dauernder Hektik, unaufhaltsam, erschöpfend und manchmal erschreckend. Das Kind neigte zu plötzlichen Wutausbrüchen, für die es keinen äußeren Anlaß gab. Während dieser Anfälle konnte es äußerst gewalttätig werden. Die kleinen Hände ergriffen blitzschnell den nächsten Gegenstand und schleuderten ihn gegen ein Fenster, eine Wand oder eine Person. Brad würde nie vergessen, wie ein gar nicht besonders erregt wirkender Robby Palmer eines Nachmittags seine beiden Lieblingsvasen aus Steubenkristall, die noch aus der Zeit stammten, als er sich solche Raritäten eigentlich gar nicht leisten konnte, gnadenlos zerschmetterte. Der kleine Junge hatte die Splitter danach angesehen, als ob er sich ihre Herkunft überhaupt nicht erklären könnte. Er zeigte weder eine Spur von Reue noch schien er Angst vor Strafe zu haben. Da war nur ein Augenblick kühlen, distanzierten Innehaltens, bevor ihn die zwanghafte nervöse Unruhe von neuem ergriff.

Vor einigen Monaten war dann Robby Palmer plötzlich nicht mehr in Brads Praxis erschienen. Als sich dieser nach dem Grund erkundigte, hatte er von den Eltern lediglich erfahren, daß ein »Wunder« geschehen wäre. Er ließ es darauf beruhen. Doch jetzt fragte er sich insgeheim, ob Clark's Harbor etwas mit diesem Wunder zu tun haben mochte. Glen bestätigte es ihm.

»Sie werden es nicht glauben«, begann er, »die Veränderung mit Robby ist wirklich erstaunlich. Seit wir mit ihm hierhergekommen sind, ist er sehr viel ruhiger, Dr. Randall. Er ist immer noch etwas nervös, aber lange nicht mehr so wie früher. Jetzt ist er wie andere Kinder.«

»Aber was ist die Ursache dafür?« wollte Brad wissen.

Glen Palmer zuckte mit den Schultern. »Ich hab' keine Ahnung. Wir sind zum Campen hierhergekommen und hielten an einem Platz namens Sod Beach nördlich der Stadt. Und Robby beruhigte sich plötzlich. Einfach so.« Er schnippte mit den Fingern. »Und das blieb so, solange wir an diesem Strand lagerten. Deshalb sind wir dann hierhergezogen.«

»Ergibt irgendwie keinen Sinn«, meinte Brad nachdenklich.

»Vielleicht nicht«, stimmte Palmer zu, »aber wir machen uns darüber keine Gedanken. Welche Dämonen auch in ihm waren, jetzt sind sie verschwunden. Hoffentlich für immer.«

Brad trommelte leise mit den Fingern auf der Tischplatte, während er über Glens Worte nachsann. Was mochte Robbys Funktionsstörung wirklich geheilt haben? Er war einer seiner schwierigsten Problemfälle gewesen, und Brad war »Wundern« schon immer skeptisch gegenübergestanden. »Ob es möglich wäre, ihn zu sehen?« fragte er.

»Warum nicht?« meinte Glen zuvorkommend. »Er hat Sie immer gemocht.«

»Sagen Sie das meiner Sprechstundenhilfe«, grinste Brad. Diese hatte Robbys Besuchen in der Praxis immer mit Angst und Schrecken entgegengesehen und oft Ausreden erfunden, um nicht anwesend sein zu müssen.

Glen warf einen Blick auf die Uhr an der Wand. »Hören Sie«, sagte er, »warum besuchen Sie uns nicht heute abend oder morgen früh? Bleiben Sie in der Stadt?«

»Ich glaube schon«, meinte Elaine etwas unsicher, doch sie wußte, daß Brad es bestimmt wollte. »Gibt es hier eine anständige Unterkunft?«

»Die Harbor Inn, drunten am Wasser«, erwiderte Glen. »Es gibt nichts anderes.« Er stand auf. »Entschuldigen Sie, ich hab' noch einiges zu erledigen heute nachmittag. Also bis später – in Ordnung?«

»Sicher«, sagte Brad. Und bevor er ein weiteres Wort herausbrachte, war Glen Palmer davongeeilt und durch die Tür verschwunden.

»Ein plötzlicher Abgang«, meinte Elaine.

»Das war's, nicht wahr?« stimmte Brad zu. Dann bemerkte er plötzlich, daß unmittelbar nach dem Verschwinden Glens rundum eifrig getuschelt wurde.

»Nun gut«, sagte eine Frau etwas zu laut am Nebentisch zu ihrer Gesprächspartnerin, »zumindest hat er sich diesen scheußlichen Bart abgenommen.«

»Nicht daß es viel nützte«, meinte die andere, »er paßt trotzdem nicht hierher.«

»Meinen Sie, er wird es jemals begreifen?« begann die erste wieder.

»Alle anderen haben es doch auch sehr rasch begriffen und uns in Frieden gelassen.«

»Joe hat ihm gestern angeboten, ihnen dieses Haus abzukaufen«, hörte man die zweite Frau sagen, »und wissen Sie, was dieser Glen Palmer ihm erklärt hat? Er hat ihm erklärt, es sei nicht zu verkaufen. Joe sagte ihm darauf, er solle lieber verkaufen, solange er noch etwas dafür bekommt und es nicht völlig ruiniert ist, aber Palmer meinte, er würde es nicht ruinieren, sondern umbauen.«

»In eine Kunstgalerie«, mokierte sich die erste. »Wie kommt der nur auf den Gedanken, er könnte in Clark's Harbor von einer Kunstgalerie leben? Und dann seine Frau – macht Töpfereien, die wie Lehmkuchen aussehen, und denkt, die Leute würden so was kaufen!«

Aus den wenigen Worten, die Brad rundum verstehen konnte, wurde rasch klar, daß sie alle von derselben Person sprachen – Glen Palmer. Offensichtlich war es hier allgemein üblich, *über*, aber nicht *mit* ihm zu sprechen.

»Vielleicht habe ich mich geirrt«, hörte Brad Elaine sagen, die ebenfalls einiges von dem Getuschel aufgeschnappt hatte. »›Neuengland‹ hast du gesagt.« Brad verzog spöttisch das Gesicht. »Damit hast du es wirklich getroffen. Diese Leute hier mögen Fremde genausowenig wie alle Kleinstädter und Dörfler auf der ganzen Welt.«

»Ist irgendwie beängstigend, nicht wahr?« meinte Elaine.

Brad zuckte mit den Schultern. »Weiß nicht, ich denke, man muß einfach damit rechnen. Wahrscheinlich würde man uns genauso begegnen, egal wo wir hingehen. Aber es ist nur eine Frage der Zeit. Die Leute müssen sich zuerst an dich gewöhnen, vor allem in Orten wie diesem. Ich wette, daß viele hier nur sehr selten jemand zu Gesicht bekommen, den sie nicht von klein auf kennen. Geschieht es doch, reagieren sie mit Mißtrauen.«

Elaine verfiel in Schweigen, während sie weiteraß. Aber der Psychiater in Brad fand das feindliche Verhalten der Einheimischen höchst ›interessant‹. Innerlich widersprach sie ihm, doch dann erinnerte sie sich daran, daß sie schließlich schon vor ihrer Ehe gewußt hatte, daß sie einen Psychiater bekommen würde. Sie durfte sich also jetzt nicht darüber beklagen. Konzentriert schaute sie aus dem Fenster und versuchte das Getuschel ringsum zu überhören.

Erst nachdem sie ihren Kaffee getrunken hatten, ergriff Brad wieder das Wort.

»Ich denke, wir sollten uns etwas umsehen.«

»Ich bin nicht sicher, ob...«, meinte Elaine zögernd.

Brad versuchte sie zu beruhigen. »Liebling, das ist in jeder Kleinstadt dasselbe, und wenn wir an einem Ort wie diesem ein Jahr lang leben wollen, müssen wir uns auf ein gewisses Mißtrauen am Anfang einstellen. Es geht nun mal nicht anders – wenn du die Kleinstadtvorteile willst, mußt du auch das Kleinstadtverhalten akzeptieren.«

Er bezahlte die Rechnung, und sie verließen das Café. Drunten in der Bar sah Brad, daß das Damespiel keine wesentlichen Fortschritte gemacht hatte. Der eine Alte starrte angestrengt auf das Brett, der andere aus dem Fenster. Falls sie die Randalls überhaupt wahrnahmen, ließen sie sich nichts anmerken.

»Laß uns ein wenig den Kai entlanggehen«, schlug Brad vor, als sie ins Sonnenlicht hinaustraten.

Die meisten Liegeplätze waren leer. Auf fünf oder sechs Booten arbeiteten Männer; sie flickten Netze, bastelten an den Motoren oder überprüften die Ausrüstung. Sie blieben bei jedem der Boote ein wenig stehen, um es genauer anzuschauen. Niemand richtete das Wort an sie, und auch als Brad ein zaghaftes »Hallo« versuchte, bekam er keine Antwort.

»Scheinen nicht sehr gesprächig zu sein«, meinte Elaine, als sie sich dem Ende des Piers näherten.

»Seltsam, nicht wahr?« erwiderte Brad, »keiner von ihnen scheint je die Geschichte vom glücklichen Fischer gehört zu haben.« Er sah sich um, als ob er überlegen müßte, was sie als nächstes versuchen könnten. »Sollen wir eine kleine Rundfahrt machen?«

Bevor Elaine antworten konnte, hörte man das Aufheulen einer Sirene, und ein Polizeiauto hielt am Kai. Aus dem Fahrersitz schob sich ein rundbäuchiger Mann um die Sechzig. Er umrundete den Wagen und half einer untersetzten Frau heraus. Mit einer Hand stützte sie sich schwer auf den Arm des Beamten, in der andern hielt sie ein zerknülltes Taschentuch.

Jede Tätigkeit entlang dem Kai kam zum Stillstand; die Männer auf den Booten starrten den Neuankömmlingen entgegen.

»Etwas nicht in Ordnung, Chief?« rief eine Stimme.

»Wenn Harney Whalen hier erscheint, ist doch immer etwas nicht in Ordnung«, meinte eine andere.

Polizeichef Harney Whalen ignorierte die zweite Stimme, antwortete aber auf den ersten Zuruf.

»Ich weiß nicht«, rief er, »Mrs. Shelling hier sucht nach ihrem Mann. Hat einer von euch ihn gesehen?«

Verneinend schüttelten sie die Köpfe, während sie ihre Boote verließen und sich um Harney Whalen scharten. Miriam Shelling klammerte sich noch immer mit einer Hand an seinen Arm, während sie sich die Tränen abtupfte.

»Er fuhr letzte Nacht raus«, sagte sie und musterte die Männer der Reihe nach, wobei sie verschüchtert wirkte. »Er sagte, er würde gegen vier Uhr morgens zurück sein, aber er ist noch nicht da.«

Einer der Fischer nickte bedächtig. »Ja, er war direkt hinter mir, als ich letzte Nacht rausfuhr, aber er ist nicht mit uns zurückgekommen. Wahrscheinlich ist er auf einen Schwarm gestoßen und will alles fangen, was sich kriegen läßt.«

Miriam Shelling schüttelte den Kopf. »Das würde er nicht tun«, widersprach sie, »er weiß doch, wieviel Sorgen ich mir mache. Zumindest hätte er mich über Funk informiert.«

Die Männer tauschten Blicke aus. Harney Whalen wirkte besonders unglücklich, als ob er sich fragte, was wohl als nächstes zu tun sei. Die betretene Stille wurde durch ein Schiffshorn unterbrochen. Alle blickten Richtung Hafen, wo eine kleine Barkasse sich rasch dem Kai näherte. Miriam Shellings Finger krallten sich in den Arm des Polizeichefs.

Die Barkasse schwenkte in einen der leeren Liegeplätze ein, eine Leine wurde herübergeworfen und festgemacht. Ein Mann sprang an Land; sein Gesicht war bleich. Er schaute sich hastig um, bis sein Blick an Harney Whalen hängenblieb.

»Sind Sie Polizist?«

»Ich bin der Chef hier«, sagte Whalen. »Etwas passiert?«

Der Mann nickte. »Ich habe da draußen ein Boot treiben sehen. Als ich es anrief, bekam ich keine Antwort. Deshalb ging ich an Bord. Das Boot war verlassen.«

»Wo ist es?« fragte Whalen.

»Es ankert ungefähr eine Meile nördlich, vielleicht dreihundert Meter vom Ufer entfernt«, sagte der Mann. »Sein Name ist Sea Spray.«

»Das ist Petes Boot«, schluchzte Miriam Shelling auf. Der Mann starrte sie einen Augenblick an und zog dann Whalen ein paar Schritte zur Seite. Mit gedämpfter Stimme sprach er auf ihn ein.

»Seine Netze waren draußen; ich dachte, es wäre besser, sie reinzuholen. Sie waren nicht leer.«

Whalen warf Miriam einen raschen Blick zu, bevor er sich wieder an den Fremden wandte.

»Eine Leiche?«

Der Mann nickte. »Ich habe ihn hergebracht.«

Whalen ging auf die Barkasse zu und stieg an Bord. Die Fischer drängten ihm nach. Whalen zog die Persenning über dem länglichen Bündel zur Seite. Pete Shellings weit aufgerissene, leere Augen starrten zu ihnen hoch.

Aus knapp zehn Meter Entfernung beobachteten die Randalls die Reaktionen der Fischer. Stumm blickten sie hinab ins Boot, bis einer nach dem andern sich davonmachte, als ob die Gegenwart des Todes sie peinlich berührte. Sie gingen ohne ein Wort der Anteilnahme oder des Trostes an Miriam

Shelling vorbei. Als sie verschwunden waren, und nur noch Whalen und der Eigner der Barkasse dastanden, trat Miriam schließlich vor und blickte auf den toten Gatten hinab. Einen Augenblick lang stand sie wie erstarrt, bevor sie sich, seinen Namen schluchzend, in Whalens Arme warf. Er hielt sie unschlüssig für einen Moment fest, bevor er sich wieder ganz gelassen an den Mann wandte, der Pete Shelling heimgebracht hatte. Dann führte er Miriam Shelling über den Kai zu seinem Wagen und fuhr mit ihr davon.

»Mein Gott«, meinte Elaine fast schluchzend, »wie schrecklich.«

Brad nickte, ohne den Kai aus den Augen zu lassen. Elaine griff nach seinem Arm.

»Laß uns wegfahren von hier«, bat sie, »bitte?«

Brad schien sie nicht zu hören. »Hast du gesehen?« fragte er, »es war, als ob nichts geschehen wäre. Sie sprachen nicht mit ihr, sie verloren auch untereinander kein Wort, sie stellten keine Fragen, sie schienen nicht einmal überrascht. Es war fast, als ob sie es erwartet hätten.«

»Wie bitte?« fragte Elaine ausdruckslos.

»Die Fischer. Sie zeigten keinerlei Reaktion auf den Tod dieses Mannes. Es war, als ob sie schon lange darauf gewartet hätten und die ganze Sache überhaupt nichts mit ihnen zu tun hätte. Was ihm passierte, kann doch jedem von ihnen jeden Tag passieren.«

Elaine blickte den Gatten aufmerksam an. Sie wußte, was kommen würde; und sie wollte es vermeiden.

»Laß uns weiterfahren, Brad«, sagte sie, »bitte. Ich mag dieses Clark's Harbor nicht.« Aber es war zu spät, und sie wußte es.

»Es ist faszinierend«, fuhr Brad fort, ohne auf sie zu achten. »Diese Leute reagierten nicht wie normale Menschen, nicht die Spur.« Er griff nach Elaines Hand und drückte sie.

»Komm«, sagte er, »laß uns dieses Gasthaus suchen.«

»Wir bleiben?« fragte Elaine.

»Natürlich«, grinste Brad, »was sonst?«

Elaine fühlte, wie sich ihr Magen vor Angst zusammenzog.

Sie sagte sich, daß es keinerlei Grund dafür gab. Aber tief in ihrem Innern wußte sie es anders. Vernünftig oder nicht.

Weit draußen, hinter dem Horizont, braute sich ein neuer Sturm zusammen.

3

Die strahlend weiß gestrichene viktorianische Fassade mit dem himmelblauen Rand aufs Meer gerichtet, hockte die Harbor Inn fast herausfordernd in der Mitte ihres sauber geschnittenen Rasens. Aus einem Zimmer im zweiten Stock starrte auch Elaine Randall aufs Wasser hinaus und lauschte auf das Pfeifen des Windes, der sich in den Giebelvorsprüngen des alten Gebäudes verfing. In der kleinen Bucht tanzten die gegen den heraufziehenden Sturm gesicherten Boote auf den unregelmäßigen Wellen. Als der Regen gegen das Fenster zu prasseln begann, wandte sie sich an ihren Gatten.

»Ich denke, für eine Nacht wird es gehen«, meinte sie mit einem kritischen Blick über das Zimmer. Brad setzte ein entwaffnendes Lächeln auf.

»Dir gefällt es doch hier, du willst es bloß nicht zugeben«, neckte er sie. »Wäre die Sache mit dem Ertrunkenen nicht gewesen, wärst du glücklich wie ein Schneekönig hier.«

Elaine ließ sich in den mit einem Schonbezug versehenen Ohrensessel fallen und versuchte ihre Gefühle zu analysieren. Brad hatte recht: Wären sie nicht unten am Kai gewesen, als man den Toten hereinbrachte, würde sie jetzt von ihrem gemütlichen Zimmer und der netten kleinen Stadt schwärmen und überhaupt nichts dagegen haben, das nächste Jahr hier zu verbringen. Der tote Fischer aber machte es ihr unmöglich, der neuen Umgebung gerecht zu werden. Mürrisch musterte sie die antike Einrichtung dieses Zimmers in dem ebenso antiken Gasthaus. »Alles ziemlich runtergekommen«, meinte sie anklagend.

»Das ist es ganz und gar nicht«, konterte Brad. »Den Umständen entsprechend ist alles recht ordentlich.«

»Wenn man so etwas mag.«

»Was du tust«, meinte Brad mit Nachdruck. »Schau dir nur diesen Waschtisch an. Nicht ein Kratzer im Marmor, und wenn das Eichenholz hier nicht handpoliert ist, esse ich's zum Dinner.«

Elaine warf einen kritischen Blick auf den Waschtisch und mußte zugeben, daß Brad recht hatte – er war wirklich alt und in jeder Hinsicht makellos. Sie versuchte, ihre Antipathien unter Kontrolle zu bringen und das Zimmer wirklich vorurteilsfrei anzusehen. Ja, es hatte Charme. Keine Spur von der üblichen Hoteleinrichtung; es wirkte wie das gemütliche Schlafzimmer einer Privatwohnung. Auf dem Doppelbett lag eine offensichtlich handgefertigte Steppdecke, und die gesamte Einrichtung war aus robuster Eiche. Keinerlei Schnickschnack, sondern alles freundlich und zweckmäßig.

»Also gut«, lenkte Elaine ein, »es ist hübsch und genau das, was ich mag. Ich wünschte mir nur, es wäre nicht ausgerechnet in Clark's Harbor.«

»Aber wenn es nicht in Clark's Harbor wäre, würde es überhaupt nicht existieren, nicht wahr?« mokierte sich Brad.

»Mit diesen philosophischen Spitzfindigkeiten fängst du mich nicht. Im übrigen weißt du genau, was ich meine, du willst mich nur auf den Arm nehmen.«

»Ich?« fragte Brad mit gespielter Unschuld. »Würde ich so was je tun?«

»Ja, du würdest«, erwiderte Elaine und versuchte ernst zu bleiben. »Aber ich fall' nicht drauf rein, sonst könnte es sein, daß du mich in einer Minute so weit hast, daß ich dich auf den Knien bitte, wenigstens ein paar Tage hierbleiben zu dürfen. Aber ich will nicht hierbleiben, ich will zurück nach Seattle – und zwar morgen früh.«

»Zu Befehl, Madam«, sagte Brad, knallte die Hacken zusammen und salutierte. Er grinste sie an und fragte sich, warum sie das alles so ernst nahm. Es würde nicht leicht sein, sie zum Hierbleiben zu überreden. Er entschied sich, sein Ziel auf Umwegen zu erreichen.

»Ich habe eben über Robby Palmer nachgedacht«, erklärte er beiläufig, während er sich die Schuhe auszog.

Elaine ging sofort darauf ein. »Dein Buch«, meinte sie, »du meinst, du willst ein Buch über ihn schreiben?«

»Ich weiß nicht«, zierte sich Brad, »ich würde gern rausfinden, was wirklich mit ihm passiert ist. Eine so starke Störung löst sich nicht plötzlich in Nichts auf, wie Glen behauptet hat. Das gibt es nicht.«

»Aber wenn es doch so war?« fragte Elaine.

»Dann muß man die näheren Umstände erforschen. Mein Gott, wenn es hier draußen irgend etwas gibt, das Kinder wie Robby auf diese Weise beeinflußt und heilt, dann sollte die Welt es erfahren.«

»Wie würdest du das Buch nennen – ›Das gefundene Paradies‹?«

»Ein Buch über Robby Palmer besäße auf jeden Fall mehr Erfolgschancen als eins über Biorhythmus«, verteidigte sich Brad.

»Warum schreibst du nicht über beides?« forderte Elaine ihn erneut heraus, »und sicherst dir auf diese Weise zwei Interessengruppen?« Sie lächelte über ihren Scherz, wurde aber sofort wieder ernst, als sie seinen Gesichtsausdruck sah. »Habe ich etwas Falsches gesagt?« fragte sie vorsichtig.

»Ich weiß nicht«, erwiderte Brad. Er stieß die Schuhe von sich und warf ihnen die Socken nach, dann legte er sich auf dem Bett zurück und öffnete einladend die Arme. Elaine ging zum Bett und schmiegte sich an ihn. Er umfaßte sie mit beiden Armen, eine Hand streichelte sanft ihren Nacken. Der Regen trommelte jetzt unablässig gegen die Scheiben, und er wußte, er würde gewinnen: sie würden morgen früh nicht nach Hause fahren.

»Wäre es wirklich so schlimm für dich, wenn wir hierbleiben würden?« fragte er zärtlich.

Elaine drückte sich noch enger an ihn; er spürte ihren warmen Atem an seinem Hals.

»Ich glaube, es war vor allem dieser Tote«, versuchte sie ihre Gefühle zu erklären. »Ich sage mir dauernd, daß so etwas überall geschehen könnte – ich meine, Fischer ertrinken doch häufiger, nicht wahr? Aber ich sehe dauernd dieses Gesicht vor mir, so blau und aufgedunsen, und ich fürchte, ich werde es immer mit Clark's Harbor verbinden.« Sie schwieg und fühlte, wie Brad sich bewegte. »Du willst hierbleiben, stimmt's?«

»Nun – es ist der schönste Ort, den wir bis jetzt gefunden haben, und er bietet alles, was ich für meine Arbeit brauche. Er liegt abseits, ist nicht zu groß, und es ist recht unwahrscheinlich, daß mich hier der gesellschaftliche Trubel vom Schreiben abhalten könnte.«

»Gesellschaftlicher Trubel«, lächelte Elaine, »ich wette, der besteht hier aus einem monatlichen Gemeindeabend in der Kirche. Aber ich weiß nicht, Brad, ich versuche dauernd, diesen Mann zu vergessen, aber selbst wenn es mir gelingen sollte, ist da noch etwas anderes, etwas, das mit dem Ort selbst zu tun hat. Irgend etwas hier ist nicht in Ordnung. Das hängt irgendwie damit zusammen, wie Glen Palmer heute nachmittag in diesem Café behandelt wurde.«

»Das haben wir doch schon besprochen«, wehrte Brad ab.

»Ich weiß, und ich gebe dir auch recht. Es wird überall ähnliche Dinge geben. Trotzdem habe ich so ein seltsames Gefühl; vielleicht ist es auch nur dieser Sturm.« Wie aufs Stichwort tauchte in diesem Augenblick ein Blitz das Zimmer in grelles Weiß, und das Trommeln des Regens ging kurz im explodierenden Donner unter. Elaine, die sonst wildes Wetter liebte, zuckte zusammen.

»Vielleicht ist es auch nur eine weibliche Intuition«, lächelte Brad, um sie auf andere Gedanken zu bringen.

»Wenn du es so nennen willst.« Sie ging nicht auf seinen heiteren Ton ein.

»Mir gefällt es hier«, verkündete Brad entschlossen. »Ich finde diesen Ort faszinierend, die Leute machen mich neugierig, auch unter beruflichen Gesichtspunkten. Irgendwie wirken sie auf besondere Weise distanziert, wenn du verstehst, was ich meine. Sie scheinen sich überhaupt nicht umeinander zu kümmern, obwohl sie zusammen hier leben. Ein interessantes Phänomen, fast ein Widerspruch in sich. Eine eng verwobene Gemeinschaft, in der die Inzucht wahrscheinlich Triumphe feiert – und keiner scheint zum andern emotionale Beziehungen zu unterhalten. Zumindest nicht auf den ersten Blick. Wahrscheinlich verbirgt sich da einiges unter der Decke.«

»Vielleicht haben sie auch nur diesen armen Kerl nicht gemocht, der heute ertrunken ist«, warf Elaine ein.

»Vielleicht«, stimmte Brad zu, »aber ich glaube, daß da noch etwas anderes ist, das sehr viel tiefer geht.« Er machte eine Pause, und die beiden schmiegten sich zärtlich aneinander, während draußen das Wetter tobte. Der Wind frischte immer mehr auf, und das Gebäude begann in allen Fugen zu knarren.

»Ich mag sogar das Wetter hier«, sagte Brad leise, »es macht mir Lust auf Liebe.«

Elaine löste sich von Brad und stand auf. Einen Augenblick später glitt ihr Rock zu Boden, gefolgt von der Bluse. Nackt stand sie vor Brad mit vorgereckten Brüsten und lächelte zärtlich auf ihn herab.

»So ein Sturm hat auch sein Gutes«, meinte sie leise, »man hört nicht, was im Nebenzimmer vorgeht.«

Dann schlüpfte sie zu ihm ins Bett.

Zwei Meilen außerhalb von Clark's Harbor, am nördlichen Ende des Sod Beach genannten Halbmonds aus Sand, schimmerte ein einzelnes Licht schwach durch die Nacht. Es kam aus einer kleinen Hütte und reichte nicht einmal aus, bis in die Ecken des Raums, geschweige denn durch das dicht an das Häuschen heranreichende dunkle Gehölz zu dringen. Rebecca Palmer versuchte in dem trüben Schein Geschirr zu waschen. Als ihr fast ein Teller entglitten wäre, stieß sie einen unterdrückten Fluch aus. Aber die Ohren ihres Sohns waren schärfer, als sie gedacht hatte.

»Daddy!« schrie Robby mit dem puritanischen Eifer eines Neuneinhalbjährigen, »Mami hat ein böses Wort gesagt!«

Glen schaute von dem Spiel auf, das er mit seiner Tochter spielte, und warf seinem Sohn einen strengen Blick zu. »Dagegen müssen wir vermutlich etwas unternehmen«, meinte er dann lächelnd.

Robby nickte eifrig mit dem Kopf, aber bevor er etwas sagen konnte, hörte man die Stimme seiner kleinen Schwester. »Welches?« fragte sie interessiert, »hat sie Pups gesagt?« Robby strafte sie mit Geringschätzung. »Aber das doch nicht, Missy, das sagt doch jeder, sie hat ›verdammte Scheiße‹ gesagt.«

Missy wandte sich an ihren Vater, ihr siebenjähriges Gesicht glühte vor Neugier. »Das kenne ich noch gar nicht, darf ich das auch sagen?«

»Vergiß es lieber«, wies Glen sie lächelnd zurecht und wandte dann seine Aufmerksamkeit seiner Frau zu. »Was ist denn, Liebling?«

Rebecca biß sich auf die Lippen, um nicht einfach loszuheulen. »Oh, nichts, gar nichts. Es wäre nur schön, wenn wir hier draußen elektrisches Licht hätten, dann könnte ich wenigstens sehen, ob diese Teller hier sauber sind.«

»Das ist doch kein Grund, sich aufzuregen«, meinte Glen leichthin, »wenn du nicht sehen kannst, ob sie sauber sind, sieht auch niemand den Schmutz – habe ich recht?« Doch er spürte sofort, daß sein kleiner Scherz nicht ankam. Er stand rasch auf und trat an seine Frau heran. Robby nahm die kleine Schwester bei der Hand und führte sie in den winzigen Raum, in dem sie schliefen. Als die Kinder verschwunden waren, nahm Glen seine Frau in die Arme und drückte sie an sich.

»Es ist schwer, nicht wahr?« sagte er leise. Mit dem Gesicht an seiner Brust nickte Rebecca. Einen Augenblick lang war sie in Versuchung, jetzt den Tränen freien Lauf zu lassen, doch dann zog sie es vor, erneut zu fluchen. Diesmal mit mehr Nachdruck.

»Verdammte Scheiße, verdammte Scheiße!« Das schien sie zu erleichtern. Sie löste sich von Glen und versuchte ein Grinsen. »Tut mir leid«, sagte sie, »ich werd's schon schaffen, keine Sorge. Die großen Dinge machen mir keine Probleme – es sind immer die Kleinigkeiten, die mich aus der Fassung bringen, wie beispielsweise Kerosinlampen, die weniger hergeben als eine Vierzig-Watt-Birne. Allerdings gäbe es heute nacht sowieso keinen Strom, auch wenn wir angeschlossen wären«, fügte sie noch hinzu, als ein Blitz aufzuckte und der unmittelbar nachfolgende Donner die Kinder wieder zu den Eltern trieb. Missy warf sich in die Arme des Vaters, während Robby in der Tür stehenblieb, die Arme fest um einen zitternden schwarz-weißen Spaniel geschlungen. Glen überfiel beim Auftauchen der Kinder ein Gefühl der Erleichterung; plötzlich war die Spannung gebrochen, allerdings nur für den Augenblick, wie er wußte. Irgendwann mußten sie die in ihnen beiden angestauten Ängste entschärfen. Er wußte nur nicht, wie.

Die Palmers waren jetzt seit fünf Monaten in Clark's Harbor, fünf schwere Monate. Zuerst hatten sich Glen und Rebecca damit getröstet, daß die von dem Städtchen und seinen Bewohnern ausgehende Kälte eine ganz natürliche Sache sei und sich mit der Zeit legen würde. Aber Clark's Harbor blieb kalt und abweisend, und sie hatten mehr als einmal überlegt, es wieder zu verlassen.

Wenn da nicht Robby gewesen wäre.

Robby war noch nie ein einfaches Kind. Seit er ein Jahr alt war, hatten Glen und Rebecca erkennen müssen, daß er ›anders‹ war. Aber erst während der vergangenen drei Jahre begannen sie zu verstehen, daß er nicht nur ›anders‹, schwieriger und in gewissem Sinn frühreif war, sondern krank. Und je älter er wurde, desto schwieriger wurde es mit ihm. Robbys Hyperkinese zerstörte mit unmerklicher Heimtücke jeden einzelnen von ihnen. Glen wurde immer unfähiger zu arbeiten, sich zu konzentrieren, kreativ zu sein.

Und Rebecca war fast ausschließlich mit der ›Pflege‹ Robbys beschäftigt; von einer normalen Erziehung wagte sie schon bald nicht mehr zu sprechen. Dauernd mußte sie hinter ihm her sein, saubermachen, aufräumen, reparieren. Nur selten gelang es ihr, seine nächste Aktion vorherzuahnen und zu verhindern. Von Jahr zu Jahr wurde Rebecca müder, gereizter, verzweifelter.

Nur Missy schien von dem allem nicht betroffen zu sein. Sie war zwei Jahre jünger als ihr Bruder, ein ruhiges und heiteres Geschöpf. Früh schon hatte sie gelernt, auf sich selbst aufzupassen; irgendwie schien sie begriffen zu haben, daß ihr Bruder bestimmte Bedürfnisse hatte, die ihr abgingen.

Und dann waren sie nach Clark's Harbor gekommen.

Als Glen vorschlug, gemeinsam Urlaub zu machen, hatte Rebecca sich zunächst widersetzt, da sie sich keine Erholung, sondern eher noch größere Schwierigkeiten davon versprach – Robby, der dauernd sprach, ständig in Bewegung war, auf seiner Schwester herumhackte, nach irgend etwas verlangte und plötzlich gewalttätig wurde. Aber Glen hatte sich durchgesetzt. Sie hatten Seattle hinter sich gelassen und waren auf die Halbinsel gefahren, um am Strand zu campen. Dabei waren sie auf die Sod Beach nördlich von Clark's Harbor gestoßen, wo sie ihr Zelt aufschlugen.

Und hier war das ›Wunder‹ geschehen.

Zuerst hatten sie es gar nicht bemerkt, Missy mußte sie darauf aufmerksam machen. »Mit Robby stimmt irgendwas nicht«, sagte sie eines Nachmittags.

Rebecca ließ die Jeans fallen, die sie gerade schrubbte und rannte zum Strand. Robby spielte nahe der Wasserlinie. Ruhig und konzentriert baute er eine Sandburg, klopfte die Mauern und Brüstungen zurecht, hob Gräben aus und konstruierte Abwassersysteme gegen die zu erwartende Flut. Rebecca hatte ihm überrascht eine Zeitlang zugeschaut, bevor sie Glen rief.

»Schau dir das an«, empfing sie ihn.

»Und?« meinte Glen, »was ist so besonderes an einem Kind, das eine Sandburg baut?«

»Aber es ist Robby«, sagte Rebecca leise, »und er hat noch nichts kaputt gemacht.«

Das stimmte. Irgend etwas schien Robbys hektische Unruhe vertrieben zu haben. Sie warteten jeden Augenblick darauf, daß er aufsprang, mit den Füßen das eben Gebaute zertrat und schreiend und weinend seine Frustrationen an seiner nächsten Umgebung ausließ, wer oder was es auch sein mochte. Aber nichts dergleichen geschah. Er arbeitete ruhig weiter, bis alles zu seiner Zufriedenheit fertig war. Als er aufblickte und seine Eltern sah, winkte er ihnen zu.

»Schaut, was ich gebaut habe«, rief er. Glen und Rebecca mit Missy im Schlepptau inspizierten feierlich Robbys Werk, unsicher, was sie davon halten sollten. Zu sehr waren sie es gewöhnt, daß er irgend etwas anfing, sehr schnell die Geduld verlor, es wieder zerstörte und sich hektisch an etwas Neues machte. Aber jetzt standen sie vor einem über vier Meter langen Gebilde geschickt angelegter Wälle und Gräben – eine wahre Geduldsprobe.

»Er hat den ganzen Morgen daran gearbeitet«, sagte Missy stolz.

»Die Flut wird alles wegspülen«, meinte Glen, aber nicht, um die Arbeit herabzuwürdigen, sondern um das Unvermeidliche weniger schmerzhaft zu machen.

»Das macht nichts«, erwiderte Robby, »dann bau' ich eine neue weiter oben.« Er nahm seine kleine Schwester bei der Hand und spazierte mit ihr am Wasser entlang, wobei er seinen Schritt sorgfältig Missys kürzeren Beinen anpaßte. Glen und Rebecca schauten ihnen nach und fragten sich, was wohl geschehen sein mochte. Sie waren darauf gefaßt, daß der Terror jeden Augenblick von neuem begann.

Aber das geschah nicht einmal während der fünf Tage an diesem Strand. Als sie dann aber im Wagen saßen und Richtung Süden auf Seattle zufuhren, war er plötzlich wieder ganz der alte. Er zappelte unruhig hin und her, ärgerte seine Schwester und mußte dauernd irgendwie abgelenkt und beschäftigt werden, wobei es ihn nie lange bei irgend etwas hielt.

Als sie dann Randall Andeutungen über das Geschehen auf der Halbinsel machten, tat dieser es als Zufall ab. Aber Glen und Rebecca wollten sich auch damit nicht zufriedengeben. Sie hatten erlebt, daß ihr Sohn an der Sod Beach sich wie ein ganz normaler Neunjähriger verhalten hatte. Deshalb kamen sie nach einem langen nächtlichen Gespräch überein, Seattle zu verlassen und mit den paar tausend Dollar, die sie von ihrer Großmutter geerbt hatte, nach Clark's Harbor zu ziehen. Dort wollten sie eine kleine Kunstgalerie eröffnen, und mit ein wenig Glück würden sie davon leben können.

Aber dieses bißchen Glück hatte sich bis jetzt nicht eingestellt. Sie mußten sehr rasch feststellen, daß hier niemand an ihnen oder ihren Plänen interessiert war. Zuerst hatten sie die Hütte an der Sod Beach gekauft, und dann reichte das Geld gerade noch für eine Anzahlung eines bescheidenen Häuschens im Ort, das sie als Galerie ausbauen wollten. Doch der Umbau ging äußerst schleppend voran. Alles, was Glen bestellte, schien nicht auf Lager zu sein, und die Lieferungen dauerten eine Ewigkeit. Zweimal hatte er versucht, Einheimische anzustellen, aber jedesmal feststellen müssen, daß sie eher hinderlich als hilfreich waren – ob aus Böswilligkeit oder mangelnder Erfahrung ließ sich schwer sagen.

Robby aber ging es hier fantastisch. Sofort nachdem sie ihre Hütte hier bezogen hatten, war seine Hyperkinese verschwunden; ohne einen einzigen Rückfall. Glen blickte zu seinem Sohn hinüber, der auf dem Boden saß und mit dem Hund spielte, während Missy ihnen zusah. Wäre Robby nicht gewesen, hätten sie Clark's Harbor bestimmt schon hinter sich gelassen. So aber mußten sie bleiben.

»War heute was Besonderes los?« wandte sich Glen an seine Frau.

Sie nickte. »Ich wollte es dir eigentlich nicht sagen, aber warum nicht – eine seltsame Geschichte.«

Glen hörte sich die Sache mit dem Porzellan in Blakes Laden gespannt an. Als Rebecca fertig war, zuckte er mit den Schultern.

»Dann kaufen wir eben dort nicht mehr ein«, meinte er. »Was macht das schon groß aus?«

»Mir geht das alles verdammt auf die Nerven«, erregte sich Rebecca. Als sie sah, wie Glen zusammenzuckte, lenkte sie rasch ein. »Natürlich gibt es Schlimmeres, und ich warte jeden Tag darauf.«

Glen wollte gerade etwas darauf erwidern, als Robby aufblickte. Er wollte seiner Frage zuvorkommen und wandte sich an ihn.

»Weißt du, wen ich heute gesehen habe?«

Robby blickte neugierig zu ihm auf. »Wen?«

»Dr. Randall.«

»Wen?« fragte Robby verständnislos.

Rebecca dagegen reagierte wie elektrisiert. »Dr. Randall? Warum hast du mir das nicht gesagt? Wo hast du ihn gesehen? Ist er noch in der Stadt?«

»Eins nach dem andern«, lächelte Glen. »Er und seine Frau machen Ferien. Zufällig saßen sie im Café, als ich dort zu Mittag aß. Sie übernachten im Gasthaus, und ich hab' sie für heute abend oder morgen eingeladen.«

»Andere Gesichter...«, freute sich Rebecca. Ihr Blick schweifte durch die Hütte – was sollten die Randalls bloß davon halten? Robby starrte seinen Vater an.

»Wer ist Dr. Randall?« fragte er.

Missy mischte sich ein. »Oh, Robby, das war doch dein Doktor. Weißt du nicht mehr?«

»Nein.«

»Du weißt ja nie was«, zog sie ihn auf.

»Morgen früh wirst du dich erinnern«, sagte Glen, um jeder weiteren Streiterei das Wasser abzugraben. »Ich denke, für euch beide ist es jetzt Zeit fürs Bett.«

»Ist noch viel zu früh«, widersprach Robby automatisch.

»Du weißt ja nicht, wieviel Uhr es ist«, wies Rebecca ihn zurecht.

»Egal wieviel Uhr, es ist zu früh«, maulte Robby. »Sonst gehen wir auch nicht so früh ins Bett.«

»Heute aber geht ihr«, bestimmte Glen, »kommt jetzt!«

Er hob Missy hoch und nahm Robby bei der Hand. In dem winzigen Schlafraum, den die Kinder teilten, half er den beiden in ihre Pyjamas, bevor er sie sorgfältig zudeckte. Robby hatte das obere Etagenbett. Er wollte ihnen gerade ihren Gutenachtkuß geben, als Missy fragte: »Daddy, können wir heute nacht eine Lampe haben?«

»Eine Lampe? Seit wann braucht ihr eine Lampe?«

»Nur für heute nacht«, bettelte Missy. »Ich mag diesen Sturm nicht.«

»Das ist doch nur ein wenig Wind, und auch die Blitze und der Donner können euch überhaupt nichts tun, Liebling.«

»Und was ist mit Snooker«, wollte Robby wissen, »kann er heute bei uns schlafen?«

Der Spaniel stand mit erwartungsvollen braunen Hundeaugen im Durchgang. Glen hätte fast nachgegeben, doch dann entschied er sich anders.

»Nein«, sagte er bestimmt, »das geht nicht. Ihr wißt sehr gut, daß Hunde nach draußen gehören, nicht wahr?«

»Aber er wird ganz naß werden«, wandte Missy ein.

»Er wird's überleben, außerdem schläft er sowieso unter dem Haus.«

Bevor die Kinder noch weitere Proteste äußern konnten, küßte Glen sie und griff nach der Lampe. »Also, dann bis morgen«, sagte er und zog die Tür hinter sich zu.

Er setzte den unwillig jaulenden Snooker vor die Hütte und kümmerte sich dann um Rebecca. Den Arm um sie legend, tröstete er sie: »Nimm's nicht so tragisch, bis morgen hat dieser Blake die Sache mit dem verdammten Geschirr längst wieder vergessen.«

»Meinst du? Aber ich habe gerade an was ganz anderes gedacht – Robby.«

»Robby?«

»Wie kann er nur Dr. Randall vergessen haben?«

»Kinder tun das.«

»Aber Glen, er hat zwei, drei Stunden pro Woche mit Randall verbracht – und das fast drei Jahre lang.«

»Dann hat er es verdrängt«, meinte Glen achselzuckend, »was hat das schon zu bedeuten.«

»Ich hab' nicht behauptet, daß es viel zu bedeuten hat«, erwiderte Rebecca, »aber es kommt mir... irgendwie seltsam vor...«

Sie schwiegen beide, lauschten dem Wind und der lauten Brandung des Meeres.

»Ich bin trotz allem gern hier«, sagte Rebecca nach einer Weile leise. »Selbst wenn ich an einem Tag meine, ich kann es nicht mehr aushalten, brauche ich nur eine Zeitlang dem Meer zuzuhören und habe dann das Gefühl, es wird alles wieder gut.« Sie drückte sich an ihn. »Es ist doch so – es wird doch wieder gut?«

»Natürlich«, beruhigte sie Glen, »es braucht eben alles seine Zeit.«

Als sie einige Zeit danach selbst schlafen gehen wollten, hörten sie etwas aus dem Zimmer der Kinder. Sie trafen Missy aufrecht im unteren Bett sitzend, während Robby vorwurfsvoll auf sie hinabblickte.

»Ich habe ihr gesagt, sie soll euch in Ruhe lassen«, empfing Robby sie wichtigtuerisch.

»Ich hab' draußen etwas gehört«, erklärte Missy, ohne den Bruder zu beachten.

»Was hast du denn gehört, Liebling?« fragte Rebecca sanft.

»Ich weiß nicht, aber da war was.«

»Hat etwas geraschelt?«

Das kleine Mädchen nickte eifrig.

»War wahrscheinlich ein Ast, der an der Hauswand kratzte«, meinte Glen beruhigend.

»Oder der alte Snooker, der irgendwas gesucht hat«, schlug Robby vor.

»Nein, es war anders«, beharrte Missy, »da draußen ist was.«

Glen ging zu dem kleinen Fenster und schob den improvisierten Vorhang zur Seite. Es war so dunkel draußen, daß nichts zu erkennen war. Trotzdem spähte er angestrengt nach allen Seiten, bevor er den Vorhang zurückfallen ließ und sich wieder Missy zuwandte, die ihn mit ängstlicher Aufmerksamkeit beobachtet hatte. »Nichts zu sehen. Da draußen ist nichts.«

Missy war nicht überzeugt. »Kann ich heute nacht bei dir und Mami schlafen?«

»Aber du bist doch kein Baby mehr«, sagte Robby verächtlich.

Missy verkroch sich noch tiefer unter die Decke, aber Rebecca beugte sich über sie und küßte sie sanft.

»Schon gut, mein Herz«, murmelte sie, »da draußen ist wirklich nichts. Außerdem sind Mami und Papi direkt nebenan. Du brauchst nur zu rufen, und wir sind sofort bei dir.«

Sie richtete sich auf, winkte ihrem Sohn zu und verließ das Zimmerchen. Glen folgte ihr, nachdem er beiden noch einen Gutenachtkuß gegeben hatte.

»Schläfst du?« flüsterte Robby.

»Nein«, kam Missys Stimmchen aus der Dunkelheit. Ein Blitz zuckte durch den Raum, dicht gefolgt von einem Donnerschlag.

»Ich möchte, daß es aufhört«, jammerte Missy.

»Ich mag das«, erwiderte Robby, »ich mag dieses Gefühl.« Kurz war es still, dann hörte man wieder den kleinen Jungen. »Laß uns rausgehn und Snooker suchen.«

Missy kroch aus dem Bett, ging ans Fenster und blickte angestrengt hinaus. »Es regnet doch, wir werden ganz naß.«

»Wir können unsere Regenjacken anziehen.«

»Ich glaub' nicht, daß Snooker da draußen ist«, meinte Missy zweifelnd.

»Doch, ist er. Papi hat gesagt, er schläft unter dem Haus.« Robby kletterte herab und kroch zu seiner Schwester. »Das wird ein Spaß«, meinte er, »ein richtiges Abenteuer.«

»Ich mag keine Abenteuer.«

»Angsthase!«

»Bin ich nicht!«

»Dann komm mit raus!« Robby streifte seine Kleider über. Nachdem sie ihm einige Minuten unschlüssig zugesehen hatte, begann sich auch Missy anzuziehen.

»Was ist, wenn Mami und Papi uns hören?« fragte sie, als Robby das Fenster öffnete.

»Werden sie nicht«, erwiderte Robby mit der ganzen Überzeugungskraft seiner neuneinhalb Jahre und stieg auf den Sims. Einen Augenblick später standen die beiden Kinder dicht an die Hüttenwand gedrückt, um sich gegen Wind und Regen zu schützen.

»Snooker!« rief Robby leise. »Komm hierher, Snooker.«

Jeden Augenblick mußte der Spaniel aus der Dunkelheit auftauchen und schwanzwedelnd an ihnen hinaufspringen.

Aber nichts geschah.

Die beiden Kinder schauten sich an, unsicher, was sie tun sollten. Robby fällte schließlich eine Entscheidung.

»Besser, wir suchen ihn.«

»Es ist viel zu dunkel«, wandte Missy ein.

»Nein, ist es nicht. Komm schon!« Robby ging durch das Gehölz Richtung Strand. Zögernd folgte ihm Missy.

Als sie unter den Bäumen hervortraten, schlugen ihnen Wind und Regen hart ins Gesicht. Robby fühlte sich seltsam beschwingt. Immer schneller hastete er auf die brüllende Brandung zu, dauernd den kleinen Hund rufend. Mit ihren kleinen Füßen mühsam über den nassen Sand stapfend, versuchte Missy dem Bruder zu folgen. Sie konnte ihn kaum noch sehen, aber immer wieder hörte sie seine Stimme.

»Snooker! Snoooooooooker!«

Plötzlich blieb Robby stehen, und Missy holte ihn ein. »Hast du ihn gefunden?«

»Schsch!«

Missy starrte eingeschüchtert den Bruder an. »Was ist denn los?« flüsterte sie.

»Hör doch!«

Sie lauschte angestrengt in die Dunkelheit, aber zunächst hörte sie nichts als den Wind und das Rauschen der Brandung. Dann ein Geräusch wie knackende Äste.

Eine dunkle Gestalt, die in der Schwärze der Nacht nicht zu erkennen war, trat aus dem Gehölz heraus und kam über den Strand direkt auf sie zu.

»Papi?« fragte Missy mit ihrem dünnen Stimmchen, erstarrte aber erschrocken, als sie erkannte, daß sie sich getäuscht hatte. Sie griff nach Robbys Hand und drückte sie ängstlich. »Was sollen wir tun?«

»Ich weiß nicht«, flüsterte Robby, der ebenfalls Angst

hatte, aber fest entschlossen war, seine Schwester nichts merken zu lassen. »Wer ist da?« fragte er mit seiner tapfersten Stimme.

Die dunkle Gestalt blieb stehen. Dann hörte man eine alte, schon etwas zittrige Stimme über den Sand dringen.

»Und wer bist du, was machst du hier draußen bei diesem Wetter?«

»Robby Palmer«, sagte Robby fast automatisch.

»Steh da nicht so rum, komm hier rüber, wo ich dich sehen kann.«

Robby zog Missy hinter sich her auf den alten Mann zu. Seine Angst schien plötzlich verschwunden. »Wer sind Sie?«

»Mac Riley.« Jetzt konnten sie die ledernen Gesichtszüge des Mannes erkennen. »Was treibt ihr denn hier draußen?«

»Wir suchen unseren Hund«, antwortete Robby. »Wir dachten, er schläft unter dem Haus, aber da war er nicht.«

»Wenn er auch nur ein bißchen Grips hat, dann ist er auch nicht hier am Strand«, meinte Riley. »Das hier ist wirklich kein empfehlenswerter Ort, besonders nicht in einer Nacht wie dieser.«

»Warum sind Sie dann hier?« wollte Missy wissen.

»Um ein Auge auf die Dinge zu haben«, antwortete der alte Mann geheimnisvoll. Plötzlich hörte der Regen auf, und Riley blickte zum Himmel hinauf. »Verdammt will ich sein«, murmelte er dann vor sich hin, »wenn sie heute nacht keine Überstunden machen.«

»Wer?«

Riley strich dem Jungen durch das nasse Haar.

»Die Geister. Dieser Strand ist voll von ihnen.«

Die beiden Kinder drückten sich aneinander und warfen ängstliche Blicke um sich. »Es gibt keine Geister«, wandte Missy dann schüchtern ein.

»Die Seelen der Verstorbenen, wenn du so willst«, korrigierte sich Riley, »und sag ja nicht, daß es so was nicht gibt, nur weil du noch keine gesehen hast.«

»Haben Sie sie denn gesehen?« fragte Robby.

»Schon viele Male«, sagte Riley, »und immer in Nächten

wie dieser, wenn die Flut hoch geht und der Sturm tobt. Dann erscheinen sie hier an diesem Strand und tun, was sie tun müssen.«

»Was tun sie denn?« wollte Robby wissen.

Der alte Mann musterte die beiden Kinder vor sich, dann hob er den Blick und starrte hinaus auf die wütende See.

»Sie töten«, sagte er leise, »sie töten den nichts ahnenden unschuldigen Fremden.«

Robby und Missy starrten sich erschrocken an und begannen dann gleichzeitig davonzulaufen. Die brüllende Brandung dröhnte in ihren Ohren und der Wind zerrte an ihren Kleidern, während sie in wilder Panik nach Hause hasteten.

Mac Riley blickte ihnen nach, bis die Nacht sie verschlungen hatte. Dann verschwand auch er wieder in dem dichten Gehölz.

Aber hinter ihm, am halbmondförmigen Strand, bewegte sich etwas. Es war schattenhaft, fast formlos in der tosenden Finsternis.

4

Elaine Randall wachte am nächsten Morgen früh auf; einen Augenblick lang wußte sie nicht, wo sie war. Sie lag ruhig neben ihrem Gatten und starrte zur Decke hinauf, während sie sich zu orientieren versuchte. Das Tuten eines Schiffshorns brachte sie in die Realität zurück. Neben ihr bewegte sich Brad im Schlaf. Er drehte sich um und begann sofort wieder leise weiterzuschnarchen. Elaine stand auf und trat ans Fenster.

Der Sturm war nach Osten abgezogen, und im strahlenden Morgenlicht schien ihr Clark's Harbor zuzunicken. Sie beobachtete einen kleinen Trawler, der langsam davontuckerte. Als ihr der Sturm der vergangenen Nacht einfiel, bekam sie Lust auf einen Strandbummel. Sie zog sich rasch an und schlüpfte aus dem Zimmer. Unten beim Empfang begrüßte

desto unscheinbarer wurde er. Wäre die Sonne höher gestanden, hätte sie ihn wahrscheinlich überhaupt nicht bemerkt; jetzt schon warf er nur einen knappen Schatten. Einen Augenblick starrte sie zögernd auf ihn hinab, dann stieß sie mit dem Stock hinein.

Er drang mühelos vier, fünf Zentimeter ein und stieß dann auf Widerstand. Sie verstärkte den Druck, worauf er noch etwas tiefer sank, sofort aber zurückfederte, als sie den Druck verringerte. Was es auch sein mochte, ein Stein war es nicht.

Sie begann den Sand wegzuscharren, zuerst mit dem Stock, dann auch mit den Händen. Ihre Finger berührten etwas Weiches, wie ein Fell. Ein Seehund, sagte sie sich. Ich habe einen toten Seehund gefunden. Sie griff wieder nach dem Stock und grub weiter.

Erst als sie den Schwanz freigelegt hatte, begriff Elaine, was sie vor sich hatte. Einen Hund. Ihr erster Impuls war, es dabei bewenden zu lassen, was sie bei einem Seehund bestimmt auch getan hätte. Sie hatte ihre Neugier befriedigt und könnte der Natur ihren Lauf lassen. Aber bei einem Hund war es etwas anderes. Er hatte jemand gehört, jemand würde ihn vermissen. Vielleicht auch war er gar nicht tot, sagte sie sich und grub weiter.

Gleich darauf lag der Kadaver vor ihr. Elaine hatte zuerst Angst, sich übergeben zu müssen. Er bot einen mitleidserregenden Anblick mit seinen verrenkten Gliedern und dem schweißüberzogenen Fell. Sie sah sofort, daß er schon einige Stunden tot sein mußte, wollte sich aber vergewissern. Sanft stieß sie ihn mit dem Stock in die Seite, doch er rührte sich nicht. Als sie gegen den Kopf stieß, kippte dieser auf unnatürliche Weise seitwärts, und Elaine sah mit Entsetzen, daß das Genick gebrochen war. Sie ließ den Stock fallen und blickte sich unwillkürlich nach Hilfe um. Doch der Strand lag einsam wie zuvor. Ihr Blick wanderte wieder zu dem toten Tier, dessen gebrochene Augen zu ihr hochstarrten. Elaine meinte, darin eine Bitte lesen zu können. Doch alles, was sie für ihn tun konnte, war, ihn wieder zu begraben. Mit Hilfe des Stockes scharrte sie ihn rasch wieder ein und hastete dann blindlings den Strand entlang zurück. Sie konnte nur hoffen, daß der Anblick des Kadavers ebenso rasch wieder aus ihrer Erinnerung verschwand wie der Alptraum der letzten Nacht.

Brad stand am Empfang und unterhielt sich mit dem Wirt, als Elaine in die Harbor Inn stürzte. Als er die Miene seiner Frau sah, erstarrte sein Lächeln. Er folgte ihr auf das Zimmer. »Was ist los?« fragte er, »du siehst aus, als ob du einem Gespenst über den Weg gelaufen wärst.«

»Ich hab' etwas am Strand gefunden«, erwiderte Elaine mit zusammengepreßten Lippen, »ich glaube, mir wird gleich schlecht.« Sie ließ sich aufs Bett fallen und preßte die Hände auf den Magen, als ob sie ihn dadurch beruhigen könnte. Beim Anblick ihres aschfahlen Gesichts fühlte sich auch Brad sofort elend. Er setzte sich neben sie und legte den Arm um ihre Schultern.

»Was war es denn?« fragte er leise.

»Ein Hund«, antwortete Elaine schwer atmend, »ein armes kleines Hündchen, das man im Sand verscharrt hat.«

Brad zog erstaunt die Brauen hoch. »Verscharrt? Was meinst du damit?«

Elaine sprang auf und funkelte verärgert den Gatten an. »Verscharrt! Ich meine, man hat es getötet und verscharrt! Sie haben ihm den Hals gebrochen und ... Brad, laß uns von hier weggehen, ich hasse diesen Ort, ich will nach Hause.«

Brad griff nach ihrer Hand und zog sie wieder neben sich aufs Bett. »Aber beruhige dich doch«, sagte er, »und erzähl mir genau, was du erlebt hast, aber ohne Dramatik, nur die einfachen Tatsachen.«

Elaine atmete tief durch, um sich wieder unter Kontrolle zu bringen, bevor sie ihm genau erklärte, was passiert war. Brad hörte ihr aufmerksam zu, zuckte dann aber mit den Schultern. »So schrecklich finde ich das gar nicht«, meinte er.

»Aber es war entsetzlich, du warst ja nicht dort. Du hast es nicht gesehen!«

»Nein, das war ich nicht«, gab Brad gelassen zu, »aber

wieso bist du so sicher, daß man ihn getötet und im Sand verscharrt hat?«

»Wie sollte es sonst gewesen sein?« wollte Elaine wissen.

»Wir hatten einen Sturm letzte Nacht, stimmt's?«

Elaine nickte stumm.

»Also – könnte der kleine Hund nicht am Strand gespielt haben, wo ihn ein Stück Treibholz traf? Das könnte ihm ohne weiteres das Genick brechen, und die Flut tut dann ein übriges und begräbt ihn im Sand. Meiner Meinung nach würde niemand, der einen Hund tötet, diesen am Strand begraben, wo er jederzeit wieder freigespült werden kann. Wenn man einen Hund verschwinden lassen will, begräbt man ihn dort, wo er auch verschwunden bleibt, glaubst du nicht auch?«

Elaine kam sich plötzlich recht kindisch vor. Sie warf Brad ein um Verzeihung bittendes Lächeln zu. »Warum hast du mich bloß geheiratet?« fragte sie. »Hast du's nicht langsam satt, daß ich dauernd so übertrieben reagiere?«

»Eigentlich nicht, dadurch wird das Gleichgewicht wiederhergestellt, schließlich neige ich zum Untertreiben.« Er lächelte ironisch. »Vielleicht bin ich deshalb ein so guter Klapsdoktor – ich höre mir die unwahrscheinlichsten Geschichten meiner Patienten an und reagiere überhaupt nicht darauf. Willst du eine davon hören?«

»Im Augenblick nicht«, wehrte sie errötend ab. »Hast du noch nie etwas vom Vertrauensverhältnis zwischen Arzt und Patient gehört?«

»Das gilt vielleicht vor Gericht, aber nicht gegenüber der eigenen Frau«, erwiderte Brad leichthin. »Komm, laß uns frühstücken gehn.«

Als sie durch die kleine Eingangshalle gingen, fragte der Wirt, ob sie noch länger bleiben wollten. Elaine wollte es gerade verneinen, als sie Brads Händedruck spürte.

»Wir bleiben noch ein paar Tage«, sagte er und vermied Elaines vorwurfsvollen Blick. »Ich möchte mir doch noch Robby Palmer ansehen«, meinte er leise. Aber Elaine wußte, daß es mehr als das war.

Nach dem Frühstück fühlte sie sich besser. Das im Sonnenlicht schimmernde Clark's Harbor erschien ihr wieder ebenso bezaubernd wie bei ihrer Ankunft. Die Erinnerung an den toten Fischer und den verrenkten Kadaver am Strand trat in den Hintergrund, und Elaine konnte sich durchaus vorstellen, hier ein Jahr zu verbringen. Schließlich ertranken Fischer häufiger, und daß sie ausgerechnet Augenzeugen eines solchen Vorfalls waren, hatte nichts Besonderes zu bedeuten. Es war eben ein unglücklicher Zufall...

Rebecca Palmer parkte den verbeulten Minibus vor dem Gebäude, das ihr Mann renovierte. Zunächst dachte sie, er wäre gar nicht anwesend, doch dann hörte sie aus dem hinteren Zimmer Hammerschläge und rief seinen Namen.

»Ich bin hier hinten«, antwortete er, und sie hörte am Klang seiner Stimme, daß er nicht nach vorn kommen würde. Rasch umrundete sie ein halbfertiges Ausstellungsregal und betrat eine Art Alkoven, der als Büro gedacht war.

»Dieses Miststück will einfach nicht passen«, empfing Glen sie grinsend. Er verabreichte dem Bord noch einen vorwurfsvollen Schlag, bevor er den Hammer zur Seite legte.

»Wenn du vorher Maß nehmen würdest, könnte das nicht passieren«, meinte Rebecca. Sie griff nach dem Hammer, löste das Bord von der Wand und nahm Maß. Darauf maß sie auch die Nische aus, für die es bestimmt war, legte dann das Brett über zwei Böcke, setzte die Säge an und verkürzte es um drei Millimeter. Augenblicke später war es fest und sicher am vorgesehenen Ort eingepaßt. Glen warf seiner Frau einen bewundernden Blick zu.

»Ich wußte gar nicht, daß du so was kannst.«

»Du hast mich ja nie gefragt. Vielleicht solltest du dich in Zukunft ums Haus kümmern und ich übernehme das Renovieren.«

»Dann hätten die hier in Clark's Harbor wieder etwas zum Tuscheln, nicht wahr? Willst du Kaffee?« Ohne die Antwort abzuwarten, goß Glen zwei Tassen ein. Er zwinkerte Rebecca zu: »Aufgebrüht mit echtem Strom«, neckte er sie. »Übrigens – dein letzter Schub Töpfereien ist ohne einen Sprung aus dem Ofen gekommen. Mit ein bißchen Glück werde ich in den nächsten Tagen hier fertig sein, so daß wir endlich versuchen können, etwas davon zu verkaufen.«

»Wäre nicht schlecht, vor allem, da ich bereits eine neue Lieferung im Auto habe; hilfst du mir dabei?«

Sie trugen die ungebrannten Gefäße herein und verteilten sie auf den Regalen beim Brennofen. Die fertigen Stücke schoben sie vorsichtig zur Seite.

»Jetzt brauch' ich nur noch Snooker einzusammeln, um zu meiner Arbeit zurückkehren zu können«, meinte Rebecca, fertig zum Aufbruch.

»Snooker?«

»Hast du ihn nicht heute morgen mit hierher genommen?« fragte Rebecca erstaunt.

»Ich habe ihn heute noch überhaupt nicht gesehen«, erwiderte Glen.

»Das ist komisch. Als er zu seinem Frühstück nicht auftauchte, nahm ich an, du hättest ihn mitgenommen.«

»Hast du ihn nicht gerufen?«

»Natürlich. Doch wie du weißt, ist er nicht gerade folgsam. Nun, er wird schon auftauchen, wenn er Hunger hat. Ich hoffe nur, daß es bald ist, sonst werden die Kinder Angst um ihn bekommen. Ich sagte ihnen, er sei bei dir.« Rebecca hob die Schultern. »Er wird schon kommen, oder ich geb' den Kindern frei und laß sie den Strand absuchen.«

»Ist vielleicht von größerem erzieherischen Wert als die Schule«, zwinkerte Glen.

»Oh, übertreib nicht, so schlecht ist die Schule auch wieder nicht. Vielleicht nicht ganz so gut wie die in Seattle, aber zumindest können beide dieselbe Schule besuchen.«

»Um dort von denselben Kindern gehänselt zu werden.«

Rebecca musterte ihn verärgert, und Glen bereute es, die Sprache auf die Schule gebracht zu haben. »Ich glaube, heute leide ich etwas an Verfolgungswahn«, versuchte er abzuwiegeln.

Rebecca lächelte erleichtert. Auf keinen Fall wollte sie sich wieder mit ihm streiten. »Ich frage mich, was geschehen wird, wenn Clark's Harbor eines Tags uns beide gleichzeitig auf die Palme bringt...«

»Wir werden's überleben«, meinte Glen, »es mag hier nicht ganz leicht sein, aber es war auch nicht leicht, als Robby so krank war. Was immer wir hier auch ertragen müssen – es ist es wert, solange Robby dafür zu einem normalen Jungen heranwächst.«

»Das ist es, nicht wahr?« lächelte Rebecca, »und an Tagen wie diesem ist es hier darüber hinaus ganz wundervoll. Mir tut es nicht mehr leid, daß wir hierhergekommen sind, wirklich nicht, Glen. Und alles wird noch besser werden, wenn wir hier erst einmal fertig sind und etwas verkaufen können. Die ersten fünfhundert Gewinn nehmen wir, um die Hütte mit Strom zu versorgen, versprochen?«

»Versprochen. Wird kaum fünf Jahre dauern, wie ich die Sache sehe.«

Bevor Rebecca antworten konnte, hörten sie, wie die Tür der Galerie sich öffnete und wieder ins Schloß fiel. Dann erklang eine schüchterne Stimme.

»Hallo?«

Rebecca und Glen tauschten einen Blick, während sie nach vorn gingen. Besucher waren selten hier. Der hier war völlig unerwartet.

Miriam Shelling stand unmittelbar vor der Eingangstür, die Hände hinter dem Rücken umfaßten noch die Klinke. Ihr Haar hing wirr ins Gesicht, und ihr Blick war von einer wilden Verstörtheit, die Rebecca fast Furcht einjagte.

»Mrs. Shelling«, faßte sie sich rasch, »wie nett, daß Sie uns besuchen. Es tut mir so leid um...«

Miriam Shelling fiel ihr ins Wort.

»Ich bin gekommen, um Sie zu warnen«, sagte die barsch. »Sie werden auch Sie noch kriegen, genau wie sie Pete gekriegt haben. Es mag noch eine Weile dauern, aber am Ende kriegen sie Sie doch. Denken Sie an meine Worte!« Ihr Blick wanderte rasch von Rebecca zu Glen und wieder zurück. Dann schnellte ihr Arm nach vorn und mit ausgestrecktem Finger wiederholte sie: »Denken Sie an meine Worte!« Einen Augenblick später war sie verschwunden.

»Mein Gott«, stöhnte Glen, »was hat das alles zu bedeuten?« Rebeccas Augen hingen noch immer an der Tür, durch die die verzweifelte Frau verschwunden war. Es dauerte einige Sekunden, bevor sie antworten konnte.

»Und wir meinen, uns ginge es schlecht«, sagte sie schließlich. »Wir sollten im Gegenteil für alles dankbar sein, Glen. Wir haben keinen Strom und fühlen uns etwas einsam, aber wir haben doch uns. Mrs. Shelling hat überhaupt niemand mehr...«

»Sie wirkte ein bißchen verrückt«, meinte Glen.

»Das ist doch kein Wunder?« blitzte Rebecca ihn an, »wie soll die arme Frau denn ohne ihren Mann auskommen?«

Glen wußte keine Antwort auf die Frage. »Was hat sie nur damit gemeint: ›wie sie Pete gekriegt haben‹? Denkt sie etwa, ihr Mann sei von jemand ermordet worden? Und uns würden sie auch kriegen... Sie muß verrückt sein!«

»Sie ist etwas durcheinander«, meinte Rebecca voller Mitgefühl. »Menschen sagen seltsame Dinge, wenn ihnen so etwas passiert. Es muß schrecklich für sie gewesen sein, dort unten am Kai, als sie ihn hereinbrachten.«

»Aber warum ist sie hierher gekommen?« wunderte sich Glen. »Warum kam sie zu uns und erzählt uns so etwas?«

»Wer weiß?« meinte Rebecca achselzuckend. Aber sie wünschte nichts sehnlicher, als den Grund dafür zu wissen.

Miriam Shelling ging mit energischen Schritten über den Gehweg. Sie sprach mit sich selbst und schien niemand wahrzunehmen. Die wenigen, die ihr entgegenkamen, traten zur Seite, wobei unklar blieb, ob es aus Angst oder aus Respekt vor ihrem Kummer geschah. Sie kam an das kleine Rathaus, in dem sich auch die Polizeistation befand. Ohne auch nur einen Augenblick innezuhalten, schritt sie die Stufen hinauf und verschwand in dem Gebäude. Einen Augenblick später stand sie vor Harney Whalens Schreibtisch.

»Was werden Sie unternehmen?« fragte sie.

Harney Whalen stand auf und kam mit ausgestreckter Hand um den Tisch herum. Miriam Shelling ignorierte die Geste. Starr und mit wildem Blick stand sie vor ihm.

»Miriam«, setzte Whalen an, der ihren Zustand durchaus bemerkte. Mit einem raschen Blick vergewisserte er sich, daß niemand in der Nähe war. »Wollen Sie nicht Platz nehmen?«

Sie schien ihn nicht zu hören. »Was werden Sie unternehmen?« fragte sie erneut.

Whalen hielt es für das Beste, das Ganze wie eine Routinesache zu behandeln. Er ging zu seinem Platz hinter dem Schreibtisch zurück, setzte sich und fixierte die Frau. »Ich bin mir nicht sicher, was Sie meinen«, sagte er ruhig.

»Pete, ich meine Pete. Was werden Sie unternehmen, um die Leute zu finden, die ihn ermordet haben?«

In Harney Whalen wurde eine undeutliche Erinnerung wach, und ein leichtes Frösteln kroch sein Rückgrat hinauf, bis es sich in seinem Nacken festsetzte. Da war eine andere Frau gewesen, vor langer Zeit. Auch sie hatte gefragt: »Wer hat ihn getötet?« Und dann, einige Tage später... Er versuchte, die quälende Erinnerung beiseite zu schieben.

»Niemand hat Pete getötet, Miriam«, sagte er beherrscht. »Es war ein Unfall. Er ist über Bord gefallen und verfing sich in seinen Netzen.«

»Er wurde ermordet.«

Harney schüttelte bekümmert den Kopf, teils wegen der Frau vor ihm, teils wegen der Schwierigkeiten, in die sie ihn bringen konnte. »Dafür gibt es nicht das geringste Anzeichen, Miriam. Ich habe mir gestern nachmittag das Boot persönlich angesehen. Zusammen mit Chip Connor war ich fast zwei Stunden lang an Bord der ›Sea Spray‹. Hätte es auch nur den geringsten Hinweis gegeben, wir hätten ihn gefunden.«

»Was ist mit dem Mann, der ihn hereingebracht hat?«

»Er ist Rechtsanwalt in Aberdeen. Letzte Nacht, als Pete ertrank, lag er zu Hause in seinem Bett. Sie können sicher sein, daß wir das genau überprüft haben.«

Als Miriam keine Anstalten zum Gehen traf, machte Harney einen letzten Versuch, ihr das Geschehen verständlich zu machen.

»Miriam, Sie haben hier jetzt fünfzehn Jahre gelebt«, setzte er an, »Sie wissen doch, wie das so ist. Immer wieder ertrinkt einer der Fischer. Wir haben verdammtes Glück gehabt, daß es nicht noch mehr erwischt hat. Aber unsere Jungs hier sind sehr vorsichtig. Sie sind alle hier aufgewachsen, Pete nicht. Und keiner von ihnen würde allein hinausfahren. Die Stürme hier ziehen völlig überraschend auf – und sie sind heimtückisch. Das hat auch Pete gewußt. Er hätte niemals allein hinausfahren dürfen. Es war ein Unfall, Miriam, nichts anderes.«

»Ist das alles, was Sie dazu zu sagen haben?« fragte Miriam schwerfällig. »Sie werden also nichts weiter unternehmen?«

»Ich weiß nicht, was ich noch tun könnte, Miriam. Pete war ganz allein da draußen, und keiner hat gesehen, was geschehen ist.«

»Jemand hat's gesehen«, sagte Miriam ruhig, »jemand war da draußen, als es geschehen ist.«

»Wer?« fragte Whalen nachsichtig.

»Das herauszufinden ist Ihr Job.«

»Ich habe getan, was ich konnte, Miriam. Ich habe mit jedem der Fischer gesprochen, und sie haben alle dasselbe gesagt. Sie sind zusammen rausgefahren, und sie sind zusammen zurückgekommen, außer Pete. Er blieb allein draußen, als die übrigen zum Hafen zurückfuhren. Der Sturm zog bereits herauf, und er hätte mit ihnen hereinkommen sollen. Aber er tat es nicht. Das ist alles, was wir wissen. Es ist vorüber.«

»Es ist nicht vorüber«, widersprach Miriam mit sich überschlagender Stimme, »ich weiß, daß es nicht vorüber ist.«

Einen Augenblick lang dachte Harney Whalen, sie würde durchdrehen. Doch plötzlich wandte sie sich abrupt ab und verließ sein Büro. Nachdenklich blickte er ihr nach. Er schien noch in Gedanken versunken, als Chip Connor, sein Stellvertreter, das Büro betrat.

»Was war denn los?« fragte Chip.

»Weiß ich auch nicht so genau«, antwortete Harney. »Miriam glaubt offenbar nicht, daß die Sache mit Pete ein Unfall war.«

Chip runzelte die Stirn. »Und was sollen wir ihrer Meinung nach tun?«

»Ich hab' keine Ahnung«, zuckte Whalen mit den Schultern, »wir haben gestern alles getan, was wir konnten.« Er kratzte sich am Kopf. »Sag mal, Chip, als ich gestern drunten am Kai war, habe ich ein fremdes Paar gesehen. Sahen aus wie Leute aus der Stadt.«

»Ja und?«

»Nichts, ja und«, reagierte Whalen gereizt. »Tu mir einen Gefallen, Chip, geh rüber zum Gasthof und frag Merle, ob sie noch da sind und falls ja, wie lange sie noch bleiben wollen.«

Chip warf ihm einen erstaunten Blick zu. »Was haben wir damit zu tun?«

Harney Whalen funkelte seinen Stellvertreter wütend an. »Wir hatten einen Toten, Chip, und es sind Fremde in der Stadt. Denkst du nicht, daß wir herausfinden sollten, warum sie hier sind?«

Chip Connor wollten eigentlich seinem Chef widersprechen, aber ein Blick in dessen Gesicht ließ ihn sein Vorhaben aufgeben. Wenn Harn Whalen die Kiefer auf diese Weise zusammenpreßte, hatte es keinen Sinn, ihm zu widersprechen.

Obwohl er sich etwas seltsam in seiner Haut fühlte, machte sich Chip Connor auf den Weg zum Eigentümer der Harbor Inn.

5

»Morgen, Merle.«

Obwohl Merle Glind die Stimme Chip Connors sofort erkannte, zuckte er doch so sehr zusammen, daß die auf der Spitze seiner kleinen Nase balancierende Brille mit den dikken Gläsern in Gefahr war, herabzufallen. Hastig glättete die eine Hand die spärlichen verbliebenen Haare, während er die Verlegenheit über die eigene Nervosität mit einem breiten Lächeln zu überspielen versuchte. Unglücklicherweise nur mit geringem Erfolg, da das Lächeln zu einem krampfhaften Zucken der dünnen Lippen mißriet. Geduldig wartete Chip, bis der kuriose kleine Mann sich gefangen hatte.

»Stimmt irgendwas nicht?« gelang es Merle schließlich zu fragen, wobei seine Kaninchenaugen über die kleine Eingangshalle huschten, als ob er erwartete, daß jeden Augenblick unter seiner Nase ein Verbrechen geschehen könnte.

»Nichts, was Sie zu kümmern hätte«, versuchte Chip ihn zu beruhigen. Solange sich Chip zurückerinnern konnte, war Merle Glind so gewesen. Tag und Nacht hantierte er geschäftig in seinem Gasthof herum, inspizierte die selten benützten Zimmer, als ob es sich um die Präsidentensuite eines Grand Hotels handeln würde, überprüfte wieder und wieder die Belege, um vielleicht einer Unterschlagung auf die Spur zu kommen, und steckte jeden Augenblick die Nase in den Schankraum, seine Haupteinkommensquelle, um die Gäste zu zählen. Als Chip noch ein Junge war, hatte Merle sich immer gefreut, ihn zu sehen. Doch seit er Stellvertreter Harney Whalens geworden war vor drei Jahren, zeigte Merle Anzeichen akuter Nervosität, wann immer Chip in der Harbor Inn auftauchte. Vielleicht war es einfach ein natürliches Mißtrauen der Polizei gegenüber, verstärkt durch Merles angeborene Nervosität; andererseits kannte der Alte Chip Connor seit dem Tag seiner Geburt.

»Bei mir hier ist alles wie immer«, beeilte sich Merle, ihm zu versichern, »nichts los hier, wie immer. Manchmal frage ich mich, warum ich überhaupt noch aufsperre. Wahrscheinlich nur, um mich selbst zu beschäftigen. Fünfunddreißig Jahre stehe ich nun schon hier, und das wird so weitergehen, bis ich sterbe.« Er ließ seinen Blick mit unverhülltem Stolz über die makellos saubere Eingangshalle schweifen, und Chip fühlte sich verpflichtet, ihm ein Kompliment zu machen.

»Ist wirklich alles prima in Schuß«, sagte er, »wer poliert eigentlich die Spucknäpfe?«

»Ich natürlich«, erwiderte Merle prompt und zauberte eine Flasche Metallpolitur unter dem Tresen hervor. »Das muß man selbst machen – sie würden einem nur das Messing zerkratzen, und nichts ist schlechter für ein Hotel als zerkratztes Messing. Das und schmutziges Bettzeug. Aber ich darf mit Recht sagen, daß ich in fünfunddreißig Jahren noch nie ein Zimmer ohne frisches Bettzeug vermietet habe. Vielleicht war es schon etwas verschlissen, aber immer sauber«, schloß er mit einem schwachen Versuch, humorvoll zu erscheinen. Chip lachte beifällig.

»Wie ist die Belegquote?«

»Zwanzig Prozent«, erwiderte Merle stolz. Dann erklärte er in ehrlicher Resignation: »Ein Zimmer besetzt, vier leer.«

»Wer sind die Gäste?« fragte Chip beiläufig.

»Will Harney das wissen?« Merles Augen verengten sich sofort.

»Sie kennen doch Harn«, meinte Chip, »will über alles immer genau informiert sein. Aber diesmal gibt es einen Grund dafür. Hat mit Pete Shelling zu tun.«

Merle gluckste mitfühlend, doch dann begriff er, was das eben Gehörte für ihn bedeuten konnte.

»Harney denkt doch nicht...«, begann er, brach jedoch sofort wieder ab, da er die schreckliche Vermutung noch nicht einmal aussprechen wollte. Das hätte ihm noch gefehlt, daß die Reputation seines Hauses ruiniert würde...

»Harney denkt gar nichts«, beruhigte ihn Chip, der die Gedanken des kleinen Mannes lesen konnte. »Es ist nur so, daß Miriam Shelling heute morgen behauptet hat, Pete wäre ermordet worden. Harney tut also nichts als seine Pflicht, wenn er alles überprüft.«

Erleichtert drehte Merle Glind das Gästebuch so, daß Chip es lesen konnte. Kein Grund zur Beunruhigung, sagte er sich, nichts als Routine. Wann immer Gäste erschienen, kamen Chip oder Harn vorbei und überprüften ihre Daten. Also wirklich kein Grund zur Aufregung. Trotzdem beobachtete er Chip ängstlich, während dieser die letzte Eintragung studierte.

»Randall«, entzifferte Chip den Namen, »Dr. Randall und Frau aus Seattle.« Er blickte zu Merle auf. »Urlauber?«

»Solche Fragen stelle ich doch nicht«, erwiderte Merle, obwohl Chip wußte, daß er es tat. »Ich hab' allerdings bemerkt«, fuhr Merle mit vertraulich gesenkter Stimme fort, »daß die beiden etwas viel Gepäck dabeihaben. Ich vermute, daß sie auf einer längeren Fahrt sind.«

»Bleiben sie lange?«

»Ein paar Tage, hat er heute morgen gesagt.«

»Doktor ist er, frage mich, welche Art von Doktor.«

»Das weiß ich nun wirklich nicht«, meinte Merle, »aber das kann ich bestimmt herausbringen. Denken Sie, es ist wichtig?«

»Bezweifle ich stark«, erwiderte Chip und lachte kurz auf, »aber Harney besteht darauf, gleichgültig ob es wichtig ist oder nicht – er will alles wissen. Also, wollen Sie mir einen Gefallen tun?«

»Zumindest will ich es versuchen.«

»Gut, versuchen Sie herauszufinden, welche Art von Doktor dieser Randall ist, und warum sie nach Clark's Harbor gekommen sind. Sie lassen es uns dann wissen, in Ordnung?« Er schob das Gästebuch zurück, nickte Glind kurz zu und verließ das Gasthaus.

Chip fuhr langsam durch den Ort. Er sah sich aufmerksam um, ohne etwas Bestimmtes im Sinn zu haben. Schließlich näherte er sich dem kleinen Schulhaus, das dem Städtchen schon seit drei Generationen diente.

Er brachte den Wagen zum Stehen und schaute den Kindern zu, die im Schulhof spielten. Er kannte sie alle, einige davon in- und auswendig. Er war hier mit ihren Eltern zur Schule gegangen.

Sein Blick blieb an zwei Kindern hängen, die abseits standen. Er kannte auch den kleinen Jungen und seine jüngere Schwester; es waren diese Zugezogenen, die Palmer-Kinder.

Und er wußte auch, warum sie abseits standen: die einheimischen Kinder hatten sie noch nicht akzeptiert.

Chip fragte sich, wie lange es noch dauern mochte, bis Robby und Missy Palmer in den Kreis der übrigen Kinder aufgenommen würden. Bis zum Ende des Jahres? Erst im nächsten Jahr? Oder noch später?

Die Kinder von Clark's Harbor waren genau wie ihre Eltern, wenn nicht noch schlimmer.

Wenn ihre Eltern Fremde nicht mochten, dann haßten die Kinder sie.

Wenn die Eltern schlecht über die erwachsenen Palmers sprachen, verhöhnten und quälten ihre Kinder die jungen Palmers.

Chip wußte, daß sich nichts daran ändern ließ, allerdings bekümmerte ihn das nicht besonders. Er startete den Motor und fuhr weiter.

Robby Palmer sah das Polizeiauto wegfahren und fragte sich, warum es gehalten hatte. Er wußte, daß auch Missy alles beobachtet hatte, doch bevor er sich dazu äußern konnte, hörte er seinen Namen.

»Robby! Baby Robby!« hallte es laut an sein Ohr. Er brauchte sich gar nicht umzudrehen, um zu wissen, wer ihn wieder einmal verhöhnen wollte.

Jimmy Phipps. Er war größer als Robby und ein Jahr älter. Trotzdem waren beide in derselben Klasse. Von Anfang an hatte Jimmy es Robby spüren lassen, daß er eigentlich in eine niedrigere Klasse gehörte – und Robby das Leben zur Hölle gemacht. Jetzt stand Phipps ihm mit funkelnden Augen auf wenige Schritte drohend gegenüber.

»Willst du kämpfen?« forderte er ihn heraus.

Robby schüttelte stumm den Kopf.

»Du Feigling!« beleidigte ihn Jimmy.

»Ist er nicht!« brauste Missy auf und nahm den Bruder in Schutz.

»Misch dich nicht ein, Missy«, sagte Robby zu der kleinen Schwester, »tu einfach so, als ob er gar nicht da ist.« Jimmy

Phipps wurde rot vor Wut. »Dein Vater ist ein Schwuler«, schrie er.

Robby wußte nicht genau, was das Wort bedeutete, fühlte sich aber verpflichtet, die Behauptung zurückzuweisen.

»Mein Vater ist Künstler!« erklärte er.

»Und mein Vater sagt, alle Künstler sind Schwule«, triumphierte Jimmy, »mein Vater sagt, deine Eltern sind Kommunisten und Gammler, und ihr sollt euch dorthin zurückscheren, von wo ihr kommt!«

Robby starrte den größeren Jungen voller Zorn an. Er wußte, daß seine Eltern es nicht gern sehen würden, wenn er sich mit den Fäusten verteidigte, aber wie sollte er sich sonst gegen diesen Jimmy Phipps wehren? Er trat einen Schritt vor und sah, wie sich drei weitere Widersacher hinter Jimmy aufbauten. »Gib's ihm, Jimmy«, drängte Joe Taylor, »wisch mit ihm den Boden auf.«

»Ich will nicht kämpfen«, erklärte Robby in einem letzten Versuch, den Zusammenstoß zu vermeiden.

»Du bist eben ein Feigling!« schrie Jimmy und schlug unter dem Beifallsgeheul seiner Freunde auf den kleineren Jungen ein. Robby wehrte sich, so gut es ging, und plötzlich lag Jimmy unter ihm. Aber dann griffen die anderen Jungen ein und hielten ihn fest, so daß sein Feind sich wieder aufrappeln konnte.

»Laßt ihn los!« schrie Missy, »laßt meinen Bruder los!«

Sie trat nach einem der Jungen, aber Robby befahl ihr, sich rauszuhalten. Mit einem überraschenden Ruck riß er sich los und knallte Joe Taylor seine Faust auf die Nase. Blutend und schreiend rannte dieser Richtung Schulhaus, während die übrigen Robby überrascht anstarrten. Auch Jimmy, der gerade einen neuen Angriff starten wollte, blieb wie angewurzelt stehen, als ob ihm plötzlich die Angst in die Glieder gefahren sei. Ganz offensichtlich steckte mehr in dem Kleinen, als man ihm ansah.

»Hör jetzt auf damit«, nutzte Robby die unverhoffte Chance, »und dann nimmst du zurück, was du gesagt hast!«

»Also gut«, lenkte Jimmy Phipps ein, »du bist kein Feigling, aber dein Vater ist trotzdem ein schwuler Kommunist, wie mein Vater gesagt hat.«

Robby stürzte sich auf ihn, aber in diesem Moment erschien ihre Lehrerin auf der Bildfläche und trennte die beiden Streithähne voneinander.

»Das reicht jetzt«, sagte Fräulein Peters, »was ist hier eigentlich los?«

»Robby hat angefangen, Fräulein Peters! Er hat Joe Taylor die Nase blutig geschlagen und Jimmy Phipps angegriffen!«

Fräulein Peters unterrichtete seit dreißig Jahren an dieser Schule und konnte sich denken, daß die Wahrheit etwas anders aussah. Aber sie hatte gelernt, daß es keinen Sinn hatte, sie aus einem halben Dutzend Zehnjähriger herausholen zu wollen. Am einfachsten war es immer, sich auf gar keine Diskussion einzulassen.

»Das interessiert mich überhaupt nicht«, sagte sie, »Robby, du hast dich schmutzig gemacht und dein Auge sieht aus, als ob es anschwellen würde. Am besten gehst du nach Hause.« Jimmy Phipps grinste schadenfroh, aber Fräulein Peters versetzte ihm einen kräftigen Dämpfer.

»Was dich betrifft, James, du kannst heute nachmittag unser Klassenzimmer sauber machen, wobei ihr andern ihm helfen werdet.« Sie nahm Missy bei der Hand und ging ins Schulhaus zurück.

Einen Augenblick lang starrte Robby seine Quälgeister noch an, dann wandte er sich Richtung Schultor. Jimmy Phipps schrie ihm wütend hinterher.

»Wir kriegen dich schon noch, du wirst noch bereuen, nach Clark's Harbor gekommen zu sein!«

Robby Palmer konnte sich nicht mehr länger beherrschen. Außerdem schmerzte sein Auge. Er brach in Tränen aus und lief, so schnell es ging, nach Hause.

Rebecca gab der Töpferscheibe noch einmal Schwung, während sie den Ton mit den Fingern der rechten vorsichtig gegen den Handteller der linken Hand drückte, um ihm die richtige Form zu geben. Nachdem sie mit einem Tuch die

Hände gereinigt hatte und die Scheibe zur Ruhe gekommen war, betrachtete sie ihr Werk mit kritischen Augen. Der Rand der Vase hätte vielleicht noch etwas dünner und geschwungener ausfallen können. Doch dann entschloß sie sich mit einem Seufzer, das Ganze auf sich beruhen zu lassen. Wuchtige, rustikale Töpfereien entsprachen ihrem Stil; im übrigen gingen sie ihr leichter von der Hand – warum also ein unnötiges Risiko eingehen? Sie strich sich eine lange, dunkle Haarsträhne aus dem Gesicht und nahm die Vase vorsichtig von der Scheibe.

Sie trat aus dem alten Werkzeugschuppen, den sie zu einer improvisierten Töpferwerkstatt umfunktioniert hatten, und ging zu ihrem Häuschen hinüber, um nach dem Brotteig zu sehen. Rechts von ihr machte der Strand einen einladenden Bogen nach Süden. Der weiße Sand glitzerte in der Sonne, und einen Augenblick lang war sie versucht, der Verlockung zu folgen. Vielleicht stieß sie sogar auf etwas, das sich in der Galerie verkaufen ließ... Aber irgendwie schien es ihr nicht fair gegenüber Glen, der sich noch immer mit Brettern und Stützen herumschlug, die einfach nicht passen wollten. Eigentlich war es komisch, dachte sie, denn sowie er seine Schnitzmesser in der Hand hatte, konnte er mit Holz anfangen, was er wollte. Wenn sie ehrlich war, hielt sie ihn sogar für einen besseren Holzschnitzer als Maler, doch das würde sie ihm nie sagen. Ging es aber um eine so simple Sache wie das Einpassen eines Regals, hatte er zwei linke Hände. Sie sah die fertige Galerie vor sich – und alle Regale hingen etwas schief. Doch das würde überhaupt nichts ausmachen, dachte sie vor sich hinlächelnd, denn bei seinem Sinn für ästhetische Wirkungen würde die Galerie trotzdem ihren Charme haben.

Nach einem letzten sehnsüchtigen Blick über den Strand betrat sie die Hütte. Als sie den müde auf dem Brett liegenden Teig sah, der wieder einmal nicht aufgehen wollte, mußte sie zugeben, daß auch sie nicht rundum perfekt war. Zumindest nicht beim Brotbacken. In der vagen Hoffnung, doch noch etwas bewirken zu können, stocherte sie mit dem

Finger in der weißen, trägen Masse herum. Doch daraus würde nie und nimmer einer jener goldbraunen, knusprigen Laibe werden, wie sie auf den Seiten der Frauenzeitschriften abgebildet waren... Da ihr nichts Besseres einfiel, klatschte sie ihn trotzdem auf ein Blech und schob ihn in den Ofen; vielleicht war das Endprodukt doch noch genießbar.

Als sie gerade noch etwas Brennholz nachlegte, hörte sie Robbys Stimme. Zunächst war sie sich nicht sicher, doch dann wurde sie plötzlich von einem Gefühl der Panik ergriffen.

»Mami, Mami!« drang die Stimme ihres Sohnes immer lauter werdend aus dem Gehölz.

Großer Gott, dachte Rebecca, beginnt jetzt alles wieder von vorn? Hat er wieder irgend etwas in der Schule angestellt, und sie haben ihn nach Hause geschickt, weil sie nicht mehr mit ihm fertig werden? Was sollen wir bloß tun, wenn sie ihn auch hier von der Schule verweisen? Erschrocken wurde ihr bewußt, wie dicht unter der Oberfläche des Bewußtseins die alten Ängste lauerten, jene Ängste, die so viele Jahre lang ihr Leben verdüstert hatten. Und sie hatte gemeint, sie für immer begraben zu haben... Seit sie hierhergekommen waren, schien doch alles gut zu sein. Mühsam kämpfte sie um ihre Kontrolle. Schon immer war es ihr schwergefallen, Robbys gewalttätigen Ausbrüchen zu begegnen. Sie fühlte, wie das Entsetzen in ihr wuchs. Großer Gott, warum war Glen nicht da!

»Mami!«

Rebecca stürzte aus der Hütte und sah Robby unter den Bäumen erscheinen. Seine blutende Nase und die zerrissenen Kleider steigerten ihre Panik. Er warf sich weinend in ihre Arme und drückte sein Gesicht gegen ihren Leib.

»Ist ja schon gut«, versuchte sie ihn zu trösten, »ist ja schon gut. Mami ist ja da, alles kommt wieder in Ordnung.« Großer Gott, flehte sie in ihrem Innern, bitte hilf mir dabei...

Noch immer weinend, ließ sich Robby von ihr in die Hütte führen, wo sie sanft sein Gesicht zu säubern begann. Erstaunt sah sie, wie ruhig er alles mit sich geschehen ließ, und ein Teil der ängstlichen Spannung fiel von ihr ab. Ganz offensichtlich hatte er keinen seiner Anfälle – aber was war es dann? Wieso kam er blutend und weinend nach Hause? Was war in der Schule geschehen?

»Was war denn los, Robby?« fragte sie vorsichtig, als er einigermaßen wiederhergestellt war.

»Ich hatte eine Prügelei«, erklärte Robby mürrisch.

»Eine Prügelei?«

Der Junge nickte.

»Und worum ging's?«

»Um dich und Papi.«

»Um mich und Papi? Und worum genau?«

»Sie haben euch beschimpft und gesagt, wir wären besser nicht hierhergekommen.« Er blickte flehend zu seiner Mutter auf. »Warum konnten wir nicht in Seattle bleiben?«

»Du warst krank dort.«

»Krank? Kann mich nicht erinnern.«

Rebecca umarmte ihn lächelnd. »Es ist auch besser, daß du das nicht kannst«, meinte sie, »du hast dich dort gar nicht wohlgefühlt, genausowenig wie Papi, Missy oder ich.«

Robby runzelte die Stirn. »Aber hier fühlen wir uns doch auch nicht wohl – oder?«

»Es geht uns hier besser als anderswo«, meinte Rebecca leise, »und du wirst sehen, daß sich bald alles zum Guten wenden wird. Hör einfach nicht hin, wenn sie dich angreifen.«

»Aber sie haben nicht mich angegriffen«, erwiderte Robby, »sie haben dich und Papi angegriffen.«

»Ist doch dasselbe. Also, du versprichst mir jetzt, daß du dich nicht mehr prügelst.«

»Aber wenn sie wieder auf mich losgehen?«

»Dann schlägst du nicht zurück, sie lassen dich dann rasch in Ruhe, weil es ihnen so keinen Spaß macht.«

»Aber dann halten sie mich für feige und spielen nicht mit mir.« Rebecca fühlte sich plötzlich alt, denn sie konnte ihrem Sohn nichts darauf erwidern. Er hatte recht; sie hatte einfach vergessen, wie Kinder denken und reagieren. Sie entschloß sich, das Thema fallenzulassen. Glen sollte sich damit beschäftigen, wenn er nach Hause kam.

»Vermutlich hat es keinen Sinn, dich jetzt wieder in die Schule zurückzuschicken?« fragte sie.

»Ich geh' heut nicht mehr hin«, sagte Robby bestimmt. Daß er heimgeschickt worden war, behielt er lieber für sich.

Rebecca sah sich die Wunden in seinem Gesicht genauer an, dann fragte sie erleichtert: »Hast du Lust, mir zu helfen oder willst du lieber am Strand spielen?«

»Ich spiel' lieber am Strand«, entschied sich Robby.

»Das habe ich erwartet«, lächelte Rebecca. »Aber denk an unsere Regeln.«

»Och, Mami!«

»Nichts ›och, Mami‹! Entweder du hältst dich an die Regeln, oder du bleibst hier und hilfst mir.« Sein Gesicht drückte aus, daß er das kleinere Übel wählen würde. »Also – du gehst nicht weiter weg vom Haus als dreißig Meter. Und behaupte ja nicht, du weißt nicht, was dreißig Meter sind – siehst du den großen Baum dort.« Sie deutete auf eine riesige Zeder, die einen Ausläufer des Gehölzes dominierte. Robby nickte feierlich. »Das sind dreißig Meter. Also nicht weiter als bis zu diesem Baum. Und halt dich vom Treibholz fern. Du könntest ausrutschen und dir das Bein brechen.«

»Och, Mami...« Aber er sah, daß jeder Widerspruch zwecklos sein würde.

»Und du bleibst vom Wasser weg – verstanden?«

»Ja.«

»Und wenn ich dich rufe, erscheinst du auf der Stelle.« Sie stand unter der Tür und blickte ihm nach, als er Richtung Strand davonstrolchte. Noch immer kam es ihr wie ein Wunder vor, daß sie ihn allein spielen lassen konnte, ohne sich dauernd sorgen zu müssen, was er wohl als nächstes anstellte. Mit einem glücklichen Lächeln machte sie sich wieder an ihre Hausarbeit.

Brad Randall hielt vor dem Gasthof, stellte den Motor ab und schlug sich dann mit der flachen Hand plötzlich gegen die Stirn, als ihm etwas einfiel.

»Verdammt«, sagte er, »das haben wir ja ganz vergessen!«

»Was haben wir vergessen?« fragte Elaine.

Sie hatten den Tag damit verbracht, sich Clark's Harbor in allen Winkeln anzusehen, unmöglich, daß sie etwas ausgelassen haben könnten. »Die Palmers, wir sagten doch, wir würden einen Sprung bei ihnen reinschauen.«

»Dazu ist es jetzt zu spät«, meinte Elaine mit einem Blick auf die sinkende Sonne. »Im übrigen hat er es wohl eher aus Höflichkeit gesagt, schließlich kennen wir uns ja gar nicht so gut.«

»Aber ich will unbedingt Robby wiedersehen«, beharrte Brad, »wenn es wirklich ein Wunder gegeben hat, will ich mich mit eigenen Augen davon überzeugen.«

»Vielleicht kannst du noch bis morgen warten«, seufzte Elaine, »im Augenblick bin ich groggy.«

»Ich hab' dich ganz schön rumgehetzt, stimmt's?« lächelte Brad, »und was hältst du jetzt davon, wie gefällt es dir hier?«

»Ich weiß nicht so recht«, meinte Elaine nachdenklich, »es ist hübsch hier, wirklich. Wäre nicht die Sache mit dem Fischer und dem Hund gewesen, ich wäre begeistert. Aber so weiß ich nicht so recht...«

»Aber das hat doch nichts zu bedeuten, Liebling«, versuchte Brad abzuwiegeln, »solche Dinge können doch überall vorkommen.«

»Aber sie sind hier geschehen«, widersprach Elaine trotzig, »und so leid es mir tut – ich kann sie nun einmal nicht vergessen.« Sie bereute ihre Worte sofort, denn sie wußte, daß Brad sich in den kleinen Ort verliebt hatte. »Laß uns noch einmal darüber schlafen, einverstanden?«

Sie stiegen aus und gingen auf den Gasthof zu. Elaine blieb stehen und musterte das Gebäude. »Ich bin nach wie vor der Überzeugung, daß es an der falschen Küste steht. Und nicht nur das hier, sondern der ganze Ort. Alles sieht so ordentlich und sauber aus, gar nicht wie all die andern Orte auf der

Halbinsel, die wie zufällig in die Landschaft gesetzt wirken. Man hat den Eindruck, Clark's Harbor hätte sich ganz bewußt diese Nische zwischen Wald und Strand gesucht und beschlossen, sich hier niederzulassen – als ob es seine Grenzen genau kennen und sie niemals überschreiten würde.«

Brad lächelte. »Vielleicht ist es das, was mich so anzieht«, meinte er, »es schlägt eine ganz bestimmte Saite in mir an; ich fühle mich hier wohl.«

Sie gingen Arm in Arm über den Rasen und traten ein. Hinter seinem Tresen nickte Merle Glind ihnen zu.

»Hatten Sie einen schönen Tag?«

»Sehr schön«, antwortete Brad, »ein hübsches Städtchen haben Sie hier, wirklich sehr hübsch.«

»Wir mögen es«, meinte Glind und legte eine Pause ein, während Brad Richtung Treppe ging.

»Machen Sie Urlaub hier?« fragte Merle abrupt.

Brad wandte sich um. »So etwas Ähnliches. Eigentlich schauen wir uns nach etwas um, wo man eine Weile leben könnte.«

»Wir haben schon einen Doktor«, sagte Merle hastig, »Dr. Phelps, ist schon seit vielen Jahren hier.«

»Ich mache ihm bestimmt keine Konkurrenz, ich bin nicht diese Art von Doktor; im übrigen habe ich sowieso nicht vor, zu praktizieren, ganz davon abgesehen, daß es hier draußen für meine Dienste wohl kaum Kundschaft geben dürfte.«

»Aber wenn Sie nicht arbeiten wollen, was wollen Sie dann?« Merle Glind machte sich keine Mühe, sein Mißtrauen zu verbergen. Was ihn betraf, so betrachtete er jeden unter fünfundsiebzig, der nicht arbeitete, als Drückeberger.

»Ich habe vor, ein Buch zu schreiben«, erklärte Brad etwas leichtsinnig.

Merle runzelte die Stirn. »Ein Buch? Was für ein Buch denn?«

Brad überlegte noch, wie er es erklären könnte, als Elaine sich einmischte. »Ein wissenschaftliches Buch«, sagte sie, »ein Buch, das keiner lesen wird, außer vielleicht einigen Kollegen meines Mannes.«

Brad wußte, daß er keinen Grund hatte, Elaine böse zu sein. Im Gegenteil. Sie hatte ihn davor bewahrt, langwierige Erklärungen abgeben zu müssen, die immer weitere Fragen nach sich gezogen hätten. Wie sollte man einem Laien schon erklären, was Biorhythmen sind? Er schenkte ihr ein bewunderndes Lächeln. »Ja«, fuhr er fort, »und das hier scheint mir dafür genau der richtige Platz zu sein – alles so friedlich und ruhig.«

»Ich weiß nicht«, überlegte Merle zweifelnd, »mir scheint, Pacific Beach oder Moclips würden besser passen, dort hängen doch diese Literaten und Künstler alle herum.«

»Genau«, grinste Brad, »und feiern Partys und trinken und tun alles, was man nicht tun darf, wenn man eine Arbeit zu erledigen hat. Clark's Harbor scheint mir das genaue Gegenteil davon zu sein.«

»Ist es nicht«, brauste Glind auf, »wir hier arbeiten und tun unsere Pflicht, wenigstens die meisten von uns. Das ist eine ordentliche Stadt, in der sich jeder vor allem um seine eigenen Angelegenheiten kümmert, und wir wollen, daß dies auch so bleibt.«

Elaine schickte einen Stoßseufzer zum Himmel. Jedes Wort, das der kuriose kleine Mann sagte, würde Brads Entschluß, sich in Clark's Harbor niederzulassen, nur noch bestärken. Seine nächsten Worte bewiesen, wie recht sie hatte.

»Ich hab' mich heute genau umgesehen. Sieht so aus, als ob das Immobiliengeschäft hier nicht gerade munter ginge – oder irre ich mich?«

»Überhaupt nicht«, meinte Merle, »kein einziges Haus, das Sie kaufen könnten! Die meisten Häuser werden von Generation zu Generation weitervererbt. Clark's Harbor ist anders als die meisten Orte dieser Art: unsere Kinder bleiben, wo sie geboren sind; die meisten von ihnen zumindest.«

»Und wie sieht es mit Mieten aus? Kennen Sie ein Haus, das man mieten könnte?«

Merle schien einen Augenblick nachzudenken. Brad fragte sich allerdings, ob er wirklich vorhatte, seine Frage zu beantworten oder lediglich darüber nachdachte, wie er sie am elegantesten umgehen konnte.

Merle wollte mit seiner Antwort das Thema ein für allemal beenden. »Ich weiß nur von einem, das unserem Polizeichef Harney Whalen gehört. Weiß aber nicht, ob er es vermieten möchte. Darüber müßten Sie schon selbst mit ihm sprechen.«

»Ist es im Augenblick bewohnt?« wollte Brad wissen.

»Soweit ich weiß, nicht. Auf jeden Fall hat Harney mir nichts davon gesagt. Geht mich aber auch nichts an, stimmt's?«

Brad ließ das Thema fallen, da er sicher war, aus dem alten Knaben mehr sowieso nicht herauszubekommen. »Können Sie uns irgend etwas zum Dinner empfehlen?« Merles Gesicht strahlte zuvorkommend.

»Einfach hier durch die Tür, das beste Essen und Trinken in der Stadt – und die frischesten Fische weit und breit. Der Koch holt sie jeden Tag direkt von den Booten.« Als er sah, daß Elaine die Tür zu dem leeren Speiseraum öffnete, fügte er rasch hinzu: »Im Augenblick ist natürlich noch keiner da, aber warten Sie nur noch ein bißchen. Dann ist alles brechend voll. Brechend voll!«

»Vielleicht sollten wir dann besser reservieren?« meinte Elaine.

»Oh, ist nicht nötig«, erwiderte Merle, »ist nicht nötig. Ich werde Ihnen einen Tisch freihalten. Wann wollen Sie essen?«

»Sieben? Halb acht?«

Merle Glind machte sich hastig eine Notiz und lächelte wieder zu den Randalls hoch. »Geht in Ordnung. Wird alles bestens besorgt. Eine Reservierung ist nicht nötig – überlassen Sie das ruhig mir.«

Zwei Minuten später warf sich Elaine auf das Bett in ihrem Zimmer und brach in Lachen aus. »Nicht zu glauben«, prustete sie, »einfach unglaublich, der schlägt sie alle! Weißt du was, Brad, ich glaube, der weiß überhaupt nicht, was eine Reservierung ist! Unglaublich!«

Brad legte sich neben sie und gab ihr einen zärtlichen Kuß. »Also, was meinst du?« wollte er wissen.

»Ich meine, wir haben noch genügend Zeit bis zum Abendessen«, erwiderte Elaine und begann sein Hemd aufzuknöpfen.

Merle Glind wählte eine Nummer, während seine Augen nervös die Treppe fixierten. Schon nach dem zweiten Klingeln wurde abgehoben. Knapp informierte er Harney Whalen über alles, was er über die Randalls herausgefunden hatte. Danach blieb es kurze Zeit ruhig am anderen Ende der Leitung.

»So, sie wollen also eine Weile hierbleiben«, hörte man dann den Polizeichef, »das werden wir in Ruhe abwarten, – kann sein, kann aber auch nicht sein. Danke, Merle, Sie waren mir eine große Hilfe.«

Merle Glind legte zufrieden mit sich selbst den Hörer auf und ging dann ins Speisezimmer, wo er auf einem der Tische ein Kärtchen aufstellte. »Reserviert« stand darauf.

6

Harney Whalen warf einen Blick auf die Uhr, während er mit den Fingern nervös auf der abgegriffenen Platte seines Eichenschreibtisches trommelte. Dann trat er ans Fenster und starrte auf die Straße hinaus, als ob Chip Connor dadurch auch nur eine Minute früher erscheinen würde. Sein Stellvertreter hatte sich verspätet, und das war ungewöhnlich. Und alles Ungewöhnliche beunruhigte Harney Whalen. Vor allem, wenn es sich so häufte, wie während dieser beiden Tage. Zuerst Pete Shelling (ein bedauernswerter Unfall natürlich) und jetzt diese Randalls, die Anstalten machten, sich in Clark's Harbor niederzulassen. Das war wirklich beunruhigend!

Harney musterte unbewußt das Spiegelbild seiner noch immer recht stattlichen Gestalt im Fenster und tätschelte mit der Rechten seinen muskulösen Bauch. Zurück am Schreibtisch, vertiefte er sich noch einmal in das magere Protokoll über Pete Shellings Tod. Er saß noch immer mißmutig drüber, als Chip Connor endlich auftauchte.

»Dachte schon, du hättest den Abend freigenommen«, knurrte Whalen zu Chip hoch.

»Hab' nur rasch etwas gegessen«, verteidigte dieser sich zurückhaltend. »Etwas Neues?«

»Nichts, außer daß Merle Glind mich angerufen hat.« Chips Brauen hoben sich fragend, während er darauf wartete, daß sein Boß ihn aufklären würde. »Sieht so aus, als ob sie sich hier für eine Weile niederlassen wollten«, fuhr Harney fort.

»Sie?«

»Dieser Randall und seine Frau.«

Chips Gesicht verfinsterte sich. Das verhieß nichts Gutes. Solange er Harn Whalen kannte, also sein ganzes Leben, hatte dieser etwas gegen Fremde gehabt. Und sein Mißtrauen schien noch über das der meisten Einheimischen hinauszugehen. Chip fand das irgendwie sogar verständlich. Harn kannte jeden im Städtchen – er war mit der Hälfte von ihnen, Chip eingeschlossen, auf irgendeine Weise verwandt –, und das machte seinen Job um vieles einfacher. Er wußte, wer die Unruhestifter waren, wer gern einen über den Durst trank oder andere kleine Laster hatte, und er wußte, wie man mit jedem einzelnen von ihnen umzugehen hatte. Fremde dagegen waren eine unbekannte Größe, und Harn Whalen mochte es nicht, wenn sie das Gleichgewicht seiner Stadt durcheinanderbrachten. In ihrer Gegenwart benahmen sich die Einheimischen plötzlich anders, wurden unberechenbar und machten Whalen folglich das Leben schwer; ganz davon abgesehen, daß er sich Fremden gegenüber immer irgendwie unsicher vorkam. Solange er mit seinen eigenen Leuten zusammen war, gab es keinerlei Probleme für ihn, aber sobald er einem Fremden gegenüberstand, verschloß er sich wie eine Muschel. Er hielt sich dann abseits und lag ständig auf der Lauer, als ob er jeden Augenblick einen Ausfall gegen sich erwartete. So war es auch noch lange nach Pete und Miriam Shellings Ankunft in Clark's Harbor gewesen. Erst nach annähernd fünf Jahren brachte es der Polizeichef über sich, die beiden mit einem barschen Kopfnicken zu grüßen. Chip wußte sich selbst nicht ganz frei von ähnlichen Gefühlen. Vielleicht würde er sich in Harneys Alter ganz ähnlich verhalten? Irgend etwas schien Whalen im Augenblick zu schaffen zu machen, Chip war sich da ganz sicher. »Und was wollen sie hier?« fragte er seinen Chef.

»Merle sagt, der Bursche möchte hier ein Buch schreiben und meint, unsere Stadt wäre genau der richtige Ort dafür.«

»Nun«, lächelte Chip, »du mußt zugeben, daß es hier mehr als ruhig ist.«

»Und genauso soll es auch bleiben«, meinte Harney. »Doch wenn sich immer mehr Städter hier ansiedeln, ist es bald vorbei damit. Sie bringen immer Unruhe und Lärm mit sich, genau wie diese Palmers.«

»Aber die halten sich doch nun wirklich zurück«, wandte Chip ein.

»Und dieses Hämmern den ganzen Tag?« meinte Whalen vorwurfsvoll.

»Nun, man kann nun mal kein Haus renovieren, ohne ein wenig zu hämmern.«

Whalen mußte das widerwillig zugeben. Was aber noch lange nicht hieß, daß er es mochte. »Was denken die sich überhaupt dabei, hier eine Galerie einzurichten?« knurrte er. »Keiner hier wird ihnen ihren Schund abkaufen.«

»Dann werden sie desto schneller wieder verschwinden«, grinste Chip. »Vielleicht solltest du ihnen bei den Umbauten helfen – je früher sie eröffnen können, desto früher sind sie pleite, stimmt's?«

Harney musterte seinen Stellvertreter mit säuerlichem Blick, konnte aber dann ein Lächeln nicht unterdrücken.

»Wirklich sehr witzig, Chip, sehr witzig. Vielleicht könntest du mir auch sagen, was wir mit diesen Randalls anfangen sollen. Ich weiß nicht, ob ich noch mehr Fremde im Augenblick aushalte. Sie bringen immer Unruhe mit sich. Spar dir aber deine klugen Reden – vielleicht kann ich diese Stadt tatsächlich nicht für immer und ewig in ihrem jetzigen Zustand erhalten. Aber solange ich hier Polizeichef bin, werde ich es zumindest versuchen!«

»Wo wollen sie denn wohnen, falls sie hierbleiben?«

»Merle hat sie an mich verwiesen.«

»Dann ist doch alles ganz einfach«, meinte Chip, »du brauchst ihnen doch nur zu sagen, daß das alte Haus nicht zu vermieten ist.«

»Das hab' ich auch schon den Palmers gesagt, ohne daß es etwas nützte. Möchte nur wissen, wie es ihnen gelang, die alte Mrs. Pruitt dazu zu bringen, ihnen ihre miese Hütte am anderen Ende der Bucht zu verkaufen. Hätte ich früher davon erfahren, hätte ich sie selbst gekauft. Nein, es ist besser, ihnen diese ganze Idee auszureden. Gelingt das nicht, sollen sie ruhig in das alte Baron-Haus einziehen – ein Monat an der Sod Beach in dieser Ruine wird sie schon zur Vernunft bringen.«

»Du bist ein hinterhältiger alter Knabe, Harn«, meinte Chip lächelnd.

»Ich bin überhaupt nicht hinterhältig«, wehrte sich Whalen, »ich mag aber nun mal keine Fremden hier. Also, wie wär's, wenn du dich ein wenig mit Pete Shelling beschäftigen würdest? Hier ist das Protokoll.«

»Was gibt es da noch zu tun?« wunderte sich Chip.

»Keine Ahnung«, meinte Harney achselzuckend, »ich weiß, daß es ein Unfall war, aber wenn Miriam Shelling hier wieder auftaucht, sieht es besser aus, wenn jemand an dem Fall arbeitet – du verstehst, was ich meine?«

Chip lachte laut heraus. »Wenn das nicht ganz schön hinterhältig ist.«

»Ein alter Hund versteht sich nun mal auf einige Tricks, das ist alles«, meinte Harney mit einem Zwinkern. Einen Augenblick später war er verschwunden, und Chip Connor war allein in der winzigen Polizeistation.

Glen Palmer sah den Polizeichef an der Galerie vorbeifahren und wollte ihm gerade zuwinken, wie er es jeden Tag tat. Aber dann ließ er die Hand rasch wieder sinken – es würde doch nichts nützen. Whalen hatte seinen Gruß noch nie erwidert, ja, ihn nicht einmal eines Blicks gewürdigt. Glen fragte sich, ob es bewußte Unhöflichkeit oder lediglich Unachtsamkeit war; vielleicht war Whalen zu sehr mit anderen Dingen beschäftigt? Aber in seinem Innern wußte er, daß der andere etwas gegen ihn hatte. Seine abweisende Kälte entsprach dem Verhalten des ganzen Städtchens. Glen klammerte sich an den Gedanken, wenn sie erst einmal von Whalen akzeptiert würden, auch die übrigen Einwohner für sich gewonnen zu haben. Aber bis jetzt zeigte Whalens Panzer noch keinerlei Wirkung. Alles zu seiner Zeit, tröstete sich Glen zum hundertsten Mal, alles zu seiner Zeit.

Auch was die Fortschritte der Galerie betraf, hielt sich Glen immer häufiger an diesen Trost. Sein Blick schweifte über den vorderen Raum. Morgen würde er sich ganz auf den Ausstellungsbereich konzentrieren; das Büro konnte warten. Er mußte in den wenigen Wochen bis zum Memorial Day unbedingt damit fertig sein, damit sie endlich eröffnen und vielleicht sogar etwas verkaufen konnten. Ohne das war ein Büro sowieso überflüssig...

Daß die Galerie eine Augenweide werden würde, stand für Glen fest. Die Naturholztäfelung war ein idealer Hintergrund für seine naiven Gemälde, wozu seine fein ziselierten Skulpturen mit ihrer handpolierten glänzenden Oberfläche einen spannungsgeladenen Kontrast bildeten. Er mußte seinen Stolz einfach hinunterschlucken und Rebecca um Mithilfe bitten. Das hätte er schon vor Wochen tun sollen, dann wäre die Galerie wohl schon längst fertig. Doch jetzt war wieder ein Nachmittag vorüber und vieles nicht getan, was er sich vorgenommen hatte. Aber er ließ es für heute gut sein, legte die Werkzeuge zur Seite, verschloß das Haus hinter sich und stieg in den alten Chevy, der ihnen als Zweitwagen diente. Aber der weigerte sich anzuspringen.

»Verdammt«, ärgerte er sich laut. Er drehte den Zündschlüssel erneut und hörte das lustlose Mahlen des Anlassers. Nach drei weiteren erfolglosen Versuchen stieg er wütend wieder aus und riß die Motorhaube auf. Aber von Motoren verstand er noch weniger als vom Schreinern. Er knallte die Haube auch sofort wieder zu und betätigte den Anlasser mit der völlig unbegründeten Hoffnung eines Mannes, der wirklich nichts von Technik versteht, erneut. Das Mahlen war kaum noch zu hören. Glen gab es auf, um die Batterie nicht auch noch zu ruinieren.

Er überlegte, was zu tun sei. Pruitts Tankstelle würde inzwischen geschlossen haben. Ihn zu Hause zu stören, war nicht gerade ratsam; Pruitt war noch nie besonders freundlich gewesen. Und das hatte sich noch verschlimmert, nachdem seine Mutter – wahrscheinlich gegen seinen Einspruch – ihnen die Hütte am Strand verkauft hatte. Blieb nur noch die einzige Reparaturwerkstätte des Orts. Aber falls sie ihm dort überhaupt helfen würden, mußte er mit einer gepfefferten Rechnung für Feierabendarbeit rechnen. Er entschied sich, den Chevy stehenzulassen und zu Fuß nach Hause zu gehen. Morgen früh war auch noch Zeit, sich um den Wagen zu kümmern.

Zuerst ging er eine Weile die Straße entlang; vielleicht nahm ihn jemand mit? Aber dann machte ihm das Gehen so viel Spaß, daß er die Straße verließ und durch das Gehölz zum Strand hinabging. Das brachte ihn zum Südende der Sod Beach, wo er genau bei dem alten Haus herauskam, das sie ursprünglich hatten kaufen wollen. Inzwischen war er froh, daß Whalen es ihnen nicht gegeben hatte. Es war wohl größer als ihre jetzige Bleibe, dafür stand es aber völlig ungeschützt direkt an der Küste. Außerdem umgab es eine seltsame Atmosphäre der Verlassenheit, die ihm zunächst nicht aufgefallen war. War es ihm damals romantisch und pittoresk erschienen, wirkte es jetzt eher unheimlich auf ihn.

Rasch umrundete er das Gebäude und ging dann hinab bis zur Wasserlinie, wo der Sand hartgebacken war und das Gehen erleichterte. In der Ferne sah er schon das Licht am Fenster ihrer Hütte. Aus beiden Kaminen kräuselte sich Rauch in die nun rasch hereinbrechende Dämmerung. Glen fragte sich, was Rebecca wohl zum Abendessen vorbereitet hatte.

Fast wäre er an Miriam Shelling vorbeigehastet, ohne sie

zu sehen. Auf ihr Winken ließ er die gegen den Strand laufenden Wasserzungen hinter sich und ging schräg über den Sand auf sie zu.

»Hallo«, begrüßte er sie mit einem zaghaften Lächeln.

Miriam starrte ihn eindringlich an, ohne seinen Gruß zu erwidern. Glen wollte schon weitergehen, als sie erneut die Hand hob und eine vage Geste machte.

»Sie haben mir nicht geglaubt, nicht wahr?«

Es klang wie eine Anklage. Glen wich aus. »Ich weiß nicht, was Sie meinen.« Plötzlich war die unheimliche Starre aus ihrem Blick gewichen, und sie war nur noch eine verzweifelte ältere Frau.

»Heute«, erklärte sie, »als ich heute zu Ihnen in Ihre – wie nennen Sie das...?«

»Galerie?«

Miriam nickte. »Die Galerie...«, wiederholte sie stumpf. »Sie sollten mir aber glauben!«

Glen musterte aufmerksam ihr Gesicht; er versuchte sich vorzustellen, was in ihr vorging. Sie schien jetzt sehr viel beherrschter zu sein als heute morgen. Aber in diesen Fällen wußte man nie genau, woran man war.

»Was tun Sie denn hier draußen?« fragte er.

»Warten.«

»Warten? Auf mich?«

»Vielleicht, ich weiß nicht. Ich warte eben. Es wird etwas geschehen, und darauf warte ich.«

»Aber warum gerade hier?« wollte Glen wissen.

»Ich weiß nicht«, sagte Miriam bedächtig, »irgendwie schien mir das der richtige Ort zu sein.« Plötzlich stand Angst in ihren Augen, und sie blickte verzweifelt auf zu Glen. »Das ist doch in Ordnung, nicht wahr? Sie haben nichts dagegen, wenn ich hier warte?«

»Nein, natürlich nicht. Schließlich gehört mir der Strand auch nicht. Aber es wird bald recht kalt werden.«

»Ein Sturm zieht auf«, sagte Miriam Shelling leise, »ein gewaltiger Sturm. Aber das macht jetzt nichts mehr, er kann Pete nichts mehr anhaben.«

»Aber was ist mit Ihnen?« fragte Glen besorgt. Vielleicht sollte er sie zu sich nach Hause einladen? Aber dann dachte er an die Kinder. Auf keinen Fall wollte er, daß Miriam Shelling sie durch ihr unsinniges Geschwätz beunruhigte.

»Ich gehe bald nach Hause«, sagte sie, »wahrscheinlich kann ich dort ebenso gut warten wie hier. Gehen Sie nur – ich komm' schon zurecht.«

Glen setzte seinen Weg fort, wandte sich aber noch einmal um, als sie ihm nachrief: »Junger Mann? Sie werden doch vorsichtig sein? Es wird ein gewaltiger Sturm!«

Glen lächelte ihr zu und winkte zum Abschied. »Ich werd' schon aufpassen«, rief er zurück. Dann schritt er rasch auf die Hütte zu. Erst als er sie fast erreicht hatte, drehte er sich noch einmal um. Miriam Shelling war verschwunden. Irgendwie fühlte er sich erleichtert, als ob er gerade noch einer Gefahr entronnen wäre. Als er in die Hütte trat, zogen sich die letzten Strahlen der Sonne vom Strand zurück.

»Ich hab' dich gar nicht vorfahren hören«, begrüßte ihn Rebecca.

»Ich bin auch nicht gefahren – ich ging zu Fuß.«

Rebecca dachte mit Schrecken an das magere Guthaben auf ihrem Konto. »Was ist mit dem Wagen?« fragte sie ängstlich.

»Ich wollte, ich wüßte es. Er wollte nicht anspringen, und du weißt ja, wie ich bei Autos bin. Zuerst wollte ich rüber zur Bill Pruitt, aber dann fiel mir ein, daß er nach sechs das Doppelte verlangt.«

Rebecca wollte noch etwas fragen, wurde aber durch die hereinstürmenden Kinder daran gehindert. Missy wollte vom Vater auf den Arm gehoben werden, und Robby bestürmte ihn: »Schau mal, wie ich aussehe, schau doch mal!«

Glen hob seine Tochter hoch und sah sich dann seinen Sohn an.

»Was ist denn mit dir los?« fragte er erschrocken, setzte die Kleine wieder ab und ließ seine Augen fragend zu Rebecca wandern.

»Er hat unsere Ehre verteidigt«, erklärte diese, doch Robby unterbrach sie sofort.

»Ich hab' mich geprügelt«, brach es aus ihm heraus, »vier sind auf mich losgegangen, ich hab' ein blaues Auge, aber ich hab' gewonnen. Hast du Snooker mitgebracht?«

Glen blickte hilfesuchend wieder zu Rebecca, die genauso ratlos war wie er. »Nein, hab' ich nicht«, sagte er, »er wird wahrscheinlich auf einem Jagdausflug sein.«

»Er ist noch nie den ganzen Tag weggeblieben«, widersprach Robby vorwurfsvoll.

»Vielleicht hat ihn plötzlich die Abenteuerlust gepackt, was du ja eigentlich verstehen müßtest«, erwiderte Glen. »Aber er kommt schon zurück, warten wir einfach bis morgen.«

»Er kommt nicht zurück«, sagte Missy leise und sah aus, als ob sie in Tränen ausbrechen würde. »Er kommt nie mehr zurück.«

»Wird er doch!« fuhr Robby sie an.

»Natürlich kommt er zurück, Missy«, mischte sich Rebecca ein, »warum denn nicht?«

»Weiß ich nicht«, sagte Missy mit feucht schimmernden Augen, »aber er kommt nicht zurück, und ich vermisse ihn sehr.« Sie konnte die Tränen nicht mehr länger zurückhalten und stürzte hinüber in ihr winziges Schlafzimmer, wo sie sich auf ihr Bett warf. Rebecca blickte hilflos zu Glen hinüber und eilte ihr nach. Robby starrte angstvoll den Vater an. »Er kommt doch zurück, nicht wahr?« fragte er kläglich.

»Natürlich tut er das, Robby, warum denn nicht?« Doch sein Gefühl sagte Glen, daß dies gar nicht so natürlich war. Nach dem Abendessen brachten sie die Kinder sofort zu Bett. Glen legte Holz nach, während Rebecca ihn von der Seite beobachtete. »Glen, was ist los?«

»Ich weiß nicht. Lauter Kleinigkeiten – der Wagen und die Galerie und jetzt auch noch Snooker. Ich habe irgendwie das Gefühl, daß Missy recht hat und er nicht mehr zurückkommt.«

»Sei doch nicht albern. Was sollte ihm denn geschehen sein? Natürlich kommt er zurück.«

»Da ist noch etwas.«

Rebecca zuckte zusammen. Sein Blick sagte ihr, daß es sich um etwas Bedeutendes handelte, und bestimmt nichts Gutes. »Ich habe vorhin Miriam Shelling gesehen.«

Rebecca war erleichtert. »Ist sie noch einmal in die Galerie gekommen?«

»Sie saß am Strand, als ich heimkam, saß auf dem Treibholz und starrte aufs Meer hinaus.«

»Das tun doch viele«, meinte Rebecca, während sie in ihrem Nähkorb nach einem Knopf suchte. »Ich tu' das auch gern, genau wie du. Das ist einer der Vorzüge, die man hier genießt.«

»Sie sagte, sie würde auf etwas warten – es war unheimlich...«

»Warten? Worauf?«

»Weiß ich nicht. Wahrscheinlich wußte sie's auch selbst nicht. Aber sie meinte, daß ein mächtiger Sturm aufziehe und ermahnte mich, vorsichtig zu sein.«

»Ist doch vernünftig«, meinte Rebecca, »hat sie sonst noch was gesagt?«

»Nein.« Glen verfiel in langes Schweigen; dann sagte er abrupt: »Vielleicht sollten wir aufgeben.«

Rebecca legte ihre Arbeit weg und musterte ihren Mann. »Jetzt sprichst du genau wie ich gestern. Aber du wirst drüber hinwegkommen, nimm dir ein Beispiel an mir.« Sie lachte leise auf. »Weißt du was? Während du dich heute in deine Trübsal hineingesteigert hast, habe ich meine überwunden. Ich weiß jetzt, daß ich gern hier bin. Ich lebe gern hier zwischen Wald und Meer, ich liebe den Frieden und die Stille hier und ich bin glücklich, daß es meinen Kindern hier so gut geht, vor allem Robby. Am besten, du schüttelst also deine trüben Gedanken jetzt ab, Liebster, denn ich bin fest entschlossen, gleichgültig was noch kommen mag, hier durchzuhalten. Und du wirst dasselbe tun!«

Glen Palmer warf seiner Frau einen Blick voller Liebe zu und dankte insgeheim Gott für ihre Stärke. Solange ich sie an meiner Seite habe, dachte er, kann mir nichts geschehen...

Er wußte nicht, was es war, aber plötzlich meinte er zu wissen, daß sich dies schon bald ändern könnte. Rebecca würde dann nicht mehr an seiner Seite sein; schon sehr bald. Hastig stand er auf und kniete sich neben sie. Er umklammerte sie mit beiden Armen und hatte Mühe, die Tränen zurückzuhalten. Rebecca, die nichts von seinen Ängsten zu ahnen schien, nähte ruhig weiter.

Harney Whalen schaltete den Fernseher ein und ging dann zum Fenster hinüber, bevor er sich wie üblich für die Neun-Uhr-Nachrichten in seinen Sessel setzte. Sein Haus, in dem er geboren und aufgewachsen war und in dem er zweifellos auch einmal sterben würde, lag auf einem erhöhten Vorsprung, von dem aus man einen wundervollen Blick auf Clark's Harbor und den Ozean hatte. Vom Fenster aus sah er die Lichter des Städtchens rund um die Bucht unter dem sternlosen Nachthimmel. Wolkenbänke schoben sich heran, und irgend etwas in der Luft sagte ihm, daß ein neuer Sturm bevorstand. Harney haßte die Stürme und fragte sich manchmal, warum er eigentlich nicht von der Halbinsel fortzog. Aber hier war sein Zuhause, und im Lauf der vielen Jahre hatte er gelernt, mit dem Wetter zu leben. Er machte seine übliche Runde durchs Haus, um sicherzustellen, daß alle Fenster fest geschlossen waren gegen alles, was von der See her kommen mochte.

Sein Großvater hatte das Haus gebaut – und er hatte es gut gebaut. Seit mehr als einem Jahrhundert hatte es den Nordoststürmen standgehalten; seine Fugen waren festgefügt wie am ersten Tag, und seine Fundamente hatten sich um keinen Millimeter gesenkt. Nur das Dach verlangte, wenn auch selten, kleinere Reparaturen. Harney ging von Zimmer zu Zimmer, wobei er die Möbelstücke nicht bewußt bemerkte, sich aber durch ihre Gegenwart behaglich und geborgen fühlte. Nie könnte er sich vorstellen, einer jener Zigeuner zu sein, die ihre Wohnorte wechselten wie die Hemden und nirgendwo Wurzeln schlugen. Das war nichts für ihn! Er brauchte seine Vergangenheit ständig um sich. Obwohl er jetzt allein das Haus bewohnte, fühlte er sich nicht einsam –

seine Vorfahren und seine Familie waren immer um ihn und leisteten ihm Gesellschaft.

Er machte sich ein Sandwich und öffnete eine Dose Bier, um es hinabzuspülen. Als er ins Wohnzimmer zurückkam, hatte der Film bereits begonnen. Genüßlich kauend ließ er sich in seinen Sessel fallen.

Während eines Werbeblocks spürte er wieder diese seltsame Unruhe in sich aufsteigen. Sein Blick schweifte durchs Zimmer, als ob er jemand suchte. Er hörte, daß der Wind aufgefrischt hatte und ging erneut zum Fenster. Es hatte zu regnen begonnen, und durch die Rinnsale auf der Scheibe schimmerten die Lichter von Clark's Harbor nur noch verschwommen herüber. Harney Whalen schüttelte über sich selbst den Kopf und ging zu seinem Sessel zurück.

Er versuchte sich auf den Film zu konzentrieren, aber immer wieder merkte er, wie er auf den Wind lauschte, der am Haus zerrte. Seine Gedanken schweiften weiter und weiter ab, und sein Hirn registrierte nicht mehr, was sich vor seinen Augen auf dem Bildschirm abspielte... Er zuckte zusammen und zwang seine Aufmerksamkeit auf den Bildschirm zurück.

Der Sturm wuchs.

Kurz vor dem Ende des Films spürte Harney Whalen, wie in seiner Wange wieder dieser Nerv zu zucken begann – bekam er etwa wieder einen seiner ›Anfälle‹, wie er das nannte? Gleich darauf verzog sich sein Gesicht zu einer furchteinflößenden Grimasse, und seine Hände wurden von einem krampfartigen Zittern befallen. Wie benommen erhob er sich schwerfällig aus seinem Sessel, wobei die letzten Sandwichkrümel zu Boden fielen.

Robby und Missy lagen wach in ihren Betten und lauschten auf den Regen, der gegen das Fenster klatschte.

»Du willst raus und ihn suchen, nicht wahr?« flüsterte Missy plötzlich in der Dunkelheit.

»Wen?« fragte Robby zurück.

»Snooker.«

»Er ist da draußen, nicht wahr?«

»Ob wir ihn finden können?«

»Sicher«, meinte Robby mit gespielter Überzeugung.

»Aber die Geister?!«

»Gibt's doch gar nicht!« widersprach Robby im selben Ton, während er vom oberen Bett herabkletterte und sich auf das der Schwester setzte. »Du glaubst doch nicht, was dieser alte Mann gesagt hat – oder doch?«

Missy wand sich und wich dem Blick des Bruders aus. »Warum sollte er lügen?«

»Erwachsene lügen Kinder doch dauernd an, damit wir tun, was sie wollen.«

Missy musterte den Bruder ängstlich. Warum sagte er nur immer solche schrecklichen Dinge? »Laß uns jetzt schlafen!«

Robby ignorierte sie und begann sich anzuziehen. Missy beobachtete ihn einen Augenblick und folgte dann seinem Beispiel, obwohl sie viel lieber in ihrem warmen Bett geblieben wäre. Aber als Robby das Fenster öffnete und hinauskletterte, folgte sie ihm, ohne zu zögern.

Als sie den Strand erreichten, meinte Missy etwas zu sehen. Aber es war viel zu düster, um sicher sein zu können. Eine große dunkle Gestalt schien sich nahe der Wasserlinie vor den heranwälzenden Wellenbergen zu bewegen. Fast wirkte es wie ein Tanz, doch die Bewegungen waren unregelmäßig und ungelenk. Missy umklammerte Robbys Hand.

»Schau doch«, flüsterte sie.

Robby starrte in die Dunkelheit. »Was ist denn? Ich kann nichts sehen.«

»Dort vorn«, zischte Missy, »direkt am Wasser.« Sie drückte sich angstvoll an Robby und preßte seine Hand, daß es schmerzte.

»Laß doch los!« befahl Robby ohne Erfolg.

»Laß uns ins Gehölz zurückgehen«, bat Missy, »dort ist es sicherer.«

Robby zögerte, war dann aber bereit, seiner Schwester zu folgen. Falls Snooker sich hier herumtrieb, suchte er wahrscheinlich Schutz unter den Bäumen. Sie kletterten gerade durch die Treibholzbarriere, als Missy plötzlich wieder Robbys Arm umklammerte.

»Da ist irgendwas«, flüsterte sie erregt, »wir wollen uns verstecken!«

Robby erstarrte und sah sich um – nichts. Nur die Schwärze der Nacht und das Tosen von Wind und Brandung, die sich gegenseitig anzufeuern und in immer größere Wut hineinzusteigern schienen. Doch als Missy ihn erneut fordernd am Arm zog, ließ er sich neben sie in die Deckung eines größeren Stammes fallen.

Nur wenige Meter entfernt schreckte Miriam Shelling unruhig unter dem Einfluß einer seltsamen Empfindung auf, die plötzlich ihr Bewußtsein durchflutete. Ihre Finger prickelten und ihre Haare schienen sich wie elektrisiert aufzurichten. Mit ausdruckslosen Augen starrte sie in die Nacht, während ihre verwirrten Gedanken vergeblich versuchten, dieses seltsame Gefühl mit den furchteinflößenden Gestalten am Strand in Einklang zu bringen. Diese Fremden mit ihren toten Augen und den in Agonie erstarrten Gesichtern hoben die Arme und streckten die Hände nach etwas, das Miriam nicht erkennen konnte. Sie stand auf und ging quer über den Strand darauf zu, gezogen von einer Macht, gegen die sie wehrlos war.

Missy spähte mit weit aufgerissenen, schreckerfüllten Augen über den Stamm hinweg.

Am Strand bewegten sich jetzt mehrere Schattengestalten. Nur eine hatte deutlichere Umrisse; langsam und stetig schritt sie aufs Wasser zu. Missy wollte in die Dunkelheit hinausschreien, um das sich in tödlicher Stille inmitten des tosenden nächtlichen Mahlstroms entfaltende Geschehen aufzuhalten. Aber ihre Stimme versagte, der Schrei erstickte im Hals. Starr vor Entsetzen sah sie, wie die vor dem düsteren Hintergrund von Himmel und Meer fluoreszierenden Schatten sich um diese andere Gestalt drängten, die ganz unzweifelhaft menschliche Konturen hatte.

Enger und enger wurde ihr Kreis, bis Missy nichts mehr unterscheiden konnte und die einzelne Gestalt von den übrigen aufgesogen schien. Das kleine Mädchen schreckte hoch, als ob es aus einer Trance erwachte. Es griff nach dem Bruder an seiner Seite.

Doch Robby war verschwunden.

Trotz ihrer Panik zwang sich Missy, noch einmal auf den Strand hinauszublicken.

Er lag leer und verlassen.

Wo noch wenige Augenblicke zuvor die Nacht mit unheimlichen Schatten erfüllt gewesen war, blickte man jetzt nur noch in die von jagenden Wolken und sich türmenden Wogen durchtoste Finsternis.

In Todesangst hastete Missy nach Hause.

Robby lag friedlich schlafend im oberen Bett.

An der Sod Beach wusch die steigende Flut den Sand von dem Hundekadaver, und Augenblicke später riß eine durch den Sturm aufgepeitschte Woge Snookers Überreste in die See hinaus.

Missy lag noch lange wach in ihrem Bett; Miriam Shelling aber war vom Strand verschwunden.

7

Merle Glind schaute kurz auf, als Brad und Elaine Randall am nächsten Morgen die Treppe herunterkamen und beschäftigte sich dann wieder nervös mit den Rechnungen vom Vortag; er schaute sie bereits zum fünften Mal durch, während die beiden an ihm vorbeigingen. Sein Blick folgte ihnen durch die Vordertür.

»Hast du nicht auch das Gefühl, daß Mr. Glind uns gar nicht gerne sieht?« fragte Elaine, während sie die wenigen Stufen vom Vorbau zur Straße hinabstiegen.

»Vielleicht hat er schlecht geschlafen«, meinte Brad.

»Ich glaube, er billigt nicht, was wir vorhaben«, fuhr Elaine fort und drückte Brads Arm. »Und ich vermute, daß er nicht der einzige ist. Ein ganzes Jahr nichts tun als ein Buch schreiben, das ist einfach skandalös!« Der ironische Unterton war unüberhörbar. Sie sog die frische Morgenluft in ihre Lungen und blickte sich um. »Wollen wir ins Café gehen, ich bin hungrig.«

»Ich plädiere fürs Revier«, erwiderte Brad, »falls es wirklich ein Haus für uns gibt, sollten wir uns drum kümmern – wenn das stimmt, was Glind gestern gesagt hat, dauert es vielleicht den ganzen Tag, bis wir diesen – wie heißt er doch gleich? – dazu bringen, es uns zu geben.«

»Er heißt Whalen, und es wäre gut, wenn du dir das merkst. Sieht mir wie ein echter Provinzspießer aus, einer dieser Kleinstadtdiktatoren, und du wirst bei ihm bestimmt nichts erreichen, wenn du nicht mal seinen Namen weißt.«

Sie gingen am Wasser entlang und dann über die Harbor Road den Hügel hoch. Einige Minuten später stießen sie auf die winzige Polizeistation.

»Sie sind wahrscheinlich die Randalls«, begrüßte sie der Polizeichef ohne aufzustehen. Brad und Elaine tauschten einen raschen Blick aus. Harney Whalen schien sie erwartet zu haben.

»Brad Randall – und das ist meine Frau Elaine.« Brad vermied es bewußt, seinen Titel zu erwähnen. Aber sie mußten sofort erfahren, daß es in Clark's Harbor keine Geheimnisse gab.

»Dr. Randall, nicht wahr?« fragte Harney sanft, »man sagte mir, Sie seien Psychiater.« Weder bot er ihnen einen Stuhl an noch erklärte er ihnen, wer ›man‹ war.

Brad erkannte sofort, daß Whalen mit ›Kleinstadtdiktator‹ nur unzulänglich umschrieben war. Ganz offensichtlich verstand er einiges vom Manipulieren von Menschen und verhandelte mit ihnen nur aus einer Position der Stärke. Nun, dieses Spiel beherrschte er auch. »Sie haben doch nichts dagegen, wenn wir Platz nehmen«, sagte er sanft und setzte sich, bevor Whalen reagieren konnte.

Elaine schloß sich seiner Taktik an und nahm an seiner Seite Platz.

Whalen starrte sie einige Momente an, als ob er überlegte, wie er darauf reagieren sollte. Ganz offensichtlich war ihm der Wind aus den Segeln genommen, was ihn ärgerte. »Und was kann ich für Sie heute morgen tun?« fragte er dann, obwohl er natürlich die Antwort darauf schon kannte.

»Man hat uns gesagt, Sie hätten ein Haus zu vermieten«, sagte Brad und revanchierte sich für das ominöse ›man‹ des Polizeichefs. Elaine warf ihm einen Blick zu, mit dem sie ihn vor zuviel Ironie warnen wollte; das konnte ihnen bei diesem Mann nur schaden.

»Hängt ganz davon ab«, erwiderte Whalen, »vielleicht vermiet' ich es, vielleicht auch nicht. Wäre vielleicht gut, wir würden uns zuerst ein bißchen unterhalten.«

»Deshalb sind wir hier«, lächelte Brad ihn an, »uns gefällt die Stadt.«

»Das kann ich gut verstehen«, erwiderte Whalen, »ich mag Clark's Harbor auch. Ich wurde hier geboren. Genau wie meine Eltern; und meine Großeltern halfen beim Ausbau des Hafens, als man sich hier noch hauptsächlich mit der Holzfällerei beschäftigte. Ein wenig davon ist noch geblieben, aber die großen Gesellschaften haben schon vor Jahren dichtgemacht. Jetzt gibt es vor allem Fischerei. Fischen Sie auch?« Brad schüttelte den Kopf. »Schade«, meinte Whalen, »wenn Sie nicht fischen, gibt es hier nicht viel für Sie. Sie wohnen in Seattle?« Er wechselte abrupt das Thema.

»Seward Park«, erwiderte Elaine. Als sie sah, daß das ihrem Gegenüber nichts sagte, erklärte sie: »Das ist am See, am Südende.«

»Klingt hübsch«, meinte er distanziert. Dann verengten sich seine Augen. »Warum wollen Sie dort weg?«

»Wollen wir doch gar nicht, nicht für immer. Ich hab' da schon seit einiger Zeit eine Idee für ein Buch, aber in Seattle find' ich einfach keine Zeit dafür. Sie wissen, wie das ist – einmal dies, einmal das. Deshalb hab' ich mir gesagt, daß ich einfach für eine Weile aus der Stadt raus muß, falls es jemals fertig werden soll.«

»Und warum Clark's Harbor?« hakte Whalen nach. »Da gibt es doch sehr viel bessere Orte für so etwas. Pacific Beach oder Moclips oder droben vielleicht Port Townsend.«

Elaine warf ihm ein freundliches Lächeln zu, obwohl sie diese ganze Fragerei nervte. Wenn er ein Haus zu vermieten hat, warum dann das alles? Warum dieses Kreuzverhör? Hört sich an, als ob er uns nicht hier haben will, genau wie dieser Glind. Nicht erwünscht zu sein war für Elaine eine ganz neue Erfahrung. Plötzlich war sie entschlossen – fast so entschlossen wie Brad –, sich in Clark's Harbor niederzulassen und die Leute dazu zu zwingen, sie zu akzeptieren. Sie verbarg sorgsam ihre Verärgerung und antwortete zuvorkommend.

»Aber das sind genau die Orte, die wir nicht mögen«, erklärte sie, »was wir suchen, ist ein ruhiges Plätzchen, wo Brad sich ganz auf seine Arbeit konzentrieren kann. Ich kenne Pacific Beach nicht, aber in Port Townsend gibt es entschieden zu viele Leute, die ihre ganze Zeit auf Partys verbringen, wo sie dauernd von den Büchern reden, die sie schreiben wollen. Genau das möchte Brad vermeiden und sein Buch wirklich fertigstellen.«

»Nun, Sie scheinen genau zu wissen, was Sie wollen«, meinte Harney, als sie schwieg. Er lächelte dünn. »Waren Sie schon mal den Winter auf der Halbinsel?«

Die Randalls mußten verneinen.

»Es ist kalt hier«, erklärte Whalen nüchtern, »aber keine angenehme Kälte wie im Landesinnern. Es ist eine feuchte Kälte, die bis ins Blut zu dringen scheint. Und dauernd regnet es – fast täglich. Man kann nicht viel tun hier im Winter, außer am Strand spazierengehen, aber auch das nicht lange. Viel zu kalt. Bei uns gibt's weder einen Golfplatz noch ein Kino, und das Fernsehen sendet nur auf einem Kanal. Und auch das muß ich Ihnen noch sagen: wir Harbor-Leute sind nicht besonders freundlich. Das war schon immer so und wird wohl auch so bleiben. Wir halten eng zusammen; die meisten von uns sind irgendwie miteinander verwandt – und Fremden gegenüber halten wir uns zurück. Für uns ist jeder, der nicht hier geboren ist, ein Fremder...«

»Soll das heißen, daß Sie uns nicht in Clark's Harbor wollen?« fragte Elaine.

»Unsinn – ich erklär' Ihnen lediglich, wie es hier ist. Sie können dann selbst entscheiden, ob Sie bleiben wollen oder nicht. Auf keinen Fall möchte ich, daß Sie in sechs Monaten zu mir kommen und sich beklagen. Ich versuche einfach fair zu sein, und ich bin der Meinung, daß Sie wissen sollten, worauf Sie sich einlassen.«

»Sie haben also ein Haus zu vermieten?« wollte Brad wissen.

»Wenn man das überhaupt ein Haus nennen kann«, erwiderte Whalen achselzuckend.

»Erzählen Sie uns etwas darüber.«

»Es steht draußen an der Sod Beach. Ist schon seit einiger Zeit leer.« Er lächelte Elaine etwas gezwungen an. »Haben Sie schon mal auf einem Holzherd gekocht?«

Hatte sie nicht, doch das wollte sie auf keinen Fall zugeben. »Das schaff' ich schon«, sagte sie ausweichend und hoffte, daß Brad nicht herauslachen würde. Er tat es nicht.

»Wäre empfehlenswert«, meinte Whalen fast tonlos, »Gas und Strom gibt es auch nicht.«

»Fließendes Wasser?« mischte sich Brad ein.

»Ja, das schon, aber natürlich kalt. Heißes Wasser müßten Sie auf dem Herd machen. Beheizt wird das Ganze durch einen großen Kamin im Wohnzimmer und einen kleineren im Schlafzimmer. Oben gibt es keine Heizmöglichkeiten, doch über die Treppe wird das ganze Haus warm.«

»Das klingt ja nicht gerade einladend«, meinte Elaine. Sie sah das alte Haus am Strand vor sich und war ziemlich sicher, daß der Polizeichef genau das meinte. »Wie lange hat dort niemand mehr gewohnt?«

»Fast ein Jahr«, erwiderte Whalen. »Übrigens – die meisten ihrer Sachen dürften noch da sein.«

»Ihre Sachen?« staunte Brad. »Was soll das heißen?«

»Sie haben sich davongemacht«, erklärte Whalen. »Sie waren mit der Miete im Rückstand, und als ich eines Tages raus bin, um ihnen zu sagen, sie sollten bezahlen oder sich nach etwas anderem umschauen, waren sie verschwunden. Sie hatten ihre Kleider und ihren Wagen mitgenommen, das übrige aber dagelassen. Es sind also noch Möbel da, die Sie wahrscheinlich brauchen könnten, falls Sie wirklich mieten wollen, was ich aber stark bezweifle.«

»Wirklich?« meinte Elaine und versuchte, es nicht zu sarkastisch klingen zu lassen. »Warum denn, spukt es dort etwa?«

»Es gibt Leute, die das behaupten. Muß am Strand liegen, glaube ich.«

»Was ist mit dem Strand?«

»Der hieß nicht immer Sod Beach. Das kam eher durch einen Zufall. Die Leute sprachen immer vom ›Strand des Todes‹. Das wurde auf den Karten mit S O D abgekürzt und so ist der Name dann entstanden.«

»Der Strand des Todes«, wiederholte Brad leise, »ich wette, dazu gibt es eine Geschichte.«

Whalen nickte. »Das war der alte Klickashaw-Name für den Strand. Weiß nicht mehr, wie das Indianerwort dafür hieß. Spielt aber keine Rolle. Wichtig ist nur, weshalb sie vom Strand des Todes sprachen. Die Klickashaws hatten eine seltsame Sitte – genau das Richtige, um Kinder das Fürchten zu lehren. Offensichtlich hatten sie einen Kult, dessen Mitglieder sich ›Sturmtänzer‹ nannten – sie benutzten den Strand für Exekutionen.«

»Exekutionen?« wiederholte Elaine erschrocken; sie war sich nicht sicher, ob sie die Geschichte wirklich hören wollte.

»Es heißt, die Klickashaws hätten Fremde genausowenig gemocht wie wir. Aber sie sprangen mit ihnen etwas anders um als wir. Wir tolerieren sie zumindest, auch wenn wir sie nicht gerade begeistert willkommen heißen. Die Indianer waren da anders.«

»Sie meinen, sie haben sie zum Strand rausgebracht und getötet?« fragte Brad.

»Nicht ganz. Sie brachten sie zum Strand raus und ließen sie vom Meer töten.«

»Ich weiß nicht, ob ich das richtig verstehe«, meinte Elaine hilflos.

»Sie gruben sie im Sand ein«, erklärte Harney Whalen. Seine Stimme klang, als ob sie die Geschichte schon tausendmal erzählt hätte. »Sie warteten auf die Ebbe und hoben dann Gruben für ihre Opfer aus. Man stellte sie hinein und füllte Sand nach, bis nur noch ihre Köpfe herausragten. Und dann warteten sie, bis die Flut kam.«

»Mein Gott«, seufzte Elaine auf. Sie sah das Ganze vor sich – die bemitleidenswerten Opfer, die auf ihren Tod warteten; sie sahen, wie die Flut langsam stieg, wie die Wasserzungen immer näher kamen und schließlich ihre Gesichter umspülten; sie meinte, sie nach Luft ringen zu hören, während sie in immer kürzeren Abständen von der salzigen Flut überspült wurden; es gab kein Entrinnen... Sie schauderte und versuchte, das schreckliche Bild zu verdrängen. »Wie furchtbar«, stammelte sie. Brad schien seine Frau vergessen zu haben. Seine Augen fixierten den grauhaarigen Polizeichef. »Ich verstehe nicht, was das mit diesen Leuten zu tun haben soll, die aus Ihrem Haus am Strand davongelaufen sind«, wandte er ein.

Whalen warf ihm ein grimmiges Lächeln zu. »Nach der Legende sind die Opfer noch immer da draußen im Sand begraben, und ihre Seelen wandern in manchen Nächten über den Strand, um die Fremden zu warnen.« Er lehnte sich in seinem Stuhl zurück und starrte an die Decke, bevor er fortfuhr. »Weiß nicht, was ich davon halten soll, aber ich weiß, daß keiner es lange in dem Haus aushält.«

»Was auch mit dem mangelnden Komfort zusammenhängen könnte, oder nicht?« meinte Brad.

»Vielleicht«, stimmte Whalen zu.

»Wann können wir das Haus anschauen?« wollte Brad wissen. Es hatte keinen Sinn, noch weiter zu diskutieren. Zuerst einmal mußten sie es sehen, bevor sie eine Entscheidung fällen konnten.

»Wenn Sie es wirklich ansehen wollen, können wir jetzt gleich rausfahren. Aber ich glaube nicht, daß es Ihnen gefällt.«

»Warum überlassen Sie das nicht uns?« meinte Elaine und zwang sich, heiter zu wirken. »Vielleicht gefällt es uns sehr viel besser, als Sie denken.«

Bevor Whalen noch etwas sagen konnte, klingelte sein Telefon. Er hob ab.

»Chief Whalen«, sagte er. Dann hörte er kurze Zeit intensiv zu. Brad und Elaine sahen ihn bleich werden. »Oh, Gott«, sagte er schließlich. »Wo ist sie?« Wieder schwieg er einen Augenblick, dann sagte er: »Gut, ich komm' raus, so schnell es geht.« Er ließ den Hörer auf die Gabel zurückfallen und stand auf. »Wir werden es verschieben müssen«, sagte er, »es ist etwas geschehen.«

»Etwas Ernstes?« wollte Brad wissen.

Whalens Gesicht verfinsterte sich; er wollte etwas erwidern, änderte dann aber seine Meinung. »Nichts, was Sie betrifft«, sagte er fast abrupt. Brad und Elaine erhoben sich.

»Vielleicht heute nachmittag...?« versuchte es Brad noch einmal.

Aber Whalen war bereits auf dem Weg zur Tür.

Die Randalls folgten ihm zu seinem Wagen. Brad dachte, er hätte sie schon völlig vergessen, aber als er den Motor startete, steckte er plötzlich den Kopf aus dem Fenster. »Hören Sie«, sagte er, »treffen wir uns draußen beim Haus gegen drei. Merle Glind kann Ihnen sagen, wie Sie hinkommen.« Er gab Gas, stellte die Sirene an und preschte mit quietschenden Reifen davon. Die Randalls sahen vom Gehweg aus dem kleiner werdenden Wagen nach.

»Nun, was hältst du davon?« fragte Brad, als er außer Sicht war.

»Er brachte mich fast zur Weißglut«, erwiderte Elaine und blickte über die Schulter, ob sie auch wirklich allein wären. »Mein Gott, Brad, er benahm sich, als sei die ganze Stadt sein Privateigentum. Als ob niemand das Recht habe, hier zu leben, dessen Urgroßeltern nicht schon hier geboren wurden.«

»Klingt, als ob du auf hundertachtzig wärst...«, grinste Brad.

»Das kannst du wohl sagen. Ich werde auf diesem verdammten Holzherd für den Rest meines Lebens kochen – und sei es auch nur, um ihm zu beweisen, daß nicht alles immer nur nach seinem Kopf geht!«

»Vielleicht magst du das Haus gar nicht«, versuchte Brad sie zu beruhigen.

Sie warf ihm ein maliziöses Lächeln zu. »Soll ich es dir beschreiben, oder willst du dich überraschen lassen?«

»Wovon sprichst du?«

»Von dem Haus. Ich hab's gesehen. Ich bin sicher, es steht drunten am Strand, wo ich gestern den toten Hund gefunden habe.«

»Das vermutest du.«

»Nein, ich glaube nicht. Ich kam direkt daran vorbei. Es ist es bestimmt. Es gibt nur dieses eine Haus dort, und es sah aus, als ob es seit Jahren leer stünde.«

»Und wie ist es sonst?«

»Ein Makler würde es bestimmt als ›pittoreskes Strandjuwel für den anspruchsvollen Bastler, da leicht baufällig – günstige Bedingungen‹ anpreisen.«

»Klingt nicht gerade verlockend.«

»In der Beziehung hat Mr. Whalen auf jeden Fall die Wahrheit gesagt...«

Sie gingen zu ihrer Pension zurück. Nach einem gemütlichen Mittagessen wollten sie zum Strand raus, um Harney Whalen bei dem alten Haus zu treffen. Aber als sie ihre Unterkunft erreichten, stießen sie auf einen völlig aufgelösten Merle Glind.

»Ist das nicht schrecklich?« überfiel er sie. Als sie ihn völlig verständnislos ansahen, fuhr er hastig fort: »Natürlich haben Sie noch nichts davon gehört, und es würde Ihnen wohl auch kaum sehr viel ausmachen, nicht wahr?«

»Was denn nur?« wollte Brad wissen, »was ist geschehen?« In diesem Moment schien irgendwo eine Tür ins Schloß zu fallen, und Merle Glind zuckte zusammen. Seine

Augen verengten sich, und die schmalen Lippen preßten sich fest zusammen. Schließlich rang er sich zu der Erwiderung durch: »Nichts, was mit Ihnen zu tun hätte – hören Sie auf mich – gehen Sie zurück, von wo Sie gekommen sind.«

Doch dann konnte er nicht mehr an sich halten und erzählte ihnen, was er gehört hatte.

Rebecca Palmer räumte die Frühstücksreste weg und trug die Schüssel mit Schmutzwasser hinaus zu der winzigen Zeder, die sie neben ihrem Töpfereischuppen gepflanzt hatte. Liebevoll musterte sie das zerbrechlich wirkende Bäumchen und freute sich, daß der improvisierte kleine Schutzzaun seine Aufgabe zu erfüllen schien – es gab keine neuen Nagespuren an der Pflanze, die vom Wild bisher als willkommenes Dessert betrachtet worden war. Sie wollte gerade in die Hütte zurückgehen, als sie in der Ferne die Sirene hörte. Was mochte das sein – die Feuerwehr, ein Krankenwagen? Sie wurde lauter und lauter und schien direkt auf sie zuzukommen – aber hier draußen gab es doch nichts außer ihrer Hütte...? Wahrscheinlich war es Harney Whalen, der einen Temposünder verfolgte. Sie betrat die Hütte. Ein paar Sekunden später verstummte die Sirene plötzlich, und sie meinte Schreie aus dem Wald zu hören, so daß sie erneut vor die Hütte trat.

Ja, das waren Stimmen. Sie meinte sogar jemand rufen zu hören: »Hier entlang!« Aber sie war sich nicht sicher.

Rebecca nahm die Schürze ab und warf sie durch die offene Tür über einen Stuhl. Sie ging ein Stück am Strand entlang, um dann dort, wo sie meinte, die Stimme gehört zu haben, abzubiegen und durch das Treibholz auf das Wäldchen zuzugehen. Gleich darauf bedauerte sie es, nicht auf dem Weg geblieben zu sein. Sie stolperte über halb vermoderte Baumstämme und verfing sich immer wieder im Unterholz. Nach einer Weile blieb sie stehen und lauschte auf die inzwischen deutlicher gewordenen Stimmen. Schließlich rief sie: »Hallo? Ist da jemand?«

»Hier drüben sind wir«, kam eine Stimme zurück. »Wer ist denn da?«

»Rebecca Palmer.«

»Bleiben Sie weg!« rief die Stimme. »Gehen Sie zurück in Ihr Haus und warten Sie dort. Es kommt dann jemand zu Ihnen und gibt Bescheid.«

Rebecca blieb stehen und überlegte, was zu tun sei. Dann faßte sie einen Entschluß und tastete sich weiter auf die anonyme Stimme zu durchs Unterholz. Sie war verärgert, daß ihr jemand Befehle geben wollte – und das wahrscheinlich auf ihrem eigenen Grund und Boden.

Kurz darauf meinte sie, linker Hand eine Bewegung zu sehen. Was dort auch geschehen mochte, es geschah zweifellos auf ihrem Land.

»Wer ist da?« rief sie.

»Ich bin's, Mrs. Palmer«, erklang wieder die Stimme, »Chief Whalen. Gehen Sie bitte zurück zu Ihrem Haus, ich werde Ihnen jemand schicken, sobald ich kann.«

Den Teufel werde ich, dachte Rebecca. Ich habe ein Recht zu wissen, was hier geschieht. Harney Whalen war der Letzte, der ihr hier etwas zu befehlen hatte. Sie zwängte sich weiter durchs Unterholz, bis sie plötzlich auf eine kleine Lichtung trat. Dort standen Whalen, Chip Connor und ein weiterer Mann, den sie aber nicht kannte. Sie hatten die Köpfe zurückgeworfen und starrten nach oben. Automatisch folgte Rebecca ihrem Blick – jetzt wünschte sie, Whalens Befehlen gefolgt zu sein. Rebecca schrie auf.

»Oh, Gott, auch das noch«, murmelte Whalen vor sich hin. Laut aber sagte er: »Kümmere dich um sie, Chip, ja? Bring sie weg von hier.« Er wandte den Blick wieder nach oben zu den Bäumen.

8

Miriam Shelling hing ungefähr drei Meter über dem Boden. Die Augäpfel traten grotesk aus dem fast schwarzen Gesicht hervor, und die Zunge fiel schlaff aus dem Mund. Der ranzige Geruch menschlicher Exkremente lag in der Luft – im Augenblick, als ihr Genick brach, hatten sich Miriams Gedärme entleert.

Rebecca Palmers Schrei schien von den andern gar nicht wahrgenommen zu werden. Doch dann kam Chip Connor auf sie zu und führte sie denselben Weg zurück, den sie gekommen war. »Oh, Gott«, wiederholte Rebecca wieder und wieder. »Was ist mit ihr geschehen? Was ist bloß mit ihr geschehen? Gestern abend...« Doch dann brach sie plötzlich ab. Chip horchte auf. »Was war gestern abend?« wollte er wissen. Sie traten aus dem Wäldchen, und Chip half ihr über die Treibholzbarriere. Während sie langsam auf die Hütte zugingen, antwortete Rebecca: »Nichts, eigentlich nichts...«

Sie wollte dem Polizisten nicht sagen, daß ihr Mann zu diesem Zeitpunkt Miriam Shelling noch am Strand gesehen und sogar mit ihr gesprochen hatte.

»Wird es gehen?« fragte Chip, nachdem er sie in die Hütte geführt hatte.

»Ich komme schon zurecht«, meinte Rebecca leise, »es wird schon gehen – machen Sie sich keine Sorgen. Gehen Sie ruhig zurück an Ihre Arbeit. Ich komme allein zurecht.«

Chip musterte sie besorgt. Hatte ihr das Gesehene einen Schock versetzt? Doch er war kein Arzt, um das beurteilen zu können – und auf der Lichtung wurde er gebraucht. Später konnte er dann Dr. Phelps herüberschicken. Beruhigend tätschelte er zum Abschied ihre Hand.

Rebecca blickte ihm nach, als er die Hütte verließ; ein Schluchzen würgte ihre Kehle. Kaum war er verschwunden, wünschte sie, ihm die Wahrheit gesagt zu haben. Sie hatte gar nicht das Gefühl allein zurechtzukommen. Es fröstelte sie und sie holte sich einen Pullover, obwohl der Tag draußen warm und sonnig war. Dann legte sie einige Scheite auf das herabgebrannte Feuer und setzte sich davor.

Glen hatte gesagt, Miriam würde da draußen auf etwas warten. Sie saß auf einem Stück Treibholz und starrte auf die See hinaus. Plötzlich war es wie eine Vision – Rebecca sah Miriam Shelling am Strand, wo sie still und gefaßt auf den Tod wartete, der sie zu ihrem Gatten bringen würde. Aber warum ausgerechnet an dieser Stelle, fragte sich Rebecca, warum gerade am Strand?

Auf der Lichtung fragte sich Harney Whalen genau dasselbe. Auch er erinnerte sich an den gestrigen Tag, als Miriam Shelling zu ihm ins Büro gekommen war und ihn aufgefordert hatte, etwas zu unternehmen. Sie war außer sich gewesen – wenn es nicht noch mehr war. Er versuchte sich an jedes Detail zu erinnern. Hatte sie irgend etwas gesagt, das eine so drastische Reaktion hätte vermuten lassen? Eigentlich nicht. Sie hatte ihn nur eindringlich aufgefordert, den Mörder ihres Gatten zu finden. Doch dann schoß ihm plötzlich ein Gedanke durch den Kopf. Er ging rasch unter den Bäumen hindurch Richtung Strand. Dort ließ er den Blick über die schimmernde Sandfläche schweifen; ein abschätzender Blick nach Norden und dann nach Süden machte ihn sicher – Miriam hatte genau die Stelle am Strand gewählt, vor der Pete sich in seinen Netzen verfangen hatte. Vielleicht hatte das etwas zu bedeuten, vielleicht war es aber auch nur ein Zufall. Er war sich noch immer nicht sicher, als er zur Lichtung zurückkam, wo ihn Dr. Phelps erwartete.

»Warum hat man sie noch nicht abgenommen?« fragte der alte Arzt und warf Whalen über den Rand seiner Gläser einen vorwurfsvollen Blick zu.

»Ich wollte auf Sie warten«, erwiderte Whalen und versuchte, sich nicht einschüchtern zu lassen. Aber der Sechsundachtzigjährige hatte den Polizeichef schon als Kind behandelt und schien völlig vergessen zu haben, daß das sechzig Jahre her war.

»Sieht doch wohl jeder, daß sie tot ist – oder?« meinte

Phelps verärgert. »Oder soll ich vielleicht da raufsteigen, um sie runterzuholen?«

Whalen wollte sich gerade an die unangenehme Aufgabe machen, als Chip Connor wieder erschien.

»Chip? Glaubst du, du kriegst sie da runter?«

Chip zwang sich, genau hinzusehen. Beim Anblick von Miriams Augen drohte sein Magen zu rebellieren. Aufmerksam musterte er die Äste.

»Kein Problem«, sagte er dann selbstbewußt, obwohl er sich darüber keineswegs so sicher war. Die Äste bildeten eine Art Leiter, und er war rasch in Höhe von Miriams Kopf. Jetzt sah er in der Astgabel darüber das sauber aufgerollte andere Ende des Seils, an dem Miriam hing. Es war lediglich mit einem doppelten Schlippstek am Ast befestigt. Er griff nach der Seilrolle und warf sie hinab. Dann kletterte er hinterher.

»Können Sie mir helfen, Harn?« bat er. Er zog an dem herabbaumelnden Seilende und spürte, wie sich der Doppelknoten löste. Mit Hilfe seines Chefs ließ er den Leichnam vorsichtig ins Gras herab.

Der alte Arzt untersuchte ihn sorgfältig, nachdem er behutsam das Seil um Miriams Nacken gelöst hatte. Dauernd rutschte ihm dabei die Brille von der Nase. Dann stand er endlich wieder auf und schüttelte traurig den Kopf.

»Warum tun sie das nur?« stammelte er fast unhörbar.

»Selbstmord.« Harney Whalen fragte nicht, sondern stellte einfach fest.

»Sieht ganz so aus«, stimmte Phelps zu, »aber trotzdem eine verdammt seltsame Sache...«

»Seltsam? Was soll das heißen?«

»Ich weiß nicht so recht«, meinte der Arzt, »aber ich glaube, ich hab' das schon mal erlebt. Ein Fischer kommt um, und seine Frau hängt sich wenige Tage später auf. Liegt an diesen verdammten Stürmen.«

Whalen warf dem Arzt einen zweifelnden Blick zu. Phelps klärte ihn jovial auf. »Sie wissen wohl nicht, wie stark die Leute vom Wetter abhängen?« Ohne auf eine Antwort zu warten, fuhr er fort: »Das tun sie aber. Es gibt da Winde im

Süden, beispielsweise auch in der Schweiz – und die Leute stellen die verrücktesten Dinge an.« Er legte eine bedeutsame Pause ein. »Und wir hier haben diese Stürme. Entstehen irgendwo, brechen über uns herein und verschwinden wieder, als ob sie nie gewesen wären. Nie suchen sie das Inland heim, nie den Norden oder Süden – nur eins. Das gibt einem doch zu denken – oder etwa nicht?«

»Im Augenblick weniger«, meinte Whalen verdrossen, »worüber ich nachdenke ist, warum sie sich ausgerechnet Palmers Land ausgesucht hat, um sich zu töten. Wenn sie es tat.«

»Sie hat's getan, Harn, sie hat's getan«, versicherte ihm Phelps. »Sie können das niemand anhängen. Weder Palmer noch sonst jemand.«

»Vielleicht nicht«, brummte Whalen, »aber ich kann's ja mal versuchen.«

Der alte Arzt warf Whalen einen mehr als überraschten Blick zu, entfernte sich aber dann zu seinem Wagen. Hier konnte er nichts mehr tun. Er hörte noch, wie Whalen Anordnungen gab, die Leiche und den Tatort zu fotografieren, bevor man Miriam wegbrachte. Er fragte sich, ob Whalen aber mit seinen Gedanken nicht ganz woanders war. Er schien etwas auszubrüten, und Phelps hätte zu gerne gewußt, was.

Beim Essen hatten sie kaum gesprochen. Nachdem er seinen Kaffee getrunken und den letzten Rest der Flasche Wein in sein Glas gegossen hatte, packte Brad den Stier bei den Hörnern. »Es läßt dir wohl keine Ruhe?« fragte er abrupt; ganz sicher wußte Elaine, wovon er sprach.

»Wie könnte es das?« erwiderte Elaine gereizt. »Jetzt sind wir zwei Tage hier, und in dieser Zeit sind zwei Menschen und ein Hund ums Leben gekommen.«

»Du weißt doch gar nicht, wie lange der Hund schon tot war«, wandte Brad ein.

»Gut, beschränken wir uns eben auf die Menschen.«

»Also gut – wie viele Menschen, denkst du, sterben jeden

Tag in Seattle? Oder wußtest du vielleicht nicht, daß Seattle die zweithöchste Selbstmordrate an der Küste hat?«

»Doch, das wußte ich«, antwortete Elaine betroffen und etwas verärgert über die kühle Logik ihres Mannes.

»Dann solltest du eigentlich deine Sachen packen und von dort wegziehen. Ich wette, hier bringen sich weniger Menschen um als bei uns daheim. Im übrigen bin ich keineswegs besonders überrascht von dem, was geschehen ist.«

Elaine warf ihm einen prüfenden Blick zu. »Wie kannst du das sagen?«

»Stell dir doch mal vor, in welcher Lage sie war. Der Mann war Fischer – wahrscheinlich nicht versichert und keinerlei Rente. Was blieb ihr da viel übrig? Die Sozialhilfe? Die Menschen in einer solchen Kleinstadt haben ihren ganz besonderen Stolz, was das betrifft.«

»Sie hätte doch das Boot verkaufen können«, wandte Elaine schüchtern ein. »Mein Gott, Brad, Frauen werden jeden Tag zu Witwen, ohne daß sie sich gleich umbringen.« Sie trank den letzten Schluck aus ihrem Glas; mit einem Seufzer stellte sie es ab. »Oh, komm schon«, meinte sie müde, »du mußt doch zugeben, daß das alles irgendwie seltsam ist.«

»Natürlich – aber trotzdem wollen wir vernünftig bleiben. Es wäre so oder so geschehen, mit oder ohne uns. Du tust geradeso, als ob es so etwas wie eine Art Omen wäre – und das ist Unsinn!«

»Wirklich?« meinte Elaine leise, »ist es das wirklich? Ich wünschte, ich könnte es glauben, aber irgend etwas hier jagt mir Schauer über den Rücken.« Sie stand abrupt auf. »Laß uns raus hier. Vielleicht wird es an der Sonne draußen besser.« Brad bezahlte, und sie gingen über die Treppe in die Bar hinab. Wieder saßen dieselben alten Männer vor ihrem Damebrett wie vorgestern. Und wieder schien keiner auf die Randalls besonders neugierig zu sein.

»Machen wir einen Strandspaziergang«, schlug Elaine vor, »vielleicht ist Whalen schon da, bis wir hinkommen. Wenn nicht, werden wir auch ohne seine Hilfe hineinkommen. Es sah nicht aus, als ob es verschlossen wäre.«

Sie nahmen denselben Weg wie Elaine am vorausgegangenen Morgen, aber heute sah alles ganz anders aus. Die morgendliche Frische war einem fast schwülen Nachmittag gewichen. Als sie vom Hafen her auf den freien Strand hinaustraten, sog Brad die salzige Seeluft ein, die mit Pinienduft vermischt war. »Ganz anders als in Seattle«, meinte er.

»Gegen die Luft in Seattle läßt sich auch nicht viel sagen«, erwiderte Elaine mit Nachdruck.

»Habe ich das etwa getan?« grinste Brad sie an. »Ich sagte nur, daß dies eine andere Luft als die in Seattle ist, und das stimmt doch – oder?«

Elaine griff versöhnlich nach seiner Hand. »Du hast ja recht«, sagte sie, »ich benehm' mich wieder wie ein kleines Kind. Entschuldige bitte.« Brad drückte ihre Hand, und sie erwiderte die Geste. Dann sah sie plötzlich etwas sich bewegen. »Brad, schau nur!« rief sie. »Was ist das?«

Ein wieselähnliches Tierchen starrte sie an; einen Fuß hatte es auf einen Stein gestützt während die winzige Nase neugierig witterte.

»Das ist ein Otter«, meinte Brad.

»Ein Seeotter, so weit nördlich?«

»Ich weiß auch nicht, aber es muß eine Art Otter sein. Schau, da ist noch einer.«

Die Randalls setzten sich auf ein Stück Treibholz, und die beiden Tierchen beäugten sie mißtrauisch.

Für Elaine schien eine Ewigkeit vergangen, als sie sich wieder ihrer unterbrochenen Beschäftigung zuwandten und zwischen den Strandkieseln nach Nahrung scharrten. In diesem Augenblick tauchten vier Junge auf, als ob die Eltern ihnen eben mitgeteilt hätten, daß die Luft rein sei.

»Sind sie nicht niedlich!« freute sich Elaine. Das plötzliche Geräusch verscheuchte die Kleinen, deren Eltern sich abrupt wieder den beiden Menschen zuwandten, bevor auch sie verschwanden.

»Moral«, sagte Brad grinsend, »halt den Mund in Gegenwart von Ottern!«

»Ich machte das doch nicht mit Absicht«, verteidigte sich

Elaine, »sie waren so entzückend, glaubst du, daß sie hier leben?«

»Wahrscheinlich steht ihr Wagen droben an der Straße, und sie haben hier nur haltgemacht, um etwas zu essen«, erwiderte Brad trocken.

Elaine drohte ihm scherzhaft. »Du sollst das lassen, komm, schauen wir nach ihnen.«

Ganz offensichtlich ließ das kleine Abenteuer sie jene Gefühle vergessen, die ihr Clark's Harbor bisher ›irgendwie unheimlich‹ hatten erscheinen lassen. Sie ging vorsichtig über den felsigen Strand auf den Wald zu, um die kleinen Geschöpfe vielleicht noch mal zu Gesicht zu bekommen. Aber sie waren wie vom Erdboden verschluckt. Sie blieb stehen, um auf Brad zu warten.

»Sie sind weg«, sagte sie enttäuscht.

»Du wirst sie schon wiedersehen«, tröstete Brad, »wenn nicht hier, dann an der Sod Beach – das ist doch der nächste Strandabschnitt, nicht wahr?«

Elaine nickte. »Genau hinter der Landspitze. Wenn du willst, können wir durch den Wald abkürzen.«

»Laß uns am Strand bleiben«, meinte Brad, »auf diese Weise bekomme ich eine bessere Übersicht.«

»Du meinst, von einer höheren Warte aus?« neckte ihn Elaine.

»Du kannst es ruhig so nennen«, grinste Brad zurück.

Sie umrundeten die Landzunge, und Brad blieb so abrupt stehen, daß Elaine fast in ihn hineingerannt wäre. »Mein Gott, ist das nicht wundervoll?« Sie ließen ihre Blicke über den sanft geschwungenen Strand streifen, den die Einheimischen Sod Beach nannten. Unter dem wolkenlosen Himmel erstreckte sich zwischen dem tiefblauen Wasser und dem saftig grünen Wald ein im Sonnenlicht schimmernder Halbmond aus Sand, der auf die Bäume zu mit silbrig glitzerndem Treibholz gesprenkelt war. Die Dünung überspülte achtmal gebrochen den Strand, als ob sie ihn liebkosen wollte. Brad legte seinen Arm um Elaines Schultern und drückte sie an sich. Mit der freien Hand deutete er nach vorn.

»Und das ist wahrscheinlich das Haus?«

Elaine nickte fast unmerklich. Einen Augenblick lang wünschte sie sich, daß es anders wäre, daß sie irgend etwas sagen könnte, was sie für immer von Clark's Harbor wegbrachte – von diesem wirklich wundervollen Strand und seiner bizarren Vergangenheit. Sie meinte die bis zum Hals eingegrabenen Opfer des ›Strandes des Todes‹ vor sich zu sehen und ihre hilflosen Schreie zu hören, die im Brausen des Winds und dem Toben der Brandung untergingen. Sie verdrängte das Bild aus ihren Gedanken – da war nicht mehr als ein heruntergekommenes Haus vor ihnen und dahinter, am anderen Ende des Strands, die Hütte der Palmers.

»Nun, über zu viele Nachbarn werden wir uns nicht beklagen müssen«, meinte Brad schließlich, was Elaine wie einen Schlag in den Magen empfand. Ganz offensichtlich hatte er seine Entscheidung bereits getroffen. Sie befreite sich aus seinem Arm und ging weiter.

»Komm«, meinte sie, »schauen wir es uns mal aus der Nähe an.« Brad trottete schweigend hinter ihr her, ohne auf den Vorwurf in ihrer Stimme einzugehen.

Sie hatten das Haus gerade einmal umrundet, als Whalen ganz unvermittelt aus dem Wäldchen auftauchte.

»Dachte nicht, daß Sie schon hier wären«, rief er ihnen zu. »Hab' auch kein Auto auf der Straße gesehen.«

»Wir sind am Strand entlanggegangen«, antwortete Brad und streckte ihm die Hand hin. Whalen schien sie nicht zu bemerken. Er stieg zum Vorbau hinauf und suchte nach den Schlüsseln.

»Ist wirklich nicht in guter Verfassung. Ich hab' noch nicht einmal aufgeräumt, seit diese Leute ... verschwunden sind.«

Brad und Elaine hatten sein Zögern sehr wohl bemerkt. Sie tauschten einen Blick aus, ohne sich zu äußern.

»Wirkt aber doch recht stabil«, bemerkte Brad, als Whalen die Tür öffnete.

»Alle diese alten Häuser sind stabil«, erwiderte der Polizeichef. »Damals wußten wir noch, was Bauen heißt.«

»Wie alt ist es?«

»So zwischen fünfzig und sechzig Jahre dürften es sein. Wenn Sie wollen, kann ich es genau herausfinden. Wüßte aber nicht, wozu das gut wäre.« Brad verstand, daß er besser nicht weiterbohrte.

Dafür mischte sich Elaine ein. »Hat Ihre Familie es gebaut?« wollte sie wissen. Whalen warf ihr einen scharfen Blick zu, dann hellte sich sein Gesicht auf.

»Wenn Sie so wollen, ja. Wir verkauften damals das Land hier, und mein Großvater half den Barons beim Bauen. Als die dann... verschwanden, kauften wir es zurück.« Wieder dieses kurze Zögern, und wieder tauschten die Randalls Blicke. Brad fragte sich, was wirklich hinter der Geschichte steckte und warum Whalen es ihnen nicht erzählte. Als er sich umsah, mußte er zugeben, daß Whalen schon mindestens zweimal die Wahrheit gesagt hatte.

Wäre nicht die dicke Staubschicht gewesen, hätte man denken können, das Haus sei noch bewohnt. Auf den Stühlen und am Boden lagen offene Zeitungen und Zeitschriften, und auf dem Tisch stand eine völlig herabgebrannte Kerze. Die Einrichtung war spärlich – ein Sofa und zwei Stühle außer dem Tisch – und ganz offensichtlich aus zweiter Hand.

»Sie hatten es wirklich sehr eilig«, meinte Brad.

»Wie ich Ihnen sagte, sie ließen alles im Stich«, erwiderte Whalen. Bevor Brad noch etwas sagen konnte, begann er das Haus zu beschreiben.

»Das dort drüben ist ein nach zwei Seiten offener Kamin. Die andere Seite öffnet sich zur Küche, und dazwischen führt die Treppe nach oben, so daß es im ganzen Haus warm wird. Diese Tür dort führt zum Schlafzimmer, das Sie wahrscheinlich benützen wollen – außer Sie hätten Kinder. Dann wäre es besser, sie dort unterzubringen. Denn falls es mal brennen sollte, kommt man von da leichter ins Freie als vom Obergeschoß aus.«

»Wir haben keine Kinder«, sagte Elaine und steckte den Kopf durch die Schlafzimmertür. Es war ein großer Raum, der zum Strand hinausging; eine der Wände war teilweise gemauert. Hinter ihr erklärte Whalen weiter.

»Die Ziegelwand gehört zum Kamin. Das ganze Haus ist um ihn herumgebaut. Sie werden sich wundern, wieviel Hitze durch die Ziegel strömt, vor allem wenn im Wohnzimmer und in der Küche geheizt wird. Weiß auch nicht, warum solche Häuser nicht mehr gebaut werden – dauernd reden sie vom Energiesparen, da wären sie genau das Richtige. Aber nein, sie legen den Kamin an die Außenmauern, und die ganze Wärme verflüchtigt sich... Wenn Sie hier durchgehen, kommen Sie zum Bad – es öffnet sich auch zur Küche hin. Das ist nicht unbedingt günstig, wenn man Gäste hat, aber sonst hat es seine Vorteile.«

Elaine folgte seiner ausgestreckten Hand und sah sich in einem unglaublich verschmutzten Bad stehen. Sie ging durch zur Küche und stand dem riesigen und keineswegs heimeligen Holzherd gegenüber. Er schien sie herausfordern zu wollen, und sie nahm sich grimmig vor, ihm rasch beizubringen, wer der Herr im Hause war. Über den Erfolg war sie sich nicht so sicher.

Die Küche war ebenso schmierig wie das Bad. Die Töpfe und Pfannen standen mit den Überresten des letzten Mahls ihrer Vorgänger ungewaschen im Ausguß. Elaine biß die Zähne zusammen. Ob man wohl von ihr erwartete, hier sauber zu machen, falls sie das Haus mieten würden?

Im Wohnzimmer war der Tisch noch gedeckt. Die Speisereste auf den Tellern hatten sich mit dem übrigen Schmutz vermischt und waren nicht mehr zu bestimmen. In der Mitte des Tisches stand eine altertümliche Kerosinlampe, die völlig leer war. Wer immer hier vom Essen aufgestanden und ›verschwunden‹ war, hatte sich nicht einmal die Zeit genommen, die Lampe abzudrehen. Diese hatte weitergebrannt, bis das Kerosin verbraucht war.

Sie wollte gerade Whalen fragen, was seine früheren Mieter dazu veranlaßt hatte, in der Mitte des Essens vom Tisch aufzustehen und sich davonzumachen, als sie sah, daß Brad bereits mit dem Polizeichef verhandelte.

»Wieviel würden Sie als Kaufpreis verlangen?« fragte er. Elaine zuckte zusammen. Erleichtert hörte sie Whalen antworten.

»Das Haus ist nicht zu verkaufen«, erklärte er in einem Ton, der jeden Einwand überflüssig machte. »Es war ein Fehler, als mein Großvater damals das Land verkaufte. Ich werde ihn keinesfalls wiederholen.«

»Sie wollen es Ihren Kindern hinterlassen?«

»Ich habe nie geheiratet«, erwiderte Whalen. »Hab' auch so genug Verwandtschaft. Die meisten in der Stadt sind auf die eine oder andere Weise mit mir verwandt. Würde mich nicht wundern, wenn mein Stellvertreter eines Tages hier wohnen würde – er ist eine Art Neffe von mir.«

»Nun gut, dann reden wir übers Mieten«, meinte Brad.

»Warum werfen wir nicht noch einen Blick in die oberen Räume?« unterbrach Elaine.

Whalen zuckte mit den Schultern und deutete auf die Treppe zwischen Wohn- und Eßzimmer. Er blieb unten, während Brad Elaine in den ersten Stock folgte.

Sobald sie allein waren, wandte sich Elaine ihrem Mann zu. »Mein Gott, Brad, das ist ja ein Saustall.«

Brad lachte. »Natürlich ist es ein Saustall, weshalb wir es auch sehr günstig bekommen werden. Aber stell es dir einmal gesäubert und aufgeräumt vor. Himmlische Ruhe rundum und eine unschlagbare Aussicht. Braucht nur etwas Farbe, dann wird es wundervoll!«

»Aber es hat nicht mal Strom«, protestierte Elaine.

»Nun, du hast doch immer gesagt, du sehnst dich nach dem einfachen Leben«, erinnerte Brad sie ironisch.

Elaine fand das gar nicht komisch. »So einfach auch wieder nicht«, erwiderte sie finster. Als sie den enttäuschten Blick ihres Mannes sah, fuhr sie rasch fort: »Brad, das ist eine Riesenarbeit, du wirst wochenlang überhaupt nicht zu deinem Buch kommen!«

»Ich kann darüber nachdenken, während ich hier alles ausmale«, meinte er. »Das ist nicht wie in Seattle, wo ich mich ganz auf meine Arbeit konzentrieren muß. Im übrigen ist es eine gute Übung, bei der ich bestimmt ein paar Pfund verliere.« Er tätschelte seinen flachen, festen Bauch mit der Selbstzufriedenheit eines Mannes, der während der vergangenen zehn Jahre kein Gramm zugenommen hatte.

»Wenn ich auf diesem Herd kochen muß, wirst du mehr als ein paar Pfund verlieren.«

»Du wirst es lernen«, erwiderte Brad mit einem bittenden Unterton, den sie während der zwölf Jahre ihrer Ehe nur selten gehört hatte.

»Du meinst es ernst, nicht wahr?« fragte sie leise und blickte ihn forschend an.

Er nickte. »Ich bin ganz verliebt in das Haus«, sagte er, »ich weiß nicht, warum, aber ich habe dieses Gefühl, als ob alles hier nach mir rufen würde. Elaine, wenn ich dieses Buch überhaupt zustande bringe, dann hier.«

Und sie gab nach, wie sie es immer getan hatte. Wenn Brad es sich so sehr wünschte, mußte sie lernen, damit fertig zu werden. »Also gut«, sagte sie mit einer Zuversicht, die sie nicht spürte. »Dann schauen wir uns ganz genau an, was es hier alles zu tun gibt.«

»Willst du das wirklich?« fragte Brad eifrig. Als sie ihn so vor sich sah, wußte Elaine, daß sie gar nicht anders konnte, und ihr Lächeln wurde warm.

»Also los, Randall, wollen mal sehen, wie wir das hier wieder zum Leben erwecken!«

Harney Whalen war offenbar nicht mehr im Haus. Als sie hinaustraten, sahen sie ihn am Strand mit dem Rücken zu ihnen. Seine Augen fixierten den Horizont. Sie folgten seinem Blick, konnten aber nichts Ungewöhnliches erkennen. Weit draußen trafen sich die See und der Himmel in einem etwas dunkleren Strich hinter einer tief hängenden Nebelbank.

»Mr. Whalen?« sprach Brad ihn leise an. Es kam keinerlei Reaktion. »Mr. Whalen?« wiederholte Brad etwas lauter. Whalen drehte sich langsam um und schaute sie an. Die Hände waren zu Fäusten geballt; die Knöchel traten weiß hervor.

»Alles in Ordnung?« fragte Elaine. Whalen nickte abweisend.

»Wir wollen das Haus«, sagte Brad.

»Nein, das geht nicht, Sie wissen doch, daß ich nicht verkaufe!«

Etwas im Ton seiner Stimme irritierte Elaine; es klang fast wie Haß. Brad dagegen schien es zu ignorieren. »Wir wollen es doch nur mieten!«

Whalen schien darüber nachzudenken. Seine Fäuste lokkerten sich, und er griff mit einer Hand in die Innentasche seiner Jacke.

»Hier ist der Mietvertrag, unterschreiben Sie oder lassen Sie es!«

Brad warf einen Blick darauf. Die Miete sollte zweihundert Dollar pro Monat betragen, der Rest der Vereinbarung interessierte ihn nicht weiter, da es sich um den üblichen Vordruck handelte. Elaine reichte ihm einen Kugelschreiber, und er unterzeichnete hastig die beiden Kopien. Eine behielt er für sich, die andere gab er Whalen zurück, der sie wie abwesend wieder in die Jackentasche schob. Ganz plötzlich wies er nach Norden. »Sehen Sie die Hütte dort, fast verborgen unter den Bäumen? Das sind Ihre nächsten Nachbarn, die Palmers.« Er schien den Blick nicht von der Hütte abwenden zu können, doch schließlich wandte er sich ihnen wieder zu. »Die Palmers sind ebenfalls fremd hier«, sagte er in einem Ton, der fast bedrohlich wirkte. Dann stapfte er Richtung Wald davon.

Brad und Elaine sahen ihm noch einen Augenblick nach und machten sich dann auf den Weg zurück zum Hafen und ihrer Pension. »Weißt du was?« meinte Brad nach längerem Schweigen, »ich bin nicht sicher, ob er überhaupt mitgekriegt hat, daß wir sein Haus gemietet haben. Er wirkte fast wie in Trance.«

Elaine nickte nachdenklich. »Genau den Eindruck hatte ich auch. Aber das spielt jetzt keine Rolle mehr. Er hat unterschrieben, das Haus gehört jetzt uns.« Sie wandte sich noch einmal um. Einen Augenblick lang schien es ihr, als ob sich irgend etwas hinter einem der Fenster bewegte – vielleicht ein Gesicht? Oder war es nur ein Schatten?«

Ganz offensichtlich litt sie seit neuestem an Halluzinationen...

9

Das Speisezimmer der Harbor Inn war wieder ruhig an diesem Abend. Die kleine ›Reservierungskarte‹ war genauso überflüssig wie am Abend zuvor. Nur noch ein weiterer Tisch war besetzt; die übrigen waren wohl gedeckt, warteten aber vergeblich auf Gäste. Nur an der Bar saßen noch einige vor ihren Getränken. Wenn überhaupt etwas gesprochen wurde, war es so leise, daß man es vom Tisch der Randalls aus nicht verstehen konnte. »Wenn du dich noch weiter zurücklehnst, fällst du vom Stuhl«, meinte Elaine schließlich. Unter dem Einfluß der allgemeinen Stille hatten auch die Randalls kaum ein Wort gewechselt. Elaine hatte den Eindruck, ihre Worte würden von den Wänden widerhallen und schaute sich ängstlich um – niemand schien sich um sie zu kümmern. Die anderen Esser waren offensichtlich viel zu sehr mit ihren gedünsteten Krebsen beschäftigt, und die Trinker starrten versunken in ihre Gläser.

»Ich versteh' das nicht«, meinte Brad mit einem Blick durch den verödeten Raum. »Ich hätte erwartet, daß es heute abend hier voll wird, und sich die Leute über diese Mrs. – wie wahr doch gleich ihr Name? – unterhalten würden.«

»Miriam Shelling«, half Elaine ihm.

»Mrs. Shelling, ja. Aber soweit ich das beurteilen kann, scheint sich niemand für sie oder ihr Schicksal zu interessieren.«

In diesem Augenblick trat Merle Glind an ihren Tisch und empfahl ihnen seinen Heidelbeerkuchen als Dessert. Brad lehnte ab, aber Elaine kämpfte mit sich, hin und her gerissen zwischen ihrem Appetit und dem Gedanken an die Kalorien.

»Recht ruhig hier, heute abend«, versuchte Brad den Wirt in ein Gespräch zu ziehen.

Glinds Augen musterten flink den Raum. Er sah aus, als ob er Angst hätte, irgend etwas Ungewöhnliches zu finden. Doch dann wandte er sich beruhigt wieder Brad zu.

»So wie immer«, sagte er hastig, »so wie immer.«

»Ich hätte gedacht, daß es heute voll wird, nach dem, was geschehen ist«, tastete Brad sich vorsichtig weiter voran.

»Nach dem, was geschehen ist?« fragte der kleine Mann. »Was soll denn geschehen sein?«

»Nun, ich dachte, die Leute würden sich darüber unterhalten wollen.«

»Worüber denn?« fragte Glind verständnislos.

»Mrs. Shelling«, meinte Brad, »ich meine, ist es denn hier alltäglich, daß eine Frau Selbstmord begeht?«

»Nein, eigentlich nicht«, erwiderte Glind und schien über etwas nachzudenken. »Aber diese Sache geht uns hier auch nicht viel an«, fuhr er dann überraschend fort.

Elaine hob die Augenbrauen und starrte ihn an. »Ich dachte immer, so etwas geht alle an, vor allem, wenn es in einer so kleinen Stadt geschieht, wo jeder jeden kennt und sich um ihn kümmert.«

»Das ist hier auch so«, antwortete Glind, »aber die Shellings gehörten nicht richtig zu uns.«

»Ich dachte, sie lebten hier«, meinte Brad, obwohl er ahnte, was der andere darauf sagen würde.

»O ja, sie lebten hier, aber sie waren Fremde. Sie gehörten nicht richtig zu uns.«

»Fremde? Wie lange haben sie denn hier gelebt?«

Glind zuckte mit den Schultern, als ob das bedeutungslos wäre. »Fünfzehn, zwanzig Jahre, ich weiß nicht.« Die Randalls warfen sich über den Tisch einen Blick zu und dachten im stillen dasselbe: Wie lange mußte man eigentlich hier leben, um Teil von Clark's Harbor zu werden? Dieser Gedankenaustausch wurde von Glinds künstlicher Heiterkeit unterbrochen.

»Also, wie wär's mit dem Heidelbeerkuchen?«

Elaine wirkte, als ob sie mit ihren Gedanken ganz woanders wäre und akzeptierte, ohne sich dessen richtig bewußt zu werden, Glinds Angebot. Er trippelte Richtung Küche. Als sie wieder allein waren, tauschten sie ein schwaches Lächeln aus. »Fünfzehn oder zwanzig Jahre«, meinte Elaine ironisch, »und ich dachte immer an ein paar einsame Monate, bevor uns die Leutchen hier an die Brust drücken...«

»Du mußt es so sehen: was haben wir mit den Leuten hier schon gemein? Wir waren uns doch immer selbst genug...«

»Das schon«, stimmte Elaine zu, »Selbstgenügsamkeit ist eine Sache, Parias zu sein eine andere.«

»Darüber würde ich mir nicht so viele Sorgen machen«, versuchte Brad sie zu trösten, während das Dessert serviert wurde. »Es wird schon Leute in Clark's Harbor geben, die uns willkommen heißen. Man muß sie nur finden.«

Elaine probierte den Kuchen und fand ihn wohlschmekkend. Dabei kam ihr ein Gedanke. »Die Palmers!«

Brand verstand sofort. »Natürlich«, meinte er lächelnd. Dann senkte er die Stimme zu Harney Whalens Baß: »Das sind Fremde, verstehen Sie!«

Elaine lachte auf und vertilgte die letzten Krümel.

»Das geht uns doch nichts an!« betonte Glen Palmer zum wiederholten Mal. Er versuchte ein Lächeln, aber der kummervolle Blick seiner Frau ging ihm zu Herzen.

»Wie kannst du so etwas sagen?« brauste Rebecca auf. »Sie wurde auf unserem Land gefunden, Glen!« Als er nicht reagierte, setzte sie nach. »Die Lichtung gehört doch zu unserem Land – oder etwa nicht?«

»Ja, vermutlich schon«, gab Glen widerwillig zu, »aber trotzdem geht es uns nichts an.«

»Und was ist mit den Kindern? Stell dir vor, sie hätten sie gefunden, Glen. Stell dir vor, sie kommen auf dem Weg zur Schule auf den Gedanken, durch das Wäldchen abzukürzen, und finden sie.«

Sie sah, daß auch dieser Einwand Glen nicht umstimmen konnte, aber sie versuchte weiter, ihn zu überzeugen.

»Du kannst dir nicht vorstellen, wie schrecklich das war, du kannst es dir einfach nicht vorstellen.« Wahrscheinlich hätte sie ihm die Szene noch einmal ausgemalt, wenn nicht in diesem Augenblick Robby und Missy erschienen wären.

»Was war so schrecklich?« wollte Robby sofort wissen. Rebecca wollte ihren Sohn in die Arme nehmen, aber dieser wich ihr aus und ging zum Vater. Instinktiv spürte er, daß die Eltern verstimmt waren; und wie fast immer in solchen Situationen ergriff er die Partei des Vaters. »Du meinst Mrs. Shelling?« mutmaßte er.

»Woher weißt du das denn?« wunderte sich Rebecca entsetzt.

Robbys Gesicht verzog sich zu einem Grinsen. »Jimmy Phipps ist zum Mittagessen heimgegangen, und seine Mutter hat ihm alles erzählt. Hast du sie wirklich gesehen?«

Einen Augenblick lang war Rebecca in Versuchung, es einfach abzuleugnen, doch sie und Glen waren den Kindern gegenüber immer ehrlich gewesen. Und obwohl es ihr schwerfiel, wollte sie auch jetzt nicht ausweichen. »Ja«, sagte sie, »ja, ich habe sie gesehen.«

Robbys Augen weiteten sich neugierig. »Hat sie wirklich in die Hose gemacht?« wollte er wissen. Rebecca zuckte erschrocken zusammen; Glen konnte gerade noch ein Grinsen unterdrücken.

»Das ist manchmal so, wenn Menschen sterben, Liebling«, erwiderte Rebecca leise.

»Wie sah sie aus? Jimmy Phipps sagte, ihr Gesicht sei ganz blau gewesen und ihre Zunge sei herausgehängt.«

Rebecca sah die Szene plötzlich wieder genau vor sich und spürte, wie sich ihr Magen zusammenzog. »Aber das ist doch nicht wichtig, wie sie ausgesehen hat«, meinte sie schließlich hilflos.

Robby schien mit dieser Antwort nicht so recht zufrieden zu sein – warum spielte es plötzlich keine Rolle mehr, wie man aussah? Für Jimmy Phipps war es auf jeden Fall sehr wichtig gewesen. Er wandte sich an seinen Vater, als ob dieses Problem nur von Männern angemessen gelöst werden könnte.

»Was ist mit ihr geschehen?« fragte er ernst.

»Sie war sehr unglücklich, Robby, und wollte einfach nicht mehr weiterleben. Kannst du das verstehen?«

Robby nickte bedächtig. »Mir geht es manchmal auch so, aber dann kommt ein Sturm, und ich fühle mich wieder besser.«

»Oh, Robby«, schluchzte Rebecca auf und kniete sich neben ihren kleinen Sohn. Sie zog ihn an sich. »Du darfst so nicht sprechen! Niemals! Was würden wir denn ohne dich tun?«

Unmutig befreite sich Robby aus den Armen seiner Mutter. »Es passiert ja nicht oft – und außerdem ist es gar kein so schlimmes Gefühl – es ist irgendwie aufregend.« Bevor seine Eltern das Thema weiterverfolgen konnten, stellte er eine weitere Frage. »Hat Mrs. Shelling denn etwas Böses getan? Ich meine, wenn sie nicht mehr leben wollte, warum sollte sie dann?«

Rebecca und Glen blickten sich verstohlen an. Glen wußte, daß er darauf eine Antwort finden mußte.

»Das ist nun mal keine richtige Lösung«, sagte er zögernd. »Wenn man ein Problem hat, muß man versuchen, damit anders fertig zu werden. Sterben ist keine Lösung, für niemand.«

Der Junge schien damit zufrieden zu sein. Ganz plötzlich wechselte er das Thema. »Kann ich rausgehen und Snooker suchen?«

»Nein!« fuhr Rebecca ihn an. Der Gedanke, ihren Sohn an diesem Strand zu wissen, an dem Miriam Shelling ihre letzten Stunden verbracht hatte, jagte ihr Entsetzen ein. »Es ist schon zu spät«, fügte sie hastig hinzu und hoffte, damit ihre erste Reaktion etwas abzuschwächen. »Ihr solltet beide langsam ins Bett.«

»Ich werde nachher noch rausgehen und nach ihm schauen«, versprach Glen. Jetzt mischte sich zum ersten Mal auch Missy ein.

»Du wirst ihn nicht finden«, meinte sie, »er ist verschwunden, und wir werden ihn nie mehr sehen.«

»Das sagst du dauernd«, fuhr Robby ihr über den Mund, »woher willst du das denn wissen?«

»Ich weiß es eben!« wehrte sich Missy mit erhobener Stimme. Rebecca hätte sich normalerweise eingemischt, aber dieser Streit zwischen den Kindern war einfach zu viel für sie; heute war zu viel über sie hereingebrochen. »Warum geht ihr nicht in euer Zimmer, wenn ihr euch streiten wollt?« meinte sie verärgert.

Die beiden starrten sie an. Irgendwie schienen sie schokkiert, daß ihre Mutter sich heute nicht als Vermittlerin einschaltete, und verschwanden schmollend in ihrem winzigen Schlafzimmer. Kaum waren sie verschwunden, wandte sich Rebecca an Glen. »Und du gehst heute abend auch nicht mehr raus!« sagte sie mit Nachdruck.

»Ich fürchte, es geht nicht anders«, widersprach Glen, »ich hab's Robby eben versprochen. Im übrigen gehen wir jetzt schon monatelang abends am Strand spazieren. Du weißt so gut wie ich, daß das überhaupt nicht gefährlich ist.«

»Das war vor gestern abend«, sagte Rebecca und schauderte, »dadurch hat sich alles geändert.«

»Nichts hat sich geändert, Rebecca«, meinte Glen sanft und legte ihr die Hand auf die Schulter, wodurch er sie zwang, ihn anzusehen. »Miriam Shellings Probleme haben doch nichts mit uns zu tun, genausowenig können wir etwas dafür, daß sie sich das Leben genommen hat.« Mit einem verkrampften Lächeln fuhr er fort: »Zumindest wissen wir jetzt worauf sie da draußen gewartet hat.« Er begann sich den Mantel anzuziehen.

»Bitte...«, versuchte ihn Rebecca doch noch zurückzuhalten, »warte doch wenigstens, bis ich mich wieder beruhigt habe.« Glen warf den Mantel zur Seite und setzte sich neben Rebecca auf die Couch. Er legte den Arm um ihre Schultern und zog sie an sich. Auch aus dem Schlafzimmer der Kinder hörte man jetzt nichts mehr. Stille senkte sich über die einsame Hütte am Strand.

»Laß uns einen Spaziergang machen«, schlug Brad vor, als sie das Speisezimmer verließen. »Ein wundervoller Abend – kaum Wind und ein voller Mond.« Er grinste anzüglich. »Außerdem wäre es mal wieder Zeit für ein romantisches Strandabenteuer.«

Elaine sah keinen Grund zu protestieren, was sie vielleicht in letzter Zeit etwas zu häufig getan hatte. Es war Zeit, sich wieder wie eine Erwachsene zu benehmen. »Deine beste Idee, seitdem wir hier angekommen sind«, zwinkerte sie ihm zu. »Ich hole unsere Mäntel.«

Ein paar Minuten später waren sie am Strand, und während sie das Mondlicht im Wasser schimmern sah, war sie froh, ihre Befürchtungen für sich behalten zu haben. Das leise Rauschen der Brandung machte sie ruhig, und sie griff nach Brads Hand. »Laß uns zu unserem Haus rausgehen«, schlug sie vor, »in diesem Licht wird es wundervoll wirken.«

Gemächlich gingen sie durch den milden Abend. Unmittelbar bevor sie die Sod Beach erreichten, traten sie noch vorsichtiger auf, um vielleicht noch einen Blick auf die Otterfamilie erhaschen zu können. Doch sie wurden enttäuscht. Dafür knackte es plötzlich über ihnen in den Ästen, und sie sahen, wie sich die Silhouette einer riesigen Eule vom Dunkel des Stamms löste, in weitem Bogen nach unten schwebte und dann mit kräftigen Flügelschlägen über dem Strand an Höhe gewann.

»Die Ottern werden wir nicht mehr zu Gesicht bekommen«, meinte Brad, »sie haben sich und die Kleinen irgendwo versteckt.«

»Die ist ja gewaltig«, sagte Elaine und blickte der Eule nach, »ihre Spannweite dürfte um einen Meter achtzig sein.«

»Das gibt ihr ein enormes Gleitvermögen, so daß ihre Beute keinerlei Warnung erhält, bevor sie sich herabstürzt.«

Sie umrundeten die Landspitze, und Sod Beach lag plötzlich in ihrer ganzen Schönheit vor ihnen. Die kräftigen Farben des Tages waren zu Hell-Dunkel-Reflexen geworden. Der Sand schien im silbernen Licht des Mondes zu fluoreszieren, und die Treibholzbarriere entlang dem Strand schimmerte wie Elfenbein. Und inmitten dieser Pracht stand das alte Haus wie unnahbar in seine Schatten gehüllt.

»Das ist wie eine Fata Morgana«, flüsterte Elaine, »ich habe noch nie etwas so Schönes gesehen.«

Brad zog seine Frau eng an sich. So standen sie lange Zeit und genossen die fast überirdische Szenerie, die durch die sanfte Dünung untermalt wurde. Erst dann traten sie auf den Strand hinaus und hinterließen eine Doppelreihe von Fußabdrücken in dem sonst unberührten, feuchten Sand.

Sie umrundeten das Haus in einem weiten Bogen, als ob sie vermeiden wollten, aus der Nähe die Spuren seines Alters und der Witterung wahrnehmen zu müssen. Auch machte keiner den Vorschlag hineinzugehen – die Magie dieser Nacht hätte unter den Überbleibseln ihrer Vorgänger zu sehr gelitten. Statt dessen gingen sie hoch zur Treibholzbarriere, wo sie sich, ohne ein Wort zu sagen, eng nebeneinander im Sand niederließen.

»Ich nehme alles zurück«, unterbrach Elaine schließlich ihr Schweigen, »das hier ist das Paradies.«

Brad griff in die Tasche und zog Pfeife und Tabak heraus. Er stopfte die Pfeife und setzte sie in Brand. Sein Blick ging weit aufs Meer hinaus.

»Ich habe nachgedacht«, sagte er plötzlich, »ich werde die Zielrichtung des Buchs ändern.«

Elaine rückte noch enger an ihn heran. »Was hat dich dazu gebracht?«

»Eine ganze Reihe von Dingen – die Gegend hier, Robby Palmer...«

»Robby Palmer?« Elaine setzte sich auf und warf ihrem Mann einen prüfenden Blick zu. »Das ist aber ein weiter Weg vom Biorhythmus zu Robby Palmer!«

»Nicht unbedingt. Diese Gegend hier strahlt etwas aus, das alle zu berühren scheint – so oder so. Vielleicht wirkt sie auf den Biorhythmus, wer weiß. Wenn ich das herauskriegen könnte, wäre das Stoff für ein großes Buch – vor allem, wenn sich das alles am Beispiel Robby Palmers erläutern ließe. Stell dir mal vor – eine bestimmte Gegend, so wie diese hier, wirkt ganz direkt auf ihre Bewohner ein. Leute wie Miriam Shelling und vielleicht auch dieser Harney Whalen werden dadurch aggressiv bis zur Selbstzerstörung, während Robby Palmer hier zur Ruhe kommt...«

»Und wie schön für dich, daß Robby von jetzt an auch noch unser Nachbar ist«, neckte ihn Elaine.

Brad überhörte es. »Es könnte ein wirklich aufschlußreiches Werk werden – in vielerlei Hinsicht.«

»Du meinst, ein Bestseller?«

»Nicht nur ein Bestseller, auch ein Buch, das in sich seinen Wert hat. Aber wenn ich damit auch noch Geld verdienen würde...« Seine Stimme verhallte, als ob er nicht wagte, diesen Traum auszusprechen.

»Ich mag diese Idee vorläufig noch nicht so besonders«, meinte Elaine, »aber tu du ruhig, was du für richtig hältst.« Sie legte ihren Arm um ihn und drückte ihn an sich. »Das tust du ja immer.«

»Das klingt so, als ob ich ein Despot wäre«, erwiderte Brad lächelnd.

Elaine mußte ebenfalls lächeln; sie wußte, daß Brad es spüren würde, auch wenn er es nicht sah. »So habe ich das aber nicht gemeint. Denn wenn du auch meist tust, was du für richtig hältst, muß ich doch zugeben, daß es meistens auch für mich das Beste ist.«

»Weißt du, was du bist?«

»Was denn?« fragte Elaine.

»Eine hoffnungslos unemanzipierte Frau.«

»Du hast mich durchschaut«, lächelte Elaine, »aber sag's bitte nicht weiter – das ist einfach nicht mehr schick.«

»Schick genug für mich«, flüsterte Brad und schob seine Hand unter ihren Mantel, wo er ihre Brust suchte. »Alles an dir finde ich schick.« Seine Stimme war jetzt ganz dicht an ihrem Ohr. »Wann haben wir uns eigentlich das letzte Mal am Strand geliebt?«

»Noch nie«, flüsterte Elaine zurück, »aber man muß mit allem ja irgendwann mal beginnen.« Ihre Finger tasteten sich nach seinem Gürtel, und sie fühlte die Härte in seiner Hose.

Langsam ließ sie sich in den Sand zurücksinken und zog ihn zärtlich über sich...

»Ich meine, wir sollten noch einmal nach ihm schauen«, flüsterte Robby Palmer in der Dunkelheit.

»Er ist nicht da draußen«, kam es ebenso leise zurück. »Er ist verschwunden, und wir werden ihn nie wiedersehen.« Sie drehte sich in ihrem Bett und verbarg den Kopf im Kissen.

»Nein, das stimmt nicht«, widersprach Robby, »wahrscheinlich hat er sich in einer Falle in den Wäldern verfangen oder so etwas.« Er kletterte aus dem oberen Bett herab und stieß Missy in die Seite. »Schläfst du?«

»Laß mich«, quengelte Missy und verkroch sich noch tiefer unter ihre Decke. »Ich sag's Mutter.«

»Wenn du das tust, nehme ich dich nicht mit.«

Missy setzte sich auf und starrte den Bruder an. »Ich geh' nicht mehr mit dir da raus!« Robby zuckte mit den Schultern. »Ist viel zu dunkel«, fügte Missy noch hinzu mit Blick auf das vorhangverhängte Fenster.

»Ist es nicht«, meinte Robby, »der Mond ist raus und läßt das Wasser glänzen. Schau nur!«

Missy kroch widerwillig aus dem Bett und spähte durchs Fenster. Unmittelbar vor der Hütte lagen tiefe Schatten, aber zwischen den Bäumen hindurch sah man das silberne Mondlicht auf dem Wasser spielen.

»Wir sollten trotzdem im Bett bleiben«, meinte sie.

»Das kannst du ruhig machen, du Baby«, erwiderte Robby, während er sich die Jeans überstreifte. »Ich geh' raus und suche Snooker.«

Missy kroch tatsächlich wieder ins Bett und zog sich die Decke bis unters Kinn. Sie sah mit ängstlichen Augen zu, wie ihr Bruder sich anzog. Schließlich öffnete er vorsichtig das Fenster und kletterte hinaus. Kaum war er verschwunden, rannte auch Missy zum Fenster, doch Robby war nicht mehr zu sehen. Er hätte dableiben sollen, nach allem, was in letzter Zeit geschehen war. Einen Augenblick verharrte sie am Fenster, dann faßte sie einen Entschluß.

Erschrocken fuhr Rebecca von ihrer Strickarbeit hoch, als ihre kleine Tochter plötzlich in der Tür erschien.

»Kannst du nicht schlafen, Liebling?« fragte sie.

»Robby ist weg«, sagte Missy, »er ist raus, um nach Snooker zu suchen. Ich hab' ihm gesagt, er soll es lassen, aber er ging trotzdem.«

Rebecca fühlte, wie ihr die Angst das Herz zusammenschnürte, und wandte sich mit entsetzten Augen an Glen. Doch der war bereits auf den Beinen und zog seine Windjacke über.

»Wann ist er raus?«

»Gerade eben«, antwortete Missy mit großen Augen, während ihr Vater durch die Tür nach draußen stürzte. »Ihm wird bestimmt nichts geschehen«, rief sie ihm noch nach, doch Glen war bereits verschwunden. Rebecca legte ihr Strickzeug zur Seite und nahm Missy in die Arme.

»Natürlich wird ihm nichts geschehen«, sagte sie leise, »natürlich nicht.« Doch ihre eigene Angst wurde dadurch nicht geringer.

Robby war rasch um die Ecke der Hütte im Wäldchen untergetaucht. Ganz bestimmt würde seine Schwester ihn verraten, Mädchen waren nun mal so, dachte er, und wünschte sich wieder einmal einen Bruder. Doch dann vergaß er Missy und konzentrierte sich ganz auf den Weg. Zuerst folgte er dem Pfad, der zum Hauptweg führte, bog dann aber kurz davor Richtung Strand ab. Allerdings war er sich nicht sicher, wo er herauskommen würde. Nachts sah alles ganz anders aus, auch wenn der Mond noch so hell strahlte. Überall diese Schatten – der Pfad schien von ihnen aufgesogen zu werden, und die Bäume wirkten riesig und unheimlich.

Als er einige Minuten später die Stimme seines Vaters seinen Namen rufen hörte, war er in Versuchung umzukehren, doch dann würde Missy ihn bestimmt auslachen. Er beschleunigte seine Schritte und versuchte verzweifelt mit den Augen die Dunkelheit zu durchdringen. Immer wieder stolperte er über herabgefallene Äste oder Wurzeln. Ganz überraschend stand er dann plötzlich auf der kleinen Lichtung.

Irgend etwas ließ ihn spüren, daß dies die Stelle war, an der Mrs. Shelling sich erhängt hatte. Er starrte ängstlich nach oben in die Bäume – und zuckte zusammen, als ein riesiger Schatten über die Lichtung schwebte. Ein Vogel, versuchte Robby sich zu beruhigen, nur ein Vogel. Aber rasch suchte er die Fortsetzung des Pfads und hastete weiter. Er meinte, hinter sich die Schritte seines Vaters zu hören und begann zu laufen.

Brad und Elaine Randall lagen eng umschlungen und genossen das Gefühl der Verbundenheit, das sie immer erfüllte, wenn sie sich geliebt hatten.

»Das war wundervoll«, murmelte Elaine. »Bin ich eigentlich pervers, weil mir Sex im Freien so gut gefällt?«

»Pervers wohl kaum«, lächelte Brad, »aber ganz schön sinnlich.«

Er drückte sie an sich, und sie erwiderte die Geste. Dann begann er sie ohne Übergang zu kitzeln, und sie rollten sich lachend und prustend im Sand. Plötzlich zuckte Elaine zusammen.

»Hast du das gehört?«

»Was denn? Ich höre nur das Meer.«

»Nein, etwas anderes. Ein Schrei.«

Brad lauschte einen Augenblick lang angestrengt, hörte aber nichts als das Rauschen der Dünung. Dann schien ein riesiger Schatten über sie zu fallen, und als sie aufblickten, hatte sich eine große Wolke vor den Mond geschoben, so daß die Nacht plötzlich sehr viel dunkler wurde.

»Ich hör' nichts«, sagte er, aber Elaine brachte ihn sofort wieder zum Schweigen.

»Schsch.« Sie lauschte. »Da ist etwas«, flüsterte sie, »ich höre etwas zwischen den Bäumen.« Sie zog den Mantel um sich und stand auf.

»Stell dich doch nicht so an«, meinte Brad, »da ist nichts, vielleicht ein Tier.« Aber auch er starrte jetzt zu dem Wäldchen hinüber. Jetzt hörte er es auch: das Knacken von Zweigen wie unter Schritten. Er stand rasch auf und legte seinen Arm schützend um Elaines Schultern. Dann hörte man von weiter oben am Strand einen Ruf und wieder dieses Knakken. Jetzt aber schon näher. Es schien direkt auf sie zuzukommen.

»Wer ist da?« schrie Brad.

Tödliche Stille.

»Wer ist da?« wiederholte er laut – und wieder diese Geräusche, jetzt noch näher und unzweifelhaft unmittelbar vor ihnen. Er stellte sich vor Elaine. Was aus dem Wäldchen auch drohen mochte, er mußte zuerst mit ihm fertig werden.

Die Wolke vor dem Mond war weitergezogen, und wieder badete der Strand in seinem geisterhaften Licht. Da sah Brad von der anderen Seite der Treibholzbarriere ein völlig verängstigtes Gesichtchen zu sich hochstarren.

»Ist ja in Ordnung«, sagte er beruhigend, »komm zu uns rüber.«

Und Robby Palmer begann über das Treibholz zu klettern. Wer immer diese Leute auch waren, sie flößten ihm sehr viel weniger Angst ein als die Schatten und die Geräusche des Waldes. Dort hatte er sich gar nicht wohl gefühlt. Ganz im Gegenteil.

10

Robby zögerte einen Augenblick, bevor er auf der anderen Seite des Treibholzes hinabzuklettern begann. Vielleicht sollte er doch besser davonlaufen, natürlich nicht zurück in den Wald, sondern entlang dem Strand auf das vertraute Licht der kleinen Hütte zu. Doch als Elaine hinter Brad sichtbar wurde, war seine Angst endgültig verschwunden.

»Ich suche nach meinem Hund«, erklärte er schüchtern.

»Ist es dafür nicht ein bißchen spät?« fragte Brad, »die meisten Neunjährigen sind um diese Zeit längst im Bett.«

Robby musterte ihn erstaunt. »Woher wissen Sie denn, wie alt ich bin?«

»Wie könnte ich denn etwas so Wichtiges vergessen«, lächelte Brad. »Erkennst du mich denn nicht?«

Robby schüttelte den Kopf.

»Ich bin Dr. Randall aus Seattle. Erinnerst du dich denn gar nicht mehr?«

»Sind Sie der Doktor, zu dem ich immer gehen mußte, als ich noch krank war?«

»Genau der.«

»Ich kann mich auch nicht mehr daran erinnern, daß ich krank war.«

Bevor Brad das Thema weiterverfolgen konnte, hatte sich Elaine neben den kleinen Jungen gekniet.

»Wissen denn deine Eltern, wo du bist?«

»Ich glaube schon«, erwiderte Robby, »ich glaube, ich habe vor einer Weile meinen Vater nach mir rufen hören.«

»Hast du ihm geantwortet?«

Robby schüttelte den Kopf. »Vielleicht war es gar nicht mein Vater«, sagte er leise, »vielleicht war es jemand ganz anderer.«

»Wer?« wunderte sich Brad.

»Ich – ich weiß nicht«, stammelte Robby.

»Nun, ich denke, wir bringen dich jetzt besser nach Hause. Deine Eltern sind bestimmt in größter Sorge um dich.«

»Aber ich muß doch meinen Hund suchen«, protestierte Robby. »Er ist schon seit zwei Nächten verschwunden, und Daddy will nicht nach ihm schauen.« Robby sah aus, als ob er in Tränen ausbrechen wollte, und Elaine schlang die Arme um ihn. Sie wußte jetzt plötzlich, wem der Hund gehört hatte, der mit gebrochenem Genick nicht weit von hier am Strand begraben lag... »Ist ja gut, ist ja gut«, tröstete sie ihn. »Mach dir über ihn keine Sorgen. Wahrscheinlich strolcht er irgendwo herum, aber er kommt bestimmt wieder heim.«

»Missy sagt, er kommt nie wieder«, schluchzte Robby, »sie wollte mir auch nicht beim Suchen helfen, weil sie meint, daß er für immer weg ist.«

Bevor sich die Randalls über die Bedeutung dieser seltsamen Auskunft Gedanken machen konnten, hörte man vom Wald her einen Ruf.

»Robby? Robby?«

»Hier drüben!« rief Brad zurück. »Näher am Strand!«

Einen Augenblick später erschien Glen Palmer unter den Bäumen. »Dr. Randall? Was machen denn Sie hier? Haben Sie nicht Robby irgendwo gesehen...?« Dann sah er seinen Sohn und kletterte rasch über das Strandgut. »Robby – ich hab' überall nach dir gesucht!«

»Ich mußte doch nach Snooker schauen«, schluchzte Robby. »Du hast versprochen, nach ihm zu suchen, aber du hast es nicht gehalten, deshalb mußte ich doch...« Er rannte zu seinem Vater und drückte sein Gesicht an ihn. Glen hielt ihn einen Augenblick umfangen; irgendwie wirkte er hilflos auf die Randalls. Dann beugte er sich zu Robby hinab und blickte in die tränenerfüllten Augen seines Sohns.

»Ich wollte ja nach ihm sehen, aber deine Mutter brauchte mich noch«, versuchte er zu erklären. »Wir mußten noch etwas besprechen; sofort danach wollte ich nach ihm suchen.«

Robby schaute mißtrauisch zu seinem Vater hoch. Konnte er ihm glauben? Glen wandte sich an die Randalls.

»Sie haben nicht zufällig einen Hund hier draußen gesehen?« fragte er ohne große Hoffnung. Elaines Blick streifte das Kind. Unwillkürlich biß sie sich auf die Lippen.

»Wir sind noch nicht lange hier«, wich sie einer direkten Antwort aus. Sie würde Palmer unter vier Augen von ihrem Fund erzählen, wenn der Junge außer Hörweite war. »Wir wollten uns hier einmal bei Nacht umsehen.«

»Hier, an der Sod Beach?« wunderte sich Glen.

»Wir wollten vor allem das Haus sehen«, erklärte Elaine, »wir haben heute das alte Haus gemietet.« Sie deutete auf das etwas windschiefe Gebäude, was aber Glens Verwunderung nur noch steigerte.

»Sie wollen behaupten, Whalen hat es Ihnen vermietet?« fragte er kopfschüttelnd, »das kann ich, verdammt noch mal, nicht glauben!«

»Zuerst schien er wirklich nicht zu wollen«, sagte Brad und lachte auf, »aber dann tat er es doch.« Ein seltsames Gefühl beschlich ihn, als er wieder an das seltsame Verhalten des Polizeichefs bei der Unterzeichnung des Mietvertrags dachte, aber davon wollte er Glen nichts sagen.

»Mir wollte er es unter keinen Umständen geben«, meinte Glen fast bitter. Doch dann hellte sich sein Gesicht wieder auf. »Wollen Sie nicht mit mir zurückgehen? Rebecca wartet auf mich, krank vor Sorge um Robby; ich muß sehen, daß ich heimkomme. Außerdem haben Sie es gestern versprochen. Rebecca wäre bestimmt enttäuscht, wenn Sie nicht mitkommen. Um ehrlich zu sein – sie hat hier kaum jemand, mit dem sie sich unterhalten kann.«

»Aber natürlich«, nahm Elaine die Einladung an, »wir wollten ja heute schon bei Ihnen reinschauen, aber wir hatten zu viel zu tun. Schließlich mußten wir eine wichtige Entscheidung fällen, und das braucht seine Zeit. Trotzdem war es nicht besonders höflich von uns, nicht wahr?« Damit nahm sie Glens Arm und begann mit ihm den Strand hinaufzugehen. Brad, der sofort wußte, daß seine Frau Glen über ihren Fund Bescheid sagen wollte, hielt mit Robby entsprechend Abstand. Er versuchte den Jungen abzulenken und nützte die Gelegenheit, ihn sich genauer anzusehen.

Die Veränderungen in seinem Verhalten waren wirklich gewaltig. Keine Spur mehr von dem hektischen, zwanghaft aktiven Kind, an das er sich noch so gut erinnerte. Neben ihm schien ein ganz normaler Neunjähriger zu gehen, der sich neugierig für alles interessierte und seine Entdeckungen sofort weitergab, doch nicht mehr in dieser obsessiven Art wie noch vor einigen Monaten. Je länger er ihn beobachtete, desto größer wurde seine Verwunderung. Was nur mochte die Ursache dafür sein? Welche Einflüsse hatten zu diesen Veränderungen geführt? Wirkten diese Einflüsse etwa auch in diesem Augenblick? Fast wirkte der Junge zu angepaßt, zu normal auf ihn... Oder machte er sich schon wieder unnötige Sorgen?

Erst als sie sicher war, daß Robby nichts mehr hören konnte, wandte sich Elaine Glen zu. »War Ihr Hund schwarz-weiß gefleckt – eine Art Spaniel?«

»Haben Sie ihn gesehen?« fragte Glen eifrig.

»Ich glaube, ja«, erwiderte Elaine düster, »als ich gestern morgen am Strand spazierenging, fand ich einen toten Hund, der im Sand begraben war. Er war mittelgroß und schwarz mit weißlichen Flecken.«

»Klingt ganz nach Snooker«, meinte Glen, »er war ein Bastard, hatte aber viel vom Springer-Spaniel an sich.« Er schwieg einen Augenblick. »Sie sagen, er war im Sand begraben?«

»Nicht sehr tief. Vielleicht hat das Meer ihn zugedeckt, aber da bin ich mir nicht so sicher. Sein Genick war gebrochen.«

Glen blieb abrupt stehen und starrte Elaine an. »Gebrochen? Was soll das heißen?«

»So ganz sicher bin ich mir auch dabei nicht«, meinte Elaine kläglich, »er schien keine anderen Verletzungen zu haben, nur sein Genick schien gebrochen. Brad meinte, er könne vielleicht von einem Stück Treibholz erschlagen worden sein, das die Flut in der Nacht davor an Land warf...« Ihre Stimme verlor sich; sie mußte zugeben, daß diese Erklärung mehr als unwahrscheinlich klang. Als ob er ihre Gedanken gelesen hätte, schüttelte Glen den Kopf.

»Klingt nicht sehr plausibel, nicht wahr?«

»Das habe ich auch nicht angenommen«, erwiderte Elaine. »Ich wollte es Ihnen sofort sagen, hielt es dann aber für besser, Robby nicht zu beunruhigen.«

»Das war ganz richtig«, stimmte Glen zu, »ich werde noch ein oder zwei Tage warten; vielleicht kann ich inzwischen einen neuen Hund für die Kinder finden – und es ihnen dann erst sagen. Vielleicht sag' ich es ihnen auch überhaupt nicht, sondern besorge ihnen lediglich einen neuen Hund, damit sie Snooker schneller vergessen.«

Robby und Brad holten sie unter den Bäumen vor Palmers Hütte ein. Glen machte sich laut bemerkbar.

»Rebecca? Komm raus – wir haben Gäste!«

Rebecca erschien in der Tür und riß Robby in ihre Arme. Der Junge wehrte sich dagegen und beteuerte immer wieder, er sei völlig in Ordnung. Schließlich gab Rebecca ihn frei und blickte überrascht Brad und Elaine entgegen.

»Du erinnerst dich bestimmt an Dr. Randall?« sagte Glen, »und das ist seine Frau Elaine. Ich traf sie am Strand beim alten Baron-Haus. Sie haben es gemietet – deshalb hab' ich unsere neuen Nachbarn gleich auf ein Glas Wein zu uns mitgenommen.«

»Treten Sie ein«, forderte Rebecca sie auf. »Wir haben nicht so viel Platz wie Sie in Ihrem neuen Heim, aber es reicht für alle.« Sie führte Brad und Elaine in das kleine Wohnzimmer und bot ihnen die beiden Sessel an, in denen normalerweise sie und Glen immer saßen. »Ich werde Robby rasch zu Bett bringen – könntest du inzwischen den Wein aufmachen, Glen?« Sie verschwand im winzigen Kinderschlafzimmer, während ihr Mann vier Gläser eingoß. Verstohlen sahen sich Elaine und Brad in der Hütte um. Als Rebecca zurückkam, brannte Elaine eine Frage auf der Zunge.

»Können Sie auf diesem Herd wirklich kochen?« wollte sie wissen, und es klang fast wie eine Herausforderung.

Rebecca starrte sie einen Augenblick verständnislos an, dann brach sie in Gelächter aus.

»Das ist nur halb so kompliziert wie es aussieht«, meinte sie dann. »Kommen Sie her, dann zeige ich Ihnen, wie es geht.« Die beiden Frauen beugten sich über den Herd, und Rebecca demonstrierte die Funktion der verschiedenen Luftklappen, mit denen man die Hitze kontrollierte.

»Das Wichtigste ist, das Feuer relativ klein zu halten, so daß man das Holz leicht verschieben kann. Andernfalls wird der ganze Herd so heiß, daß man kaum noch in seine Nähe kann. Aber wenn Ihr Gatte ähnlich fleißig ist wie meiner, ist sowieso nie genug Holz für ein ordentliches Feuer da...«

Elaine schüttelte zweifelnd den Kopf. »Ich weiß nicht«, meinte sie, »ich fürchte, wir werden häufig auswärts essen müssen.«

»Wir können das nicht«, sagte Rebecca, »aber selbst wenn

es anders wäre, würden wir es kaum tun. Ich gebe es nicht gerne zu – aber inzwischen koche ich recht gern auf diesem Ding. Ein sehr viel größeres Problem ist es, ein heißes Bad zu nehmen.«

»Mein Gott, ja«, stöhnte Elaine auf und schloß die Augen, als ob die Schreckensvision sich dadurch verbannen ließe. »Daran habe ich noch gar nicht gedacht!«

»Sie werden schon bald davon träumen«, lachte Rebecca.

Elaine wandte sich an ihren Gatten. »Hast du gehört, Brad?«

»Hab' ich«, meinte Brad und schien völlig unbeeindruckt. »Aber ich hab' keinerlei Probleme, mich mit einem kleinen Topf heißen Wassers von Kopf bis Fuß sauber zu kriegen. Und nachdem ich darin gebadet habe, kann ich mich auch noch damit rasieren...«

Elaine starrte ihn in komischer Entrüstung an. »Du? Du brauchst doch immer das ganze heiße Wasser auf mit deinen Zwanzig-Minuten-Dusch-Orgien!«

»Wenn genug vorhanden ist, warum nicht?« konterte Brad. »Aber etwas gern tun, heißt nicht, daß man ohne nicht mehr leben kann. Gib mir ein paar Becher heißes Wasser, und ich bin völlig zufrieden.«

»Gut«, meinte Elaine sarkastisch, »dann wirst du dich in Zukunft als zweiter waschen – sofern noch heißes Wasser übrig sein sollte.«

»Bevor wir uns noch weiter in die Freuden des einfachen Lebens vertiefen«, mischte Glen sich ein, »hätte ich gern gewußt, wie Sie Harney Whalen dazu gebracht haben, Ihnen das alte Baron-Haus zu vermieten? Wir haben es auch versucht, doch er lehnte kategorisch ab.«

»Vielleicht wollte er nicht an Mieter mit Kindern vermieten«, gab Elaine zu bedenken.

»Diesen alten Kasten?« meinte Rebecca, »ich möchte das Haus nicht miesmachen, Gott weiß, es ist um vieles besser als diese Hütte hier, aber Kinder könnten an ihm bestimmt nichts mehr ruinieren.«

»Es war auch etwas anderes«, pflichtete Glen ihr indirekt

bei. »Zuerst dachte ich, er hätte persönlich etwas gegen uns, aber dann änderte ich meine Meinung. Ich glaubte, er wollte überhaupt nicht vermieten und schon gleich gar nicht an Fremde. Aber ganz offensichtlich täuschte ich mich.«

»Da bin ich nicht so sicher«, erwiderte Brad nachdenklich. »Er wollte uns ja zunächst auch nicht haben. Als er mir dann den Mietvertrag hinhielt, wirkte er äußerst seltsam – als ob er gar nicht wußte, was er tat.«

»Das ist wirklich seltsam«, stimmte Rebecca zu.

»Alles hier ist ein wenig seltsam«, schloß sich Brad an. »So seltsam, daß ich darüber ein Buch schreiben möchte.«

»Ein Buch?« Glen warf Brad einen überraschten Blick zu. »Sie wollen mich auf den Arm nehmen – wie ein Schriftsteller sehen Sie wirklich nicht aus.«

»Vielleicht nicht«, grinste Brad, »aber ich trage schon lange eine Idee mit mir herum. Und jetzt, glaube ich, ist die Zeit dafür gekommen – und Sod Beach scheint genau der richtige Ort dafür. Deshalb sind wir hier.«

»Einfach so – und für immer?« zweifelte Rebecca.

»Ganz so einfach ist es nicht«, erwiderte Elaine, »zuerst müssen wir noch mal zurück nach Seattle und zu Hause alles in Ordnung bringen. Aber spätestens in zwei Wochen sind wir wieder da.«

»Zwei Wochen«, wiederholte Rebecca fast atemlos, »solange halte ich es noch aus.« Unwillkürlich hatte sie es so laut gesagt, daß alle es hören konnten. Glen schien völlig überrascht. Brad hakte sofort nach.

»Das verstehe ich nicht so richtig«, meinte er lächelnd, um Rebecca nicht kopfscheu zu machen. Trotzdem errötete sie heftig und versuchte das Gesagte abzuschwächen.

»Ist ja auch nicht wichtig«, wehrte sie ab; doch dann schien sie es sich anders zu überlegen. »Doch, ja, es ist wichtig«, fuhr sie hastig fort, »es ist verdammt einsam hier draußen, und manchmal habe ich richtig Angst. Sie können sich gar nicht vorstellen, wie sehr ich mich freue, daß Sie bei uns am Strand wohnen werden. Ich weiß, daß das seltsam klingt, da wir uns doch kaum kennen, aber manchmal bin ich mit den

Nerven fix und fertig. Von jetzt an sind wir auf jeden Fall nicht mehr die einzigen...«

»Die einzigen?« wiederholte Elaine fragend.

»Die einzigen Fremden hier«, erklärte Rebecca.

Dann musterte sie abwechselnd ihre beiden Gäste und fragte mit einer Stimme, aus der fast so etwas wie Panik herausklang: »Sie sind doch fremd hier, nicht wahr? Oder haben Sie etwa Verwandte in Clark's Harbor?«

»Jetzt verstehe ich«, meinte Elaine und lehnte sich zurück. »Nein, wir kennen keine Seele hier – außer Ihnen; und wir haben keinerlei Verwandte hier.« Dann fügte sie hastig hinzu: »Ich glaube, ich verstehe, was Sie meinen – es ist alles andere als leicht, hier in Clark's Harbor als Fremder zu leben...«

»Es ist schrecklich«, pflichtete Rebecca ihr leise bei, »manchmal möchte ich alles hinwerfen und von hier verschwinden.«

»Und warum tun Sie es nicht?« fragte Elaine.

»Da gibt es viele Gründe«, sagte Rebecca vage. »Unser ganzes Geld ist hier festgelegt – nicht daß es besonders viel wäre... Aber wenn wir jetzt wegziehen würden, wären wir völlig mittellos.«

»Und dann geht es natürlich um Robby«, warf Glen ein.

Rebecca schien fast etwas bestürzt darüber. Brad dagegen griff das Thema sofort auf. »Ja, die Veränderung an ihm ist fast unglaublich. Wenn ich es nicht mit eigenen Augen gesehen hätte – ich würde es nicht glauben. Haben Sie eigentlich eine Idee, was die Ursache dafür ist?«

»Nicht die geringste«, zuckte Glen die Schultern, »aber das kümmert uns auch nicht weiter. Hauptsache, Robby fühlt sich wohl. Und solange das der Fall ist, werden wir auch in Clark's Harbor bleiben, komme, was da wolle.«

»Ist es denn wirklich so schlimm hier?« erkundigte sich Elaine mitfühlend, »oder bin ich zu neugierig?«

»Nein, auf keinen Fall«, widersprach Rebecca mit Nachdruck. »Es ist vielleicht gut für uns, darüber zu sprechen und die Meinung anderer dazu zu hören. Manchmal meinen wir, auf Clark's Harbor bereits mit Verfolgungswahn zu reagieren. Aber eigentlich sollte ich Sie nicht damit belästigen – es ist so – so deprimierend.« Sie griff nach der Weinflasche und goß allen nach.

»Aber nein, reden Sie ruhig«, meinte Elaine, »zumindest wissen wir dann, was uns erwartet.«

Leise, als würde sie sich dessen schämen, erklärte Rebecca, woher sie das Gefühl hatten, die ganze Stadt wäre gegen sie. »Aber es gibt nie etwas, worauf man sie festnageln kann«, ergänzte Glen. »Jedesmal, wenn etwas schiefgeht, gibt es eine Erklärung dafür. Außer daß man das Gefühl hat, daß es immer nur bei Fremden schiefgeht, nie bei Einheimischen. Und dann natürlich diese Sache heute morgen.«

»Heute morgen?« Elaine schien nicht sofort zu begreifen. »Oh, Sie meinen Mrs. Shelling?«

Glen nickte, während Rebeccas Gesicht voller Betroffenheit war.

»Haben Sie sie gekannt?« wollte Brad wissen.

»Nicht wirklich«, erwiderte Glen. »Aber gestern abend bin ich ihr noch am Strand begegnet – offensichtlich kurz bevor sie es tat.«

»Kurz bevor sie es tat?« wiederholte Elaine fragend. »Sie halten es also für ausgeschlossen...?«

»Es geschah auf unserem Land«, Glen schien ihren Einwand überhört zu haben. »Es geht durch den Wald bis zur Straße und dann rund dreißig Meter an der Straße entlang. Miriam Shelling erhängte sich an einem unserer Bäume.«

»Oh, mein Gott«, sagte Elaine leise, »es tut mir leid, das muß schrecklich für Sie gewesen sein, Rebecca.«

»Ich sehe sie noch vor mir«, flüsterte Rebecca tonlos, »immer wenn ich die Augen schließe sehe ich sie dort hängen. Und dic Kinder – wie sie wohl auf diesen Anblick reagiert hätten?«

»Aber das Ganze hatte doch mit Ihnen persönlich nichts zu tun«, meinte Brad.

»Wirklich nicht?« meinte Rebecca düster. »Das frage ich mich immer wieder. Wir haben gestern noch mit ihr gesprochen. Sie kam in die Galerie und überhäufte uns mit wirren Tiraden; wir dachten, sie wäre nicht mehr klar bei Verstand…«

»Offensichtlich war es ja auch so«, stimmte Brad zu.

»Sie behauptete, ›sie‹ hätten ihren Mann getötet – und ›sie‹ würden auch uns töten. Und dann letzte Nacht…« Rebecca brach ab, da sie ganz offensichtlich mit den Tränen kämpfte. Glen sah, wie seiner Frau zumute war und fuhr fort. »Sie sehen also, daß es nicht leicht war hier.« Er lachte befangen. »Das nenne ich ein herzliches Willkommen – nicht wahr? Wollen Sie es trotzdem hier versuchen?«

»Aber ganz sicher«, erwiderte Brad, was ihm erstaunte Blicke der beiden Palmers eintrug. »Sie sprachen von Verfolgungswahn, und ich halte es für möglich, daß Sie damit der Sache ziemlich nahekommen. Sie beide haben hier draußen in einer Art Vakuum gelebt, soweit ich das beurteilen kann – und in einem solchen Zustand können seltsame Dinge geschehen. Vor allem verschieben sich die Proportionen. Dinge, die unter normalen Umständen klein erscheinen, bekommen plötzlich riesige Dimensionen. Und je länger ein solcher Zustand andauert, desto schlimmer scheint alles. Aber das Schlüsselwort hier ist ›scheint‹. Wie schlimm sind die Dinge denn nun wirklich? Können Sie beispielsweise die Galerie eröffnen, bevor Ihnen das Geld ausgeht?«

»Sieht ganz so aus, obwohl ich noch nicht weiß, wie ich das hinkriegen soll.«

»Wollen Sie, daß ich es Ihnen sage? Durch ständiges Arbeiten und Schritt für Schritt vorangehen. Im Grunde ist doch alles einigermaßen nach Plan verlaufen – oder etwa nicht?«

»Nun – eigentlich hatte ich gehofft, die Galerie jetzt bereits eröffnet zu haben…«

»Gehofft!« meinte Brad vorwurfsvoll. »Aber wie sah Ihre Planung dafür aus?«

Glen grinste. »Wenn man es richtig betrachtet, bin ich meinem Plan sogar voraus – in Anbetracht meiner zwei linken Hände…«

»Was Sie also wirklich aufgehalten hat, ist Ihre eigene Einstellung gegenüber den Schwierigkeiten...«

»Oh, das reicht jetzt, Brad, sei fair«, unterbrach ihn Elaine. »Du weißt doch inzwischen selbst, wie Clark's Harbor zu Fremden ist. Überall ist das zu bemerken. Du hast genausogut wie ich gehört, was die Leute bei unserem ersten Besuch im Café über Glen sagten.«

»Sie haben über mich gesprochen?« fragte Glen, und die Bitterkeit in seiner Stimme war nicht zu überhören. Elaine wich seinem Blick aus, hätte sie doch nur den Mund gehalten! »Nun, das ist mir neu«, fuhr er fort. »In meiner Gegenwart markieren sie alle die Taubstummen. Und was haben sie nun Schönes über mich gesagt?«

»Oh, den üblichen Kleinstadtklatsch über Künstler«, antwortete Elaine mit erzwungener Fröhlichkeit. Aber Rebecca wollte das Thema unbedingt weiterverfolgen.

»Es muß wohl etwas mehr gewesen sein, wenn Sie sich noch daran erinnern«, meinte sie mit leichtem Vorwurf.

»Nun, im wesentlichen schien keiner von ihnen Sie gerne hier zu haben«, erklärte Elaine zögernd, um dann hastig hinzuzufügen: »Aber ich bin froh, daß Sie hier sind – aus demselben Grund, aus dem Sie sich über unser Kommen freuen. Vielleicht können wir gemeinsam diesen Lästerzungen Paroli bieten – oder vielleicht gar den Fluch von hier nehmen.« Erschrocken blickte sie die andern an. Was hatte sie da nur gesagt? »Tut mir leid, ich glaube, ich spreche langsam wie Miriam Shelling – ist es nicht so?«

»Das macht doch nichts«, tröstete Rebecca. »In Ihrer Gesellschaft und mit ein, zwei Gläsern Wein im Bauch sieht das alles ganz anders aus. Vor einer Stunde noch wäre ich am liebsten auf und davon... Ist noch Wein in der Flasche?«

Glen goß jedem noch etwas ein und entschuldigte sich dann, um Feuerholz zu holen.

»Ich freue mich wirklich, Sie hierzuhaben«, wiederholte Rebecca in seiner Abwesenheit. »Ich wußte gar nicht, wie sehr ich von der Gesellschaft anderer Menschen abhing, bis wir hierherzogen, wo ich plötzlich niemand mehr hatte, mit dem ich mich unterhalten konnte. Manchmal dachte ich, ich würde verrückt, und Glen ging es bestimmt genauso. Wir haben es jetzt schon so lange ausgehalten und uns immer wieder gegenseitig auf bessere Zeiten vertröstet. Aber erst seit heute abend glaube ich auch daran – wirklich!« Sie lächelte. »Ich hoffe, ich gehe Ihnen nicht allzusehr auf die Nerven – wahrscheinlich komme ich während der ersten Tage alle fünf Minuten zu Ihnen hingelaufen, um nachzuschauen, ob Sie noch da sind...«

»Hoffentlich tun Sie das, sonst muß ich dauernd den Strand rauf und runter rennen, um von Ihnen das Überleben ohne Elektrizität zu lernen...«

»Warum sprechen Sie nicht mit Whalen, daß er Ihnen Strom ins Haus legt?« fragte Glen, der beim Eintreten Elaines Bemerkung noch mitgekriegt hatte. »Es kann nicht viel kosten, denn die Hauptleitung ist nicht weit von Ihrem Haus.«

»Das rentiert sich nicht«, meinte Brad. »Im übrigen zweifle ich, ob Whalen damit einverstanden wäre. Aus irgendeinem Grund scheint er es mit der Vergangenheit zu halten. Er hat uns da so eine alte indianische Geschichte über den Strand des Todes erzählt.«

»Wenn man bedenkt, was letzte Nacht passiert ist...«, meinte Elaine gedankenverloren.

»Aber Mrs. Shelling hat sich selbst getötet«, wies Brad sie zurecht. »Und außerdem war sie nicht im Sand begraben wie die Opfer in Whalens Geschichte.«

Nein, aber der Hund war es, dachte Elaine plötzlich entsetzt. Diesmal hielt sie ihren Mund. Durch ein Zeichen gab sie ihrem Mann zu verstehen, daß es Zeit zum Gehen sei.

Kurz darauf waren sie auf ihrem Weg zurück über den Strand. Glen und Rebecca sahen ihnen nach, bis sie nur noch vage Schatten unter dem Mondlicht waren. Sie gingen zurück in die Hütte, schlossen die Tür und legten die Arme umeinander. »Jetzt wird alles besser werden, nicht wahr?« flüsterte Rebecca.

»Ja, Liebling, ganz bestimmt«, meinte Glen zärtlich. Auf keinen Fall konnte er ihr gerade jetzt von jenem seltsamen

Gefühl erzählen, das er vorher beim Holzholen gehabt hatte: das Gefühl, beobachtet zu werden...

11

»Das hätten wir«, sagte Elaine und ließ den letzten Koffer zuschnappen. Sie inspizierte den Raum ein letztes Mal, wobei sie jede Schublade aufzog; dann verschwand sie im Badezimmer. »Verdammt«, hörte Brad sie sagen.

»Der Fön?« rief er.

»Was sonst?« kam es aus dem Bad. Elaine kam mit dem störrischen Gerät in der Hand ins Zimmer zurück. Ratlos starrte sie den prallen Koffer auf dem Bett an. Am besten warf sie den Nachzügler einfach auf den Rücksitz. Erschöpft ließ sie sich auf einen Stuhl fallen und blickte sich noch einmal im Zimmer um. Vielleicht hatte sie noch etwas übersehen, das aus dieser Perspektive zum Vorschein kam.

»Du hast recht«, sagte sie plötzlich, »das ist wirklich ein hübsches Zimmer, und ich verlasse es eigentlich recht ungern.«

»Wir werden zurückkommen.«

»Ja, aber nicht hierher.« Seufzend stand sie wieder auf und griff nach ihrem Mantel, den Brad ihr hinhielt. »Brauche ich den heute überhaupt?« fragte sie mit einem Blick aus dem Fenster. Draußen strahlte die Sonne über glitzerndem blauen Wasser.

»Es ist etwas böig«, meinte Brad und griff nach dem Fön auf dem Bett. »Was ist jetzt damit? Auf den Rücksitz?«

Elaine warf ihm einen vorwurfsvollen Blick zu, doch sie lächelte dabei.

»Als ob du das nicht wissen würdest.« Sie öffnete den Koffer und räumte ihn rasch um. Brads Hemden wurden einfach noch weiter in die Ecke gedrängt, und plötzlich hatte der Fön Platz. Mit einiger Mühe ließ sich der Koffer sogar wieder schließen.

»Wie kommt es eigentlich, daß der Fön immer nur meine Kleider ruiniert?«

»Deine sind billiger – und im übrigen ist es dir sowieso egal, wie du aussiehst«, neckte ihn Elaine. »Komm jetzt, bringen wir's hinter uns.«

Jeder von ihnen griff sich zwei Koffer, und sie verließen den Raum. Als sie die Treppen herabkamen, blickte Merle Glind auf, machte aber keinerlei Anstalten, ihnen mit dem Gepäck zu helfen.

»Sie reisen ab?« fragte er.

»Nein, wir wollen lediglich unserem Gepäck etwas Bewegung verschaffen«, antwortete Brad. Aber sein Sarkasmus glitt an dem kleinen Mann ab. Er setzte die Koffer ab und legte den Zimmerschlüssel auf den Tresen. Glind griff nach ihm und beäugte ihn kritisch, dann zog er ihre Rechnung aus dem Fach, verglich die Schlüsselnummer mit der Nummer auf der Rechnung und begann zu addieren. Brad konnte ein Lächeln nicht unterdrücken, als er sah, daß ihre Rechnung die einzige weit und breit war. Was hätte der kleine Mann wohl getan, wenn die beiden Nummern nicht übereingestimmt hätten? Er reichte Glind eine Kreditkarte, die minuziös untersucht wurde. Schließlich durfte Brad den Beleg unterzeichnen. Er war überhaupt nicht erstaunt, als Glind die Unterschrift mit der auf der Rückseite der Karte verglich und diese schließlich an ihn zurückgab. Plötzlich erschien ein Grinsen auf dem Gesicht des Wirts.

»Ich höre, Sie haben das alte Baron-Haus gemietet«, gluckste er.

»Das stimmt«, sagte Brad so neutral wie möglich, während er die Karte zurück in die Brieftasche schob.

»Nicht gerade eine Perle von Haus«, amüsierte sich Merle, »kein Strom, und bestimmt hat das Dach auch Löcher.«

»Nun, wir werden sowieso meist nur das Erdgeschoß bewohnen, da machen uns ein paar Löcher im Dach nichts aus.«

Merle starrte Brad feindselig an und kam offensichtlich zu dem Schluß, daß er auf den Arm genommen wurde. »Ich nehme an, Sie wissen, was Sie tun«, sagte er dann, »aber wenn ich Sie wäre, würde ich es mir zweimal überlegen, bevor ich dort hinauszöge.«

»Sprechen Sie von der alten Indianerlegende?«

Glind zuckte mit den Schultern. »Vielleicht auch das. Harney Whalen glaubt auf jeden Fall an diese Legende – und er hat Indianerblut.«

»Der Polizeichef?« wunderte sich Elaine. »So sieht er aber gar nicht aus.«

»Dann sollten Sie genauer hinsehen«, erwiderte Merle. »Wenn man es weiß sieht man es sofort. So oder so aber ist er fest überzeugt, daß an der Legende etwas dran ist. Deshalb will er das Haus da draußen so ungern vermieten. Ich wundere mich, daß er es ausgerechnet Ihnen gegeben hat.«

»Da sind Sie nicht allein«, lächelte Brad.

»Das kann ich mir vorstellen. Wäre besser gewesen, Sie hätten nicht darauf bestanden – ist ein schlechter Platz da draußen, wirklich, ein schlechter Platz...«

Elaine wurde plötzlich wütend. »Was wollen Sie damit sagen?« brauste sie auf.

Ihr Ton schien den nervösen kleinen Mann einzuschüchtern; er trat einen Schritt vom Tresen zurück. »Ni-nichts«, stammelte er, »aber diese alten Geschichten, Sie müssen sie doch auch gehört haben.«

»Wir haben sie gehört«, sagte Brad schneidend, »aber ganz ehrlich – wir legen keinerlei Wert darauf.«

Glinds Augen funkelten plötzlich bösartig. »Nun, das können Sie halten, wie Sie wollen«, sagte er fast drohend. »Ich hoffe in Ihrem Interesse, daß Sie recht haben.« Es war ihm anzuhören, daß er etwas ganz anderes hoffte.

»Mir kommt langsam die Galle hoch«, ärgerte sich Elaine, während sie die Koffer im Wagen verstauten. »Es klingt fast, als ob er uns Angst einjagen wollte, damit wir nicht wieder zurückkommen.«

»Genau das hat er versucht«, bestätigte Brad und drückte die Kofferraumhaube zu. Irgend etwas knackte laut im Innern, aber er ignorierte es. »Doch es wird ihm nicht gelingen?« lächelte er seine Frau an. Er war sich sicher, daß Glind auf diese Weise bei Elaine genau das Gegenteil erreichen würde.

»Nein, das wird er nicht«, meinte diese trotzig, während sie in den Wagen stieg. Als Brad sich hinters Steuer setzte, fügte sie noch hinzu: »Nach all dem wünschte ich mir, wir hätten Whalen doch überreden können, uns das Haus zu verkaufen!«

»So kenne ich mein Mädchen!« grinste Brad zufrieden und tätschelte ihren Schenkel. Elaine erstarrte plötzlich und warf ihm von der Seite einen mißtrauischen Blick zu. »Du hast ihn doch nicht etwa präpariert, damit ich unbedingt hierbleiben will?«

»Bestimmt nicht«, erwiderte Brad mit Nachdruck. Doch dann grinste er sie an. »Aber wenn es mir eingefallen wäre, hätte ich es bestimmt getan.«

»Bastard!« brach Elaine in lautes Gelächter aus. Als sie sich wieder beruhigt hatte, kam ihr plötzlich ein Gedanke. »Laß uns noch bei den Palmers reinschauen, bevor wir die Stadt verlassen.«

»Genau das hatte ich vor«, erwiderte Brad heiter. Er bog auf die Harbor Road ein und fuhr über sie zur Hauptstraße. Wenige Minuten später hielten sie vor der Galerie.

Sie standen noch davor und versuchten sich auszumalen, wie alles aussehen würde, wenn es erst mal fertig wäre, als Rebecca Palmer in der Tür erschien.

»Ich hatte so gehofft, daß Sie noch vorbeischauen würden«, begrüßte sie sie glücklich. »Deshalb bin ich auch heute morgen mit reingekommen. Ein kleines Vögelchen sagte mir, daß ich Sie vor Ihrer Fahrt nach Seattle noch einmal sehen werde. Kommen Sie, ich habe Kaffee gemacht.«

Kaum waren sie eingetreten, als Glen aus dem hinteren Raum auftauchte.

»Rebeccas kleines Vögelchen hatte also recht, wie ich sehe. Nun, was halten Sie davon?« Die Randalls ließen sich von Glen erklären, wie der weitere Ausbau erfolgen sollte. Brad und Elaine hatten danach wohl immer noch keine genaue Vorstellung, bewunderten aber das bisher Geleistete.

»Ich kann es Ihnen offensichtlich nicht so richtig vor Augen führen«, meinte Glen niedergeschlagen.

»Dann zeigen Sie es uns einfach, wenn es fertig ist«, lächelte Elaine. »Gab es hier nicht irgendwo Kaffee?«

»Auch Bier ist da«, bot Glen an. »Aber kommen Sie doch nach hinten, ich will Ihnen zeigen, was ich heute morgen gefunden habe.«

Im Hinterzimmer stand ein Hundebaby jämmerlich winselnd auf den Hinterbeinen in einem Karton und lugte ängstlich über den Rand.

»Oh, ist der süß!« jubelte Elaine und drückte das Hündchen an sich. »Wo haben Sie den denn gefunden?«

»Gar nicht«, sagte Glen, »er hat uns gefunden. Er saß heute morgen hier vor der Tür.«

»Er kann nicht mehr als acht Wochen alt sein«, wunderte sich Elaine, »wie kommt ein so kleiner Hund dazu, nachts allein durch die Gegend zu streunen?«

»Keine Ahnung«, meinte Glen. »Ich habe mich umgehört, niemand scheint ihn zu vermissen oder zu wissen, woher er kommt. Bill Pruitt von der Tankstelle meint, daß manchmal Leute aus Aberdeen oder Hoquiam hier ihre Hunde aussetzen, weil sie sie nicht einschläfern lassen wollen. Wenn sich im Laufe des Tages niemand nach ihm erkundigt, gehört er uns.«

Elaine setzte den kleinen Hund vorsichtig in den Karton zurück. Mit aufgebracht wedelndem Schwänzchen versuchte er sofort wieder herauszukrabbeln.

»Sie sagten, Snookers Genick war gebrochen, stimmt das?« fragte plötzlich Rebecca. Elaine blickte sie schuldbewußt an. »Glen hat es ihnen gesagt?«

Rebecca nickte stumm.

»Dann hat es keinen Sinn mehr zu lügen – oder?« Sie lächelte traurig. »Als ich ihn fand, hatte ich keine Ahnung, daß er Ihnen gehört.«

»Was haben Sie mit ihm getan?«

»Ich ließ ihn, wo er war«, antwortete Elaine leise, »ich hätte nicht gewußt, was ich anderes tun sollte.«

»Jetzt läßt sich auf jeden Fall nichts mehr ändern.«

»Als ich ihn fand, war es auch schon zu spät, Rebecca, er war schon seit Stunden tot, da bin ich sicher.«

»Ich weiß«, erwiderte Rebecca düster. »Wirklich, ein seltsames Zusammentreffen – zuerst Snooker mit gebrochenem Genick und dann Mrs. Shelling...« Der Satz blieb unvollendet; Rebecca riß sich zusammen und versuchte ein Lächeln. »Tut mir leid, aber das alles hat mich ganz schön mitgenommen. Ich werde froh sein, wenn Sie zurück sind, Elaine. Ganz plötzlich fühle ich mich gar nicht mehr wohl bei dem Gedanken, daß wir hier draußen an der Sod Beach ganz allein sind...«

»Das sollten Sie nicht«, erwiderte Elaine mit erzwungener Sicherheit. »Hier draußen ist es doch wundervoll, und Sie sind hier bis jetzt doch recht glücklich gewesen. Es ist absolut unnötig, daß Sie sich so aufregen.«

»Das sage ich mir auch«, meinte Rebecca, »und wenn da nur eine Sache gewesen wäre – selbst wenn es sich um Mrs. Shelling gehandelt hätte –, nun gut. Aber gleich zwei solche Vorfälle – irgendwie unheimlich.«

»Das könnte auch Merle Glind gesagt haben«, mischte sich Brad ein.

»Merle?« fragte Glen mit Schärfe, und zog damit Brads Aufmerksamkeit auf sich. »Was hatte der denn zu sagen?«

»Nichts von Bedeutung«, erwiderte Brad, »irgendeinen Unfug zu dieser Legende von Whalen über die Indianer – und daß wir einen großen Fehler machten, an den Strand hinauszuziehen. Wußten Sie eigentlich, daß Whalen Indianerblut hat?«

»Das ist mir neu«, sagte Rebecca, »aber von seinem Aussehen her könnte es stimmen.«

In diesem Augenblick hörte man draußen ein Auto bremsen. Alle warteten darauf, daß sich gleich die Vordertür öffnen würde. Als das nicht geschah, stand Rebecca auf und schaute nach. »Wenn man vom Teufel spricht...«, meinte sie. Glen trat neben seine Frau.

Draußen stand Harney Whalen, einen Fuß auf der Stoßstange des Randallschen Wagens, und schrieb offensichtlich einen Strafzettel aus. »Was, zum Teufel, soll das?« murmelte Glen. Er wollte hinaus, aber Brad hielt ihn zurück.

»Ich kümmre mich selbst darum, Glen. Er hat seinen Stiefel auf meiner Stoßstange.« Er ging hinaus auf die Straße.

»Guten Morgen!« grüßte er freundlich. Keinerlei Reaktion des Polizeichefs.

»Stimmt irgendwas nicht?« fragte Brad. Whalen warf ihm einen Blick zu, schrieb dann den Strafzettel fertig, riß ihn aus dem Heft und überreichte ihn Brad.

»Für falsches Parken«, sagte er, während er Brad fixierte.

Dieser grinste verblüfft. »Falsches Parken?« wiederholte er ungläubig. »Wovon sprechen Sie eigentlich?«

»Der Wagen ist gesetzeswidrig abgestellt«, behauptete Whalen. Brad blickte sich nach einem Verbotsschild um. Es gab keines.

»Ich sehe weit und breit kein Schild.«

»Es ist auch nicht verboten, hier zu parken«, erklärte Whalen, »es ist die Art, wie Sie geparkt haben. Das hintere Ende des Wagens ragt auf den Bürgersteig.«

Brad umrundete seinen Wagen und sah, daß die im Straßendreck kaum erkennbare Bürgersteigkante vielleicht fünf Zentimeter unter dem Volvo lag. Er wußte plötzlich, was hier gespielt wurde. »Tut mir leid«, sagte er gelassen, »wirklich unvorsichtig von mir. Wieviel kostet mich das?«

»Zehn Dollar«, erwiderte Whalen und schien darauf zu warten, daß Brad der Kragen platzte. Doch dieser zog ohne äußere Erregung seine Brieftasche, nahm eine Zehn-Dollarnote heraus und überreichte sie dem Polizisten zusammen mit dem Strafzettel.

»Ich nehme an, ich kann das direkt bei Ihnen bezahlen?« fragte er höflich.

»Kein Problem«, sagte Whalen und schob Strafzettel und Geld in die Tasche.

»Ich hätte gern eine Quittung dafür«, sagte Brad ebenso höflich.

Der Polizist starrte ihn mit unterdrückter Wut an. Dann trat er an seinen Streifenwagen, setzte sich hinters Steuer und schrieb eine Quittung aus.

»Seien Sie das nächste Mal vorsichtiger«, meinte er, während er zu Brad zurückkam, und gab diesem die Quittung. Dann machte er auf dem Absatz kehrt und wollte gerade wieder einsteigen, als Brad rief: »Chief Whalen!« Der Polizist wandte sich um und starrte ihn an.

»Wenn Sie meinen, Sie könnten mich mit einem an den Haaren herbeigezogenen Strafmandat von hier vertreiben, dann täuschen Sie sich«, erklärte Brad mit Nachdruck. »Es gehört viel mehr dazu, mich von Clark's Harbor fernzuhalten.«

Harney Whalen schien einen Augenblick verblüfft. Doch als er dann sprach, klang seine Stimme ebenso ruhig wie die Brads. »Dr. Randall – dieses Mandat ist nicht an den Haaren herbeigezogen. Ihr Wagen ist regelwidrig geparkt, und deshalb habe ich es ausgeschrieben. Wenn ich Sie von Clark's Harbor wirklich fernhalten wollte, hätte ich andere Möglichkeiten, glauben Sie mir. Ich habe Ihnen zu erklären versucht, welche Spielregeln hier gelten. Ob Sie trotzdem hier draußen leben wollen oder nicht, ist allein Ihre Sache. Aber falls Sie sich mit mir anlegen wollen – das können Sie haben. Habe ich mich klar genug ausgedrückt?«

Brad kam sich plötzlich wie ein Narr vor. Vielleicht hatte er sich getäuscht, vielleicht war Whalen wirklich nur ein überkorrekter Beamter? Aber die Strafe war in jedem Fall zu hoch. Trotzdem entschloß er sich, die Sache zumindest für den Augenblick auf sich beruhen zu lassen.

»Völlig klar«, erwiderte er, »und falls ich wirklich etwas falsch gemacht haben sollte, möchte ich mich dafür entschuldigen.«

Whalen nickte kurz, stieg in den Streifenwagen und fuhr davon.

Brad sah ihm noch einen Augenblick nach und ging dann zurück in die Galerie.

»Was war denn nur los?« fragte Elaine, »hat er uns einen Strafzettel verpaßt?«

»Ja, und ich habe ihn bezahlt«, antwortete Brad gedankenverloren.

»Ja, aber wofür denn?« wunderte sich Rebecca.

»Offensichtlich habe ich regelwidrig geparkt. Das rechte hintere Ende des Wagens ragte knapp fünf Zentimeter auf den Bürgersteig.«

»Und dafür hat er Sie aufgeschrieben?« empörte sich Glen. »Das ist doch lächerlich!«

»Das dachte ich auch, aber ich wollte keinen weiteren Ärger haben. Hat keinen Sinn, wenn er am längeren Hebel sitzt.«

»Manchmal kommt's mir so vor, als ob ganz bestimmte Leute grundsätzlich am längeren Hebel sitzen«, meinte Glen bitter. Rebecca griff tröstend nach seiner Hand.

»Ich glaube, wir müssen langsam los«, meinte Elaine mit einem Blick auf ihre Uhr. »Wir brauchen mindestens drei Stunden nach Hause.«

Rebecca schlang plötzlich die Arme um Elaine und drückte sie an sich. »Überlegen Sie es sich bitte nicht anders«, flüsterte sie.

»Auf keinen Fall«, beruhigte sie Elaine. »Diese Stadt soll mich kennenlernen.« Sie machte sich los. »Lassen Sie uns eine gute Woche Zeit, dann sind wir zurück – in Ordnung?«

Rebecca nickte. »Ich weiß ja, daß es kindisch klingt, aber ganz plötzlich habe ich das Gefühl, daß jetzt alles gut wird. Beeilen Sie sich!«

»Das werden wir«, sagte Brad, »und ich hoffe, daß bei unserem Wiederkommen hier alles fertig ist, sonst werde ich mich selbst darum kümmern!«

»Ich nehme Sie beim Wort«, lachte Glen. Zusammen mit Rebecca geleitete er die Randalls zum Wagen.

»Ich sehe sie sehr ungern fahren«, meinte Rebecca, während sie dem kleiner werdenden Wagen nachblickten. »Was soll nur werden, wenn sie es sich doch anders überlegen und nicht zurückkommen?«

»Sie kommen zurück«, beruhigte Glen seine Frau. »Aber komm jetzt rein und vergiß sie für den Augenblick. Wir haben viel zu tun; vor allem müssen wir uns um unseren neuen Hausgenossen kümmern...«

»Worüber machst du dir Sorgen?« fragte Brad, während sie noch einmal durch den Ort fuhren.

»Über nichts Besonderes«, wich Elaine aus. Sie war sich nicht sicher, ob sie mit ihrem Mann darüber sprechen wollte.

»Du kannst mir nichts vormachen«, beharrte Brad.

»Offensichtlich nicht«, lächelte sie. »Vielleicht haben wir uns doch zu rasch in diese Sache hineingestürzt. Ich meine, ein Haus am Strand zu mieten, das ist eine Sache – aber ein Leben ohne Strom und in einer Stadt, die uns nicht will, das ist etwas ganz anderes.«

»Aber es ist doch nicht die ganze Stadt«, widersprach Brad, »es sind lediglich Harney Whalen und dieser Merle Glind. Glen und Rebecca dagegen wollen uns sehr wohl.«

Elaine versank in Schweigen. Es würde eine Weile dauern, bis sie all die Empfindungen und Gedanken verarbeitet hatte, die sie bestürmten.

Doch so weit sie sich auch von Clark's Harbor entfernten, ein Gedanke drängte sich immer wieder drohend in ihr Bewußtsein: Wir sind Fremde, Fremde wie die Palmers – und die Shellings...

Harney Whalen wartete, bis der Wagen der Randalls außer Sicht war; erst dann fuhr er aus dem Schutz der riesigen Anzeigetafel heraus zurück in die Stadt.

Als er in die Harbor Road abbog, warf er einen finsteren Blick auf die Galerie. Warum nur hatten sie sein Angebot nicht angenommen? Er hätte sie ausbezahlt – und Clark's Harbor wäre sie losgewesen.

Er warf einen Blick über das vor ihm liegende Städtchen. Seine Stadt. Dieses Eigentumsgefühl war im Lauf der Jahre immer stärker geworden, ohne daß er sich dessen bewußt wurde. Da lag sie vor ihm, seine Stadt, ein Bild heiteren Friedens unter der strahlenden Morgensonne.

Er hielt vor dem winzigen Rathaus und schlenderte in sein

Büro. Chip Connor war bereits da und wartete mit dampfendem Kaffee. Er goß seinem Boß eine Tasse ein.

»Also – sie sind weg«, sagte Harney.

»Weg? Wer?«

»Die Randalls. Sind eben weggefahren.«

»Aber sie werden zurückkommen«, wandte Chip ein.

»Vielleicht«, meinte Harney verkniffen, »vielleicht aber auch nicht.« Er setzte sich und legte die Füße auf den Schreibtisch. »Wundervoller Tag heute, nicht wahr, Chip?«

»Bis jetzt noch, aber ein Sturm braut sich zusammen«, erwiderte sein Stellvertreter, »und kein geringer.«

»Ich weiß«, meinte Whalen, »ich spür's in meinen Knochen.« Harney Whalen lächelte vor sich hin und nippte an seiner Tasse. Sollte er ruhig kommen, dieser Sturm.

BUCH II

Nachtwogen

12

Pfarrer Lucas Pembroke blickte über den Rand seiner Halbbrille auf die Handvoll Menschen, die sich in der winzigen Methodistenkirche versammelt hatten, und versuchte den schlechten Besuch dem Wetter zuzuschreiben. Während der vergangenen fünf Tage, seit Miriam und Pete Shelling begraben worden waren, hatte es fast ständig geregnet. Nur die Gelangweilten und die Neugierigen waren zugegen gewesen, und Pembroke hatte gehofft, daß zu diesem Gedenkgottesdienst einige mehr kommen würden. Was hatte es für einen Sinn, den ganzen Weg von Hoquiam hierher zu fahren, um über zwei Menschen zu reden, die er kaum kannte, wenn sich nur diese paar Nachbarn und Einwohner hier für sie interessierten? Vielleicht wären mehr gekommen, wenn man die Leichen aufgebahrt hätte... Er schämte sich seiner unchristlichen Gedanken.

Im übrigen wußte er, daß es nicht nur am Wetter lag. Es war noch etwas anderes, etwas, das er am eigenen Leib gespürt hatte, seit er damals Clark's Harbor unter seine Fittiche genommen hatte. Seine neue Gemeinde war ihm von Anfang an mit ungewohnter Distanz begegnet, und es war ihm in den ganzen Jahren nicht gelungen, sie abzubauen. Sie wollten wohl einen Pfarrer für ihre Kirche, doch einer von draußen wurde bei ihnen nie ganz akzeptiert. Eigentlich hatte Lucas Pembroke gehofft, das Eis doch noch irgendwie brechen zu können, doch der Tod von Pete und Miriam Shelling warf ihn wieder weit zurück. Sie waren die einzigen gewesen, die ihm immer wieder zu verstehen gegeben hatten, daß sie seine Arbeit hier in Clark's Harbor zu schätzen wußten. Aber vielleicht lag das auch nur daran, daß sie hier ebenfalls nicht so sehr willkommen waren. Das Schicksal der Shellings hatte ihn sehr betroffen gemacht, und er wollte ihnen unbedingt einen würdigen Abschied bereiten. Aber diese Gefühle schienen in Clark's Harbor nicht von vielen geteilt zu werden.

Natürlich war Merle Glind anwesend. Pembroke wußte jedoch genau, daß dies nicht seinem Mitgefühl für die Toten, sondern seiner unersättlichen Neugier zuzuschreiben war. Er saß in der vierten Reihe, auf halbem Weg zwischen Kanzel und Tür, und sein kleiner, fast kahler Kopf drehte sich nach allen Seiten, um die Anwesenden zu registrieren.

Außer Glind sah man noch drei Fischer und Harney Whalen als Vertreter der Alteingesessenen der Stadt. In der ersten Reihe, ganz an die Seite gedrückt, fielen Pembroke Rebecca und Glen Palmer mit ihren beiden Kindern auf. Sie hatte er noch nie in seiner Kirche gesehen. Er wunderte sich, was sie ausgerechnet heute hierher verschlagen hatte; irgendwie wirkten sie fehl am Platze.

Der Pfarrer warf einen Blick auf die Uhr über der Eingangstür. Es würde wohl niemand mehr kommen, also konnte er sich genausogut erheben und den Gottesdienst beginnen.

Eine Stunde später traten die wenigen Besucher aus der Kirche, an ihrer Spitze Harney Whalen. Pembroke bemerkte, daß es der Polizeichef recht eilig zu haben schien. Er hatte nicht einmal Zeit für einen Händedruck gefunden. Merle Glind dagegen schüttelte ihm übertrieben die Hand, bevor er sich mit Pflichten in seinem Gasthaus entschuldigte. Gleich darauf stand Rebecca Palmer vor ihm.

»Ein sehr ergreifender Gottesdienst, Herr Pfarrer«, sagte sie schüchtern.

»Ich freue mich, daß Sie gekommen sind«, erwiderte Pembroke voller Wärme. »Es waren leider nicht viele, und es schmerzt mich immer, wenn die Leute sich um den Tod anderer nicht kümmern; ich fühle mich dann immer so allein gelassen. Ich wußte gar nicht, daß Sie die Shellings kannten...« Es klang fast wie eine Frage.

»Wir kannten sie auch nicht gut«, erwiderte Glen, »ich

glaube, ich habe nie mit Pete Shelling ein Wort gewechselt, aber ich traf seine Frau noch in der Nacht, als sie starb. Wir dachten, wir wären es ihnen einfach schuldig.«

Lucas Pembroke war voller Mitgefühl, als er sich wieder an Rebecca wandte. »Es war bestimmt nicht angenehm für Sie; wenn es irgendwas gibt, was ich für Sie tun kann...?«

»Es geht mir schon wieder besser«, versicherte Rebecca, »wirklich. Ihre Worte haben mir geholfen. Ich weiß, es klingt seltsam, aber ich dachte, daß mein Hiersein mich endlich von all den schmerzlichen Gedanken befreien könnte. Und ich glaube sogar, daß ich recht hatte.«

»Ich würde mich freuen, Sie bald wiederzusehen«, erwiderte Pembroke, »ich meine, im Gottesdienst. Das hier ist nicht gerade eine große Gemeinde, und ich hasse es, vor leeren Bänken zu predigen. Wahrscheinlich nagt das an meinem Selbstbewußtsein«, scherzte er.

Die Palmers versprachen es ihm, aber er zweifelte sehr daran. Wahrscheinlich litten auch sie an der Kälte dieser Stadt, die auch ihm in der ersten Zeit hier entgegengeschlagen war, und zogen es vor, für sich allein zu bleiben. Nachdem er sich von ihnen verabschiedet hatte, wandte er sich den drei Fischern zu.

Tad Corey, der jüngste von ihnen, gehörte zu den regelmäßigen Gottesdienstbesuchern. »Tad«, begrüßte er ihn herzlich, »ich freue mich, daß Sie gekommen sind, obwohl ich ehrlich gesagt überrascht bin.«

»War nicht unbedingt meine Idee, Herr Pfarrer«, erwiderte Corey jovial. »Ich hab' Mac Riley gesagt, ich wüßte Besseres, als den Tag in der Kirche zu vergeuden, aber er wollte nicht auf mich hören.« Ein Zwinkern seiner Augen nahm dem Gesagten jeden Anflug von Bösartigkeit. Mit einem Lächeln wandte sich Lucas Pembroke dem ältesten Fischer zu.

»Sie sehe ich hier nicht sehr oft, Mr. Riley«, meinte er.

Der alte Mann, dessen Augen fast in den Falten seines verwitterten Gesichts verborgen waren, schien ihn nicht zu hören. Seine ganze Aufmerksamkeit konzentrierte sich auf Missy und Robby, die ihn ihrerseits neugierig anstarrten. Es war wie ein geheimnisvoller Gedankenaustausch zwischen dem alten Mann und den Kindern, als ob sie sich an irgend etwas Gemeinsames erinnerten, an dem sie die übrige Welt nicht teilhaben lassen wollten.

Plötzlich schien der Alte aufzuwachen und lächelte den Pfarrer an. »Das ist auch kein Wunder«, erklärte er mit heiserer Stimme, »nachdem ich an die siebzig Jahre hier gefischt habe, weiß ich auch so über viele Dinge Bescheid, Dinge, von denen Sie wahrscheinlich keine Ahnung haben...«

»Nun, auf jeden Fall freue ich mich, daß Sie es heute einrichten konnten«, erwiderte Pembroke etwas unsicher, da er nicht verstand, was ihm der Alte andeuten wollte.

»Pete Shelling verstand sein Handwerk«, fuhr der alte Mann fort, und Pembroke war froh, wieder Boden unter die Füße zu bekommen. »Seine Frau habe ich kaum gekannt, Pete dafür um so besser. Es ist ein Jammer, ein großer Jammer.«

»Nun, Unfälle passieren eben«, versuchte Pembroke zu trösten.

»Das schon«, stimmte Riley zu, »aber selten in dieser Häufung.« Er ließ den Pfarrer stehen und ging aus der Kirche. Über die Schulter rief er seinen beiden Begleitern zu: »Was ist, Jungs, wollt ihr hier Wurzeln schlagen?«

Tad Corey und Clem Ledbetter verabschiedeten sich hastig von dem Pfarrer und eilten Riley nach. Lucas Pembroke räumte die wenigen Gesangbücher weg und fragte sich, was er mit den Blumen machen sollte, die er für den Gedenkgottesdienst mitgebracht hatte. Vielleicht konnte man sie kommenden Sonntag noch einmal verwenden? Doch diese Idee verwarf er rasch wieder; die Leute von Clark's Harbor hatten für Dekoratives sowieso nicht viel übrig. Da war es viel sinnvoller, sie nach Hoquiam zurückzunehmen und seiner Wirtin zu verehren – vielleicht gab es dann endlich mal wieder ein anständiges Abendessen.

Harney Whalen stapfte in sein Büro und warf sich auf seinen Stuhl hinter dem Schreibtisch. Er begann mit Papieren zu rascheln, aber so leicht war Chip Connor nicht zu täuschen. Er wußte, daß sein Boß etwas auf dem Herzen hatte.

»Ziemlich still heute, nicht wahr?« meinte Whalen schließlich.

»Keinerlei Vorkommnisse, alles ruhig«, bestätigte Chip. Er überlegte einen Augenblick und warf dann einen Köder aus. »Fast so still wie bei einem Begräbnis.«

»Soll das etwa eine Anspielung sein?« fragte Whalen und lehnte sich in seinem Stuhl zurück.

»Könnte schon sein«, lächelte Chip, »also, wie war's?«

»Wie solche Sachen eben sind«, meinte Whalen. »War immerhin mein erster Gedenkgottesdienst für eine ganze Familie.«

»Gut besucht?«

»Überhaupt nicht. Der alte Mac Riley.«

»Großvater? Überrascht mich nicht«, grinste Chip. »Manchmal denk' ich, er hat eine Schwäche für Begräbnisse – als ob er Angst hat, eins zu versäumen und dann selbst der nächste zu sein. Tad und Clem waren bei ihm?«

»Natürlich. Die drei, ich und Glind; und dann noch vier. Aber du wirst nie erraten, wer.«

Chip dachte nach. Es mußte jemand sein, den man dort nie vermutet hätte. Plötzlich wußte er es.

»Doch nicht die Palmers?«

»Ins Schwarze getroffen«, mußte Whalen zugeben. »Aber nun erklär mir mal, wieso ausgerechnet die Palmers dort aufgekreuzt sind? Von der Stadt war kaum einer da, und die kennen doch die Shellings besser als die Palmers. Warum also waren sie da?«

»Woher soll ich das wissen?« meinte Chip.

»Eine wirklich gute Frage«, sagte Whalen sarkastisch, »und wer, meinst du wohl, wird die Antwort darauf finden?«

»Verstehe«, erwiderte Chip und stand schwerfällig auf, »du willst, daß ich rübergehe und mich ein wenig mit den Palmers unterhalte?«

»Wieder getroffen«, schmunzelte Whalen, »aber laß dir Zeit. Mir ist alles recht, solange es nur heute geschieht.«

Er blickte seinem Stellvertreter nach und fragte sich, wie er wohl mit der Situation fertig werden würde. Doch so ganz klar war ihm auch selbst nicht, warum er die Palmers überhaupt befragen wollte. Doktor Phelps hatte versichert, daß Miriam Shelling sich selbst getötet hatte – aber Harney Whalen konnte das nicht so einfach glauben. Da war noch etwas anderes im Hintergrund, und Harney Whalen war ziemlich sicher, daß die Palmers etwas damit zu tun hatten. Es war nur so eine Ahnung. Aber Harney Whalen verließ sich auf seine Ahnungen.

Die Palmers gingen die wenigen Schritte bis zur Tankstelle, bezahlten widerspruchslos die überhöhte Rechnung und fuhren schweigend zur Sod Beach zurück. Selbst die Kinder respektierten dieses Schweigen und verhielten sich ganz ungewöhnlich ruhig. Glen bog mit dem Chevy von der Hauptstraße ab, und sie holperten die knapp hundert Meter über den Feldweg auf ihre Hütte zu.

»Können wir an den Strand raus?« bettelte Robby, während er und Missy vom Rücksitz ins Freie krabbelten.

»Wäre es jetzt nicht Zeit für die Schule?« wandte Rebecca ein.

»Och, es ist doch schon Nachmittag«, maulte Robby, und Rebecca fühlte sich in die Defensive gedrängt.

»Na ja, ein Tag wird wohl nicht allzuviel ausmachen«, meinte sie. »Also, dann laßt Scooter raus, bevor er das Haus völlig ruiniert hat.« Sie hatte noch nicht zu Ende gesprochen, als Robby und Missy schon auf die Hütte zurannten. Einen Augenblick später stolperte das Hündchen mit glücklich wedelndem Schwänzchen hinter den Kindern her ins Freie. Glen und Rebecca beobachteten das Trio, bis es um die Ecke Richtung Strand verschwunden war.

»Dieser verdammte Köter«, schimpfte Rebecca, als sie in der Mitte des Läufers den kleinen Haufen sah. Schon am ersten Tag hatten sie es aufgegeben, den Welpen in einem Karton zu halten. Denn kaum hatte man ihn reingesetzt, kaute er sich sofort einen Fluchtweg und verschwand unter dem nächsten Möbelstück, wo er seelenruhig wartete, bis man ihn wieder einfing. Seinen Namen hatten sie so gewählt, daß er selbst dann reagierte, wenn die Kinder versehentlich den alten Namen riefen. Die Freude über das tolpatschige Wesen war so groß gewesen, daß den Palmers bis jetzt die unangenehme Aufgabe erspart geblieben war, den Kindern Aufklärung über das Verschwinden ihres früheren Lieblings geben zu müssen. Seit Scooter im Haus war, schien es Snooker nie gegeben zu haben. Nur was die Sauberkeit betraf, hatte der neue Hausgenosse Schwierigkeiten gemacht. Und das hier war ein neuer Beweis dafür. Rebecca nahm ein Stück Zeitungspapier und pickte das Häufchen vorsichtig auf, trug es am ausgestreckten Arm hinaus und warf alles zusammen in die Abfalltonne.

»Wollen wir nicht auch ein wenig raus an den Strand?« fragte sie Glen beim Zurückkommen. »Die Sonne wird gleich durchbrechen, und du weißt ja, daß ich die Kinder nicht gern allein da draußen lasse.«

Glen warf seiner Frau einen prüfenden Blick zu. Dies war das erste Mal, daß sie die beiden überhaupt wieder an den Strand gelassen hatten, seit dem Tag, an dem Miriam Shelling gestorben war. Er entschloß sich, indirekt die Ursachen für ihren Meinungsumschwung zu erforschen.

»Bist du eigentlich froh darüber, daß wir den Gedenkgottesdienst besucht haben?« fragte er.

Rebecca reagierte etwas überrascht auf diese Frage. »Natürlich bin ich das. Im übrigen war ich die, die darauf bestanden hat, du weißt das doch noch – oder?« Plötzlich erkannte sie, worauf er hinauswollte, und wandte sich instinktiv zur Tür, überlegte es sich dann aber wieder anders.

»Das alles ist jetzt vorbei, glaubst du nicht auch?« fragte sie leise.

»Es war nie etwas anderes als die Verzweiflungstat einer unglücklichen Frau«, meinte Glen, »aber du brauchtest eben diesen Gottesdienst, um dies zu begreifen.«

»Ich weiß«, sagte Rebecca, »und ich gebe auch ganz offen zu, daß ich mir jetzt ziemlich albern vorkomme, ich war einfach durcheinander...«

»Zumindest können die Kinder jetzt wieder raus an den Strand. Ich weiß nicht, wie es mit dir war, aber mir gingen sie allmählich etwas auf die Nerven – ganz zu schweigen von diesem verflixten Hund.« Er warf einen Blick in den Kühlschrank. »Was hältst du davon – wir machen uns ein paar Sandwiches und gehen auch an den Strand? Ich vergesse für heute die Galerie und du deine Hausarbeit. Wir vier halten am Meer ganz für uns Totenwache für die armen Shellings.«

»Wir sind doch keine Iren«, wandte Rebecca ein.

»Dann tun wir eben so«, grinste Glen. »Im übrigen weißt du so gut wie ich, daß die Kinder zumindest eine Million Fragen auf dem Herzen haben. Eine kleine Party ist genau das Richtige, um sie zu beantworten.«

Ganz plötzlich fühlte Rebecca alle depressiven Gedanken von sich abfallen, und sie war wieder glücklich darüber, hier am Meer zu sein. Sie umarmte Glen und küßte ihn zärtlich.

»Was hat das zu bedeuten?« meinte er grinsend, nachdem er den Kuß erwidert hatte.

»Nichts Besonderes. Ich wollte mich nur dafür bedanken, daß ich einen so wundervollen Mann habe.« Sie warf einen Blick aus dem Fenster und sah die Sonne durch die Wolken brechen. Ganz plötzlich wandelte sich das Bleigrau der See in tiefes Blau, und die Bäume strahlten wieder in saftigem Grün. »Das Unwetter hat sich endgültig verzogen«, freute sie sich, »ich kann es kaum glauben.«

»Da wäre ich mir nicht so sicher«, meinte Glen, »wenn man den Alteingesessenen glauben darf, waren die letzten Tage nur das Vorspiel. Der eigentliche Sturm lauert noch hinter dem Horizont.«

Rebecca schnitt eine Grimasse. »Bist du jetzt etwa unter die Katastrophen-Propheten gegangen?«

»Ich sage nur, was ich gehört habe.«

»Und seit wann glaubst du alles, was du hörst?« neckte sie ihn. »Komm jetzt endlich. Genießen wir die Sonne, Regen hatten wir jetzt wirklich genug!«

Clem Ledbetter legte das Netz beiseite, an dem einige Ausbesserungsarbeiten fällig gewesen waren, und fischte sich eine Zigarette aus der zerknüllten Packung, die er aus der Hosentasche zog.

»Ich weiß wirklich nicht, was ich davon halten soll«, meinte er, ohne sich direkt an jemand zu wenden. Er zündete die Zigarette an und zog den Rauch tief in die Lunge.

»Es gibt jede Menge Dinge, die uns sinnlos erscheinen«, meinte Mac Riley und legte ebenfalls seine Arbeit zur Seite. Dann stopfte er sich aus einem abgegriffenen Tabaksbeutel aus Seehundfell seine Pfeife und warf Clem einen scharfen Blick zu. »Was genau meinst du eigentlich?«

»Miriam Shelling. Ich verstehe einfach nicht, warum sie sich getötet haben soll. Sie war einfach nicht der Typ dafür.«

»Und woher willst du das wissen?« mischte sich Corey ein. »Hast du sie etwa so genau gekannt?«

»Unsinn, nein. Aber sie war nicht der Mensch dafür. Alice und ich haben Pete und Miriam ebensogut gekannt wie jeder andere im Ort. Ich sage euch, das ergibt einfach keinen Sinn...«

»Pete Shelling war verrückt«, reagierte Tad Corey mit Vehemenz. »Jeder, der in einer solchen Situation allein auf See bleibt, ist verrückt.«

»Das mag schon sein«, erwiderte Clem, »aber Pete war auch ein guter Fischer, und er hatte ein gutes Boot. Ich habe die ›Sea Spray‹ immer nur tipptopp in Ordnung gesehen. Nicht wie die Boote mancher anderer Leute, die wie ein Schweinestall aussehen...«

Tad nahm den Köder nicht an. »Der hat sich ja nur um sein Boot gekümmert, als ob es nichts anderes gäbe.«

»Das mag schon sein«, gab Clem zu, »aber wer sein Boot so gut im Griff hat wie Pete Shelling, der läßt sich doch nicht so einfach von den eigenen Netzen über Bord ziehen. Und Miriam – nun, sie wußte, was auf sie zukam, als sie Pete geheiratet hat. Jede Frau, die einen Fischer heiratet, weiß das. Und wenn dann so etwas passiert, dann bringt man sich doch nicht einfach auch um.«

»Was geschehen ist, ist geschehen«, erwiderte Tad, »ich weiß nicht, warum wir darüber noch viele Worte verlieren sollen. Pete Shelling hat nie richtig hierher gepaßt und ich für mein Teil sehe die Sache für erledigt an. Harney Whalen beschwört, daß Miriam sich selbst getötet hat – und damit hat sich's!«

»Wirklich?« mischte sich Mac Riley ein, »da wäre ich mir nicht so sicher.«

Er hatte die Pfeife aus dem Mund genommen, während er den beiden Jüngeren zuhörte. Jetzt setzte er sie erneut in Brand und paffte einige Augenblicke nachdenklich vor sich hin. Clem und Tad dachten schon, daß der Alte sie vergessen hätte, als er plötzlich wieder zu sprechen begann.

»Ich erinnere mich da an eine Sache, die vor vielen Jahren geschehen ist; ihr lagt damals noch in den Windeln. Auch damals lebte hier ein Paar, das von auswärts zugezogen war. Er war Fischer wie Pete, und eines Tages fand ich sein Boot führerlos ziemlich genau an jener Stelle vor der Sod Beach treiben, wo man auch Petes Boot gefunden hat. Und auch ihn hatten die eigenen Netze über Bord gezogen und nicht mehr losgelassen.«

»Na und?« meinte Tad Corey. »Was will das schon heißen? Die Strömung vor dieser Küste ist unberechenbar, und da kann es schon problematisch werden, die Kontrolle über die Netze zu behalten. Und wenn an einer solchen Stelle im Abstand von fast vierzig Jahren zwei Menschen auf dieselbe Weise umkommen, beweist das gar nichts. Wäre es innerhalb von einem Jahr oder in noch geringerem Abstand geschehen, dann hätte man schon eher darüber sprechen können. Aber so? Unsinn, Riley, da wundert es mich schon sehr viel mehr, daß dort so wenige Unfälle passiert sind.«

»Du hast mich meine Geschichte nicht zu Ende erzählen lassen«, sagte der alte Mann geduldig, »wenige Tage danach fand auch die Frau des Fischers den Tod.«

»Wie kam das?« fragte Tad.

»Sie hat sich aufgehängt«, erwiderte Riley ruhig. »Ich behaupte nicht, daß es derselbe Baum war, an dem auch Miriam Shelling hing, aber es war auf jeden Fall nicht weit davon.«

Die beiden Jüngeren starrten Mac Riley verblüfft an. Schließlich fragte Clem: »Gab es Beweise, daß es Selbstmord war?«

»Niemand hatte einen Grund, daran zu zweifeln«, antwortete Riley. »Aber wenn ihr mich fragt, dann sind die Übereinstimmungen zwischen dem, was damals geschah, und dem Schicksal von Pete und Miriam Shelling einfach zu groß, um noch an Zufall zu glauben.«

»Andererseits ergibt das alles trotzdem keinen Sinn«, beharrte Clem Ledbetter.

»Nein?« lächelte Riley, »da bin ich mir nicht so sicher, nein, ganz und gar nicht.«

Tad und Clem tauschten besorgte Blicke aus, doch dem Alten entging nichts. »Ihr haltet mich wohl für senil«, lächelte er erneut, »vielleicht bin ich es sogar. Aber eines kann ich euch sagen – die See da draußen ist wie ein Lebewesen, und sie hat eine ganz besondere Persönlichkeit. Die Indianer wußten das und respektierten es. Nach ihrem Glauben galt es immer wieder, den Geist des Meeres zu besänftigen, wenn ihm von den Menschen Unrecht widerfahren war.«

»Das ist doch Kinderkram«, meinte Corey.

»Glaubst du das wirklich? Vielleicht für dich. Aber der Glaube der Indianer hat einiges für sich. Schließlich bekommen wir vom Meer so viele Dinge – und was bekommt es von uns? Mit dem Land gehen wir ganz anders um. Der Bauer legt zuerst etwas in den Boden, bevor er erntet. Und die Indianer meinten nun, das Meer hätte ein ähnliches Anrecht. Man mußte ihm etwas für all die Wohltaten, die es dem Menschen erwies, zurückgeben. Und das taten sie – dort draußen beim Strand des Todes.«

»Diese Geschichten habe ich auch schon gehört«, meinte Clem.

»Darüber, was sie dort mit den Fremden taten? Natürlich, die Geschichten kennt jeder. Aber es gibt noch andere, die nicht so bekannt sind.«

»Welche zum Beispiel?« wollte Clem wissen.

»Als ich ein kleiner Junge war, erzählte mir mein Vater viel von den Sitten und Gebräuchen der Klickashaw-Indianer. Eine davon handelte von Fischern, die auf dem Meer zu Tode gekommen waren. Die Indianer glaubten nicht an Zufälle. Wenn also jemand umkam, mußte es einen Grund dafür geben – beispielsweise fühlte sich der Gott des Meeres beleidigt und mußte nun besänftigt werden...«

»Und wie geschah das?«

»Sie brachten ihm ein Opfer dar«, erklärte Riley gelassen. »Sie führten die Frau des Fischers raus an den Strand und boten sie dem Meer dar. Manchmal hängten sie sie an einem der Bäume des Strandwäldchens auf, oder sie brachen ihr das Genick und ließen sie am Strand liegen, bis die Flut kam und sie holte.«

»Mein Gott«, murmelte Clem.

Der Alte zog an seiner Pfeife und blickte aufs Meer hinaus. »Das gibt einem doch zu denken – oder?« meinte er dann. »Ich habe diese Geschichte jahrelang vergessen – erst jetzt, als das mit Miriam Shelling geschah, kam sie mir wieder in Erinnerung. Vielleicht wußten die Indianer einige Dinge, die wir nicht wissen. Auch wir leben hier vom Meer – und was geben wir ihm dafür? Wir schmeißen unsere Abfälle rein; das ist alles. Eigentlich brauchen wir uns nicht zu wundern, wenn das Meer ab und zu etwas mehr von uns verlangt...«

»Du meinst – du glaubst an diese alten Indianer-Geschichten?« wunderte sich Tad.

Riley warf ihm einen scharfen Blick zu. »Was spricht gegen sie?« fragte er. »Immerhin haben wir gerade einiges erlebt, was sie bestätigen könnte. Ich hab' auf jeden Fall lange genug mit dem Meer gelebt, um zu wissen, daß man es nicht unterschätzen darf. Wenn du übermütig wirst und dich zu stark fühlst, wirst du rasch eines Besseren belehrt. Das Meer wird immer Mittel und Wege finden, dir eine Lektion zu erteilen.«

Irgendwie wirkte er erregt; doch dann fuhr er sehr viel gelassener fort: »Vor allem bei Nacht. Nachts mußt du ganz besonders vorsichtig sein. Die See kann glatt wie Glas sein, und du meinst, du kannst ein wenig ausruhen – genau darauf hat sie gewartet. Dann reicht eine überraschende Bö und eine Woge, um dich zu verschlingen. Dann hat sie dich, genau wie sie Pete Shelling holte und so viele andere vor ihm...«

»Und dann auch noch ihre Frauen?« spottete Tad.

»Die holte sich der Strand«, erwiderte Riley ungerührt. »Der kann genauso tückisch sein wie das Meer, vor allem wenn der Wind die Nachtwogen gegen das Land treibt. Und immer wenn die Nachtwogen gegen das Land schlugen, brachten die Indianer ihre Opfer...«

Seine Stimme verhallte, und eine schwer lastende Stille senkte sich über die drei. Tad Corey und Clem Ledbetter hatten Mühe, das eben Gehörte zu verdauen.

»Und alles das glaubst du wirklich?« fragte Ledbetter schließlich ungläubig.

»Ja, das tu' ich«, erwiderte Riley gelassen, »und wenn ihr lange genug lebt, werdet ihr es auch glauben.« Als ob er das Ende der Unterhaltung andeuten wollte, klopfte er energisch seine Pfeife aus und erhob sich. »Was haltet ihr davon, wenn wir es für heute gut sein lassen?«

Clem und Tad verstauten die Netze, und dann gingen die drei über den Kai auf die Taverne zu, um sich einen Nachmittagsdrink zu genehmigen. Als sie sich mit ihren Gläsern an einem Tisch niedergelassen hatten, erblickte Tad plötzlich Harney Whalen.

»He, Harn«, rief er, »kannst du mal kurz herkommen?«

Der Polizeichef kam herüber und nahm sich einen Stuhl.

»Du hast doch Indianerblut in dir – oder?« sprach Tad ihn an. Whalen nickte.

»Riley hat uns gerade eine von diesen alten Indianer-Geschichten erzählt.«

Whalen musterte den alten Mann, dann fragte er vorsichtig: »Was hast du ihnen denn erzählt?«

»Die Sache mit den Nachtwogen«, erwiderte Riley, »und wie gefährlich sie sind.«

Harney Whalen schwieg einen Augenblick, als ob ihm das

Thema nicht unbedingt passen würde. Doch dann meinte er mit breitem Lächeln zu Corey und Ledbetter: »Ich weiß, was die Nachtwogen zu bedeuten haben – aber sie sind nur Fremden gegenüber gefährlich. Und wir alle hier sind doch keine Fremden – oder?«

13

Nach einer Nacht voller Alpträume wachte Chip Connors am nächsten Morgen sehr früh auf. Immer wieder hatten ihn die toten, anklagenden Augen der Shellings aus dem Schlaf gerissen; dann lag er lange Zeit schwer atmend da und starrte zu den über die Decke tanzenden Schatten hinauf, bis er erneut in unruhigen Schlummer sank. Sobald die Sonne über den Horizont kroch, stand er auf und machte sich Kaffee. Mit der Tasse in der Hand saß er dann am Fenster und versuchte, etwas Ordnung in seine verwirrten Gedanken zu bringen. Ein vergebliches Unterfangen.

Gegen neun begann er sich anzuziehen. Fast widerwillig schlüpfte er in seine Uniform und verwandte dann einige Zeit darauf, die Krawatte besonders sauber zu binden. Als er in den Spiegel sah, erhellte ein zufriedenes Grinsen sein Gesicht. Die scharf geschnittenen, ernsten Züge und die tadellos sitzende Uniform gaben ihm das Aussehen eines Musterpolizisten – genau wie auf den Rekrutierungsplakaten.

Langsamer als sonst fuhr er in den Ort hinein. Erst als er in die Harbor Road einbog und die Galerie der Palmers vor sich sah, wurde ihm klar, was ihn die ganze Zeit bedrückt hatte. Er hielt an und starrte nachdenklich vor sich hin. Gestern nachmittag war er mehr als erleichtert gewesen, als er die Galerie verschlossen fand. Kurz hatte er daran gedacht, zur Sod Beach rauszufahren, es jedoch rasch wieder verworfen. Whalen konnte ihm keinen Vorwurf machen; immerhin hatte er versucht, Palmer aufzusuchen. Natürlich wußte er, warum er keine Lust verspürte, an den Strand rauszufahren und Palmer auszufragen. Doch heute morgen konnte er der unangenehmen Verpflichtung nicht mehr ausweichen. Sauber aufgereiht stand eine Reihe von Gemälden vor der Galerie und zeigte an, daß ihr Inhaber anwesend war.

Er stieg aus dem Wagen und schlug fast mißmutig die Tür zu. Als er gerade eintreten wollte, fesselte eines der Bilder seinen Blick. Es war ein Ölbild des alten Baron-Hauses draußen am Strand, doch irgend etwas daran war sonderbar. Chip blickte es sich genauer an. Und da sah er es: Hinter einem der Fenster schien ein Schatten zu lauern. Es war, als ob sich jemand im Haus befand, der sich verbergen wollte. Doch der Künstler hatte die Erscheinung auf sein Bild gebannt. Chip fröstelte plötzlich – er kannte diesen Schatten. Träumte er etwa noch immer? Ohne sich dessen bewußt zu sein, lokkerte er seine Krawatte und trat ein.

Glen Palmer blickte von der Ausstellungsvitrine auf, die er gerade strich. Als er Chip Connor erkannte, überflutete ihn eine Welle der Feindseligkeit. Trotzdem richtete er sich lächelnd auf.

»Sagen Sie ja nicht, ich hätte gegen das Gesetz verstoßen«, empfing er ihn.

»Nicht, soweit mir bekannt ist«, erwiderte Chip. »Ich habe mir gerade Ihre Bilder angeschaut. Sie gefallen mir.«

»Das freut mich – wollen Sie eines davon haben?«

»Gern, wenn Sie es verschenken wollen«, grinste Chip. »Aber, sagen Sie, das eine mit dem alten Baron-Haus...?«

»Kostet zweihundert Dollar«, sagte Glen rasch und grinste zurück, »einschließlich des Rahmens.«

»Wirklich geschenkt, aber trotzdem zu teuer – doch etwas anderes... Es mag vielleicht dumm klingen, aber ich würde gern wissen, wer in dem Haus ist?«

Glen musterte den Polizisten. »Das haben Sie bemerkt, Sie scheinen wirklich scharfe Augen zu haben.«

Chip ignorierte das Kompliment und erklärte seine Neugier. »Irgendwie meine ich den Schatten zu kennen. An wen dachten Sie, als Sie ihn malten?«

Glen war sich noch immer nicht sicher, worauf sein Besucher hinauswollte. Er erinnerte sich, wie er das Bild vor einigen Wochen gemalt hatte. Damals wollte er es eigentlich schon als fertig zur Seite stellen, als er plötzlich aus einem Impuls heraus noch diesen Schatten ins Fenster gemalt hatte. Erst danach erschien es ihm wirklich als vollendet.

»Und warum interessiert Sie das so sehr?«

Chip hob unsicher die Schultern; wahrscheinlich hielt der andere ihn für einen Narren. »Ich weiß auch nicht; es ist nur – einen Augenblick lang dachte ich, es sei Harney Whalen.«

Glen hob überrascht die Brauen, doch dann hellte sich sein Gesicht auf. »Aber das wäre ja nur natürlich, schließlich ist es sein Haus, nicht wahr? Doch als ich es malte, hatte ich eigentlich niemand Besonderen im Sinn. Jeder sollte sich darunter vorstellen, wen er mochte.«

Chip war sich noch immer unklar, wie er auf den eigentlichen Grund seines Besuchs kommen konnte. So leicht war Harney Whalens Neugier nicht zu befriedigen.

»Verkaufen Sie viel?«

»Bis jetzt noch nicht. Um ehrlich zu sein – heute ist der erste Tag, an dem ich die Bilder ausstelle; aber es ist ja noch früh. Jeden Augenblick rechne ich mit ganzen Horden von Kunden...«

»Zu dieser Jahreszeit kommen kaum Touristen«, versuchte Chip zu trösten. »Und die meisten fahren hier sowieso nur durch.«

»Nächsten Monat müßte es besser werden«, meinte Glen, »ich dachte eben, ich versuch' mal mein Glück, vielleicht interessiert sich doch jemand dafür.« Er lächelte. »Und ich behielt recht – Sie tauchten plötzlich auf...«

Chip nickte und fühlte sich mehr als unwohl in seiner Haut. Bestimmt wußte Glen, daß er nicht wegen der Bilder hier aufgekreuzt war.

»Nun, wenn ich sonst nichts für Sie tun kann«, meinte Glen jetzt auch prompt, »mach' ich mich wieder an meine eigentliche Arbeit.« Damit wandte er dem Polizisten den Rükken und griff wieder nach dem Pinsel. Chip rührte sich nicht von der Stelle.

»Mr. Palmer«, meinte er dann abrupt, »ich muß Ihnen einige Fragen stellen.«

Glen legte den Pinsel wieder aus der Hand und fragte noch immer freudlich: »Worüber?«

»Sie haben den Gedenkgottesdienst für die Shellings gestern besucht«, begann Chip.

»So?«

»Ich wußte nicht, daß Sie ihnen so nahestanden.«

»Ich glaube nicht, daß das dabei eine Rolle spielt. Ist es eigentlich gegen das Gesetz, einen solchen Gottesdienst zu besuchen?«

»Nein, natürlich nicht«, versicherte Chip rasch. »Ich wollte nur..., oh, verdammt...!«

Glen Palmers Augen verengten sich, und Chip Connor spürte die von ihm ausstrahlende Feindschaft wie eine physische Kraft. »Schauen Sie, Mr. Palmer, ich habe nun mal diesen Auftrag bekommen. Harn bat mich, Sie aufzusuchen und Ihnen ein paar Fragen zu stellen...«

»Augenblick mal – wenn Whalen was von mir wissen will, kann er mich doch selbst fragen.«

»Nicht so hastig«, wehrte sich Connor, »wenn Harney Whalen ein paar Fragen beantwortet haben will, macht es keinen Unterschied, ob er sie stellt oder ich.« Ganz plötzlich ärgerte er sich über Palmer. »Also – warum sagen Sie mir nicht einfach, weshalb Sie mit Ihrer Familie bei dem Gottesdienst waren, damit wir die Sache hinter uns haben!«

Glen war jetzt wirklich aufgebracht. »Weil es keinen Grund gibt, weshalb ich das tun sollte! Solange meine Familie und ich nichts Gesetzwidriges tun, machen wir, was wir wollen, ohne daß Harney Whalen seine Nase hineinzustecken hat! Das geht Sie nichts an, ihn nichts an, Clark's Harbor nichts an – verstehen Sie?«

»Ich habe verstanden, Mr. Palmer«, erwiderte Chip mit erzwungener Ruhe. »Aber da sind einige Dinge, die auch Sie vielleicht verstehen sollten: Sie sind von außerhalb hierhergezogen; niemand hat Sie gerufen. Und Sie passen nicht hierher, wie jedermann in der Stadt weiß – und wahrscheinlich auch Sie. Also sollten Sie sich mit uns gut stellen, dann bin ich sicher, daß auch wir Ihnen entgegenkommen werden. Das scheinen Sie jedoch nicht zu verstehen. Ich wollte lediglich ein paar Fragen beantwortet haben, und Sie benehmen sich, als ob ich Sie vor Gericht zitiert hätte!«

»Woher soll ich wissen, daß es nicht so ist!« schoß Glen zurück. »Solange meine Familie und ich hier sind, kommen wir uns dauernd wie vor Gericht vor – nein, wie bereits Verurteilte, denen man keinerlei Möglichkeit zur Verteidigung gegeben hat. Ich bin ohne alle Vorurteile hierhergekommen, Connor, aber langsam ändert sich das. Ich mag es nun mal nicht, wenn meine Frau von Blake beschuldigt wird, sein billiges Porzellan kaputtgeschmissen zu haben, oder wenn man meinen Sohn in der Schule dauernd belästigt. Und ich mag es auch nicht, daß alles, was ich bestelle, Wochen braucht, bis es geliefert wird – und kommt es dann endlich, ist es nicht selten beschädigt. Und am allerwenigsten mag ich Polizisten, die wissen wollen, warum ich einen Gedenkgottesdienst besuche für eine Frau, die sich auf meinem Grund und Boden aufgehängt hat! Hätte sich der Ort hier mir gegenüber in den letzten Monaten etwas anders verhalten, würde ich das vielleicht alles nicht so empfinden. Aber solange Sie mir nicht einen verdammt guten Grund dafür sagen können, warum ich Ihre Fragen beantworten soll, können Sie sie nehmen und Whalen sonstwohin stopfen!«

Chip Connor wurde rot vor Wut. Er ballte die Fäuste, und Glen Palmer dachte einen Augenblick, der Polizist würde sich auf ihn stürzen. Er war bereit, sich zu verteidigen. Aber dann hatte Connor sich wieder unter Kontrolle. Überraschend sanft versuchte er sich zu rechtfertigen.

»Ich tu' doch wirklich nur meinen Job«, sagte er. »Wenn Harney mir eine Anweisung gibt, muß ich sie befolgen.«

»Und hat er Sie auch beauftragt, die anderen Besucher des Gottesdienstes zu befragen?«

»Nein, natürlich nicht«, sagte Chip, »nur Sie.«

»Und warum denn nur? Was wirft er mir vor? Mein Gott, Connor, er ist beim Fischen verunglückt, und sie hat sich deshalb aufgehängt! Was habe ich denn nach Whalens Ansicht damit zu tun? Was macht mich so interessant für ihn?«

»Harney ist eben so«, versuchte Connor zu erläutern, »vielleicht können Sie das verstehen. Alles, was in der Stadt geschieht, bezieht er auf sich ganz persönlich. Er möchte wissen, warum bestimmte Dinge passieren, und das geht am besten, wenn er die Leute und ihre Motive kennt.«

»Dann kann er selbst zu mir kommen und mit mir sprechen«, beharrte Glen.

Chip Connor schüttelte über so viel Unverstand den Kopf; jetzt mußte er doch wohl deutlicher werden. »Schauen Sie, Harney mag nun mal keine Fremden – er mag nicht mit ihnen reden, er mag nichts mit ihnen zu tun haben, er mag nicht einmal in ihrer Nähe sein. Und deshalb hat er mich geschickt. Alles, was er wissen will, ist, warum Sie bei dem Gottesdienst für die Shellings waren. Ist das wirklich so schlimm?« Er hob abwehrend die Hand, wie um Glens Protest zuvorzukommen. »Und fangen Sie nicht wieder damit an, die Rechtmäßigkeit dieser Frage zu bezweifeln. Ganz sicher habe ich streng juristisch gesehen kein Recht, Sie danach zu fragen. Aber denken Sie doch bitte daran, wo Sie sind und wer ich bin. Ich bin Polizist hier in dieser kleinen Stadt und habe bestimmt kein Interesse daran, Ihnen oder sonst jemand das Leben schwerzumachen. Also – wollen Sie mir Ihr großes Geheimnis nicht doch verraten?«

Glen Palmer dachte einen Augenblick nach. So unrecht hatte Chip Connor am Ende doch nicht. Schließlich hatte er nichts zu verbergen – wahrscheinlich war auch das ein Symptom seines Verfolgungswahns.

»Also, wenn Sie so scharf darauf sind«, brach er sein Schweigen, »das Ganze war gar nicht meine Idee, Rebecca – meine Frau – bestand darauf. Seit sie Mrs. Shelling da hat hängen sehen... verstehen Sie...?«

»Natürlich verstehe ich das«, meinte Chip zuvorkommend, »ich habe Ihre Frau ja an jenem Tag nach Haus gebracht, das wissen Sie doch – oder?«

»Ja, sicher.« Glen warf ihm ein flüchtiges Lächeln zu. Dann

fuhr er fort: »Nun, Rebecca war völlig durcheinander, sie dachte die ganze Zeit daran. Und sie meinte, wenn wir zu dem Gottesdienst gingen, würde ihr das helfen, die Dinge leichter zu verarbeiten, wenn Sie verstehen, was ich meine.«

»Ich denke schon«, meinte Chip, »und das ist alles?«

»Das ist alles«, bestätigte Glen. Fast wider Willen lachte er auf. »Ich glaube, ich habe wirklich ein wenig viel Wind um nichts gemacht...?«

»Sieht ganz so aus«, stimmte Chip zu. Einen Augenblick lang blieb es ruhig, dann nahm Chip erneut das Wort. »Dürfte ich Ihnen noch eine Frage stellen?«

»Muß ich sie beantworten?«

»Nicht, wenn Sie nicht wollen.«

»Also, fragen Sie.«

»Würden Sie mir vielleicht sagen, warum Sie sich so sehr gewehrt haben? Warum geben Sie uns nicht eine Chance?«

Glen schwieg einen Moment. Dann meinte er: »Ich finde, die Stadt sollte zunächst uns eine Chance geben.«

»Aber das tun wir doch«, meinte Connor. »Gut, wir sind nicht gerade die Allerfreundlichsten, aber so schlecht sind wir auch wieder nicht. Es ist so ähnlich wie bei einem Tauschgeschäft. Wir werden uns an Sie gewöhnen – und Sie an uns.« Er wandte sich zum Gehen. »Ich geh' jetzt besser. Harney wird mir allerdings kaum glauben, daß ich fast eine Stunde bei Ihnen war und ihm nicht mehr berichten kann, als daß Sie lediglich zur Kirche gingen, weil Ihre Frau es wollte.«

»Sagen Sie ihm eben, Sie hätten die Wahrheit mit dem Gummiknüppel aus mir herausgeprügelt«, lächelte Glen, »oder würde er das auch nicht glauben?«

»Kaum. Er sagt immer, daß ich wohl ganz hinten gestanden hätte, als sie in der Familie die Gemeinheit verteilten.«

»In der Familie?« wunderte sich Glen. »Sind Sie und Whalen etwa verwandt?«

»Sicher. Seine Mutter war die Schwester meiner Großmutter auf der väterlichen Seite. Daher haben wir unser indianisches Blut. Die beiden Schwestern waren Mischlinge. Natürlich würde man sich heute vornehmer ausdrücken, aber zu ihrer Zeit nannte man das so.«

»Sie dürften es hier nicht einfach gehabt haben«, meinte Glen nachdenklich.

»Das kann man wohl sagen«, stimmte Chip zu, »und auch für Harney dürfte das damals kein Honigschlecken gewesen sein, verstehen Sie? Sie und Ihre Familie sind also nicht die einzigen, denen man es hier etwas schwermacht.«

Sie gingen zusammen zur Vordertür. Draußen blieb Chip noch einen Augenblick stehen und musterte erneut das Bild.

»Ich mag es wirklich – aber ich wollte auf keinen Fall in diesem Haus leben.«

»Sagen Sie bloß nicht, es wäre verhext«, lachte Glen.

»Nein, aber recht heruntergekommen«, lachte Chip zurück. »Sagen Sie, wollen diese Leute dort wirklich einziehen?«

»Die Randalls? Aber sicher wollen sie das. Er will ein Buch schreiben, und wir freuen uns darauf, Nachbarn zu bekommen. Dann sind wir endlich nicht mehr die einzigen Fremden in der Stadt.«

Chip stieg in seinen Wagen. Durch das heruntergelassene Fenster wandte er sich noch einmal an Glen.

»Trotzdem – alles Gute für Ihre Galerie! Allerdings glaube ich nicht, daß Sie bei den Leuten von Clark's Harbor auch nur einen Pfennig verdienen werden. Ich glaube, Sie haben einen großen Fehler gemacht, sich für so etwas ausgerechnet unsere Stadt auszusuchen. Aber vielleicht irre ich mich auch...«

»Nun, so groß war die Auswahl leider nicht«, meinte Glen und schüttelte Chip kräftig die Hand. »Tut mir leid, daß ich vorhin so unfreundlich zu Ihnen war.«

»Wenn uns nichts Schlimmeres passiert, können wir zufrieden sein«, lächelte Chip. Er ließ den Motor an und bog einen Augenblick später auf die Hauptstraße Richtung Ortsmitte ein. Glen sah ihm nach, bis er verschwunden war, und ging dann in die Galerie zurück.

Vielleicht war sein Verhalten dem Polizisten gegenüber wirklich falsch gewesen, dachte er, während er die Arbeit an dem Schaukasten wiederaufnahm. Vielleicht litt er wirklich inzwischen an Verfolgungswahn und tat der kleinen Stadt und ihren Bewohnern unrecht. Aber dann kamen ihm wieder Miriam Shellings Worte in den Sinn.

»Sie werden auch Sie kriegen, genau wie sie Pete gekriegt haben!«

14

Die Protokolle über den Tod von Pete und Miriam Shelling lagen offen vor Harney Whalen auf dem Schreibtisch. Aber er brauchte sie nicht mehr zu lesen. Wenn es nötig gewesen wäre, hätte er sie Wort für Wort zitieren können. Trotzdem brachte er keinen rechten Sinn hinein. Whalen war davon überzeugt, daß Petes Tod wirklich ein Unfall war, auch wenn seine Frau etwas anderes behauptet hatte. Doch der Tod von Miriam Shelling war etwas ganz anderes.

Jemand hatte sie erdrosselt.

Die Worte erschreckten Harney Whalen, und sie beleidigten seinen lokalpatriotischen Ordnungssinn. Selbstmord hätte er Miriam Shelling zugestehen können, doch daß jemand sie erdrosselt haben sollte, brachte ihn fast gegen sie auf. So vertiefte er sich doch noch einmal in die Protokolle, um irgendeinen Hinweis, ein Motiv für eine solche Tat aufzuspüren. Und wieder drängte sich Glen Palmer in seine Grübeleien.

Er warf einen Blick auf die Uhr und ärgerte sich über seinen verspäteten Stellvertreter. Er wollte ihn gerade anrufen, als er auftauchte.

»Du scheint das hier mit einer Bank zu verwechseln«, knurrte er ihn an.

»Tut mir leid«, entschuldigte sich Chip; er sah, daß Whalen heute morgen nicht gerade bester Laune war. »Mein Gespräch mit Palmer dauerte länger, als ich erwartet hatte.«

Whalen zog die Augenbrauen hoch. »Ich dachte, das hättest du gestern schon erledigt.«

»Wollte ich auch«, verteidigte sich Chip, »aber die Galerie war geschlossen, und als ich zu den Palmers rausfuhr, war auch niemand da.« Chip war zufrieden mit sich – die kleine Notlüge schien seinen Chef zufriedenzustellen.

»Und – willst du mir nicht endlich sagen, was du herausgefunden hast?« fragte Whalen unwirsch.

»Nichts Umwerfendes. Seine Frau wollte den Trauergottesdienst besuchen, und deshalb sind sie hingegangen. Das ist eigentlich schon alles.«

Whalen starrte ihn an. »Wie lang hast du mit ihm gesprochen?«

»Eine Stunde, vielleicht auch etwas länger«, erwiderte Chip und fühlte sich nicht gerade wohl in seiner Haut.

»Und das ist alles, was du rausgefunden hast?« Whalens Stimme triefte vor Sarkasmus.

»Wir haben uns auch noch über andere Dinge unterhalten, aber die hatten nichts mit dem Gottesdienst zu tun.« Er versuchte, der Unterhaltung eine etwas andere Richtung zu geben. »Harn, ich verstehe einfach nicht, was an dieser Feier so wichtig sein soll. Warum interessierst du dich so sehr für die Anwesenden?«

»Weil ich davon überzeugt bin, daß Miriam Shelling sich nicht selbst getötet hat«, sagte Whalen tonlos. Chip starrte ihn an, und Whalen grinste zufrieden, daß er ihn endlich einmal aus der Ruhe gebracht hatte.

»Das verstehe ich nicht...«, reagierte Chip, doch Whalen schnitt ihm mit einer ungeduldigen Geste das Wort ab.

»Da gibt's nichts zu verstehen«, blaffte er ihn an, »vorläufig ist es noch nicht mehr als eine Ahnung. Aber im Lauf der Jahre hab' ich gelernt, auf meine Ahnungen zu achten, und deshalb meine ich, daß Miriam Shellings Tod nicht einfach als Selbstmord deklariert werden kann.«

»Und du meinst, Glen Palmer hat etwas damit zu tun?«

Whalen lehnte sich weit in seinen Stuhl zurück und drehte ihn so, daß er aus dem Fenster blicken konnte. »Wenn du dein ganzes Leben in derselben Stadt verbringst, lernst du die Leute kennen. Du weißt, was sie zu tun vermögen, und was nicht. Und ich kenne niemand in der Stadt, der Miriam Shelling hätte töten können. Es muß einfach ein Fremder gewesen sein – und Palmer ist ein Fremder.«

Chip war völlig verwirrt. Das alles ergab doch überhaupt keinen Sinn...?

Als ob er seine Gedanken gelesen hätte, begann Whalen zu erklären: »Er hat als letzter mit ihr gesprochen. Dabei hat sie sich mehr als seltsam verhalten und wirres Zeug geredet – genau wie am Tag davor in der Galerie. Vielleicht hat sie ihn sogar angegriffen. Woher, zum Teufel, soll ich das wissen? Immerhin geschah das alles auf seinem Grund und Boden... Auf jeden Fall hat sie noch gelebt, als sie ihn traf – und von uns in der Stadt wäre doch keiner zu so etwas fähig.«

»Aber das beweist doch nicht, daß Palmer es getan hat«, protestierte Chip. »Und es ist auch kein Beweis, daß es nicht doch Selbstmord war!« Jetzt äußerte er seinen vorherigen Gedanken: »Das alles ergibt doch keinerlei Sinn!«

»Nein – und wie du vielleicht bemerkt hast, habe ich ihn ja auch nicht beschuldigt – oder? Ich behaupte ja gar nicht, daß dies einen Sinn ergibt, Chip, und ich sage auch nicht, daß er es war. Alles, was ich sagte, war, daß, falls Miriam ermordet worden ist, es ein Fremder gewesen sein muß. Und Palmer ist ein Fremder, der im übrigen die beste Gelegenheit dazu hatte.«

»Und was willst du jetzt unternehmen?« fragte Chip, den Whalens kuriose Logik nur noch mehr verwirrt hatte.

»Dasselbe, was auch du tun wirst: die Ohren offen und den Mund geschlossen halten – und Glen Palmer nicht mehr aus den Augen lassen.«

»Ich weiß nicht«, meinte Chip kopfschüttelnd, »ich halte Palmer einfach nicht für fähig, so etwas zu tun.«

»Aber wissen kannst du das auch nicht«, erwiderte sein

Chef, »und solange wir nicht mehr wissen, ist Palmer ein verdammt guter Verdächtiger.«

Chip hätte gerne gewußt, wozu man überhaupt einen Verdächtigen brauchte, aber Whalen ließ auf seine ›Ahnungen‹ nun einmal nichts kommen. Deshalb versuchte er Palmer zu verteidigen. »Ich meine, wir sollten mit ihm etwas vorsichtiger umgehen«, gab er zu bedenken.

»Vorsichtiger? Was soll das heißen?«

»Er ist im Augenblick recht aufgebracht; zuerst wollte er auf meine Fragen überhaupt nicht eingehen. Meinte, daß ich kein Recht dazu hätte.«

Harney Whalens Gesicht verfinsterte sich. »So, meinte er das? Und was hast du darauf gesagt?«

»Ich erklärte ihm, daß ich vielleicht wirklich kein Recht dazu hätte, aber daß es für ihn bestimmt besser wäre, mit mir zusammenzuarbeiten – mit uns«, korrigierte er mit unsicherem Grinsen. »Und darauf meinte er, daß zuerst die Stadt ihm entgegenzukommen hätte... Seine Galerie scheint kein großer Erfolg zu sein...«

»Daran hat ja auch niemand geglaubt. Regt er sich etwa auf, weil niemand seinen Schund kaufen will?«

»Nein« erwiderte Chip besänftigend, »er meint nur, daß sich alle in der Stadt gegen ihn verschworen haben und ihm das Leben schwermachen. Angeblich verzögern die Leute seine Bestellungen und liefern ihm schlechte Ware – Dinge dieser Art.«

»Ist ja furchtbar«, spottete Whalen, »hier draußen dauern die Dinge eben etwas länger, und jeder bekommt mal schlechte Ware, warum also nicht er? Hält er sich für etwas Besonderes?«

»Nein, das tut er nicht«, meinte Chip gequält. Er fragte sich, warum sich sein Chef Palmer gegenüber so feindselig verhielt. »Trotz allem hat er seine Galerie jetzt fast fertig. Heute morgen hat er sogar schon ein paar Bilder auf der Straße ausgestellt. Du solltest sie dir mal anschauen. Einiges davon ist gar nicht übel. Vor allem hat er ein Bild vom alten Baron-Haus, das dir bestimmt auch gefallen würde.«

Aber Harney Whalen schien ihm schon gar nicht mehr zuzuhören. Dafür war sein Blick um so finsterer. »Habe ich etwas Falsches gesagt?« erkundigte sich Chip.

»Er stellt die Ware auf der Straße aus?« fragte Whalen.

»Ja«, bestätigte Chip und wunderte sich über Harneys Aufbrausen. »Er hat vielleicht fünfzehn oder zwanzig Gemälde gegen die Vorderseite gelehnt, damit man sie beim Vorbeifahren sehen kann.«

»Und du hast ihn nicht dafür belangt?«

Chip war jetzt total verwirrt. »Belangt? Wofür denn, um Gottes willen?«

»Straßenhandel«, bellte Whalen ihn an, »wir haben schließlich eine Verordnung, die Straßenhandel ohne Lizenz unter Strafe stellt. Und genau das tut er, wenn er seinen Schund auf die Straße stellt!«

»Aber, aber«, meinte Chip, »das ist doch lächerlich. Selbst wenn es eine solche Verordnung gibt – wann haben wir die jemals angewandt?«

»Das spielt doch keine Rolle!« beharrte Whalen trotzig.

»Dann wäre es aber besser, du wendest diese Verordnung nicht nur gegen Palmer an, sondern gegen alle, die dagegen verstoßen. Palmer wird jeden Schritt von uns genau beobachten.«

»Ja, das ist ihm zuzutrauen«, stimmte Whalen bei. Ein hinterhältiges Grinsen überzog sein Gesicht. »Also wird er kein Mandat bekommen. Die Bilder kriege ich auch auf andere Weise von der Straße.«

Chip musterte seinen Chef voller Mißtrauen. »Was hast du denn vor?«

»Komm mit, dann siehst du's!«

Irgend etwas warnte Chip davor, an Whalens Unternehmen teilzunehmen. »Nein, danke, ich hüte lieber das Haus.«

»Ganz wie du willst«, meinte Whalen, »aber falls du deine Meinung ändern solltest, brauchst du nur in etwa zehn Minuten Richtung Hauptstraße zu fahren und zu warten.« Er setzte den Hut auf, warf noch einen Blick in den Spiegel und verschwand.

Während Chip nach den Protokollen auf Whalens Schreibtisch griff, hörte er ihn davonfahren. Er verschloß sie im Aktenschrank und sah sich dann ratlos um. Womit sollte er sich nur die Zeit vertreiben?

»Verdammt«, entfuhr es ihm, und er griff ebenfalls nach seinem Hut, verschloß die Bürotür hinter sich und ging zu seinem Wagen. Einige Augenblicke später fuhr er die Harbor Road hoch. Wo sie auf die Hauptstraße einbog, lenkte er an die Seite und stoppte. Von hier aus hatte man einen guten Blick auf Palmers Galerie.

Er brauchte nicht lange zu warten. Hinter sich hörte er irgendwo die Sirene von Whalens Streifenwagen. Sie wurde lauter und lauter – wahrscheinlich verfolgte der Chef einen Geschwindigkeitssünder. Jeden Augenblick mußte er auftauchen.

Doch Chip wartete vergeblich. Statt dessen preschte Whalen plötzlich mit wild flackerndem Warnlicht und ohrenbetäubendem Geheul um die Kurve. Auf der Geraden schien er noch zu beschleunigen, was die Sache für Chip noch rätselhafter machte. Doch als er nach vorn blickte, wußte er, was geschehen würde.

Eben trat Glen Palmer neugierig aus seiner Galerie. Chip drückte auf seine Hupe, um ihn zu warnen. Doch Whalens Lärm ließ alles andere untergehen. Auf Höhe der Galerie machte der schwarzweiße Streifenwagen plötzlich einen leichten Bogen nach rechts. Erschrocken sprang Glen Palmer zurück, erkannte dann jedoch, daß er gar nicht gemeint war. Die rechten Räder von Whalens Wagen rasten durch eine lange, schmale Pfütze und bespritzten Glen von Kopf bis Fuß. Vor allem aber warfen sie eine Schlammkaskade über die ausgestellten Bilder. Glen sah die Arbeit vieler Wochen und Monate in einem Augenblick zerstört.

Er stand noch immer wie erstarrt, als Chip auf ihn zu rannte und sich nach den Bildern zu bücken begann. Er zog sie aus dem Schlamm und trug sie ins Innere.

»Um Himmels willen, stehn Sie doch nicht so rum«, schrie er ihn an. »Helfen Sie mir lieber, die Sachen reinzubringen!«

Bevor Harney Whalen um die nächste Ecke bog, warf er noch einen Blick in den Rückspiegel. Er grinste. Dann nahm er den Fuß vom Gaspedal, ließ die Sirene aber noch einen Augenblick weiterheulen. Er liebte diesen Ton. Palmer hatte die Botschaft bestimmt verstanden. Falls nicht, ließ sich die Vorstellung ohne weiteres wiederholen...

Als er sich der Sod Beach näherte, kam ihm plötzlich der Gedanke, dem alten Baron-Haus einen Besuch abzustatten. Er bog in den kaum erkennbaren Pfad ein, der durch das Strandwäldchen führte, und parkte den Wagen, als es nicht mehr weiterging.

Von außen wirkte das Haus unverändert, und Whalen verschwendete keinen Gedanken auf die offene Veranda, die es fast ganz umschloß. Er betrat es durch die Tür zur Küche, die er wieder hinter sich zuzog.

In nächster Zeit würde er ein paar Kinder aus dem Ort damit beauftragen, den modernden Abfall und die Essensreste wegzuschaffen und das Geschirr zu spülen. Das Becken brauchte nicht unbedingt blankgescheuert zu werden, ebensowenig mußte der alte Holzherd geleert werden – schließlich wohnte hier niemand, und Whalen hatte nicht vor, das zu ändern. Allerdings beunruhigte ihn dabei eine vage Erinnerung, die irgendwie mit den Randalls zu tun hatte... Wollten sie nicht das Haus mieten?

Ja, Whalen erinnerte sich, – aber er hatte es abgelehnt, da war er sich ganz sicher.

Er ging durchs Erdgeschoß und griff nach einem Sweater, den man achtlos auf einen der durchgesessenen Stühle geworfen hatte. Überrascht sah er, daß im Kamin Holz aufgeschichtet war. Da es ihn fröstelte, zog er einen der Stühle an den Kamin, zündete das Holz an und setzte sich. Während das Feuer aufloderte und den Raum allmählich mit Wärme erfüllte, begann draußen ein leichter Regen zu fallen. Kleine Rinnsale liefen über die Fenster des alten Hauses und legten sich wie ein Schleier vor den Blick auf den Ozean.

Harney Whalen lehnte die massige Gestalt zurück, streckte die Beine zum Feuer und lauschte auf den Regen. Er wußte, daß sich hinter dem Horizont ein neuer Sturm zusammenbraute.

Glen Palmer richtete sich auf und warf einen prüfenden Blick auf das vor ihm liegende Bild.

»Scheint doch nicht ganz ruiniert zu sein«, meinte er und warf den Lappen zur Seite. Insgesamt lagen siebzehn Gemälde über den Boden verstreut. Chip Connor bemühte sich vorsichtig, das Bild mit dem alten Baron-Haus vom Schmutz zu befreien; allerdings ohne großen Erfolg. »Lassen Sie mich das machen«, sagte Glen, »es ist lange nicht so empfindlich, wie Sie meinen.«

»Tut mir leid«, murmelte Chip, »ich wollte nur helfen...«

»Sie haben mir sehr geholfen«, lächelte Glen, »ohne Sie würde ich immer noch da draußen stehen und Ihrem Chef nachstarren.« Er konzentrierte sich auf das Bild, das bald schon sehr viel besser aussah. »Was hatte das alles zu bedeuten?« wandte er sich dann plötzlich an den Polizisten.

»Vermutlich hat Harney einen Augenblick die Kontrolle über den Wagen verloren«, mutmaßte Chip. Er wußte, daß dies nicht stimmte. Harney hatte ganz bewußt versucht, Glen Palmers Bilder zu zerstören. Aber das konnte er einfach nicht laut sagen; schließlich war Harney Whalen nicht nur sein Boß, sondern auch ein Verwandter. Lange Jahre war er sein großes Vorbild gewesen, das ließ sich nicht in einem Augenblick beiseite schieben, auch wenn er sein Verhalten weder verstand noch gar billigte. Doch er war sich ziemlich sicher, daß Glen sowieso wußte, was gespielt wurde.

Natürlich log Connor, dachte Glen wütend, während er verbissen an dem Gemälde arbeitete. Er hätte die Wahrheit aus ihm herauszwingen können, doch er wollte den erst heute morgen erreichten Waffenstillstand nicht sogleich wieder gefährden. Als Flecken um Flecken auf dem Bild verschwand, wurde er langsam wieder ruhiger. Erst als er sicher war, daß man ihm seine Wut nicht mehr ansah, richtete er sich auf und blickte Connor an.

»Es hätte sowieso keinen Zweck, nach den Gründen für

das Geschehene zu suchen; und ändern können wir auch nichts mehr – also Schwamm drüber!« Er lächelte.

Chip fühlte sich erleichtert. Er war in Versuchung, Palmer alles zu sagen, ließ es aber dann doch.

»Sind sie denn alle ruiniert?« fragte er statt dessen.

Glen lächelte gezwungen und erfand seinerseits eine Lüge, um den Polizisten zu beruhigen. »Ich glaube nicht, daß es so schlimm ist. Ölbilder sind schließlich wasserfest. Wären sie allerdings auf der Rückseite naß geworden, wäre das katastrophal, denn die nackte Leinwand verträgt kein Wasser.« Er warf einen Blick auf seine Uhr. »Mein Gott, wir haben über der ganzen Arbeit den Lunch vergessen. Was halten Sie davon?«

»Lunch?« fragte Chip geistesabwesend.

»Ja, Lunch. Ein Sandwich und ein Bier? Ich hab' alles hier, falls Sie Hunger haben.«

»Ich glaube nicht...«, setzte Chip an, wurde aber von Glen sofort unterbrochen.

»Hören Sie, das ist das Mindeste, was ich für Sie tun kann – außer Sie hätten Wichtigeres zu erledigen?«

Chip lachte. »Mein Job besteht vor allem darin, auf dem Revier herumzusitzen und Harn Gesellschaft zu leisten. Außer vielleicht an den Wochenenden, wo wir ein, zwei Raufereien beenden müssen. Sehr viel mehr geschieht hier sowieso nicht.«

»Dann bleibt es also bei Sandwich und Bier«, meinte Glen. »Wenn Sie mich jetzt allein lassen, werde ich mich den Rest des Tags über Ihren Chef ärgern.«

»Da könnte ich Ihnen nicht mal einen Vorwurf machen«, meinte Chip und lächelte voller Mitgefühl. »Es war bestimmt ein unglücklicher Zufall, aber trotzdem...«

»Also tun Sie Whalen einen Gefallen, wenn Sie hierbleiben; außerdem habe ich gern Gesellschaft.«

Chip gab sich geschlagen. Irgend etwas in Glens Worten hieß ihn bleiben. Auch Harn Whalen hatte Abende, an denen seine Stimme diesen Klang hatte. Er fühlte sich dann einsam und verlassen und brauchte einfach jemand, der mit ihm zusammen war und zuhörte.

»Ich will nur den Wagen näher ranfahren«, sagte Chip, »damit ich hören kann, wenn Harney mich über Funk ruft.«

Chip blieb fast den ganzen Nachmittag in der Galerie. Er und Glen teilten sich den von Rebecca vorbereiteten Lunch und leerten fast eine ganze Sechserpackung Dosenbier.

Beim Kauen wanderte Chip durch die beiden Räume und stellte Fragen nach ihrem weiteren Ausbau.

»Ich wußte sofort, wie ich es machen wollte«, erklärte Glen. Sie standen unter einer großen Fensteröffnung mit einer etwas seltsamen Form. »Beispielsweise dieses Fenster«, fuhr Glen fort. »Man brauchte nur die von diesem Balkon über der Tür gebildete Linie fortsetzen und dann die Dachschräge verdoppeln – fertig.« Glen grinste etwas kläglich. »Das Problem ist nur, daß ich nicht weiß, wie ich das Dach abstützen soll, da ich für das Fenster einen Trägerbalken kürzen müßte.«

»Kein Problem«, meinte Chip. »Sägen Sie noch dreißig Zentimeter von dem Stützbalken ab und ziehen Sie dann einen Sturz zwischen den beiden Balken als Fundament für den gekürzten Träger. Auf diese Weise ist das Dach mehr als ausreichend abgestützt, ohne daß die Form des Fensters beeinträchtigt würde.«

Glen stand nachdenklich vor der betreffenden Mauer und schüttelte den Kopf. »Das müssen Sie mir noch genauer zeigen«, meinte er dann. »Ich hab' vielleicht den Blick eines Malers – aber als Zimmermann versage ich kläglich.«

Chip zog eine Leiter heran, kletterte hinauf und demonstrierte seinen Vorschlag. Als er die Verständnislosigkeit in Glens Gesicht sah, kam er wieder herab und zog die Uniformjacke aus.

»Haben Sie eine Säge?« fragte er. »Es wird nicht mehr als eine Stunde dauern, bis ich das für Sie erledigt habe.«

Glen gab seine Versuche, sich nützlich zu machen, rasch auf und machte sich wieder an die Säuberung der Bilder. Mit winzigen Pinseln, Zahnstochern und Strohhalmen hob er vorsichtig die Dreckspritzer ab, ohne die Farbschichten zu zerkratzen. Es ging besser, als er zunächst gedacht hatte. Nur wenige der Bilder mußten danach noch mit Pinsel und Farbe ausgebessert werden. Er war so sehr in seine Arbeit vertieft, daß er zunächst gar nicht merkte, wie Chip vom Einziehen des Sturzes zum Niederreißen der von ihm so mühsam errichteten Regale überging.

»Was machen Sie denn da?« brauste Glen auf. »Diese Dinger haben mich eine Woche Arbeit gekostet.«

Chip schien ihn überhaupt nicht zu hören. Schließlich warf er über die Schulter: »Wollten Sie diese Regale eigentlich auch benützen?«

»Darauf sollen die Töpfereiwaren meiner Frau ausgestellt werden.«

»Haben Sie noch nie etwas von Spreizschrauben gehört? Diese Nägel halten vielleicht die Regale aufrecht, aber nur, solange sie leer sind. Schauen Sie!«

Er löste mit der linken Hand ohne jede Anstrengung eines der Regale von der Wand. »Was würde Ihre Frau wohl sagen, wenn ihre Tonwaren jetzt schon drinstünden? Haben Sie Spreizschrauben im Haus?«

»Das glaube ich kaum.«

»Ich lauf' schnell zu Blake's und hol' welche. Haben Sie dort ein Konto?«

Glen fixierte den Polizisten. »Ich, ein Konto? Fragen Sie das im Ernst? Ich hab' Ihnen doch heute morgen erzählt, was meiner Frau dort passiert ist!«

Chip wirkte plötzlich sehr verlegen, und Glen wünschte sich, den Mund gehalten zu haben. Er zog seine Brieftasche heraus. »Wird das reichen?« Er händigte Chip eine Fünf-Dollar-Note aus.

»Das reicht völlig«, meinte Chip. »Sie könnten die Regale vollends abbauen, während ich die Schrauben besorge.« Er griff nach seiner Jacke und wandte sich zur Tür. Glen hielt ihn auf. »Chip?«

Der Polizist blieb an der Tür stehen und wandte sich um.

»Ich weiß zwar nicht, warum Sie das alles für mich tun, aber ich danke Ihnen trotzdem.«

Wieder blickte Chip recht verlegen, doch dann überzog ein Grinsen sein Gesicht. »Nun, wenn wir schon eine Kunstgalerie in unserer Stadt haben müssen, können wir auch dafür sorgen, daß sie nicht gleich in der ersten Woche wieder zusammenbricht.« Er schien irgendwie rot zu werden. »Im übrigen meine ich, es Ihnen einfach schuldig zu sein.« Bevor Glen noch etwas sagen konnte, war Chip in den Regen hinausgetreten.

Weder Glen noch Chip fiel auf, daß sich das Funkgerät in Chips Wagen den ganzen Nachmittag über nicht einmal gemeldet hatte.

Der Regen nahm ständig an Heftigkeit zu, während sich das Sturmtief unaufhaltsam der Küste näherte. Der Wind frischte immer mehr auf und trieb die Flut gegen den Strand. Sod Beach versank in unheildrohende Düsterkeit. Robby und Missy, deren Windjacken vor Nässe glänzten, liefen auf das Wäldchen zu. »Wir müssen nach Hause«, jammerte das kleine Mädchen, »mir ist kalt, und der Regen läuft mir in den Kragen.«

»Wir gehen ja schon heim«, beruhigte Robby sie. »Wir gehen über den Waldpfad, dann werden wir nicht so naß.«

»Ich will lieber am Strand entlang«, maulte Missy, »ich mag den Wald nicht. Wir können doch auch in dem alten Haus warten, bis der Regen aufhört.«

»Der Regen wird nicht aufhören!« Robby packte seine kleine Schwester bei der Hand und zog sie auf die Bäume zu. »Wir dürfen doch nicht in die Nähe des Hauses. Mami sagt, daß leere Häuser gefährlich sein können.«

»Es ist nicht leer«, erwiderte Missy, »jemand ist drin. Den ganzen Nachmittag war jemand drin.«

Robby blieb stehen und musterte sie. »Das ist doch Unsinn«, sagte er, »dort wohnt niemand. Außerdem – wie willst du wissen, daß jemand dort ist?«

»Ich weiß es eben«, beharrte Missy.

Robby blickte zu dem düsteren und unheimlichen alten Haus hinüber und zog Missy rasch weiter.

»Komm jetzt, wenn wir uns nicht beeilen, wird Papi uns suchen.« Er kletterte über das Treibholz, wandte aber immer wieder den Kopf, um zu sehen, ob Missy ihm folgte. Das kleine Mädchen fürchtete sich offenbar mehr vor dem Alleingelassenwerden als vor dem Wäldchen und stolperte ihm hastig nach.

15

Max Horton musterte den bedrohlich wirkenden Himmel und drehte dann das Ruder einige Strich Steuerbord, um gegen die Drift zu halten, die zusammen mit dem Wind den Trawler hin- und herwarf.

»Jeff!« Er wartete ein paar Sekunden und schrie dann noch lauter. »Jeff! Beweg deinen Hintern mal hierher!«

Der Kopf seines Bruders erschien in der Decksluke. »Was gibt's denn?«

»Sieht so aus, als ob wir es mit einem ausgewachsenen Sturm zu tun bekommen. Übernimm du, damit ich uns ein Loch suchen kann, in dem wir uns verkriechen können!«

Jeff übernahm das Ruder, und Max ging unter Deck, um die Karte zu studieren. Er schaltete die Navigationshilfe ein, die er vor einem Monat hatte installieren lassen, und bestimmte ihre exakte Position auf der Karte. Sie konnten es wahrscheinlich noch bis Grays Harbor schaffen, doch vielleicht wurde das riskant. Sofern der Wind mit derselben Geschwindigkeit auffrischte wie während der vergangenen Stunde, würden sie sich unter der vollen Gewalt des Sturms ihren Weg in den Hafen erkämpfen müssen. Er schaute nach einer besseren Möglichkeit und fand sie auch. Kurz darauf stand er wieder neben dem Ruder. »Schon mal was von Clark's Harbor gehört?« fragte er Jeff.

Jeff dachte einen Augenblick nach und nickte dann. »Ist ziemlich klein, kaum mehr als ein Dorf. Aber sie haben gut geschützte Kaianlagen.«

»Also – dann fahren wir besser dorthin. Vielleicht schaffen wir's auch noch bis Grays Harbor, aber ich habe so ein ungutes Gefühl...«

Er drehte die ›Osprey‹ nach Backbord und spürte, wie das Rollen in Stampfen überging, als das Schiff auf das Ruder reagierte. Wind und Wellen zerrten am Heck und ließen das Boot tanzen. Max fragte sich, wieviel Zeit ihm noch blieb, bevor er den Treibanker setzen mußte, um auf hoher See auf das Abflauen des Sturms zu warten.

»Ich habe dich gewarnt, so weit nach Süden zu fahren«, murrte Jeff.

»Hm?«

»Ich sagte, ich habe dich gewarnt, wir sollten weiter nördlich fischen. Schließlich haben wir oft genug von diesen heimtückischen Stürmen hier gehört – für mich kommt das jetzt keineswegs überraschend!«

»Es ist aber auch kein Weltuntergang«, erwiderte Max. »Wind und Gezeiten arbeiten für uns. In einer halben Stunde können wir in Clark's Harbor sein. Haben wir eigentlich noch etwas Kaffee in der Kombüse?« Er machte eine Geste, griff aber sofort wieder nach dem Steuer, das sich mit einer Hand kaum noch halten ließ. Jeff verschwand und erschien kurz darauf mit einem großen Becher dampfenden Kaffees, den er in eine kardanische Aufhängung rechts von Max steckte. Er zündete zwei Zigaretten an und reichte eine seinem Bruder. Max warf ihm ein Grinsen zu.

»Hast die Hosen voll, Jungchen?«

Jeff erwiderte das Grinsen. Sollte Max ihn ruhig weiter ›Jungchen‹ nennen, das hatte er schon immer getan – warum nicht auch jetzt noch, wo sie sich beide den Dreißigern näherten? Er war nun mal der ältere.

Der Trawler gehörte ihnen gemeinsam; trotzdem behandelte Jeff ihn, als ob er Max allein gehörte. Im übrigen war Max der Kapitän und Jeff sein ergebener Partner.

Die beiden Brüder waren zwei Jahre auseinander, hatten sich aber schon immer eher wie Freunde gefühlt, selbst als sie noch Kinder waren. Wohin Max auch gegangen war, nahm er den jüngeren mit. Nicht weil die Eltern es so wollten, sondern weil er sich in seiner Gesellschaft wohl fühlte. Und wehrten sich seine älteren Freunde gegen das ›Baby‹, dann waren sie die längste Zeit seine Freunde gewesen.

Vor vier Jahren, als Max fünfundzwanzig und Jeff dreiundzwanzig war, hatten sie die ›Osprey‹ gekauft. Vor allem Jeff war im ersten Jahr voller Angst gewesen, daß der riesige Schuldenberg sie überrollen würde, wenn es schon nicht die Wellen taten. Aber die See war gut zu ihnen, und es sah ganz so aus, als ob sie das Darlehen bis zum Ende dieser Saison würden zurückbezahlt haben. Alles, was ihnen fehlte, waren noch vier oder fünf wirklich ergiebige Fangfahrten – und Max hatte eine Nase für Fische.

Diese Nase hatte sie auch heute hierhergebracht. Der Rest der Fangflotte, die von Port Angeles aus operierte, war im Schutz der Straße von Juan de Fuca geblieben, aber Max hatte heute morgen verkündet, er ›rieche‹ einen großen Schwarm Thunfische hier im Süden. Sie wollten ihm nachstellen und dann die Nacht in Grays Harbor bleiben, bevor sie zurück nach Norden fuhren.

Und er hatte recht behalten. Der Bauch des Trawlers war voller Thunfisch, und auch alles andere hatte fantastisch geklappt – bis auf den Sturm. Er war urplötzlich wie aus dem Nichts aufgetaucht, so daß sie ihr ursprüngliches Ziel aufgeben mußten.

Stetig, wenn auch schwerfällig, kämpfte das Boot gegen die hohe See. Regen und Salzwasser klatschten gegen das Ruderhaus, durch dessen Scheiben Max kaum noch etwas erkennen konnte. Nach ungefähr zwanzig Minuten, die er konzentriert nach Kompaß gesteuert hatte, brach er das Schweigen.

»Ich muß dich jetzt leider rausschicken.«

Jeff knöpfte das Ölzeug zu und setzte den Südwester auf. »Und wonach soll ich schauen?«

»Die Karte zeigte einige Klippen vor der Hafeneinfahrt. Sie sollten eigentlich backbord in sicherer Entfernung von unserem Bug stehen, aber es ist besser, du überzeugst dich selbst davon. Wäre doch schade, wenn wir jetzt noch Bruch machen, nachdem wir den Kahn fast bezahlt haben.«

Jeff wurde vor dem Steuerhaus vom Wind fast umgeweht. Er griff nach den Sicherungstauen, die über die ganze Schiffslänge liefen, und arbeitete sich vorsichtig zum Bug vor. Angestrengt spähte er durch das trübe Nachmittagslicht über das Wasser. Sein Magen zog sich zusammen bei dem Gedanken, eine Klippe zu übersehen.

Und plötzlich sah er sie. Wie Finger stachen die Felszacken aus dem Wasser, bereit, jeden zu fassen, der auch nur einen Augenblick lang unvorsichtig war. Doch noch bevor Jeff durch Handzeichen Max warnen konnte, spürte er, wie die ›Osprey‹ leicht nach Steuerbord abdrehte. Max hatte die Gefahr offensichtlich noch vor ihm erkannt. Er sah, wie das Wasser wild gegen die Klippen brandete und tückische Strudel bildete. Erst als die Gefahr schon lange hinter ihrem Heck lag, ging er zurück ins Steuerhaus. Max nahm gerade den letzten Schluck Kaffee, lässig das Steuer mit einer Hand haltend. Er grinste Jeff triumphierend entgegen.

»Du hättest ruhig ein wenig mehr Platz zwischen ihnen und uns lassen können!« meinte Jeff fast vorwurfsvoll.

»Ein Meter ist so gut wie eine Meile – Hauptsache, du schaffst es«, lachte Max. »Willst du sie reinbringen?«

»Du machst das ganz gut. Ich bereite alles zum Anlegen vor.« Kurz darauf schob sich der Trawler in einen freien Liegeplatz. Jeff sprang auf den Kai und machte das Schiff fest. Max stoppte die Maschine.

Jeff war mit seiner Arbeit fast fertig, als er plötzlich ganz in der Nähe jemand bemerkte. Er blickte auf und nickte zur Begrüßung. »Ganz schöner Sturm«, versuchte er ein Gespräch.

»Wollt ihr die Nacht hier verbringen?« fragte Mac Riley.

»Ja, an Bord«, erwiderte Jeff.

»Der Sturm wird noch zulegen, bevor es wieder besser wird«, meinte Riley mürrisch, »glaub' nicht, daß das geht.«

»Daß was geht?«

»Daß ihr die Nacht an Bord verbringen könnt. Wir haben da eine Vorschrift; ist zu gefährlich.«

Max trat gerade aus dem Ruderhaus und hörte die letzten Worte. Er sprang an Land und mischte sich ein.

»Was soll das heißen – zu gefährlich? Ihr habt doch einen recht geschützten Hafen hier.«

»Das ist schon richtig«, Riley ließ sich nicht aus der Ruhe bringen. »Aber bei einem solchen Sturm weiß man nie. Es ist also besser, ihr schlaft nicht an Bord.«

Max warf dem alten Mann einen wütenden Blick zu. »Ich kann auch in die Hafenmitte fahren und dort Anker werfen.«

»Sie können sie auch an Ort und Stelle versenken, aber auch das halte ich für unwahrscheinlich...«

Max warf einen Blick auf die windgepeitschten Wellen mit den Schaumkronen in der kleinen Bucht. Die sicher vertäuten Boote entlang des Kais zerrten an den Leinen und knarrten in allen Fugen, als ob sie sich über ihre Gefangenschaft beklagen wollten.

»Und – können Sie uns etwas vorschlagen?«

»Das Gasthaus ist gleich dort oben«, knurrte Riley und wies die Richtung.

Jeff und Max tauschen einen Blick aus und nickten ihr Einverständnis. Und während Max die Luken sicherte gegen den Sturm, gingen Jeff und Riley über den Kai; der Wind fuhr ihnen unter die Kleidung, und sie beschleunigten die Schritte, um rasch ins Trockene zu gelangen. Kurz vor der Harbor Inn zuckte ein gleißender Blitz über den dunklen Himmel, gefolgt vom wütenden Rumoren des Donners, der von der See hereinrollte.

Der Empfang des Gasthauses war verwaist. Erst als Jeff ungeduldig auf die Klingel drückte, erschien Merle Glind in der Tür zum Speisezimmer. Nervös musterte er den Unbekannten über seine Halbbrille hinweg.

»Kann ich etwas für Sie tun?« fragte er fast verängstigt.

»Ein Zimmer«, herrschte Jeff ihn an, »ich brauch' ein Zimmer für die Nacht.«

Merle trippelte hastig hinter seinen Tresen und schlug das

Reservierungsbuch auf. Er studierte es sorgfältig, bevor er wieder zu dem jungen Mann aufblickte.

»Ich hab' ein Zimmer für Sie«, verkündete er dann triumphierend, als ob zufälligerweise gerade eine Reservierung rückgängig gemacht worden wäre.

»Für eine Nacht?«

»Kommt drauf an, wie lange der Sturm dauert«, erklärte Jeff. »Mein Bruder und ich wollten eigentlich nach Grays Harbor, aber dann wurde es so schlimm, daß wir lieber hier an Land gingen. Sofern es sich bis morgen ausgestürmt hat, fahren wir wieder raus.«

Merle Glind schob ihm das Anmeldebuch hin, strich das Geld ein und gab ihm den Schlüssel.

»Kein Gepäck?«

»Wir machen keine Urlaubsreise«, brauste Jeff auf. »Alles was wir wollen, ist ein Platz zum Übernachten.«

Glind nickte verständnisvoll, während der Fischer die Treppe hinaufging. Dann kehrte er ins Speisezimmer zurück und setzte sich wieder auf seinen Barhocker, von dem ihn die Klingel vertrieben hatte.

»Gäste?« fragte Chip Connor.

»Ein paar Fischer, die ins Trockene wollen«, antwortete Glind. Er versuchte einen Blick aus dem Fenster zu werfen, doch die dichten Wasserrinnsale reflektierten lediglich die Lampen des Speisezimmers. »Das kann man verstehen«, grinste Glind, »heute abend würde man keinen Köter vor die Tür jagen. Einer von ihnen ist noch auf dem Boot...«

Chip rutschte vom Hocker und legte zwei Dollar auf die Bar. »Bestellen Sie mir noch einen – in Ordnung? Ich will nur rasch Harn anrufen – Sie wissen ja, wie er ist.«

»Nehmen Sie den Apparat hinter der Theke«, sagte Glind großzügig. »Sparen Sie Ihr Geld.«

Chip mußte ein Grinsen unterdrücken; er hatte sowieso nicht vorgehabt, ein anderes Telefon zu benützen. Er ging ans andere Ende der Bar und fischte den Apparat unter dem Tresen hervor. Zuerst wählte er das Revier, und als sich dort niemand meldete, rief er bei Whalen zu Hause an. Er ließ es mindestens zehnmal klingeln, bevor er den Hörer wieder auf die Gabel legte.

»Zumindest hab' ich's versucht«, murmelte er, während er nach dem neuen Drink griff, »zumindest hab' ich's versucht.« Dann erinnerte er sich an Harns Verhalten heute morgen, als er ihm die dürftigen Informationen über Glen Palmer vorlegte, und nahm sich vor, es später noch einmal zu versuchen.

»So, jetzt weißt du alles«, sagte Glen. Er hatte Rebecca gerade die Geschehnisse des Tages erzählt – zuerst die Befragung durch Chip Connors, die fast in Handgreiflichkeiten ausgeartet wäre, dann Whalens Versuch, seine Bilder zu zerstören, und schließlich Chips überraschende Hilfe in der Galerie.

»Zuerst dachte ich, er will nur von Whalens Übergriff ablenken«, erklärte Glen. »Er gab natürlich nicht zu, daß sein Boß das alles mit Absicht getan hatte. Also meinte ich, er wolle nur eine Weile rumhängen, bis ich mich beruhigt hätte. Doch wenn ich ihn nicht gezwungen hätte, würde er immer noch in der Galerie wüten.« Glen grinste. »Ich hatte den Eindruck, er empfand meine Arbeit als persönliche Beleidigung, obwohl er kein Wort darüber verloren hat, sondern nur verbissen vor sich hinschuftete. Ich glaube, den kriegen wir jetzt öfter zu sehen. O ja – wir haben jetzt übrigens ein Konto bei Blake's.«

Als Rebecca nicht reagierte, warf Glen ihr einen besorgten Blick zu. Gedankenverloren starrte sie vor sich hin, als ob sie auf irgend etwas lauschen würde. Ihm hatte sie bestimmt nicht zugehört.

»Rebecca!«

Sie zuckte zusammen und lächelte ihn schuldbewußt an. »Ich hab' nicht zugehört«, sagte sie, »tut mir leid.« Dann murmelte sie: »Es muß der Sturm sein, ich fühle mich wieder so nervös. Immer wenn wir Sturm haben, geschieht irgend etwas Schreckliches...«

»Aber das stimmt doch gar nicht – und das weißt du

auch«, widersprach Glen. Heute wollte er sich auf keinen Fall von ihr seine gute Laune verderben lassen.

»Ja, ja, ich weiß«, versuchte Rebecca ihn zu beruhigen, »aber da ist noch etwas anderes.«

»Was denn noch?« fragte Glen, und eine Vorahnung sagte ihm, daß es nichts Gutes sein konnte.

»Es dreht sich um Missy. Sie behauptet, heute nachmittag sei jemand in dem alten Baron-Haus gewesen... Im Randalls-Haus...«

»Woher will sie das wissen?«

»Frag mich nicht«, meinte Rebecca und hob hilflos die Schultern. »Robby sagt, sie seien überhaupt nicht in die Nähe des Hauses gekommen, aber Missy läßt sich nicht von ihrer Behauptung abbringen.«

Glen wurde sehr nachdenklich und rief dann nach den Kindern. Robby trug Scooter an sich gepreßt. Das Hündchen winselte und wand sich, bis es auf den Boden gesetzt wurde. Sofort sprang es Glen auf den Schoß und begann ihm das Gesicht zu lecken.

»Was soll das heißen, daß jemand im Haus der Randalls war?« fragte Glen und versuchte der eifrigen kleinen Zunge des Hündchens auszuweichen.

»Ich hab' das ja auch nicht behauptet«, kam es selbstgerecht von Robby. »Missy hat das gesagt, aber woher soll die das wissen?«

»Ich weiß es aber«, ereiferte sich das kleine Mädchen. Ihr Gesicht verzog sich, als ob sie gleich losweinen wollte. »Ich hab's ja auch bei Snooker gewußt. Ich hab' gesagt, er kommt nicht wieder, und er ist nicht wiedergekommen – oder?« Sie blickte zu Glen auf.

»Ja, da hast du recht«, beruhigte sie ihr Vater. »Ich will ja auch gar nicht behaupten, daß niemand im Haus der Randalls war, ich will nur wissen, warum du so sicher bist?«

Missy schien durch dieses Zugeständnis Glens besänftigt. Angestrengt dachte sie nach. Als sie dann antwortete, wirkte sie gar nicht mehr so bestimmt. »Ich weiß nicht, warum«, schmollte sie, »ich weiß es eben.«

»Nichts weißt du«, parierte Robby verächtlich.

»Robby, halt dich zurück«, wies Glen ihn zurecht, »warum soll ihr nicht irgend etwas aufgefallen sein, das sie inzwischen wieder vergessen hat.«

»Rauch«, sagte Missy unvermittelt, »ich sah Rauch aus dem Kamin kommen.«

»Das kannst du doch gar nicht«, kam es hitzig von Robby, »Rauch hat dieselbe Farbe wie Regenwolken; selbst wenn welcher dagewesen wäre, hättest du ihn nicht sehen können.«

Missy wollte ihm widersprechen, aber Rebecca brachte sie jetzt beide zum Schweigen: »Das reicht jetzt! Nehmt Scooter, und dann marsch zurück ins Bett!«

»Kann er heute nacht bei uns bleiben?« bettelte Robby wie jeden Abend, seitdem der Welpe ins Haus gekommen war. Bis jetzt hatte er immer damit Erfolg gehabt. Nicht nur wegen der Sache mit Snooker, sondern auch weil er so mitleidsheischend klein und hilflos wirkte. Weder Glen noch Rebecca hätten es ausgerechnet an einem solchen Abend übers Herz gebracht, ihn vor die Tür zu setzen.

»Sorgt aber dafür, daß er in seiner Kiste bleibt«, meinte Rebecca resignierend, »ich will nicht, daß er auch noch die Betttücher beschmutzt!«

»Er ist fast schon stubenrein«, behauptete Robby eifrig und hoffte seine Mutter zu überzeugen, daß sein Schützling ein idealer Bettgefährte sei. Doch unglücklicherweise wählte Scooter ausgerechnet diesen Augenblick, um sich hinzuhokken und Wasser zu lassen. Als sich unter seinem Bäuchlein eine kleine Pfütze bildete, konnten Glen und Rebecca nur mit Mühe ein Grinsen unterdrücken. Robby aber nahm das Hündchen hoch und schimpfte es energisch aus. Scooter schien das alles nicht zu kümmern; seine nasse Zunge leckte begeistert Robbys Gesicht.

»Raus jetzt mit ihm«, rief Rebecca lächelnd, und die Kinder verschwanden in ihrem Zimmerchen. Als sie gerade dabei war, Scooters Bescherung verschwinden zu lassen, bemerkte sie, daß Glen den Regenmantel anzog.

»Wo willst du hin?«

»Ich mache einen kleinen Strandspaziergang und werf' mal einen Blick ins Haus der Randalls. Sollte wirklich jemand dort sein, melde ich es Chip Connor.«

»Bei diesem Regen?« protestierte sie! »Liebling, du wirst naß bis auf die Haut – du hörst doch, daß der Wind fast das Dach runterreißt!«

»Soll das heißen, daß du nicht mitkommen willst?« fragte Glen ganz unschuldig. Rebecca blitzte ihn an. Rasch trat er auf sie zu und küßte sie auf die Nase.

»Das soll heißen, daß ich nicht will, daß du gehst!«

»Ich werde aber gehen, es muß einfach sein«, beharrte Glen. »Wenn wir mal weg sind, hoffe ich auch, daß die Randalls ein Auge auf unser Häuschen haben. Deshalb scheint es mir nur recht und billig, wenn ich jetzt dasselbe tue. Und wenn Missy denkt, sie hätte jemand gesehen...«

»Sie hat nicht gesagt, daß sie jemand gesehen hätte.«

»Sie sagt, sie hätte Rauch gesehen.«

»Das sagt sie jetzt«, argumentierte Rebecca, »heute nachmittag war davon keine Rede. Sie wollte uns nur irgendwie davon überzeugen, daß sie nicht geschwindelt hat.«

»Aber sie könnte durchaus Rauch gesehen haben«, meinte Glen, »und falls es stimmt, möchte ich wissen, was dort los ist.«

Rebecca wußte, daß sie keine Chance mehr hatte. »Also gut«, seufzte sie, »aber sei vorsichtig!«

»Mach dir keine Sorgen«, beruhigte Glen sie. »In einer halben Stunde bin ich zurück, wenn nicht schon früher.«

Rebecca sah noch durchs Fenster, als er aus der Tür trat, doch dann hatten die Nacht und der Sturm ihn verschlungen, und sie blieb allein mit ihren Ängsten.

16

Max Horton schaute sich noch einmal in der Kabine des Trawlers um. Er hatte sich eine gute halbe Stunde Zeit gelassen, um alles für die Nacht in Ordnung zu bringen. Natürlich hätte er das Ganze auch in zehn Minuten erledigen können, doch er genoß das Alleinsein mit ›seinem‹ Boot. Aber jetzt wurde es Zeit, nach dem kleinen Bruder im Gasthaus zu schauen – und für einen dampfenden Punsch. Ein Lächeln der Vorfreude erhellte sein Gesicht.

Plötzlich war da noch ein Geräusch. Trotz des Tosens von Wind und und Wellen meinte er das Geräusch einer sich schließenden Luke zu hören.

Ein Gefühl der Bedrohung ließ ihn erstarren. Doch dann hastete er auf die Treppe nach oben zu.

Er kam zu spät.

Die ›Osprey‹ trieb im offenen Wasser.

Sie hatte sich bereits so weit von den Kaianlagen entfernt, daß ein Sprung in die aufgewühlten Wasser viel zu riskant war. Als ein Blitz den Himmel zerriß, sah Max auf dem Kai eine Gestalt. Sie stand mit zurückgeworfenem Kopf und in die Seiten gestemmten Fäusten völlig bewegungslos. Dann erkannte Max, daß sie lachte. Unbändig lachte. Und dieses im Toben der Elemente untergehende, scheinbar lautlose Lachen erschreckte Max bis in die tiefste Seele.

Dann erschütterte ein gewaltiger Donnerschlag den schlingernden Trawler. Max tastete sich ins Ruderhaus und suchte verzweifelt nach dem Zündschlüssel. Doch als er ihn endlich mit zitternden Händen ins Zündschloß steckte und auf den Anlasser der Backbordmaschine drückte, geschah gar nichts.

Er betätigte den zweiten Anlasser. Wieder nichts.

Ein Blick aus dem Fenster zeigte ihm, daß die einsetzende Ebbe das Boot bereits weit vom Kai abgetrieben hatte. Sie zog ihn auf die Hafenausfahrt zu – und auf die wartenden Felsen.

Noch einmal drückte er verzweifelt die beiden Starterknöpfe und legte dann den Schalter für den Hauptanker um. Als auch dieser versagte, hastete er aus dem Ruderhaus, so rasch es ging, zum Heck. Er riß den Ankerkasten auf und warf den Anker über die Reling. Er sah noch ungefähr drei Meter Leine an sich vorbeizischen, bevor das ausgefranste Ende im schwarzen Wasser verschwand...

Wer immer da seine Hand im Spiel hatte – er verstand seinen Job.

Max öffnete die Luke über dem Maschinenabteil und ließ sich flink zwischen die beiden mächtigen Chrysler hinab. Auf den ersten Blick schien alles in Ordnung. Doch als er dann mit der Taschenlampe die beiden Maschinen ableuchtete, sah er es.

Die Kabel!

Erst vor ungefähr einer Woche hatte er zusammen mit Jeff die meisten Kabel ausgetauscht. Aber jetzt hingen die Isolierungen herunter, als ob das System total überlastet gewesen oder vom Blitz getroffen worden wäre. Im Schein der Lampe sah er die bloßen Kupferdrähte blinken.

Er kroch hastig wieder an Deck und schloß die Luke über den beiden Maschinen. Im Steuerhaus versuchte er mühsam, seine Gedanken zu ordnen. Auf keinen Fall durfte er jetzt in Panik geraten! Er zog eine verknüllte Zigarettenpakkung aus der Tasche und steckte sich eine an. Äußerlich ruhig saß er am Steuer, zog tief den Rauch ein und versuchte seine Lage zu analysieren. Was konnte er jetzt noch tun, um sich und das Boot zu retten? Vor sich sah er die gezackten Felsfinger, die am Hafenausgang auf ihn lauerten...

Vorsichtig näherte sich Glen Palmer dem alten Baron-Haus. Ursprünglich hätte er am Strand entlanggehen und sich ihm von der Seeseite her nähern wollen. Doch der Sturm trieb ihn rasch in den Schutz des Wäldchens zurück. Der aufgeweichte Boden blieb ihm an den Schuhen hängen, während er unter den im Sturm ächzenden Wipfeln voranhastete und die kalte Nässe ihn schaudern ließ.

Schließlich stieß er auf den Pfad, der ihn zurück zum Strand bringen würde – derselbe, den auch seine Kinder heute nachmittag benützt hatten –, und trat kaum fünfzehn

Meter vom Haus entfernt unter den Bäumen hervor. Hätte nicht ab und zu ein Blitz die Nacht erhellt, würde man es überhaupt nicht bemerkt haben, so perfekt verschmolz es mit der Düsternis seiner Umgebung – eine stumme Schildwache am Strand, wie ein letztes Zeugnis der lange dahingegangenen Wesen, die es einmal erbaut und bewohnt hatten. Die Fenster schienen schwarze Höhlen, und nichts ließ ahnen, was sich dahinter verbergen mochte. Unwillkürlich schauderte Glen, als er um die Hausecke bog; weniger wegen der Kälte als wegen der tödlichen Stille, die durch seine Wände zu dringen schien.

Als er die Küchentür verschlossen fand, blieb er einen Augenblick verwirrt stehen. Doch dann trat er leise ein und ließ den Schein seiner Taschenlampe durch den Raum huschen – Spülbecken, Eisschrank, die Tür zum Speisezimmer. Plötzlich war er sicher, daß sich niemand im Haus befand.

Entschlossen ging er durch das Speisezimmer und dann weiter zum Wohnzimmer. Hier sah er, daß vor nicht allzu langer Zeit jemand da gewesen sein mußte.

Ein Beweis dafür war die sehr viel wärmere und trockenere Luft als in den übrigen Räumen des Hauses. Außerdem roch man deutlich den leicht süßlichen Duft eines Holzfeuers. Er trat an den Kamin und knipste die Stablampe aus. In der plötzlichen Dunkelheit sah man es unter der Asche noch sanft glimmen. Als er mit dem Schuh die Asche zur Seite schob, züngelte sogar wieder eine kleine Flamme empor. Glen schüttelte verwundert den Kopf. Vielleicht hatte Missy vor einigen Stunden tatsächlich Rauch aus dem Kamin steigen sehen. Das war jetzt gar nicht mehr so unwahrscheinlich...

Auch die übrigen Teile des Hauses unterzog er einer sorgfältigen Prüfung – nirgends Spuren eines gewaltsamen Eindringens oder sonstiger Zerstörungen. Wer immer im Haus gewesen sein mochte, er hatte sich absolut korrekt verhalten.

Glen kehrte ins Wohnzimmer zurück. Das Feuer war inzwischen wieder voll aufgeflackert, und er suchte nach einem Schürhaken, um es unter Kontrolle zu halten. Er ließ sich auf den Stuhl am Kamin fallen und überlegte, ob er sich sofort wieder auf den Rückweg machen sollte. Doch hier war es warm und gemütlich – und vielleicht flaute der Sturm inzwischen ab. Zumindest wollte er das Feuer nützen und sich ein wenig trocknen. Er stand auf und trat an das Nordfenster. In regelmäßigen Abständen ließ er die Stablampe fünfmal aufblitzen; sofern Rebecca am Fenster stand, wußte sie jetzt, daß bei ihm alles in Ordnung war.

Max Horton wollte noch einen letzten, verzweifelten Versuch mit den Maschinen machen. Vielleicht ließ sich der Schaden doch noch reparieren? Es würde schon reichen, wenn er auch nur eine der Chrysler wieder in Gang bekommen würde. Doch er mußte rasch erkennen, daß seine Hoffnung vergebens war und kletterte an Deck zurück. Als er den Strahl seiner Stablampe nach vorn richtete, sah er, daß sich die ›Osprey‹ gedreht hatte und mit dem Heck voran auf den Hafenausgang zusteuerte. Er griff nach einem großen Eimer und rannte zum Bug, wo er ihn an einer der Ankerleinen befestigte. Diesen primitiven Treibanker warf er weit über Bord in der Hoffnung, daß die Strömung sich darin verfing und das Boot wieder in die normale Richtung drehte. Wenn auch das nicht gelang, wäre es wohl besser, er verließe das Boot...

Der Wind schien noch immer aufzufrischen – und er hielt auf die Küste zu. Falls es ihm gelang, das kleine Beiboot zu takeln, brachte er ihn vielleicht zum Strand zurück. Sollte das aber fehlschlagen, würde ihn die Ebbe auf das offene Meer hinausziehen...

Blieb er aber an Bord, und der Treibanker funktionierte, hatte er eine Chance, den Sturm auf See zu überstehen; vorausgesetzt er kam an den Klippen am Hafeneingang vorbei. Die Gefahr des Kenterns war mit dem Beiboot viel zu groß. Und in dem eisigen Wasser würde er in spätestens zehn Minuten bewußtlos und in zwanzig Minuten tot sein. Bei Tageslicht hätte er immerhin noch die schwache Chance gehabt, von jemand entdeckt zu werden; doch in dieser Nacht konnte er sich nur auf sich allein verlassen.

Als er zu dieser Entscheidung gekommen war, zerriß erneut ein Blitz den düsteren Himmel. Er sah, daß der Treibanker tatsächlich seinen Zweck erfüllt hatte. Der Trawler lag nun wieder mit dem Bug voraus in der Strömung – und Max hatte plötzlich die Hoffnung, die weit voraus erkennbaren Felsklippen steuerbord umfahren zu können. Er ging zurück ins Ruderhaus und zündete sich eine neue Zigarette an. Jetzt konnte er nur noch hoffen...

Harney Whalen parkte den Streifenwagen vor seinem Haus und eilte die Stufen zur Vordertür hinauf. Erst nachdem er sie hinter sich wieder ins Schloß gedrückt hatte, knipste er das Licht an. Seine Uniform war völlig durchweicht, und er spürte die Kälte bis ins Mark. Auch sein Herz schlug mit ungewohnt hoher Frequenz.

Er riß sich die klammen Kleider vom Leib und schlüpfte in den Bademantel. Dann drehte er nicht nur die Heizung auf, sondern zündete auch noch den Kamin an; und schließlich mixte er sich einen besonders starken Brandy mit Soda. Erst als er den zweiten auch schon fast hinuntergekippt hatte, stellte er sich unter die heiße Dusche. Langsam begann die Kälte aus seinen Knochen zu weichen. Und dann saß er abgetrocknet und mit dem Glas in der Hand vor dem Feuer und grübelte erneut über das Geschehen dieses Tages nach. Er erinnerte sich, an der Sod Beach draußen gewesen zu sein, wo er in seinem alten Haus vor dem Kamin gesessen war und den Regen und das Alleinsein genossen hatte. Über ihm war der Sturm die Küste heruntergebraust, und wenn er ans Fenster trat, konnte er sehen, wie die Blitzbündel über Clark's Harbor zündeten. Vor dem anheimelnden Feuer war er ins Tagträumen gekommen – oder war es wieder einer seiner ›Anfälle‹ gewesen? Denn danach kam er erst wieder zu sich, als er im Streifenwagen nach Hause fuhr. Warum aber war seine Uniform in diesem Zustand? Der Wagen war nur zehn oder zwanzig Schritte vom Baron-Haus entfernt abgestellt gewesen. Selbst wenn er auf allen vieren durch den Dreck zu ihm hingekrochen wäre, dürfte sie nicht so aussehen...

Für den Bruchteil einer Sekunde durchzuckte eine andere Erinnerung sein Bewußtsein. Er sah sich im Sturm am Strand entlanggehen und aufs Meer hinausstarren. Und da war noch etwas – Schatten, auf seltsame Weise vertraute Schatten, die ihm etwas zuriefen. Doch er konnte sich den Kopf noch so sehr zerbrechen, mehr gab seine Erinnerung einfach nicht her.

Er mixte sich seinen dritten, diesmal aber bedeutend schwächeren Drink. Vielleicht sollte er sich wegen dieser ›Anfälle‹ mal an Dr. Phelps wenden? Aber er verwarf den Gedanken sofort wieder. Der Doktor würde auf einer Gesamtuntersuchung bestehen, und die wollte Whalen auf jeden Fall vermeiden. Schließlich wußte man nie, was der Arzt fand, und er wollte die wenigen Jahre bis zur Pensionierung noch im Dienst bleiben. Besser, man weckte keine schlafenden Hunde!

Das Klingeln des Telefons riß ihn aus seinem Sinnieren.

»Whalen«, meldete er sich automatisch.

»Harn? Wo steckst du bloß?« Chip Connors Stimme klang fast anklagend, was Whalen gar nicht gefiel.

»Weg«, sagte er brüsk. Es gab eine Pause, und Whalen freute sich, als er die Betroffenheit seines Stellvertreters am anderen Ende der Leitung spürte.

»Ich hab' den ganzen Abend versucht, dich zu erreichen«, erklärte Chip sehr viel verbindlicher. »Dachte, es interessiert dich, daß ein paar Fischer im Gasthaus eingetroffen sind.«

»Fischer?« vergewisserte sich Whalen.

»Ja, Jungs aus Port Angeles. Merle sagt, sie wollten nach Grays Harbor, aber der Sturm hat sie bei uns an Land gezwungen.«

Whalen schien nicht weiter interessiert. »Hatten sie Probleme?«

»Probleme? Nein, nicht daß ich wüßte. Ich dachte nur, du würdest es gerne wissen.«

»Ja, ist gut«, sagte Whalen, »danke für den Anruf.« Er wollte schon wieder auflegen, als ihm noch ein Gedanke kam. »Chip! War sonst heute noch was?«

»Nein, nichts«, erwiderte Chip, »still wie auf dem Friedhof.«

»Und wie hast du meine Lektion für Palmer gefunden?«

Längere Zeit blieb es still, und Whalen dachte schon, Chip hätte ihn nicht verstanden. Doch dann räusperte sich sein Stellvertreter.

»Ich tu' so, als ob ich es für einen unglücklichen Zufall halten würde, Harn«, kam es zögernd.

»Das war's aber nicht«, knurrte Whalen.

»Nein, vermutlich nicht.« Wieder diese betretene Stille, als ob jeder dem anderen den Vortritt lassen wollte. Schließlich rührte sich Chip zuerst. »Ich erklärte Palmer, es wäre ein Versehen, Chief.«

»Mir wäre es lieber, du hättest das nicht getan«, meinte Whalen fast empört, »ich wollte, daß er anfängt, sich Gedanken zu machen!«

Chip zog es vor, das Thema fallenzulassen. »Also, dann bis morgen«, verabschiedete er sich.

»Ja, gut«, sagte Whalen kurz, »bis morgen.« Er legte den Hörer zurück auf die Gabel, griff nach seinem Glas und trat ans Fenster. Geistesabwesend starrte er in das Unwetter hinaus. Das war ein Tag gewesen, den man am besten sofort wieder vergaß. Allerdings hätte er sich an ein, zwei Dinge, die heute geschehen waren, zumindest im Augenblick gern zurückerinnert. Aber es gelang ihm einfach nicht. Amüsiert lachte er in sich hinein – Dinge, an die man sich nicht erinnern konnte, waren es höchstwahrscheinlich auch nicht wert...

Jeff Horton warf einen Blick auf seine Uhr und trat dann ans Fenster des Gasthofzimmers. Die vom Wind gepeitschten Regenfluten verwehrten ihm den Blick auf den Kai, obwohl dieser keine hundert Meter entfernt war. Er überprüfte noch einmal die Zeit. Es war bereits eine Dreiviertelstunde vergangen, seit er aufs Zimmer gekommen war, und Max konnte kaum mehr als zehn Minuten brauchen, um ihr Boot zu sichern.

Er zog die Windjacke über und ging hinunter. Doch auch in der Bar saß der Bruder nicht. Dafür sah er Merle Glind, der sich mit einem netten jungen Polizisten unterhielt.

Auch als er sich dem Kai näherte, hielt er vergeblich Ausschau nach ihrem Boot. Hastig schritt er die Reihe der einheimischen Boote ab, bis er plötzlich vor einem leeren Liegeplatz stand. Jeff starrte auf das schwarze Meer, auf dem noch vor kurzem die ›Osprey‹ geschaukelt hatte. Hatten sie etwa doch weiter draußen angelegt? Er kämpfte sich mit gekrümmtem Oberkörper weiter bis ans Ende des Kais. Alle Plätze waren belegt, aber keine ›Osprey‹! Vielleicht hatte er sie doch übersehen? Als er sich gerade umwenden wollte, erhellte wieder einer dieser mächtigen, blau-weißen Blitze den Horizont. Und weit draußen im Hafen, fast an der Ausfahrt, sah er die Silhouette eines Trawlers. Für Jeff gab es überhaupt keinen Zweifel. Es war die ›Osprey‹ – und sie hatte Kurs auf die Klippen. Auch als alles ringsum wieder in Dunkelheit versunken war, stand er noch immer wie gebannt. Seine Augen bohrten sich in die undurchdringliche Schwärze, und er flehte um einen neuen Blitz, um sehen zu können, ob sie die Klippen inzwischen passiert hatte...

Max Horton starrte wie gelähmt durch die Frontscheibe des Ruderhauses. Im gleißenden Licht des aufzuckenden Blitzes, der für einen Augenblick den Vorhang der Nacht aufriß, sah er die bizarr drohenden Felsfinger. Er wußte, das war das Ende. Nur wenige Meter vor dem Bug des Boots brachen sich die Schaumkronen an den Klippen.

In einem letzten Aufbäumen vor dem drohenden Tod griff er nach der Schwimmweste und hastete aufs Deck hinaus, um das Beiboot zu Wasser zu lassen. Er riß die Persenning ab und löste die Sicherungsleinen der Davits.

Doch es war zu spät.

Als das winzige Boot die tosenden Wasser berührte, begann es sich sofort wie rasend zu drehen und vollzuschlagen. Gleich darauf schaute gerade noch die Reling aus dem Wasser. Und dann geriet auch die ›Osprey‹ in den Mahlstrom, und ihr Heck schwenkte nach vorn. Mit der Breitseite schlug sie gegen die Felsen und erzitterte bis zum Kiel, als die Planken mittschiffs splitterten. Rasch sackte sie ab, während die unbarmherzige See sie trotz ihres Stöhnens und Ächzens immer wieder gegen die Klippen schleuderte und langsam zermalmte. Unter Deck riß sich einer der Brennstofftanks los und platzte, wodurch sich der Schiffsrumpf rasch mit Dämpfen füllte. Sekunden später explodierte die ›Osprey‹.

Max Horton wurde über Bord geschleudert und schlug ins eisige Wasser. Es gelang ihm, sich noch einmal an die Oberfläche zurückzukämpfen und mit verzweifelten Schwimmbewegungen einige Augenblicke zu halten. Doch dann faßte ihn die Strömung und zog ihn weg von dem brennenden Wrack und weg von den Felsen, wo er vielleicht noch einen rettenden Halt gefunden hätte. Sobald er merkte, was mit ihm geschah, drehte er sich auf den Rücken und überließ sich dem Meer. Er sah, wie ihr Trawler rasch von den Flammen verzehrt wurde und spürte die rasch bis in sein Inneres vordringende Kälte.

Alles in ihm schien zu erstarren; jeder Lebensmut und jede Todesangst schwanden. Und während das Wrack seinem Gesichtsfeld entglitt, dachte er an den jüngeren Bruder und bat ihn um Vergebung, falls er doch etwas versäumt hätte, ihren gemeinsamen Besitz zu retten. Seine Augen schlossen sich, und der Sturm verlor jede Bedrohlichkeit. Die aufgewühlten Wellen wiegten ihn sanft in den Schlaf. Er freute sich auf ihn, obwohl er wußte, daß er nie mehr daraus erwachen würde...

Der Feuerball draußen an der Hafenausfahrt wurde von Jeff erst richtig registriert, als die donnernde Explosion an sein Ohr schlug. Erst jetzt wurde ihm bewußt, was geschehen war. Er starrte mit Tränen in den Augen auf das schreckliche Leuchtfeuer, dieses Inferno aus hoch aufschlagenden Flammen und öligem schwarzen Rauch. Dann explodierte auch der zweite Tank und schickte einen weiteren Feuerball in den Nachthimmel. Jeff Hortons Tränen vermischten sich mit den niederprasselnden Regentropfen und der sich am Kai brechenden Gischt.

Glen Palmer schreckte erst auf, als die Schockwelle der Explosion das alte Haus am Strand erreichte. Als er zum Fenster lief, sah er noch den roten Feuerschein, der die Nacht erhellte, bevor der zweite Tank in die Luft ging. Er griff nach der Taschenlampe und stürzte aus dem Haus. Erst als er an jenen Punkt kam, wo die Sod Beach in jenen felsigeren Küstenabschnitt überging, der sich bis Clark's Harbor erstreckte, wurde ihm bewußt, daß die Explosion nicht am Kai, sondern weit draußen in der Hafeneinfahrt stattgefunden haben mußte. Und er wußte auch den Grund dafür: die Klippen.

Er hastete über das letzte Stück bis zum Beginn des Kais, während Merle Glind und Chip Connor gerade aus dem Gasthaus traten. Zuerst wollte er ihnen entgegengehen, doch dann sah er am äußersten Ende der Mole eine männliche Silhouette, die unverwandt aufs Meer hinausstarrte. Rasch schritt er auf sie zu.

Harney Whalen sah von seinem Fenster aus das brennende Inferno im Hafen.

»Verdammt«, murmelte er wütend, »da dürfte heute nacht noch einer ganz schön in Schwierigkeiten kommen!«

Er ging ins Schlafzimmer, warf den Bademantel ab und schlüpfte in eine saubere Uniform. Er ließ sich Zeit. Er hatte lange genug in Clark's Harbor gelebt, um zu wissen, daß er immer noch rechtzeitig kam – gleichgültig, was da draußen geschehen war. Und heute nacht ließ sich sowieso nichts mehr unternehmen. Und morgen vielleicht auch noch nicht. Nicht solange dieser Sturm tobte.

Manchmal hatte Harney Whalen das Gefühl, als ob die Stürme über Clark's Harbor nie zur Ruhe kamen...

Er wollte gerade das Haus verlassen, als das Telefon klingelte. Doch er ging nicht zurück. Er wußte auch so, warum es klingelte.

17

Glen Palmer tippte Jeff Horton auf die Schulter. Der fuhr herum, und Glen erschrak über das wie erstarrte, ausdruckslose Gesicht.

»Was ist geschehen?« fragte er leise.

Jeffs Gesichtszüge begannen zu arbeiten; er hatte Mühe, die Antwort zu formen.

»Mein Bruder...«, setzte er an. »Mein Bruder..., das Boot...« Jetzt erst schien ihm die schreckliche Realität voll zu Bewußtsein zu kommen. Er schlug die Hände vor dem Gesicht zusammen, und seine Schultern zuckten krampfhaft unter dem fassungslosen Schluchzen.

Glen musterte ihn hilflos. Vielleicht war es besser, rauf zum Gasthof zu gehen und Whalen anzurufen. Aber er konnte den jungen Mann doch hier nicht einfach alleinlassen. Dann hörte er rasche Schritte über den Kai kommen.

Er faßte Jeff an der Schulter.

»Ist Ihr Boot da draußen?«

Jeff nickte, unfähig zu sprechen.

»Und Ihr Bruder...?«

Jeff nahm die Hände vom Gesicht, und Glen blickte in von Schmerz und Verwirrung gezeichnete Züge.

»Er wollte sie nur noch sichern und ein paar Dinge rausnehmen«, versuchte Jeff zu erklären. »Er meinte, daß er gleich nachkommen würde... Aber er kam nicht...« Das Schluchzen ließ ihn wieder verstummen.

»Glen?« hörte er hinter sich eine Stimme und wandte sich um.

Es war Chip Connor. »Was, zum Teufel, ist denn los?«

Glen schüttelte bekümmert den Kopf. »Weiß ich auch noch nicht; bin auch eben erst gekommen.«

»Ich habe Merle Glind gesagt, er solle Harn Whalen rufen«, erklärte Connor und wandte sich dann an Jeff.

»Ist das Ihr Boot da draußen?«

Jeff nickte voller Schmerz, während Chip zur Hafeneinfahrt starrte, wo das brennende Wrack im strömenden Regen noch mit den Wellen kämpfte. Aber in wenigen Minuten schon würde nichts mehr zu sehen sein. »Lassen Sie uns ins Gasthaus zurückgehen«, sagte er dann leise, »hier können wir nichts mehr tun.«

Chip und Glen nahmen Jeff Horten in die Mitte und strebten zurück ins Trockene. Nach ein paar Schritten schien der junge Mann wieder zum Leben zu erwachen und machte sich los. Immer wieder blieb er stehen und wandte den Blick hinaus in den Hafen. Kurz bevor sie das Ende des Kais erreichten, war dort nichts mehr zu sehen. Nur noch schwarze Nacht. Die ›Osprey‹ war verschwunden. Und Jeff blickte sich nicht mehr um.

Als sie das Gasthaus betraten, kam ihnen Merle Glind aufgeregt entgegen. »Ich habe Harney angerufen, aber er war nicht da!«

»Machen Sie sich darüber keine Sorgen«, sagte Chip, »wahrscheinlich hat er von seinem Haus aus die Explosion gesehen und sich bereits auf den Weg gemacht. Geben Sie dem hier lieber einen kräftigen Schluck Brandy, der könnte ihn bestimmt brauchen.«

Jeff war auf einen Stuhl gesunken. Hier im Licht sah man erst, daß er aschfahl im Gesicht war, und zusammen mit dem unrasierten Kinn und den rotgeränderten Augen ließ ihn das sehr viel älter aussehen. Die Augen starrten ins Leere, und er schien nichts von seiner Umgebung wahrzunehmen.

»Ich glaube, wir rufen besser den Arzt«, meinte Glen, »er hat offensichtlich einen Schock.«

»Rufen Sie Phelps an«, riet Chip.

Als Glen in die Lobby zurückkam, schob sich gerade Harney Whalen durch die Tür. Finster blickte er sich einen Augenblick um und wandte sich dann an seinen Stellvertreter. »Was, zum Teufel, ist denn los?« polterte er und benützte genau dieselben Worte wie dieser auf dem Kai. »Ist jemand zu Schaden gekommen?«

»Das wissen wir noch nicht so genau«, erwiderte Chip. »Ich saß mit Merle in der Bar, als wir die Explosion hörten. Zuerst dachte ich, es wäre der Donner, doch dann sahen wir den Feuerschein. Merle hat dich angerufen, konnte dich aber nicht erreichen. Und als ich dann auf den Kai rausging, stieß ich auf Glen Palmer und den hier.« Er machte eine Kopfbewegung zu Jeff Horton, der mit starr auf den Boden fixierten Augen sein Brandy-Glas umklammerte. Es sah nicht so aus, als ob er merkte, daß man über ihn sprach. Whalen musterte ihn einen Augenblick prüfend und trat dann auf ihn zu.

»Können Sie mir sagen, was es gegeben hat?« fragte er mit seiner professionellen, neutralen Stimme.

»Ich weiß nicht, was geschehen ist«, erwiderte Jeff wie abwesend und ohne den Blick vom Boden zu heben.

»Mein Stellvertreter sagte mir, Sie wären draußen auf dem Kai gewesen, als das Boot in die Luft ging.«

Jeff nickte und trank einen kleinen Schluck.

»Würde es Ihnen was ausmachen, mir zu sagen, was Sie dort machten?«

Jeff runzelte die Stirn, als ob er sich nur mühsam erinnern könnte. »Ich suchte meinen Bruder... Ich hab' nach Max gesucht...« Er schien nicht weitersprechen zu können; statt dessen nahm er einen langen Schluck aus dem Glas. Whalen zog sich einen Stuhl heran.

»Warum erzählen Sie nicht von Anfang an?«

»Da gibt's nichts zu erzählen«, meinte Jeff langsam und hatte Mühe, sich unter Kontrolle zu halten. »Ich wartete droben in unserem Zimmer auf Max. Er wollte das Boot für die Nacht sichern – das dauert normalerweise zehn Minuten. Als er nach einer Dreiviertelstunde noch immer nicht kam, schaute ich nach ihm, in der Bar und dann drunten am Kai. Das Boot war verschwunden... Ich konnte es zuerst nicht glauben. Aber dann beleuchtete ein Blitz das ganze Hafenbecken, und ich sah die ›Osprey‹ mit Kurs auf die Ausfahrt – und die Felsen...« Er brach ab; wieder sah er die Explosion vor sich und hörte das dumpfe Bersten des Schiffsleibs. Als er sich wieder einigermaßen gefangen hatte, stieß er verzweifelt hervor: »Ich muß wieder raus! Ich muß raus und nach Max suchen!«

»Heute nacht werden Sie nirgendwo mehr hingehen, mein

Junge«, meinte Whalen, »Sie nicht und auch sonst niemand! Ein Boot auf den Klippen reicht völlig!«

In diesem Augenblick traf Dr. Phelps ein und beugte sich sofort über Jeff Horton. Das gab Whalen Gelegenheit, sich an Glind zu wenden.

»Wer ist er?« fragte er brüsk.

»Sein Name ist Jeff Horton«, beeilte sich Glind. »Er kam zwischen halb sechs und sechs. Stammt aus Port Angeles.« Glind schien plötzlich ein Gedanke zu kommen. »Hat Chip es Ihnen denn nicht gesagt?«

»Doch, er hat mich angerufen«, erklärte Whalen geduldig, »aber der hier muß ja nicht unbedingt einer von den beiden sein, von denen er mir erzählt hat. Haben Sie gehört, was Horton mir gerade gesagt hat?«

Glind nickte. »Nicht daß ich lauschen wollte, Sie kennen mich schließlich, Harney – ich interessier' mich nicht für Dinge, die mich nichts angehn. Aber er ist mein Gast, und da muß ich doch...« Whalen unterbrach ihn verärgert.

»Merle, schon gut! Ich will lediglich wissen, ob Sie bestätigen können, was er gerade erzählt hat.«

Glind dachte angestrengt nach und nickte dann. »Ich kann auf jeden Fall die Zeit bestätigen, zu der er das Haus verließ. Chip und ich saßen der Bar, und ich habe gesehen, wie er kurz den Kopf reinsteckte. Dann ging er raus, und ungefähr fünf Minuten später hörten wir dann die Explosion. Er kann also nichts damit zu tun haben, Harn. Die Zeit reichte unmöglich dafür. Ein Boot braucht sehr viel länger, um vom Kai bis zu den Felsen zu kommen.«

»Was Sie nicht sagen!« knurrte Whalen den kleinen Mann an. Glind wurde rot, und sein Blick huschte zur Bar.

»Ich muß mich jetzt wieder um mein Geschäft kümmern«, sagte er verängstigt, »heute abend dürfte hier ganz schön was los sein. Nicht jeden Tag passiert hier schließlich so etwas.« Er trippelte davon und zählte im Geist bereits den zu erwartenden Umsatz. Whalen blickte ihm noch einen Augenblick kopfschüttelnd nach. Der kleine Bursche tat ihm fast leid. Keiner hier mochte ihn besonders leiden, obwohl er es jedem recht machen wollte. Aber man mußte ihm vergeben. Schließlich waren sie zusammen aufgewachsen.

Er wollte sich gerade bei Dr. Phelps nach Jeff Hortons Zustand erkundigen, als Chip Connor ihm ein Zeichen gab. Er und Glen Palmer hatten sich in der Nähe des Empfangstresens unterhalten.

»Brauchen Sie mich noch hier?« wollte Connor wissen. »Falls nicht, könnte ich doch Glen heimfahren. Er meint, seine Frau würde sich Sorgen wegen seines langen Ausbleibens machen.«

»Da wird sie sich eben noch ein bißchen länger sorgen müssen, tut mir leid«, sagte Whalen fast rücksichtslos. »Ich hab' da ein paar Fragen an Sie, Palmer.«

Glen konnte sich gerade noch zügeln. Widerspruch hätte bestimmt nichts genützt, sondern ihn eher noch länger hier festgehalten. Statt dessen wandte er sich an Chip.

»Ich weiß, es ist verdammt viel verlangt, aber könnten Sie nicht trotzdem raus fahren und sie kurz wissen lassen, daß es mir gut geht?«

»Kein Problem«, meinte Chip, »außer, Harn hat was besonders Dringendes für mich.« Er lächelte seinen Chef an. Whalen wirkte fast verbissen, nickte dann aber abrupt.

»Geh schon! Bleib aber nicht die ganze Nacht. Vielleicht brauch' ich dich später noch.«

»Ich bin in einer halben Stunde zurück«, versprach er und ging in die Bar, um seinen Regenmantel zu holen.

»Wollen Sie, daß ich ihr etwas Bestimmtes ausrichte?« fragte er beim Zurückkommen Glen. Dieser schüttelte den Kopf.

»Sagen Sie ihr nur, was geschehen ist, und daß sie sich nicht zu sorgen braucht. Und sagen Sie ihr, daß ich heimkomme, sobald ich kann.«

Chip nickte und trat ins Unwetter hinaus. Glen ging zu Whalen hinüber, der sich mit dem Arzt unterhielt.

»Können wir jetzt anfangen?« fragte er so liebenswürdig wie möglich. »Ich möchte nicht gern die ganze Nacht hier verbringen. War ein anstrengender Tag.«

»Das mag schon sein«, knurrte Whalen, »und wahrscheinlich ist er noch lange nicht zu Ende. Warum setzen Sie sich nicht irgendwohin und warten, bis ich Zeit für Sie habe?«

»Geht es in Ordnung, wenn ich in der Bar warte?« fragte Glen.

»Das können Sie halten, wie Sie wollen, solange Sie das Gasthaus nicht verlassen.«

Glen ignorierte die verschleierte Drohung und verabschiedete sich mit einem angedeuteten Nicken. An der Bar bestellte er ein Bier und nahm sich vor, es langsam zu trinken. Bestimmt würde das Warten eine Weile dauern...

Rebecca saß vor dem Kamin und versuchte, sich auf ihre Strickarbeit zu konzentrieren. Aber schon nach wenigen Augenblicken stand sie wieder auf und trat erneut ans Fenster. Ohne Erfolg versuchten ihre Augen die regendurchtoste Dunkelheit zu durchdringen.

Es war schon fast anderthalb Stunden her, seit Glen sie alleingelassen hatte. Das bedeutete, daß er schon seit einer Stunde überfällig war. Sie war nach seinem Verschwinden noch eine Zeitlang am Fenster gestanden und hatte sein Taschenlampensignal gesehen und richtig gedeutet. Aber dann – sie wußte nicht genau, wieviel Zeit inzwischen vergangen war – ließ sie die Explosion erneut ans Fenster hasten, von wo sie weit jenseits des Strands den Feuerball am Nachthimmel stehen sah. Und dann war die zweite Explosion erfolgt...

Und danach nichts mehr als ihre innere Unruhe und Angst. Mehrfach war sie in Versuchung gewesen, ebenfalls an den Strand zu laufen und nach Glen zu suchen. Vergeblich hatte sie versucht, sich durch Stricken abzulenken.

Irgend etwas hielt Glen auf. Und ihr Gefühl sagte ihr, daß es mit der Explosion zu tun hatte.

Wenn sie nur ein Telefon gehabt hätten! Wenn nur die Kinder etwas älter gewesen wären, damit sie sie eine Weile alleinlassen konnte! Wenn nur der Sturm endlich nachlassen würde!

Aber sie hatten nun mal kein Telefon, und die Kinder

konnte sie unmöglich alleinlassen... Und der Sturm schien noch lange nicht nachzulassen!

Sie wollte gerade wieder ans Fenster treten, als sie meinte, eine Autotür ins Schloß fallen zu hören. Sie erstarrte und lauschte angestrengt. Ein Klopfen an der Tür.

Mit pochendem Herzen ging sie schnell zur Tür, zögerte aber dann, sie zu öffnen. Irgend etwas schien sie warnen zu wollen. »Wer ist da?« fragte sie gedämpft, um die Kinder nicht zu wecken.

»Chip Connor«, klang es herein. Rebecca riß die Tür auf und starrte dem Polizisten voller Angst entgegen.

»Was ist geschehen?« fragte sie erschrocken, »ist etwas passiert?«

»Nein, es ist nichts passiert, Mrs. Palmer. Zumindest ist Glen nichts passiert. Darf ich reinkommen?«

Rebecca spürte, wie ihre innere Spannung plötzlich abebbte; ihre Knie drohten nachzugeben. »Natürlich«, sagte sie und trat zur Seite, um ihm Platz zu machen. Sie schloß hinter ihm die Tür und trat dann ans Feuer, um es zu schüren.

»Was ist geschehen? Wo ist Glen?«

»Alles in Ordnung, Mrs. Palmer. Er bat mich, zu Ihnen rauszufahren und Sie zu beruhigen. Er kommt, sobald er kann.« Er sah den fragenden Blick auf Rebeccas Gesicht und entschloß sich zu einer Erklärung. »Es gab einen Unfall. Wir wissen aber noch nicht genau, was geschehen ist«, begann er, aber Rebecca unterbrach ihn.

»Ein Unfall?« fragte sie wie benommen. »Was für ein Unfall? Ich habe die Explosion auf dem Wasser draußen gesehen, hat es damit zu tun?«

Chip nickte. »Ja, das hat es. Ein Boot, von außerhalb, das über Nacht am Kai festgemacht hatte, hat sich losgerissen und ist auf die Klippen gelaufen, wo es explodierte.«

»Mein Gott«, stöhnte Rebecca, »ist jemand verletzt?«

»Kann sein, daß jemand auf dem Boot war, das wissen wir noch nicht genau. Und als ich dann zum Hafen runterkam, stieß ich auf Glen, der alles beobachtet hatte. Deshalb hat

Whalen ihn gebeten, sich noch zur Verfügung zu halten.« Chip hielt es für überflüssig, in diesem Punkt genau zu sein. Rebecca würde noch früh genug erfahren, daß Whalen nicht bat, sondern befahl.

»Gott sei Dank«, meinte Rebecca erleichtert, »Sie haben keine Ahnung, welche Sorgen ich mir machte. Er sollte schon lang zurücksein – und dann diese Explosionen und...« Sie bemerkte Chips erstaunten Gesichtsausdruck und brach ab.

»Sie meinen, er war nicht hier, als das Boot explodierte?« fragte er.

»Nein, natürlich nicht«, erwiderte Rebecca, »hat er Ihnen das nicht erzählt?«

»Er hat mir nicht viel erzählt«, meinte Chip, »aber wo war er denn dann?«

»Er war runter an den Strand gegangen, um einen Blick in das alte Haus zu werfen – das, das die Randalls gemietet haben. Missy – unsere Tochter – hat behauptet, heute nachmittag wäre jemand in dem Haus gewesen, und Glen wollte mal nachschauen. Wahrscheinlich hat er die Explosionen von dort aus gesehen und ist dann zum Hafen gelaufen.«

»Wie lange war er schon weg? Ich meine, vor den Explosionen?«

»Ich weiß nicht so genau«, erwiderte Rebecca. Dann erkannte sie, was Chip beabsichtigte. »Mein Gott, Sie denken doch nicht, daß Glen etwas mit den Explosionen zu tun hat – oder?«

»Natürlich nicht«, erwiderte Chip rasch, »aber ich möchte, daß Sie mir genau erzählen, was passiert ist.« Er schlug sein Notizbuch auf und wartete. Dann sah er, daß Rebeccas Züge dieselbe Angst widerspiegelten, die er schon früher bei Glen bemerkt hatte. Er warf ihr ein beruhigendes Lächeln zu. »Mrs. Palmer, Sie brauchen meine Fragen nicht zu beantworten, wenn Sie nicht wollen. Aber ich hoffe, Sie tun es trotzdem. Ich werde alles in meinem Notizbuch festhalten, was sich zwischen Ihnen und Ihrem Mann ereignet hat, bevor er das Haus verließ. Ich bin absolut sicher, daß Ihre Aussage völlig mit dem übereinstimmen wird, was Glen meinem Chef erzählt. Auf diese Weise hat er einen sicheren Zeugen, da Sie sich gegenseitig nicht abgesprochen haben können, verstehen Sie?«

Rebecca überlegte krampfhaft, was Glen wohl in dieser Situation von ihr erwartete. Sie erinnerte sich daran, wie er über diesen Mann gesprochen hatte – den ganzen Nachmittag über hatte er ihm in der Galerie geholfen, hatte er *ihnen* geholfen. Und auch jetzt wieder wollte er ihnen helfen – wirklich? Sie musterte ihn scharf. War das wirklich sein Motiv?

Unbekümmert erwiderte er ihren Blick.

»Mein Vorname ist Rebecca«, sagte sie schließlich leise. »Mein Mann hat mir erzählt, was Sie heute für uns getan haben. Ich möchte Ihnen dafür danken.«

Chip senkte den Blick verlegen auf seinen Block. »Nicht der Rede wert«, sagte er, »mir hat's Spaß gemacht.« Dann blickte er sie an.

»Und was ist mit den Fragen? Wollen Sie sie beantworten?«

»Natürlich«, erwiderte Rebecca, »schießen Sie los!«

Das dritte Bier stand noch unberührt vor Glen, als Harney Whalen endlich in die Bar kam und ihn rief.

»Palmer, würden Sie jetzt rüberkommen?«

Glen rutschte von seinem Hocker und ging rüber in die Lobby. Dr. Phelps hatte bei Jeff Horton einen leichten Schockzustand diagnostiziert, der sich bis morgen wahrscheinlich lösen würde. Whalen konnte ihn ruhig befragen. Und genau das hatte der Polizeichef inzwischen getan. Als Glen erschien, blickte er ihm entgegen. »Ich möchte, daß Sie und Horton mit aufs Revier kommen. Wir können dann dort gleich die Protokolle fertig machen. Heute nacht ist Ihnen alles noch frisch im Gedächtnis...«

Glen grinste leicht ironisch. »Da bin ich mir gar nicht so sicher. Schließlich trinke ich schon seit mehr als einer Stunde Bier.« Sein Blick schweifte durch den Raum, und er wurde plötzlich ernst. »Wo ist Connor?«

»Ist bis jetzt noch nicht zurück«, informierte Whalen ihn. »Also, kommen Sie!«

Glen zuckte mit den Schultern und folgte dem Polizisten und Jeff Horton zu dem schwarz-weißen Streifenwagen. Minuten später waren sie auf dem Revier.

»Also, Palmer«, drängte Whalen ohne jede Vorbereitung, »lassen Sie hören!«

»Was hören?« fragte Glen. »Ich glaube, Sie haben mich die halbe Nacht für nichts festgehalten. Ich habe keine Ahnung, was da geschehen ist.«

»Vielleicht erzählen Sie mir mal, wieso Sie unmittelbar nach den Explosionen auf dem Kai waren!«

»Ich sah die Explosionen und lief zum Hafen. Dort sah ich diesen Burschen hier und dachte, ich könnte ihm irgendwie helfen. Das ist alles.«

Whalen musterte ihn mit zusammengekniffenen Augen. »Da müssen Sie aber verdammt rasch gerannt sein. Der Kai ist ganz schön weit weg von Ihrem Haus.«

»Ich war nicht zu Hause«, erwiderte Glen, ohne sich weiter zu erklären.

»Und warum sagen Sie mir nicht, wo Sie waren?« knurrte Whalen.

»Um die Wahrheit zu sagen – ich war in Ihrem Haus am anderen Ende der Sod Beach. Und von dort ist es nicht so weit bis zum Hafen, wie Sie ja wissen.«

Whalens Finger trommelten auf der Schreibtischplatte. Irgend etwas schien ihn zu beschäftigen.

»Wieso sind Sie als einziger auf den Kai rausgerannt? Merle und Chip waren doch auch am Hafen...«

»Wahrscheinlich sahen sie keinen Grund dazu. Von ihrer Position aus konnten sie Jeff nicht bemerken. Auch ich sah ihn nur, weil er zwischen mir und dem Feuerschein stand. Wäre es anders gewesen, wäre ich bestimmt rauf zum Gasthaus.«

»Und was, zum Teufel, trieben Sie in meinem Haus?« fragte Whalen plötzlich so abrupt, daß Glen fast aus der Fassung kam.

»Man könnte sagen, ich tat Ihnen einen Gefallen«, erklärte er dann mit gezwungener Ruhe. Was bildete dieser Whalen sich eigentlich ein? Wer gab ihm das Recht, ihn so anzufahren? »Meine kleine Tochter hat gemeint heute nachmittag jemand in Ihrem Haus gesehen zu haben, und ich wollte mal nachsehen. Oder ist es Ihnen egal, was sich auf Ihrem Grund und Boden herumtreibt?«

»Wie ich's mit meinem Eigentum halte, ist meine Sache, verstehen Sie, Mister! Wenn Sie wieder mal meinen, jemand in meinem Haus zu sehen, verständigen Sie mich und schnüffeln nicht einfach auf eigene Faust herum!«

Glen spürte, wie ihm die Wut den Hals zuschnürte, aber er behielt die Kontrolle über sich. »In Ordnung, Mister«, sagte er, »aber falls es Sie interessieren sollte – es war jemand in Ihrem Haus heute nachmittag. Und er war noch nicht lange weg, bevor ich hinkam. Im Kamin glomm noch das Feuer.«

»Schon möglich«, sagte Whalen völlig unbeeindruckt, »ich war heute nachmittag in meinem Haus.« Dann wies er mit dem Daumen auf Jeff Horton. »Haben Sie ihn schon früher mal gesehen?«

»Nein.«

»Und wie steht's mit Ihnen, Horton? Haben Sie ihn schon mal gesehen?«

»Ich hab' Ihnen doch schon gesagt, Chief, daß ich noch niemand aus dem Ort hier je begegnet bin. Weder Ihnen noch ihm noch sonst jemand! Wann, zum Teufel, werden Sie sich jetzt endlich um meinen Bruder kümmern?«

»Das hab' ich Ihnen doch schon gesagt, Horton«, erwiderte Whalen, als ob er den Unglücklichen nachäffen wollte. »Wir können im Augenblick nichts für Ihren Bruder tun. Falls er auf dem Boot war, ist er sofort bei der Explosion umgekommen. Ist er aber über Bord gegangen, war er nach zwanzig Minuten tot. In zehn Minuten wird man da draußen ohnmächtig und nach weiteren zehn Minuten ist man tot. Beten Sie also, daß Ihr Bruder nicht auf dem Boot war. Aber das scheint recht unwahrscheinlich, weil Sie ja aussagten, es hätte direkten Kurs auf die Felsen gehalten.«

»Was, zum Teufel, wollen Sie damit sagen?« schrie Jeff.

»Ich sage damit nicht mehr und nicht weniger, als daß einer von euch beiden lügt! Könnte doch sein, daß Ihr Bruder das Boot aus irgendeinem Grund ganz bewußt auf die Klippen gesteuert hat.«

»Das ist eine verdammte Lüge!« schrie Jeff. »Er wollte das Boot für die Nacht sichern. Max hätte nie so etwas getan! Nie!«

Ein böses Lächeln trat in Whalens Gesicht. »Wie war's dann Ihrer Meinung nach? Hat dann ein anderer das Boot losgemacht und auf das Riff gesteuert? Meinen Sie, daß Ihr Bruder von jemand getötet wurde?«

»Irgend so etwas«, erwiderte Jeff. »Woher soll ich das denn wissen? Das erfahren wir nur, wenn wir rausfahren und uns am Unfallort umsehen – stimmt doch?«

»Ja«, stimmte Whalen zu, »vorher nicht. Und deshalb wäre es für Sie, Horton, und auch für Sie, Palmer, besser, wenn Sie in meiner Nähe blieben, falls ich noch weitere Fragen habe.«

Jetzt war es um Glens Selbstbeherrschung endgültig geschehen. »Sind Sie denn noch bei Trost!« schrie er. »Wollen Sie damit andeuten, daß ich festgenommen bin, Whalen?«

»Nein, das sind Sie nicht«, erwiderte Whalen fast sanft und genoß offensichtlich den Ausbruch seines Gegenübers. »Noch nicht...«

»Und das wird, verdammt, auch nicht geschehen!« wütete Palmer. »Ich habe kein Motiv, und ich war auch nicht am Tatort. Verdammt, Whalen, ich weiß nicht mal, um was für ein Boot es sich überhaupt handelt. Alles, was ich wollte, war, Ihnen einen Gefallen tun.« Und damit kehrte er dem Polizisten einfach den Rücken und stampfte aus dem Revier, wobei er fast erwartete, von diesem aufgehalten zu werden. Doch nichts geschah.

Als sie allein waren, wandte sich Whalen an Jeff Horton. »Ich mag überhaupt nicht, was heute abend hier geschehen ist«, sagte er leise und mit bedrohlichem Unterton, »nein, ganz und gar nicht. Ich werde rausfinden, was es damit auf sich hat, und dafür sorgen, daß es nie wieder geschieht. Und sobald ich die Sache aufgeklärt habe, will ich, daß Sie aus Clark's Harbor verschwinden. Ich mag keine Fremden; sie bringen nichts als Scherereien. Das gilt für Sie und das gilt für diesen Palmer. Sie bleiben also hier, bis ich Ihnen das Gegenteil sage – und dann verschwinden Sie, verstanden?«

Jeff Horton, der noch immer unter dem Schock des schrecklichen Geschehens stand, nickte eingeschüchtert, obwohl er meinte, seinen Ohren nicht trauen zu können. Was waren das hier nur für Leute? Als er wie in Trance zum Gasthof zurückging, verfluchte er im stillen diesen Sturm, der sie nach Clark's Harbor verschlagen hatte. Wäre es nicht doch besser, sofort diesen ungastlichen Ort und seinen brutalen Polizeichef hinter sich zu lassen, rauf an den Highway zu gehen und per Autostopp zurückzufahren? Trotz der Warnungen des Polizisten? Er wußte, daß das nicht ging.

Er mußte in Clark's Harbor bleiben; und er mußte Max finden. Während der Regen ihm ins Gesicht schlug, versuchte er sich zum wiederholten Male einzureden, daß Max vielleicht doch nicht an Bord der ›Osprey‹ war, und er ihn unversehrt wiedersehen würde. Aber in seinem Innern wußte er, daß das nicht stimmte. Max war nicht unversehrt – es gab keine Hoffnung mehr.

Glen Palmer zitterte innerlich noch vor Wut, als er in den Regen hinaustrat. Auf dem Weg zum Hafen hinab kam ihm plötzlich der Gedanke, daß Rebecca ihn vielleicht abholen kommen könnte – aber nein, sie würde die Kinder bestimmt nicht alleinlassen. Dann kam ihm Chip Connor in den Sinn. Wenn er an der Straße entlangging, würde er ihm vielleicht entgegenkommen und ihn nach Hause fahren. Er drehte wieder um und ging die Hafenstraße hinauf zum Highway. Als er die Kreuzung fast erreicht hatte, kamen ihm aus nördlicher Richtung zwei Scheinwerfer entgegen. Glen trat auf die Straße und winkte. Der Wagen kam neben ihm zum Stehen.

»Steigen Sie ein«, forderte Chip ihn auf, »ich bin so spät

dran, daß es auf ein paar Minuten auch nicht mehr ankommt. Hat Harn schon nach mir gefragt?«

Nachdem Glen eingestiegen war, machte Chip eine Wendung von hundertachtzig Grad und fuhr zurück nach Norden. Glen bat den Polizisten um eine Zigarette.

»Ich hab's vor ein paar Jahren aufgegeben, aber nach dem, was heute geschehen ist, brauch' ich einfach eine«, erklärte er, während er sie ansteckte.

Chips Blick streifte ihn von der Seite.

»Falls Sie sich über Whalen auslassen wollen, wäre ich Ihnen dankbar, wenn Sie das erst daheim bei Ihrer Frau tun würden«, meinte er mit Nachdruck.

»Was soll das heißen?« wollte Glen wissen.

»Ach, verdammt, weiß ich auch nicht!« erwiderte Chip mit einem Grinsen. »Sie hätten sich viel ersparen können, wenn Sie heute abend nicht den guten Nachbarn markiert hätten«, meinte er dann versöhnlicher.

»Rebecca hat Ihnen gesagt, wo ich war?«

»Ich habe Sie gefragt – aber brausen Sie nicht gleich wieder auf, ich hab' ihr gesagt daß es ihr freisteht, meine Fragen zu beantworten.«

»Und warum haben Sie sie überhaupt befragt?«

»Nur für den Fall der Fälle«, sagte Chip, während er vom Highway auf den schmalen Pfad zum Häuschen der Palmers abbog. Er fuhr so nahe heran, wie es ging, und stellte den Motor ab. »Ich komm' nicht mehr mit rein. Ich muß so rasch wie möglich zurück in den Ort, um Harn zu besänftigen.« Er schwieg einen Augenblick, und Glen wollte sich gerade verabschieden, als er erneut ansetzte. »Glen?« Der Angesprochene wandte sich wieder dem Polizisten zu. »Ich weiß nicht, wie ich es sagen soll, aber ich mag Sie und Ihre Frau. Deshalb wollte ich auch nicht, daß Sie Harney vor mir bloßstellen. Ich kann mir vorstellen, was es gegeben hat, und ich fürchte, es ist auch noch nicht vorbei.« Er schien sich seiner Sache plötzlich doch nicht mehr so sicher zu sein, fuhr dann aber fort. »Deshalb wollte ich auch Rebeccas Darstellung hören, bevor Sie mit ihr sprechen konnten. Versuchen Sie vernünftig zu sein! Ich weiß, daß Harney ein schwerer Brocken ist, vor allem, wenn er einen nicht schon seit Jahren kennt. Aber er ist trotzdem fair. Ich weiß, daß Sie das nicht glauben können – aber es ist so. Zumindest gibt er sich Mühe...«, schloß Chip, während er die beschmutzten Bilder von heute morgen vor sich sah.

Glen hatte fast unbewußt den Atem angehalten, als er dem anderen zuhörte. Jetzt klang es fast wie ein Seufzer, als er antwortete. »Ich weiß einfach nicht...« Ein etwas erzwungenes Auflachen. »Aber wahrscheinlich bleibt mir sowieso keine andere Wahl.« Er streckte dem Polizisten die Hand hin. »Ich verhalte mich ruhig und gesittet und warte ab, was passiert, versprochen. Und vielen Dank fürs Absetzen – und für alles andere.«

Die beiden Männer schüttelten sich die Hände, und Glen stieg aus.

Der Regen hatte etwas nachgelassen. Er blickte noch einen Augenblick den Schlußlichtern des Polizeiautos nach, bevor er ins Haus trat.

Rebecca sprang auf und warf ihm die Arme um den Hals. »Was war denn nur los? Großer Gott, Glen, was ist denn geschehen?«

»Wenn ich das wüßte«, meinte Glen leise, während er sie an sich drückte. »Aber was es auch sein mag, es hat nichts mit uns zu tun, nicht das Geringste!«

Er wünschte, sich dessen so sicher zu sein. Vielmehr verstärkte sich jenes Gefühl, das ihm sagte, daß er und seine Familie von unheimlichen Dingen umgeben waren, die sie immer enger in ihren Bann zogen. Ohne seiner Frau etwas zu sagen, entschloß er sich, am nächsten Morgen Brad Randall anzurufen.

Im winzigen Schlafzimmer der Kinder nebenan lagen Missy und Robby wach in ihren Betten. Missy starrte mit weit aufgerissenen Augen nach oben auf das Bett des Bruders. Ihr Stimmchen klang irgendwie hohl in der Dunkelheit.

»Wie fühlst du dich?« fragte sie flüsternd.

Einen Augenblick lang blieb es still, dann flüsterte Robby zurück. »Ich weiß nicht, ich fühl' mich schon eine Zeitlang so seltsam...«

»Ich weiß«, sagte Missy, »ich habe geträumt...« Ihr Stimmchen schien zu zittern, als sie weitersprach. »Es war unheimlich, ich glaub' gar nicht, daß ich wirklich geschlafen habe...«

Robby kroch aus dem Bett und setzte sich neben seine kleine Schwester. »Wie meinst du das?«

»Weiß ich auch nicht«, erwiderte das kleine Mädchen verwirrt. »Ich habe dich in meinem Traum gesehen – aber nicht wie du bist. Du warst erwachsen, irgendwie ganz anders...«

Robby wartete mit gerunzelter Stirn. Als Missy schwieg, fragte er ängstlich: »War ich..., war ich in Ordnung? Oder war ich wieder krank?«

»Du warst...«, setzte Missy an, schien dann aber nicht die richtigen Worte zu finden. Sie versuchte es erneut: »Du hast Dinge geschehen lassen. Du hast ein Boot sinken lassen – und dazu gelacht. Er hat ausgesehen wie du, vielleicht war es aber auch ein anderer...«, schloß sie, und man hörte, daß ihr diese Möglichkeit viel besser gefallen würde.

Robby schüttelte verwundert den Kopf. »Ich kann mich an nichts erinnern«, sagte er kaum weniger verwirrt. »Ich wollte raus, da ich nicht schlafen konnte.«

»Und warum hast du's nicht getan?« wollte Missy wissen.

»Du hättest es ja wieder Mami und Papi gesagt, wie immer«, erwiderte Robby fast verächtlich und kletterte in sein Bett zurück.

Eine Weile blieb es still; beide Kinder schienen auf den draußen tobenden Sturm zu lauschen.

»Ich möchte, daß es aufhört«, sagte Missy plötzlich.

»Ich auch«, pflichtete Robby ihr bei.

Und ganz abrupt, ohne jeden Übergang, stoppte der Regen und erstarb der Wind.

Stille legte sich auf Sod Beach.

BUCH III

Sturmtänzer

18

Elaine Randall warf einen verzweifelten Blick auf die vielen Teller und Tassen vor sich. Sollte sie sie wirklich alle verpakken und mit nach Clark's Harbor nehmen oder doch lieber einen Teil davon in dem Abstellraum im Untergeschoß wegschließen, bis sie wiederkamen? Bei den Töpfen und Pfannen war die Entscheidung einfacher. Die älteren und zum Teil etwas verbeulten Exemplare kamen mit, die anderen blieben hier. Als sie gerade den ungefähr neunundfünfzigsten Karton füllen wollte, klingelte das Telefon. Dankbar für die Unterbrechung richtete sie sich auf und griff nach dem Hörer.

»Ich geh' schon ran«, rief Brad aus dem Wohnzimmer, wo er Bücher verpackte.

»Manche Leute reißen sich sämtliche Pausen unter den Nagel«, maulte sie so laut, daß Brad es hören mußte.

»Hallo?« fragte Brad und preßte den Hörer ans Ohr.

»Brad? Sind Sie's? Hier ist Glen Palmer.«

»Hallo!« rief Brad freudig überrascht. »Wo brennt's denn?«

Am anderen Ende der Leitung gab es eine Verzögerung, dann hörte man wieder Glens Stimme.

»Hören Sie – haben Sie noch immer vor, hierher zu ziehen?«

»Wir sind gerade dabei«, erwiderte Brad. »Ich packe Bücher ein, und Elaine macht sich auf dieselbe Art in der Küche nützlich. Die letzten Reste von Sexismus, verstehen Sie?« Als der kleine Scherz keinerlei Reaktion hervorrief, fragte Brad besorgt: »Stimmt irgend etwas nicht bei euch da draußen?«

»Schwer zu sagen«, kam es unschlüssig von Glen. »Gestern nacht ist hier ein Boot auf die Klippen gelaufen.«

»Gestern nacht? Aber es war doch ganz klar und windstill gestern nacht!«

»Nicht in Clark's Harbor. Wir hatten hier einen höllischen Sturm.«

Brad war überrascht, doch dann meinte er achselzuckend: »Nun, wenn einer bei einem ›höllischen Sturm‹ rausfährt, verdient er es wohl nicht anders.«

»Mag sein. Aber niemand weiß, wie das Boot dort hinkam. Ihr Vermieter scheint zu denken, daß ich etwas damit zu tun hätte.«

»Sie? Wie kommt er denn auf diese Idee?«

»Woher soll ich das wissen. Langsam weiß ich überhaupt nichts mehr.«

Erneut Schweigen, bis Glen sich wieder zögernd, fast entschuldigend bemerkbar machte. »Deshalb hab' ich Sie auch angerufen. Hier draußen scheinen alle verrückt zu spielen – keiner, mit dem man vernünftig reden könnte. Bis wann werden wir denn mit Ihnen rechnen können?«

»Bald schon«, erwiderte Brad, »um die Wahrheit zu sagen: noch heute!«

»Heute noch?« fragte Glen voll freudiger Erregung, die Brad fast schon wieder etwas störte.

»Wir packen gerade die letzten Reste hier zusammen. Der Möbelwagen wird gegen Mittag kommen, so daß wir zwischen vier und fünf bei Ihnen draußen sein müßten.«

»Bis dahin werd' ich's gerade noch aushalten können«, scherzte Glen, um dann sofort wieder ernst zu werden. »Ich weiß nicht, wie ich es sagen soll, Brad, aber hier draußen geht irgend etwas Schreckliches vor...«

»Das klingt ja, als ob sich die ganze Welt gegen Sie verschworen hätte«, meinte er nicht ohne Ironie, obwohl seine Neugier sofort geweckt war. »Sind Sie sicher, daß Ihnen Ihre Einbildungskraft nicht einen Streich spielt?«

»Ich sag' Ihnen doch, daß ich mir über nichts mehr sicher bin«, erwiderte Glen kläglich. »Darf ich Sie um einen großen Gefallen bitten? Kommen Sie unbedingt heute nachmittag noch bei mir vorbei! Wenn ich nicht in der Galerie bin, finden Sie mich zu Hause.«

»Das hatte ich sowieso vor«, beruhigte ihn Brad. »Und hören Sie – machen Sie sich nicht selbst verrückt. Was immer auch geschehen mag, es gibt bestimmt eine rationale Erklärung dafür.«

»Schön, daß Sie sich wenigstens noch sicher sind. Doch ich glaube, wir sollten uns im Augenblick noch höhere Telefongebühren sparen. Dann also bis später!«

Als auch Brad sich verabschiedete, sah er Elaine im Türbogen zwischen Wohn- und Speisezimmer stehen.

»Was gibt's? Wer war das denn?« fragte sie neugierig.

»Glen Palmer.«

»Und was wollte er?«

»Wenn ich das so genau wüßte«, meinte Brad nachdenklich. »Er scheint ganz schön durcheinander zu sein. Gestern nacht ist ein Boot auf die Klippen gelaufen, und Harney Whalen scheint zu denken, daß Glen was damit zu tun haben könnte.«

»Ich wußte gar nicht, daß Glen ein Boot besitzt.«

»Es handelt sich auch nicht um sein Boot«, erklärte Brad und begann wieder Bücher in die Kartons zu stapeln. »Ich sagte ihm, daß wir heute nachmittag noch zu ihnen rauskommen werden. Deshalb hat er sich die Details erspart; doch das alles ging ihm zweifellos recht nahe.«

Elaine schaute ihrem Mann kurz bei seiner Arbeit zu. Dann trat sie ans Wohnzimmerfenster und blickte auf Seward Park und den jenseits davon liegenden See hinaus. »Ich frage mich, ob wir nicht doch einen Fehler machen«, meinte sie schließlich, ohne sich umzudrehen.

»Einen Fehler?« fragte Brad verständnislos und besorgt zugleich.

Elaine wandte sich ihm jetzt zu, und er konnte die Besorgnis in ihrem Gesicht erkennen. »Ich habe noch immer das Gefühl, daß wir vielleicht doch nicht nach Clark's Harbor ziehen sollten. Schließlich gibt es keinen wirklich zwingenden Grund, weshalb du dein Buch nicht auch hier schreiben könntest. Und ganz sicher ist unser Ausblick hier kaum weniger schön als der über die Sod Beach. Eine Menge Leute wohnen mitten in der Großstadt wie Eremiten. Warum also nicht auch du?«

»Vielleicht könnte ich das sogar«, erwiderte Brad, »aber ich möchte es eben nicht. Und vielleicht geht da draußen wirklich etwas Interessantes vor sich...«

»Ich lege keinen besonderen Wert darauf, es zu erfahren«, meinte Elaine mit einem leichten Schauder.

»Aber ich! Wer weiß? Vielleicht finde ich dort den Stoff für einen echten Bestseller?«

»Oder jede Menge Schwierigkeiten«, wandte Elaine ein. Aber sie wußte, daß ihre Einwände keinen Sinn mehr hatten. Brad hatte sich entschlossen, und sie mußte sich damit abfinden. Resigniert ging sie an ihre Arbeit zurück.

Sie war fast zur selben Zeit mit dem Geschirr fertig wie Brad mit seinen Büchern. Und wie aufs Stichwort bog in diesem Augenblick der Möbelwagen in die Zufahrt ein, um ihre Habe nach Clark's Harbor zu bringen.

Jeff Horton blieb an diesem Morgen im Bett, so lange es ging. Gegen zehn Uhr fühlte er sich dann endlich bereit, dem neuen Tag zu begegnen. Immer wieder war er nachts aus dem Schlaf geschreckt, gepeinigt von Alpträumen, in denen ihr Schiff wieder und wieder im roten Feuerschein draußen im Hafen versank. In den frühen Morgenstunden war er dann nur noch wach gelegen und hatte versucht, sich das Geschehene auf irgendeine Weise begreiflich zu machen. Das hätte ihm vielleicht etwas Trost gespendet. Doch alles vergeblich. Max hatte nur vorgehabt, ihr Boot zu sichern. Bestimmt war er nicht allein ausgelaufen. Ohne ihn und bei einem solchen Sturm!

Aber er mußte auf dem Boot gewesen sein. Sonst wäre er schon lange in den Gasthof zurückgekehrt.

Doch wenn er an Bord war, warum hatte er dann nicht mit Hilfe der Maschinen das Boot um die Klippen herumgesteuert? Eigentlich gab es nur eine logische Antwort auf diese Überlegungen: die Maschinen hatten nicht funktioniert. Jemand mußte sie präpariert haben. Aber wer? Und warum? Sie waren hier völlig fremd. Niemand hatte einen Grund, sie zu sabotieren.

Alles Grübeln ergab keinen Sinn. Fest stand nur, daß sein Bruder verschwunden und ihr Boot zerstört war. Jeff hatte sich noch nie so allein und hilflos gefühlt.

Mehrmals war er in der Nacht ans Fenster getreten und hatte auf den Kai hinuntergespäht. War alles nichts als ein Alptraum gewesen und lag die ›Osprey‹ friedlich dümpelnd im Hafen vor Anker? Gegen Morgen dann mied Jeff das Fenster. Ihm graute vor dem Augenblick, wenn er im Tageslicht den verwaisten Liegeplatz zu Gesicht bekommen würde. Dann konnte er der schrecklichen Wahrheit nicht mehr ausweichen...

Merle Glind warf ihm einen fast anklagenden Blick zu, als er die Treppe herunterkam; ohne diesen Fremden hätte man die unerfreulichen Ereignisse der letzten Nacht sehr viel rascher vergessen können. Jeff hastete an dem kleinen Mann vorbei, ohne sich auf ein Gespräch einzulassen. Auf dem Vorbau blieb er stehen und zwang sich, den Blick von dem leeren Liegeplatz bis hinaus zur Hafeneinfahrt mit ihren Riffen schweifen zu lassen.

Nicht eine Spur des Trawlers, der erst vor wenigen Stunden dieselbe Fahrt gemacht haben mußte...

Doch die nackten Felsen gaben Jeff zugleich auch wieder ein bißchen Hoffnung. Mit gesenktem Kopf schritt er zum Hafen hinab und stand dann lange Zeit vor dem leeren Liegeplatz der ›Osprey‹. Plötzlich wurde er von hinten angesprochen.

»Sie ist verloren, mein Junge«, sagte Mac Riley leise. Jeff fuhr herum und musterte den Alten.

»Ich habe Sie gewarnt«, meinte Riley ohne jede Spur von Schadenfreude, »bei Sturm ist hier nichts sicher.«

»Es war nicht der Sturm«, erwiderte Jeff, »es gibt keinen Sturm, der unsere Taue hätte zerreißen können. Jemand muß sie gekappt haben.«

Riley ließ sich auf keine Diskussion ein. Sein Blick löste sich von Jeff und wanderte zur Hafeneinfahrt hinaus. »Eigentlich müßte man da draußen doch Wrackteile sehen, nicht wahr?« sinnierte er. Bevor Jeff sich dazu äußern konnte, fuhr er fort:

»Aber so ist die See hier eben. Anderswo wirft sie Schiffe auf die Klippen und läßt sie dort jahrelang hängen wie zur Warnung für die andern. Aber bei uns verschlingt sie ihre Beute und gibt sie nicht mehr her. Schätze, das wird auch bei eurem Boot so sein. Vielleicht taucht nie mehr auch nur eine Planke davon auf.«

»Das gibt es nicht«, widersprach Jeff, »irgendwo wird bestimmt etwas an Land gespült.«

»Wenn ich in Ihrer Haut steckte, würde ich mich davonmachen und die Dinge auf sich beruhen lassen«, wechselte der Alte abrupt das Thema. »Hier können Sie nichts mehr tun, mein Junge. Clark's Harbor ist nun mal anders. Hier laufen die Dinge nach einem anderen Schema ab.«

»Das hat euer Polizeichef letzte Nacht auch gesagt«, brauste Jeff auf, »aber was soll das heißen? Ist das etwa eine Drohung?«

»Es ist die See hier – und der Strand«, erklärte der Alte wie abwesend. »Die Indianer wußten das. Für sie war das hier ein heiliger Ort. Und vielleicht ahnen wir auch noch etwas davon. Fremde müssen sich hier vorsehen. Wenn sie das nicht beachten, kann es schreckliche Folgen haben. Hoffentlich merken Sie sich meine Worte!«

»Was hat das mit mir zu tun«, wehrte sich Jeff, »mein Bruder ist verschwunden, und unser Boot ist zerstört, was interessieren mich da Ihre Indianer!«

»Er ist tot, mein Junge. Wenn er auf dem Boot war, ist er tot.« Es war eine nüchterne Tatsachenfeststellung.

»Erst wenn ich seine Leiche vor mir sehe, glaube ich, daß er tot ist«, erwiderte Jeff. »Bis dahin ist er für mich verschwunden.«

»Das können Sie halten, wie Sie wollen«, meinte Riley gelassen. »Aber wenn ich Sie wäre, würde ich so rasch wie möglich nach dort zurückkehren, von wo ich gekommen bin, und versuchen, einen neuen Anfang zu machen. Und machen Sie in Zukunft um Clark's Harbor einen weiten Bogen!«

Er klopfte Jeff vertraulich auf die Schulter, doch der Jüngere drehte sich verärgert zur Seite.

»Ich werde herausfinden, was hier geschehen ist«, sagte er.

»Vielleicht werden Sie das, mein Junge«, meinte Riley fast heiter, »aber verlassen würde ich mich darauf nicht. Am besten lernen Sie mit dem Unerklärlichen zu leben – wie wir alle hier.«

»Das kann ich nicht«, sagte Jeff fast unhörbar, »ich muß einfach wissen, was meinem Bruder zugestoßen ist.«

»Manchmal ist es besser, man kennt die Hintergründe nicht«, sagte der alte Mann. »Aber ich vermute, das begreifen Sie noch nicht – oder täusche ich mich?«

»Nein...«

»Sie werden es lernen, vielleicht schon sehr bald...«

Der alte Mann klopfte ihm noch einmal auf die Schulter und entfernte sich. Plötzlich wandte er sich um, und Jeff dachte schon, er wolle noch etwas sagen. Aber dann schien er seine Meinung erneut zu ändern und stapfte über den Kai davon.

Jeff machte sich kurz darauf ebenfalls auf den Weg. Er verfolgte den schmalen Strandstreifen, der den Hafen säumte. Vielleicht stieß er doch auf ein Wrackteil der ›Osprey‹, das ihm einen Hinweis auf das Vorgefallene geben konnte.

Der Sturm hatte eine Schlickschicht an Land geworfen, vermengt mit Auswaschungen aus dem Strandwald. Jeffs Stiefel wurden immer schwerer, während er sich dem südlichen Hafenausläufer näherte. Hier etwas zu finden, war recht unwahrscheinlich. Sofern es überhaupt Wrackteile gab, waren sie mit der Ebbe hinausgetragen und dann von der Strömung vor der Küste nach Norden getrieben worden. Aber von der Landspitze aus würde er einen besseren Blick auf die Klippen haben. Vielleicht ließ sich von dort aus etwas erkennen, was vom Kai nicht zu sehen war.

Doch er sah nichts als die schwarz glänzenden Granitfinger, die in der jetzt ruhigen See jede Bedrohlichkeit verloren hatten. Keine Spur ihres Opfers der vergangenen Nacht; ruhig und heiter stießen sie in die strahlende Vormittagssonne.

Jeff starrte lange Zeit bewegungslos auf sie hinaus, als ob die Nähe des Unglücksortes ihm Aufschluß über das Geschehen geben könnte. Endlich wandte er sich wieder um und ging über den sandigen Untergrund ein Stück zurück. Dann folgte er dem ausgetretenen Pfad, der quer über den Fuß der Landspitze zu der kleinen Felsküste führte. Sorgfältig untersuchte er die offensichtlich erst letzte Nacht angeschwemmten Treibholzstücke, doch er fand nichts, was vielleicht einmal Teil ihres Trawlers hätte gewesen sein können.

Und dann stand er plötzlich am Südende der Sod Beach. Unwillkürlich lösten sich seine Augen vom Boden und umfaßten die schier überirdische Schönheit dieses Ortes. Unbegreiflich, daß in seiner Nähe so schreckliche Dinge geschehen konnten! Weiß glänzte der Sand im Sonnenlicht, der hier durch das sanfte Spiel der Wellen vom Schlick bereits wieder befreit war. Die vom Sturm an Land gespülten Treibholzhaufen schienen die friedliche Heiterkeit des Ortes nur noch zu betonen.

Jeff schlenderte, angesteckt von der Schönheit dieser Umgebung, selbstvergessen den Strand entlang. Für Augenblicke dachte er nicht mehr an die Schrecken der vergangenen Nacht. Er hob einen kleinen Kiesel auf und zielte mit ihm geschickt auf ein Treibholzstück an der Wassergrenze. Laut lachte er auf, als der braune Schatten eines winzigen Otternjungen dahinter auftauchte, das ihn erschrocken anstarrte, bevor es sich Richtung Wäldchen davonmachte.

Er verfiel in Trab. Das Laufen tat ihm gut. Es nahm die innere Spannung und ließ ihn wieder freier atmen. Erst als er spürte, daß seine Herzfrequenz zu hoch wurde, mäßigte er das Tempo und setzte sich dann schwer atmend auf einen der angeschwemmten Stämme.

Er hatte den im Wasser treibenden Gegenstand bestimmt schon einige Sekunden angestarrt, bevor er ihm wirklich zu Bewußtsein kam. Die gräuliche, naß glänzende Masse dümpelte vielleicht dreißig Meter vor der Küste im Wasser und schien halb untergetaucht. Zuerst hielt Jeff es für ein Stück Treibholz, doch als es langsam näherkam, erkannte er seinen

Irrtum. Es mußte ein Stück Segeltuch sein. Jeff sprang auf und lief bis zum Wasser vor. Plötzlich war er sich sicher, auf ein Teil der ›Osprey‹ gestoßen zu sein.

Der Segeltuchballen rollte mit der See unschlüssig hin und her, bis ihn dann eine größere Welle aufnahm und Richtung Küste schwemmte.

Jeff trat einige Schritte ins Wasser hinein und packte ihn.

Es war Max.

Sein lebloser, schlaffer Körper hing hilflos in der Schwimmweste. Jeff ergriff den Bruder unter den Armen und zog ihn die wenigen Meter an Land, wo die sanfte Brandung ihn nicht mehr erreichen konnte. Als er ihn behutsam auf den Rücken legte, sah er erschüttert in weit aufgerissene Augen.

Es dauerte eine Weile, bis er die aufgeweichten Bänder der Schwimmweste lösen und Max aus ihr herausschälen konnte. Verzweifelt preßte er beide Hände gegen die Brust des Bruders, worauf ein dünner Wasserstrahl aus dem Mund des Leichnams trat. Als er den Druck seiner Hände wieder lockerte, hörte man, wie die Luft mit leisem Gurgeln den Platz des Wassers einnahm.

Obwohl er wußte, daß sein Bruder tot war, unternahm er fieberhafte Wiederbelebungsversuche. Er wollte es einfach nicht wahrhaben. Doch schließlich gab er auf.

Er hockte neben dem Leichnam im Sand und blickte in die gebrochenen Augen. Schließlich fand er die Kraft, sie sanft zuzudrücken. Für den Rest seines Lebens würde er mit dieser Erinnerung leben müssen. Nie könnte er diese Augen vergessen, die wie mit leisem Vorwurf zu ihm hochstarrten...

Und endlich konnte Jeff weinen. Sein Schluchzen erfaßte den ganzen Körper, während ihm die Tränen über die Wangen liefen und im Sand versickerten.

Schließlich richtete er sich mühsam auf, den toten Bruder in den Armen. So schritt er schwerfällig über die Sod Beach zurück nach Clark's Harbor.

Kurz darauf war der Strand wieder leer. Nur die Möwen

tanzten am tiefblauen Himmel, und zwischen den Treibholzstämmen spielte das Otternjunge.

Aber weit draußen, jenseits des Horizonts, versammelte der auffrischende Wind erneut dunkle Sturmwolken. Schon bald würden sie die Küste herabfegen.

19

»Wie weit noch?« fragte Elaine.

»Zehn, fünfzehn Kilometer«, meinte Brad. »Und registrier bitte, daß es nicht regnet.«

»Registriert«, sagte Elaine. Ihrer Meinung nach hätten sie in die Ausläufer des nächtlichen Sturms über Clark's Harbor geraten müssen, doch Brad hatte ihr optimistisch widersprochen, worauf sie ihm eine Wette angeboten hatte. Und tatsächlich – als sie Olympia hinter sich gelassen und Richtung Westen weitergefahren waren, hatte es zusehends aufgeklart. Und seit zwei Stunden nun konnten sie die warme Frühlingssonne genießen. In den Tälern lag vereinzelt noch etwas Bodennebel über den Moosen und Farnen, aus denen die braunen Stämme gigantischer Zedern ragten. Die Espen standen teilweise schon im Schmuck weiß-silberner Knospen, und hier und dort war auch schon ein Rhododendron aufgeblüht.

»Willst du deine Schulden gleich bezahlen oder erst am Ziel?«

»Ich warte noch ein bißchen«, lächelte Elaine. »Vielleicht stoßen wir doch noch auf ein paar Regenwolken. Und ein einziger Tropfen genügt, um mich gewinnen zu lassen.«

Brad warf einen Blick auf den strahlend blauen Himmel und grinste. »Keine Chance!« Dann schwenkte sein Blick wieder auf den Rückspiegel, den er während der letzten dreieinhalb Stunden kaum aus den Augen gelassen hatte. Zufrieden stellte er fest, daß der Möbelwagen ihnen dichtauf folgte. »Kaum zu glauben, was alles in so einen Wagen reinpaßt«, meinte er.

»Kaum zu glauben, wieviel wir mitschleppen«, erwiderte Elaine noch immer lächelnd. »Soweit ich mich erinnere, haben wir doch möbliert gemietet...«

Brad zuckte gleichgültig mit den Schultern, als ob ihn das nichts anginge. Doch er war es gewesen, der immer neue Dinge herbeigeschleppt und zum übrigen gestellt hatte. Zuerst waren es sein Schreibtisch und der dazugehörende Stuhl, dann ein alter ledergepolsterter Clubsessel, der nach Elaines Meinung vortrefflich zu ihrer neuen Bleibe paßte, da er genauso heruntergekommen war. Doch er hatte ihre Proteste einfach ignoriert.

Erst als er auch noch den Fernseher und die Stereoanlage mitnehmen wollte, wurde sie energisch und erinnerte ihn daran, daß sie ohne Strom wohl etwas überflüssig wären.

Als sie dann alles verladen hatten, war der riesige Möbelwagen fast voll und ihr Abstellraum im Untergeschoß so gut wie leer. Immerhin kamen sie so voll auf ihre Kosten, verteidigte sich Brad grinsend, denn der Möbelwagen war nicht gerade billig gewesen.

Und dann umrundeten sie die letzte Kurve vor Clark's Harbor. Vor sich sahen sie die Einmündung der Harbor Road und gleich dahinter Glens Galerie.

»Halten wir kurz bei Glen?« fragte Elaine, während Brad den Fuß vom Gaspedal nahm.

»Ich dachte, ich fahre zuerst zum Revier und hole mir den Schlüssel«, meinte Brad. »Dann kannst du mit dem Möbelwagen gleich zum Haus rausfahren, während ich kurz bei Glen reinschaue.«

»Kommt ja gar nicht in Frage«, empörte sich Elaine. »Wenn du denkst, ich schleppe ohne dich den ganzen Kram ins Haus, irrst du dich gewaltig! Außerdem möchte ich auch gern Glen sehen.«

»Schon gut, schon gut!« beschwichtigte Brad sie, während sie die leichte Steigung zum Ort hinabfuhren. »Man kann sagen, was man will – vom äußeren Anschein her kann man sich nichts Friedlicheres vorstellen.«

Elaine konnte dem nur zustimmen. Clark's Harbor badete

still im Sonnenlicht, und die bunten Fassaden seiner kleinen Häuser hoben sich anheimelnd vom Blau des Himmels und des Wassers ab. Wieder fühlte sie sich an ein Fischerdorf in Neuengland erinnert, dessen kleine Flotte sauber aufgereiht am Kai lag.

Sie hielten vor dem Revier, und Brad wies den Fahrer des Möbelwagens an, irgendwo zu parken, wo er den übrigen Verkehr nicht behinderte.

Als sie Harney Whalens Büro betraten, war dieser beim Telefonieren. Als er aufblickte, verriet sein Blick größtes Erstaunen. Doch dann konzentrierte er sich wieder auf sein Gespräch. Elaine zündete sich eine Zigarette an und versuchte möglichst unbeteiligt aus dem Fenster zu blicken. Brad dagegen machte keinerlei Versuch, sein Interesse für Whalens Gespräch zu verbergen.

»Ich sag' Ihnen doch – es hat keinerlei Zweck, hierherzukommen. Es war ein Unglücksfall. Auch nicht die geringste Spur des Wracks ist aufgetaucht, lediglich die Leiche.«

Er hörte einen Augenblick zu; dann wanderten seine Augen zur Decke, als ob ihn das alles nur noch langweilte.

»Hören Sie«, sagte er dann mit Nachdruck, wobei er offensichtlich seinen Gesprächspartner am anderen Ende der Leitung unterbrach, »ich habe den Leichnam untersucht, und Dr. Phelps hat ihn untersucht. Nein, ich bin kein Experte, aber Dr. Phelps ist es. Und wir sind beide der Meinung, daß der Bursche ertrunken ist. Alles deutet darauf hin, daß er über Bord ging, als das Boot an den Klippen zerschellte. Und niemand hält es zu dieser Jahreszeit lange im Wasser aus!«

Er schien noch etwas sagen zu wollen, überlegte es sich dann aber anders. Brad nahm an, daß der andere irgendwelche Einwände gegen Whalen vorbrachte.

»So oder so – ich lasse den Leichnam morgen nach Port Angeles verschiffen. Der Bruder des Toten hängt hier noch herum und geht allen auf die Nerven; ich habe langsam von dieser Sache genug! Wenn Sie also die Leiche doch noch ansehen wollen, dann sollten Sie das noch heute tun!«

In diesem Augenblick öffnete sich die Tür und ein junger

Mann, den Brad nicht kannte, trat ein. Wie ein Einheimischer kam er ihm nicht vor. In seinem Gesicht stand die Wut. Sein Blick streifte Brad und Elaine, dann wandte er sich an den Polizisten, der noch immer den Hörer ans Ohr drückte. Harney Whalen ließ den Eindringling keinen Moment aus den Augen, während dieser unruhig auf- und abging. Das mußte der Bruder des Verunglückten sein; er mußte mit dem ›Schrecklichen‹ zu tun haben, von dem Glen Palmer heute morgen gesprochen hatte.

»Also gut, in Ordnung«, sagte Whalen abschließend, »ich warte, bis Sie hier sind.« Dann legte er unwirsch den Hörer auf und starrte finster den jungen Mann an.

»Was gibt's denn schon wieder, Horton?« knurrte er.

Jeff Horton blieb breitbeinig vor dem Schreibtisch des Polizisten stehen.

»Für wen, zum Teufel, halten Sie sich eigentlich?« bellte er.

»Ich bin hier der Polizeichef«, sagte Whalen völlig gelassen und genoß offensichtlich die Feindseligkeit des jungen Mannes. »Etwas dagegen?«

»Und das gibt Ihnen das Recht, darüber zu entscheiden, was mit meinem Bruder geschehen soll?«

»Sie wissen es also?«

»Ja, ich weiß es. Und ich würde außerdem gern wissen, warum Sie mir nicht gesagt haben, daß Sie ihn freigeben? Ich kann ihn selbst heimbringen!«

»Sehr schön«, erwiderte Whalen und stand auf. »Ich wollte Ihnen lediglich die Mühe ersparen.«

»Mir die Mühe ersparen!« schrie Jeff mit hochrotem Gesicht und am ganzen Körper zitternd. »Ich brauch' niemand, der mir irgendwas erspart, ich brauch' jemand, der mir hilft, herauszufinden, was mit Max geschehen ist.« Ebenso schnell wie sein Gesicht sich gerötet hatte, verfärbte es sich jetzt aschfahl. Brad trat an den jungen Mann heran.

»Setzen Sie sich«, befahl er ihm leise, aber bestimmt. Als Jeff sich dagegen wehren wollte, griff er nach seinem Arm. »Wenn Sie sich nicht setzen, werden Sie ohnmächtig werden«, sagte er und drückte ihn auf einen Stuhl. Er überredete ihn, den Kopf zwischen die Knie zu stecken. »Wenn es noch nicht besser wird, legen Sie sich flach auf den Boden. Auch wenn es Ihnen komisch vorkommt – ist immer noch besser, als sich zu übergeben. Atmen Sie tief und ruhig durch!«

Brad wandte sich an Whalen. »Was ist hier eigentlich los?« wollte er wissen.

»Eine Sache, die nur uns beide angeht«, erklärte Whalen. »Sie haben damit nichts zu tun.«

»Ich bin Arzt, und dieser Bursche ist nicht gerade in bester Form; ich frage mich, warum.«

»Und ich sage Ihnen, daß dies hier Sie nichts angeht«, brauste Whalen auf.

»Wen geht was nicht an?« mischte sich Jeff jetzt ein, der sich offensichtlich wieder gefangen hatte. Er blickte Brad an. »Wer sind Sie?«

»Brad Randall«, sagte Brad und streckte die Hand aus. »Ich bin Arzt und komme aus Seattle. Ich nehme an, Sie sind der Bruder des Verstorbenen?«

Jeff nickte. »Hier wird mir dauernd erzählt, es habe sich um einen Unfall gehandelt, aber ich glaube das nicht. Und jetzt hat er eigenmächtig entschieden, daß Max nach Hause geschickt wird, ohne mir auch nur einen Ton davon zu sagen.«

»Würde es Ihnen etwas ausmachen, mir Ihren Namen zu sagen?«

»Jeff. Jeff Horton.«

»Also, Jeff, was genau ist passiert?«

Aber bevor der junge Mann auch nur den Mund aufmachen konnte, mischte sich Whalen ein.

»Ist das jetzt plötzlich Ihr Büro, Dr. Randall?« fragte er bitter. »Hört sich ganz so an.«

»Tut mir leid«, entschuldigte sich Brad, »natürlich geht es mich eigentlich nichts an. Aber Jeff scheint recht durcheinander zu sein, und es gehört nun mal zu meinem Beruf, solchen Leuten zu helfen.« Als Jeff ihm einen überraschten Blick zuwarf, erklärte er augenzwinkernd: »Ich bin Psychiater.«

Plötzlich stand Elaine auf, und Brad wandte sich ihr zu, genau wie sie es beabsichtigt hatte.

»Ich könnte doch mit Jeff eine Tasse Kaffee trinken gehen, solange du mit Mr. Whalen hier das Geschäftliche erledigst«, schlug sie vor.

Brad wußte, daß sie lediglich die Situation entschärfen wollte. Er warf ihr ein dankbares Lächeln zu. »Wenn es dir nichts ausmacht«, meinte er und wußte, daß sie wieder einmal die Zügel übernommen hatte.

»Im Gegenteil«, lächelte sie und wandte sich dann an Whalen. »Gibt es noch irgend etwas, was ich unbedingt über das Haus wissen müßte?«

Whalen schüttelte langsam den Kopf, wobei sein Blick fast verwirrt zwischen den beiden hin- und herwanderte.

»Also, fein«, meinte Elaine. »Wir sehen uns dann später«, wandte sie sich an Brad und griff nach Jeff Hortons Arm. Leicht verwundert stand dieser auf und folgte ihr aus dem Büro. »Haben Sie die Schlüssel bei sich?« hörte sie noch ihren Mann fragen, während sie auf die Vordertür zugingen. Sie konnte sich gratulieren – wahrscheinlich war das falsche Mitglied der Familie Psychiater...

»Man hat es Ihnen hier nicht gerade leicht gemacht, stimmt's?« fragte Elaine über der zweiten Tasse Kaffee.

»Das ist milde ausgedrückt«, meinte Jeff voller Bitterkeit. »Und das Schlimmste ist, daß ich nicht mehr länger hierbleiben kann. Bin ich aber erst fort, läßt dieser Polizist das Ganze einfach fallen. Das hat er jetzt schon fast getan!«

»Vielleicht war es aber wirklich ein Unfall«, wandte Elaine ein.

»Das könnte ich mir bei jedem andern vorstellen, aber nicht bei Max! Er gehörte zu den Leuten, die nichts dem Zufall überlassen. In allem ging er überlegt und methodisch vor. Für ihn gab es einfach keine Nachlässigkeiten. Genau wie in der Nacht zuvor, als dieser Sturm uns überraschte. Die meisten anderen hätten trotzdem versucht, nach Grays Harbor zu kommen, und wäre es dann schief gegangen, hätte alle Welt von einem Unfall gesprochen. Für Max aber wäre das nichts als Dummheit gewesen, für die der Skipper die Verantwortung zu tragen hat.«

»Womit er recht gehabt hätte«, pflichtete Elaine bei.

»Leider ist es ihm schlecht bekommen«, meinte Jeff. »auf jeden Fall konnte sich die ›Osprey‹ nicht einfach losreißen. Jemand muß die Taue gekappt haben. Aber ich kann diesen Polizisten nicht dazu bringen, irgend etwas zu unternehmen. Es ist, als ob es ihn überhaupt nichts anginge.«

»Vielleicht kümmert es ihn wirklich nicht«, sagte Elaine nachdenklich. Aber bevor Jeff sie fragen konnte, was sie damit meinte, wechselte sie das Thema. »Und was haben Sie nun vor?«

»Ich gehe zurück in den Norden und beginne von vorn! Aber ohne Max wird das recht schwer sein.«

»Können Sie nicht noch eine Weile hierbleiben?«

»Ich bin pleite. Ich kann gerade noch für eine weitere Nacht im Hotel bezahlen – und damit hat sich's. Ich würde gern noch bleiben und herausfinden, was Max wirklich zugestoßen ist.« Seine Augen bohrten sich in die von Elaine.

»Jemand hat Max getötet, Mrs. Randall«, sagte er mit einer Intensität, die ihr ein Schaudern über den Rücken jagte. »Ich muß einfach rausfinden, wer es war und warum.«

Elaine musterte den jungen Mann betroffen. Sagte er die Wahrheit, oder stand er noch immer unter Schock? Doch seine Argumente waren nicht einfach von der Hand zu weisen. Sofern sein Bruder wirklich so vorsichtig und zuverlässig war, wie Jeff behauptete –, und es gab keinen begründeten Zweifel daran –, war es höchst unwahrscheinlich, daß sich der Trawler aus eigener Kraft losgerissen hatte. Hatte aber jemand die Taue gekappt, dann... »Hören Sie«, sagte sie aus einem plötzlichen Entschluß heraus, »wenn es für Sie so wichtig ist, noch eine Weile hierzubleiben, können Sie bei uns unterkommen. Es ist etwas primitiv, aber dafür kostet es auch nichts.«

»Bei Ihnen?« Jeff schien die Welt nicht mehr zu verstehen. »Aber Sie kennen mich doch überhaupt nicht...«

Elaine schenkte ihm ein warmes Lächeln. »Sehen Sie, damit ist alles in schönster Ordnung – Sie kennen uns ja auch nicht! Aber das wird sich rasch ändern. Das Haus, das wir gemietet haben, ist nicht besonders groß, und es hat keinen Strom. Dafür gibt es fließendes Wasser, wie mir versichert wurde. Im oberen Stock sind ein, zwei Gästezimmer – und Sie werden unser erster Gast sein.« Bevor sich Jeff bedanken konnte, stand Elaine nach einem raschen Blick auf die Uhr auf. »Kommen Sie, wir haben jetzt lange genug gewartet. Falls Brad mit Whalen noch nicht fertig ist, muß irgend etwas passiert sein. Die Möbelpacker werden uns wahrscheinlich für verschollen halten.«

»Möbelpacker?«

»Ja. Ich hab' ganz vergessen, Ihnen zu sagen, daß wir gerade erst beim Umziehen sind. Tatsächlich sind wir erst vor einer guten halben Stunde hier angekommen.«

Sie nahm Jeff wieder beim Arm und zog ihn aus dem Café.

Als sie auf die Hauptstraße einbogen, stießen sie fast mit Brad zusammen. Elaine sah sofort, daß etwas geschehen war. »Was ist los?« wollte sie wissen.

Brad starrte sie einen Augenblick verständnislos an, dann lachte er etwas gekünstelt auf. »Du wirst es nicht glauben«, sagte er, »Whalen wußte überhaupt nichts davon, daß er uns das Haus vermietet hat.«

»Wußte nichts davon? Ist das dein Ernst?«

Brad nickte. »Deshalb wirkte er auch so erstaunt, als wir in sein Büro kamen. Er hatte gemeint, er würde uns nie wiedersehen. Ich mußte ihm zuerst den Mietvertrag zeigen, bevor er die Schlüssel rausrückte. Offensichtlich war er damals wirklich in einer Art Trance, als er ihn unterschrieb.« Er sah, daß Elaine erschrocken darauf reagierte und ließ das Thema lieber fallen. Mit freundlichem Lächeln wandte er sich an den jungen Mann. »Ich nehme an, meine Frau hat Sie zu uns eingeladen?«

»Ist Ihnen das recht, Mr. Randall?«

»Ich heiße Brad – und natürlich ist es mir recht. Hätte sie es nicht getan, hätte ich Sie eingeladen. Aber wir sollten uns jetzt beeilen, sonst stellen sie uns die Möbel noch auf die

Straße. Whalen wird uns übrigens rausbegleiten, um nachzuschauen, ob alles in Ordnung ist.«

Wie aufs Stichwort trat er in diesem Augenblick aus dem Revier und musterte die drei ohne große Sympathie.

»Ich dachte, Sie hätten sich inzwischen auf den Weg gemacht?« Zweifellos bezog sich das auf Jeff.

»Ich bleibe noch ein bißchen«, erwiderte Jeff beherrscht, »bis ich herausgefunden habe, was meinem Bruder zugestoßen ist.«

Whalen schien bestürzt. »So, Sie bleiben also noch im Hotel?« fragte er schließlich.

»Nein, er wohnt bei uns«, mischte sich Elaine mit Nachdruck ein, als ob damit alles gesagt wäre.

»Ja, wirklich?« mokierte sich Whalen. »Nun, ich schätze, das ist Ihre Sache. Wollen Sie mir jetzt folgen?«

»Gern«, sagte Brad. Er machte den Möbelpackern ein Zeichen, die etwas weiter unten gegen ihren Laster gelehnt standen. Sie drückten ihre Zigaretten aus und kletterten in die Fahrerkabine. »Wir halten uns direkt hinter Ihnen«, rief er Whalen zu, der bereits hinter dem Steuer des Streifenwagens saß. Mit der schwarz behandschuhten Hand machte er eine zustimmende Geste und startete den Motor. Sein Gesicht war völlig ausdruckslos, als er langsam an ihnen vorbeifuhr. Brad schloß auf, gefolgt von dem Möbelwagen.

Harney hielt gemächlich die Spitze. Doch obwohl er die Augen starr auf die Straße richtete, schien er nicht allzuviel wahrzunehmen. Seine Bewegungen erfolgten automatisch. Es war, als ob sein Unterbewußtsein den Wagen steuerte...

Jeff Horton würde also nicht verschwinden, sondern in Clark's Harbor weiterhin Unruhe stiften.

Und diese Randalls – wieso waren die zurückgekommen? Vergeblich versuchte er sich an jenen Tag zu erinnern, an dem er angeblich diesen Mietvertrag unterschrieben hatte.

Daß er ihnen das Haus gezeigt hatte, das wußte er noch. Alles andere jedoch war wie ausradiert aus seinem Gedächtnis.

Das bedeutete noch mehr Unruhe.

Harney Whalen mochte keine Unruhe – doch was konnte er dagegen tun?

Wirklich seltsam, daß immer wieder Fremde nach Clark's Harbor kamen, obwohl das nie ein guter Ort für sie gewesen war – und auch nie sein würde.

20

Es war eine seltsame kleine Prozession, die sich durch Clark's Harbor bewegte. Voran der schwarz-weiße Streifenwagen mit dem wie geistesabwesend wirkenden Harney Whalen am Steuer. Dann der Wagen der Randalls, auf dessen Rücksitz Jeff Horton Platz genommen hatte, und schließlich der Möbelwagen als Nachhut. Elaine hatte es nach einigen mühsamen Versuchen aufgegeben, eine Unterhaltung in Gang zu bringen. Jeder der drei hing seinen eigenen Gedanken nach. Sie warf einen Blick durchs Seitenfenster. Gemessen an den Gesichtern der Leute sieht das Ganze wohl wie eine bizarre Leichenprozession aus, dachte sie. Einerseits spiegelten die Mienen der Einheimischen völlige Gleichgültigkeit gegenüber den Neuankömmlingen. Doch gleichzeitig meinte Elaine darin noch etwas anderes zu entdecken – eine heimliche Angst, die Ahnung unheilvoller Geschehnisse, die irgendwie in Verbindung mit den Fremden standen. Ihr Blick streifte Brad, doch der schien völlig auf den Wagen konzentriert. Spürte er nicht, mit welchen Gefühlen sie hier empfangen wurden?

Sie kamen an Glens Galerie vorbei und waren gleich darauf auf der Highway. Nachdem sie den Ort hinter sich gelassen hatten und nordwärts parallel zur Küste fuhren, beschleunigte Whalen das Tempo. Sie näherten sich der zugelassenen Höchstgeschwindigkeit, als der Polizist plötzlich vor sich zwei Kinder auf der Straße sah. Noch einige Sekunden lang drückte er das Gaspedal durch, und der Streifenwagen schoß direkt auf sie zu. Whalen saß wie erstarrt hinter dem Steuer, unfähig einen klaren Gedanken zu fassen. Erst als er sie fast erreicht hatte, riß er endlich den rechten Fuß vom Gas und trat mit aller Kraft auf die Bremse. Gleichzeitig betätigte er die Hupe.

Noch fast bevor der Klang der Hupe sie erreicht hatte, war Missy zur Seite gesprungen und hatte sich im Straßengraben in Sicherheit gebracht. Robby dagegen drehte sich wie benommen um und starrte dem heranrasenden Wagen entgegen, als ob er nichts von ihm zu befürchten hätte.

»Robby!« schrie Missy in größter Panik. Mit kreischenden Reifen, deren Belag sich unter der Gewalt des Bremsversuchs zu lösen begann, kurvte der Polizeiwagen auf ihn zu. Er kam immer stärker ins Schleudern, und erst im allerletzten Augenblick machte Robby einen Schritt zur Seite. Wie ein Matador, überlegt und methodisch – und genau in die richtige Richtung.

Unberührt sah er dem allmählich langsamer werdenden Wagen nach, der jetzt über den Gehweg schlitterte und nach einer Drehung um einhundertachtzig Grad auf der gegenüberliegenden Straßenseite endlich stehenblieb. Harney Whalen sprang heraus und rannte wütend auf Robby zu.

Auch Brad Randall hatte seinen Wagen inzwischen zum Stehen gebracht. Ihm saß noch der Schreck in den Knochen. Fast wäre er in Whalen hineingeknallt. Zu spät erst hatte er auf die aufleuchtenden Bremslichter reagiert und dann mit größtem Entsetzen beobachtet, wie der Wagen auf die Kinder zugerast war.

»Mein Gott«, stöhnte er, »er hätte sie um ein Haar zusammengefahren. Er muß sie doch gesehen haben!«

»Natürlich hat er das«, meinte Elaine schwer atmend. Dann, mit einem seltsamen Unterton in der Stimme: »Das sind doch die Palmers-Kinder! Hoffentlich ist ihnen nichts geschehen!«

Bevor Brad etwas sagen konnte, war sie ausgestiegen und kniete neben dem kleinen Mädchen. Es schluchzte kläglich, und Elaine drückte es an sich.

»Ist ja schon gut, niemand ist verletzt, ist ja alles wieder gut!«

»Das hat er absichtlich gemacht«, schluchzte Missy. »Er hat versucht uns zu überfahren!«

»Aber nein«, versuchte Elaine sie mit sanfter Stimme zu beruhigen, »niemand hat versucht euch zu überfahren, niemand!« Und dann baute sich drohend Harney Whalen neben ihnen auf. Bleich und mit zitternden Händen fuhr er sie an. »Was, zum Teufel, soll das heißen?«

Elaine zog das weinende Mädchen noch enger an sich und starrte wütend zu dem Polizisten hoch.

»Haben Sie denn die Kinder nicht gesehen? Sie waren doch direkt vor ihnen!« Mit einem raschen Blick suchte sie Brad. Sie brauchte jetzt Unterstützung. Sie sah, daß er sich zu dem Jungen hinunterbeugte und ihn offensichtlich untersuchte.

»Ist er in Ordnung?« rief sie.

»Völlig in Ordnung«, rief Brad zurück. »Nicht ein Kratzer. Nur etwas erschrocken.«

»Ich bin nicht erschrocken!« protestierte Robby.

»Du solltest es aber sein«, meinte Brad und fuhr dem kleinen Jungen durchs Haar. »Hat dir niemand verboten, mitten auf der Straße zu gehen?«

»Haben Sie die beiden denn nicht gesehen?« wollte dann auch er von dem Polizisten wissen.

»Alles geschah so rasch«, versuchte Whalen eine müde Entschuldigung. »Sie tauchten ganz plötzlich vor meinem Wagen auf...«

»Sie müssen sie schon lange vorher gesehen haben«, wies ihn Brad zurecht.

Whalen schien sich in die Brust zu werfen. »Ich hab' sie nun mal nicht gleich gesehen!« erwiderte er hart. »Aber immer noch früh genug. Schließlich ist niemand etwas geschehen. So wild ist also die ganze Sache nicht!«

»Ist Ihr Wagen in Ordnung?« fragte Brad.

»Ja, soweit schon«, knurrte Whalen, »nur das Profil auf dieser Seite dürfte total abgerieben sein.« Er wollte sich schon wieder in seinen Wagen setzen, als Brad ihn zurückhielt.

»Finden Sie nicht, wir sollten die Kinder nach Hause bringen?«

Whalens Blick wanderte zwischen den beiden kleinen Gestalten hin und her.

»Nun – wie ist's damit? Wollt ihr im Streifenwagen nach Hause fahren?«

Robby nickte strahlend, aber Missy meinte abweisend: »Nein, wollen wir nicht!«

»Wir können euch ja mitnehmen«, bot Elaine an.

»Ist schon in Ordnung«, meinte Missy, »wir gehen zu Fuß.«

»Wollt ihr das wirklich?« fragte Elaine etwas verwirrt und musterte das kleine Mädchen. Missy machte sich frei von ihr. »Wir dürfen nicht zu Fremden ins Auto steigen«, erklärte sie dann bestimmt.

»Wir sind doch keine Fremden«, wandte Elaine ein. Missy schaute sie nachdenklich an, schüttelte dann aber den Kopf.

»Wir wollen nicht mitfahren«, sagte sie mit etwas kläglicher Stimme, und es hörte sich an, als ob sie gleich wieder in Tränen ausbrechen wollte.

Elaine stand auf, hob die Schultern und meinte dann mit einem kleinen Seufzer: »Nun, wenn ihr es unbedingt so wollt...«

Sie blickte sich wie hilfesuchend nach Brad um. Aber dieser schien sich lediglich über ihr kleines Scharmützel mit Missy zu amüsieren. Whalen, der Missys Entscheidung nur zu gern als endgültig akzeptierte, stieg in seinen Streifenwagen und manövrierte ihn vorsichtig zurück auf die Straße.

Widerwillig folgte Elaine Brad zu ihrem Wagen, in dem Jeff Horton vom Rücksitz aus alles beobachtet hatte. Sie blickte sich noch zweimal um, aber die Kinder machten keinerlei Anstalten, ihr zu folgen. Robbys Aufmerksamkeit wurde von dem Polizeiauto gefesselt, während Missy völlig in sich versunken schien. Elaine hatte das Gefühl, sie würde auf irgend etwas warten... Sie setzte sich neben Brad, und einen Augenblick später machte sich die kleine Prozession erneut auf den Weg.

»Er wollte uns überfahren!« sagte Missy, während die beiden Personenwagen und der Laster sich entfernten.

»Das tat er nicht!« widersprach Robby. Er warf seiner kleinen Schwester einen wütenden Blick zu und wünschte sich wieder einmal, sie hätte keinen so schrecklichen Dickkopf. »Wieso konnten wir nicht mit dem Polizeiauto heimfahren?«

»Ich mag diesen Mann nicht. Er will uns Böses tun.«

»Das ist doch Unsinn, warum sollte er das wollen?«

»Weiß ich nicht«, sagte Missy bockig, »aber er tut's!«

Robby ließ das Thema fallen. »Aber dann hätten wir doch mit den Randalls fahren können.«

»Mami und Papi wollen nicht, daß wir mit Fremden fahren.«

»Das sind doch keine Fremden. Er war doch mein Arzt, und sie ziehen in das Haus am Strand.«

»Aber *ich* kenn' sie nicht!« beharrte Missy, »also sind sie Fremde.« Sie warf ihrem Bruder einen fragenden Blick zu. »Warum bist du mitten auf der Straße stehengeblieben?«

»Bin ich nicht«, widersprach Robby.

»Bist du doch! Ich hab' dich gewarnt, und du bist trotzdem stehengeblieben.«

Robby wirkte plötzlich sehr nachdenklich. »Ich kann mich nicht so recht daran erinnern«, sagte er zögernd. »Alles ging so schnell. Aber dann bin ich doch ausgewichen – stimmt's? Allerdings bin ich nicht wie ein Angsthase in den Straßengraben gesprungen wie andere Leute... Laß uns durch den Wald abkürzen und über den Strand heimgehen«, schlug er plötzlich vor.

»Das möcht' ich nicht«, protestierte Missy, »ich mag den Strand nicht.«

»Nie magst du was«, maulte Robby verächtlich. »Wenn du nicht mit zum Strand magst, kannst du allein über die Straße heimgehen.«

Missy starrte ihn vorwurfsvoll an. »Du kannst mich doch nicht alleinlassen. Mami sagt, wir sollen immer zusammenbleiben!«

»Aber sie hat nicht gesagt, daß wir immer nur das tun sollen, was du willst! Komm schon!« Er überquerte die Straße, aber Missy blieb, wo sie war. Robby drehte sich auf der anderen Straßenseite um und rief hinüber: »Kommst du jetzt oder nicht?«

Missy war unschlüssig. Sie wollte weder durch den Wald, noch hatte sie Lust, am Strand entlang zu gehen. Aus irgendeinem Grund machte ihr das Angst. Ganz im Gegensatz zu Robby. Aber auf keinen Fall wollte sie allein über die Straße heimgehen. Was würde wohl ihre Mutter sagen, wenn sie allein ankommen würde? Vielleicht wurde dann Robby bestraft, vielleicht aber auch sie. Schließlich kam sie zu einem Entschluß: es war immer noch besser, ein bißchen Angst zu ertragen als bestraft zu werden.

»Also gut«, sagte sie und lief über die Straße, um Robby einzuholen, der bereits im Unterholz des Wäldchens zu verschwinden begann.

Harney Whalen fuhr die enge Zufahrt so weit hinein, wie es nur ging, ohne daß er dem Möbelwagen den Platz versperrte. Als die Randalls und der Laster an ihm vorbei waren, stellte er den Motor ab, stieg aber noch nicht gleich aus.

Noch immer waren seine Gedanken bei dem eben Geschehenen. Er wußte genau, daß nicht die Kinder achtlos gewesen waren, sondern allein er.

Aber er hatte wie erstarrt am Steuer gesessen und nicht reagiert.

Um ein Haar hätte er sie beide überfahren.

Und er hatte keine Ahnung, was mit ihm los gewesen war.

Einen Augenblick lang hatte er sich gefühlt wie bei seinen ›Anfällen‹. Die Zeit schien stillzustehen, und irgend etwas schien sich seiner Muskeln zu bemächtigen. In diesen Augenblicken hatte er das Gefühl, sein Körper löse sich von ihm und funktioniere nach seinem eigenen Willen.

Aber in allen Situationen dieser Art war er bisher allein gewesen. Niemand hatte also dabei Schaden nehmen können...

An diesem Nachmittag jedoch wären zwei Kinder fast von

ihm getötet worden. Es schien höchste Zeit, daß er endlich mal mit Dr. Phelps sprach, was er immer wieder vor sich hergeschoben hatte!

Schwerfällig stieg er aus dem Streifenwagen und gesellte sich zu den Randalls, die mit Horton auf ihn warteten.

»Etwas nicht in Ordnung?« fragte Brad Randall.

»Doch, doch. Ich meinte nur ein seltsames Geräusch im Motor zu hören.«

Ohne ein weiteres Wort schlug er den Pfad ein, der aus dem Wäldchen herausführte. Er öffnete die Küchentür, offensichtlich überrascht, sie unverschlossen zu finden. Dann überreichte er Brad den Schlüssel.

»Ich kann Ihnen nur einen Schlüssel geben«, sagte er, »er paßt für beide Türen. Ich habe noch ein Exemplar davon. Falls Sie selbst noch einen wollen, müssen Sie sich bei Blake einen anfertigen lassen.«

»Ich glaube nicht, daß wir das Haus je abschließen werden«, meinte Brad.

»Machen Sie das, wie Sie wollen«, erwiderte Whalen neutral. »Stadtleute meinen immer, daß es hier draußen auf dem Land sicherer sei als bei ihnen. Aber das ist absoluter Unsinn.« Dabei schweiften seine Augen zu Jeff Horton, der sich aber nicht provozieren ließ.

Mit dürren Worten der Entschuldigung über die allgemeine Unordnung führte Whalen seine neuen Mieter durchs Haus. Mit keinem Wort deutete er an, daß er es auf seine Kosten reinigen lassen wollte. »Manchmal denke ich, ich sollte es einfach abreißen«, murmelte er wie für sich selbst.

»Und warum tun Sie's dann nicht?« wollte Brad wissen. Harney blickte ihn erstaunt an, überrascht, daß der andere ihn verstanden hatte.

»Weiß ich auch nicht«, bequemte er sich schließlich zu einer Antwort, »wahrscheinlich finde ich einfach nie die Zeit dafür. Vielleicht will ich es aber auch nicht wirklich. Ab und zu komm' ich ganz gern hier raus, ist doch eine kleine Abwechslung...« Er wollte sich schon zum Gehen wenden, als ihm noch etwas einfiel.

»Ich muß Ihnen noch etwas sagen«, wandte er sich erneut an die Randalls. »Clark's Harbor ist eine Stadt der Inzucht, wenn Sie so wollen. Wir alle hier sind irgendwie miteinander verwandt – und wir haben für Fremde nicht viel übrig. Das heißt nicht, daß wir unfreundliche Menschen sind. Es liegt an etwas anderem – immer wenn Fremde hier auftauchen, scheint der ganze Ort außer Rand und Band zu geraten, wenn Sie verstehen, was ich meine. Erwarten Sie also nicht, daß das hier ein Honigschlecken für Sie wird – ganz bestimmt nicht!«

»Wenn wir keine Probleme machen, werden uns die Probleme hoffentlich auch in Ruhe lassen«, meinte Brad.

»So, meinen Sie?« funkelte Whalen ihn an. »Da würde ich mich an Ihrer Stelle mal umhören, Randall. Was ist beispielsweise mit Horton hier? Er und sein Bruder waren kaum eine Stunde hier, als es schon losging. Bei den Shellings hat es allerdings fünfzehn Jahre gedauert – und dann Ihre Freunde, die Palmers! Vor einer knappen Stunde hätte es auch sie fast erwischt. Aber ich weiß, daß ich Sie durch nichts überzeugen kann.« Er warf einen Blick auf seine Uhr. »Ich muß in die Stadt zurück. Hier kann ich sowieso nichts mehr tun. Das gehört jetzt Ihnen. Miete ist pünktlich an jedem Ersten fällig.«

Er stieg ein und fuhr davon.

»Dieser Bastard!« fluchte Elaine fast flüsternd.

»Spricht man so von seinem Hausherrn?« lächelte Brad. »Ich habe den Eindruck, er spielt gern den Propheten des Unheils.«

Jeff Horton schüttelte den Kopf. »Ich muß Ihrer Frau recht geben«, sagte er. »Er ist ein Bastard!«

Bevor die Diskussion fortgesetzt werden konnte, erschien eine schwer beladene Gestalt in der Küchentür.

»Wollen Sie, daß wir jetzt endlich ausladen – oder sollen wir das Zeug wieder mit nach Seattle nehmen?«

Verborgen im Unterholz, beobachteten Robby und Missy, wie Brad das Haus verließ. Sie waren schon eine ganze Zeitlang da und hatten gesehen, wie Karton um Karton in das alte Haus getragen wurde. Schließlich war der Laster leer, und die Möbelpacker hatten sich einige Zeit später wieder auf den Weg zurück nach Seattle gemacht.

»Ich dachte, er würde hier wohnen«, meinte Missy fast vorwurfsvoll, als Brad mit dem Wagen davonfuhr. »Du hast das doch behauptet!«

»Das hat doch nichts zu bedeuten«, meinte Robby. »Wahrscheinlich fährt er nur in die Stadt. Warum gehen wir nicht rein und schauen, was Mrs. Randall macht?«

»Ich möchte nicht«, quengelte Missy, »ich mag dieses Haus nicht!«

»Das sagst du immer«, fuhr Robby sie an, »was ist denn mit ihm?«

»Weiß ich nicht. Böse Sachen geschehen da. Wie an dem ganzen Strand hier. Ich möchte nach Hause! Komm mit.«

»Ich will nicht. Ich mag den Strand.«

»Es ist schon spät«, änderte Missy ihre Taktik. »Mami wird uns ausschimpfen.«

»Glaub' ich nicht«, erwiderte Robby. Allerdings war er sich keineswegs sicher. Ihre Mutter hatte sich in letzter Zeit recht merkwürdig verhalten, ohne daß er einen Grund dafür hätte sagen können. Er wußte nur, seit wann: seit diese alte Frau sich aufgehängt hatte... Vielleicht war es doch besser, der kleinen Schwester nachzugeben.

»Also gut«, sagte er, »komm.«

Er wollte Richtung Strand gehen, aber Missy hielt ihn zurück.

»Laß uns noch ein Stückchen durch den Wald gehen«, bat sie.

»Warum?«

»Hier am Strand ist doch dieser Mann gelegen«, sagte sie.

»Woher weißt du das?«

»Ich weiß es eben, das ist alles!«

»Du kannst das nicht wissen«, wies Robby sie zornig zurecht.

»Doch, das kann ich!« beharrte Missy und entfernte sich

von dem Bruder. »Du kannst ruhig diesen Weg gehen, wenn du willst. Aber ich geh' durch den Wald.«

Robby empfand seine kleine Schwester in diesem Augenblick als echte Nervensäge, trotzdem folgte er ihr. Sollten die Ermahnungen ihrer Mutter doch etwas genützt haben? Gleich darauf schob sich ihre kleine Hand in die seine.

»Was hast du denn?« fragte Robby recht ungnädig.

»Ich habe Angst. Laß uns rennen.« Sie zerrte an seinem Arm, und die beiden setzten sich in Trab. Als sie in unmittelbarer Nähe der Hütte waren, wurde Missy plötzlich langsamer.

»Jetzt ist alles wieder in Ordnung, ich habe keine Angst mehr.«

»Wir sind ja auch gleich daheim«, meinte Robby, und tatsächlich sahen sie zwischen den Bäumen jetzt ihr Zuhause. Wenige Meter davor preßte Missy noch einmal die Hand des Bruders.

»Wir wollen nie mehr an den Strand gehen – bitte?« flehte sie. Robby warf ihr einen überraschten Blick zu, sagte aber nichts.

Brad hielt vor der Galerie und vergewisserte sich, daß auch nicht ein Millimeter seines Wagens über den Gehweg ragte. Whalen sollte ihm nicht noch einmal zehn Dollar abnehmen können. Er öffnete die Tür zur Galerie und trat ein.

»Glen? Sind Sie da?«

»Hier, im Hinterzimmer«, kam die Antwort.

Als er den Vorraum durchschritt, sah er erstaunt die Fortschritte, die die Einrichtung inzwischen gemacht hatte. Sein Erstaunen wuchs, als er sah, daß Glen nicht allein war.

»Haben Sie endlich etwas Hilfe bekommen?« fragte er.

Glen richtete sich von dem Tisch auf, wo er an einer Skizze gearbeitet hatte.

»Kennen Sie schon Chip Connor?« stellte er den andern vor.

Whalens Stellvertreter legte die Säge zur Seite und streckte Brad die Hand hin. »Freut mich, Sie kennenzulernen«, sagte er mit freundlichem Lächeln, »Sie müssen Dr. Randall sein.«

»Brad«, wurde er korrigiert. »Seit wann tragen Polizisten im Dienst Sägen?«

»Mein Dienst ist seit einer Stunde vorüber«, lächelte Chip. »Trotzdem würden vielleicht einige im Ort mir das hier als Dienstvergehen auslegen.«

Brad wandte sich noch immer recht verwirrt an Glen. »Ich verstehe das nicht«, meinte er. »Heute morgen klang es, als ob hier alles drunter und drüber ginge. Und jetzt werkeln Sie hier glücklich und zufrieden mit dem stellvertretenden Sheriff.« Sein Blick schweifte zu Chip. »Das sind Sie doch – oder?«

»Das und dazu auch noch sein Verwandter«, erwiderte Chip amüsiert. Als Brad den Ton nicht aufnahm, fragte er zuvorkommend: »Sie scheinen mit Glen allein sein zu wollen.«

»Das hängt von Glen ab«, meinte Brad.

»Von mir aus geht das in Ordnung«, lächelte Glen. »Chip weiß, wie es um mich steht. Um ehrlich zu sein – er hat mir in mehr als einer Weise geholfen.«

Brad ließ den Blick noch einmal durch die fast fertige Galerie schweifen. »Sieht ganz so aus, als ob es wirklich vorangeht«, meinte er dann. »Warum sagen Sie mir nicht endlich, was sich sonst so getan hat?«

Glen öffnete drei Dosen Bier, und sie machten es sich bequem. Brad hörte aufmerksam zu, als ihm Glen und Chip abwechselnd erzählten, was sich in den vergangenen Tagen zugetragen hatte. Vor allem erregten sie sich über Harney Whalens Unterstellungen, daß Glen nicht nur mit dem Tod von Max Horton, sondern vielleicht sogar mit dem von Miriam Shelling etwas zu tun haben könnte. Als sie fertig waren, schüttelte Brad ungläubig den Kopf.

»Ich verstehe diesen Mann einfach nicht«, meinte er nachdenklich. »Zuerst dachte ich, daß er lediglich auf Fremde nicht gut zu sprechen ist. Aber langsam sieht es so aus, als ob mehr dahintersteckt. Etwas sehr viel Komplizierteres...«

»Etwas Komplizierteres?« fragte Chip. »Was wollen Sie damit andeuten?«

Brad gab keine Antwort; es schien, als habe er Chips Frage gar nicht gehört. Statt dessen stellte er Glen eine in diesem Zusammenhang offensichtlich unpassende Frage.

»Wie steht es eigentlich um Robby?«

»Robby? Was hat er mit all dem zu tun?«

»Weiß ich auch noch nicht«, meinte Brad und versuchte es so beiläufig wie möglich klingen zu lassen. »Aber wir haben erlebt, daß hier draußen eine Art Verwandlung mit ihm vorgegangen ist – und jetzt bemerken wir seltsame Veränderungen an anderen Leuten...«

Glens Augen verengten sich, als er die damit angedeuteten Zusammenhänge begriff. »Wollen Sie etwa behaupten, daß Robby irgendwas mit diesen Dingen zu tun hat?«

»Ich behaupte gar nichts«, erwiderte Brad, »aber häufig stößt man auf Zusammenhänge, wo man sie nicht erwartet hat. Ich sollte mir Robby besser mal genauer anschauen.«

21

Chip Connor saß an diesem Abend an der Bar der ›Harbor Inn‹ und nippte genüßlich an seinem Bier, während er Ordnung in seine Gedanken zu bringen versuchte. Doch er wurde eher noch verwirrter, zu vieles wollte einfach nicht zusammenpassen. Mit einem letzten, großen Schluck leerte er das Glas, knallte es auf den Tresen und bestellte ein neues. In diesem Augenblick trat Merle Glind an ihn heran.

»Wie wär's mit ein bißchen Gesellschaft?« fragte er und rieb sich, wie es seine Art war, die Hände. Chip warf dem kleinen Mann ein Lächeln zu.

»Warum nicht? Darf ich Sie zu einem Bier einladen?«

Glind kletterte auf den Hocker neben Chip. Sorgfältig würzte er das frisch gezapfte Bier mit einer Prise Salz, kostete davon und nickte dann zufrieden.

»Nichts versüßt den Feierabend mehr als ein gut gesalzenes Bier«, grinste er. Plötzlich ernst werdend, musterte er Chip. »Wollen Sie mir nicht sagen, was Sie auf dem Herzen haben?«

»Was soll ich auf dem Herzen haben«, wich Chip aus. Aber der Wirt ließ nicht locker. »Ihr Gesicht spricht Bände – ich kenne Sie doch, Chip. Also, warum sprechen Sie nicht darüber?«

»Da gibt's nicht viel zu sagen«, erwiderte Chip sichtlich nervös. »Irgendwie ist alles ein großes Durcheinander. Vor allem mache ich mir Sorgen um Harn...«

»Harn? Harn Whalen?« Merle Glinds Stimme verriet sein ungläubiges Staunen. Noch nie hatte sich jemand um den Polizeichef des Orts Sorgen gemacht.

»Genau das habe ich gesagt«, reagierte Chip etwas ungnädig, aber Glind schien es zu überhören.

»Aber das kann ich mir einfach nicht vorstellen«, kicherte er, »es ist doch alles mit ihm in Ordnung – oder etwa nicht?«

Chip machte eine abwehrende Bewegung mit den Schultern. »Es ist auch nichts Bestimmtes«, meinte er dann nachdenklich, »nur eine Reihe seltsamer Details...«

»Was für Details denn?« wollte der kleine Wirt mit neugierig glitzernden Augen wissen. Chip entschied sich plötzlich, den andern doch lieber nicht ins Vertrauen zu ziehen.

»Nichts, woran man sich festhalten könnte«, sagte er abweisend, trank sein Bier aus und erhob sich. »Ich mach' noch einen kleinen Spaziergang. Wahrscheinlich spielen mir nur meine Nerven einen Streich.«

»Es wird gleich wieder regnen«, versuchte Glind ihn von seinem Vorhaben abzubringen. Er haßte es, wenn man Geheimnisse vor ihm hatte.

»Hier draußen beginnt es doch dauernd zu regnen«, erwiderte Chip, »wenn es nicht ausnahmsweise gerade einmal zu regnen aufhört. Also, dann bis später!« Er warf ein paar Dollarscheine auf den Tresen und mußte unwillkürlich grinsen, als der kleine Mann sie mit unglaublicher Geschwindigkeit ergriff. Wie zum Trost verabschiedete er sich von ihm mit einem freundschaftlichen Klaps auf die Schulter.

Und tatsächlich – es regnete bereits wieder. Ein leichter Nieselregen, der die Luft reinigte und für den man keinen Regenschirm brauchte. Er kühlte Chips Gesicht und machte ihn ruhiger. Fast wie Gischt, doch sanfter, milder, fast wie eine Liebkosung. Er schlug die Richtung zum Kai ein, wollte die Verankerung der Boote überprüfen. Dann sah er, daß er nicht allein auf dem Kai war. Vor ihm tanzte ein schmaler Lichtschein durch die Dunkelheit.

»Hallo!« rief Chip, und der Lichtschein schwenkte herum, um ihn zu erfassen. Instinktiv deckte er die Augen ab.

»Chip? Bist du das?« Er erkannte die heisere Stimme sofort.

»Großvater?«

»Auf jeden Fall nicht der Klabautermann, wenn du das meinst!«

Chip ging mit raschen Schritten auf ihn zu. »Was tust du denn hier draußen bei diesem Wetter, du holst dir noch eine Lungenentzündung!«

»Wenn ich so anfällig wäre, hätte ich die schon vor Jahrzehnten bekommen müssen«, brummte Mac Riley. »Ich überprüf' nur mal die Boote.«

Chip grinste ihn an. »Genau das hatte ich auch vor.«

»Die Mühe kannst du dir sparen. Alles niet- und nagelfest.«

Sein Blick wurde plötzlich mißtrauisch. »Wie kommt's, daß du plötzlich hier nachsehen willst? Das hast du doch noch nie getan.«

»Ich war im Wirtshaus und dachte, ein kleiner Spaziergang würde mir guttun...«

Riley unterbrach ihn. »Hast du einen besonderen Grund, hierher zu kommen?«

»Ich weiß nicht.«

»Natürlich weißt du es«, brauste der Alte auf. »Du fährst mich jetzt nach Hause, und dann unterhalten wir uns mal darüber. Ich hab' noch einen Scotch da, der für ein solches Gespräch genau das Richtige ist.«

»Warum bist du so scharf auf ein Gespräch?« wollte Chip wissen.

»Nur so – außerdem sehe ich in letzter Zeit verdammt wenig von dir. Aber so sind die Enkel eben. Kommen nur, wenn sie Probleme haben Ich sitz' dafür tagelang rum und muß mich mit diesen Einfaltspinseln Tad und Clem unterhalten, die mich für senil halten...«

»Du und senil?« Chip lachte laut heraus. »Der Tag, an dem du senil wirst, wird auch dein Todestag sein!«

»Herzlichen Dank«, knurrte der Alte. »Willst du die Nacht hier im Regen verbringen, oder können wir endlich gehen?« Seite an Seite gingen sie zum Gasthof zurück, wo Chip den Streifenwagen geparkt hatte. Gleich darauf hielten sie vor Mac Rileys Haus. »Du solltest das Haus verkaufen, damit du dir selbst einen Wagen leisten kannst«, meinte Chip mit einem Lächeln, als sie die Halle des verhältnismäßig großen viktorianischen Baus betraten. Der alte Mann hatte ihn vor mehr als sechzig Jahren für seine Braut errichtet.

»Dafür bin ich jetzt zu alt«, meinte Riley bekümmert. »Sie geben mir keinen Führerschein mehr, und außerdem könnte ich nirgendwo sonst wohnen. Weißt du, ich fühle mich hier nie einsam. Deine Großmutter lebt noch immer in diesem Haus.« Als Chip ihn etwas zweifelnd anschaute, wurde der Alte ungehalten.

»Ich spreche nicht von Geistern!« knurrte er, »sondern von Erinnerungen. Wenn du in mein Alter kommst, wirst du begreifen, wovon ich rede. Jedes Zimmer hier ist für mich voller Erinnerungen. An deine Großmutter, deine Mutter, ja sogar an dich...«

Sie begaben sich ins Wohnzimmer neben der Halle. Chip warf einen langen Blick auf das Porträt seiner Großmutter über dem Kamin.

»Sie sieht Harney Whalen recht ähnlich«, kommentierte er.

»Warum auch nicht?« erwiderte der Alte, »sie war schließlich seine Tante.«

»Weiß ich doch. Aber aus irgendeinem Grund vergesse ich das immer wieder. Ich halte Harn immer nur für einen alten Bekannten der Familie, nie für einen Blutsverwandten.«

»Das macht in dieser Gegend sowieso keinen großen Unterschied«, meinte der Alte. Er stellte den Scotch auf den Tisch und goß zwei große Gläser ein – pur. Eines davon reichte er Chip.

»Macht er dir Probleme – Harn Whalen?«

Chip nickte und nahm einen kleinen Schluck von seinem Scotch. Angenehm prickelnd lief er ihm durch die Kehle. »Ich mach' mir Sorgen über ihn«, erklärte er zögernd und schwieg dann nachdenklich. »Da sind eine Reihe seltsamer kleiner Dinge... Vor allem aber wird sein Verhalten Fremden gegenüber immer unerklärlicher.«

»Keiner hier mag Fremde so gern«, wies Riley ihn zurecht, »das hat lange Tradition.«

»Aber dafür gibt es doch gar keine Gründe«, wehrte sich Chip.

»Das mag dir heute so erscheinen«, erwiderte der Alte, »doch ich sage dir, es gibt bestimmt Gründe dafür – weit in der Vergangenheit. Und jetzt sag mir, was mit Harney los ist!«

»Er hat es auf Glen Palmer abgesehen.«

»Palmer? Ich wußte gar nicht, daß du ihn persönlich kennst.«

»Das tat ich auch nicht bis vor einigen Tagen«, antwortete Chip, »bis zum Tag nach dem Trauergottesdienst für Miriam und Pete Shelling.«

Riley nickte kurz. »Ich war auch dort, zusammen mit Tad und Clem. Ich hab' die Palmers dort gesehen.«

»Und deshalb hat mich Harney zu ihnen rausgeschickt. Er wollte wissen, warum sie den Gottesdienst besuchten.«

»Das scheint mir doch eine gewisse Berechtigung zu haben«, meinte der alte Mann, »und hast du herausgefunden, warum?«

»Sicher, war sowieso nichts Geheimnisvolles. Glen allerdings war der Ansicht, daß es uns nichts anginge.«

»In einer Kleinstadt wie dieser geht alle alles an«, grinste Riley.

»Wie dem auch sei«, fuhr Chip fort, »Glen sagte mir, daß seine Frau unbedingt den Gottesdienst besuchen wollte, das war alles. Ich habe es Harney gesagt, aber dieser hat sich damit nicht zufrieden gegeben. Im Gegenteil – er hat versucht, Glens Arbeiten zu vernichten.«

»Was soll das heißen?«

Chip erzählte seinem Großvater, was er beobachtet hatte. »Ich fühlte mich beschissen dabei«, erklärte er. »Deshalb hab' ich auch Clen geholfen, den Schaden zu beheben – er ist ein wirklich netter Bursche. Inzwischen haben wir schon einige Zeit zusammen verbracht. Das ist wirklich komisch – er kann alles malen und zeichnen, aber kaum hat er eine Säge in der Hand, ist er verloren.« Chip lächelte seinen Großvater an. »Wart, bis du die Galerie gesehen hast. Seine Einfälle und meine Handarbeit, das ist wirklich sehenswert!

»Wirst du dafür bezahlt?«

Chip wand sich ein wenig. »Nicht mit Geld, Glen hat im Augenblick sowieso keins. Aber trotzdem hab' ich etwas davon. Ich lerne viele Dinge kennen, von denen ich keine Ahnung hatte. Nichts Weltbewegendes, natürlich. Immerhin ist es das erste Mal, daß ich jemand näher kennenlerne, der nicht von hier ist. Und je besser ich Glen kennenlerne, desto weniger verstehe ich Harneys Verhalten. Würde auch er ihn etwas genauer kennen, würde sich das bestimmt ändern.«

»Wetten würde ich darauf nicht«, meinte der Alte.

»Ich kann ja verstehen, daß er Fremden gegenüber mißtrauisch ist. Aber inzwischen übertreibt er es! Er hat keinen Finger gerührt, um herauszufinden, was diesem Horton zugestoßen ist – außer daß er durchblicken ließ, Glen habe etwas damit zu tun. Der Himmel weiß, was ihn dazu bringt. Das regt mich wirklich auf! Immer wieder sage ich mir, daß ich ihn zu negativ sehe, aber ich hätte große Lust, ihm meinen Job vor die Füße zu schmeißen!«

Riley musterte seinen Enkel überrascht. Schließlich schien er zu einem Entschluß gekommen zu sein.

»Vielleicht sollte ich dir mal ein paar Dinge über Harney erzählen«, setzte er an. »Das Leben war ihm nicht immer wohlgesonnen, und viele seiner Probleme hatte er nun mal Fremden zu verdanken. Es ist alles schon sehr lange her, aber Dinge, wie sie Harney als Junge geschehen sind, vergißt man auch als Mann nicht. Und manchmal sind die alten Erinnerungen sehr viel stärker als alle neuen Erfahrungen, wenn du verstehst, was ich meine.« Er lehnte sich vertraulich vor. »Sag's bitte niemand, aber oft erinnere ich mich besser an Ereignisse von vor sechzig Jahren als an das, was gestern war.«

Er schob sein Glas zu Chip rüber und bat ihn, nachzugießen. Während der junge Mann seiner Bitte nachkam, schweifte sein Blick nachdenklich durch den Raum und schien sich dann irgendwo jenseits dieser Regennacht und jenseits von Raum und Zeit festzusaugen. Als Chip ihm das Glas reichte, sah er, daß seine Augen fast geschlossen waren. Doch dann fuhr er fort.

»Als Junge lebte Harney bei seinen Großeltern. Seine Mutter – die Schwester deiner Großmutter – starb bei seiner Geburt, und sein Vater verschwand kurz darauf. Er kam später wohl wieder zurück, doch er hatte sich völlig verändert. So kam es, daß Harneys Großeltern sich praktisch um beide kümmern mußten. Harns Großvater besaß eine Menge Land hier in der Gegend, das meiste davon Wald. Er hat nicht viel damit anzufangen gewußt, bis dann einige der Holzbosse aus Seattle hier auftauchten und es ihm abkaufen wollten. Der alte Whalen wollte aber nicht verkaufen, und so versuchten sie, zumindest die Nutzungsrechte von ihm zu pachten. Aber auch das wollte er nicht, und damit hätte die Sache eigentlich beendet sein können. Aber dann geschah etwas.«

Der alte Mann schwieg plötzlich und schloß die Augen einige Sekunden lang. Chip dachte schon, sein Großvater wäre eingeschlafen, als er unvermittelt weiterredete.

»Ich bin mir nicht sicher, ob man diese so lange zurückliegende Geschichte wieder aufwärmen soll, aber vielleicht hilft sie dir, Harns Gefühle Fremden gegenüber besser zu verstehen«, meinte der Alte nachdenklich.

»Erzähl schon!« drängte ihn Chip.

»Also gut – es war in einer Nacht wie dieser«, begann Riley erneut. »Ein Sturm braute sich zusammen, aber als der kleine Harney – er war damals erst sieben oder acht Jahre alt – ins Bett ging, tobte er noch weit draußen auf dem Meer. Erst mitten in der Nacht erreichte er die Küste. Niemand hat je erfahren, was in dieser Nacht wirklich geschah. Erst am nächsten Morgen wurde das Schreckliche entdeckt. Als Harney erwachte, war das Haus leer. Keine Spur von seinem Vater oder den Großeltern...«

Der Alte schloß wieder die Augen, als ob er sich damit die Szene besser vergegenwärtigen könnte. Dann fuhr er fort.

»Der Junge machte sich auf die Suche; dabei kam er auch an den Strand – die Sod Beach, ungefähr in der Mitte zwischen der Hütte dieser Palmers und dem alten Baron-Haus... Natürlich standen beide damals noch nicht. Und dort fand er die Großeltern, eingegraben bis zum Hals und ertrunken. Genau wie in den alten Indianer-Geschichten, aber diesmal war es Wirklichkeit, schreckliche Wirklichkeit. Ich habe sie kurz darauf mit eigenen Augen gesehen, genau wie die ganze Stadt. Erst danach haben sie sie ausgegraben. Schrecklich! Ihre Augen waren aus den Höhlen getreten, die Gesichter fast schwarz. Sie müssen furchtbar gelitten haben, bevor sie jämmerlich erstickt sind...«

»Mein Gott«, sagte Chip leise, »hat man je herausgefunden, wer es getan hat?«

»Nie«, sagte Riley und man konnte hören, wie sehr ihn das so lange Zurückliegende noch immer bewegte. »Jeder hatte irgendeinen Verdacht, wie üblich, aber nichts ließ sich beweisen. Und dann geschah noch etwas, das alles noch verworrener machte.«

»Noch ein Verbrechen?« staunte Chip.

»Ungefähr eine Woche nach der Beerdigung gab Harneys Vater nach und unterzeichnete einen Vertrag mit den Holzleuten. Der alte Whalen hatte sich vergeblich gesträubt...

Und dann verpachtete sein Erbe noch den Strand an diesen Baron, der das Haus darauf baute, das heute Harney gehört.«

»Wie kam Harney dran?«

»Indem er abwartete und älter wurde«, lächelte Riley. »Der Pachtvertrag war auf zehn oder fünfzehn Jahre abgeschlossen. Als die Zeit abgelaufen war, war auch Harneys Vater schon tot, und er hatte das Land geerbt. Er weigerte sich, den Pachtvertrag zu verlängern. Baron war darüber natürlich außer sich, behauptete, es gäbe eine Absprache, eine Art Option. Aber Harney nahm sich einen Anwalt aus Olympia, und Baron hatte keine Chance. Er versuchte danach noch eine Weile, sich mit Fischfang über Wasser zu halten, doch ohne Erfolg. Und eines Tages ertrank er. Selbstmord. Niemand hier hat ihm eine Träne nachgeweint. Alle waren der Ansicht, er habe bei der Ermordung der beiden alten Whalens die Finger mit im Spiel gehabt.«

Der Alte lachte in sich hinein. »Seltsam – ich spreche immer vom alten Whalen, dabei war er bei seinem Tod zwanzig Jahre jünger als ich heute...«

Er schwieg minutenlang, dann wandte er sich noch immer lächelnd wieder an seinen Enkel. »Als ich gestern Tad und Clem die alte Geschichte erzählte, ist mir einfach der Name dieses Barons nicht mehr eingefallen, dabei kenne ich ihn so gut wie meinen eigenen. Sei's drum! Auf jeden Fall erlitt nicht lange darauf Barons Frau dasselbe Schicksal wie Miriam Shelling. Auch sie erhängte sich im Strandwald. Vielleicht war es sogar derselbe Baum...«

Chip starrte seinen Großvater an. »Sie erhängte sich? Und ihr Mann ist ertrunken?«

»Genau – wie bei Pete und Miriam. Seltsam, wie sich die Dinge gleichen. Ich glaube, der Bursche, der die Meinung vertrat, daß sich alles im Leben wiederhole, hatte gar nicht so unrecht.«

»Seltsam, daß Harney mir nie davon erzählt hat«, sinnierte Chip.

Riley machte eine unwillige Geste. »Warum sollte er auch? Was den Barons geschah, liegt fünfunddreißig, vierzig Jahre zurück, lange bevor du geboren wurdest. Auf jeden Fall liegt hier die Ursache für Harneys Haß auf Fremde. Sie haben seine Großeltern ermordet, auch wenn das niemals bewiesen wurde.«

Chip trank gedankenverloren den restlichen Whisky, während sein Blick wieder hinaufwanderte zum Porträt der Großmutter. Das dunkle, verschlossene Gesicht strahlte stoische Gelassenheit aus. Man sah, daß das Leben dieser Frau hart zugesetzt hatte, doch sie hatte es gemeistert. Die Ähnlichkeit zwischen ihr und Harney, ihrem Neffen, beruhte auch weniger auf physischer als auf innerer Übereinstimmung. Beide schienen durch nichts von ihren Überzeugungen abzubringen zu sein.

Chip begann Harney jetzt besser zu verstehen. Aber das verstärkte eher noch seine Besorgnis.

Missy lag schlafend im Bett, die kleinen Hände zu zitternden Fäusten geballt und das Gesichtchen vor Angst verzerrt. Der Regen hämmerte aufs Dach, und Missy wurde zusehends unruhiger. Das Geräusch eines knackenden Astes ließ sie aufschrecken. Mit angstgeweiteten Augen starrte sie in die Dunkelheit, noch immer in den Fängen ihres Alptraums.

»Robby?« flüsterte sie nach oben.

Doch über ihr rührte sich nichts.

Das kleine Mädchen versuchte seine innere Unruhe zu meistern, aber das Herz schlug ihm bis zum Hals. Und wieder knackte draußen ein Ast.

Ihr Blick zuckte zum Fenster, und die Angst drohte sie zu ersticken.

Stand da nicht jemand vor dem Fenster und beobachtete sie? Wieder holte der Alptraum sie ein. Sie wurde gejagt – und es war ein Wesen wie das am Fenster... Robby war bei ihr, und sie waren am Strand. Zusammen rannten sie ins Wäldchen, um sich zu verbergen. Aber es folgte ihnen, kam näher und näher. Und ihre Füße wurden immer schwerer, versagten schließlich den Dienst...

Sie fiel zu Boden, und der Verfolger stand groß und drohend über ihr, griff nach ihr.

Sie schrie.

Dann spürte sie den Arm der Mutter um sich und begann laut zu schluchzen.

»Ist ja schon gut, ist ja schon gut«, versuchte Rebecca sie zu trösten. »Es war doch nur ein Traum, nichts als ein böser Traum.«

»Aber da draußen war jemand«, schluchzte Missy. »Er hat uns zu fangen versucht. Robby und ich sind davongelaufen, aber er war immer dicht hinter uns. Und dann bin ich hingefallen...« Wieder schluchzte sie herzzerreißend, und Rebecca strich ihr tröstend übers Haar.

Robby, der natürlich inzwischen aufgewacht war, beugte sich mit verschlafenem Gesicht aus dem oberen Bett.

»Was ist denn los?« wollte er wissen.

»Nichts«, versicherte Rebecca, »Missy hat einen Alptraum gehabt, das ist alles. Schlaf weiter!«

Dann erschien Glen in der Tür.

»Hat sie sich wieder beruhigt?« fragte er besorgt.

»Ja, ist schon wieder gut«, lächelte sie zu ihm hoch. »Nichts als ein Alptraum.«

Missys verweintes Gesichtchen drehte sich dem Vater zu. »Es war kein Traum!« protestierte sie, »es war wirklich da! Dort ist er gestanden, ich hab' ihn am Fenster gesehen!«

»Wen hast du gesehen, Liebling?« fragte Glen.

»Einen Mann!« antwortete Missy, »aber ich hab' sein Gesicht nicht erkannt.«

»Du hast geträumt«, widersprach Rebecca, »da draußen ist niemand.«

»Doch, da ist jemand!« beharrte Missy.

»Ich werde nachsehen«, sagte Glen.

Er warf seinen Regenmantel über den Pyjama und öffnete die Hüttentür. Mit dem Strahl seiner Taschenlampe leuchtete er die Bäume rundum ab. Niemand zu sehen.

Als er gerade wieder die Tür schließen wollte, versuchte Scooter aufgeregt bellend zwischen seinen Beinen hindurch in die Nacht hinauszurasen. Das kleine Schwänzchen zuckte aufgeregt hin und her. Ganz offensichtlich witterte der kleine Hund etwas. Glen packte ihn im letzten Augenblick beim Nackenfell und hob ihn hoch.

»Ist ja gut, mein Kleiner«, beruhigte er ihn und kraulte ihm den Bauch. »Heute jagen wir keine Ratten mehr.«

Scooter gab wirklich Ruhe, aber Missy brauchte lange, bis sie wieder eingeschlafen war.

Und während der Wind immer unheimlicher zu heulen begann, sprang nur wenige Kilometer entfernt die Tür zu Glen Palmers Galerie auf. Der Horror begann.

22

Schon früh am nächsten Morgen zog Glen Palmer die Windjacke über, öffnete die Hüttentür und ließ Scooter hinaus. Der kleine Hund preschte um die Ecke und war verschwunden. Als Glen ihm rasch nachging, sah er ihn unterm Fenster der Kinder herumschnüffeln. Er ging in die Hocke und bemerkte eine leichte Vertiefung, die aber durch den noch immer fallenden Nieselregen schon recht verwischt war. Es konnte ein Fußabdruck sein, mußte aber nicht.

Glen sah sich nach anderen Spuren um, aber der mit Fichtennadeln übersäte und völlig aufgeweichte Boden ließ kein sicheres Urteil zu.

»Schwer zu sagen, ob hier wirklich jemand herumgeschlichen ist«, unterhielt er sich mit dem kleinen Hund. Doch der hatte inzwischen jedes Interesse an seiner aufregenden Entdeckung verloren und trottete auf die Bäume zu. Immer wieder blieb er stehen und schaute zurück, um Glen nicht aus den Augen zu verlieren. Dann hob er an einem ihm passend erscheinenden Busch das Bein und lief laut kläffend zur Hütte zurück. Offensichtlich war es ihm draußen doch zu feucht.

Rebecca schaute ihnen vom Herd her neugierig entgegen; sie war gerade dabei, Spiegeleier zu braten.

»Irgendwas gefunden?«

»Wieso meinst du, daß ich etwas gesucht habe?«

»Das hast du! Und – war etwas?«

»Nur wenn man über jede Menge Einbildungskraft verfügt. Vor dem Fenster der Kinder ist ein leichter Abdruck. Es könnte vielleicht der Abdruck eines Schuhs sein. Aber beschwören möchte ich das auf keinen Fall...«

Rebecca legte den Spachtel zur Seite und begann den Tisch zu decken. »Meinst du nicht, daß die Kinder langsam los sollten?«

»Laß sie noch ein paar Minuten schlafen. Ich nehme sie im Wagen mit und setze sie an der Schule ab.«

»Warum willst du heute morgen schon so früh rein?«

»Ach, nichts Besonderes, aber vielleicht taucht Chip auf...«

»Ich mag ihn.«

»Ich auch«, grinste Glen. »Vor allem mag ich seine Art zu arbeiten. Bis Ende der Woche können wir die Galerie eröffnen. Ich will ihm dieses Bild schenken.«

»Welches Bild?«

»Das von dem alten Haus, in dem die Randalls jetzt wohnen. Er scheint es zu mögen. Ich glaube, er hat es sich verdient.«

Sie schwiegen, doch irgend etwas stand noch im Raum. »Du hast etwas auf dem Herzen«, sagte Glen, und Rebecca nickte.

»Ich habe das Gefühl, als ob heute nacht irgend etwas geschehen ist – oder daß uns etwas bevorsteht.«

Glen lachte. »Vielleicht solltest du auch Dr. Randall konsultieren und nicht nur Robby.«

»Robby?« fragte Rebecca verständnislos. »Was ist mit Robby?«

»Nichts Besonderes«, erwiderte Glen und ärgerte sich, das Thema überhaupt angeschnitten zu haben. »Er hat mich nur gefragt, ob er sich Robby nicht mal genauer ansehen könnte.

Wahrscheinlich will er herausfinden, was ihn so verändert hat. Aber wenn du mich fragst, ist das reine Zeitverschwendung.« Dann wurde er ernster. »Aber was ist mit dir? Woher dieses seltsame Gefühl?«

»Oh, wahrscheinlich hat es nicht viel zu bedeuten«, versuchte Rebecca abzuwiegeln, »wahrscheinlich nur wieder meine Nerven...« Sie verfiel in nachdenkliches Schweigen. »Wann hat Missy das letzte Mal einen solchen Alptraum gehabt?«

Glen dachte angestrengt nach. Dann begriff er plötzlich, worauf seine Frau abzielte. »Noch nie, soweit ich weiß. Aber das hat nichts zu bedeuten.«

»Außer daß sie behauptet, daß jemand letzte Nacht da draußen war – und du hast einen Fußabdruck gefunden.«

»Ich hab' was gesehen, was einem Fußabdruck ähnlich sieht«, korrigierte Glen sie. »Mach bitte aus einer Mücke keinen Elefanten. Ein solcher Alptraum beweist doch überhaupt nichts!«

»Immerhin war sie sich aber sicher, daß jemand vor dem Fenster stand...«

»Kinder haben nun mal eine lebhafte Einbildungskraft, das weißt du so gut wie ich.«

Rebecca mußte widerwillig nachgeben. »Das läßt sich kaum abstreiten.« Dann zwang sie sich zu einem Lächeln. »Ich seh' wahrscheinlich Gespenster – willst du nicht die Kinder jetzt wecken?«

Glen ließ die beiden vor der kleinen Schule von Clark's Harbor aussteigen und fuhr weiter zur Galerie. Sobald er die Tür öffnete, spürte er, daß etwas nicht stimmte.

Die Schaukästen, die erst am Tag zuvor fertig geworden waren, lagen in einem wüsten Durcheinander von Holzteilen und Glassplittern zertrümmert am Boden. Die von Chip vor wenigen Tagen fest in den Wänden verdübelten Regale waren herausgerissen und zu Kleinholz zerschlagen.

Im hinteren Raum sah es noch schlimmer aus. Rebeccas Töpferarbeiten waren offensichtlich gegen die Wände geschleudert worden und lagen als Scherben fast eine Handbreit hoch davor auf dem Boden. Und seine Bilder...

Sie hingen wohl noch in den Rahmen, jemand mußte sie mit dem Messer zerfetzt haben. Das einzige, was noch zu erkennen war, waren die Rahmen.

Glens Schock verwandelte sich rasch in Wut und Empörung. Wild entschlossen verließ er die Galerie – jetzt brauchte er sie nicht mehr hinter sich zuzusperren – und schritt mit energischen Bewegungen und starrem Blick geradeaus durch den Ort. Einige der Einheimischen traten verwundert zur Seite.

Kurz darauf stapfte er durch die Tür des Reviers. Chip Connor blickte ihm erstaunt entgegen. Der Gruß erstarb ihm auf den Lippen. Rasch stand er auf.

»Die Galerie...«, stieß Glen hervor. Am ganzen Körper zitternd stand er vor dem Hilfssheriff. Nur mit größter Mühe gelang es ihm, nicht einfach herauszubrüllen. Er holte tief Luft und rang nach Worten.

»Jemand ist letzte Nacht in die Galerie eingebrochen«, brachte er schließlich stockend heraus. »Sie haben alles kurz und klein geschlagen.«

»Kommen Sie«, sagte Chip und wollte ihn hinausziehen.

»Wohin wollen Sie?« wollte Glen wissen.

»Ich will es mir ansehen«, sagte Chip. Seine Stimme war von eisiger Schärfe, wie es Glen noch nie gehört hatte.

»Nicht gleich«, bat Glen. »Lassen Sie mich einen Augenblick ausruhen.« Er ließ sich auf einen Stuhl fallen. »Haben Sie nicht einen Kaffee für mich? Oder besser noch etwas Alkoholisches?«

Chip ließ die Tür wieder zufallen und holte Glen einen Becher Kaffee aus der großen Maschine, die Tag und Nacht in Betrieb war. Dann ging er zurück hinter den Schreibtisch.

»Entschuldigen Sie meine Hast«, sagte er. »Vermutlich nicht besonders professionell von mir. Also – was ist geschehen?«

»Wenn ich das wüßte. Als ich hinkam, fand ich nur noch ein Chaos vor. Sogar die Regale sind aus den Wänden gerissen – Rebeccas Sachen sind völlig zertrümmert, meine Bilder ruiniert.«

»Verdammt«, zischte Chip zwischen den Zähnen hervor. »Wie hoch dürfte der Schaden sein?«

»Was die Einrichtung betrifft, können Sie das wahrscheinlich sogar besser schätzen. Um ehrlich zu sein – so genau hab' ich es mir noch nicht angesehen. Ich war viel zu wütend und bin sofort hierher marschiert.«

»Zu Fuß?«

»Ich hab' gar nicht ans Auto gedacht. Im übrigen war ich so durcheinander, daß ich bestimmt gegen den nächsten Baum gefahren wäre.« Plötzlich schien ihm etwas aufzufallen. »Wo ist denn Whalen?«

»Er ist heute morgen rüber zu Dr. Phelps.«

»Vielleicht ganz gut so«, meinte Glen erschöpft. »Wahrscheinlich hätte ich jede Kontrolle verloren, wenn er mir auf seine übliche Art entgegengetreten wäre. Gibt es vielleicht noch etwas Kaffee?«

»Bedienen Sie sich«, antwortete Chip und beobachtete den anderen besorgt, während dieser sich einen neuen Becher holte. Als Glen wieder saß, fragte er ihn unvermittelt: »Sind Sie eigentlich hierhergekommen, um eine Anzeige zu machen oder um Harney Whalen zu beschuldigen?«

Glen schien überrascht. Er überlegte sich seine Antwort genau. »Wenn ich ehrlich bin – ich weiß es nicht«, meinte er schließlich. »Beides wahrscheinlich. Natürlich wollte ich Anzeige erstatten, aber ich war auch voller Wut auf diesen Whalen.« Er zwang sich ein leichtes Lächeln ab. »Wie ich schon sagte – gut, daß er nicht da ist.«

»Scheint mir auch so«, stimmte Chip zu. »Fühlen Sie sich jetzt wieder stark genug, um rüber zur Galerie zu gehen? Ich kann dann alles gleich aufnehmen, und wir können überlegen, was wir unternehmen wollen.«

»Unternehmen? Was gibt es da noch zu unternehmen! Alles hin!«

»Schauen wir es uns zuerst mal an«, meinte Chip wie tröstend. »Vielleicht läßt sich doch noch etwas machen...«

»Großer Gott!« stieß Chip hervor, als er das Chaos sah. »Sieht aus, als ob eine ganze Elefantenherde hier gehaust hätte!« Er zog sein Notizbuch heraus und begann Aufzeichnungen zu machen. Zuerst im vorderen und dann im hinteren Raum.

»Hier sind sie reingekommen«, deutete er auf die Hintertür, die ziemlich schief im Rahmen hing.

Glen starrte mit ausdruckslosem Gesicht die zerfetzten Bilder an.

»Lassen sie sich wirklich nicht mehr reparieren?« fragte Chip voller Mitgefühl.

Glen schüttelte den Kopf. »Kleinere Risse kann man schon flicken – aber nicht so etwas.«

Chip hätte ihm gern etwas Tröstliches gesagt. »Ich weiß ja nicht, ob das für Sie überhaupt noch von Interesse ist. Aber die Einrichtung ließe sich schon wieder herrichten. Nur, was verkaufen Sie dann?«

»Nichts mehr zu machen«, seufzte Glen mutlos.

»So würde ich das nicht sehen«, meinte Chip. »Natürlich müßte man das Glas ersetzen, aber die Kästen selbst lassen sich reparieren.« Er lächelte. »Schließlich wurden die Regale ja nicht zum erstenmal aus der Wand gerissen.«

»Es würde wieder passieren«, meinte Glen düster.

»Nicht, wenn wir eine Alarmanlage einbauen – und nicht, wenn wir herausfinden, wer es getan hat.«

»Oh, kommen Sie, Chip, wir werden nie herausfinden, wer es war, und das wissen Sie!«

»Warum sollten wir nicht?« fragte Chip; doch er wußte, daß es keinen Sinn hatte, sich etwas vorzumachen. »Wahrscheinlich haben Sie recht... Verdammt, wir haben schließlich noch nicht einmal ein Motiv dafür.«

»Vermutlich wissen Sie, wie ich darüber denke?« meinte Glen.

»Darf ich einen Vorschlag machen?« fragte Chip und ignorierte absichtlich die Anspielung des anderen. »Nehmen Sie sich den Tag frei und gehen Sie heim, um Rebecca von dem Vorgefallenen zu unterrichten. Sie können dann zusammen entscheiden, was weiter geschehen soll, und wir beginnen dann morgen mit dem Aufräumen. Mein dienstfreier Tag.«

»Also gut. Aufgeräumt werden muß auf jeden Fall.« Glens Gesicht wirkte plötzlich bestürzt. »Es ist gerade eine Stunde her, als Rebecca meinte, daß sich irgendwas zusammenbraut... Ich habe noch darüber gelacht. Leider hatte sie recht...«

Sie waren inzwischen wieder nach vorn gegangen, als Glen ganz unvermittelt noch einmal in den hinteren Raum zurückeilte. »Sie haben doch nicht alles erwischt«, strahlte er beim Zurückkommen und schwenkte ein Bild. »Das hier hatte ich zur Seite gestellt – für einen besonderen Zweck.«

Chip warf einen neugierigen Blick darauf. Es war das alte Haus an der Sod Beach mit dem seltsamen Schatten im Fenster.

»Ich freu' mich, daß es ausgerechnet dieses hier ist«, meinte Glen, »ich habe es nämlich für Sie zur Seite gelegt Chip. Bitte, nehmen Sie es, ich möchte es Ihnen schenken.«

»Mir schenken? Aber warum denn?«

»Sie haben es sich verdient. Am Tag der Fertigstellung der Galerie sollten Sie es bekommen. Sie nehmen es besser gleich mit – vielleicht ist es sonst nicht mehr da.«

»Aber das geht doch nicht«, protestierte Chip, »es ist das einzige, das Ihnen geblieben ist!«

Doch wenig später verließ er mit dem Bild unter dem Arm die Galerie und überlegte, wo er es aufhängen sollte.

Harney Whalen saß in Dr. Phelps nicht gerade ordentlichem Sprechzimmer und beschrieb, was am vorausgegangenen Nachmittag geschehen war. Der alte Arzt hörte geduldig zu, zuckte aber dann etwas ungehalten mit den Schultern.

»Ich versteh' nicht, was Sie bei mir wollen«, meinte er, »Sie haben vielleicht etwas langsam reagiert, aber schließlich hat jeder seine Schrecksekunde.«

»Aber es war mehr als das«, beteuerte Whalen; »es war...«, er zögerte, »eher wie eine Art Anfall.«

»Ein Anfall? Was soll das heißen? Klingt wie bei einer wehleidigen alten Dame.«

»Ich kann es nicht anders beschreiben. Ich habe das öfter. Als ob ich für eine Weile weggetreten bin. Geschieht nicht oft, zumindest kommt es mir so vor... Meine Hände beginnen zu zittern, und ich habe ein ganz seltsames Gefühl... Und dann komme ich irgendwann wieder zu mir und kann mich an nichts mehr erinnern.«

Jetzt horchte der alte Arzt doch auf. »Und wann hatten Sie zuletzt einen solchen Anfall?«

»Letzte Nacht«, sagte Whalen. »Ich saß vor dem Fernseher und bekam plötzlich dieses Gefühl... Erst heute morgen wachte ich wieder auf. Ich lag in meinem Bett, weiß aber nicht, wie ich dort hingekommen bin.«

»Hm«, meinte Dr. Phelps unverbindlich, »ist doch besser, wir schauen mal etwas genauer nach.« Er maß Whalens Puls und Blutdruck, überprüfte seine Reflexe und hörte ihn mit dem Stethoskop ab. Dann nahm er auch noch eine Blut- und Urinprobe.

»Ich muß das jetzt ins Labor nach Aberdeen schicken. In ein paar Tagen wissen wir, was mit Ihnen los ist. Aber nun mal abgesehen von Ihren ›Anfällen‹ – wie fühlen Sie sich sonst?«

»Gut, wie immer. Wann war ich schon mal krank?«

Phelps nickte. »Nun, bis jetzt sieht alles völlig normal aus. Falls sich aus den Proben nichts ergibt, würden Sie dann mal zu einer noch gründlicheren Untersuchung für ein paar Tage in eine Klinik gehen?«

»Vergessen Sie's!« sagte Whalen, »ich hab' zu viel um die Ohren.«

Phelps warf ihm einen belustigten Blick zu. »Hören Sie schon auf, Harn. Wir beide sind doch so gut wie die beiden einzigen Arbeitslosen in der Stadt. Zumindest bis vor kurzem...«

»Liegt an den Fremden«, knurrte Whalen, »jedesmal wenn Fremde hier auftauchen, gibt es Probleme.«

»Sie meinen die Palmers?« fragte Phelps.

»Sie und diese neuen – Randall heißen sie. Sie sind in mein altes Haus an der Küste gezogen.«

Jetzt war die Neugier des Arztes endgültig geweckt. »Das Baron-Haus? Ich hätte nie gedacht, daß Sie das je vermieten würden.«

Whalen lächelte pikiert. »Wollte ich auch nicht. Aber jetzt ist es doch geschehen.« Er runzelte die Stirn und suchte nach einer glaubwürdigen Erklärung für diesen Widerspruch. »Ich glaube, ich hatte einen meiner Anfälle, während ich diesem Randall und seiner Frau das Haus zeigte. Auf jeden Fall standen sie dann plötzlich mit einem Mietvertrag in der Hand vor mir. Ich habe keine Ahnung, wann und wie ich den unterschrieben haben soll.« Er stand auf und knöpfte sich das Hemd zu. »Also – wie steht's nun? Werd' ich's überleben?«

»Soweit ich sehen kann – ja!« meinte Phelps bedächtig. »Aber wegen dieser Anfälle würde ich Sie am liebsten sofort nach Aberdeen überweisen.«

Whalen schüttelte den Kopf. »Keine Chance. Wenn Sie nichts finden können, ist die Sache für mich erledigt. Ich war noch nie in einer Klinik und habe nicht vor, auf meine alten Tage das noch zu ändern.«

»Ganz wie Sie wollen«, erwiderte Phelps, »aber wenn Sie nicht auf meinen Rat hören, dürfen Sie mich auch nicht fragen, was es mit diesen Anfällen auf sich hat.«

»Vielleicht bin ich völlig in Ordnung«, meinte Whalen, »vielleicht werde ich einfach nur alt.«

»Ja, vielleicht«, sagte Phelps scharf, »aber vielleicht sind Sie auch alles anderes als in Ordnung und wollen es nur nicht wissen.«

»Was man nicht weiß, macht einen nicht heiß.«

»Mag sein – aber man kann dann auch nichts dagegen tun«, konterte der Arzt. »Und was ist mit den anderen? Was ist, wenn sie wegen Ihnen zu Schaden kommen? Gestern war es fast soweit...«

»Aber nur fast«, meinte Whalen unwillig, »und ich werde dafür sorgen, daß es nicht mehr geschieht!«

Nachdem Harney Whalen die Praxis verlassen hatte, starrte Dr. Phelps noch eine Zeitlang gedankenverloren vor sich hin. Er teilte die Zuversicht des Sheriffs keineswegs. Ein Polizeichef, der unter ›Anfällen‹ litt? Keine besonders beruhigende Vorstellung...

Glen Palmer fand zu Hause eine Notiz von Rebecca; sie war zu den Randalls rübergegangen, um ihnen ihre Hilfe anzubieten. Er sollte sich selbst etwas zu essen machen oder sie dort abholen. Da er noch keinen Hunger verspürte, entschied er sich für einen kleinen Strandspaziergang.

Der bleifarbene Himmel zeigte nirgends auch nur die geringste Aufheiterung. Im Westen jagten schwarze Sturmwolken knapp über dem Horizont hin und her, als ob sie sich zu einem Angriff auf die Küste formierten. Noch immer fiel ein leichter Regen und machte den Sand zu einer festen, kompakten Masse. Die Ebbe hatte das Wasser weit hinausgezogen, und der flache Strand war mit kleinen Tümpeln durchsetzt.

Glen ging bis zur Wasserlinie hinaus und wandte sich dann südwärts. Er bewegte sich langsam, fast widerwillig. Wie sollte er das Geschehene Rebecca nahebringen, ohne sofort wieder größte Ängste bei ihr auszulösen?

Wahrscheinlich würde sie Clark's Harbor sofort und endgültig den Rücken kehren wollen, überwältigt von hilfloser Wut gegen diesen Akt der Barbarei. Vielleicht aber auch würde sie sich dem Kampf stellen, um aller Welt zu zeigen, daß sie nicht so leicht einzuschüchtern war. Letzteres wäre vielleicht sogar noch wahrscheinlicher...

Er täuschte sich. Er war noch rund fünfzig Meter vom Haus entfernt, als Rebecca ihn bemerkte und ihm entgegenkam.

»Es ist geschehen, habe ich recht?« fragte sie leise.

Glen blickte ihr überrascht entgegen und nickte stumm.

»Und was war es?«

»Die Galerie ist völlig zerstört«, berichtete Glen.

»Zerstört – du meinst, es ist jemand eingebrochen?«

»Jemand ist eingebrochen und hat alles kurz und klein geschlagen, die Einrichtung, deine Töpfereien, meine Bilder – bis auf eines...«

»Und welches?« wollte Rebecca wissen, als ob alles andere, verglichen damit, keine Rolle spielte. Glen merkte, daß sie sich über die Tragweite des Geschehens zumindest im Augenblick keine Rechenschaft ablegen wollte. Ganz offensichtlich kannte er seine Frau lange nicht so gut, wie er gedacht hatte.

»Das, das ich Chip schenken wollte«, antwortete er leise.

Rebecca wandte sich nach dem alten Haus um, dem Motiv für Glens Gemälde.

»Irgendwie paßt das«, meinte sie. Dann schob sie ihren Arm unter den ihres Mannes und blickte ihm aufmunternd in die besorgten Augen. »Laß es uns zumindest für den Augenblick vergessen. Wenn wir jetzt sofort eine Entscheidung fällen, wird sie bestimmt voreilig sein. Warten wir also noch ein bißchen damit – in Ordnung? Unterhalten wir uns darüber zuerst mit Brad und Elaine, und tun wir so, als ob das alles nicht so wichtig wäre. Im Bett ist dann immer noch Zeit, sich über alles klarzuwerden...«

Glen zog sie an sich und küßte sie zärtlich. »Wenn wir unsere Entscheidung im Bett fällen, weiß ich jetzt schon, daß wir hierbleiben. Dort scheinen uns die unmöglichsten Dinge möglich zu sein!«

»Warten wir's ab«, murmelte Rebecca. »Aber für den Augenblick wollen wir's vergessen – ja?«

Das Chaos im Haus der Randalls war kaum geringer als das in der Galerie. Glen hatte es mit erzwungener Heiterkeit bemerkt. Als Brad dann hörte, was in der vorausgegangenen Nacht geschehen war, wollte er wissen, ob Robby die ganze Zeit über sein Bett nicht verlassen hatte. Die Verwüstungen glichen allzusehr denen, die der Junge bei seinen früheren Anfällen verursacht hatte. Als dann die Kinder endlich von der Schule heimkamen, nahm er den Jungen unter einem Vorwand zu einem Strandspaziergang mit.

»Es ist wirklich schön hier draußen«, sagte er beiläufig, als sie außer Hörweite der anderen waren. Robby nickte nicht gerade begeistert.

»Dein Vater sagte mir, daß du gern hier draußen bist«, bohrte er vorsichtig weiter.

»Ja, das stimmt, aber ich mag's am liebsten, wenn es regnet.«

»Warum denn das?«

Robby schien darüber nachzudenken. Niemand hatte ihn das je gefragt, und für ihn war es immer selbstverständlich gewesen. Es war, als ob er laut überlegte. »Ich glaube, es regt mich irgendwie auf, wenn sich ein Sturm zusammenbraut«, begann er. »Aber nicht so eine Aufregung wie am Geburtstag oder an Weihnachten, wenn man etwas geschenkt bekommt. Es ist ein anderes Gefühl. Ich werde nervös, und es kribbelt mich überall, und manchmal kann ich mich irgendwie nicht mehr so bewegen, wie ich will. Aber es ist ein schönes Gefühl. Es ist aufregend und beruhigend zugleich. Wenn ich bei solchem Wetter am Strand bin, würde ich mich am liebsten einfach in den Sand legen und den Regen auf mich herabprasseln lassen...«

»Du gehst bei Sturm an den Strand?« fragte Brad und versuchte möglichst ruhig zu klingen. Aber Robby schien sofort zu spüren, daß ihm Gefahr drohte. Erschrocken starrte er den Erwachsenen mit weit aufgerissenen Augen an.

»Sagen Sie nichts davon Mami und Papi«, bettelte er, »sie dürfen es nicht wissen. Sie würden denken, ich sei noch immer krank, aber die Stürme tun mir gut...«

»Ich werde niemandem davon erzählen«, beruhigte Brad den Jungen. »Aber ich würde gern wissen, was geschieht, wenn du im Sturm hier draußen bist.«

»Nichts Besonderes. Missy meint immer, sie sieht irgendwelche Dinge, wenn wir zusammen draußen sind, aber eigentlich geschieht nichts. Manchmal geh' ich allein raus, und manchmal kommt sie mit«, erklärte er hastig, als ob er Brads Frage vorwegnehmen wollte. »Aber sie will eigentlich gar nicht mit raus, ich muß sie immer überreden; sie ist eben ein alter Angsthase!«

»Und was war in jener Nacht, als wir uns am Strand begegnet sind? Missy war da nicht dabei.«

»Ich habe Snooker gesucht, und sie wollte nicht mitkommen. Sie sagte, er wäre für immer verschwunden, und es hätte keinen Sinn, ihn zu suchen.« Robby wirkte plötzlich sehr traurig. »Ich glaube, sie hatte sogar recht...«

»Hast du noch andere Leute gesehen, wenn du bei Sturm hier draußen bist?«

Robby dachte angestrengt nach. Der einzige, den er wirklich gesehen hatte, war dieser alte Mann vor ein paar Wochen. »Einmal haben wir den alten Mac Riley gesehen. Er hat uns Geschichten über die Indianer erzählt, und wie sie hier Opfer getötet haben und solche Dinge. Sonst niemand...«

Brad versuchte, das eben Gehörte zu ordnen. Alles klang absolut normal. Doch seine Ahnungen und seine Neugier waren stärker. »Hast du eigentlich nie Angst, wenn du bei Sturm allein hier draußen bist?«

Robby blickte verwundert zu ihm auf. »Nein«, meinte er dann wie selbstverständlich, »warum sollte ich Angst haben, ich gehöre hierher.« Bevor Brad die Bedeutung dieser Antwort richtig begriffen hatte, machte der Junge kehrt und rannte zum Haus zurück. Was hatte er wohl damit gemeint? Er ›gehörte hierher‹? Er war doch genauso ein Fremder hier wie seine Eltern und seine Schwester. Und wie er und Elaine...

Als Brad kurze Zeit später ins Haus zurückkehrte, nahm ihn Glen sofort zur Seite. Gespannt und besorgt fragte er: »Und – was meinen Sie?«

»Ich habe mir noch kein richtiges Urteil bilden können«, antwortete Brad langsam. Wie gern hätte er eine einfache Lösung für all die unheimlichen Geschehnisse gefunden, die Clark's Harbor heimgesucht hatten. »Es muß irgend etwas mit den Stürmen hier draußen zu tun haben. Robby sagt, sie würden ihn erregen. Und wenn das bei ihm so ist, kann es auch noch bei andern der Fall sein. Doch seine ›Erregung‹ empfindet er offensichtlich zugleich als entspannend, beruhigend. Andere jedoch verlieren dadurch vielleicht jede Kontrolle über sich, und sie tun Dinge, die sie sonst nicht tun würden. Aber das alles sind wirklich nur Vermutungen...«

Brad behielt vorläufig für sich, was der Junge ihm über Missy und ihre Ahnungen gesagt hatte. Zuerst einmal wollte er selbst noch mit dem kleinen Mädchen sprechen.

Während das Licht des Nachmittags dahinzuschwinden begann, starrte er, innerlich aufs höchste beunruhigt, hinaus auf den Stillen Ozean.

Er spürte, daß hier Dinge geschahen, die sich mit den ihm vertrauten rationalen und analytischen Kriterien nur unzulänglich beschreiben ließen. Trotzdem mußte es Erklärungen dafür geben – und er wollte sie finden.

Doch was nützten ihm Erklärungen, wenn die Therapie fehlte? Handelte es sich hier um Phänomene, vor denen seine psychiatrische Schulweisheit die Waffen strecken mußte? Waren er und alle andern hier dem neu heraufziehenden Sturm und seinen unkalkulierbaren Wirkungen hilflos ausgeliefert?

23

Elaine Randall hatte sehr unruhig geschlafen. Es war nicht nur die ungewohnte neue Umgebung, sondern das, was Brad gestern abend gesagt hatte. Zunächst hatte sie es nicht so recht glauben wollen, aber dann erinnerte auch sie sich an Beispiele für die Auswirkungen des Wetters auf das Fühlen und Verhalten von Menschen – die Ionisierung der Atmosphäre, die Santa-Ana-Winde, der Föhn in den Alpen... Warum sollte es so etwas nicht auch hier in Clark's Harbor geben? Aber noch nie hatte sie gehört, daß Wetterlagen Menschen zu Bestien machen. Immer wieder war sie aufgeschreckt und lag dann lange schlaflos neben Brad, grübelte vor sich hin und lauschte der regelmäßig und schwer gegen das Land schlagenden Brandung.

Zweimal war sie leise aufgestanden und ans Fenster getreten. Es hatte etwas aufgeklart, und sie sah den Großen Wagen droben am Nachthimmel stehen. Im Licht des Halbmonds schimmerte der Strand wie matt poliertes Zinn.

Erst gegen Morgen verfiel sie dann in einen unruhigen Schlummer, bevor es Zeit wurde, wieder den Kampf mit dem widerwilligen Holzherd aufzunehmen. Rebecca hatte ihr gezeigt, wie man die Glut über Nacht konservieren konnte, aber sie war sich nicht sicher, ob es tatsächlich funktionieren würde. Für alle Fälle lag ein kleiner Blasebalg bereit. Vorsichtig stocherte sie in der Asche herum und stieß dabei auf ein halb verkohltes Scheit. Als es entzweibrach, sah sie zu ihrem Erstaunen, daß sein Inneres noch glomm. Sie griff nach dem Blasebalg und begann hektisch zu pumpen. Die ungewohnte Tätigkeit nahm sie so sehr in Anspruch, daß sie Brads Eintreten und seinen Gutenmorgengruß völlig überhörte.

Brad beobachtete sie einen Augenblick und nahm ihr dann den Blasebalg aus der Hand.

»Du bist viel zu hektisch«, sagte er, »du bläst ja das Feuer sofort wieder aus, wenn es gerade aufflammen will. Du mußt das behutsamer machen.« Er zeigte es ihr, und gleich darauf züngelte eine kleine Flamme auf. Brad legte einige kleine Späne nach, und als auch diese zu brennen begannen, etwas größere Scheite.

»Die einfachste Sache der Welt!« sagte er.

»Anfängerglück«, lächelte Elaine, »es brannte schon fast, als du dich eingemischt hast. Gib mir bitte den Kaffee.«

Sie maß die Menge sorgfältig ab und hängte dann den Einsatz in die Aluminium-Kaffeemaschine, die bereits auf dem Herd stand.

»Wenn der immer so lange dauert, werd' ich in Zukunft auf Kaffee verzichten«, meinte sie. »Was meinst du, wann wir ihn endlich trinken können – vorausgesetzt, es klappt überhaupt?«

»Keine Ahnung, warten wir's ab«, antwortete Brad, als es an der Tür klopfte.

»Jemand da?« hörte man Rebeccas Stimme. Bevor sie antworten konnten, trat sie ein.

»Ich dachte, das hier könnten Sie gebrauchen«, meinte sie heiter und stellte eine Thermosflasche auf den Tisch. Sie schraubte sie auf, und sofort erfüllte der würzige Duft frischen Kaffees die Küche. Elaine goß drei Tassen ein. Gierig trank sie den ersten Schluck.

»Ah, das bringt mich wieder auf die Beine!« Dann wandte sie sich mit fragendem Blick an Rebecca. »Sind Sie vielleicht Jeff begegnet?«

»Jeff? Ist er denn nicht hier?«

»Ich dachte, ich hätte ihn weggehen gehört, kurz bevor ich aufstand«, erklärte Elaine. »Vielleicht will er noch mal nach Wrackteilen suchen.«

»Ich hab' ihn am Strand nicht gesehen«, sagte Rebecca.

»Wahrscheinlich ist er Richtung Süden gegangen«, vermutete Brad. »Allerdings glaube ich kaum, daß er noch etwas finden wird.«

Chip Connor traf Harney Whalen am Schreibtisch an. Finster saß er über dem Protokoll, das Chip ihm am Abend zuvor dagelassen hatte.

»Erwartest du, daß ich in dieser Sache irgendwas unternehme?« fragte er anklagend und schob die Blätter von sich.

»Gehört zu deinem Job«, erwiderte Chip.

»Irgendwas gestohlen?«

»Soweit mir Glen sagen konnte, nichts. Aber du solltest dir die Galerie mal ansehen«, meinte Chip, »ein heilloses Durcheinander.«

»Nun, so Dinge geschehen eben«, reagierte Whalen völlig unbeeindruckt. »Wenn nichts gestohlen wurde, was soll dann die ganze Aufregung?«

»Du meinst, du wirst überhaupt nichts unternehmen?« Chip meinte, seinen Ohren nicht trauen zu können.

»Nein«, sagte Wahlen schwer, »nichts.«

Chips Augen verengten sich. »Ich weiß nicht, was mit

dir los ist, Harn. In letzter Zeit sieht es so aus, als ob dich alles hier nicht mehr kümmert.«

»Nicht, wenn es sich dabei um Fremde handelt«, gab ihm Whalen zu verstehen, »und ich habe meine Gründe dafür.«

»Ich kenne diese Gründe«, erwiderte Chip, »Großvater hat mir davon erzählt. Aber das ist doch alles Vergangenheit, Harney. Das alles liegt doch viele Jahre zurück. Die Welt hat sich verändert.«

»Manches verändert sich, manches nicht. Manche Dinge kann man vergeben, andere nicht. Ich hab' nicht vergessen, was meinen Großeltern zugestoßen ist – das werde ich nie! Und soweit es mich betrifft, mag ich keine Fremden in dieser Stadt. Sie bringen Unheil.«

»Sieht mir ganz so aus, als ob unsere Stadt für sie gefährlicher ist als sie für uns«, widersprach Chip.

»Das ist hier eben nun mal so!« Whalens Stimme war von einem solchen Haß erfüllt, wie Chip ihn noch nie erlebt hatte. »Als meine Großeltern hierherkamen, lauerten überall Gefahren. Die Indianer hätten die verdammten Weißen am liebsten ins Meer geworfen. Aber meine Großeltern ließen sich nicht einschüchtern und kamen schließlich ganz gut hier zurecht. Mein Vater hat sogar ein Mädchen geheiratet, das Indianerblut in den Adern hatte. Aber das alles weißt du ja ...«

Chip nickte und fragte sich, worauf Whalen hinauswollte.

»Die Indianer sind später dann nach Norden verschwunden und ließen uns hier allein. Aber sie sagten uns, daß der Platz hier nicht gut sei für Fremde – und das stimmte auch. Das begann mit diesen Holzleuten, die sich schließlich doch geschlagen geben mußten.«

»Woran du nicht ganz unbeteiligt warst«, wandte Chip ein, »zuerst dein Großvater und dann du selbst...«

»Ich habe lediglich einen Mietvertrag nicht verlängert, das war alles«, widersprach Whalen sanft. »Wären sie dann sofort verschwunden, wär' ihnen auch nichts geschehen. Aber sie blieben und versuchten es mit Fischfang – und dabei geschah es...«

»Ich weiß«, sagte Chip dumpf.

»Und seitdem ist es immer so gewesen«, fuhr Whalen fort. »Immer wenn Fremde auftauchen, gibt es Schwierigkeiten. Und dann geschieht das, was die Indianer voraussagten: Das Unheil schlägt auf die Fremden zurück. Und weißt du, was, Chip? Wir können auch nicht das Geringste dagegen tun!«

»Aber du versuchst es ja nicht mal.«

»Nicht mehr, nein«, nickte Whalen, »früher hab' ich's versucht, aber es hat nie was genützt. Deshalb finde ich mich eben damit ab – und es bereitet mir keineswegs schlaflose Nächte, das nicht!« Er griff wieder nach Chips Protokoll. »Also erwarte nicht, daß ich mir deswegen ein Bein ausreiße. Ich bin sicher, daß alle Nachforschungen erfolglos blieben – jeder hätte es tun können, und es gibt keinerlei Anhaltspunkte. Wenn ich du wäre, würde ich die ganze Sache vergessen. Und sag Palmer, daß er immer auf solche Dinge gefaßt sein muß, solange er meint, in Clark's Harbor bleiben zu müssen.«

Chip nickte wie abwesend und war bereits am Gehen, als ihm noch etwas einfiel.

»Bist du gestern bei Dr. Phelps gewesen?«

»Ja«, sagte Whalen in einem Ton, der alles zu erklären schien. Aber Chip ließ nicht locker.

»Irgendwas nicht in Ordnung?«

»Nichts, soweit er feststellen konnte. Muß wohl eine Magenverstimmung gewesen sein, die mich in jener Nacht nicht schlafen ließ.«

Whalen fragte sich kurz, warum er Chip belog, warum er ihm nichts von seinen ›Anfällen‹ erzählte. Aber schließlich ging das Chip nichts an. Und wenn der Arzt nichts finden konnte, war es auch nicht der Rede wert.

»Also, wenn du mich brauchen solltest, kannst du mich über Funk jederzeit erreichen. Ich werde mich bei Glen Palmer ein wenig nützlich machen, halte aber das Gerät empfangsbereit.«

Whalen warf seinem Stellvertreter einen finsteren Blick zu. »Was du an deinen freien Tagen tust, geht mich nichts an, aber ich glaube, du vergeudest deine Zeit. Und wenn du dich mit Palmer einläßt, kannst auch du leicht in Schwierigkeiten kommen.«

»Das verstehe ich ganz und gar nicht«, sagte Chip voller Ärger über Whalen.

»Das dürfte einfach unvermeidlich sein«, fügte dieser fast bedrohlich hinzu. Er zog eine Akte aus der oberen Schreibtischschublade, wie um anzudeuten, daß Chip entlassen sei.

Als sich die Tür hinter dem Hilfssheriff schloß, hob Harney Whalen den Blick und starrte gedankenverloren hinter ihm her. Irgend etwas in Chips Gesicht war ihm heute verändert erschienen.

Dieses Gesicht, das er schon seit Jahrzehnten kannte, war ihm plötzlich fremd geworden.

Ja, das war es, sinnierte Whalen: Chip hatte sich in einen Fremden verwandelt.

Er konzentrierte sich mit Gewalt auf seine Arbeit und beugte sich wieder über die Akte.

»Ein Bier?« fragte Glen, als Brad die Galerie betrat. Er und Chip lehnten gegen ein Regal und bewunderten die geleistete Arbeit. Das Chaos war verschwunden, die Regale wieder fest verdübelt und alle Schaukästen bis auf einen repariert.

»Ich dachte, hier läge alles in Trümmern«, meinte Brad nicht wenig verwirrt.

»Es war offensichtlich doch nicht ganz so schlimm, wie ich gedacht habe«, erwiderte Glen etwas verlegen. »Natürlich hätte ich es allein auch nie so gut wiederherrichten können.«

»Er hat mir den ganzen Tag nur im Weg rumgestanden«, grinste Chip. »Ich hab' ihm geraten, lieber inzwischen ein Bild zu malen, aber er wollte nicht.«

»Nun, wenn Sie Probleme mit ihm haben, dann nehme ich ihn mit in die Bibliothek.«

»Die Bibliothek?« fragte Chip erstaunt. »Wieso die Bibliothek?«

Brad warf Glen einen fragenden Blick zu. Dieser nickte ihm aufmunternd zu. »Wenn er mich nicht für verrückt hält, wird er es bei Ihnen erst recht nicht tun.« Dann wandte er sich erklärend an Chip. »Brad hat eine Theorie über die Ursachen der geheimnisvollen Unfälle während der letzten Zeit.«

»Ich denke dabei an die Stürme«, meinte Brad, »sie scheinen einen wohltuenden Einfluß auf Glens Sohn zu haben. Warum also sollten sie nicht auch auf andere Leute einwirken – und nicht unbedingt positiv...«

Chip wirkte verwirrt. »Das verstehe ich nicht.«

»Ich verstehe auch noch nicht alles«, gab Brad zu. »Aber es scheinen mir in letzter Zeit ein paar ›Unfälle‹ zu viel hier passiert zu sein. Vielleicht war es etwas ganz anderes. Und das möchte ich herausfinden.«

»Sie meinen die beiden Ertrunkenen?« wollte Chip wissen.

»Nicht nur das, sondern auch das, was Miriam Shelling zugestoßen und was hier geschehen ist.«

»Ich weiß ja nicht, was Sie herauszufinden hoffen«, sagte Chip, »aber Harney Whalen scheint das alles bereits zu den Akten gelegt zu haben.«

»Und wie erklärt er sich diese Vorkommnisse?« fragte Glen mit größter Vorsicht, da er wußte, wie empfindlich Chip in bezug auf seinen Chef reagieren konnte.

»Er sieht irgendwelche Schicksalsmächte am Werk, die auf einen alten Fluch der Klickashaw zurückgehen. Für ihn bringen nun einmal Fremde das Böse mit nach Clark's Harbor, das sich dann gegen sie selbst kehrt.«

»Das macht die Dinge natürlich sehr einfach«, meinte Brad nicht ohne Sarkasmus.

»Ja, schon«, mußte Chip verlegen zugeben. Mit einem Blick über die Galerie setzte er seine leere Bierdose ab. »Was meinen Sie?« wandte er sich an Glen, »wenn Brad Sie mitnehmen will, warum lassen wir es dann nicht für heute gut sein? Ich geh' noch runter zu Blake's und besorge, was wir noch brauchen, und wir erledigen dann morgen den Rest hier.«

Als sie vor die Galerie hinaustraten, war der Himmel schwarz geworden. Nach einem Blick auf den Horizont im

Westen meinte Chip: »Sieht ganz so aus, als ob wir es mit einem neuen Sturm zu tun bekommen werden.«

Keiner der drei fühlte sich bei dieser Aussicht besonders wohl in seiner Haut. Jeder von ihnen wußte, was die Stürme in Clark's Harbor anzurichten vermochten.

Horton war den ganzen Tag ziellos in nördlicher Richtung den Strand entlanggeschlendert. Auch wenn er sich einreden wollte, hier nach Wrackteilen der ›Osprey‹ zu suchen, wußte er doch, daß er in Wirklichkeit Ordnung in seine Gedanken bringen wollte.

Er war die ganze Nacht wach gelegen, und manchmal war ihm, als ob noch jemand im Haus nicht schlafen konnte. Nur schwer konnte er der Versuchung widerstehen, einfach hinabzugehen und an die Tür der Randalls zu klopfen. Wie gern hätte er ein wenig Gesellschaft gehabt; und vielleicht wäre es ihm dann auch leichter gelungen, seine Verwirrung und Angst besser unter Kontrolle zu bekommen.

Am frühen Morgen schon hatte er leise das Haus verlassen, ohne jemand über seine Absicht zu informieren. Doch was hätte er auch sagen sollen? Er wußte ja selbst noch nicht, wohin er gehen wollte und wonach er wirklich suchte. Schon immer hatten Stürme Menschen getötet, vor allem auf See. Sie stürzten sich auf dich, schüttelten dich durch und jagten dich in Angst und Schrecken. Und wenn sie wollten, überrollten sie dich mit einer haushohen Welle und zerstörten dich.

Aber auch an Land waren sie gefährlich. Ein Sturm konnte dein Haus zertrümmern, dich mit einer Hochspannungsleitung oder durch einen Blitz töten. Aber konnte ein Sturm die Taue eines fest verankerten Boots lösen? Oder konnte er eine alte Frau an einen Ast knüpfen?

Als der Wind immer mehr auffrischte und der Himmel sich immer dunkler herabsenkte, kehrte Jeff Horton um und ging hastig zurück in Richtung Clark's Harbor. Die Brandung wurde zusehends stärker mit der hereinkommenden Flut. Und ihr auf den Fersen folgte der Sturm.

Missy und Robby waren noch am Strand, als das Unwetter losbrach. Schon bei den ersten Tropfen gab Missy ihre Suche nach dem perfekten ›Stranddollar‹ auf und rief nach dem Bruder.

»Es fängt an zu regnen.«

»Na und?« meinte Robby, ohne sich bei seiner Suche stören zu lassen. Bis jetzt hatte er schon fünf makellose Muscheln gefunden, und Missy keine. Bestimmt wollte sie ihm wieder einmal nur den Spaß verderben. Außerdem spürte er wieder diese wundervolle Erregung. Die dunklen Wolken und die tosende Brandung machten ihm alles andere als Angst. Missy sollte ruhig weiterquengeln.

»Ich möchte heim«, jammerte sie, »ich will nicht bis auf die Haut naß werden!«

»Daheim ist niemand«, argumentierte Robby, »Papi ist noch bei der Arbeit, und Mami ist bei den Randalls.«

»Dann laß uns dorthin gehen«, bettelte Missy. »Wir können durch das Wäldchen.« Sie stapfte über den Sand davon, fest entschlossen, auch nicht einen Blick zurückzuwerfen. Auf keinen Fall wollte sie sich von ihrem Bruder umstimmen lassen. Als sie über das Treibholz kletterte, wäre sie ihrem Vorsatz fast untreu geworden. Doch erst als sie im Schutz der ersten Bäume war, drehte sie sich um.

Robby war verschwunden. Einen Augenblick lang drohte die Panik sie zu überwältigen, doch dann sagte sie sich, daß ihr Bruder ihr lediglich Angst einjagen wollte und sich versteckt hatte. Aber das sollte ihm nicht gelingen! Sie würde einfach hier im Schutz des Wäldchens warten, bis er kommen und sie suchen würde...

Jeff Horton erreichte die Nordspitze der Sod Beach im früh hereinbrechenden Dämmerlicht. Heftige Sturmböen fegten über den verödeten Strand. Als Jeff an der Hütte der Palmers vorbeikam, beschlich ihn ein unheimliches Gefühl. War er doch nicht allein hier draußen? Seine Beine verfielen unwillkürlich in Trab, doch er zwang sich, ruhig weiterzugehen. Welche Gefahr konnte ihm hier schon drohen? Es waren schließlich nur wenige hundert Meter bis zum Haus der Randalls...

Doch dann wurde dieses Gefühl immer stärker. Es war wie in einem Alptraum: Die ringsum zuckenden Blitze schienen ihn zu lähmen, ihm die Energie zu rauben. Seine Beine wurden immer schwerer, bis er sich nur noch mühsam dahinschleppen konnte.

Er nahm alle seine Kraft zusammen, um rascher auszuschreiten, aber es war vergeblich. Und plötzlich wußte er, daß er nicht allein an diesem Strand war. Irgend etwas war ganz in seiner Nähe, etwas Bedrohliches, Schreckliches, das aus dem Sturm gekommen war...

Missy sah von ihrem geschützten Platz unter den Bäumen gerade noch die Umrisse einer Gestalt, die sich fast taumelnd über den Strand bewegte. Zuerst dachte sie an Robby, doch dieser war viel kleiner. Die rasch fortschreitende Dunkelheit ließ kein sicheres Urteil zu. Und gleich darauf hatte sie die Gestalt auch schon verschluckt. Jetzt zitterte der ganze Strand unter den gewaltigen Entladungen des Himmels. Missy fühlte sich nun keineswegs mehr so sicher und hielt verzweifelt nach dem Bruder Ausschau. Doch er war nirgendwo zu sehen.

Sie verkroch sich noch etwas tiefer in das Wäldchen, als ein besonders grelles Lichtbündel das Strandstück vor ihr für einen kurzen Augenblick beleuchtete. Plötzlich sah sie zwei Gestalten dicht hintereinander, die gleich darauf zu einer zu verschmelzen schienen...

Jeff Horton spürte den Angriff, bevor er wirklich kam. Die Härchen in seinem Nacken richteten sich auf, und er wußte plötzlich, daß dieses unheimliche Gefühl von einer tatsächlichen Gefahr herrührte. Er wollte sich umdrehen, um ihr ins Gesicht zu sehen, als sich ein eisenharter Arm um seinen Hals legte und gleichzeitig sein Kopf mit unwiderstehlicher Gewalt nach vorn gedrückt wurde. Während ihm langsam die Luft ausging, schlug er hilflos mit den Armen um sich.

Einmal gelang es ihm sogar, irgendein Kleidungsstück des Angreifers zu packen, doch er war bereits zu kraftlos, um sich aus dessen Griff zu befreien. Bevor er das Bewußtsein verlor, hörte er noch ein seltsames Knackgeräusch, das seinen Ursprung in seinem Nacken zu haben schien. Doch dann kamen alle Gefühle und Gedanken abrupt zu einem Ende.

Gleich darauf lag ein regloser Körper am regengepeitschten Strand. Die Ausläufer der Brandung leckten an ihm wie Hyänen am Aas.

Missy rannte mit pochendem Herzen über den Waldpfad und jammerte nach dem Bruder. Plötzlich stand dieser ganz ruhig vor ihr und fragte sie vorwurfsvoll: »Wo warst du denn? Hast du dich versteckt? Ich habe überall nach dir gesucht!«

Missy starrte ihn noch immer atemlos an. Sie wollte antworten, doch Angst und Erschöpfung schnürten ihr die Kehle ab. Trotz des strömenden Regens ließ sie sich auf den Boden fallen und begann hemmungslos zu schluchzen. Robby legte verwirrt den Arm um sie.

»Ich – ich hab' was gesehen«, stammelte das kleine Mädchen. »Ich hab' auf dich gewartet, aber du bist nicht gekommen. Und dann hab' ich es gesehen. Da war jemand am Strand – und dann noch jemand – und ... Oh, Robby, laß uns schnell heimlaufen«, flehte sie mit tränenüberströmtem Gesicht.

Robby zog sie hoch. »Du kannst doch gar nichts gesehen haben«, versuchte er sie zu beruhigen, »es ist doch viel zu dunkel.« Ohne die geringste Nervosität oder gar Angst führte er sie den Pfad entlang. Über ihnen bog der Sturm die Wipfel der Bäume, und Robby wünschte sich insgeheim, daß er ewig dauerte.

Um neun Uhr an diesem Abend tippte die Bibliothekarin der winzigen Stadtbücherei von Clark's Harbor – zwei Räume im kleinen Rathaus – Brad Randall auf die Schulter. Brad blickte von seinem Notizbuch auf, das in den fünf Stunden, die er schon hier zusammen mit Glen zugebracht hatte, fast voll geworden war.

»Wir schließen«, flüsterte die grauhaarige, ältere Dame, obwohl kein anderer Besucher zu sehen war. »Sie müssen am Montag weitermachen.«

»Geht in Ordnung«, meinte Brad, »ich bin so gut wie fertig.« Er warf der Bibliothekarin ein verzeihungheischendes Lächeln zu. »Ich hoffe, wir haben Ihnen nicht zu viele Umstände gemacht.«

»Oh, das macht doch nichts«, erwiderte sie. »Die meiste Zeit sitze ich hier allein herum. Da ist es ganz schön, ab und zu etwas zu tun zu haben. Aber was Sie mit all den Zeitungen hier wollen, ist mir völlig unerklärlich.«

»Ich hab' nur ein paar Dinge nachgesehen«, erklärte Brad vage. »Es handelt sich um eine Art Forschungsprojekt zur Geschichte der Stadt.«

»Geschichte dürfte wohl etwas übertrieben sein«, mokierte sich sein Gegenüber. »Man kommt hier zur Welt, versucht zu leben und stirbt. Das ist alles.«

»Und genau das interessiert mich«, meinte Brad lächelnd. Die Augen der Grauhaarigen weiteten sich erstaunt, doch bevor sie weitersagen konnte, kam Glen Palmer aus dem Nebenraum.

»Ich glaube, das genügt«, sagte er. »Wir haben sämtliche Berichte bis zum Anfang zurückverfolgt.«

»Ja, ich glaube auch. Unsere Informationen dürften völlig ausreichen.«

Nachdem Brad und Glen gegangen waren, stellte die Bibliothekarin die Zeitungsbände zurück in die Regale. Sie mußte unbedingt mit Merle Glind über diese Sache sprechen. Wenn irgend etwas Interessantes vorging, wußte er bestimmt davon. Die beiden hasteten durch den sintflutartigen Regen auf Brads Wagen zu. Als sie auf den Highway einbogen, hatte Brad Mühe, den Volvo unter dem Ansturm der orkanartigen Böen in der Spur zu halten.

»Wollen Sie Ihren Bus nicht lieber bei der Galerie stehenlassen?« schlug Brad vor; aber Glen schüttelte den Kopf.

»Nicht bei einem solchen Sturm. Falls Ihre Theorie stimmt, ist das wieder eine dieser Nächte, in der alles mögliche geschehen kann.«

Brad lachte zustimmend in sich hinein. Es hielt direkt neben dem verbeulten Volkswagenbus. »Wollen Sie nicht noch kurz bei uns reinschauen? Würde mich gar nicht wundern, wenn Rebecca und die Kinder Elaine Gesellschaft leisten.«

»Ja, gut«, sagte Glen. »Dann bis gleich.«

Als sie eintraten, blickten ihnen die beiden Frauen mit besorgten Gesichtern entgegen.

»Alles in Ordnung«, beruhigte Brad sie. »Wir sind heil und sicher zurück; keinerlei tragische Zwischenfälle.«

Aber sein aufmunterndes Grinsen wirkte keineswegs ansteckend. Die beiden Frauen tauschten nervöse Blicke, bis Elaine herausplatzte.

»Die Kinder sind heute am Strand gewesen. Sie kamen ungefähr eine halbe Stunde, nachdem das Unwetter einsetzte, zurück. Missy ist fest davon überzeugt, daß sie jemand am Strand gesehen hat, weiß aber nicht, wen.«

»Wo sind sie?« fragte Brad.

»Wir haben sie ins Bett gesteckt«, erklärte Rebecca. »Sie waren bis auf die Haut durchnäßt, und Missy war völlig verängstigt.«

Missy denkt, sie sieht Dinge – Robbys Worte kamen Brad in den Sinn, aber er behielt das im Augenblick wohl besser für sich.

»Habt ihr irgendwas in der Bibliothek gefunden?« fragte Elaine fast zögernd, als ob sie vor der Antwort Angst hätte.

Brad nickte. »Irgend etwas geht hier vor«, meinte er. »Wir sind heute abend jede Menge Zeitungen durchgegangen. Jedesmal, wenn hier einer dieser ›Unfälle‹ geschah, tobte ein Unwetter wie heute nacht. Und je schrecklicher die Unwetter sind, desto schrecklicher sind auch die Unfälle – ist das nicht seltsam?« Er ließ sich durch den betroffenen Gesichtsausdruck der beiden Frauen nicht mehr bremsen. »Wußtet ihr zum Beispiel, daß die Shellings nicht die ersten waren, die auf diese Weise hier umgekommen sind?«

»Was soll das heißen?« fragte Rebecca und wurde blaß.

»Die Leute, die dieses Haus hier gebaut haben, erlitten dasselbe Schicksal«, sagte Glen leise. »Baron wurde von seinen eigenen Netzen unter Wasser gezogen, und ein paar Tage danach erhängte sich seine Frau. Damals tobte ein dreitägiges Unwetter.«

»Ich wünschte, Sie hätten uns das nicht erzählt«, seufzte Elaine, »solche Dinge machen mir angst.« Brad wollte tröstend seinen Arm um ihre Schultern legen, als sie plötzlich zurückzuckte. »Wo ist Jeff?«

Die beiden Männer schauten sich verständnislos an. »Jeff? Er war nicht mit uns zusammen. Wir haben ihn den ganzen Tag nicht gesehen...« Glen brach ab, als er die Tragweite seiner Worte begriff.

Jeff konnte nur irgendwo am Strand sein.

Und draußen tobte ein Sturm.

Ein schrecklicher Sturm.

Er griff nach seinem Mantel und zog ihn wieder über. »Kommen Sie«, forderte er Brad auf, während er nach einer auf dem Tisch stehenden Stablampe griff. Als dieser hinter ihm her in die Dunkelheit hinausstürzte, war ihr Licht im herabprasselnden Regen nicht mehr als ein Glimmen, das ihm den Weg wies.

24

Sie stolperten fast über Jeff.

Der junge Fischer lag seltsam verkrümmt im Sand, direkt an der Wasserlinie.

»Oh, mein Gott«, flüsterte Glen, als das Licht der Stablampe auf sein Gesicht fiel. Der Mund war zu einer Grimasse des Schmerzes verzerrt. Tot, dachte Glen. Mein Gott, er ist tot. Aber dann sah er, daß die Lider des am Boden Liegenden flatterten und kniete sich neben ihn. Als er Jeffs Arm berührte, öffnete er die Augen.

Sein Mund begann zu arbeiten, aber kein Ton kam zustande. Dann wurde sein Körper von neuen Schmerzen durchzuckt, und er preßte krampfhaft die Augen zu.

Brad wollte ihn weiter den Strand hinaufschaffen, damit er außerhalb der Reichweite der Brandung kam. Aber als er das Licht der Lampe über seinen Körper gleiten ließ, machte er eine schreckliche Entdeckung. Jeffs Kopf lag in einem völlig unnatürlichen Winkel zum Rumpf...

Sein Genick war gebrochen.

Daß überhaupt noch Leben in ihm war, grenzte an ein Wunder. Wieder begannen seine Lider zu flattern, und er wollte etwas sagen. Glen beugte sich dicht an seine Lippen.

»Was wollen Sie, Jeff? Was ist geschehen?«

Jeff nahm seine letzten Kräfte zusammen, atmete tief ein und setzte erneut an. Aber dann ging sein Atem plötzlich in ein herzzerreißendes Röcheln über und verströmte sich in einem langen, letzten Seufzer.

Jetzt lag auch Jeff Horton, genau wie zwei Tage zuvor sein Bruder, tot im Sand der Sod Beach.

Elaine Randall ging unruhig zwischen Küche und Wohnzimmer hin und her. Immer wieder starrte ihr Blick in die Schwärze der Nacht hinaus. Es war ihr einfach unmöglich, sich ruhig vors Feuer zu setzen. Zu sehr war ihr Inneres aufgewühlt, ihre Nerven zitterten, und ihr Magen krampfte sich zusammen.

Dann schweifte ihr Blick wie suchend durch den Raum – was suchte sie eigentlich? Dann kam es ihr plötzlich zu Bewußtsein.

Den japanischen Schwimmer. Jene schimmernde blaue Glaskugel, die sie bei ihrer Quartiersuche an der hiesigen Küste am Strand gefunden hatte – das ›glückliche Omen‹, durch das sie auf Clark's Horbor gestoßen waren.

Wie lange war das schon her?

Sie hatte den Schwimmer vom Kaminsims genommen und starrte ihn an. Eigentlich hatte er bis jetzt nur Böses gebracht, und irgendwie hatte sie das Gefühl, es wäre besser, ihn dem Meer zurückzugeben.

Ohne weiteres Überlegen zog sie ihren Wettermantel über und lief aus dem Haus. Sie rannte auf kürzestem Weg zur Wasserlinie, warf noch einen letzten Blick auf das blau schimmernde Strandgut und schleuderte es dann mit aller Kraft hinaus ins Meer. Als es ihre Hand verließ, durchzuckte es sie wie ein elektrischer Schlag. Plötzlich wurde ihr bewußt, daß sie mitten in der Nacht mutterseelenallein an diesem schrecklichen Strand war. Panikerfüllt hetzte sie ins Haus zurück.

Kurz darauf kam Glen Palmer totenbleich und am ganzen Leib zitternd durch die Küchentür.

Elaine bereitete gerade auf dem Herd heißen Apfelwein. Sie ahnte sofort, was geschehen war.

»Ihr habt ihn gefunden, nicht wahr?« fragte sie leise.

Glen nickte stumm und ließ sich schwer auf einen Stuhl fallen.

Missy hat es gesehen, dachte Elaine, sie hat gesehen, was geschehen ist. Sie streichelte Glens Schulter. »Ruhen Sie sich aus. Ich hole nur Rebecca.« Dann fiel ihr etwas ein. »Wo ist denn Brad?«

»Er ist in die Stadt gefahren«, murmelte Glen, »er ist zur Polizei.«

Elaine ging rasch ins Wohnzimmer hinüber und winkte Rebecca herbei. »Ich schau' inzwischen mal nach den Kindern«, meinte sie, während Rebecca zu ihrem Mann ging.

Die beiden Kinder lagen zusammen in ihrem Bett. Robby schlief ganz ruhig, aber Missy war hellwach.

»Wo ist Papi?« fragte sie ängstlich.

»Er wird gleich zu dir reinkommen«, flüsterte Elaine. »Er mußte noch mal zum Strand raus.«

Das kleine Mädchen schien zu Tode erschrocken. »Das hätte er nicht tun sollen«, flüsterte sie, »der Strand ist ein böser Ort.«

Der Ton ihrer Stimme jagte Elaine einen Schauer über den Rücken, aber sie ließ sich nichts anmerken. Sie drückte sorgsam die Decke über dem kleinen Körper zurecht und küßte Missy leicht auf die Stirn. »Schlaf jetzt wieder, sonst wird dein Papi noch böse mit dir, und das willst du doch nicht – oder?«

Missy verkroch sich noch tiefer unter die Decke und schloß gehorsam die Augen.

Hat sie es wirklich beobachtet? fragte Elaine sich selbst. Großer Gott, hoffentlich nicht!

Sie überprüfte noch einmal sorgfältig das Fenster. Ja, es war fest verschlossen. Dann zog sie leise die Schlafzimmertür hinter sich zu und ging hinüber in die Küche, um sich von Glen genauer berichten zu lassen, was geschehen war.

Merle Glind goß Chip Connor gerade das dritte Bier ein, als das Telefon unter dem Tresen klingelte.

»Nie hat man seine Ruhe«, meckerte der kleine Mann und stellte die halbleere Flasche neben Chips Glas. »Immer ist irgendwas los!«

Chip konnte ein leichtes Grinsen über die gespielte Geschäftigkeit des Alten nicht unterdrücken. Es verschwand, als dieser den Hörer hochhielt und erklärte: »Ist für Sie! Weiß aber nicht, wer dran ist.«

»Hallo?« fragte Chip, nachdem er widerwillig seinen Barhocker verlassen hatte.

»Chip? Hier ist Brad Randall. Sind Sie noch nüchtern?«

»Sitz' vor meinem dritten Bier«, grinste der Hilfssheriff. »Was gibt's denn so Dringendes?«

»Jeff Horton. Glen und ich fanden ihn vor einer halben Stunde am Strand. Er ist tot.«

»Verdammt!« stieß Chip hervor. »Haben Sie schon Harn informiert?«

Am anderen Ende der Leitung war es einen Augenblick still. »Ich wollte es Ihnen sagen«, kam es dann zögernd.

»Auch gut«, meinte Chip, »wo ist er?«

»Noch am Strand. Wir wollten keine Spuren verwischen.«

»Gut. Ich komme sofort.« Dann überlegte er einen Augenblick. »Wo sind Sie denn, Brad?«

»Bei Pruitts Tankstelle. Wollen Sie, daß ich hier auf Sie warte?«

»Nicht nötig, wir treffen uns dann bei Ihnen. Ich muß zuerst Harn anrufen und ihm sagen, was geschehen ist.«

»Ich weiß«, meinte Brad, »hätte ich Sie nicht erreicht, hätte ich das schon getan.«

»Also gut«, wollte Chip das Gespräch beenden, »fahren Sie jetzt zurück nach Hause. Ich komme, so schnell es geht.« Dann fiel ihm noch etwas ein. »Ist Glen in Ordnung?«

»Er steht noch etwas unter Schock, aber das wird sich gelegt haben, bis Sie auftauchen.«

»Wird er fähig sein, ein paar Fragen zu beantworten?«

Jetzt trat eine längere Pause ein, und als Brad endlich antwortete, klang seine Stimme sehr reserviert. »Hängt davon ab, was Sie ihn fragen wollen. Deshalb hab' ich auch Sie und nicht Whalen angerufen, Chip.«

Chip fragte sich, ob er es riskieren konnte, auf eigene Faust zu handeln und Harn erst am Morgen zu informieren. Nein, sein Chef würde ihm das Fell über die Ohren ziehen...

»Ich muß ihn anrufen, Brad, er ist der Boß!«

»Ich weiß«, meinte Brad etwas enttäuscht, »also, dann bis später.«

Chip war keineswegs erstaunt, daß Merle Glind mit großen, neugierigen Augen hinter ihm stand, als er den Hörer auflegte.

»Was ist los?« fragte er gespannt. »Was ist geschehen?«

»Jeff Horton. Liegt draußen an der Sod Beach. Tot.«

»Mein Gott!« stieß Glind hervor. Dann meinte er fast vorwurfsvoll: »Ich hab' ja gesagt, er sollte nicht länger hierbleiben, ich hab' so was geahnt.«

Aber Chip hörte ihm nicht mehr zu. Er wählte Harney Whalens Nummer. Erst nach dem zehnten Klingeln, als er schon aufgeben wollte, wurde am anderen Ende abgenommen.

»Hab' ich dich aus dem Bett geklingelt?« fragte Chip.

»Nein«, erwiderte Whalen mit etwas unsicherer Stimme. »Ich hab' vor dem Fernseher gesessen und war wohl ein bißchen eingenickt.«

»Es wäre gut, wenn du so schnell wie möglich zur Sod Beach rauskommen würdest. Da draußen liegt Jeff Horton. Tot.«

Einen Augenblick lang kam keine Reaktion, und Chip dachte schon, sein Chef habe ihn nicht richtig verstanden. Er wollte seine Meldung gerade wiederholen, als Whalens Stimme wieder laut wurde.

»Ich habe diesen Hundesohn gewarnt«, sagte er wütend, »niemand kann sagen, ich hätte ihn nicht gewarnt! Du nimmst die Sache in die Hand – in Ordnung, Chip?«

Dann knackste es am anderen Ende der Leitung. Harney Whalen hatte einfach aufgelegt.

Gegen Mitternacht war alles vorüber. Chip Connor und Brad Randall hatten Jeff Hortons Leiche vom Strand ins Wohnzimmer des alten Baron-Hauses getragen. Mit einem Laken bedeckt, wartete sie auf ihren Abtransport durch die Ambulanz. Elaine und Rebecca saßen verängstigt in der Küche, während Brad noch einmal den Leichnam untersuchte. Nachdem er das Laken wieder über Jeffs Gesicht gezogen hatte, wandte er sich an den neben ihm hockenden Chip.

»Das Genick ist gebrochen, da gibt es keinen Zweifel. Mehr kann ich im Augenblick nicht feststellen. Natürlich wird man eine Autopsie vornehmen müssen, um Genaueres zu erfahren. Ich zweifle allerdings, ob sie etwas finden werden. Wirklich unglaublich, daß er noch lebte, als wir ihn fanden.«

»Warum?«

»Er hätte bei dieser Art der Verletzung in spätestens ein, zwei Minuten tot sein müssen.«

»Und warum war er es nicht?«

Brad wiegte nachdenklich den Kopf. »Weiß ich auch nicht so recht. Offensichtlich funktionierte die Luftröhre noch, obwohl das Genick völlig verrenkt war.«

»Könnte Glens Berührung ihm geschadet haben?«

»Kaum möglich – gestorben wäre er auf jeden Fall. Glen hätte also lediglich sein Leiden verkürzt. Völlig unvorstellbar, daß er den Angriff überlebt hätte.«

»Was meinen Sie, wie es geschehen ist?« fragte Chip. »Haben Sie davon eine Vorstellung?«

»Jemand muß ihn von hinten angefallen haben. Vielleicht hat er ihm mit einem harten Gegenstand einen Schlag ins Genick versetzt und ihm anschließend noch den Kopf verrenkt, um sicherzustellen, daß er wirklich tot war.«

»Mein Gott«, stöhnte Chip und spürte, wie es ihm flau im Magen wurde. »Wer mag wohl so etwas Schreckliches getan haben?«

»Ich würde das auch gern wissen«, meinte Brad und warf dann dem Hilfssheriff einen fragenden Blick zu. »Kommt Whalen noch raus?«

»Nein, er sagte, ich solle mich um alles hier kümmern. Wahrscheinlich fühlt er sich noch immer nicht so recht wohl.«

»Was soll das heißen?«

»Er hat gestern blaugemacht«, erwiderte Chip. »Als ich ihn nach dem Grund fragte, hat er irgendwas von Magenverstimmung gesprochen. Wahrscheinlich hat er heute nacht wieder Probleme damit.«

»Magenprobleme?« wunderte sich Brad, »danach sieht er wirklich nicht aus. Trotz seines Alters scheint er noch recht gut in Form zu sein.«

»Ist er auch«, stimmte Chip zu, »aber mit achtundsechzig ist man nun mal nicht mehr der Jüngste.«

»Achtundsechzig? Ich hab' ihn für Ende fünfzig gehalten.«

»Falsch geraten. Er wird im August neunundsechzig.«

Brad schüttelte bewundernd den Kopf. »Ich kann nur hoffen, auch noch so gut in Schuß zu sein, wenn ich so alt bin.« Aber seine Gedanken waren längst von Whalens Äußerem zu etwas anderem geschweift. Der Hinweis auf das wirkliche Alter des Sheriffs hatte eine Assoziation bei ihm ausgelöst. Doch dann traf plötzlich die Ambulanz ein, und bis sie

Jeff Hortons Leichnam versorgt hatten, war die flüchtige Gedankenverbindung wieder verflogen.

Brad schloß die Küchentür, während die Rücklichter der Ambulanz im noch immer dichten Regen zu verschwimmen begannen.

»Kann ich Ihnen einen Drink anbieten, oder sind Sie noch im Dienst«, fragte er den Hilfsheriff.

»Lieber nicht«, meinte dieser, »ich muß zurück aufs Revier und ein Protokoll anfertigen. Harney wird es morgen früh sofort haben wollen.« Er klappte sein Notizbuch zu und stand auf. Unter der Tür wandte er sich noch einmal zu Brad um. »Noch eine letzte Frage – haben Sie eine Erklärung, Brad, für das, was hier draußen vorgeht?«

Brad schüttelte bekümmert den Kopf. »Ich wünschte, ich hätte eine. Bis jetzt habe ich nicht mehr als die Vermutung, daß es etwas mit diesen Stürmen zu tun hat.«

»Mit den Stürmen?« fragte Chip erstaunt. »Aber die hatten wir hier draußen doch schon immer.«

»Das weiß ich«, meinte Brad leise, »und es sieht ganz so aus, als ob ihr auch schon immer etwas seltsame ›Unfälle‹ gehabt hättet...«

Chip starrte ihn an und entschied sich dann, seine Betroffenheit mit einem etwas gekünstelt wirkenden Lachen zu kaschieren. »Vielleicht liegt das an diesen Indianern. Immerhin haben sie einige recht scheußliche Dinge angestellt.«

Energisch setzte er seine Mütze auf und trat in die Dunkelheit hinaus.

25

Der Sturm tobte auch am nächsten Morgen noch mit unverminderter Stärke.

Als Brad und Glen nach Clark's Harbor hineinfuhren, ließen die Böen den Wagen schlingern, und der Regen überflutete die Frontscheibe, so daß die Wischer mit ihrer Arbeit kaum nachkamen.

»So etwas habe ich noch nie erlebt«, meinte Glen. »Ich dachte immer, die schlimmsten Stürme gäbe es im Winter.«

»Offensichtlich nicht«, antwortete Brad, während sie vor dem kleinen Rathaus hielten. »Manchmal denke ich, sie haben dem Pazifik einen falschen Namen gegeben; es sieht aus, als ob das noch tagelang so weitergehen würde.«

Die wenigen Leute in der Vorhalle blickten mit unverhohlener Neugier auf, als sie eintraten. Das ist ganz neu für Clark's Harbor, dachte Brad amüsiert. Ohne sich weiter um sie zu kümmern, gingen sie mit raschen Schritten auf das Büro des Sheriffs zu.

Harney Whalen empfing Glen mit einem bösen Blick. Bevor sie etwas sagen konnten, fuhr er ihn an.

»Sieht ganz so aus, als ob Sie immer mittendrin wären, wenn es im Ort Probleme gibt, Palmer!«

Glen spürte, wie die Empörung seinen Magen zusammenschnürte, doch er ermahnte sich, ruhig zu bleiben. Ein Wutausbruch würde alles nur noch schlimmer machen.

»Für mich sieht es so aus, als ob alle Schwierigkeiten hier auf irgendeine Weise mit Sod Beach zu tun hätten«, konterte er.

Harney Whalen schnaubte unwillig und schob das Protokoll über den Schreibtisch. »Schauen Sie das an, und sagen Sie mir, ob es so stimmt.«

Glen überflog den Bericht und reichte ihn dann Brad. Nachdem auch er ihn geprüft hatte, gab er ihn Whalen zurück.

»Ja, so ungefähr war es«, meinte Brad.

»Wollen Sie mir mehr darüber erzählen?« fragte Whalen Glen, und ignorierte Brad.

»Da gibt es nicht mehr zu erzählen. Wir sind raus, um Jeff zu suchen – und da fanden wir ihn. Gleich darauf ist er gestorben.«

»Aber warum gingen Sie auf die Suche nach ihm?« Die

Feindseligkeit in Whalens Stimme war unüberhörbar. »Er ist ein erwachsener Mann – er war ein erwachsener Mann.«

»Es war spät, und der Sturm wurde immer heftiger. Wir hatten einfach Angst um ihn«, erwiderte Glen.

»Ich glaube, es war etwas anderes«, sagte Whalen eisig.

»Etwas anderes – was?«

»Ich glaube, Sie haben ihn getötet«, sagte Whalen kalt, »vielleicht einer allein oder Sie beide zusammen. Ich lasse mir doch nicht einreden, daß Sie beide einfach an den Strand gingen und dort einen sterbenden Mann fanden. Jeder Tod hat eine Ursache, und nicht selten stirbt ein Mensch durch einen anderen.«

Brad und Glen starrten den Sheriff ungläubig an; sie meinten, sich verhört zu haben. Brad fing sich als erster.

»Ich würde mir meine Worte sehr genau überlegen, wenn ich Sie wäre, Whalen!«

»So, würden Sie?« Es war mehr als Verachtung in Whalens Stimme – eine Herausforderung. Aber bevor einer der beiden darauf reagieren konnte, fuhr der Sheriff fort. »Wie wär's denn damit? Sie beide waren gestern abend in der Bibliothek, richtig? Also, nehmen wir mal an, während Sie weg waren, blieb Horton zu Hause und kümmerte sich um Ihre Frauen wie ein guter Gast – oder vielleicht auch mehr, vielleicht verwöhnte er sie auf eine Art, wie man es als Ehemann nicht so unbedingt mag – und in diesem Augenblick kamen Sie dazu...« Sein Blick ging lauernd von Glen zu Brad, während er auf ihre Reaktion wartete.

Glen Palmer zitterte innerlich und starrte krampfhaft in den Regen hinaus. Brad Randall dagegen erwiderte Whalens eisigen Blick. Als er sprach, klang seine Stimme beherrscht und ruhig, wie Whalen es nicht erwartet hatte.

»Beschuldigen Sie uns etwa?«

»Darüber denke ich noch nach«, knurrte der Sheriff.

»Dann gehen wir jetzt«, sagte Brad fest, »kommen Sie, Glen.«

Er wandte sich ab, und Glen folgte ihm. Doch an der Tür wurden sie von Whalens Stimme gestoppt.

»Ich bin noch nicht fertig mit Ihnen.«

Brad drehte sich langsam und gelassen um. Fast spöttisch meinte er: »So, sind Sie nicht? Ich denke doch, Whalen. Sie wollen von uns keine Aussagen zu dem Fall, sondern äußern Mutmaßungen und Verdächtigungen. Ich bin wohl kein Anwalt, aber ich weiß verdammt gut, und Sie wissen das vermutlich auch, daß Sie uns nicht zwingen können, mit Ihnen zu sprechen, wenn wir nicht wollen. Vor allem, solange kein Anwalt hier ist.«

Energisch öffnete er die Tür, und diesmal hielt Whalen sie nicht zurück. Haßerfüllt starrte er ihnen nach und wünschte erneut, sie wären nie nach Clark's Harbor gekommen. Wie friedlich wäre der Ort ohne diese verdammten Fremden...

Seine innere Unruhe ließ ihn nach dem Regenmantel greifen. Als er durch die Tür seines Büros trat, wichen die in der Vorhalle Herumlungernden scheu vor ihm zurück. Sie wußten, wozu Harney Whalen in einem solchen Zustand fähig war.

Er ging zum Kai hinunter, unschlüssig, wohin er sich wenden sollte. Schließlich schlug er den Weg entlang dem Strand nach Norden ein. Das Wasser hatte seinen Höchststand überschritten und ging zurück. Der ihm ins Gesicht schlagende Regen und der frische Wind schienen seine Wut zu besänftigen.

Fast ohne es zu merken, verbrachte er den Rest der Morgens am Strand; und auch am Nachmittag ging er noch nicht nach Hause.

Niemand sah ihn da draußen, er war ganz für sich allein.

Und während Whalen am Strand war, schwoll der Sturm weiter an.

Robby und Missy saßen auf dem Boden ihres winzigen Schlafzimmers über einem Damebrett... Robby blickte recht finster auf die Figuren. Was er auch probierte, Missy war ihm einfach überlegen. Jetzt war er in Gefahr, auch noch seinen letzten Stein zu verlieren und damit das dritte Spiel hintereinander.

»Ich möchte nicht mehr spielen«, schmollte er.
»Du mußt ziehen«, drängte Missy.
»Ich möchte nicht, ich gebe auf.«
»Zieh!« beharrte Missy, »ich möchte deinen Stein überspringen.«
»Du gewinnst doch sowieso«, meinte er barsch und stand auf. Er warf einen Blick durchs Fenster. »Laß uns rausgehen«, sagte er plötzlich. Missy starrte mit angstvoll geweiteten Augen zu ihm hoch.
»Das dürfen wir nicht. Mami hat gesagt, wir müssen heute im Haus bleiben. Es regnet doch.«
»Ich mag es, wenn es regnet.«
»Ich nicht, nicht, wenn es so stark regnet und stürmt. Dann geschehen böse Dinge.«
»Ach, komm doch«, versuchte Robby sie zu überreden. »Es ist noch nicht einmal sechs Uhr. Wir klettern durchs Fenster wie letztes Mal. Wir gehen rüber zu den Randalls und kommen mit Daddy zurück.«
»Ich möchte nicht.«
»Angsthase!«
»Ja, ich habe Angst«, erwiderte Missy kläglich, »und du solltest auch Angst haben!« Sie zitterte, innerlich erregt durch das Eingeständnis.
»Ich hab' aber keine, ich mag es da draußen!« triumphierte Robby und zog ihre Regenmäntel aus dem Schrank.
»Ich geh' nicht mit«, beharrte Missy, während er den seinen anzog.
»Wen interessiert das schon«, erwiderte Robby, »dann geh' ich eben allein.«
»Ich sag's Mutter«, drohte Missy.
»Dann verhau' ich dich«, drohte Robby zurück.
»Das traust du dich nicht!«
Robby zog die Gummistiefel an. »Kommst du jetzt, oder nicht?«
»Nein«, sagte Missy fest.
»Auch gut!« Er öffnete das Fenster und kletterte hinaus. Sobald er verschwunden war, lief Missy zum Fenster, schloß

und verriegelte es. Dann ging sie ins Wohnzimmer, wo Rebecca strickend am Feuer saß.

»Robby ist rausgegangen«, sagte sie.

»Raus? Was soll das heißen?«

»Er hat seinen Regenmantel angezogen und ist aus dem Fenster geklettert«, erklärte Missy.

Rebecca ließ das Strickzeug fallen und lief in das Zimmer der Kinder hinüber. Vielleicht hatte das kleine Mädchen nur einen Scherz gemacht...

»Robby, Robby, wo bist du?«

»Ich hab' dir doch gesagt, daß er raus ist«, erklang hinter ihr Missys Stimmchen.

Rebecca lief zur Haustür und riß sie auf. Der Sturm warf ihr den Regen ins Gesicht, und sie versuchte vergeblich in der rasch wachsenden Dunkelheit etwas zu erkennen.

»Robby, Robby!« rief sie verzweifelt, »Robby, komm sofort ins Haus zurück!« Aber das Heulen des Windes und der Brandung übertönten ihre Stimme.

Fieberhaft überlegte sie, was zu tun sei. Sie mußte raus und ihn finden, das war ihr klar. Wenn nur Glen nicht zu den Randalls gegangen wäre, dachte sie fast ärgerlich. Sie mußte ganz allein eine Entscheidung fällen.

»Ich geh' raus und such' ihn«, sagte sie zu Missy, »du bleibst hier.«

»Allein?« fragte das kleine Mädchen erschrocken.

»Ich werd' nicht lange weg sein«, versuchte Rebecca sie zu beruhigen, »Robby ist bestimmt noch in der Nähe.«

»Ich möchte nicht allein bleiben«, jammerte Missy, »ich möchte mitkommen.«

Rebecca war unschlüssig, doch die angsterfüllten Kinderaugen sagten ihr, daß sie Missy nicht allein lassen durfte, auch wenn sie sie bei der Suche nach Robby nur behindern würde.

»Also gut«, willigte sie ein, »zieh deinen Regenmantel über und deine Stiefel, beeil dich!

Missy rannte nach nebenan und kam gleich darauf angezogen zurück. Rebecca griff nach der schweren Stablampe und öffnete dann die Tür. Ein Windstoß blies die auf dem Tisch stehende Laterne aus. Sie griff nach Missys Händchen und stemmte sich gegen den Wind. Bevor sie hundert Schritt von der Hütte entfernt waren, waren sie durchnäßt bis auf die Haut.

»Ich möchte ins Haus zurück«, quengelte Missy.

»Wir müssen zuerst Robby finden«, schrie Rebecca. »Wohin wollte er?«

»Er sagte, er würde an den Strand gehen.« Missy mußte laufen, um mit Rebecca Schritt zu halten.

Sie hasteten direkt am Wasser entlang über den Strand. Die Stablampe war so gut wie nutzlos. Ihr Strahl wurde durch den schwer niederstürzenden Regen in Tausende wirbelnder Pünktchen gebrochen, die das Sehen eher noch erschwerten.

Plötzlich blieb Missy stehen und zog an Rebeccas Hand.

»Da ist jemand«, sagte sie fast tonlos.

Rebecca schwenkte die Lampe nach allen Richtungen; ihre Hand zitterte. »Robby?« fragte sie. »Robby?«

Sie drehte sich so, daß der Wind von hinten kam und rief erneut nach ihrem Sohn. Doch wieder keine Antwort. Dann zerriß ein greller Blitz die Schwärze des Himmels und zuckte in das nahe Wäldchen. Und plötzlich spürte sie, daß etwas hinter ihr war.

Es war nicht ihr Sohn.

Sie gab Missys Hand frei.

»Lauf, Missy, lauf so schnell du kannst zurück ins Haus!«

Und während sie Missy davonstürzen sah, fühlte sie, wie sich etwas von hinten um ihren Hals legte. Es war ein Arm, ein starker Arm, und er drückte ihr die Luft ab. Sie versuchte zu schreien, aber ihre Stimme gehorchte ihr nicht mehr. Verzweifelt schlug sie mit der Stablampe nach dem Arm, doch der Druck nahm unbarmherzig zu.

Nein, dachte sie, nein, das nicht! Bitte – o Gott – nein...

Missy lief völlig verwirrt durch die tosende Dunkelheit. Sie hatte keine Ahnung, wohin sie lief.

Nur weg, weg von ihrer Mutter!

Und von diesem anderen, das bei ihrer Mutter war...

Sie stolperte und fiel hilflos weinend in den klammen Sand.

»Missy, bist du das?« Sie erkannte die Stimme.

»Robby? Wo bist du?«

»Hier drüben, komm her.«

Sie kroch auf die Stimme zu und stieß gegen einen angeschwemmten Baumstamm.

»Kletter rüber«, forderte Robby sie auf.

Dann duckte sie sich neben ihn und spähte über den Stamm hinweg in die Dunkelheit hinaus. Dort tanzte der Strahl der Stablampe unstet auf und ab, fiel dann zu Boden und erlosch.

»Was ist passiert?« fragte Robby.

»Es ist Mami«, schluchzte das kleine Mädchen. »Irgend jemand ist bei ihr...«

Ein neues Blitzbündel zerriß den Himmel, und die beiden Kinder konnten die Umrisse ihrer Mutter am Strand erkennen. Sie war in die Knie gesunken, überragt von einer massigen Gestalt, die sich von hinten über sie beugte und ihren Kopf nach vorn zwang...

Robby fühlte, wie die Erregung ihn zittern ließ; jeder Muskel des kleinen Körpers spannte sich.

Die Dunkelheit schloß sich wieder, als der Donner über sie hinwegrollte und Missys Aufschrei übertönte. Robby dagegen war wie gelähmt.

»Laß uns heimgehen, Missy«, flüsterte er schließlich, wie aus einem Traum erwachend. Benommen stand er auf und nahm die kleine Schwester an der Hand. Er zog sie durchs Unterholz und begann dann mit ihr auf die Hütte zuzulaufen.

Rebeccas verzweifelte Bewegungen wurden schwächer, während ihr Bewußtsein sie verließ. Die Zeit schien sich zu dehnen, und sie meinte noch zu spüren, wie ihr Blut mit letzter Kraft Sauerstoff aus den Lungen zu saugen versuchte.

Dann hörte sie dicht neben dem Ohr ein seltsames Knacken und sank in sich zusammen. Es war, als ob sie jeden Kontakt mit ihrem Körper verloren hätte.

Mein Genick, dachte sie wie verwundert, mein Genick ist gebrochen...

Einen Augenblick später lag Rebecca Palmer tot im Sand der Sod Beach.

26

Die Petroleumlampe auf dem Eßzimmertisch flackerte, und Glen Palmer streckte die Hand aus, um den Docht hochzudrehen. In diesem Augenblick tauchte ein Blitz das Haus der Randalls in grelles Licht, nur knapp hundert Meter von der Stelle entfernt, an der Rebecca den Tod fand. Erschrocken zuckte Glen zurück und lachte dann leicht verlegen auf. Brad hob den Kopf und schaute über die zwischen ihnen liegende Karte hinweg zu ihm hinüber.

»Vielleicht sollten wir für heute Schluß machen«, meinte er. »Ich weiß nicht, wie es mit Ihnen ist, aber meine Augen beginnen zu brennen. Ich bin dieses Licht nicht gewöhnt.«

Sie hatten den Nachmittag damit verbracht, die verschiedenen Unglücksfälle, die sich in Clark's Harbor ereignet hatten, geographisch zu erfassen. Seit dem ebenso unheimlichen wie unerklärlichen Ableben von Frank und Myrtle Baron bis zum Schicksal von Pete und Miriam Shelling und den beiden Brüdern hatte es immer wieder ähnliche Unglücksfälle gegeben. Alle hatten sich in unmittelbarer Nähe der Sod Beach zugetragen und immer in Nächten wie dieser, wenn der Sturm die Wellen gegen den Strand warf... Und immer waren die Opfer Fremde in Clark's Harbor gewesen.

»Wie in den indianischen Legenden«, meinte Glen mit einem abschließenden Blick auf die Karte. »Es ist fast, als ob der Strand sie zuerst anlockt, dann die Kräfte der Natur gegen sie aufwiegelt und sie schließlich verschlingt.«

»Hört sich fast poetisch an«, meinte Brad mit einem kleinen Lächeln, »aber die Natur tötet ihre Feinde nicht auf diese Weise. Hier sind andere Kräfte am Werk, und ich würde vieles dafür geben, ihnen auf die Spur zu kommen.«

Glen schien irgend etwas zu bewegen. Schließlich sagte er fast widerwillig: »Was ist mit Robby?«

»Robby?«

»Sie sagten, der Strand übe eine starke Wirkung auf ihn aus. Wenn das stimmt – könnte er dann nicht auch andere beeinflussen?«

Brad erwiderte mit resigniertem Lächeln: »Ja, schon, aber das hilft uns auch nicht weiter. Solange wir nicht wissen, *wie* der Strand auf Robby einwirkt, erfahren wir auch nicht, wie er andere beeinflußt. Bis jetzt habe ich keine Ahnung, wo der gemeinsame Nenner zu suchen ist.«

Elaine erschien in der Tür. »Na, kommt ihr voran?« Auch sie wirkte müde und erschöpft.

»Ich wünschte, wir könnten das behaupten«, antwortete Brad, »aber bis jetzt landen wir immer wieder in der Sackgasse – der Sturm scheint die Leute zu töten, was natürlich lächerlich ist.«

»Was ist mit Missy? Habt ihr schon mit ihr geredet?«

Die beiden Männer blickten Elaine verständnislos an. Doch plötzlich durchzuckte Brad eine Erinnerung – was hatte Robby damals am Strand erklärt?

»Missy behauptet, Dinge zu sehen.«

Wußte etwa auch Elaine davon?

»Was ist mit Missy?« fragte er eindringlich. Glen schien noch immer nicht zu wissen, worüber die beiden sprachen. Gespannt wanderte sein Blick zwischen ihnen hin und her. Elaines Antwort ließ ihn zusammenzucken.

»Ich glaube, daß Missy gesehen hat, wie Jeff Horton ums Leben gekommen ist«, meinte sie fast tonlos, wodurch die Wirkung ihrer Worte aber eher noch unterstützt wurde. »Ich habe sie nicht danach gefragt, aber sie sagte gestern abend etwas Seltsames. Als ich ihr erklärte, daß ihr Daddy an den Strand gegangen sei, meinte sie, das hätte er nicht tun sollen, denn dort geschähen schlimme Dinge... Das war alles, aber ich hatte das Gefühl, daß sich das auf Jeffs Tod bezog, daß sie irgend etwas davon mitbekommen hat.«

Glen saß wie erstarrt, während Brad besorgt nickte. »Robby hat mir schon vor einiger Zeit erklärt, daß seine Schwester ›Dinge‹ sehe.«

Glen fuhr hoch. »Was für Dinge?« fragte er fast hysterisch, »was denn nur für Dinge?«

»Darüber hat er nicht gesprochen«, erwiderte Brad beruhigend, »ich wollte sie schon immer danach fragen, aber dann überstürzten sich die Ereignisse und...« Er brach ab.

Glen war aufgestanden und zog den Mantel über.

»Dann werden wir sie jetzt fragen. Ich geh' und hol' Rebecca und die Kinder her.«

Brad warf einen Blick in die Schwärze der Sturmnacht hinaus. »Soll ich Sie nicht besser fahren? Draußen ist es mehr als ungemütlich.«

»Nein, danke«, meinte Glen. »Ich geh' am Strand entlang, wird schon nicht so schlimm sein.« Er hatte den Mantel zugeknöpft und machte die Tür auf. Der Wind knallte sie gegen die Wand.

»Sind Sie sicher, daß Sie zu Fuß gehen wollen?«

Glen grinste ironisch. »Sie meinen, wegen gestern nacht? Wenn man vom Pferd gestürzt ist, muß man sofort wieder aufsteigen, heißt es doch. Wenn ich mich heute nicht an den Strand traue, tue ich es nie mehr.«

Er zog die Tür hinter sich ins Schloß und stapfte davon.

Glen stemmte sich gegen den Wind. Seine rechte Hand versuchte vergeblich den Kragen des Mantels so zusammenzupressen, daß er den Regen abhielt. Die Linke steckte zur Faust geballt in der Tasche, während sich die Augen gegen den peitschenden Regen zu Schlitzen verengt hatten.

Er kam nur mühsam voran, wobei er sich mit gesenktem Kopf dicht an der Wasserlinie hielt. Doch immer wieder schaute er auf und suchte in der Dunkelheit nach dem

Schein der Lampe in der Hütte. Eigentlich müßte er schon zu sehen sein... Besorgt beschleunigte er seine Schritte.

Nachdem er noch einmal fast hundert Meter gegangen und noch immer nichts zu sehen war, blieb er stehen und versuchte mit größter Anspannung die Schwärze der Nacht zu durchdringen. Nichts! Seine Besorgnis verwandelte sich in Angst.

Er begann mit aller Kraft gegen den Sturm anzurennen. Gleich würde er das Licht sehen und dann die Hütte, wo Rebecca und die Kinder auf ihn warteten.

Er stolperte und fiel der Länge nach in den aufgeweichten Sand. Das alles ging so schnell, daß er sich mit der Rechten nur ungenügend abbremsen konnte, während die Linke vergeblich versuchte, sich aus der Tasche zu befreien.

Sandkörner klebten und kratzten an seinem Gesicht, und er hatte den ekelerregenden Geschmack von Salzwasser auf der Zunge. Als er sich aufrichtete und mit dem Ärmel übers Gesicht wischte, spürte er plötzlich etwas neben sich.

Etwas Weiches.

Wieder überkam ihn dieses Gefühl der Benommenheit wie in der Nacht zuvor. Seine Bewegungen erfolgten fast widerwillig.

Er streckte die Hand aus und betastete vorsichtig Rebeccas Gesicht. Obwohl es sich warm anfühlte, wußte er, daß sie tot war.

Kopf und Rumpf bildeten im Sand genau denselben unnatürlichen Winkel wie bei Jeff Horton...

Sein Bewußtsein wehrte sich noch gegen diese Einsicht. Glen kniete geduckt neben Rebecca im Sand und spürte nicht mehr, wie ihm der Regen in den Kragen lief.

»Rebecca«, flüsterte er und wiederholte ihren Namen: »Rebecca!« Dann überflutete ihn der Schmerz wie eine Sturmbö. Er riß sie in seine Arme und preßte sie gegen seine Brust.

»Rebecca«, schluchzte er, »o Gott, Rebecca, verlaß mich nicht!«

Ihr Kopf pendelte unkontrolliert hin und her, während sie

schlaff in seinen Armen lag und die weit aufgerissenen Augen ausdruckslos in den Nachthimmel starrten.

Glens Bewußtsein wurde jetzt von einem dumpfen Gefühl der Sinnlosigkeit überschwemmt, von dem er wußte, daß es sein ganzes künftiges Leben bestimmen würde.

Warum war Rebecca eigentlich hier allein am Strand gewesen? Und wo waren die Kinder?

Die Kinder – er mußte sich sofort um sie kümmern! Vielleicht waren sie aus der Hütte geschlüpft, und Rebecca war sie suchen gegangen? Sie würde sie nie allein gelassen haben, da war er sich sicher.

Er richtete sich auf und blickte hinüber zu der dunklen Masse der Bäume. Falls sie sich wirklich draußen herumtrieben, würden sie wahrscheinlich im Strandwäldchen sein.

Aber er konnte Rebecca nicht hier liegenlassen, in der Kälte dieser Sturmnacht... Bevor er sich um die Kinder kümmern konnte, mußte er seine tote Gefährtin hier wegbringen.

Er hob sie hoch und trug sie mit gesenktem Kopf den Strand hinauf. Wo Rebecca gelegen hatte, war nur noch eine im Regen rasch flacher werdende Mulde zu sehen und ein Schwimmer aus blauem Glas.

Als er vor der Tür der Hütte stand, hielt er inne. Irgend etwas sagte ihm, daß es besser wäre, Rebecca unter das Vordach zu betten.

Dann öffnete er die Tür.

»Robby? Missy? Ich bin's, Daddy!«

Er hörte kleine, aufgeregte Schritte auf sich zukommen, und dann umschlangen ihn die Kinder.

»Daddy, Daddy«, schluchzte Missy, »etwas Schreckliches ist geschehen!«

Glen sank in die Knie und zog sie an sich. »Tut mir so leid, Daddy, tut mir so leid«, wiederholte Robby unaufhörlich.

»Da ist nichts, wofür ihr etwas könntet«, versuchte Glen seinen Sohn zu trösten. »Nichts, was geschehen ist, hat etwas mit euch zu tun...«

»Aber ich bin doch rausgegangen«, jammerte Robby, »und Mami hatte es verboten. Sie haben mich gesucht und dann...« Seine Worte gingen in einem Tränenausbruch unter.

»Wir waren am Strand«, sagte Missy. »Irgend etwas griff nach Mami, und Mami sagte, ich solle davonlaufen, und dann bin ich gelaufen...«

»Ist ja gut«, flüsterte Glen mit zugeschnürter Kehle, »du brauchst es mir nicht zu erklären. Ich muß mich jetzt um Mami kümmern und möchte, daß ihr inzwischen etwas für mich tut.«

Er löste sich von den Kindern und zündete die kleine Lampe an, bei deren Schein Rebecca sonst auf seine Heimkehr gewartet hatte. Als die kleine Flamme den Raum erleuchtete, schienen Robby und Missy etwas ruhiger zu werden.

»Robby, ich möchte, daß du mit Missy jetzt in euer Zimmer gehst und saubere Sachen für euch beide einpackst, kannst du das?«

Robby nickte ernst.

»Gut. Und dann wartet ihr dort auf mich. Ihr kommt erst wieder heraus, wenn ich euch rufe, verstanden?«

»Gehst du weg?« fragte Missy ängstlich.

»Nein, Liebling, natürlich nicht. Ich bleibe bei euch.«

Missy wollte noch weiterfragen, aber ihr Bruder packte sie bei der Hand und zog sie mit sich. »Komm jetzt«, befahl er.

»Hör auf, so zu ziehen«, jammerte das kleine Mädchen, »Papi, sag ihm, er soll damit aufhören!«

»Laß sie los, Robby«, mischte Glen sich ein. »Und du bleibst bei deinem Bruder!«

Sobald sich die Tür hinter den Kindern geschlossen hatte, klappte Glen das Schlafsofa auf, das er und Rebecca benützt hatten. Er nahm eines der Bettücher heraus, klappte es sorgfältig wieder zu und trat vor die Tür.

Er trug Rebecca bis ans äußerste Ende des Vorbaus, wo er sie mit Tränen in den Augen in das Tuch schlug. Von der Tür aus blickte er noch einmal zurück. Wenn es ihm gelang, die Kinder rasch über den Vorbau zu bringen, würden sie nicht sehen, was da nur wenige Schritte von ihnen entfernt lag.

Dann nahm er alle Kraft zusammen und ging wieder in die Hütte.

Robby und Missy saßen dicht nebeneinander auf dem unteren Bett, zu ihren Füßen eine braune Tasche. Ihre traurigen Gesichtchen blickten zu ihm auf.

»Mami ist tot?« fragte Robby, als ob er die Antwort schon kennen würde.

»Ja, sie ist tot«, sagte Glen tonlos.

»Warum?« wollte Missy wissen. In ihrer Stimme war nichts als kindliche Neugier, und Glen wurde jetzt erst bewußt, daß Rebeccas Tod für sie noch gar nicht faßbar war...

»Ich weiß nicht«, sagte er leise, »ich weiß nicht, wie es geschehen konnte.«

»Müssen wir von hier weg?« wollte Robby wissen.

»Weg?«

»Weil wir unsere Kleider eingepackt haben.«

»Ich bringe euch für die Nacht zu Brad und Elaine«, erklärte Glen, »ich werde später auch dort schlafen, nachdem ich noch einige Dinge hier erledigt habe.«

»Gehen wir jetzt sofort?« fragte Missy.

»Ja, sofort.« Glen gelang sogar ein kleines Lächeln. »Draußen regnet es noch immer schrecklich, deshalb möchte ich, daß ihr ganz rasch zum Auto lauft – ja?«

Die beiden Kinder nickten eifrig.

»Ich gehe voraus und öffne die Tür – und dann lauft ihr um die Wette. Der Sieger bekommt eine Überraschung.«

»Was denn?« wollte Robby wissen.

»Wenn ich es dir sagen würde, wäre es doch keine Überraschung mehr!«

Er führte sie zur Vordertür und öffnete sie. Dann kommandierte er: »Auf die Plätze, fertig, los!«

Die Kinder liefen mit aller Kraft auf den alten VW-Bus zu. Er griff nach der Tasche, schloß die Tür und folgte ihnen.

»Oh, mein Gott!« entfuhr es Brad Randall, als er Glen Palmer mit den Kindern vor sich stehen sah. Ein Blick in Glens Augen und auf die tränenverschmierten Gesichter von Robby und Missy genügte, um ihm zu sagen, daß etwas Schreckliches geschehen sein mußte.

Elaine hatte seinen Ausruf gehört und kam aus dem Wohnzimmer.

»Glen? Was ist denn los?« Doch auch sie wußte Bescheid, nachdem sie die drei kurz angeschaut hatte. Impulsiv kniete sie sich zu den Kindern und nahm sie in die Arme. Das kleine Mädchen konnte die Tränen nicht mehr zurückhalten, und gleich darauf ließ auch Robby seinem Schmerz freien Lauf. Elaine drückte die Kinderköpfe an sich und flüsterte immer wieder: »Tut mir ja so leid, mein Gott, wie mir das leid tut...«

Glen räusperte sich mühsam. »Können Sie... können Sie...?«

Elaine verstand sofort.

»Ich kümmere mich um sie, natürlich, und Brad wird Sie begleiten.«

Brad, der bis jetzt wie erstarrt dabeigestanden hatte, schien plötzlich zum Leben zu erwachen. Er griff nach seinem Mantel und schob dann Glen Palmer zur Tür.

Elaine brachte die beiden Kinder ins Wohnzimmer und setzte sie aufs Sofa. Dann ging sie rasch durchs ganze Haus und überprüfte alle Fenster. Schließlich verriegelte sie auch noch die beiden Türen und vergewisserte sich, ob sie wirklich verschlossen waren.

Als sie ins Wohnzimmer zurückkam, starrte Missy gedankenverloren ins Feuer und schien sie zunächst überhaupt nicht zu bemerken. Aber als sich Elaine neben ihr niederließ, griff das kleine Mädchen plötzlich nach ihrer Hand, drückte sie und lächelte zu ihr auf.

»Alles wird gut werden«, sagte sie leise, »wirklich, ich weiß das.«

Elaine brach in Tränen aus und drückte das tapfere kleine Wesen an sich.

Glen und Brad trugen Rebecca in die Hütte und legten sie vorsichtig auf den Boden. Glen fachte das Feuer an, während Brad eine erste Untersuchung des Leichnams vornahm.

»Sie wurde erwürgt«, sagte er kurz aufblickend und dann, fast unhörbar, »ihr Genick ist gebrochen.«

»Oh, großer Gott«, schluchzte Glen, »es muß furchtbar für sie gewesen sein.«

»Das können wir nicht wissen«, versuchte Brad ihn zu trösten. »Der Körper hat ganz bestimmte Methoden, um mit Schmerz und Schock fertig zu werden. Und ganz bestimmt auch mit dem Tod. Ich glaube, daß unser Bewußtsein in solchen Fällen von ihm so gesteuert wird, daß all das Schreckliche uns gar nicht mehr persönlich zu betreffen scheint...«

»Wie lange ist sie denn schon tot?« fragte Glen.

»Nicht lange. Eine, höchstens zwei Stunden.«

»Wenn ich nur nicht so lange weggeblieben wäre«, meinte Glen, »wenn ich nur ein paar Minuten früher aufgebrochen wäre...«

»Aber nein«, versuchte Brad ihn zu beschwichtigen, »das dürfen Sie nicht! Sie dürfen sich keine Vorwürfe machen. Das konnte doch niemand ahnen! Sie haben keine Schuld an ihrem Tod!«

»Ich habe sie hierhergebracht«, sagte Glen, »und ich zwang sie, zu bleiben.«

»Nein, sie war in letzter Zeit so voller Optimismus... Aber wir müssen jetzt rein in die Stadt und Meldung machen, kommen Sie!«

Glen blickte in Rebeccas stilles Gesicht. »Ich kann sie doch hier nicht einfach allein lassen.«

»Aber ja, ihr kann nichts mehr geschehen. Aber Ihnen! Sie kommen jetzt mit mir.«

Sie waren im Begriff zu gehen, als aus dem Zimmer der Kinder ein Winseln zu hören war. Als sie die Tür öffneten, kroch Scooter ihnen mit eingezogenem Schwanz entgegen. Glen beugte sich zu dem kleinen Kerl hinab und nahm ihn auf den Arm. Sofort ging das Winseln in freudige Erkennungslaute über. Kaum saßen sie im Wagen, war der Welpe auch schon friedlich in Glens Armen eingeschlafen.

Chip Connor war allein im Büro, als Brad und Glen hereinstürmten.

»Es handelt sich um Rebecca«, sagte Brad.

Chips Gesichtsmuskeln schienen sich plötzlich zu straffen. »Ist sie tot?«

»Ja.«

»Und wo geschah es?«

»Am Strand.«

»Oh, mein Gott! – Ich muß Harn benachrichtigen!«

»Ich weiß«, sagte Brad, »aber ich möchte Ihnen gleich sagen, daß Glen heute nacht nicht mehr befragt werden kann. Ich bin Arzt und will nicht, daß er unter Schock verhört wird, verstehen Sie?«

»Natürlich«, erwiderte Chip, »das ist doch ganz selbstverständlich.«

»So, meinen Sie? Ich weiß nicht, ob Ihr Chef derselben Meinung ist.«

Chip ließ sich nicht anmerken, ob er Brads Spitze registriert hatte. Kurz und präzise unterrichtete er Whalen über das Vorgefallene. »Wir treffen uns dann bei den Palmers«, sagte er abschließend.

Nachdem er aufgelegt hatte, wandte er sich mit ernstem Gesicht Glen zu, der bis jetzt noch keinen Ton gesagt hatte.

»Glen – darf ich Sie als Freund etwas fragen?«

»Sicher.«

»Haben Sie es getan?«

Brad wollte ihn wütend zurechtweisen, aber Glen hielt ihn zurück.

»Nein, Chip, ich war es nicht.« Einen Augenblick noch starrte der Hilfssheriff den anderen an, dann stand er auf und kam um den Schreibtisch herum.

»Es tut mir wirklich leid, Glen«, sagte er und streckte die Hand aus, »ich werde ihren Mörder finden, das versichere ich Ihnen!«

Glen ergriff die Hand, und Chip wandte sich an Brad. »Können Sie ihm nicht etwas geben, damit er schlafen kann?«

Brad schien nachzudenken. »Ich glaube nicht, daß ihm Pillen viel helfen können.«

»Trotzdem – ich könnte es Harney dann leichter erklären. Er will ihn nämlich sprechen. Ihre Vermutung vorher war leider zutreffend...«

»Ja, wahrscheinlich haben Sie recht – was dieser Mann braucht, ist vor allem Schlaf. Ich werde ihm etwas verschreiben müssen!«

Doch es wurde trotzdem alles andere als eine gute Nacht für Glen. Schon lange vor Morgengrauen erwachte er aus unruhigem Schlaf und tastete aus alter Gewohnheit nach Rebecca. Aber das Kissen neben ihm war leer. Nie mehr würde sie mit ihm zusammen erwachen.

Glen Palmer begann leise vor sich hin zu weinen.

27

Die Luft am nächsten Morgen war von eisiger Frische. Wie unsichtbarer Nebel umhüllte sie das Städtchen und legte sich lähmend auf jede Bewegung.

Die Einwohner von Clark's Harbor gingen wie jeden Tag ihren kleinen Geschäften nach, öffneten ihre Läden, pflegten ihre Vorgärten, strichen ihre Boote. Als das Gerücht von Rebecca Palmers ›Unfall‹ die Runde machte, sprach man darüber mit den wissenden Mienen und Gesten jener, die das alles schon lange vorhergesehen hatten.

Als Glen Palmer am späten Vormittag das kleine Rathaus betrat, wurde er im besten Fall von neugierigen Blicken gestreift. Keine Feindseligkeit und schon gar kein Mitgefühl – nichts als Gleichgültigkeit. Es war, als ob das Vorgefallene in einer völlig anderen Welt stattgefunden und nichts mit Clark's Harbor zu tun hätte...

Diese fast surrealistische Atmosphäre war wie weggewischt, als er das Büro von Harney Whalen betrat, der ihm von seinem Schreibtisch aus entgegenstarrte.

»So – sind Sie jetzt bereit, mir ein paar Fragen zu beantworten?« Glen nahm sich vor, sich durch keine Unverschämtheit des Sheriffs aus der Fassung bringen zu lassen.

In dem alten Haus an der Sod Beach tat Elaine Randall ihr Bestes, um Missy und Robby zu beschäftigen. Nachdem Glen das Haus verlassen hatte, wollten die Kinder unbedingt zum Spielen an den Strand. Aber Elaine hatte sich widersetzt. Nicht so sehr aus Angst vor einem neuen Unglück, sondern weil sie sich selbst nicht stark genug fühlte, heute dorthin zu gehen, wo all diese schrecklichen Dinge geschehen waren. Für sie schien dieses wunderschöne Fleckchen Erde für immer befleckt.

Schließlich gelang es ihr gegen Mittag, die Kinder mit einem Puzzle zu beschäftigen, während sie sich an die Zubereitung des Lunch machte.

»Schau ein bißchen nach ihnen, Liebling«, sagte sie zu Brad, der im Wohnzimmer wieder über seinen Aufzeichnungen saß.

»Hm?«

»Die Kinder«, erklärte Elaine, »paß auf sie ein bißchen auf, solange ich den Lunch vorbereite.«

»Natürlich«, murmelte Brad pflichteifrig. Unwillkürlich mußte Elaine lächeln. Wenn er sich auf etwas konzentrierte, konnte das Haus über ihm zusammenstürzen, ohne daß er es bemerkte.

Als sie das fast ganz herabgebrannte Feuer in dem alten Herd sah, entschloß sie sich zu einfachen Sandwiches. Gleich darauf stand Robby unter der Tür und fragte: »Wann gibt es etwas zu essen?«

»In zwei Minuten. Sind deine Hände sauber?«

Robby musterte sie feierlich, dann hielt er sie Elaine unter die Nase.

»In Ordnung«, lächelte sie. »Nimm das hier mit ins Wohnzimmer und sag Brad, er soll für uns Platz machen.«

Gleich darauf folgte sie dem Jungen mit der großen Platte belegter Brote. Wie durch ein Wunder war der Tisch gedeckt, und Brad sowie die Kinder blickten ihr erwartungsvoll entgegen.

»Kommt Papi auch?« fragte Missy, während Elaine sich setzte.

»Natürlich, wenn er in der Stadt alles erledigt hat«, beruhigte sie Elaine.

»Kann ich mein Brot für ihn aufsparen?«

»Und was ißt du?«

»Ich hab' keinen Hunger«, sagte Missy leise, »ich trink' nur etwas Milch.«

»Ich bin sicher, deine...« Elaine konnte gerade noch abbrechen. Rasch korrigierte sie sich. »Dein Vater möchte bestimmt, daß du etwas ißt.«

»Nein, will er nicht«, widersprach Missy fast trotzig.

»Will er doch«, mischte sich Robby ein. »Er würde dasselbe sagen, was Mutter immer sagt – ›du ißt, was auf den Tisch kommt!‹ Selbst wenn es Spinat ist«, fügte er dann noch unhörbar hinzu und biß entschlossen in sein Brot. Gleich darauf tat Missy es dem großen Bruder nach. Einige Augenblicke lang mampften die beiden Kinder vor sich hin. Dann legte Robby plötzlich sein Brot auf den Teller und wandte sich überaus ernst an Elaine.

»Müssen wir jetzt von hier weg?«

»Von hier weg? Was meinst du damit?«

»Müssen wir hier weg, nachdem das mit Mami geschehen ist?«

»Nun – ich weiß nicht«, erwiderte Elaine vorsichtig, »das hängt von eurem Papi ab, denke ich.«

»Wollt ihr denn von hier weg?« fragte Brad interessiert. Robby verneinte energisch, aber Missy war anderer Ansicht.

»Ja! Ich hasse es hier! Mr. Riley hat uns schon vor langem gesagt, daß es hier Geister gibt – und er hat recht. Ich habe sie gesehen. Sie haben Mami getötet und Mr. Horton und alle andern auch!«

Elaine wollte das kleine Mädchen beruhigen, aber Brad gab ihr mit einer Geste zu verstehen, daß sie sie weitersprechen lassen sollte.

»Geister?« fragte er, »was denn für Geister?«

»Indianer«, erwiderte Missy fast beleidigt, weil das doch eigentlich jeder wissen mußte. »Mr. Riley hat uns erzählt, daß sie am Strand Leute umgebracht haben, und manchmal kommen sie zurück und töten sie auch heute noch. Und ich habe sie gesehen. Ich habe sie an dem Tag gesehen, als Mr. Riley uns davon erzählt hat, und ich habe sie in der Nacht gesehen, als Mr. Horton getötet wurde, und ich habe sie gestern nacht gesehen.« Während ihrer letzten Worte war sie schluchzend vom Tisch aufgestanden und davongestürzt. Elaine eilte ihr besorgt nach.

Robby schien durch Missys Ausbruch völlig unberührt. Er hatte wieder nach seinem Brot gegriffen und kaute nachdenklich vor sich hin. Brad beobachtete ihn verstohlen. Er war sicher, daß der Junge etwas auf dem Herzen hatte.

»Vielleicht sieht sie wirklich Dinge«, begann Robby zögernd und legte das Brot zurück auf den Teller.

»Ja, könnte sein«, bestätigte Brad.

»Ich meine, der Strand ist wirklich unheimlich während dieser Stürme.«

»Ja?« Brad spürte, daß Robby noch mehr sagen wollte.

»Ich mag die Stürme«, fuhr Robby fort, »aber es ist irgendwie seltsam. Ich kann mich danach nicht mehr erinnern, was am Strand gewesen ist. Das hat Spaß gemacht – bevor all diese schrecklichen Dinge geschehen sind. Es war, als ob ich ganz allein auf der Welt sei, das war ein wirklich schönes Gefühl. Auch wenn es ganz heftig geregnet hat, hab' ich das kaum gespürt. Ich hab' eigentlich überhaupt nichts gespürt – außer in mir drin...« Er verstummte ganz plötzlich, als ob seine eigenen Worte ihn in Erstaunen setzen würden.

»Und was hast du da gespürt?« fragte Brad vorsichtig.

»Es war seltsam«, meinte Robby, »ich kann mich erinnern, daß ich etwas spürte, aber nicht, was ich tat. Ich meine, ich weiß nicht, ob ich irgendwohin gegangen bin oder sonst etwas getan habe...« Seine Stimme wurde immer leiser, und er schien den Tränen nahe. »Ich wünschte, ich wäre letzte Nacht nicht rausgegangen. Dann wäre das nicht geschehen...«

»Robby«, versuchte Brad ihn zu trösten, »das konntest du doch nicht wissen, du bist nicht schuld daran.«

Aber Robby schien davon nicht überzeugt.

Glen Palmer kam erst nachmittags zurück. Als Brad ihn fragte, wie seine Unterhaltung mit Whalen verlaufen sei, blieb er recht wortkarg.

»Ich will in die Hütte zurück«, erklärte er, »ist es möglich, daß ich die Kinder hierlasse?«

»Natürlich«, nickte Elaine mit besorgtem Blick. »Aber wäre es nicht besser, wenn jemand von uns Sie begleiten würde?«

»Ich gehe lieber allein. Ich muß mir einige Dinge durch den Kopf gehen lassen, und das kann ich wahrscheinlich dort am besten.«

Brad nickte verständnisvoll und brachte Glen zur Tür. Als er sicher war, daß die Kinder sie nicht mehr hören konnten, legte er Glen die Hand auf die Schulter und sagte leise: »Vielleicht ist es ein Trost für Sie – aber wer immer Rebecca und Jeff getötet hat, wußte nicht, was er tat.«

Glen wurde bleich und starrte Brad verständnislos an.

»Ich habe vorher mit Robby gesprochen«, erklärte Brad. »Er erinnert sich überhaupt nicht daran, was er gestern nacht am Strand getan hat, dafür erzählte er mir, wie wohl er sich bei dem Unwetter gefühlt hat.«

»Was hat das alles zu bedeuten?« fragte Glen noch immer irritiert.

»Nun – was Robby geschieht, kann auch andern geschehen, vielleicht mit genau dem entgegengesetzten Effekt: Robby fühlt sich wohl, ein anderer dreht durch. Und auch er weiß nicht, ob und was er getan hat. Das würde bedeuten, daß Jeff und Rebecca einfach deswegen sterben mußten, weil sie zufällig am Strand waren...« Brad war zu dem Schluß gekommen, daß Missys Hinweise und Vermutungen lediglich ihrer kindlichen Phantasie entstammten.

»O Gott«, stöhnte Glen, »das macht alles so völlig – sinnlos!«

»Ich weiß«, erwiderte Brad mitfühlend, »aber wir werden herausfinden, was geschehen ist – und wir werden es zu einem Ende bringen!«

»Ich frage mich«, meinte Glen tonlos, »ob das alles überhaupt noch von Bedeutung ist.« Er ging Richtung Strand davon, aber Brad hielt ihn noch mal auf.

»Seien Sie vor Einbruch der Dunkelheit zurück, ja? Wir wollen nicht, daß noch ein Unglück geschieht.«

»Ist gut«, rief Glen und machte sich endgültig auf den Weg. Als er mit hängenden Schultern um die Hausecke verschwunden war, ging Brad zurück an seine Arbeit.

Gegen halb sechs erschien Chip Connor vor dem Haus der Randalls. Er schien recht nervös und zögerte lange, bevor er an die Tür klopfte. Als Elaine öffnete, drehte er verlegen die Mütze in der Hand.

»Chip«, empfing sie ihn freundlich, »kommen Sie doch rein.«

»Danke«, sagte der Hilfssheriff automatisch, »ist Ihr Mann zu sprechen?«

»Ja, natürlich«, sagte Elaine, und ihr Lächeln verschwand. »Ist etwas passiert?«

»Läßt sich schwer sagen, aber gerade darüber muß ich mit Brad reden.«

»Er ist im Wohnzimmer, kommen Sie.«

Brad saß am Eßtisch, umgeben von Bücherstapeln, in denen er eine Erklärung für die unheimlichen Dinge der letzten Tage zu finden hoffte. Als Elaine eintrat, blickte er geistesabwesend auf. Doch dann sah er, wer bei ihr war, und schob das Buch, in dem er gerade gelesen hatte, zur Seite.

»Was bringt Sie hierher?« begrüßte er Chip. »Falls Sie Glen suchen – der ist in seiner Hütte.«

»Ich muß mit Ihnen sprechen«, erwiderte Chip und ließ sich auf einen der Stühle am Tisch fallen. Elaine ließ die Männer allein, da sie spürte, daß der Hilfssheriff Brad unter vier Augen sprechen wollte.

»Was gibt's denn?« fragte Brad neugierig, »schon wieder ein neues Unglück?«

»Wenn ich das wüßte«, meinte Chip unbehaglich, »ich bin mir nicht einmal sicher, ob es richtig ist, mit Ihnen darüber zu reden. Aber ich habe sonst niemand, dem ich mich anvertrauen könnte...«

»Worum handelt es sich?« Brad war wirklich gespannt. »Hat es mit Glen zu tun?«

»Nur indirekt«, erwiderte Chip, »eigentlich geht es mehr um Harn – Harney Whalen.«

»Was ist mit ihm?«

»Das weiß ich eben nicht«, sagte Chip und wand sich auf seinem Stuhl. Als ob er das Thema wechseln wollte, fragte er plötzlich: »Hat Glen Ihnen erzählt, was heute geschehen ist?«

»Nein, er ist vor ein paar Stunden zurückgekommen und dann sofort wieder verschwunden. Er sagte, er müßte über einige Dinge in Ruhe nachdenken.«

»Ich denke, er hat allen Grund dazu«, meinte Chip.

Brad warf ihm einen aufmerksamen Blick zu. »Ich dachte, Sie wollten über Whalen sprechen?« mahnte er ihn vorsichtig.

Chip nickte düster. »Irgend etwas stimmt in letzter Zeit nicht mehr mit ihm...«

»Wie meinen Sie das – körperlich?«

»Wenn es so einfach zu erklären wäre«, antwortete Chip ausweichend.

Brad trommelte ungeduldig mit den Fingern auf der Tischplatte, aber er wollte, daß Chip von sich aus fortfuhr. Dieser stand plötzlich auf und begann nervös im Zimmer hin- und herzugehen. »Schon seit längerer Zeit erscheint mir einiges an Harns Verhalten recht seltsam«, erklärte er schließlich, als ob er die Flucht nach vorn antreten wollte.

»Sie sprechen von seiner Einstellung gegenüber Fremden?«

»Ja, das ist es«, meinte Chip. »Bis heute konnte ich mich immer damit beruhigen, daß das eben so eine Schrulle von ihm ist, nichts wirklich Schlimmes.«

»Und heute ist etwas geschehen, das Sie jetzt anders denken läßt?«

»Ja – Glen Palmer! Er wollte Harn erklären, was letzte Nacht passiert ist.«

»Und?«

»Und Harn gab ihm überhaupt keine Gelegenheit dazu. *Er* war es, der Glen erzählte, was geschehen ist...«

»Das verstehe ich nicht.«

»Es war gespenstisch«, erwiderte Chip, »ich denke dauernd noch darüber nach, aber mir fällt kein besseres Wort dafür ein. Harn stellte Glen noch nicht einmal Fragen. Statt dessen klagte er ihn an, Rebecca ermordet zu haben.«

»Einfach so?« fragte Brad verblüfft und wütend zugleich.

»Seine genauen Worte sind unwichtig, aber er beschuldigte ihn. Er hat sich irgendeine Geschichte ausgedacht, nach der Jeff Horton und Rebecca von Glen im Bett ertappt wurden, worauf dieser zunächst Jeff und gestern nacht dann Rebecca umgebracht hat. Sie spielen in seiner Geschichte offensichtlich keine Rolle mehr...«

Brad ignorierte diesen fast sarkastischen Hinweis.

»Und was hat Glen dazu gesagt?«

»Was hätte er schon sagen sollen? Er meinte natürlich, das alles sei mehr als lächerlich, aber Harn hörte gar nicht hin. Er gab ihm keine Chance, wirklich zu erklären, was letzte Nacht passiert ist. Wie besessen wiederholte er seine Version des Geschehens, und ich hatte den Eindruck, er wartete auf ein Geständnis von Glen.«

»Ich hoffe, Glen hat keine Dummheiten gesagt?«

»Nein, das hat er nicht«, beruhigte ihn der Hilfssheriff, »und selbst wenn er es täte, Harney würde mit seiner Art der Beweisführung sowieso bei keinem Gericht durchkommen.«

»Aber was hat er für einen Grund? Warum will er Glen die Schuld an allem zuschieben?«

»Ich glaube nicht, daß er persönlich etwas gegen Glen hat«, meinte Chip. »Zuerst war ich mir da nicht so sicher, aber nachdem ich mich vor einigen Tagen mit meinem

Großvater unterhalten habe, bin ich anderer Meinung. Er hat mir ein paar Sachen erzählt, die mich stutzig machten.«

»Und was war das?«

»Alte Geschichten, die sich hier vor langer Zeit ereignet haben. Lange bevor ich auf die Welt gekommen bin. Beispielsweise hat er mir gesagt, warum Harn die Fremden so sehr haßt.«

»Sagen Sie es mir auch?«

»Es ist eine ziemlich üble Geschichte.« Er legte eine Pause ein und sprach dann wie unter Anspannung weiter.

»Harney mußte als kleiner Junge zusehen, wie seine Großeltern umgebracht wurden.«

Brad glaubte nicht richtig gehört zu haben. »Was sagen Sie da?«

»Als Harn noch ein kleiner Junge war, so sieben bis acht Jahre alt, fanden seine Großeltern am Strand den Tod. Und Harney sah sie sterben.«

»Großer Gott«, murmelte Brad, »und wer hat sie umgebracht?«

»Bewiesen werden konnte nie etwas, aber alle im Ort waren der Meinung, die Täter seien unter einer Gruppe Fremder zu suchen, die in der Gegend eine Holzindustrie aufziehen wollten. Vielleicht gehörte auch dieser Mann dazu, der das Haus hier gebaut hat.«

»Baron? Ich dachte, der sei Fischer gewesen. Er wurde doch beim Fischen von seinem eigenen Netz über Bord gezogen...«

»Ja, genau wie Pete Shelling«, stimmte Chip zu. »Aber er verlegte sich erst aufs Fischen, nachdem Harn seinen Holzpachtvertrag nicht mehr erneuert hat. Auf jeden Fall waren die Mörder von Harns Großeltern Fremde. Harn hat also durchaus Grund für sein Mißtrauen, aber in letzter Zeit scheint er mir doch jede Kontrolle über sich verloren zu haben.«

»Und was kann ich dabei tun?« wollte Brad wissen.

»Ich dachte, daß Sie vielleicht mit ihm reden könnten«, erwiderte Chip.

»Ich? Aber haben Sie dabei nicht etwas übersehen? Schließlich bin ich auch ein Fremder. Und gestern erst hat er mich noch als Mörder bezeichnet. Wie können Sie da annehmen, Whalen würde sich mit mir unterhalten?«

»Ich hoffe es eben«, meinte Chip unsicher, »ich dachte, Sie könnten ihn aufsuchen, sagen wir, unter dem Vorwand, es sei irgendwas mit dem Haus hier nicht in Ordnung, und ein bißchen ausfragen. Vielleicht kriegen Sie heraus, was mit ihm los ist.«

Brad überdachte den Vorschlag; vielleicht gelang es ihm wirklich, dem Sheriff auf den Zahn zu fühlen. Falls er allerdings an Obsessionen litt, wie Chip anzunehmen schien, würde er bestimmt nicht offen mit ihm sprechen. Andererseits könnte ihm die Art der Verweigerung auch schon einiges über den Sheriff sagen.

»Nun, ich könnte es ja mal versuchen«, meinte er schließlich nicht sehr überzeugt. »Aber ich kann Ihnen natürlich nichts versprechen. Man kann einfach nach einem einzigen Gespräch nicht sicher sagen, ob eine Person tatsächlich geistig verwirrt ist. So einfach sind diese Dinge nicht. Im übrigen kann es sehr wohl sein, daß er mich einfach rauswirft.«

»Aber Sie können doch feststellen, inwieweit er noch vernünftig reagiert, oder nicht?«

»Das kann ich Ihnen auch jetzt schon sagen. Ich habe Whalens Verhalten noch nie für vernünftig gehalten. Aber das hat weder medizinische noch juristische Beweiskraft. Es bedeutet lediglich, daß ich ihn für einen unflexiblen Charakter mit einigen höchst problematischen Vorurteilen halte. Dadurch wird er noch nicht zum Geisteskranken – sondern lediglich zum Problem für seine Umwelt.«

»Aber was ist mit Glen? Was ist mit alledem, was Harney ihm antut?«

»Bis jetzt hat er noch nichts Entscheidendes getan, außer mit wilden Beschuldigungen um sich geworfen. Und auch die stehen noch in keinem Protokoll. Ich meine, er hat Glen noch nicht offiziell angeklagt – oder?«

Chip schüttelte den Kopf. »Nein, aber ich denke, das wird noch kommen.«

»Meinen Sie? Das glaube ich nicht. Ich denke, Whalen versteht überhaupt nicht mehr, was um ihn vorgeht, und er hat nichts in der Hand, was er gegen Glen Palmer oder einen andern verwenden könnte. Und ich sage Ihnen noch etwas – ich glaube nicht, daß er auch nur den Versuch unternehmen wird, diese schrecklichen Dinge wirklich aufzuklären – sofern sie überhaupt erklärbar sind. Bis jetzt weiß auch ich nur, daß die Stürme hier einen seltsamen Einfluß auf Robby Palmer ausüben, woraus ich schließe, daß auch noch andere darunter leiden könnten...«

In Chip stieg eine Ahnung auf, eine vage Erinnerung an bestimmte Vorfälle, die bis jetzt aber noch keinen Sinn ergab.

»Was geschieht denn nun wirklich mit Robby?«

»Da bin ich mir eben noch nicht sicher«, mußte Brad zugeben. Er deutete auf die Bücherstapel. »Ich bin immer noch auf der Suche nach vergleichbaren Fällen, aber bis jetzt ohne Erfolg. Robby selbst drückt sich sehr unklar aus. Einerseits geben ihm die Stürme ein erregendes Hochgefühl, andererseits kann er sich danach nicht mehr erinnern, was er unter diesem Einfluß getan hat.«

Jetzt nahmen die undeutlichen Erinnerungen in Chips Bewußtsein klare Umrisse an. Beispielsweise Whalens Besuch bei Dr. Phelps. War der Grund dafür wirklich nur eine Verdauungsstörung gewesen? Und noch einige andere, an sich unwichtige Dinge. So jener Tag, an dem er gänzlich ungestört durch seinen Chef mit Glen gearbeitet hatte. Es hatte gestürmt, und Whalen war den ganzen Tag über verschwunden gewesen. Und dann jene Nacht, in der das Boot der Hortons auf die Klippen lief... Fieberhaft versuchte er sich zu erinnern, wo sich Harney Whalen in jedem dieser Fälle eigentlich befunden hatte. Angeblich bei sich zu Hause... Doch dafür gab es natürlich keine Zeugen.

Chip nahm sich vor, mit Dr. Phelps zu sprechen. Im Augenblick behielt er seinen Verdacht aber noch für sich. Schließlich war Brad Randall ein Fremder – und Harney Whalen sein Onkel. Trotz allem schien es ihm auch jetzt noch selbstverständlich, daß die Einheimischen in Clark's Harbor zusammenhielten.

28

Ein leichter Nieselregen fiel vom Himmel über der Olympic Halbinsel, als auf dem kleinen, Clark's Harbor überblickenden Friedhof Rebecca Palmer zur letzten Ruhe gebettet wurde. Keiner der Trauergäste schien ihn wahrzunehmen.

Lucas Pembroke schloß die Bibel und rezitierte die Gebete für die Dahingeschiedene aus dem Gedächtnis.

Er hatte die Augen geschlossen; nicht nur aus Ehrerbietung gegenüber der Toten, sondern um sich seine innere Erregung nicht anmerken zu lassen.

»Asche zu Asche und Staub zu Staub...«

Während die Worte monoton seine Lippen verließen, fragte er sich, wie lange er wohl noch die abweisende Kälte dieser kleinen Gemeinde ertragen könnte. Wie konnten soviel Unglück und so viele Tote völlig wirkungslos an den hier Lebenden vorübergehen? War seine ganze Arbeit hier nicht völlig sinnlos?

Glen Palmer stand barhäuptig im leichten Regen und drückte die beiden Kinder an sich, flankiert von Elaine und Brad Randall. Als der Sarg langsam ins offene Grab gesenkt wurde, begann Missy leise zu schluchzen. Elaine kniete sich sofort neben sie und nahm sie in die Arme. Robby stand zuerst noch wie erstarrt, doch als dann der Sarg in der Erde verschwand, stahl sich eine Träne aus seinem Auge und lief langsam über seine Wange.

Wenige Schritte vom Grab entfernt sah man den nervös an seinen Handschuhen fingernden Chip Connor mit seinem Großvater Mac Riley. Immer wieder blickte Chip unruhig zu seinem neuen Freund hinüber. Wie gern hätte er ihn getröstet. Glens Augen waren starr auf den Sarg seiner Frau gerichtet, das Gesicht gezeichnet von der Qual seines Verlustes.

Etwas abseits standen Merle Glind und die Bibliothekarin, die Köpfe eng unter einer auseinandergefalteten Zeitung zusammengedrängt. Neugierig registrierten sie die Reaktionen der kleinen Trauergemeinde – Stoff für den Klatsch der kommenden Tage in Clark's Harbor.

Nachdem Reverend Pembroke seine Gebete beendet hatte und die erste Schaufel Erde auf den Sarg hinabfallen ließ, meinte er in einem der Bäume hinter der Friedhofsmauer eine Bewegung zu sehen. Doch vielleicht hatte er sich auch getäuscht. Er trat zur Seite, um die Angehörigen ans offene Grab treten zu lassen.

Missys Schluchzen durchschnitt die kalte Luft; Elaine konnte nicht mehr tun, als das kleine Mädchen tröstend an sich zu drücken. Auch in ihren Augen standen Tränen. Robby blickte plötzlich zu seinem Vater auf und versuchte etwas zu sagen. »Ich…, ich…« Alles übrige ging in einem Tränenschwall unter. Glen beugte sich zu ihm hinab und drückte sein Gesicht gegen die feuchten Wangen seines Sohnes.

»Ist ja gut, mein Junge«, flüsterte er, »alles wird wieder gut…«

Er drückte ihm die kleine Schaufel mit der feuchten Erde in die Hand, und dann standen Vater und Sohn nebeneinander, um gemeinsam vom Liebsten, was sie hatten, Abschied zu nehmen.

»Mein tief empfundenes Beileid«, sagte Chip und drückte Glen lange die Hand. »Wenn ich irgend etwas für Sie tun kann – ich würde alles für Sie tun…«

»Finden Sie heraus, wer das getan hat«, murmelte Glen, »ich will wissen, wer sie getötet hat.«

Chip warf Brad einen raschen Seitenblick zu, aber dieser schüttelte unmerklich den Kopf. Es war besser, wenn sie vorläufig noch Brads Vermutungen für sich behielten.

»Wir geben uns alle Mühe«, versuchte Chip ihn zu beruhigen.

»Vielen Dank, daß Sie gekommen sind«, sagte Glen, ohne weiter darauf einzugehen, »ich hatte kaum damit gerechnet, nach dem, was Whalen sich gestern mir gegenüber geleistet hat.«

»Harney hat seine eigene Sicht der Dinge«, erwiderte Chip. »Ich habe Sie gefragt, was Sonntag nacht geschehen ist, und Sie haben es mir gesagt. Ich glaube Ihnen und habe keinen Grund, meine Meinung zu ändern.«

Es trat eine etwas peinliche Stille ein, die Elaine mit einem Lächeln zu durchbrechen versuchte. »Warum gehen wir nicht alle zu uns? Ich bin nicht sicher, was ich noch im Haus habe, aber irgend etwas werde ich schon zustande bringen.«

Mac Riley tat sein Bestes zu ihrer Unterstützung. »Kommen Sie denn mit dem alten Herd schon klar?«

»Ich hab' noch immer Probleme, aber es wird schon.«

»Also, dann wollen wir mal«, meinte Riley mit seiner heiseren Altmännerstimme und führte Elaine Richtung Ausgang, fest davon überzeugt, daß die anderen ihnen folgen würden.

»Wissen Sie«, plauderte er munter weiter, »ich habe mich mit einem solchen Monster mein Leben lang herumgeschlagen – der Trick dabei ist das Holz. Sie müssen ziemlich kleine Späne machen und dazu verschiedene Holzarten nehmen. Einige davon brennen leichter an als die anderen und wirken wie ein Fidibus...«

Gleich darauf standen sie vor den Wagen.

Als die kleine Prozession anfuhr, warf Glen Palmer noch einmal einen Blick zurück auf jene Stelle, wo Rebecca jetzt im Schutz der Erde ruhte. Und fast beneidete er sie – für sie war der Horror zu Ende...

Für ihn, das fühlte er, noch lange nicht.

Chip hatte sich sehr rasch wieder unter einem Vorwand verabschiedet, während Elaine Randall noch immer mit dem Herd kämpfte. Glen und Brad versuchten inzwischen, dem alten Mac Riley zu erklären, was sich ihrer Meinung nach in Clark's Harbor abspielte.

Riley hörte sich geduldig ihre Vermutungen an, doch überzeugen konnten sie ihn keineswegs. »Nun, ich weiß nicht so recht«, meinte er schließlich. »Das alles scheint mir ein wenig weit hergeholt. Es stimmt schon, dieser Strand hier war schon oft Schauplatz seltsamer und schrecklicher Ereignisse, nicht umsonst erzählt man sich noch immer die alten Indianerlegenden. Ich bin ein alter Mann und kann mit Ihren Erklärungen nicht viel anfangen. Für mich sind alle Opfer der See. Auch uns wird sie einmal holen, der Mensch ist ihr gegenüber machtlos...«

»Sie glauben im Ernst, daß die See Leuten das Genick bricht?« fragte Brad verblüfft.

Der Alte starrte ihn gleichgültig an. »Vielleicht... Vielleicht sind es aber auch die Indianer. Manche behaupten, sie seien noch immer hier an diesem Strand.«

»Ich habe noch keinen gesehen!« meinte Glen mit bitterem Sarkasmus.

»Sie vielleicht nicht«, erwiderte der Alte, »manche sehen sie, andere nicht.«

Brad entschloß sich, das Spiel des Alten mitzuspielen. »Missy scheint hier am Strand bestimmte seltsame Dinge gesehen zu haben.«

»Würde mich überhaupt nicht erstaunen«, meinte der Alte ruhig. »Kinder sehen häufig solche Dinge genauer als Erwachsene.«

»Genau wie sie sich auch mehr für die Geschichten alter Männer interessieren?« fragte Glen fast bösartig.

»Das können Sie sehen, wie Sie wollen. Vielleicht stoßen Sie eines Tages sogar auf die Wahrheit...« Er warf einen Blick aus dem Fenster. »Der Regen setzt wieder ein, ein neuer Sturm zieht herauf...«

Unwillkürlich zuckten die drei Fremden zusammen.

Chip Connor verbrachte zusammen mit Harney Whalen einen recht ungemütlichen Nachmittag im Büro des Sheriffs. Whalen spürte sofort, daß sein Gehilfe ihm heute verändert entgegentrat. Schließlich fragte er ihn direkt: »Was ist eigentlich los? Dauernd starrst du mich verstohlen an. Hab' ich vielleicht Tinte im Gesicht?«

»Was soll schon los sein«, versuchte Chip ihn zu beschwichtigen, »außer, daß du vielleicht etwas bleich bist.«

»Du solltest dir besser Sorgen um deinen neuen Freund Palmer machen«, fuhr der Sheriff ihn an. »Schließlich hat er eine ganze Menge Probleme am Hals.«

Chip ignorierte den hämischen Hinweis. »Im Ernst, fühlst du dich wirklich wohl?«

»So wohl wie immer«, knurrte Whalen, »nichts, was nicht durch ein paar ruhige Tage ohne jede Aufregung wieder in Ordnung gebracht werden könnte.« Es entstand eine ungemütliche Pause, bevor Whalen fortfuhr. »Weißt du was – du nimmst dir jetzt ein paar Stunden frei und löst mich dann gegen Abend wieder ab.«

Chip konnte das nur recht sein, schließlich wollte er sich schon seit einiger Zeit mit Dr. Phelps unterhalten; und er wußte auch schon, wo er ihn finden würde.

Er saß vor einem halbleeren Bierglas in Merle Glinds Bar. Als Chip neben ihn trat, wollte er aufstehen, da er dessen Stammplatz besetzt hielt, aber der Hilfssheriff drückte ihn auf den Hocker zurück.

»Bestellen Sie eins für mich, dann füll' ich Ihres auf«, sagte er grinsend, während er sich auf den Hocker neben den Arzt klemmte.

»Und wie steht's mit mir?« mischte sich aufgeregt Merle Glind ein, der Phelps auf der anderen Seite flankierte.

»Sie könnten sich ausnahmsweise mal selbst eins kaufen«, nahm Chip ihn auf den Arm, »aber was soll's, spiel' ich eben heut den Großzügigen!«

Bevor der Hilfssheriff den ersten Schluck nehmen konnte, fragte Phelps ihn bereits nach seinem Chef.

»Whalen?« wunderte sich Chip, »was soll mit ihm sein?«

»Nun, ich habe ihn für einige Tests zu mir bestellt, aber er ist nicht erschienen. Demnach scheint er sich besser zu fühlen.«

»Was für Tests?« fragte Chip und versuchte möglichst unbeteiligt zu klingen.

»Oh, ein paar Dinge, die ich mir genauer ansehen wollte«, erwiderte der Arzt vorsichtig, »er hatte da so einige Beschwerden, wie Sie vielleicht wissen.«

»Mir hat er etwas von Verdauungsstörungen erzählt.«

»Verdauungsstörungen?« Dr. Phelps gab seiner Frage einen höchst sarkastischen Unterton. Chip horchte auf. »Das wäre die seltsamste Störung dieser Art, die mir je untergekommen ist! Aber vielleicht hat er wieder mal was vergessen, scheint ja häufiger bei ihm vorzukommen...«

Chip spürte, wie sich sein Herzschlag beschleunigte; ganz offensichtlich war er auf der richtigen Spur.

»Sie meinen, er hat Probleme mit seinem Gedächtnis?«

»Zumindest hat er mir so etwas erzählt«, sagte Phelps. »Wollte natürlich, daß ich's für mich behalte, was ich auch vorhatte. Aber wenn er meine ärztlichen Anweisungen nicht befolgt, muß ich zu andern Mitteln greifen.«

Der Hilfssheriff hörte die letzten Worte des Arztes nicht mehr; seine Gedanken überschlugen sich.

»Dr. Phelps – hat er Ihnen Genaueres über diese Gedächtnislücken erzählt? Das ist von größter Bedeutung, glauben Sie mir!«

Phelps mochte es gar nicht, wenn man ihm die Würmer aus der Nase zu ziehen versuchte.

»Nun, ich weiß nicht«, zögerte er, »vielleicht hab' ich schon zuviel gesagt...«

»Zum Teufel mit Ihrer Schweigepflicht«, brauste Chip auf, »ich muß einfach wissen, was Harney Ihnen erzählt hat!«

»Nun, eigentlich weiß ich gar nicht viel«, lenkte Phelps ein. Er wußte, daß der junge Mann ihn nicht nur aus Neugier befragte. »Viel hat er mir nicht erzählt. Vor allem war er über einen Vorfall erschrocken, der sich einen Tag zuvor abgespielt hatte. Es war an dem Tag, als diese Fremden – heißen sie nicht Randall? – an die Sod Beach rauszogen, wobei Harn sie begleitet hat. Irgendwie scheint er dabei am Steuer kurz weggewesen zu sein – er nannte es, glaub' ich, ›erstarrt‹ – und dabei hätte er fast die beiden Kinder überfahren, die auch da draußen wohnen...«

»Robby und Missy, die Kinder der Palmers?«

»Ja, ich glaube, so heißen sie«, meinte der Arzt. »Harney nahm das auf jeden Fall so sehr mit, daß er mich aufsuchte. Dabei berichtete er mir von diesen ›Anfällen‹, wie er es nannte – seine Hände beginnen zu zittern, und dann scheint er sich für eine Stunde oder so nicht mehr erinnern zu können.«

»Haben Sie eine Erklärung dafür?« fragte Chip gespannt.

»Nicht die geringste«, erwiderte der Arzt. »Deshalb wollte ich, daß er nach Aberdeen geht und sich genauer untersuchen läßt. Aber Sie kennen ja Harn – stur wie ein Maulesel.«

»Und Sie haben ihn nicht gezwungen?« fragte Chip ungläubig. »Um Himmels willen, Doktor, er hätte jemand in diesem Zustand umbringen können!«

»Hat er aber nicht – oder?« fragte Phelps fast wütend.

»Wirklich nicht?« meinte Chip wie zu sich selbst. »Da bin ich mir nicht mehr so sicher...«

Entschlossen rutschte er von seinem Barhocker. Auf der Stelle wollte er seinen Chef mit diesen Informationen konfrontieren. Aber als er aufs Revier kam, war Whalen verschwunden.

Chip blickte sich überrascht um. Dabei sah er, daß Whalens Regenmantel noch am Haken hing. Und das bei diesem Wetter! Draußen tobte inzwischen wieder ein heftiger Sturm – und es wurde rasch dunkel.

Hochwasser würde heute ungefähr eine Stunde nach Einbruch der Nacht sein.

Draußen war es schon fast dunkel, als Elaine die beiden Kinder zu Bett brachte. Heftige Böen warfen den Regen gegen die Scheiben. Unwillkürlich schauderte Elaine, aber sie tat ihr Bestes, um die Kinder nichts merken zu lassen. Als sie die Decke glattstrich, warf ihr das kleine Mädchen plötzlich die Arme um den Hals.

»Warum müssen wir hier schlafen? Warum können wir nicht zu Hause schlafen?«

»Nur für diese Nacht, Liebes«, erwiderte Elaine. »Aber

mach dir keine Sorgen. Wir alle sind nebenan, dein Vater, Brad und ich. Alles wird gut werden...«

»Nein, wird es nicht«, widersprach Missy mit vor Angst fast schriller Stimme. »Nichts wird gut werden, ich weiß das!«

Elaine drückte das kleine Mädchen tröstend an sich und küßte es auf die Stirn. Dann verabschiedete sie sich auf dieselbe Weise von Robby und griff nach der Lampe neben dem Bett.

»Wenn ihr etwas wollt, braucht ihr nur zu rufen«, sagte sie, bevor sie leise die Tür hinter sich zuzog.

Lange lagen die beiden Kinder bewegungslos nebeneinander und lauschten auf den tosenden Regen. Plötzlich hörte man Missy.

»Schläfst du schon?«

»Nein – und du?«

»Ich kann nicht«, schluchzte Missy, »ich möchte zu Mami, ich möchte heim, ich mag dieses Haus nicht!«

»Das ist ein Haus wie jedes andere«, meinte Robby wegwerfend, »außer daß es größer und besser ist als unsres.«

»Nein, hier ist es unheimlich«, widersprach seine Schwester.

»Ach, schlaf doch endlich!« wies Robby sie ungeduldig zurecht und drehte ihr den Rücken zu. Er schloß die Augen und versuchte einzuschlafen. Aber draußen rauschte weiter der Regen herab, und er hörte das Pfeifen des Windes und die ständig wachsenden Wogen der hereindrängenden Flut...

»Wenn du wirklich heim willst«, wandte er sich plötzlich wieder an Missy, »gehen wir eben heim.«

Missy bewegte sich neben ihm; er war sicher, daß sie ihn verstanden hatte.

»Können wir durch den Wald gehen?« flüsterte sie zurück.

»Wenn du willst«, stimmte Robby zu. Ihm wäre der Weg über den Strand natürlich lieber gewesen, aber auch im Wald würde er dem Sturm nahe sein...

Nur wenige Augenblicke später schob Robby leise das Fenster hoch, und die beiden Kinder kletterten in die Nacht hinaus.

29

Harney Whalen saß angespannt in seinem Streifenwagen. Die Hände umklammerten das Steuer, ihre Knöchel traten weiß hervor. In seinem Gesicht schien es zu arbeiten. Die vor seinen starren Augen rhythmisch hin- und hertanzenden Scheibenwischer kämpften vergeblich mit den Regenfluten. Er beobachtete die Straße vor sich mit einer solchen Intensität, daß er nichts anderes mehr wahrzunehmen schien. Er fuhr nach Norden, Richtung Sod Beach.

Je näher er dem Strand kam, desto eindringlicher wurden die Stimmen in seinem Unterbewußtsein, Stimmen längst vergangener Jahre, Totenstimmen...

Und in der regendurchtosten Dunkelheit vor sich sah er ihre Gesichter – mitten unter ihnen die fein gezeichneten Züge seiner Großmutter, qualvoll verzerrt wie bei einem in der Falle sitzenden Tier. Sie schien ihm etwas zuzurufen, doch er verstand sie nicht. Dafür wurde trotz des Heulens des Sturms ein anderes Geräusch immer lauter. Es war ein hämisches, bösartiges Lachen, das die Verwirrung in Harney Whalens Geist in Haß verwandelte.

Er bog auf einen schmalen Seitenpfad ab und lavierte vorsichtig durch den Schlamm, bis das Unterholz ihm endgültig Halt gebot. Zuerst schaltete er die Scheinwerfer, dann den Motor ab. Lange Zeit saß er im Dunkeln, während der Regen aufs Dach prasselte und aus einiger Entfernung das Donnern der Brandung zu ihm herüberdrang. Doch auch das schien er kaum wahrzunehmen. Es waren die Stimmen und Gesichter in ihm, die ihn plötzlich die Tür öffnen und in den Sturm hinaustreten ließen...

Brad Randall zuckte erschrocken zusammen, als es heftig gegen die Tür pochte. Aber als er dann die Stimme draußen erkannte, öffnete er rasch.

»Ich kann ihn nirgends finden«, erklärte Chip außer Atem und wischte sich den Regen aus dem Gesicht. »Er ist verschwunden, und ich habe Angst, daß wieder etwas geschieht!«

»Wen können Sie nicht finden?« fragte Brad. »Um Himmels willen, beruhigen Sie sich doch! Ich verstehe nicht...«

»Harney Whalen«, keuchte Chip, »ich hab' einiges entdeckt, was Sie interessieren dürfte. Er hat sich in letzter Zeit nicht wohl gefühlt und ist deshalb zu Dr. Phelps gegangen. Und mit dem habe ich mich unterhalten.« Er ließ sich noch immer schwer atmend auf einen Stuhl fallen.

»Phelps?« fragte Brad erstaunt, »was hat denn der mit dem allem zu tun?«

»Er hat mir einiges über Harn erzählt«, erklärte Chip, »beispielsweise, daß er an Gedächtnisschwund leidet.«

»Gedächtnisschwund?« wunderte sich Brad, »was soll denn das nun wieder heißen?«

»Ja, genau wie bei Robby. Er kann sich einfach an bestimmte Dinge nicht mehr erinnern, wenn er einen seiner Anfälle hat...«

»Anfälle?«

»Ja, so nennt er es selbst – und sie scheinen ebenfalls wie bei Robby bei bestimmten Wetterlagen aufzutreten.«

Brad warf Glen einen beschwichtigenden Blick zu. »Und jetzt ist er verschwunden?« wandte er sich wieder an Chip.

»Ja, als ich aufs Revier kam, war er weg. Ohne Mantel!«

»Vielleicht ist er nach Hause«, meinte Glen, obwohl er es selbst für unwahrscheinlich hielt.

»Da bin ich natürlich zuerst gewesen«, erwiderte Chip. »Deshalb bin ich ja hier – um Sie zu warnen! Wenn unsere Vermutungen stimmen, treibt er sich bestimmt jetzt am Strand herum.«

»Mein Gott«, stöhnte Elaine, »ist alles am Haus verschlossen?«

»Ja, Liebes, alles in Ordnung«, beruhigte sie Brad.

»Ich will trotzdem noch mal nachsehen.« Sie griff nach der Taschenlampe und verschwand.

»Wir müssen ihn finden«, meinte Chip fast beschwörend. »Es darf kein neues Unglück geschehen!«

»Ich weiß nicht so recht«, überlegte Brad, »wenn wir alle hierbleiben, kann uns nichts geschehen. Und in einer solchen Nacht treibt sich außer einem Verrückten sowieso keiner draußen rum.«

Wie um seine Worte zu bekräftigen, zerriß ein gleißender Blitz die Nacht vor dem Fenster. Gleich darauf rollte der Donner über das alte Haus hinweg und ließ die Fensterläden klappern. Und dann hörte man den Schreckensruf Elaines. Totenblaß erschien sie in der Tür.

»Sie sind weg!« schluchzte sie, »die Kinder sind weg!«

Glen Palmer rannte hinüber ins Schlafzimmer. Durch das hochgeschobene Fenster schlug Regen ins Zimmer, dessen Luft eisig war.

Fast besinnungslos vor Angst und Sorge trat er an die Brüstung und flüsterte immer wieder in die Nacht hinaus: »Bitte laß mir meine Kinder, bitte nicht auch noch die Kinder...«

Im Wohnzimmer erwarteten ihn Chip und Brad im Mantel, Taschenlampen in den Händen. Mac Riley neben dem Kamin schien noch unschlüssig. »Ich glaube, ich gehe auch mit«, meinte er plötzlich. »Ich kenne Harney, seit er ein Baby war, und wenn er in Schwierigkeiten ist...«

»Nein, Großvater«, meinte Chip, »bleib hier. Du bist nicht mehr so gut auf den Beinen wie früher, und außerdem können wir Mrs. Randall nicht allein zurücklassen.«

»Bitte«, schluchzte Elaine, »bleiben Sie bei mir. Wenn ich hier ganz allein warten muß, werde ich verrückt.«

Brad wollte sie in die Arme nehmen, aber der Alte hob beruhigend die Hand.

»Gehen Sie«, sagte er, »finden Sie die Kinder, ich werde mich um sie kümmern, das verspreche ich Ihnen.«

Nachdem die drei das Haus verlassen hatten, schürte Mac Riley das Feuer und machte sich auf einen erneuten Rundgang durchs Haus. Alle Fenster und Türen waren fest verschlossen.

»Sie werden sie finden«, sagte er tröstend, als er ins Wohnzimmer zurückkam, »da bin ich ganz sicher...« Elaine blickte zweifelnd zu ihm auf.

Der alte Mann schämte sich fast, als er ihr dankbares Lächeln sah.

30

Der Mahlstrom der entfesselten Natur umtoste sie. Über ihnen kreischte der Wind wie von Sinnen durch die Baumwipfel und setzte einen schaurigen Kontrapunkt zum dumpfen Stampfen der steigenden Flut. Der Strand war zu einem schmalen Streifen zwischen den Ausläufern der Brandung und den Treibholzbarrieren geschrumpft.

»Ich kann nichts sehen«, schrie Missy, die blind an der Hand des Bruders über den Waldpfad stolperte.

Doch Robby ignorierte sie. Wieder hatte ihn die wilde Erregung ergriffen, die immer in solchen Nächten über ihn kam. Seine Sinne schienen zu vibrieren, doch zugleich fühlte er eine wunderbare Ruhe, ein Wohlgefühl, das unbeschreiblich war...

Ganz plötzlich blieb Missy stehen, wodurch er fast hingeschlagen wäre. Wütend wandte er sich nach ihr um.

»Da ist etwas«, flüsterte das kleine Mädchen und drückte sich verängstigt an den großen Bruder. Auf den Zehenspitzen versuchte sie sein Ohr zu erreichen. »Ich kann es fühlen, da ist etwas.«

»Unsinn«, sagte Robby, »da sind nur wir.«

»Doch, da ist was«, beharrte Missy, »irgendwo zwischen den Bäumen lauert es auf uns. Laß uns zurücklaufen, bitte!«

»Wir können jetzt nicht mehr zurück«, sagte Robby, »es ist doch nicht mehr weit.«

Entschlossen setzte er sich wieder in Trab und zog Missy

mit sich, die verängstigt in sich hineinschluchzte. Da draußen am Strand sah sie riesige Schatten. Ein seltsames Leuchten ging von ihnen aus, und Missy wußte, was das zu bedeuten hatte.

In ihrer Angst begann sie zu schreien.

Harney Whalen duckte sich hinter die Treibholzbarriere zwischen Bäumen und Strand. Das bösartige Lachen in seinem Kopf überdröhnte alles, auch die immer schwächer werdenden Hilferufe seiner Großmutter.

Ein Blitzbündel überstrahlte den Strand – und er sah zwei kleine Gestalten direkt auf sich zukommen. Er wußte, wer sie waren.

Fremde.

Sie hatten seine Großeltern getötet, und er hatte hilflos zusehen müssen.

Zuerst wollte er weglaufen wie damals, sich irgendwo verbergen... Doch das ging heute nicht. Etwas schien ihn hier festzuhalten. Er wandte den Kopf zur Seite und sah, was es war. Neben ihm stand eine dunkle Gestalt mit fein gezeichneten Zügen und dunkel lodernden Augen.

Während der Regen ihm ins Gesicht peitschte und der Wind ihn bis ins Mark erstarren ließ, hörte er ihr eindringliches Flüstern, das von der donnernden Brandung zurückgeworfen wurde.

Lauf nicht weg! Räche! Räche!

Und er lief nicht weg. Gleich mußten sie vor ihm stehen. Nur noch wenige Augenblicke, dann konnte er all das Unrecht sühnen, das einst den Klickashaw und dieser alten Frau angetan worden war, seiner Großmutter...

Sehr viel weiter unten am Strand kämpfte sich der kleine Suchtrupp durch den Sturm; die Taschenlampen in den Händen der Männer erwiesen sich wegen des heftigen Regens als so gut wie nutzlos.

»So finden wir sie nie«, schrie Brad den beiden andern zu, »nicht, wenn wir zusammenbleiben – wir sollten uns über den Strand verteilen!«

»Ja, gut!« schrie Chip zurück, »Sie gehen direkt am Wasser entlang, Glen bleibt in der Mitte, und ich gehe hoch zu den Bäumen! Und wir sollten ihre Namen rufen, dann wissen wir auch immer, wo wir sind! Auf keinen Fall dürfen wir uns zu weit voneinander entfernen!«

Gleich darauf sah man drei schwache Lichtpunkte sich über den Strand verteilen und hörte, wie abwechselnd die Namen der beiden Kinder gerufen wurden.

Robby sah nicht, was seine kleine Schwester sah: überlebensgroße Schattengestalten, die sie mit drohenden Gebärden umtanzten; mal näher, mal weiter entfernt streckten sie ihre langen Arme nach ihnen aus. Missy ließ sich trotzdem von ihm weiterschleppen und schluchzte nur noch ergeben vor sich hin. Plötzlich meinte sie, noch etwas anderes als den Sturm zu hören – ein ferner Schrei, dann noch einer...

Missy zwang den Bruder zum Stehenbleiben. »Ich höre etwas, jemand ruft uns, hörst du?«

Robby warf seiner Schwester einen fast drohenden Blick zu. »Ja, kann schon sein. Laß uns unter die Bäume gehen, dort sind wir sicher!« zischte er.

Wieder drang es, nun schon etwas näher, durch das Tosen: »Missy... Robby!«

Die Kinder waren unschlüssig, was sie tun sollten. Angestrengt lauschten sie in die Nacht. Der Sturm schien noch mehr aufzufrischen und trug den Salzgeruch der See weit ins Land hinein.

Schließlich begannen sie übers Treibholz zu klettern.

Auch Harney Whalen hörte die rufenden Stimmen. Aber sie kamen nicht gegen das eindringliche Flüstern seiner Großmutter an.

Wir sind bei dir! Wir helfen dir! Du bist wie wir ein Kind des Sturms! Du gehörst zu uns!

Hoch richtete er sich auf. Eine Art haßerfüllte Freude und Entschlossenheit durchflutete ihn, während die alte Indianerin ihm zurief:

Räche! Räche!

Über ihm zerriß ein Blitz den Himmel, und die gleißende Helle schien eine kleine Ewigkeit anzuhalten, während sich die drei erstarrten Gestalten über das Treibholz hinweg anstarrten.

Missy erkannte ihn sofort wieder.

»Er ist es!« schrie sie verzweifelt, »das ist er, Robby, er will uns töten!«

Harney Whalen zuckte beim Klang ihrer Stimme zusammen. Er blickte nicht in zwei angsterfüllte Kindergesichter, sondern in bösartige Fratzen der Vergangenheit, die seine Großeltern umtanzten und verhöhnten; seine hilflos im Sand eingegrabenen todgeweihten Großeltern...

Er mußte sie rächen!

Mit einem großen Schritt trat er über das Treibholz.

Die beiden Kinder wichen erschrocken zurück und begannen dann über den Sand um ihr Leben zu laufen.

Jetzt erst schloß sich wieder der Riß am Himmel, und der Donner grollte über das Wäldchen hinweg.

»Ich kann sie sehen!« schrie Brad mit ausgestreckter Hand, »dort, nördlich, direkt vor dem Wäldchen!«

Er lief auf die beiden andern zu, und zu dritt rannten sie in Richtung der verzweifelten Schreie von Missy.

Hinter sich hörten sie die dumpfen, raschen Schritte ihres Verfolgers. Robby wandte ängstlich den Kopf – und schlug in den Sand; Missy fiel über ihn.

Schwer atmend holte Harney Whalen die beiden ein und stand dann drohend über ihnen.

Missys Augen traten vor Angst fast aus den Höhlen, und ihr Schrei übertönte das Brausen des Sturms. Dann schloß sich eine schwere Hand über ihren Mund.

Robby versuchte auf die Beine zu kommen. Er schien noch immer nicht zu begreifen, was eigentlich vor sich ging. Warum mußten sie davonlaufen? Woher wußte Missy, daß sie in Gefahr waren? Fast erstaunt starrte er auf die im Griff von Whalen verzweifelt strampelnde Missy. Doch dann begann auch er voller Angst in die Nacht hinauszuschreien.

»Mein Gott, er hat sie gefaßt!« schrie Glen, als er das Schreien der Kinder hörte. Die drei Männer rannten mit äußerster Kraft. Im stillen beteten sie, daß es nicht zu spät sein möchte...

Dann erfaßte der Schein der Taschenlampe das schreckliche Geschehen. Chip Connor sprang seinen Chef von hinten an. Dieser mußte das kleine Mädchen freigeben, um sich gegen den unerwarteten Gegner wehren zu können.

Glen riß Missy in seine Arme und drückte tröstend ihr Köpfchen gegen seine Wange. Auch Robby schlang seine Arme um ihn und ließ den Tränen freien Lauf.

Brad betrachtete die beiden Kämpfenden unschlüssig. Es sah ganz so aus, als ob Chip mit dem Älteren mühelos fertig würde. Doch dann gelang es Whalen, sich durch einen heimtückischen Tritt aus Chips Griff zu befreien. Mit schwerfälligen, langen Sätzen lief er den Strand hinab.

Chip wollte ihm folgen, doch die Nacht hatte ihn schon verschlungen.

»Er läuft zum Meer, kommen Sie!« schrie Brad, und die beiden liefen los.

Dann sahen sie ihn vor sich.

Harney Whalen stapfte ins Meer hinaus. Schon stand ihm das Wasser bis zur Brust.

Chip rannte weiter, doch Brad rief ihm nach: »Lassen Sie ihn!«

Der Hilfssheriff blieb stehen und wandte sich erstaunt um.

In diesem Augenblick rollte eine riesige Woge gegen den Strand und brach sich über Harney Whalen. Man sah noch einige Sekunden seine verzweifelt durch die Luft schlagenden Arme, dann war er verschwunden. Die See hatte ihn für immer zu sich genommen.

Langsam ging Chip zurück zu Brad, der noch immer den Schein seiner Taschenlampe auf die Stelle gerichtet hielt, an der Whalen verschwunden war.

»Warum haben Sie mich zurückgehalten?« fragte er leise.

»Es ist besser so«, erwiderte Brad. »Auf diese Weise wissen wir, daß der Horror ein Ende hat.«

Als sie der See den Rücken kehrten, um zu Glen und den Kindern zu gehen, setzte hinter ihnen die Ebbe ein.

Eine Stunde später flaute auch der Sturm ab.

Sod Beach lag schimmernd im Mondlicht.

Epilog

»Es ist vorbei«, sagte Chip Connor und trat ins Wohnzimmer der Randalls, die ihm erwartungsvoll entgegenblickten.

Zwei Wochen waren vergangen, zwei Wochen, in denen das Schicksal Harney Whalens in Clark's Harbor von Haus zu Haus geflüstert worden war. Inzwischen schienen die Menschen des Orts das Geschehen akzeptiert zu haben.

Heute war es nun amtlich besiegelt worden. Bei der für nicht eindeutig auf natürlicher Ursache beruhende Todesfälle vorgeschriebenen Untersuchung hatte es wenig Fakten zu sichten gegeben. Dafür gab es eine ganze Reihe von Spekulationen, welche Motive hinter dem Verhalten des Sheriffs und damit seinem Tod gestanden haben mochten. Schließlich wurde auf Suizid entschieden. Über die anderen ›Unglücksfälle‹, die seine Amtszeit säumten, fiel kein Wort. Doch in der Öffentlichkeit wurde heftig darüber diskutiert. Plötzlich äußerten viele ihr Mitleid mit den armen Opfern – aber auch mit ihrem mutmaßlichen Mörder.

»Sie wollen, daß ich Harneys Job übernehme«, sagte Chip, nachdem er Elaine und Brad über die Ergebnisse der amtlichen Untersuchung informiert hatte.

»Und – werden Sie's tun?« wollte Brad wissen.

»Ich weiß nicht«, meinte Chip unsicher, »irgendwie wäre es ganz natürlich, aber ich weiß nicht, ob ich an seine Stelle will.«

»Sie wären ein guter Sheriff«, versuchte Brad ihm zuzureden.

»Das macht mir keine Sorgen«, erwiderte Chip, »es sind die Erinnerungen. Zu viele Erinnerungen – und keine besonders angenehmen ... Ich würde wahrscheinlich vieles anders machen als Harney.«

»Wäre das so schlimm?« fragte Elaine.

Chip schüttelte zweifelnd den Kopf. »Das ist auch eines

der Dinge – Harn war schließlich nicht durch und durch schlecht. Lange Zeit hat er sein Amt korrekt versehen. Wenn da nicht dieses schreckliche Kindheitserlebnis gewesen wäre...« Er schwieg nachdenklich und wandte sich dann an Brad. »Haben Sie inzwischen eine wirklich sinnvolle Erklärung für sein Verhalten?«

»Nicht mehr als eine Art Theorie«, meinte Brad, »aber ich werde sie wohl kaum beweisen können. Sie beruht auf der Verbindung zwischen Robby und Harney Whalen.«

»Wie meinen Sie das?« fragte Chip überrascht.

»Ich bin mir selbst noch keineswegs sicher«, erklärte Brad. »Meiner Meinung nach spielt bei den beiden der persönliche Biorhythmus eine ganz wichtige Rolle. Wir wissen nun leider aber sehr wenig über dessen Wirkungen. Jeder hat einen individuellen Rhythmus, der mit dem Tag seiner Geburt fixiert wird. Ganz offensichtlich bestehen bei Whalen und Robby gewisse Übereinstimmungen in den Biorhythmen, ja, man könnte Robby als eine Art ›Wiederholung‹ des genau achtundfünfzig Jahre und siebenundsechzig Tage älteren Whalen ansehen. Beide reagierten ganz besonders sensibel auf die Stürme hier. Auf Robby wirken sie allerdings positiv, auf Whalen dagegen war ihr Einfluß unheilvoll – wahrscheinlich als Folge dieses Kindheitstraumes...«

Chip starrte sein Gegenüber an. »Und wieso sind Ihnen diese Zusammenhänge erst jetzt klargeworden? Wenn Sie ahnten, daß die Stürme auf Harn in dieser Weise einwirken, hätte man...«

Brad unterbrach ihn. »Tut mir leid, Chip«, sagte er leise, »aber wir hätten trotzdem nichts tun können. Ich weiß ja nicht mal, ob meine Theorie richtig ist. Die Biorhythmen und ihre Folgen lassen sich nun mal nicht vorausbestimmen. Sie können lediglich theoretisch erklären, was geschehen ist. Aber hinterher sind wir alle immer klüger«, schloß er mit einem wehmütigen Lächeln.

Insgeheim allerdings bewegte ihn noch etwas ganz anderes. Sein Blick wanderte zum Fenster. Draußen sah man

Robby Palmer langsam über den Strand schlendern, die Augen aufmerksam auf den Boden geheftet.

Wie würde es weitergehen? fragte sich Brad. Harney Whalen war wohl tot – aber wie würde sich Robby entwickeln? Hatten dieser Strand und seine Stürme wirklich nur positive Auswirkungen auf ihn?

Chip Connor stand unvermittelt auf. »Ich glaube, ich mache einen kleinen Spaziergang«, sagte er fast entschuldigend. »Dieser Strand war schon immer ein guter Ort zum Nachdenken...«

Als er die Tür öffnete, lag die Sod Beach in ihrer ganzen Schönheit vor ihm. Allerdings schien sich hinter dem Horizont schon wieder etwas zusammenzubrauen. Aber jetzt würde ein neuer Sturm kein Unheil mehr über die Fremden bringen können...

Weiter unten am Wasser sah er Robby Palmer, der auf den sich rasch verdunkelnden Horizont hinausstarrte. Zu seinen Füßen spielte sein kleiner Hund.

Ein Schauder durchlief Chips Körper, und er knöpfte unwillkürlich den Kragen seines Mantels fester zu.

Er ging in nördlicher Richtung, bis er jenen Punkt erreichte, an dem Harney Whalen von der See verschlungen worden war. Sein Blick schweifte weit hinaus über die Wasserfläche.

Er war verschwunden geblieben. Nirgendwo war sein Leichnam an den Strand getrieben worden, der regelmäßig abgesucht worden war. Chip wandte sich vom Wasser ab und ging den Strand hinauf. Als er die Treibholzbarriere erreichte, begann der Wind aufzufrischen. Noch vor zwei Wochen hätte das neues Unheil bedeutet... Er setzte sich auf einen der Stämme und versuchte, etwas Ordnung in seine Gedanken zu bringen.

Am liebsten hätte er zwei Harney Whalen konstruiert: den einen, der sein Onkel war und den er von klein auf respektiert, wenn nicht bewundert hatte, und den andern der letzten Jahre, dessen Geist verwirrt war und der diese schrecklichen Dinge getan hatte. Vielleicht, sinnierte Chip, hatte sein

Großvater doch recht, und das Meer war für all dies Unheil verantwortlich, da es immer neue Opfer verlangte, bis es zuletzt auch noch sein Werkzeug verschlang...

Die Sonne stand nur noch knapp über dem Horizont, und der Wind blies immer heftiger.

Chip stand fröstelnd auf. Die Böen trieben Sandfahnen über den Strand. Plötzlich sah er etwas – eine kleine Erhebung im Sand. Neugierig trat er näher.

Es war Scooter, Missy und Robby Palmers kleiner Hund.

Er war noch warm, aber sein Genick war gebrochen.

Mit dem toten Hündchen auf dem Arm ging Chip rasch auf das Wäldchen zu. Er wollte so schnell wie möglich diesen Strand hinter sich lassen, über den jetzt ein neuer Gewittersturm hereinbrach.

Robby Palmer spürte, wie die ersten Tropfen sein Gesicht trafen. Den ganzen Nachmittag hatte er diesen Sturm herbeigesehnt. Jetzt war er endlich da und mit ihm wieder dieses wundervoll erregende Gefühl...

Er hatte niemand erzählt, was er jetzt am Strand sah – all diese Gestalten mit feierlichen Gebärden und Tänzen. Und sie sprachen zu ihm. Bestimmt hätte ihm niemand geglaubt. Außer vielleicht Missy.

Obwohl er nicht wußte, wer sie waren und was sie taten, fühlte er sich auf geheimnisvolle Weise mit ihnen verbunden. Ihre langen Tänze endeten meist damit, daß sie irgend etwas im Sand begruben. Etwas, das nicht hierher gehörte. Aber Robby hatte keine Angst. Er wußte, daß er hierher gehörte, an diesen Strand, den er so sehr liebte...

Aber die Fremden gehörten nicht hierher.

Die Fremden kamen und bemächtigten sich des Strandes, vertrieben die eigentlichen Besitzer, betrogen und bestahlen sie.

Robby sah ihnen vom Wäldchen aus bei ihrem Tanz zu. Der Sturm trug ihre Stimmen herüber. Sie forderten ihn auf, sich ihnen anzuschließen. Er zögerte, doch sie lockten immer wieder.

Komm zu uns! Komm zu uns!

Plötzlich sah Robby eine Gestalt sich dem Wäldchen nähern. Jetzt flüsterten die Stimmen: Verrat! Verrat!

Robby schien plötzlich genau zu wissen, was sie von ihm verlangten. Er griff nach einem dicken Ast am Boden und versteckte sich hinter einem Baum.

Während er dort lauerte, ergriffen die Stimmen völlig Besitz von ihm. Kaum spürte er noch, wie der Sturm jetzt voll über die Küste hereinbrach. Über den ächzenden Baumwipfeln zündeten die Blitze in schneller Reihenfolge, gefolgt von markerschütternden Donnerschlägen. Doch Robby konzentrierte sich jetzt nur noch auf eines...

Dann trat der Junge äußerlich völlig gelassen unter den Bäumen hervor, kletterte über das Treibholz und trat unter sie.

Während die Brandung tosend gegen den Strand schlug, umkreisten ihn die Sturmtänzer mit feierlichen Gebärden, die tonlosen Stimmen verzerrt vom Wind. Eindringlich beschworen sie ihn, sich ihnen gegen die Fremden anzuschließen...

Und Robby Palmer wurde einer der Ihren.

QUELLENVERZEICHNIS

IM BANNE DES BÖSEN
Titel der Originalausgabe
THE UNWANTED
Aus dem Englischen von Walter Brumm

Der Titel erschien bereits unter der Band-Nr. 01/7873

AM STRAND DES TODES
Titel der Originalausgabe
CRY FOR THE STRANGERS
Aus dem Englischen von D.D. Melur

Der Titel erschien bereits unter der Band-Nr. 01/9459